# COLECÇÃO SIGNOS

*Títulos publicados:*

## COLECÇÃO SIGNOS

### Títulos publicados:

1. O REINO FLUTUANTE, de Eduardo Prado Coelho
2. MITOLOGIAS, de Roland Barthes
3. O GRAU ZERO DA ESCRITA, seguido de ELEMENTOS DE SEMIOLOGIA, de Roland Barthes
4. DIALÉCTICAS TEÓRICAS DA LITERATURA, de Jorge de Sena
5. O PRAZER DO TEXTO, de Roland Barthes
6. HISTÓRIA DA LINGUAGEM, de Julia Kristeva
7. LINGUÍSTICA, SOCIEDADE E POLÍTICA, de A. Schaff, S. Latouche, F. Rossi--Landi e outros
8. ESCREVER... PARA QUÊ? PARA QUEM?, de R. Barthes, G. Duby, J. Lacouture e outros
9. LINGUÍSTICA E LITERATURA, de R. Barthes, L. Picchio, N. Ruwet e outros
10. ROLAND BARTHES POR ROLAND BARTHES
11. ENSAIOS CRÍTICOS, de Roland Barthes
12. REFLEXÕES SOBRE A LINGUAGEM, de Noam Chomsky
13. DIALÉCTICAS APLICADAS DA LITERATURA, de Jorge de Sena
14. CRÍTICA E VERDADE, Roland Barthes
15. TEORIA DA LITERATURA — I, de T. Todorov, B. Eikhenbaum, V. Chklovski e outros
16. TEORIA DA LITERATURA — II, de T Todorov, O. Brik, B. Tomachevski e outros
17. FRAGMENTOS DE UM DISCURSO AMOROSO, de Roland Barthes
18. PROBLEMAS E MÉTODOS DA SEMIOLOGIA, de J. J. Nattiez, J. C. Gardin, G. G. Granger e outros
19. POÉTICA DA PROSA, de Tzvetan Todorov
20. A LIÇÃO DO TEXTO, de Luciana Stegagno Picchio
21. A LIÇÃO, de Roland Barthes
22. TEORIAS DO SÍMBOLO, de Tzvetan Todorov
23. SADE, FOURIER, LOIOLA, de Roland Barthes
24. A GRAMÁTICA GENERATIVA, de Nicolas Ruwet, Noam Chomsky
25. A SEMÂNTICA, de F. R. Palmer
26. S/Z, de Roland Barthes
27. O ESTILO E AS SUAS TÉCNICAS, de Marcel Cressot
28. ESTRUTURAS SINTÁCTICAS, de Noam Chomsky
29. A TRADUÇÃO E OS SEUS PROBLEMAS, Dir. de Jean-René Ladmiral
30. HISTÓRIA DA LITERATURA INGLESA, de Ifor Evans
31. SIMBOLISMO E INTERPRETAÇÃO, de Tzvetan Todorov
32. LUANDINO — JOSÉ LUANDINO VIEIRA E A SUA OBRA (Estudos, Testemunhos, Entrevistas)
33. FUNDAMENTOS DE LINGUÍSTICA GERAL, de J.-A. Collado
34. OS GÉNEROS DO DISCURSO, de Tzvetan Todorov
35. O SISTEMA DA MODA, de Roland Barthes
36. LITERATURA PORTUGUESA, LITERATURA COMPARADA E TEORIA DA LITERATURA, de Álvaro Manuel Machado e Daniel-Henri Pageaux
37. O GRÃO DA VOZ, de Roland Barthes
38. A PRÁTICA CRÍTICA, de Catherine Belsey
39. A LINGUÍSTICA, HOJE, de Mortéza Mahmoudian
40. OS UNIVERSOS DA CRÍTICA, de Eduardo Prado Coelho
41. M. TEIXEIRA GOMES, de Urbano Tavares Rodrigues

# M. TEIXEIRA GOMES
## O DISCURSO DO DESEJO

© Urbano Tavares Rodrigues — Edições 70, 1982

Capa: Pormenor de um quadro
      de James Rosenquist

Reservados todos os direitos para a Língua Portuguesa

edições 70

Av. Duque de Ávila, 69-r/c Esq. — 1000 Lisboa
Telefs.: 55 68 98/57 20 01

Delegação no Porto:
Rua da Fábrica, 38-2.º Sala 25
4000 PORTO — Telef. 38 22 67

Distribuidor no Brasil: LIVRARIA MARTINS FONTES
Rua Conselheiro Ramalho, 330-340 — São Paulo

# M. TEIXEIRA GOMES
## O DISCURSO DO DESEJO
### URBANO TAVARES RODRIGUES

COLECÇÃO SIGNOS

# INTRODUÇÃO

Este trabalho, tardio na minha bibliografia, vem, de certo modo, rematar o interesse de quase toda uma vida pela obra de M. Teixeira-Gomes e a apaixonada releitura, a insistente investigação, as incursões que, ano após ano, fui fazendo, de diversos ângulos críticos, na sua obra, sempre para mim fascinadoramente renovada.

Nada do que fui publicando aqui reproduzo ou repito, a não ser, decerto, aquelas evidências, ou aspectos dominantes, que em todas as abordagens há que, inevitavelmente, enunciar.

A força de privar com os textos de Teixeira-Gomes, foram-se-me eles tornando tão familiares que cheguei ao ponto de poder recitar, com lúcido amor, tiradas inteiras dos seus longos descritivos «esculturais» e «pictóricos» e não poucas das reflexões, irónicas ou discretamente comovidas, que esmaltam o seu incansável cântico à beleza do mundo e ao prazer de viver. Tendo assim dialogado intimamente com as personagens do seu passado ou da sua invenção, que acodem ao chamamento da palavra que as desmonta e (re)constrói, Maria Adelaide, Ana Rosa, Júlia, Camila, Sabina Freire, D. Joaquina Eustáquia, Leonor Gelder... Sobretudo com a personagem primeira da maioria desses textos, o *eu* narrador, supremo sujeito do desejo.

Nas novelas de M. Teixeira-Gomes há uma flagrante desproporção entre a importância do narrador e do narrado. Nalgumas é tão forte o predomínio do sujeito da enunciação que a diegese não vai além de pretexto e o que na narrativa se privilegia é a representação e não o fluxo evenemencial, quase tudo — seres vivos e inanimados — se reduzindo a paisagem, na qual assume evidente valor uma poética do olhar. Não é possível, aliás, estabelecer compartimentos estanques entre os textos ficcionais *(Maria Adelaide, Ana Rosa, Gente Singular, Novelas Eróticas)* e os textos divagantes, memorialísticos ou epistolares, como *Inventário de Junto, Agosto Azul, Cartas Sem Moral Nenhu-*

*ma*, etc., onde se manifesta fundamentalmente o gosto de *descrever*, como uma forma plástica, e particularmente cromática, do gosto de *escrever*. O acto da escrita não é, contudo, solicitado (ou só muito raramente) pelo real circundante, mas antes pelo desejo de reviver no texto as antigas «jovens» sensações. Assim a memória, agindo sobre a instância do discurso, mas nele logo se adulterando, se multiplicando, em consonância com uma mitologia neo-helénica, de ecos nitzscheanos, desempenha, nesse processo de escreviver, um papel decisivo.

Dois momentos temporais — o *agora* e o *outrora* — reflectem, e deformam, num jogo de espelhos, a aparente linearidade de segmentos diegéticos (grandes analepses evocativas) onde se inscrevem prolepes, que afinal remetem tão-só para o presente. Assim, nalguns textos a anacronia é constante, devido à força do sujeito da enunciação e à deslocação no tempo da história. Isso acontece menos no romance *Maria Adelaide*, que cumpre um projecto de reprospecção subjectiva, do que, por exemplo, na maior parte das *Novelas Eróticas*, onde é manifesto o predomínio do discurso (e a proximidade do narrador-personagem com o autor) sobre a narrativa. Na novela «A Cigana», de *Novelas Eróticas*, diz-nos a dado passo o narrador-personagem: «Tenho ainda nos dedos a impressão que me deixou a pele tépida daquele corpo delicioso, à medida que o ia explorando; e nos lábios, na face a doçura dos seios agudos e prodigiosamente elásticos». Eis o agora: *Tenho ainda nos dedos a impressão (...) e nos lábios, na face;* e o outrora: *a pele tépida daquele corpo delicioso (...) a doçura dos seios agudos e prodigiosamente elásticos*. A distância é-nos dada, em dois planos distintos, o pretérito perfeito *(que me deixou)* e a construção perifrástica, um passado menos recuado e com maior tensão *(à medida que o ia explorando)* [1].

Noutros lances, em vez de se situar no *agora*, o narrador remete-nos, pelo corredor da memória, do *outrora* para o presente, através de uma prolepse, que pode inclusive, pela modalização (emprego da 3.ª pessoa do plural, que torna o sujeito em paciente) fundir o particular e o geral: «Silenciosamente, passando-me o braço à volta do pescoço, deu-me um beijo nos lábios, um desses beijos queimosos *que nunca mais esquecem*» [2].

Era, de começo, minha intenção circunscrever o *corpus* deste estudo à obra de ficção (ou assim chamada, segundo a catalogação tradicional) de M. Teixeira-Gomes: o romance *Maria Adelaide* e os volumes de novelas e contos *Gente Singular* e *Novelas Eróticas*. Cedo, porém, me dei conta de que tal plano teria efeitos redutores, não só porque vários contarelos e noveletas

---

[1] *N. E.*, p. 109.
[2] *N. E.*, p. 106. Poder-se-ia empregar, sem prejuízo do significado, *que nunca esquecerão*.

do maior interesse se acham dispersos pelos seus livros de viagem e reflexão («Ana Rosa», em *Londres Maravilhosa;* os episódios erótico-oníricos de Colónia, em «Agosto Azul»; a «aventura» da Ilha da Madeira que põe em cena a linda Cecília, de sugestão caprina, e o pagem Gregório, em *Cartas sem Moral Nenhuma*), mas e sobretudo porque toda a ficção é biografia e toda a biografia é ficção — e mais ainda, se possível, na obra de Teixeira-Gomes. Além disso, algumas das suas páginas mais belas encontram-se precisamente em *Inventário de Junho,* em *Agosto Azul,* particularmente na segunda edição, muito aumentada, nas *Cartas Sem Moral Nenhuma* e até em *Miscelânea* e *Regressos.* Do texto dramático *Sabina Freire* ocupei-me menos do que da análise da personagem central, de nítido recorte nitzscheano, Sabina Freire, na qual vejo, ao nível do discurso provocante, esteticista e justiceiro, uma espécie de duplo, ou porta-voz, de Teixeira-Gomes, projecção de uma bem delimitada zona insurgente da sua personalidade, em aberto e permanente conflito com a *doxa.*

Apenas ficaram de fora deste trabalho os dois volumes de *Cartas para Políticos e Diplomatas.*

Nunca tive em mente investigar a vida privada e pública de Manuel Teixeira-Gomes, embora reconheça que ela está, sem dúvida, insuficientemente estudada, mau grado alguns contributos, de desigual valor, de entre os quais avulta o de Norberto Lopes, *O Exilado de Bougie.*

Remeto apenas para um quadro sinóptico alguns dos factos marcantes da sua existência e da sua produção literária, confrontando-os com eventos capitais da literatura, da arte, da ciência e da política, dentro e fora das fronteiras de Portugal.

A personalidade de Teixeira-Gomes dediquei, no entanto, a primeira parte deste trabalho, aí procurando apontar sumariamente as linhas cruzadas das múltiplas correntes, tendências estéticas e atitudes literárias que o seu espírito absorveu ou parcialmente rejeitou e aquelas que na sua obra haviam de singularmente frutificar: o romantismo camiliano, o realismo naturalista, o decadentismo, o esteticismo, o snobismo finissecular e a apaixonada experiência da linguagem que paralelamente o religa aos grandes mestres do século XVII, especialmente ao seu querido Manuel Bernardes, e ao retórico Castilho, que ele defende com tão sólidos e (quase) convincentes argumentos, bem como aos seus mentores universais — Montaigne, Kant e Nietzsche, do último dos quais hauriu, senão o seu sentido dionisíaco da vida, boa parte dos argumentos com que o exprime.

Partilhado entre as forças contrárias de Apolo e Diónisos, agnóstico militante, amador, coleccionador e crítico de arte dotado de um olhar extremamente lúcido, de uma retentiva prodigiosa, de um poder de analogia e síntese que o aproxima, ressalvadas as distâncias, do Malraux do *Museu Imaginário,* Teixeira-Gomes foi também a resultante do meio em que viveu, dentro e fora de Portugal, dos amigos e companheiros de ideias com quem privou, dos quais podemos destacar Fialho e Columbano.

Interessou-nos também, naturalmente, a evolução do seu carácter e da sua cultura, logo da sua mundividência, na linha firme e harmoniosamente progressista que assinalamos e se projecta, sem ambiguidade, nas páginas de «Carnaval Literário» e ainda com mais nitidez se define nalgumas das cartas, a maioria delas inéditas, que publicamos no final deste trabalho.

Pareceu-nos oportuno assinalar a relação da personalidade muito afirmativa, se bem irónica, de Teixeira-Gomes com o seu processo escritural, onde a ilusão literária se esbate em favor de uma intimidade, ou contiguidade, entre o autor, o sujeito da enunciação e o sujeito do enunciado, que lhe asseguram a modernidade que mais adiante e mais desenvolvidamente fazemos por demonstrar.

Na segunda parte do nosso trabalho, constituída pelos capítulos «O Homem e a Escrita» e «O Discurso do Desejo», procurámos e apresentamos os porquês da obra de Teixeira-Gomes enraizados no mais profundo da ordem do desejo. A constituição da forma, da estrutura acabada será o ponto comum da actividade erótica e da actividade literária. Partimos à busca do sistema de signos, referidos à sexualidade, onde a escrita do corpo se imprime. Preocupou-nos sempre a descoberta do Outro, do objecto (ora presente ora ausente) do desejo e a natureza da sua relação com o sujeito da escrita, responsável pela erótica da representação.

A líbido está na origem dos mais belos textos de M. Teixeira-Gomes, mesmo os que nos surgem como aparentemente estranhos ao desejo genésico.

A atenção dada ao corpo da mulher (e em especial ao da adolescente) reveste-se de marcas fetichistas, com a fixação quase obsessiva nos seios, e de aspectos fantasmáticos, onde encontramos um pronunciado voyeurismo e atenuados (mas ainda assim bem presentes no texto) resquícios de sadismo.

Detemo-nos no problema da escrita como auto-contemplação narcísica e nas manifestações da exuberância verbal, da pletora sexual, da palavra orgástica, tendendo para a destruição ou para a catarse.

Em toda a linguagem de Teixeira-Gomes se sente o bafo do desejo e o olhar funciona como instrumento libidinal da exploração estética e/ou erótica.

À triangulação do desejo demos neste trabalho grande importância, pesquisando nos vários textos de Teixeira-Gomes a mediação externa e a mediação interna, o desejo segundo o outro e o desejo do outro através de um terceiro (o objecto pode ser apenas um meio para atingir o mediador visado pelo desejo inconsciente).

Assinalamos, em diversos textos, várias multissemias que nos revelam as principais figuras metonímicas do desejo no discurso de Teixeira-Gomes: os seios, os olhos, a boca e a saliva, repetidamente conotados com os frutos e o seu sumo, o cheiro, os braços, a cintura, os quadris, o púbis, as coxas, o pé. Apontamos, na penúltima das *Novelas Eróticas*, o ápice de uma escrita do corpo que fala do corpo e ao corpo se dirige; e não deixamos de sublinhar a translação do olhar do *outro* para o olhar, com marcas de fogo, do sujeito do desejo.

Do discurso pulsional do corpo desejante evola-se a nostalgia de uma língua original, em troca da qual se constrói a escrita eréctil e orgástica, referida a toda a natureza. Observamos (e exemplificamos) que ao discurso eréctil sucede, no corpo escritural, o discurso detumescente.

Focamos, no que respeita a estruturas descritivas e narrativas, o predomínio do mostrar sobre o narrar e a organização metafórica do espaço, a construção do anómalo, que pode ir do grotesco ao horrível-patológico, sem que isso impeça o enunciador de escrever a beleza — sobretudo na «mancha» da paisagem — juntamente com a ironia ou o grande riso.

Detectamos nos textos ficcionais de Teixeira-Gomes, a par da caricatura e do símbolo, o veio do fantástico, entrelaçado com a morte e com situações de comicidade delirante em *Gente Singular*. Distinguimos, nas suas narrativas que têm a ver com o fantástico e o onírico, o espaço da paixão — eros, thanatos, chronos — em «A Cigana»; o espaço do sacrifício como ritual sexualizado em «Sede de Sangue».

A articulação com o espaço social, exemplificamo-la em «Deus Ex Machina».

*Maria Adelaide* é a narrativa de que mais longamente nos ocupamos, considerando o tempo da evocação, que fixa as memórias, e o da metamorfose que agencia a sintagmática, corruptor do corpo e do amor, adjuvante da morte. Aliás, os textos de Teixeira-Gomes nascem e organizam-se contra o tempo, como cenários de um vivido sensual, corporal, que vai mitificar-se.

Em *Maria Adelaide* abundam as relações de repetição entre narrativa e diegese. Muitas das cenas, dada a assistematicidade da estrutura, são fulcros temporais a que afluem informações, retrospecções, notações descritivas, reflexões do narrador. Todos os espaços estão ligados ao estatuto da mancebia, mas nele não se esgotam, pois a personagem Maria Adelaide enraiza em valores sociais e em valores míticos.

A por vezes extrema crueldade do narrador aparece-nos como uma forma de denúncia da dificuldade da coabitação e sobretudo da sujeição da mulher, em que intervém poderosamente o factor dinheiro.

A atitude do narrador nem sempre é, aliás, cínica, mas por vezes condoída. No subcapítulo que intitulamos «O Paradoxo de

Maria Adelaide» procuramos aclarar o conflito entre o fundo progressista daquela denúncia da colonização da mulher, e particularmente da jovem das camadas populares, e a violência confissional (com veemência semi-biográfica) das relações de desejo e de poder que no romance se instituem entre o narrador e a «sua rapariga».

O desrespeito da necessidade diegética, movido por um acentuado gosto da digressão e da multiplicidade, observa-se na maioria das novelas de Teixeira-Gomes, nalgumas das quais intervêm elementos mágicos que contrariam a imagem aceite do escritor racionalista. Os narradores constatam, senão marcas do destino, pelo menos encantamentos, adivinhações, suspeitas de comunicação magnética dos espíritos (relação entre as palavras da noiva e as da cigana na novela intitulada precisamente «A Cigana», pressentimentos fatídicos de Júlia-Marta em «O Sítio da Mulher Morta»).

Quisemos pôr uma hipótese, que nos fascina: a de o nome próprio, o significante primeiro da personagem, poder, em muitos dos textos de Teixeira-Gomes, assumir valor simbólico. Nalguns casos é patente a intenção do autor, como em «Profecia Certa», onde Helena e Cipião estarão ironicamente conotados com a bela troiana venusina e com o cabo de guerra romano, émulo de Marte, Cipião o Africano. Também o nome de D. Joaquina Eustáquia Simões de Aljezur, de ressonância camiliana, não deixa dúvidas quanto à intenção satírica. Outros onomásticos, porém, exigem interpretação mais imaginosa e arriscada, como sejam Camila, Marta, Cordélia...

A escrita «fascinada» de Ramiro, no romance *Maria Adelaide*, investe sentido erótico em matérias significantes como a água, o mármore e os frutos. Ao corpo actuante, lugar de comportamento, contrapõe-se o corpo imagem; e é ainda ao nível do corpo que a rede metonímica da linguagem erótica produz sentidos que, ultrapassando a noção do acto representado, constituem uma meta-linguagem.

Na parte deste trabalho que consagramos às formas e estruturas estilísticas impôs-se-nos repensar afirmações já deduzidas da análise estrutural das obras de Teixeira-Gomes, como a de que é efectivamente na micro-estrutura que o seu génio literário atinge o acume.

Onde Teixeira-Gomes se esmera não é na organização dos eventos que efabula mas na cena, no narrema, ao nível do período. Assimila a técnica ao estilo, ao perfeito domínio da gramática e da semântica, à riqueza e originalidade da sua manipulação. Daí que atribua alto mérito à precisão vocabular, ainda que, pelo exercício da analogia, empregue o melhor do seu trabalho em ampliar e distorcer o sentido das palavras. Do conflito entre a fidelidade ao padrão sintáctico dos grandes retóricos e a subversão da linguagem pela aventura metafórica resulta a dialéctica que avigora o discurso de Teixeira-Gomes.

Um dos escopos desta parte do nosso estudo é o confronto entre o esboço de sistema estilístico que o autor, já no tarde da vida, enuncia e a maneira como o leva à prática, esmaltando com casticismos, plebeismos, arcaismos e neologismos os seus textos plenos de ritmo, em que predomina o período longo e incidentado em contraste com a frase impressionista, onde as elisões são frequentes e os sintagmas nos aparecem como que dissolvidos, desarticulados.

Na linha das pesquisas de Leo Spitzer, e porque mais de uma vez nos haviam impressionado certos desvios linguísticos que podemos considerar como factos de estilo, atentámos no emprego praticamente incomum de subjuntivos em determinadas construções, já assinaladas por Rodrigues Lapa (afirmação da diferença), e noutras para as quais propomos uma explicação do foro psicocrítico relativa à obsessão fálica, bem como na reiteração de alguns lexemas, que poderá explicar-se pelo binómio pletora/remorso (ou hedonismo/cristianismo).

O léxico utilizado por Teixeira-Gomes, num permanente embrechado de linguagem culta, brunida, e de linguagem popular--regional, socorre-se, por vezes, do intertexto etnológico, como sucede amiúde em *Maria Adelaide* e em *Agosto Azul* (na «Copejada de Atum»).

A análise, que aprofundámos, das grandes áreas semânticas do macro-texto de Teixeira-Gomes toma sobretudo em consideração o papel constituinte do imaginário, mas não ignora as conotações sociológicas e psicológicas.

Será no plano da imaginação lexical e no exame das figuras, na ponderação dos processos da ironia (antífrase, antítese, diminutivos, comparação, hipérbole, cultismos, etc.), sobretudo no balanço das metáforas e das sinestesias que com mais segurança tentaremos o psicograma estilístico de Teixeira-Gomes.

Uma das contradições que apontamos e miudamente analisamos é a que consiste na oposição, ou no convívio, de um aparelho sintáctico de perfeito equilíbrio clássico e do pendor barroco que se manifesta no uso intensivo de superlativos (gramaticais e semânticos). Outra contradição reside na rapsódia estilística do cómico, de um autêntico burlesco rabelaiseano, com inúmeras extensões de sentido e invensões verbais, aumentativos, superlativos, frente à linguagem nobre que modela a paisagem e a obra de arte ou a beleza dos corpos.

Na expressão da temporalidade também interrelacionamos com as necessidades evocatórias algumas peculiaridades estilísticos de Teixeira-Gomes, como a mescla frequente do presente e do imperfeito descritivos. Do mesmo modo passamos em revista — procurando sempre acentuar o específico — o utensilário sintáctico que ele maneja em toda a sua variedade e riqueza.

Se é certo que não nos damos por totalmente satisfeitos com a pesquisa efectuada, pois gostaríamos de investigar inúmeras redes de relações na língua do texto, diversa da língua comum, desvios com valor estilístico como fonte de efeitos originais, não deixámos de colher lexemas e construções, corpos estilísticos que se nos afiguram relevantes, atendendo mais ao critério qualitativo do facto de estilo do que às categorias abstractas e quantitativas da análise estatística, que apenas num caso ou noutro esboçamos.

O metaforismo de Teixeira-Gomes, para além da subversão, que não chega todavia a obscurecer a significação do texto, é aqui visto como relação significante susceptível de exprimir o desejo e as suas substituições.

Na área da função emotiva se encontram as metáforas mais frequentes no discurso de Teixeira-Gomes, desde as explicitamente voluptuárias àquelas em que através do fantasma se indiciam a obsessão fálica, a polissexualidade (integrada), o voyeurismo, as marcas sádicas. Metáforas que podem referir-se aos grandes arquétipos — a terra, o ar, a água, o fogo, o dia e a noite, a aurora e o crepúsculo, o espaço e o movimento —, dizer a cópula do sujeito consciente com um objecto de arte ou a recorrência do ícone perturbador. A face diurna e a face nocturna do autor boiam no espelho multicolor das suas figuras de comparação.

Na última parte deste estudo publicamos e comentamos algumas cartas e postais, documentos, na maioria inéditos, do período final da longa existência estética — e também cívica — de Teixeira-Gomes. Cartas serenas, mas para nós emocionantes, de um homem só, velho, e que vai progressivamente cegando, ele o grande visual, o apaixonado da forma, ainda lúcido, ainda sensual na «pintura» que do mundo faz e no gozo da palavra. Esse mundo é ainda o da viagem e da contemplação. Mas é também o mundo distante (e próximo) onde se joga e se constrói o futuro. E do longe da sua sacada argelina sobre o mar azul ele olha esse mundo desde o Portugal que de vez deixou e onde a censura lhe apreende os livros até à Itália tão sua pelo constante amor da arte mas cujo regime fascista o molesta a ponto de lá não querer voltar, a União Soviética post-revolucionária que de longe espreita com simpatia, a França de Jaurès e da Frente Popular.

De tudo isto nos fala e de como revisitou os locais dilectos, repositórios de beleza, que com a sua prodigiosa memória vai evocando, e dos livros que prepara, colige, ordena, com o apoio fraterno, quase filial, de Manuel Mendes, seu principal destinatário, na redacção da *Seara Nova* em Lisboa. São os bastidores onde se prepara a edição dos livros derradeiros: *Cartas a Columbano* (1932), *Novelas Eróticas* (1935), *Regressos* (1935), *Misce-*

*lânea* (1937), *Maria Adelaide* (1938), *Carnaval Literário* (1939). Estuda-se a capa, a composição, a lombada.

É difícil encontrar uma mais bela e comovedora amizade viril do que a de Manuel Mendes pelo grande escritor exausto que se furta ao encontro físico com o seu jovem e fervoroso admirador. Entre eles debatem as ideias políticas de cada um, as ideias estéticas, o plano dos artigos e dos livros a publicar; Manuel Mendes envia para Bougie a fotografia de uma sua escultura; e quando Teixeira-Gomes admite a hipótese de aprazar o conhecimento *de visu* já é tarde.

Falta apenas a carta das derradeiras horas, aquela que pudesse repetir a frase inesquecível inscrita em *Carnaval Literário:*

«...e ao despedir-me da vida, do alto da sacada do meu quarto, quando desponta a aurora em manhã luminosa e tépida, sacudir sobre o mar as cinzas dos sonhos...».

Para facilidade e comodidade de identificação, adoptámos as seguintes iniciais dos livros que citaremos:

| | |
|---|---|
| Inventário de Junho . . . | I. J. (4.ª ed., Portugália Editora) |
| Cartas Sem Moral Nenhuma | C. S. M. N. (3.ª ed., Seara Nova) |
| Agosto Azul . . . . . . . | A. A. (3.ª ed., Portugália Editora) |
| Sabina Freire . . . . . . | S. F. (3.ª ed., Portugália Editora) |
| Gente Singular . . . . . . | G. S. (3.ª ed., Portugália Editora) |
| Cartas a Columbano . . . . | C. C. (2.ª ed., Portugália Editora) |
| Novelas Eróticas . . . . . | N. E. (2.ª ed., Portugália Editora) |
| Regressos . . . . . . . . | R. (3.ª ed., Portugália Editora) |
| Miscelânia . . . . . . . . | Misc. (2.ª ed.-Vol. I, Port. Editora) |
| Maria Adelaide . . . . . . | M. A. (2.ª ed., Portugália Editora) |
| Carnaval Literário . . . | C. L. (2.ª ed., Portugália Editora) |
| Londres Maravilhosa . . . | L. M. (2.ª ed., Portugália Editora) |

Primeira Parte

# O HOMEM E A ÉPOCA

# O HOMEM E A ÉPOCA

Quando Eça de Queirós publicou *A Relíquia*, tinha M. Teixeira-Gomes (nascido em Portimão a 27 de Maio de 1860) vinte e quatro anos e não poderia deixar de sofrer a influência do autor de *O Primo Basílio* e de *Os Maias*, mesmo sem fugir à regra segundo a qual os jovens escritores quase invariavelmente tentam destruir a geração anterior à sua. De facto, Teixeira-Gomes muito havia de receber do desenho burlesco e caricatural das personagens de Eça, como da sua visão transfiguradora da natureza e, fundamentalmente (ainda que o contestasse), do seu talento de modernizador da língua literária.

Contemporâneo e amigo de escritores tão diferentes como António Nobre e Abel Botelho, Teixeira-Gomes, que só tarde começaria a escrever, não passou ao lado do simbolismo e do naturalismo sem de um e do outro receber marcas que na sua escrita se haviam de projectar. Se é certo que a sua obra nada tem a ver com o carácter programático das *Cenas da Vida Contemporânea*, de Lourenço Pinto, ou com a *Comédia do Campo* e a *Comédia da Cidade*, de Teixeira de Queirós, outrotanto não sucede com a dinamização estética da linguagem operada pelo simbolismo e pelo decadentismo, a que foi sensível o autor de *Inventário de Junho* e de *Regressos*, nem com a tentativa de *Patologia Social* empreendida por Abel Botelho, na linha de Zola, a que nem Teixeira-Gomes nem Fialho ficaram totalmente indiferentes, por muito diversas que fossem as suas motivações e objectivos.

Para um escritor que atravessou quase dois meios séculos, «amador» no melhor sentido (no de amante da palavra, leitor incansável), muitas terão sido forçosamente as absorções (e também as rejeições), tanto, se não mais, em certos períodos da sua vida, no domínio das literaturas estrangeiras do que no da fonte nacional, como adiante veremos.

Foi na década de 1870 que principiaram a aparecer em Portugal grupos republicanos e socialistas (a Associação Fraternidade Operária foi fundada em 1872 por José Fontana e por Antero de Quental, o Partido Republicano Português nasceu em 1877). Quando Teixeira-Gomes vai estudar para o Seminário de Coimbra, onde o seu anticlericalismo há-de reforçar-se, já leva nos olhos adolescentes e na palavra entusiasta o ideal republicano.

A monarquia está ainda solidamente implantada. Atenuadas as fricções entre a nobreza e a burguesia, prevalecem, em período de relativa expansão industrial e financeira e de considerável desenvolvimento do comércio, os interesses coligados destas classes sobre as faixas sociais dominadas.

Integrada a antimonárquica geração de 70, racionalista e cienticista, apostada que estava em arrancar Portugal ao subdesenvolvimento técnico, social e cultural, é por volta de 1890 que o poder começa a estremecer com o avanço das organizações republicanas.

Teixeira-Gomes assistiu ao progresso dos caminhos de ferro portugueses, ao impulso dado, por volta de 1890, à economia colonial, viveu como todos os jovens do seu tempo a indignação causada pelo *Ultimatum* e pelo mapa cor-de-rosa, mas desses factos poucos sinais há nos seus livros. Foi a Europa que desde sempre solicitou a sua atenção e nela em particular a bacia do Mediterrâneo, com a sua história, a sua beleza, a sua retórica, as suas antigas civilizações.

Neto, por via paterna, de Manuel Gomes Xavier, soldado de Napoleão, combatente de Waterloo, e de D. Maria Gomes, filho do rico comerciante portimonente, nascido em Paris, José Libânio Gomes e de D. Maria da Glória Teixeira-Gomes; neto materno de Francisco Manuel Teixeira Seixas Borges (o avô de Ferragudo) e de D. Ana Bárbara dos Santos Teixeira, o pequeno Manuel Teixeira-Gomes frequentou até aos dez anos, ou seja, até completar a instrução primária, a escola de Portimão, daí transitando para o seminário de Coimbra, preferido pelas grandes famílias conservadoras ao estabelecimento de ensino secundário de Campolide. Aí permaneceu, com êxito, cinco anos, após o que se matriculou, em duas épocas seguidas, na Faculdade de Medicina, sem prestar provas e com frequência verosimilmente quase nula. Depois o ócio literário, o serviço militar, as relações literárias, oscilações entre Lisboa e o Porto, até ao regresso ao Algarve. Ele próprio escreveu: «...reprovações e anos perdidos; peregrinações estéreis pelas várias escolas do País; conflitos com a autoridade paterna; boémia descabelada, miséria, fome e literatura»[1].

Se há na literatura portuguesa dos fins do século XIX e começos do XX escritor em cuja obra, múltipla e diversificada

---

[1] Citado por Norberto Lopes, *O Exilado de Bougie*, Parceria António Maria Pereira, Lisboa, 1942, p. 50.

(que vai do louvor e do hino à beleza à acentuação do grotesco, à abertura ao fantástico), se manifeste e orgulhosamente se afirme uma personalidade excepcional, essa é bem a de M. Teixeira--Gomes.

Filho, como dissemos, da alta burguesia portimonense, mas desde cedo voltado para os ventos novos da história, Teixeira--Gomes apresenta na sua obra contradições agudas, que aliás esteticamente a enriquecem.

Basta lermos o trecho referente aos Pobres de Portimão em *Londres Maravilhosa* para nos darmos conta da força da sua indignação ante a injustiça social, ainda que um certo apresto estilístico possa aparentar esse texto às manchas de miséria que a palavra enverniza na «Carta a Manuel» de António Nobre *(Só)*.

O facto de o escritor poder alimentar com as pústulas do sofrimento o seu gosto pela metáfora não lhe retira autenticidade, se nele se equilibram, como sucede com Teixeira-Gomes, os impulsos vitais e os imperativos da escrita.

O enunciador de *Maria Adelaide* e sua personagem fulcral, Ramiro d'Arge, simboliza a naturalidade do instinto, porém não se liberta totalmente das peias convencionais do código burguês. O que o romance denuncia com veemência, sem o sublinhar, através do «cinismo» de Ramiro, é, sem dúvida, a sujeição social e marital da mulher, mormente quando de condição económica inferior, mas é ainda mais a dificuldade, para não dizer a impossibilidade, da coabitação.

A articulação dialéctica dos grandes vectores — vivência hedonista do herói-narrador, que envolve um desafio às convenções, fatalidade do comportamento machista no contexto em que o casal se insere — não é reaccionária, mas progressista, na medida em que implica, sem qualquer registo moralizador, a rejeição do *statu* que torna possível situações deste género. E isso mesmo o diz Teixeira-Gomes ao fazer a defesa da mulher e da sua emancipação nas páginas de *Carnaval Literário*, mais ou menos contemporâneas de *Maria Adelaide*.

O neto do oficial napoleónico, combatente de Waterloo, o filho do rico proprietário e comerciante de Portimão educado em Paris, traz já dessa linhagem o patriciado e o liberalismo, mas há que ver como recusa todos, ou quase todos, os estatutos da sua condição que lhe são propostos: o seminário, cujos estudos termina numa constante e confessa revolta e repulsa (com resultados tanto positivos como negativos), o curso superior (Medicina), que não completa, o casamento, a que se furta, para aceitar apenas, até perto dos quarenta anos, as tarefas que o levam a viajar, sua suprema tentação, com intervalos de boémia excêntrica e doirada e de atitudes *snobs* tipicamente finisseculares, que há-de ironicamente renegar ao assumir a escrita.

Note-se que já na sua prática do negócio, colocando na Flandres o figo algarvio, Teixeira-Gomes deixa entrever a grande regra da sua vida: o amor e o escrúpulo do trabalho bem feito, que tanto o ministro em Londres como o presidente da República observarão meticulosamente.

A ligação com a belíssima Belmira das Neves, filha de pescadores e pouco mais de adolescente, a quem «colheu as primícias» e pôs casa na rua Direita de Portimão, vindo a viver com ela em mancebia que não afrontava a sociedade de então, terá sido presumivelmente tudo menos união livre, a avaliar pelos reflexos que encontramos na ficção de *Maria Adelaide* — mútua dependência, escravidão dos sentidos, altercações, relação paradigmática ainda mais atormentada do que o é em geral o matrimónio.

Devoto de Camilo (da sua prosa vernácula, da sua fecundidade demiúrgica) e tentado, em dado passo da sua existência literária, a denegrir Eça, voltaria Teixeira-Gomes a admirar no autor de *Os Maias* a ágil ironia e a poética da escrita. Oscilando entre o culto da linguagem castiça e o arrojo inovador do metaforismo, companheiro de geração de Fialho de Almeida, de Carlos Malheiro Dias, de Brito Camacho (seu patrono nas incursões pela vida política), Teixeira-Gomes sofreu ainda marcas do clima em que se processava o realismo naturalista. Superados os juvenis estes românticos [1], era lógico que a sua atenção convergisse para as experiências estéticas mais consonantes com o gosto e a prática que, com o prestígio de uma «literatura científica», nos chegavam de Paris.

Não tardaria, porém, com o seu lúcido senso crítico, a descortinar o sublinhado pacóvio e o verbo redundante dos extensos e pesados romances em que se ia concretizando o inventário da patologia social tentado por Abel Botelho (*O Barão de Lavos, O Fatal Dilema*, etc.) ou o carácter redutor da *Comédia da Cidade e da Comédia do Campo* de Bento Moreno [2].

A sua vocação para o tratamento exaustivo do pormenor, o favor que, na representação, tende a conceder não à personagem mas ao espaço envolvente, o seu amor da paisagem, «pintada» com a palavra, e do corpo humano assimilado à estatuária, ou da escultura e do quadro em que sabe insuflar, com o calor do seu discurso, uma intensa vida sensual, predispõem-no para aderir à modernidade de um esteticismo em que o vemos emparceirar com Huysmans, com certos textos dos irmãos Goncourt e, ainda e sempre, com o Flaubert de *Salambô*, já de costas voltadas para o realismo naturalista.

---

[1] Tramitação que se projecta no intróito do conto *Gente Singular*, no mea-culpa do poeta amanuense Pedrinho Carneiro.
[2] Teixeira de Queirós.

Snobismo, esteticismo e, sobretudo, experiência apaixonada e apaixonante da linguagem, das elasticidades do sentido, das aventuras e achados do ritmo.

Afrontosamente epicurista, quando não provocantemente hedonista, num contexto cultural retardado, num pequeno mundo de maledicências alvares, de insinuações reles, de velhos pudores bafientos, de manias persecutórias, Teixeira-Gomes reagiu a essa mesquinhez ambiente dobrando a parada, escandalizando, com a sua «Agripina», de *Inventário de Junto,* com as suas *Cartas Sem Moral Nenhuma,* com a proclamação da beleza dos corpos, do direito ao prazer, com o adestramento escritural de um olhar atento e cúmplice, deleitadamente curioso, que por todo o lado onde a carne palpita se insinua, espreita, se comove, se orgasma.

Da passagem pelo seminário ficou-lhe, para lá do anticlericalismo, o comércio com os clássicos e muito particularmente com Manuel Bernardes[1], com Castilho, com os pensadores católicos franceses — de Retz, La Bruyère[2], Pascal —, a veneração da língua e da autêntica lusitanidade, a do insurgente Camilo.

Infância em Portimão, adolescência em Coimbra, férias no Algarve. Aos quinze anos termina o secundário e com dezassete já aparece matriculado na Faculdade de Medicina, cujos bancos não vai aquecer, pois logo se lança na estúrdia amorosa e na boémia literária, não para fazer carreira mas como companheiro ilustrado e de bom aviso, leitor arguto, *dilettante,* por então, na escrita. Namorador audaz, frequentador de bordéis, grande amador de farsas e partidas, denunciava já o génio alegremente desafiador que se projecta em tantos dos seus textos futuros, desde «Música a Porcos» a «Jogos de Bolsa» (a monumental carnavalada das trocas de nomes dos mais conspícuos batávios)[3]. O tempo do serviço militar vai permitir-lhe prolongar esse ciclo descuidoso de absorção de experiências lírico-sexuais e de café letrado, de pensões manhosas no Porto de António Nobre, de António Patrício, nos teatros onde se imagina a presença da Suze.

Vem, depois, o longo e fecundo período das suas viagens regulares à Europa fria (Bélgica, Holanda e Alemanha), com especial detença nos Países Baixos, onde colocava os produtos da sociedade exportadora que seu pai havia fundado em Portimão. Nessas andanças, veio a conhecer a grande música, que já profundamente amava e entendia, e a familiarizar-se com cidades de arte e com as melhores pinacotecas desses países e

---

[1] A atracção do paradoxo havia de levá-lo ao exercício do absurdo que é a sua comparação do P.ᵉ Bernardes com M.ᵐᵉ Du Barry, na base do perfeccionismo comum.
[2] Certo engodo pela *máxima* há-de reflorir, no fim da vida de Teixeira-Gomes, no seu *Carnaval Literário.*
[3] *G. S.,* pp. 44, 45.

com as de Paris, onde amiúde ia haurir as espumas de cultura e o dourado «pecaminoso». Porém, era durante as férias que a sua natureza afeita ao sol, ao mar, ao calor, e talhada para os climas da sensualidade se recriava nos museus, nas procissões, nas festas populares da Itália harmónica e pagã, na Andaluzia agarena, cintilante de sumos férvidos e de sangue, ou no Maghreb tão parecido a esse Algarve onde Teixeira-Gomes ideava e geograficamente demarcava a zona que proclamava mais helénica do que a própria Grécia actual — entre a Ponta do Altar e a Ponta da Piedade.

Mais tarde deixar-nos-ia, em *Miscelânea* e nas *Cartas a Columbano*, as mais subtis e formosas impressões de coleccionador sem colecção, onde descreve, aprecia, escolhe, ilumina, ultrapassa com frequência o modelo, faz ressurgir no seu mistério, para logo os desvelar, quadros, frescos, estátuas, cenas da vida vivida, eróticas, pícaras ou violentas, num tumulto de sensação onde acaba sempre por se verificar o triunfo da palavra.

O pendor epistolar, a que já era atreito, desenvolve-se-lhe à medida que, distanciado da Pátria (e da sua roda de amigos dilectos), mais ainda, ao assumir-se como narrador, apetece esse tipo de comunicação em que o narratário é conhecido[1]. Daí nasceu boa porção dos seus textos mais belos e singulares: *Cartas Sem Moral Nenhuma*, parte de *Agosto Azul*, *Miscelânea*, *Cartas a Columbano*...

As suas primeiras novelas e contos — *Gente Singular* — balançam entre a exploração da caricatura social (com um *pathos* por vezes muito carregado) e a imitação da lascívia (alegria fortemente sexual[2], que exige a glória da posse). Mas nem em «Jogos de Bolsa» nem em «Sede de Sangue» tal pletora atinge a sua consumação — a sua aniquilação. E esse traço temático, se é certo que não se verifica em *Maria Adelaide*, onde assistimos ao nascimento, paixão e agonia de um Amor (desigual), observa-se nas *Novelas Eróticas*, nalgumas das quais reaparece a diferença social, enquanto noutras, também privadas da plena consecução sexual, surgem formas de participação mágica: o

---

[1] «É que o género epistolar satisfaz plena e simultaneamente o egoísmo e a preguiça, minhas virtudes capitais. Escolhe-se a vítima para o suposto desabafo, e porque lhe conhecemos bem o espírito, as inclinações estéticas, a índole, disserta-se conforme a tolerância de quem nos escuta, seguros de que o seu entendimento e argúcia suprirão as omissões e elipses com que se aligeira a narrativa, e a ausência de explicações que a tornariam demasiado longa e enfadonha de fazer. É um ouvinte que vale por mil.» (*Misc.*, p. 38).

[2] Fiel à sua opção de vida, Teixeira-Gomes havia de escrever ainda em *Miscelânea*, p. 204: «...o que convém é repetir sempre e sempre esse grito fecundo e salutar: como é belo viver e ser forte». Mais adiante há-de aconselhar a mocidade a pôr na sua vida «sol e riso».

olhar, o roçar das mãos, um tremor, o quer que seja que reenvia à ordem do corpo e se enche de significação erótica.

Figura capital do discurso de Teixeira-Gomes é o esquema binário das emoções evocadas. Por vezes o tema do tempo assume nas suas ficções-memórias importância decisiva, como transformador do real, como filtro de sensações, que, experimentadas, só no agora, no momento da produção do discurso, ganham o seu justo contorno significativo, quando tempo e verbo se unificam.

Exemplos disso são estes segmentos textuais:

«Tornava-se-me completa a felicidade apenas soltara da memória os espectáculos e quadros que ela ciosamente arquivara. Brincava com as imagens visuais como os filósofos com as ideias abstractas...»[1];

«Durante muitos anos, nas minhas digressões, nos meus passeios, me dei ao exercício de seccionar a paisagem em quadros, isolando-os e emoldurando-os, logo, em imaginação; e depois, consoante o carácter do trecho apreendido, conjecturar: como é que o Cláudio Loreno o simbolizaria, que luz lhe escolheria o Turner (...) E assim ia pedindo explicações a todos os mestres meus preferidos, que mas não regateavam, redobrando com os seus ensinamentos, e o valor da sua poesia, o gozo que eu experimentava na contemplação da Natureza» (Misc., p. 88);

«A sua face ardente colara-se à minha e as suas lágrimas desfaziam-se-me nos lábios com um delicioso sabor salobro que nunca mais esqueci.» (N. E., p. 51);

«Mas arrefece-me ainda agora o sangue, à lembrança do olhar que me cuspiu, crivando-me a alma de remorsos, a lívida visão de Picadilly. Fiquei estarrecido, e quando me roçou pelo fato a gélida humidade dos seus farrapos, a cujo contacto foi impossível fugir, mal tive força para, suplicando, balbuciar: «Perdoa! Olha que eu não tenho culpa, não tenho culpa...»[2] (L. M., p. 39);

---

[1] Citado por Castelo Branco Chaves no posfácio de *Londres Maravilhosa*, p. 192.

[2] Neste texto, datado de 1905, já se afirma, como nos diálogos entre Pedro Carneiro e o Dr. Silvestre (*Londres Maravilhosa*: «Diálogos Impertinentes»), a consciência progressista de Teixeira-Gomes e o seu fundo, irrebatível remorso pela sua situação de privilegiado ante as vítimas da desigualdade social. Do que, entre muitos, é expressivo exemplo, este passo: «— É certo que o operário, embebedando-se, cerceia a autoridade para gritar contra a bebedeira dos ricos; e então, quando já embriagado o operário declama sobre a desmoralização dos ricos, só dá a estes motivos de sofrearem a piedade. Mas no fundo a necessidade, a desgraça, a miséria, têm sempre razão; e a abundância, a sabedoria, a felicidade, serão sempre taras imperdoáveis enquanto não forem universais...» (L. M., p. 55).

«Tinha culpa! Nesse momento o manejo evocador duma formosíssima meretriz, provocadora, diligente e vigilante, trouxera-me ao pensamento aquela figura da Acropolis arrancada ao Parténon que representa não sei que deusa desatando a sandália — Niké, a deusa da Vitória.» (*L. M.*, p. 39).

Aqui surge, neste último exemplo, um esquema ternário [1], com três momentos: o da confirmação do remorso, coincidente com a instância narrativa *(tinha culpa!)*; o da evocação do *manejo da meretriz* e ainda o terceiro momento, para o qual essa personagem remete — a estátua arrancada ao Parténon, ou seja, uma deusa desatando a sandália, ícone que, aliás, aparece reiteradamente no discurso de Teixeira-Gomes, pelo menos o pé, como figura metonímica do desejo.

Estes dois textos recolhidos em *Londres Maravilhosa*, bem como os anteriormente citados, mostram-nos em que medida o narrador (aqui quase colado ao autor) se interpreta a si mesmo, ao mundo e à sua situação no mundo — pensamento e sensualidade (con)fundidos numa maneira própria de estar no mundo.

A intervenção social dos textos de Teixeira-Gomes, ou do enunciador, «distanciado» do referente, em quem ele delega a escrita, reside simultaneamente no insólito das suas estesias e na agressividade do seu códico erótico, quando confrontado com os sistemas morais repressivos da burguesia finissecular ou dos começos do século XX.

Da actividade e do pensar diplomático e político de Teixeira-Gomes — ministro em Londres, depois em Madrid, após o sidonismo e o curto compasso de espera, literariamente fecundo, do seu renovado viver algarvio —, por fim Presidente da República até ao exílio voluntário, que se tornaria definitivo após o golpe do 28 de Maio, ficaram-nos as *Cartas a Políticos e Diplomatas* e algumas reflexões, dispersas pelas missivas de *Miscelânea* e em pequenos trechos de *Carnaval Literário* e de *Regressos;* nem sempre amargas ou irónicas, às vezes percorridas por um cálido frémito de esperança na Humanidade.

Fiel ao essencial da sua natureza, talhada para o amor do belo e para a intensa fruição do prazer, Teixeira-Gomes evoluiu profundamente desde a sua adolescência já republicana, e irrefragavelmente anticlerical, até à excentricidade algo *snob* e irreverente do filho-família esclarecido e culto, de mentalidade progressista, mas caminhando na vida sobre rosas e amores, à clara atitude democrática, todavia ainda patrícia, do rico proprietário e negociante que aceita servir a Pátria e a República em difíceis postos diplomáticos, de que se desincumbe com

---

[1] Os esquemas ternários temporais são objecto de aprofundada análise no ensaio de Jean Starobinski «La Relation Critique» *(L'Oeil Vivant II)*, Ed. Gallimard, 1970.

dignidade, com trabalho e com brilho, para chegar ao tempo de aprendizagem da suprema magistratura, em que vai aproximar-se cada vez mais das camadas populares e dos seus direitos e justas aspirações. É, porém, impressionantemente, nos seus anos de exílio argelino, em idade já mais propícia à involução do que à evolução de sentimentos e ideias, que ele produz, no silêncio do seu terraço de Bougie, os juízos políticos mais avançados e exprime, a partir de lúcida e incomplacente revisão interior e de uma repousada atenção crítica ao que então se passa no mundo (Frente Popular em França, evolução da Revolução Soviética, ascensão e ameaças do fascismo), uma para muitos inesperada solidariedade com os triunfos da classe operária e seu destino histórico. A sua inequívoca, sentida e ponderada condenação das barreiras cruéis que o egoísmo pequeno-burguês e os seus próceres opõem à difusão e às conquistas dos ideais socialistas patenteia-se ao longo dos materiais acumulados em *Carnaval Literário* [1], bem como nalgumas das cartas mais importantes que escreveu em seus últimos anos de vida, sobretudo nas que dirigiu a Manuel Mendes.

---

[1] Primeiramente publicados em revistas, especialmente na *Seara Nova*.

# A FORMAÇÃO CULTURAL E A CONVIVÊNCIA INTELECTUAL

O pigmento de citações não é necessariamente um campo de influências. Será, todavia, relevante observar quais os autores que Teixeira-Gomes com mais frequência (e apreço) cita. Referimos já os predilectos (Bernardes, Camilo, Castilho, este muito amiudadamente chamado ao texto, mas devemos acrescentar-lhes, de entre os clássicos e os grandes românticos, Horácio, Ovídio, São Tomás de Aquino, Pascal, Boileau, Bossuet, Vauvenargues, Daniel Defoe, Byron, Chateaubriand, Victor Hugo. Menos sensível à modernidade ou dela menos curioso na curva descendente da vida, Teixeira-Gomes expõe uma surpreendente diversidade de interesses e leituras, que passam pela história (Herculano, Oliveira Martins, Taine, Fustel de Coulanges) e pela filosofia: além de Spinosa e de Kant, seus «familiares» de bom convívio, Platão, Marco Aurélio, Fichte, Leibniz, Weber, Schopenhauer e o seu idolatrado Nietzsche, que preenche uma parte da sua personalidade adquirida, ou, se o preferirmos, uma das suas personalidades, curiosamente delegada no seu quase heterónimo que é Sabina Freire. Pela boca de Sabina [1], Teixeira-Gomes se produz teatralmente de quando em vez, escusando-se da brutalidade nietzscheana dos assertos com locuções do tipo «A propósito dizia-me a senhora D. Sabina Freire» [2] ou «Palavras que a Sabina Freire podia (devia) ter pronunciado» [3], etc.

---

[1] É muito significativo que seja uma mulher de extracção pobre e acentuadamente rebelde — duplamente escrava liberta —, essa personagem favorita na qual o autor parece delegar uma parte de si, ou um seu *ego*. Freud concebia o sujeito como um sistema de reenvios intermitentes, heterogéneos e descontínuos entre as camadas do psíquico, da sociedade e do mundo.
A cultura, a indignação, o remorso e possivelmente os recalcamentos funcionam assim na estruturação desta personagem, que vai perdurar ao longo da obra de Teixeira-Gomes.
[2] *C. L.*, p. 39.
[3] *C. L.*, p. 189.

Da paixão de Teixeira-Gomes pelas artes visuais (escultura, baixo relevo, cerâmica e, naturalmente, a pintura) ocupar-nos-emos mais adiante, a propósito das áreas semânticas da sua escrita. Queremos ainda assinalar o seu convívio com William Blake (que ele compara, no amor por todos os seres da criação, a S. Francisco de Assis), Théophile Gautier (a quem presta sobretudo atenção como teórico da poética e da poemática ou da prosódia em geral), Huysmans, George Sand, Dumas Filho, Edgar Pöe, Flaubert, Ruskin, Ibsen, Mark Twain, Knut Hamsun e, dos seus mais próximos coevos, Maeterlinck, especialmente como autor da «Vida das Abelhas», o «grande» (sic) Menéndez y Pelayo (é de notar a fascinação de Teixeira-Gomes pelo surto das ciências humanas — antropologia, psicologia, sociologia, filologia —, que saúda com consciência já alertada para as rupturas epistemológicas. A atestar o seu ecletismo estético, Teixeira-Gomes cita e admira tanto o democrata reformista Thomas Mann, escritor imenso; Henri Barbusse, membro fundador do Partido Comunista Francês; como d'Annunzio, certamente pelo intenso vitalismo, pela pletora barroca, e apesar do culto do heroismo agressivo e do *imperium* que o aproxima dos fascistas.

Escreveu, por exemplo: «Abriu-nos a filosofia científica horizontes novos às investigações da inteligência? Em todo o caso deu um formidável bote nos vaidosos especialistas cuja autoridade abalou para sempre e abateu as fronteiras que limitavam o campo dos diversos ramos do saber humano.» (*C. L.*, pp. 44 e 45). São muito frequentes as suas incursões pelo freudismo, a sua declarada vontade de escrutar o inconsciente e as suas especulações sobre a língua que o povo e os poetas criam e a que os gramáticos fixam as regras. Ver por exemplo a conversa com Cândido de Figueiredo, *C. L.*, p. 30.

No entanto, Teixeira-Gomes põe em causa a ciência-fonte-de-progresso, tal como a concebeu o capitalismo liberal concorrencial do século XIX, e com ela o belicismo e o suicídio colectivo da humanidade: «A ciência libertadora, a ciência redentora, que *blague*. A ciência que escraviza o homem à máquina; a ciência que descobriu engenhos destrutores a que nada resiste; a ciência que centuplicou os efeitos calamitosos das guerras... a ciência que prepara o fim do mundo. Morre o operário de fome porque é a máquina que faz tudo; embrutece o operário porque a máquina o privou da mais elementar iniciativa estética; não há ramo de negócio que frutifique porque a máquina produz mil vezes mais do que é possível vender; aumenta febrilmente o poder assolador dos engenhos de guerra graças à ciência mãe da máquina; enfim, máquina e ciência, eis os dois capitais flagelos que impendem sobre a própria humanidade» (*C. L.*, p. 36). Observe-se que, muito à sua maneira, o exilado de Bougie logo cura de reduzir o irónico exagero desta acusação (de que não se pode sequer deduzir a esperança nas correcções da planificação socialista), abonando-se com uma sentença de Ducleaux: «C'este parce que la science n'est jamais sûre de rien qu'elle avance toujours.» (*C. L.*, p. 38).

De entre os poetas, como tais, à parte a sua querença pela fluência constante de João de Deus, vemos Teixeira-Gomes estimar a poesia órfica de Verlaine e esmaltar o seu discurso com os nomes de Baudelaire e de Rimbaud (Lamartine está presente apenas como orador).

Shakespeare, Goethe surgem-nos como familiar frequência.

No discurso que pronunciou, sobre Shakespeare, em Abril de 1912, no Palácio Municipal de Stratford-on-Avon, quando ministro de Portugal em Londres, considera-o Teixeira-Gomes «o mais encantador, rico e brilhante criador de imagens» e o maior dos seus «mestres espirituais». Conta do fascínio que sobre ele exerceram desde a sua «já remota mocidade» os nomes de Ofélia, Imogénia, Virgília, Cordélia (com que viria a baptizar a personagem de uma das suas *Novelas Eróticas*, também ela «anjo da bondade e da modéstia») e os das infelizes Julieta, Desdémona, das diabólicas Cleópatra, Lady Macbeth ou das espirituosas Beatriz e Rosalinda [1]. Em *Londres Maravilhosa* refere-se ao «prazer intelectual alcançado na leitura da melhor peça de Shakespeare, embora feita nas projecções do mais potente de todos os cérebros» [2]. Porém, a mais expressiva das suas referências a Shakespeare talvez seja esta: «...como é possível que ainda hoje nós encontremos em Shakespeare a explicação das nossas desordenadas ambições, dos nossos pensamentos, do nosso insaciável desejo do que é novo, da nossa obstinada resistência à mínima abdicação do orgulho individualista, e tudo isso a despeito das condições e exigências de uma tão diferente organização social.» [3]

Em Goethe Teixeira-Gomes admirava a «inteligência equilibrada», embora, por não saber alemão, estivesse privado da directa fruição das «delícias musicais da sua poesia» [4]. Cita o interesse do autor do Fausto pela «escrituração por partidas dobradas», converge com ele na adoração pelas «serenas — e sublimes — harmonias das paisagens de Cláudio Loreno» [5] e discute, por mais de uma vez, a sua impossibilidade de sentir as profundas, patéticas, revoltas belezas da música de Beethoven...» [6]

Também com ele se mostra ironicamente solidário no desvario de aos 74 anos querer casar com a menina Ulrica de Levetzow, que tinha 18. Diz: «É preciso ser velho para o desculpar de semelhante loucura, que o era, aos olhos da gente de

---

[1] *L. M.*, p. 78.
[2] *L. M.*, p. 31.
[3] *L. M.*, pp. 75, 76.
[4] *C. L.*, p. 142.
[5] *C. L.*, p. 186.
[6] *C. L.*, p. 186.

peso, admitindo mesmo a posse das faculdades físicas, para consumar o matrimónio, que os contemporâneos lhe atribuíam naquela idade.»[1]

Deixei propositadamente para o fim da contagem Boccaccio, Rabelais[2], Heine e Rémy de Gourmont. Com o novelista do *Decameron* tem Teixeira-Gomes evidentes afinidades, desde a experiência da mercancia ao gosto pelo riso e ao novo e desafiador cântico do corpo e dos seus direitos.

Heine, pessimista, será talvez na galeria dos seus avatares o contrário amado, o eu negado, enquanto Rémy de Gourmont, escritor menor, representa, para o mestre da alegria de viver que foi Teixeira-Gomes, o exemplo sem jaça, a qualidade moral de um estoicismo inexcedível. *As Mil e Uma Noites* são também uma das nascentes em que bebe o filo-árabe Teixeira-Gomes, sempre encantado com a arte oral e popular e com o Norte de África muçulmano, quente, tolerante, sensual, onde acabou por deitar raízes. Outro extremo do seu inventário do humano na literatura é o sibilino grande senhor da alegoria e da ironia no Século das Luzes, Voltaire, sobretudo o do *Tratado da Tolerância*...

O incansável leitor dos clássicos que é o autor de *Regressos*, de *Miscelânea*, de *Carnaval Literário* forrageia por bem diversos terrenos, do *Cancioneiro de Rezende* a José Anastácio da Cunha. Não se cansa, em contrapartida, de acumular ferroadas para apear do pedestal os seus antecessores, mesmo os maiores: Ramalho, Eça (ao qual, entretanto, rende homenagem, mais que não seja pelo número de vezes que o refere), Teófilo Braga. Confessa expressamente, numa penada de auto-crítica: «O passado literário mais odiado será sempre aquele que nos precedeu.»[3]

Pelo contrário, Teixeira-Gomes reverencia Abel Salazar, pedagogo e esteta; cultiva com o pensador Sampaio Bruno uma amizade plena de admiração; e com ardor defende o talento e a realização literária de Fialho de Almeida, seu companheiro de geração e opção. Escreve, por exemplo, em *Carnaval Literário* (e tanto podem estas frases justificar a obra de Fialho, como a dele próprio, Teixeira-Gomes):

---

[1] *C. L.*, p. 16.
[2] A defesa de Rabelais serve de pretexto a Teixeira-Gomes para desferir um dos seus múltiplos ataques contra o realismo-naturalista, de que, no entanto, é tributário: «Não admira que os realistas, ou naturalistas, abominassem o Rabelais, ou as suas pseudo-grosserias: eles tinham e manejavam a obscenidade triste, e sempre com intuitos moralizadores» (*C. L.*, p. 210). A carapuça poderia servir a Abel Botelho, alvo frequente das setas de Teixeira-Gomes.
[3] *C. L.*, p. 84.

«A meu ver, abusa-se muito do adjectivo *fragmentário*, para designar a obra de certos escritores (como por exemplo o Fialho) que não publicaram romances de quatrocentas páginas, nem tratados maçudos sobre coisa alguma. Um conto, uma novela, um trecho de viagem, a crítica de um livro, embora curtos, podem ser compostos com acabada perfeição, que não admite acréscimos. São exactamente, como os volumosos romances, fragmentos espirituais da mesma inteligência donde brotaram. Fragmentária, propriamente dita, seria a obra composta de trabalhos, curtos ou longos, que nunca fossem terminados.»[1]

Teixeira-Gomes teve muitos amigos, mas poucas intimidades. O companheiro permanente e aliado na estratégia das letras foi Fialho de Almeida, seu colega no primeiro e único ano em que andou na Escola Médica, o mesmo Fialho que numa primeira fase, não o levando ainda a sério como criador, se aproveitava das suas longas cartas para as ampliar, brunir, metamorfosear e dar à estampa em seu próprio nome, esse Fialho que ele defendeu dos detractores que lhe atacavam o talento indisciplinado, pela prolixidade e pela dispersão, e que, por seu turno, lhe acompanhou devotadamente as passadas literárias, não duvidando de falar em génio quando veio a lume a *Sabina Freire*.

Outra convivência das mais fortes terá sido a que uniu Teixeira-Gomes a Sampaio Bruno, sendo certo, como dissemos, que no Porto ele frequentava assiduamente a padaria do pai de José Pereira Sampaio, ao Bonjardim, transformada em cenáculo da juventude letrada e que foi Sampaio Bruno um dos poucos em quem mais tarde, no exílio, ele pensou para lhe confiar a tarefa melindrosa da publicação dos seus livros.

Tanto o excessivo, truculento, *poseur* Fialho de Almeida, na confluência do naturalismo patologista, excremencial, e de um esteticismo crepuscular, como o filosófico e republicano Bruno, que totalmente se investe na aventura patriótica do 31 de Janeiro, têm muito a ver com Teixeira-Gomes, o primeiro pela paixão (um tanto exterior, é certo) da arte e por certas notações subtis de atmosferas e obras plásticas, o segundo pela vontade de justiça e dignidade colectivas.

Todavia, o patrono político de Teixeira-Gomes, e um dos seus amigos mais constantes, foi Brito Camacho, director de *A Luta*, e também escritor de prosa «pitoresca» e trabalhada, que deu boas provas desses predicados nos seus contarelos (alentejaníssimos pela linguagem e pela fiel reprodução da realidade) de *Gente Rústica*.

Homem de transição entre o século XIX e o século XX, atento ao novo mas profundamente fiel aos valores clássicos, considerando a literatura como acima de tudo obra de linguagem,

---

[1] *C. L.*, p. 206.

Teixeira-Gomes partilhou com António Patrício e com João de Barros a fascinação pelo pensamento nitzscheano, em cuja leitura converge aliás, nalguns pontos, com o autor de *Anteu*, embora o seu optimismo e o seu vitalismo apareçam de um modo geral através do prisma do individualismo, sem o ardor de esperança militante do seu amigo e constante correspondente João de Barros, grande figura moral dos difíceis anos da I República.

# AS IDEIAS POLÍTICO-SOCIAIS

A experiência cultural (e consequentemente a natureza do intertexto), nas obras de Teixeira-Gomes, é duplamente significativa: da sua formação clássica (vivência livresca em que devemos incluir a concepção da vida como *ars amatoria*) e da sua vocação moralista. O paradoxo que reside na frequente citação de opostos como, de um lado, Castilho, os místicos, especialmente Manuel Bernardes, os tradicionalistas, como José Agostinho de Macedo (mais esporadicamente), Camilo, segundo Teixeira-Gomes *o maior dos nossos escritores do século passado* [1], e, do outro, Montaigne, Kant, Spinosa, Romain Rolland, Thomas Mann, Jean Jaurès, explica-se não só pela obrigatoriedade das leituras do tempo do seminário e sua sedimentação, mas sobretudo pela permanência de contrários dialecticamente resolúveis na personalidade do racionalista autor de «Miscelânea», fruto da sua origem e formação burguesa e da sua opção republicana [2], que nele desenvolveu uma forte aspiração à liberdade e à justiça social. Sem o desviar do seu conceito de arte lúdica, essa natureza adquirida, escolhida, sua segunda pele, coloca-o na fileira dos indefectíveis amantes da Revolução Francesa, da Frente Popular e, já na década de 30, dos movimentos anti-belicistas e anti-fascistas e de homens de esquerda como Jean Jaurès e Romain Rolland [3].

---

[1] *C. L.*, p. 31.
[2] Opção essa que, no entanto, já se observa na emotividade do começo da juventude de Teixeira-Gomes, segundo testemunho do próprio em «Miscelânea», p. 99: «Aos quinze anos fazia propaganda republicana, e tentava converter ao meu credo o Eduardo de Abreu, condiscípulo e companheiro de casa que só trinta e cinco anos depois nele veio a comungar.»
[3] «Não valeria a pena fazer em Portugal, também, um estudo profundo do papel que representam, ou representaram, os botequins, no desenvolvimento da política, artes e letras? (...)

A sensibilidade democrática e progressista de Teixeira-Gomes, que nos seus primeiros textos colide (de onde não poucas contradições) com um aristocratismo anarco-nietzscheano, tende a afirmar-se mais vincadamente na obra do período da sua sageza, em que, de acordo com a evolução da política mundial, ou seja, o ascenso dos fascismos na Europa e a gradual degradação e corrupção das democracias na América, ele se mostra mais e mais anticlerical e antitotalitário. Refere-se, comentando o fluxo da arte flamenga em épocas agitadas, às «odiosas perseguições inquisitoriais da dominação espanhola»[1] e, nas *Novelas Eróticas*, cuja 1.ª edição é de 1935, redigida, ou ultimada, em 1934, isto é, em vésperas da guerra de Espanha, deixa nítida marca da sua simpatia pela causa republicana, ou melhor, da sua repulsa pelo mundo do desprezo que havia de ser, que era já o do clã fascista. Encontra-se esse passo na novela «Cordélia», que tem, como outras de Teixeira-Gomes, um preâmbulo estético-cultural. O narrador-personagem que parece assumir a *imago mundi* do autor, bem como a sua própria biografia, tanto que logo de entrada, em voz memorialista, conta como se aproximou da Catalunha através de uns negociantes de cortiça de S. Felíu de Guixols que se estabeleceram no Algarve, afirma ter penetrado um pouco na «compreensão do complicado problema catalão, social, religioso e político»[2]. E logo se torna mais explícito: «...a agitação tumultuosa do operariado activo, o antagonismo das raças e das crenças, a propaganda sindicalista e a clerical; a expansão fabril e o fanatismo diligente dos jesuítas e frades, que iam enchendo os arrabaldes de verdadeiros Escuriais, onde a burguesia aprendia a detestar a liberdade ... alheia»[3].

Por mais de uma vez, ao longo da sua obra, Teixeira-Gomes conota com optimismo o espírito progressista e com pessimismo o espírito reaccionário. Assim, por exemplo, em *Carnaval Literário*, a propósito dos polemistas e da degradação da linguagem: «Na grande maioria dos casos, estes escritores ferozes e furiosos são reaccionários e, portanto, pessimistas.»[4] Evocando, numa digressão sobre o estilo oratório, «os tempos áureos da propaganda republicana», escreve Teixeira-Gomes: «Foram os erros e os crimes da Monarquia que originaram e desenvolveram essa

---

A aspiração de Jaurès (várias vezes manifestada no Parlamento) de conseguir que a República desse ao Povo a instrução que lhe permitisse apreciar as obras-primas artísticas, não seria excessiva? Admirado estou eu de que ainda não lançassem esse desejo à conta das patifarias democráticas...» («Carnaval Literário». p. 117).
[1] *C. L.*, p. 176.
[2] *N. E.*, p. 148.
[2] *N. E.*, p. 149.
[3] *C. L.*, p. 23.

atmosfera[1] e, quando os tribunos, na sua maioria, depois de feita a República, julgaram que bastava a parolice, para a aguentar e fortalecer, sucedeu o que se viu... Em lances tais, o que se requer são *res, non verba*. Oxalá a gente moça, a nova geração democrática, não esqueça a lição e lhe tire as consequências práticas, sem precisar de se prender muito aos conceitos históricos.»[2]

O sentimento anticlerical de Teixeira-Gomes (firmemente agnóstico), não é tanto expressão de jacobinismo como fruto de observação directa da influência da Igreja (cujos sectores progressistas ainda não se vislumbravam em Portugal) na manutenção e reforço dos privilégios e, sobretudo, na censura ao pensamento e ao progresso, em todas as suas formas: «A inutilidade da confissão, digo eu (para o confessado, não para o confessor), mas isso não impede de ser uma das pedras basilares do catolicismo, que é a mais forte organização política e policial dos tempos modernos. E parece que está, outra vez, de lavar e durar...»[3].

Teixeira-Gomes tem já, na década de 30, a antevisão do futuro socialista da Humanidade, que a sua consciência moral e o seu sentido histórico aprovam. Em pequenas notas deixa bem impressa essa sua convicção. No entanto, não é sem melancolia que se despede de um estilo de vida que lhe foi grato, embora, não o esqueçamos, ele fosse também o homem a quem a *miséria* (alheia) *pesava como um remorso*[4]. Discreteando sobre música moderna, faz Teixeira-Gomes a seguinte comparação: «A música do século dezanove antecipou-se à concepção do regime social do século XX, onde a orquestra forma um todo indivisível, não consentindo que som algum sobressaia por si só...[5]. É o lamento do estreme individualista, que, por outro lado, ante o avanço do fascismo, ironiza: «...exacerbando o meu individualismo, como se em nome da humanidade eu estivesse dizendo adeuzinho a todas as liberdades...» Vai, porém, mais longe, na sua convicção de que os campos se estremaram e de que a democracia burbuesa, a que está sentimentalmente, mas criticamente, ligado, fez o seu tempo: «Não esquecer nunca, para melhor compreensão dos tempos actuais, que todos os partidos políticos, moderados ou extremistas, para conquistarem o poder, e sobretudo para o conservarem, admitem as *férias da legalidade*» (*C. L.*, p. 212).

A franca simpatia de Teixeira-Gomes pelo ideário socialista e ateu declara-se amiúde, em certos lances de forma pitoresca e caricatural, noutros com o rigor intelectual da síntese dos

---

[1] A do êxito da retórica dos tribunos republicanos.
[2] *C. L.*, p. 113.
[3] *C. L.*, p. 115.
[4] *C. L.*, p. 184.
[5] *C. L.*, p. 178.

contrários: «Ao invés daquilo que muitíssimos filósofos aventam, ainda há quem julgue que a luta entre materialismo e espiritualismo há-de ter fim, dependendo isso do grau de instrução que a maioria da humanidade atingir, mas sobretudo do desenvolvimento do bem-estar físico, de modo que o homem não tenha de recorrer às ficções sobrenaturais para sonhar com a realização da felicidade, nem seja explorado pelos sacerdotes das religiões que lha prometem na outra vida.»[1]

Que Teixeira-Gomes tinha consciência das irreversíveis conquistas da classe operária e do papel dinâmico que lhe cabe na transformação do mundo, bem o demonstra esta sua lúcida constatação: «As aspirações das classes burguesas, impregnadas que sejam de generosidade altruísta e «espírito de justiça»[2], não conseguem já comover as massas populares, e tudo é baldado quando se trata de lançar pontes e estabelecer equilíbrios.»

O internacionalismo de Teixeira-Gomes, que não colide com o seu patriotismo, está bem expresso em alusões às «justas ou pelo menos generosas aspirações do internacionalismo universal» (*C. L.*, p. 139).

Uma das marcas iniludíveis do espírito progressista de Teixeira-Gomes encontra-se na simpatia, ainda quando levemente tingida de ironia, que ele dedica aos movimentos sufragistas (o direito da mulher ao voto) e, muito vincadamente no *Carnaval Literário*, no seu apoio incondicional à causa da libertação da mulher, assunto que, mais desenvolvidamente, adiante trataremos e analisaremos nas suas miúdas e complexas contradições. De entre os exemplos, que abundam e que certos laivos de presunção concupiscente, ou provocações ao leitor, não bastam para diminuir, destacamos:

«Pretendem os higienistas que uma das consequências de maior alcance social, a esperar da independência da mulher, fundada na sua educação científica, é que ela possa escolher o momento mais favorável para o exercício (digamos assim) da maternidade, produzindo portanto seres mais viáveis e menos perigosos, e corrigindo de algum modo a indiferença criminosa do homem, o qual, sifilítico, tuberculoso, alcoólico, etc., procria a trouxe-mouxe sem se preocupar com os possíveis resultados funestos do seu desleixo. Quanto a mim (e muito boa gente pensa como eu) a consequência principal da superioridade da mulher, e *da sua libertação,* consiste em dar ao amor maior intensidade; a mulher fácil, a mulher escrava só incita à mera satisfação do desejo sexual; a mulher inteligente e instruída

---

[1] *C. L.*, p. 43. Em muitas outras passagens há exemplos de pensamento dialéctico.
[2] As comas põem em dúvida a sinceridade de tal espírito de justiça. (*C. L.*, p. 209).

faz do amor um poema precioso e toda a sua ambição está em o recitar de modo que só mereça aprovação e louvor.»[1]

Parece esta dissertação teórica chocar-se, de certo modo, com os amores ancilares revividos pelo narrador de «O Sítio da Mulher Morta» *(Novelas Eróticas)* ou com a experiência do concubinato, em situação de desigualdade económica e cultural, que é tema central do esboço «Ana Rosa» *(Londres Maravilhosa)* e do romance *Maria Adelaide*. Surge-nos hoje essa aparente contradição como inserindo-se na linha evolutiva da formação, da compreensão do mundo, de Manuel Teixeira-Gomes. Aliás, a sua defesa da libertação da mulher propende acentuadamente para a libertação do amor, tão cara aos libertinos, e não deixaremos de estudar as relações da obra de M. Teixeira-Gomes com certos aspectos das teorias de Sade e de Fourier. Deste último, da sua utopia, se aproximam, por exemplo, estes considerandos de Teixeira-Gomes: «Não, a mulher sábia não é incompatível com os mais delicados deleites da volúpia, e se ela conseguir dirigir-lhe livremente a orquestração, talvez este mundo retome as perdidas cores paradisíacas (...) Com o mundo transformado com a libertação da mulher, caso ela torne a assumir o matriarcado que mais não seja no capítulo da luxúria, o dinheiro será inútil (ou quase) e quanto à beleza bastará o contentamento geral para a espalhar e apurar...»[2]

Dos libertinos herdou Teixeira-Gomes, como autor de *Maria Adelaide*, a cabeça fria.

Adversário das falsas virtudes burguesas, o seu *eu* projecta-se em boa parte na personagem de Sabina Freire, que, segundo o estatuto leitoral, cada um de nós identifica como uma criminosa ou uma heroína. Mas também se projecta nos narradores-sedutores de *Maria Adelaide*, de «Ana Rosa», de «O Sítio da Mulher Morta». Quanto à virtude de sedução[3] dessas personagens de instinto, a sua tarefa estava muito facilitada pelo prestígio da riqueza em Portimão, de que, tal como o escritor, elas beneficiavam: as figuras de Ana Rosa, Maria Adelaide, Júlia--Marta são criadas a partir do sistema social que as torna vulneráveis ao poder económico.

O hetairismo sempre atraiu Manuel Teixeira-Gomes, na escrita como na vida. Desde a rubensiana amante da Flandres *(Agosto Azul)*, à judiazinha bergamesa do *Inventário de Junho*,

---

[1] *C. L.*, pp. 137, 138.
[2] *C. L.*, p. 138.
[3] Esta terminologia é usada por Roger Vailland no seu ensaio *Laclos*, Ed. Seuil (Ecrivains de Toujours), (1953), Paris, 1977.

às prostitutas andaluzas ou de Londres ou de Lisboa (visita aos bordéis, com um sacerdotal António Nobre de veste negra abotoada com pregos, em *Regressos*), os seus narradores buscam amiúde a bela carne anónima, que não pede amor, não julga, não sua lágrima, apenas actua como artífice, em plena lascívia.

A crença de Teixeira-Gomes (literariamente empolada) na perpetuidade dos velhos mitos [1] não o impedia de olhar com interesse e simpatia o surrealismo, afinal libertador e na senda da autenticidade da pesquisa e do progresso em que desde sempre ele se situou e por onde, ao invés do comum dos homens, ainda mais decididamente caminha na fase final da sua existência e da sua produção literária.

Assim escreve, em *Miscelânea* (p. 76), numa nítida alusão ao fascínio dos surrealistas pela nevrose e pela loucura, vias para o inconsciente: «É lástima que ainda se não escrevesse o 'elogio da doença', sob o ponto de vista da inspiração estética (...) Apenas, modernamente, alguns franceses [2] invocaram a acção da nevropatia para lhes reformar o estilo, na esperança de sobreviver à sua época. E talvez com acerto.»

Na sequência destes considerandos, que manifestam uma curiosidade ainda tão desperta no homem da casa dos setenta que era então Teixeira-Gomes, afirma ele o primado da escrita sobre o referente, nos termos em que então era possível fazê-lo: «...apurado o juízo sobre as obras-primas literárias, que a humanidade nos legou, chega-se à conclusão de que é o estilo que as imortaliza.»

Não resta dúvida de que tal juízo confirma em toda a linha a «modernidade» de Teixeira-Gomes e tem sobejos predicados para lhe conciliar as graças boas do formalismo «textualista».

---

[1] Objecto de uma carta a António Patrício, em *Miscelânea*, p. 73 e seguintes.
No final dessa carta Teixeira-Gomes alude displicentemente ao 28 de Maio, desejando ao autor do *Serão Inquieto* «que a recente bernarda lhe não tenha causado, material ou moralmente, qualquer transtorno ou perda...» (*Misc.*, p. 83). Exprime ainda, ironicamente, o receio de que uma nova Inquisição, o fascismo em geral, possa vir encurtar-lhe os dias: «Eu sempre fui um homem de desordenado viver e pensar (valeu-me o ter chegado a este mundo quando já estavam apagadas as fogueiras da Santa Inquisição, sem o que há muito uma delas me haveria purificado da mácula dos meus pecados) e não levo jeito nenhum de tomar melhor caminho, começo a nutrir sérias apreensões acerca dos dias que me esperam; são capazes de me não deixarem festejar o meu próprio centenário, no que eu punha certo empenho, pois era o mais bonito número do resto do meu programa.» (*Misc.*, p. 83).
[2] O interesse pelo freudismo e a auscultação do sub-consciente sobressaem ao longo do capítulo de *Carnaval Literário* «De Tudo um Pouco».

Os pontos de contacto mais visíveis de Teixeira-Gomes com a filosofia das Luzes são a luta contra a fé como superstição e a concepção crítica do mundo, o que Lucien Goldmann define como «relação do homem com o universo fundada no conhecimento racional, na pura intelecção [1]. Hegel, na «Fenomenologia do Espírito», declara: «A pura intelecção não pode ter aqui qualquer actividade e conteúdo próprio e pode comportar-se apenas como apreensão formal e fiel dessa intelecção espiritual do mundo por si mesmo e pela sua linguagem.» [2]

É claro que a visão socialista, com o conhecimento do processo histórico, da práxis, da transformação das sociedades pela acção dos homens, já aflora em Teixeira-Gomes, embora sem carácter sistemático, apenas de onde a onde, na sua sensibilidade à luta dos contrários e à mudança, coisas que andavam no ar e que são mediatizadas sem que delas tenha plena consciência o autor das «Cartas sem Moral Nenhuma», ainda *enciclopédico* no seu progressismo ateísta, característico do espírito republicano do primeiro quartel do século. Refere-se amiúde Teixeira-Gomes aos «elementos boçais que abundavam na atmosfera portuguesa» [3], tal como critica a indiferença dos governos (traduzida na ausência de verbas) ante as Belas Artes («Está para aparecer ainda em Portugal legislador no qual vislumbre algum sentimento artístico») [4].

Nas *Cartas sem Moral Nenhuma*, a propósito de vandalismos praticados em Granada, nas igrejas, contra o património artístico, o seu anticlericalismo expande-se ironicamente e nessa diatribe «distanciada» e jocosa há alusões significativas a uma estrutura social (sócio-económica) que o seu sentimento moral e a sua razão condenam. Fala-se assim dos *proprietários opulentíssimos* e da *miséria oprimida*, das *reivindicações do povo*, da *pânria do convento* e da pactuação do *torpe frade* com a *ordem social estabelecida*. Assim reza o texto:

«Os frades prosperam e alastram, como a grama em terreno inculto, por esta população de jornaleiros famélicos, e proprietários opulentíssimos que vêem nos claustros os específicos respiradouros da miséria oprimida. Para a gente rica não há «anjo da guarda» que valha um frade na faina de a proteger contra as reivindicações do povo.

E os frades são exclusivamente «povo», pois é natural e racional que o homem ignorante mas solerte prefira às agonias da vida rigorosa, que espera o desvalido, a pânria do convento

---

[1] Lucien Goldmann: *Structures Mentales et Création Culturelle*, Ed. Anthropos, 2.ª ed., Paris, 1970, p. 11.
[2] Citado por Lucien Goldmann, em *Structures Mentales et Création Culturelle*, p. 12.
[3] *Cartas a Columbano*, p. 122.
[4] *Op. cit.*, p. 44.

onde até o uranismo proveitosamente supre, na mais aprazível e impertérrita das funções orgânicas, a falta de mulheres, e a coberto das moléstias e responsabilidades apensas à procriação.

É o torpe frade, paladino interessado ou convicto da ordem social estabelecida, que no afã de atrair o beatério, igualmente néscio, perpetra maior número destas infames restaurações ou levanta de seu pé vastíssimas basílicas de arquitectura idoneamente ignóbil.»[1]

A continuação deste texto, se por um lado acentua a bem explícita aversão de Teixeira-Gomes ao *beatério*, às *idolatrias*, à *bronca bestialidade* dos *futuros sacerdotes* e sobretudo (e aqui cabe sublinhar a manifesta carga política) à *espiritual milícia monástica*, por outro lado (e é esse o aspecto que mais importa relevar) define bem claramente a oposição Deus < Arte, numa iniludível linha nitzscheana. A sua tolerância para com os estos carnais dos padres (a quem não perdoa a tacanhez mental nem a falta de caridade cristã, ou solidariedade humana) insinua-se numa concessão, só limitada pelo culto da beleza que exige de quantos, deste ou daquele modo, têm, pela força das circunstâncias, uma missão pedagógica a desempenhar: *E que o apreciassem* (o corpo humano) *assim também, contanto que lhe perscrutassem a beleza artística...*

O texto completo (mais do que irónico, sarcástico) a que estou aludindo é assim:

«Porque é de notar, sobretudo em país onde tanto abundam tão espaçosas e monumentais igrejas, suficientes para conter a massa compacta dos fiéis — com infiéis à mistura — o beatério não concorre às grandes catedrais antigas, os sublimes padrões de arte. Dir-se-ia que Deus e Arte se tornaram incompatíveis ou, melhor, que onde transluz resquício de arte, deserta Deus. O que importa, a bem da fé embotada, é transladar aos templos a estética dos bordéis, em capelinhas novas, com invocações, ritos e idolatrias suaves ao paladar de fregonas e rameiras.

Além da obrigação imposta ao frade e ao padre de tomarem a miúdo banho — olhe que o irmão redentorista de San Juan de los Reys, na sua percuciente ressumbrância fétida, era ainda assim modesto espécimen em comparação às esterqueiras andantes que formam habitualmente a espiritual milícia monástica — duas medidas governamentais tinham agora todo o cabimento em Espanha: proibir a construção de mais igrejas e criar nos seminários cadeiras de estética e museus do nu, onde os futuros sacerdotes largassem algo da sua nativa e bronca bestialidade, começando a apreciar o corpo humano independentemente das suas relações com a função genital. E que o

---

[1] C. S. M. N., pp. 234, 235.

apreciassem assim também, contanto que lhe perscrutassem a beleza artística...»[1]

É curioso observar que em Teixeira-Campos se opera, por vezes harmoniosamente, outras vezes de modo insólito[2], a síntese de dois contrários: o sentido dionisíaco da vida, de inspiração nitzscheana (muito ligado ao amor da arte e até a uma apenas formulada concepção — pre-malruciana — da arte como futuro dos homens) e um progressismo anti-monárquico, anticlerical, antifascista, de origem kantiana, racionalista (o lado apolíneo), mas tributário também das correntes socialistas do século XIX e do republicanismo pequeno-burguês da nossa quadra de 1910 a 1920, ainda que expurgado dos seus aspectos reaccionários.

O agnosticismo de Teixeira-Gomes, insofismável, comporta um hino à vida que chega a elevar-se a uma auto-divinização pagã. O seu helenismo não anda longe das teorias de Nietzsche, segundo o qual os gregos se serviam dos seus deuses para combaterem (ou evitarem) a má consciência e poderem gozar tranquilamente a plena liberdade do espírito e do corpo, enquanto o Deus judaico-cristão, ficção dos homens que Nietzsche apelida de inferiores e mesquinhos, seria o absurdo senhor da punição, inventado para assegurar uma vida futura aos cobardes e doentes. Sabina Freire, perante a sogra, perante Júlio e perante a comunidade fraca e degenerada que é a burguesia portimonense representada na peça, encarna orgulhosamente a saúde, o direito e a apetência para a felicidade, o desprezo pela moral dos escravos. A Igreja, que Nietzsche olhava como um autêntico «asilo de alienados», não sai muito fora desse conceito nas páginas de Teixeira-Gomes, nem mesmo jocosas (o conto «Gente Singular»).

Todavia, a obra de M. Teixeira-Gomes aponta bem nitidamente (e contrariamente) para a valorização do trabalho, para a entreajuda, a organização e repartição social das tarefas e dos prazeres[3].

---

[1] C. S. M. N., pp. 235 e seguintes.
[2] Nalguns casos, como adiante veremos, a contradição é irresolúvel.
[3] Por mais de uma vez Teixeira-Gomes, rejeitando a moral da época, a da classe instalada no poder, valoriza a *pequena moral*, a qual consiste no cumprimento, sem empáfia, dos deveres cívicos, no trabalho persistente e bem feito. Atacando as pompas, os atributos de fachada dos notáveis da Monarquia Espanhola, diz e repete: «...A República deve ter mudado tudo isso, mas então o enfatismo oco, embora pitoresco, dominava em todas as classes da sociedade, até as mais humildes» (*Carnaval Literário*, p. 77). Outra manifestação de sensibilidade democrática, oposta ao orgulho nitzscheano, é esta expressão de respeito (e velada solidariedade) pelos que trabalham: «A grande, incomparável, escola de observação está, sem dúvida, na pobreza, na dependência. As pessoas que desde pequenas se habituaram a estudar nos rostos alheios as disposições favoráveis ou desfavo-

Se é certo que, como actor e como espectador, Teixeira-Gomes, ao rever-se, ou reinventar-se na memória *escrita*, nos aparece cheio de ressonâncias nitzscheanas («E senti-me, por momentos, regressado à fase heróica da minha mocidade, em que, possuído de delírio dionisíaco, me julgava senhor dos elementos; dos mares, dos céus, dos astros; e os utilizava para aumentar o fausto da minha vida, fase de loucura quase divina, de que me ficaram recordações sem par», *Cartas a Columbano*, p. 43; «...porque o que eu vivo é a minha vida, a minha deslumbrante vida, que povoei com as maravilhas do mundo, que alimento com a carne de todas as belezas, e que se esvai no sangue de todas as luxúrias», *Carnaval Literário*, p. 308; «Apesar de tudo, o que convém é repetir sempre e sempre, soltando bem alto esse grito fecundo e salutar: como é belo viver e ser forte!», *Miscelânea*, p. 267; amiúde o seu discurso realiza a síntese do heroísmo nitzscheano, do epicurismo e do racionalismo progressista. Por exemplo: «Meditação, contemplação... e acção. O que vale mais para nos aproximarmos da felicidade? É conforme os temperamentos; porém, agir como se a vida terrestre fosse a exclusiva finalidade do género humano, produz uma saudável embriaguez, e conduz ou incita à realização de projectos que melhorem as condições de existência, e diminuam os sofrimentos. (*Carnaval Literário*, p. 45).

O que Teixeira-Gomes apresenta de recorte nitzscheano no modelado da sua personagem, no texto, não é tanto o sentido da eterna criação e destruição (a criação artística oposta à morte) como a apropriação do valor da plenitude, da embriaguez vital. Para ele, todavia, como para Nietzsche, a arte justifica a existência. Escreveu Nietzsche: «É na arte que o homem goza a sua pessoa com perfeição *(O Crepúsculo dos Deuses)*, frase que Teixeira-Gomes poderia subscrever. No entanto, se Teixeira-Gomes preza a revalorização dos sentidos e chega a conceber a eutanásia para libertar o homem da doença e da velhice, estigmas da fraqueza [1], afasta-se completamente do pensamento,

---

ráveis a seu respeito, para daí tirar conclusões que interessam à sua tranquilidade, nas passagens mais comezinhas da vida corrente, são as únicas capazes de *observar* num relance, com acerto.» (*Carnaval Literário*, pp. 66, 67).

[1] Encontramos em *Carnaval Literário*, p. 189, um passo que, à primeira leitura, pode parecer efectivamente muito próximo da crueldade nitzscheana ligada ao conceito do super-homem e ao culto do poder (como força espiritual, não como posse das coisas, pois a propriedade para Nietzsche era também escravizadora). O trecho que passamos a transcrever tem de ser entendido como comédia, fala do quase heterónimo (ou semi-heterónimo) e sobretudo deve ser encarado como parcela de um conjunto, a obra de Teixeira-Gomes, que, na sua totalidade, a desmente: «Palavras que Sabina Freire podia (devia) ter pronunciado: 'Afastar de mim toda a aparência de moléstia, a infâmia da doença...

aliás conflitual, de Nietzsche, na sua concepção de um mundo definitivamente sem escravos.

Teixeira-Gomes, kantiano, iluminista, libertino, sofre, no entanto, indiscutivelmente o fascínio de Nietzsche e, ao nível da estrutura mental e da ordenação do texto literário, isso torna-se tão evidente, na sua última fase, que o *Carnaval Literário* é quase todo ele aforístico, como a maioria dos textos de Nietzsche, embora sem numeração. Acontece-lhe até citar Nietzsche *(Carnaval Literário*, pp. 188, 189): «Dizia o Nietzsche, já não sei onde: «Sócrates, considerado como a fonte de toda a cultura moderna, o inimigo do instinto, o criador da ciência racional; mas Sócrates, que tinha a perfeição da inteligência humana na conta de um dogma, ouvindo, já na prisão, uma voz misteriosa que lhe sugeria a necessidade de se *exercitar na música*, dá assim um indício de *dúvida*, ou pelo menos de certa preocupação acerca dos limites da natureza lógica...»

Não foi decerto ociosa a escolha feita por Teixeira-Gomes deste aforismo de Nietzsche: retido no subconsciente, segundo o autor no-lo garante, o que fica sujeito a dúvida (dada a margem de artifício, de simulação, em toda a arte literária), salta-nos aos olhos que ele ilumina adrede os contrários que em Teixeira-Gomes convivem e o movem a escrever: o sereno racionalismo (ligado à instância da escrita), a embriaguez dos sentidos (que fornece a matéria que a palavra vai afeiçoar).

Sendo, como é, a máxima o processo de enunciação mais reiterado em «Carnaval Literário», onde as sombras tutelares de Montaigne e de Shakespeare são tão frequentes, apetece determo-nos no aforismo de Nietzsche que em *Humano Demasiado*

Eu admiro o espírito radical do legislador que consegue promulgar leis em mira à brutal mas definitiva supressão do doente, e lamento a caridade, que a pretexto de aliviar sofrimentos prolonga existências de martírio, que constituem ao mesmo tempo um perigo horrível para a humanidade como focos permanentes de imediata propagação à doença, e como origem de mil misérias, no contacto directo e na propagação da espécie. Os médicos, no fundo, não são caritativos, mas sim ambiciosos e insensíveis. Habituam-se ao espectáculo da dor e da miséria, na esperança de que lhes argamassem solidamente a peanha da sua importância social...»

Repare-se que só no início do parágrafo se nos entremostra, aperaltada, a coragem solitária, o brio «diabólico» do artista dionisíaco (da raça dos senhores) pretensamente duro no seu desejo de ordem superior: a *infâmia da doença*, a *supressão do doente*. Logo após, verificamos que não é bem a caridade que o sujeito da enunciação estigmatiza mas a fraqueza que prolonga *existências de martírio*. Aliás, logo no parágrafo seguinte, o autor da escrita defende a eutanásia e deixa transparecer, ao falar da velhice, que é afinal sobre si, como paciente (o velho, o achacado) e não como agente que está produzindo o texto: «O médico ideal seria aquele que nos casos irremediáveis, como por exemplo a velhice, ajudasse a morrer sem grandes sofrimentos.»

*Humano* leva o n.º 176 e o título «Shakespeare moralista»: «Shakespeare reflectiu muito sobre as paixões e sem dúvida no seu temperamento delas havia safra abundante (os poetas dramáticos são, em geral, homens habitados pelo mal).

Não podia, como Montaigne, falar em seu nome, mas punha as suas considerações na boca das figuras apaixonadas, coisa, em verdade, contrária à Natureza, mas que torna os seus dramas tão cheios de pensamentos, de tal modo que, a seu lado, os demais parecem imbecis. As máximas de Schiller (que se fundam quase sempre em ideias falsas e insignificantes) são teatrais e produzem efeitos muito fortes; as máximas de Shakespeare honram o seu modelo Montaigne e encerram pensamentos graves, mas demasiado finos para o público teatral, pelo que não surtem efeito»[1].

Homem dos sentidos e do entendimento, dionisíaco e apolíneo, Teixeira-Gomes tem, entre os seus avatares, pensadores tão díspares, e mesmo opostos, como Nietzsche e Kant. Mas não esqueçamos que nele o intuitivo é conceptualmente racionalizado. Pensar um objecto e conhecê-lo não é para Kant a mesma coisa. O conhecimento supõe o conceito (integração do objecto numa categoria) e a intuição que no-lo dá, que o presentifica[2]. Ora, se o conceito reúne os vários elementos de determinada intuição, a síntese das representações opera-a a imaginação, que se situa entre a sensibilidade e o entendimento. Temos, no entanto, pela experiência, um saber apriorístico do objecto que o *eu penso* funda como tal. O conhecimento principia pela intuição, continua-se com o conceito e acaba na ideia, que tem por função dar-lhe a forma de sistema. É a emergência do sujeito, subjectividade como consciência de si, que determina a ordenação e hierarquização de níveis no conhecimento.

Leitor atento da *Crítica da Razão Prática* e da *Estética*, Teixeira-Gomes, tal como Kant, refuta o idealismo. Conhece-se conhecendo as coisas. Ao longo da sua obra demarca-se nitidamente do *cogito* cartesiano; o eu pensante não se torna objecto para si próprio, nunca se afasta das representações, acompanha-as, capta-as, a partir do acto, da situação. O objecto é o objecto da experiência, torna-se real pela percepção e pela analogia. Onde Teixeira-Gomes se afasta de Kant é no seu arreigado ateísmo. Enquanto para o autor da *Crítica da Razão Pura* é possível, por analogia com as realidades do mundo, as subs-

---

[1] A avaliação que Nietzsche faz da comunicabilidade respectiva do teatro de Schiller e do de Shakespeare mostra bem como é por vezes, muitas vezes, diversa a aceitação do texto dramático no seu tempo e no futuro. Hoje, mesmo na Alemanha, o teatro de Schiller envelheceu e deixou de «comunicar», ao invés do que sucede com o de Shakespeare.

[2] Kant, parágrafo 22 da *Analítica Transcendental*.

tâncias, a causalidade e a necessidade, conceber um ser que reúna esses predicados na máxima perfeição, e seja assim a causa do universo e a sua unidade, Teixeira-Gomes recusa, em nome da matéria, todo o deísmo.

Porém, a sua batalha (quase sempre derramada em visão irónica ou chistosa) trava-se fundamentalmente com as religiões, que ele tem na conta de superstições, mormente (onde se encontra com Nietzsche) com o Cristianismo. Tributário do Iluminismo, que muito deve, aliás, neste particular, ao seu querido Montaigne, achamo-lo próximo do anti-obscurantismo de La Boétie [1] e, embora nunca o cite, do Abade Meslier, republicano e agnóstico que só num extraordinário testamento legou ao futuro o seu testemunho sobre a Igreja, como organismo político de cujo seio não ousou, em vida, desvincular-se, e sobre o poder despótico e seus malefícios no século do Rei Sol. São de Meslier estas palavras que Teixeira-Gomes, marcado como foi pelo seminário [2], a seu modo repete, em tom compreensivelmente mais distanciado e divertido: «...toutes les religions du monde ne sont (...) que des inventions humaines: et tout ce qu'elles nous enseignent, et nous obligent de croire, ne sont que des erreurs, desillusions, des mensonges, et des impostures inventées, comme j'ai dit, par des moqueurs, par des fourbes et par des hypocrites pour tromper les hommes, ou par des fins et rusés politiques, pour tenir par là des hommes en bride [3] et pour faire tout ce qu'ils voudraient des peuples ignorants, qui croient aveuglement, et sottement, tout ce qu'on leur dit comme venant de la part des dieux [4].

A voz de Meslier transporta a intensa paixão sufocada ao longo de uma vida inteira por um homem que abominava a

---

[1] «Les tyrans mêmes trouvaient fort étrange que les hommes pussent endurer un homme leur faisant mal: ils voulaient se mettre la religion devant, pour garde-corps, et, s'il était possible, empruntaient quelque échantillon de divinité pour le soutien de leur méchante vie» (*Discours sur La Servitude Volontaire*, in *Oeuvres Politiques*, ed. Hincker, Classiques du Peuple, Paris, 1963, p. 68).

[2] Embora deva também a esse período da sua experiência a sólida cultura clássica, o amor pelo estilo do Bernardes das *Florestas* e provavelmente a frequência de Castilho.

[3] Meslier interpreta aqui, e noutros pontos do seu livro, nomeadamente no prólogo, uma frase de Montaigne.

[4] *Conclusion de Mémoire de Jean Meslier*, Ed. Anthropos, Paris, 1974. A primeira divulgação da obra deve-se a um extracto dado a conhecer por Voltaire em 1735. O título dado por Meslier ao seu testamento é o seguinte: «Mémoire des pensées et des sentiments de Jean Meslier, prêtre, curé d'Estrepigny et de Balaive, sur une partie des erreurs et des abus de la conduitte et du gouvernement des hommes où l'on voit des demonstrations claires de la vanité et de la fausseté de toutes les divinités et de toutes les religions du monde, pour être adressé à ses paroissiens après sa mort et pour leur servir de témoignage de vérité à eux et à tous leurs semblables. In testimonis illis et gentibus.»

tirania, a mentira, a corrupção (em que se via obrigado a patinhar, colaborador passivo) e que chegou a condenar a guerra dos senhores, e a incitar à insurreição armada, precursor que foi do socialismo utópico do século XIX. (Mais ce ne serait pas de même si tous les peuples, si toutes les provinces, si toutes les villes s'entendaient bien, et si tous les peuples conspiraient ensemble pour se délivrer d'un commun esclavage où ils sont, tous les tyrans seraient pour lors bientôt confondus et anéantis.

Unissez vous donc, peuples, si vous êtes sages, unissez vous tous...»)[1].

---

[1] Ibid., p. 147.

# A ÉTICA A ESTÉTICA E A TÉCNICA

A crise do fim do século, resposta ao palidecer da crença das sociedades europeias no progresso, segundo o aproveitamento da ciência aplicada e o desenvolvimento das indústrias pelo capitalismo liberal de concorrência, traduzia-se, ao nível das artes, por uma paralela descrença nos géneros — o romance realista, em especial — que tinham correspondido, mesmo quando criticamente, a esse domínio eufórico da burguesia. Por outro lado, verifica-se, para lá do homologia entre as condições económico-sociais e as formas da produção artística, um movimento de alternância, quase pendular, entre períodos de objectividade e de subjectividade, de materialismo e de espiritualismo, no que uns chamam transcrição e outros reinvenção do real. Teixeira-Gomes sabia por seguro instinto que o artista tem de matar o pai, ou seja, a geração antecedente; e preconiza (refere-se-lhe por mais de uma vez) a síntese dos contrários, particularmente o espiritualismo materialista [1]. Refere-se também, em vários passos, a um estado de êxtase perante a beleza da paisagem e das obras de arte, que os crentes confundiriam com a intuição ou presença de Deus. Eis uma ponte lançada entre Teixeira-Gomes e os fiéis do misticismo estético decadentista, como Junqueiro (n'*Os Simples*), Pascoaes e o grupo da «Águia» (Jaime Cortesão [2], Veiga Simões, Augusto Casimiro, Mário Beirão).

Mas, não o esqueçamos, Teixeira-Gomes reage sem ambages contra o irracionalismo: «A par da luta política entre os princípios de autoridade e de liberdade, é curioso observar, no campo

---

[1] Exemplo: «...convém reabilitar a carne, a matéria, que o cristianismo deturpou e cantar o espiritualismo sem filiação ou dependências teológicas». (*C. L.*, pp. 103, 104).
[2] Cortesão, como, aliás, outros seareiros, conciliava o espírito racionalista, europeu e universal com marcas do saudosismo espiritualista.

das ideias, como é que o racionalismo e a inteligência vão actualmente cedendo o passo à mística e ao irracionalismo; isto nos indica as vicissitudes por que tem passado — e há-de passar — a marcha do progresso.»[1]

É lícito estabelecer uma relação entre o carácter fragmentário da poesia simbolista-decadentista (em Camilo Pessanha, em António Patrício, em Alberto Osório de Castro, em Eugénio de Castro) e o clima finissecular de descrédito dos valores estabelecidos. Camilo Pessanha, o maior e o mais pessimista dos decadentistas, viciado no ópio, rejeitando a acção, produz uma poesia em avanço sobre o seu tempo (como a de Mallarmé em França) e assim se projecta nos poemas paulistas e sensacionistas de Mário de Sá-Carneiro e de Fernando Pessoa. Todavia, é *maçon*, como Teixeira-Gomes é republicano, e, se efectivamente se despenha no vazio da sua aniquilação, enquanto o espectador--paisagista das *Cartas sem Moral Nenhuma* se torna, após o 5 de Outubro de 1910, num herói da acção (fase em que cessam os seus escritos literários, para recomeçarem após a renúncia à Presidência e o exílio voluntário durante o fascismo), a verdade é que há entre eles traços comuns: pertencem à família dos viajantes, dos que olham, medem e sopesam a Pátria de fora e de longe, dos que recusam a mesquinhez, a estupidez e o marasmo. E esses caracteres estão expressos nas obras de um e do outro, precisamente ao nível da escrita, no fragmentarismo.

Escreve Roland Barthes que o intertexto «será (...) uma música de figuras, de metáforas, de pensamentos-palavras; é o significante como *sereia*»[2]. Assim considerada, a obra de Teixeira--Gomes, com o que encerra de biografia, nótulas de crítica e apreensão da arte tornada em texto artístico, tratado (disperso) de estilística, contos e contarelos, diálogos, carreia não só metáforas (de Hegel, por exemplo)[3], como sentenças, abundantíssimas e muitas delas em latim, «pensamentos-palavras» (Nietzsche a toda a extensão do discurso) e inclusive aquelas presenças, não invocadas, dos libertinos-libertadores (Sade, Fourier, o nosso D. Luís da Cunha)[4]. Reconsideremos, pensando também em Fialho e Raúl Brandão (este tão diferente na fundura metafísica, em relação dialéctica com o «remorso» social, mas tão idêntico a Teixeira-Gomes no carácter fragmentário da sua obra por vezes genial), qual o *Deus Oculto* da produção literária deste cavalheiro do século das Luzes que medrou na segunda metade do

---

[1] *C. L.*, p. 152.
[2] *Roland Barthes por Roland Barthes*, Edições 70, p. 175.
[3] Os seios comparados a belas «flores silenciosas» (*Inventário de Junho*, p. 14).
[4] Derrida, em *L'Ecriture et la Différence* (Paris, Seuil, 1967, p. 334), afirma: «*Il faut être plusieurs pour écrire et déjà pour percevoir*».

século XIX e produziu os seus textos de tão harmonioso boleado estilístico na primeira metade do século XX.

A abundância e o inacabado (quanto à estrutura, aferida pelos géneros tradicionais) da obra destes três grandes escritores leva-nos irresistivelmente a pensar na incapacidade da Primeira República para cumprir os seus, por vezes generosos e ambiciosos, projectos políticos e económico-sociais, bem como na crise institucional que, após o impacto revolucionário do Governo Provisório, prolongou de forma decepcionante o bem merecido descrédito da Monarquia. Burgueses progressistas cheios de contradições que cada qual diversamente resolve, Fialho, Teixeira--Gomes, Raúl Brandão, todos eles visualistas e cromáticos, todos eles autofalantes, denunciam o mal-estar social a que o indivíduo escrevente não logra eximir-se, nem mesmo na estruturação do seu discurso. E, embora Teixeira-Gomes declare desdenhar a psicologia, no que se aproxima da modernidade por sobre várias gerações, enquanto Brandão, marcado a fogo por Dostoievski e pela sua metafísica da dor, anuncia o pensamento existencial e o binómio niilismo-felicidade superiormente explicitado por Albert Camus, por detrás deles perfila-se um País que não consegue encontrar o rumo. Temos também, no caso de Teixeira-Gomes, que privilegiar a antinomia, aliás tão portuguesa, seminário-cultura-clássica *versus* libertinagem justificada ou entrelaçada na contemplação da arte. Será esta (a arte e os seus teóricos) o Deus Oculto [1] na obra de M. Teixeira-Gomes, onde tudo é ou visto em beleza ou contraposto à beleza (que pode ter como equivalentes a harmonia interior e a justiça social) [2], onde a beleza, assimilável à intensidade vital, tanto pode conduzir a uma espécie laica de estado de graça como justificar o crime (Sabina Freire) ou a insensibilidade perante a dor (Ramiro d'Arge)?!

Há que corrigir a ideia feita de um Teixeira-Gomes exemplarmente clássico, desvelando a sua verdadeira dupla face, ou seja, de um lado o escritor barroco, dionisíaco, excessivo, tão presente no investimento da escrita superlativa, do outro lado o mestre apolíneo no equilíbrio perfeito da frase e no seu cadenciado ritmo. Tanto encontramos no seu estilo o longo período de recorte seiscentista, fiel aos modelos da literatura patrística, como o rápido impressionismo puntilhista das elisões, do voluntariamente disperso e desarticulado.

Estudaremos oportunamente a presença dos grandes mitos na obra de Teixeira-Gomes viajante-da-sensação, considerada como procura de uma inacessível totalidade.

---

[1] Lucien Goldmann: *Le Dieu Caché*, Gallimard, 1959, reed. 1976, Collection TEL.
[2] O escopo constante é a *Estética* de Kant, de que Teixeira--Gomes se reclama e que intenta reactualizar.

Teixeira-Gomes era, sem dúvida, um artista extremamente exigente, de cultura muito superior à da grande generalidade dos seus coevos em Portugal, mesmo quando escritores, e com aguda consciência da importância da estrutura na obra literária. Reclamava, e com razão, a renovação formal, inclusive do próprio autor, ciente de que sem forma não há substância e de que há-de ser mutável, para ser criadora, a relação (dialéctica) entre os factos olhados, experimentados, sofridos, dominados, e a sua tradução em escrita: «Aqueles que, presos pelo favor e aplauso do público à sua obra de estreia, persistem na fórmula que os revelou, *cristalizam* imediatamente e para sempre, reproduzindo-se, repetindo-se de uma maneira abominável, enjoativa, insofrível, até desfazer o encanto da sua primeira produção».

Todavia, no que pessoalmente se lhe refere, o *amador* (no melhor e no pior sentido) da arte literária que foi Teixeira-Gomes, tem a pecha do miniaturismo (a maior parte dos seus textos é uma colecção de miniaturas de inexcedível beleza no pormenor) e vê na técnica, quando a chama a si, menos a ossatura da obra, a sua estrutura (se bem reconheça que «um conto, uma novela, um trecho de viagem, a crítica de um livro, embora curtos, podem ser compostos com acabada perfeição, *que não admite acréscimos*»), do que a gramática e o estilo.

Castelo Branco Chaves[1] valoriza, no programa estético e oficinal de Teixeira-Gomes, o passo[2] em que ele afirma: «De resto nem mesmo a estética do Kant conseguiu engendrar um artista de talento, nas belas e nas malas-artes. Evidentemente o artista precisa mais de uma *técnica* do que de uma *estética*, por muito que esta penetre nos arcanos do misticismo.»

Na parte do nosso trabalho consagrado às *Estruturas Estilísticas* estudaremos a fundo estes problemas. Aqui interessa-nos apenas relacioná-los com o espírito da época.

David Mourão-Ferreira, por seu lado, reconhecendo e venerando o apuro artesanal de Teixeira-Gomes, redu-lo às suas justas proporções, denunciando o carácter não planeado da estrutura das suas novelas, no geral lineares e divagantes. É o que chama o seu «classicismo incompleto». Tomando em consideração a continuação da frase atrás citada e criticamente explorada por Castelo Branco Chaves, David Mourão-Ferreira examina-lhe o alcance, no contexto da obra de Teixeira-Gomes. Postula este: «Mesmo o escritor recheado de *estética*, se não souber gramática e o sentido das palavras, é incapaz de tecer coisa de jeito»[3]. E David Mourão-Ferreira comenta: «Atentemos nos sintomáticos argumentos aduzidos por M. Teixeira-Gomes para exemplificar

---

[1] Castelo Branco Chaves, prefácio a *Londres Maravilhosa*, 2.ª edição, pp. 183, 184.
[2] *C. C.*, p. 155.
[3] *C. C.*, p. 172.

o seu conceito de técnica: a *gramática e o sentido das palavras*. E toda a sua obra nos apresenta, flagrantemente, o testemunho de preocupações técnicas manifestadas apenas ao nível da palavra e da frase. Mas, a esse nível, não há decerto, em toda a literatura portuguesa dos últimos cem anos, obra mais luminosamente perfeita do que a sua. A escolha e o colocação das palavras, a linha melódica da frase, o súbito fulgor dos plebeismos, e dos arcaísmos a renovada sedução, a alternância e variedade das construções, dos ritmos — e tudo isto, que é profundamente sábio, ressumbrando graça coloquial! — tais são, entre muitos outros, aspectos do estilo imperecível de Teixeira-Gomes.»[1]

Ocorre-nos a voga — que, nalguns casos, nada tem a ver com Teixeira-Gomes — dos sibaríticos, desenfastiados livros de viagens, compêndios de emoção estética ou inventários de mundos outros, que vão de *Jaune, Bleu, Blanc* e do *Barnabooth*, de Valéry Larbaud, às meditações sensacionistas, aristocrático-místicas de Barrès, às deambulações (memoradas, «confessadas») de André Gide pelo Norte de África[2], a certos itinerários visuais e comentários de talhe picaresco de Azorin, gravados no ouro da sua prosa. Entre nós, relevamos o cromatismo e o que de avulso há na estrutura dos *Pescadores* e das *Ilhas Desconhecidas* de Raúl Brandão, a experiência colectiva do *Guia de Portugal*, em que, entre outros, Raúl Proença e Jaime Cortesão aliam o dom de um paisagismo rico de matizes sociais, que não só de decoração, a uma busca das relações profundas da terra e do homem, já com preocupação e significado históricos e sociológicos. E poderíamos ir mais longe, lembrando Ricardo Jorge, Veiga Simões, inclusive a «China» de Camilo Pessanha. Mas não importa acumular exemplos. O que nos interessa é reflectir sobre as razões deste «viageirismo» e a sua relação com a crise, que Teixeira-Gomes, implicitamente, constata, dos géneros literários tradicionais. David Mourão-Ferreira considera que Teixeira-Gomes começa por mostrar que a pureza dos géneros literários não lhe interessa. E acrescenta: «Este desinteresse, todavia, não o manifesta com agressividade nem petulância[3]. De facto, a opção estrutural de *Inventário de Junho* consagra o direito ao *fragmentário*, ou seja à imaginação solta (no que concerne aos motivos e moldes, traço esse de origem «romântica»), desde que burilada, ao chegar à palavra, no rigor da imagem perfeita e, de preferência, da pequena imagem. Atente-se no intróito de *Inventário de Junho*, também citado por David Mourão-Ferreira: «Vou remirar no caleidoscópio da minha memória — à míngua de notas que não tenho, nem nunca tive, para consultar — e direi con-

---

[1] David Mourão-Ferreira, *Aspectos da obra de M. Teixeira-Gomes*, Portugália Editora, Lisboa, 1961, p. 56.
[2] «*Si le grain ne meurt*».
[3] David Mourão-Ferreira, *opus cit.*, p. 24.

soante as pequenas imagens que nele aparecerem, ao acaso, sem escolha de latitudes, saia o que sair...»[1] Nessas nove páginas explicativas e justificativas do título *Inventário de Junho* (inventário=procura, arrolamento), o parágrafo que se segue, fundamental para a compreensão da técnica de Teixeira-Gomes, é um bom exemplo da noção que ele já tinha da impossibilidade de captação do real pela palavra (que, no entanto, incompletamente o reproduz) e, simultaneamente, da sua consciência da autonomia do texto: «Fixar imagens na carteira é como o trabalho ingrato de coleccionar mariposas, reduzindo a uma forma só, gelada, o que tem mil formas, no calor da vida, na extravagância do movimento. Pois não é amortalhar as sensações escrevê-las? Eu penso que já não me pertencem aquelas que tento limitar e trasladar ao papel e uma vez escritas nunca mais me voltam à lembrança. Mas essas notas de ocasião, tomadas na origem, no calor da surpresa e da alegria, revestem-se de sugestivas palavras que, depois, mais tarde, impossível é encontrar, e se para gozo próprio mais vale que tudo flutue à mercê do sonho, para transmitir aos outros certas particularidades, certas aparências, o encadeamento de certas emoções, nada substitui, talvez, as linhas irrefragáveis dessas muito breves notas, tiradas de instante a instante.»[1]

As escolhas são sempre menos livres do que vulgarmente se imagina. Amiúde se escolhem objectos, ou seres desejados por outrém. Trata-se de emulação, competição, vaidade? Os motivos ocultos dos comportamentos humanos que parecem mais libertos podem ser explicados ou pela psicanálise e/ou pela sociologia e ainda pelo sistema da moda, de que tanto a psicologia como a sociologia terão, em última análise, de dar conta.

Poderemos definir Teixeira-Gomes como um contrário do homem de quantidade, do espírito de quantidade? Curiosamente, este negociante à força, que o foi ponderadamente, era um sensorial racionalmente dominado; a sua romântica aversão aos géneros, às disciplinas da composição, estava integrada e pautada pelo seu classicismo kantiano. Mas a projecção do homem de qualidade (da qualidade), rebelde à lógica estrita, ao exercício de quantificar, de logificar, encontra-se em suas páginas patente na recusa do mensurável. Teixeira-Gomes não cede à eliminação do singular, a favor da repetição; pressente a era da massificação e opõe-se-lhe, ao nível do texto.

---

[1] *I. J.*, p. 8.

Segunda Parte

# O HOMEM E A ESCRITA

# O HOMEM E A ESCRITA

O sensual e o grotesco são os dois pólos da escrita de M. Teixeira-Gomes, onde quase sempre campeia o narrador personagem, aparentemente sobranceiro (como portador omnipresente da voz e do olhar) a figuras e as cenas iluminadas pelo foco narrativo que só ele detém. O seu discurso, normalmente irónico, conotando disforicamente a maioria dos seres humanos, encharcando-os de ridículo, torna-se de uma impressionante abundância e riqueza sempre que nele afluem as pulsões do desejo, ou seja, na presença da mulher, mais concretamente perante o corpo feminino. Porém, àquele riso, com marcas destrutivas e, se não revolucionárias, pelo menos iconoclastas, que nas páginas de Teixeira-Gomes amiúde se acende ante o mundo da socialidade pacóvia que se descobre tanto em Lisboa ou em Portimão como entre os banqueiros e grandes mercadores de Amesterdão, contrapõe-se o enlevo com que, em cuidado processo mimético, o autor metamorfoseia na palavra as obras de arte, sobretudo plásticas, e transfere para o plano mítico imagens, gestos sexualizados cujo referente é o povo algarvio e o *medium* o discurso literário. Exemplos privilegiados dessa alquimia são, entre tantos outros, a *Vénus Momentânea*, do «Inventário de Junho» e a *Cena Grega* do «Agosto Azul» (nesta, muito especialmente, a visão de Safo e Bilitis em duas serranas que, perante o olhar perscrutante do narrador e de um seu companheiro ocasional, camponês arvorado em fauno, se desnudam e se beijam, supostamente ao abrigo de um furnão). O *voyeurismo* do narrador (a leitura global da obra poderá tentar-nos a dizer: de Teixeira-Gomes), mais espectador do que actor, manifesta-se por forma tão reiterada que somos tentados a afirmar que ele representa constantemente a vida como espectáculo e, dominantemente, como espectáculo erótico.

O que há de irredutível nesses textos é a fascinação, não a identidade. Embora M. Teixeira-Gomes, na sua obra vasta, mas heterogénea, pareça adrede perseguir a identidade, reunindo bocados de si, à flor do racional, com o manifesto desígnio de se perpetuar como sendo isto ou aquilo (através do que amou, tocou, reanimou) num retrato não exactamente apolíneo, mas de molde nitzscheano, o importante é muito menos o que ele afirma de si próprio do que a sua relação fascinada com os seres e as coisas que re-inventa, sensualizando-os, na sua escrita.

Segundo uma terminologia bartheseana [1], esses serão os seus textos activos, movidos pelo prazer. Poderia aplicar-se a Teixeira-Gomes a frase que Roland Barthes inscreve na última página do seu *Roland Barthes por Roland Barthes*: «On écrit avec son désir et je n'en finis pas de désirer».

Os textos reactivos de Teixeira-Gomes seriam os seus textos críticos e/ou dilacerados, resultantes de desacertos interiores, remordimentos calcados, defesas, indignações muito fortes sob a gaze da ironia e do burlesco (que envolvem já uma autêntica opção, uma definição). Aí arrumaríamos, por exemplo, «Música a Porcos» (de «Inventário de Junho»), o conto «Gente Singular», «O Triste Fim do Major Tatibitate» (ambos do volume *Gente Singular*) e também aqueles onde campeiam a galeria de figurões e mesmo as personagens centrais de *Sabina Freire* e ainda certos passos de aparente alinhavo cínico de *Maria Adelaide*, onde se entrechocam, de um lado, a angústia e a recusa da coabitação, do outro, o direito animal ao prazer, à fruição da existência sem peias nem regras [2].

Ainda parafraseando Barthes [3], poderemos dizer do escritor Manuel Teixeira-Gomes que «O seu lugar (o seu *meio*) é a linguagem: é aí que ele aproveita ou recusa, é aí que o seu corpo *pode ou não pode*». A imagem é, para ele, objecto de prazer. O pleno gozo obtém-no Teixeira-Gomes, na sua segunda vida, a de escritor, a do imaginário, no jogo da analogia, em que investe e sobrepõe todas as sensações, mimando ou deformando (anamorfose) uma natureza ora sublimada pelo erotismo até ao êxtase, ora reduzida esteticamente, hedonisticamente, a um jardim de delícias, a uma arte de viver, de escrever, ora rejeitada, politicamente, na caricatura.

Escreveu, aliás, Manuel Teixeira-Gomes, em *Carnaval Literário* [4]: «O escritor não vale só pela estreme escolha dos vocábulos que emprega, pela sua vernaculidade, limpeza e colorido; vale amiúde (quando é grande) muito mais pelas analogias que

---

[1] *Roland Barthes por Roland Barthes*, trad. portuguesa, Edições 70, p. 51.
[2] O privilégio económico falseia, todavia, as relações e disso se apercebe o narrador: o seu hedonismo está carregado de grilhões, confirmando que ninguém é livre de verdade num mundo onde não o sejam todos.
[3] *Roland Barthes por Roland Barthes*, ed. citada, p. 64.
[4] *C. L.*, p. 21.

lhes descobre no sentido, aproveitando-as em metáforas que alargam a significação e fortalecem o carácter das coisas que descreve. É a sua parte criadora que leva um entendedor da força de Castilho a dizer do Padre Bernardes: *A linguagem que ele deixou, pesa e vale o dobro da que ele achou.*»

A analogia é na escrita o princípio de prazer, de onde a presumível importância do investimento libidinal na imagética da «Nova Floresta», o horto maravilhoso onde a palavra é flor (mesmo a palavra espinhosa), extensão do corpo do religioso seiscentista.

Afirma Lucien Goldmann em *Pour une Sociologie du Roman*[1]: «Sur le plan de la forme littéraire, il nous semble que la disparition du héros problématique entraîne naturellement l'abandon de la structure proprement romanesque; ainsi, ni le *Temps du Mépris* ni *L'Espoir* ne sont plus des romans dans le sens étroit du terme, mais des formes intermédiaires entre l'épique et le lyrique[2]. Dans ces oeuvres l'absence, à la fois, de la légèreté du poème épique et de l''histoire' structurée du roman, ne permet plus que la forme du bref épisode isolé ou répété qui seule peut éviter à la fois l'incohérence et l'abstraction.»

Para Goldmann seria por esta ordem de razões que *Le Temps du Mépris* se tornou uma novela e *L'Espoir* uma série de episódios cujos laços se lhe afiguram bastante frouxos[3]. Estes considerandos, que são do maior interesse, apoiam-se num prefácio (quase manifesto) de André Malraux a *Le Temps du Mépris*, no qual o autor de *La Condition Humaine*, repudiando a devassa do mundo interior e as «diferenças individuais» (a chamada análise psicológica ou desenho de caracteres), reclama para as suas obras a categoria do trágico (que as inseriria numa linha que iria de Homero e Ésquilo a Chateaubriand e a Nietzsche). O universo de *Le Temps du Mépris* só comportaria assim duas personagens: «o herói e o seu sentido da vida»[4].

---

[1] *Pour une Sociologie du Roman*, Gallimard, Idées NRF, Paris, 1964, pp. 198, 199.
[2] Goldmann considera que a forma épica é exigida pela «afirmação da reconciliação entre o indivíduo e a comunidade», enquanto a forma lírica está presente «como aspecto complementar do carácter apesar de tudo postulado e não orgânico desta reconciliação» (*Opus cit.*, p. 198).
[3] Opinião de que, no tocante a *L'Espoir*, nos permitimos discordar e que é, aliás, posta em causa por Brian Fitche, Phillipe Carrard e outros exegetas da obra de Malraux. Esta discordância de pormenor não invalida, no entanto, o nosso assentimento à ruptura operada por Malraux no romance contemporâneo, com a sua procura do sujeito colectivo e do «universo da fraternidade viril».
[4] Citado por Goldmann em *Pour une Sociologie du Roman*, p. 201.

Num plano quase oposto, mas singularmente coincidente na rejeição da psicologia tradicional (ou estudo aplicado de caracteres) e da estrutura polifónica da narrativa, Teixeira-Gomes, também ofuscado pelo perfil intelectual e vital do herói nitzscheano, chega igualmente à negação do romance, pela via do memorialismo, ou seja, de um esforço para traduzir (ou recompor) o vivido na ordem do escrito [1] e de uma espécie de ode (de certo modo *heróica*) à felicidade. É certo que o escritor M. Teixeira-Gomes nos aparece sempre, nas obras de ficção (toda a memória é ficção) mais preocupado com a sua felicidade pessoal do que com a da Humanidade. Só no *Carnaval Literário* e, menos embora, na *Miscelânea*, o interesse pela colectividade se manifesta, reflectindo a coragem, no trabalho sereno e bem feito, que foi a do diplomata e Presidente da República, bem longe, todavia, do programa de Malraux, para quem a arte deveria «dar consciência aos homens da grandeza que em si mesmos eles ignoram.» [2]

Teixeira-Gomes é (e como tal não podemos deixar de vê-lo) simultaneamente o escritor de transição entre dois séculos, ainda ligado por ténues fios ao esteticismo, ao snobismo, ao impressionismo pictural dos decadentistas, e um espírito moderno, hiperlúcido, tanto que não será descabido reexaminarmos a sua novelística à luz destas afirmações de Nathalie Sarraute: «*Quant au roman, avant même d'avoir épuisé tous les avantages que lui offre le récit à la première personne et d'être parvenu au fond de l'impasse où aboutit nécessairement toute technique, il s'impatiente et cherche déjà, pour échapper à ses difficultés actuelles, d'autres issues*[3]. A ironia desenvolta com que Teixeira-Gomes se furta a «construir» a personagem de Ramiro d'Arge (*Maria Adelaide*) não será apenas preguiça, mas «desconfiança», que alguma coisa tem a ver com o diagnóstico que, cerca de vinte anos depois, havia de fazer Nathalie Sarraute: «*Le soupçon, qui est en train de détruire le personnage et tout l'apareil désuet qui assurait sa puissance, est une de ces réactions morbides par lesquelles un organisme se défend et trouve un naturel equilibre*[4].

A determinação da estrutura significativa global da obra de Teixeira-Gomes passa necessariamente por investigações parcelares: análise dos materiais linguísticos utilizados nos seus textos de ficção, cartas, crónicas, artigos, sentenças de mora-

---

[1] Nerval, citado por Raymond Jean em *La Poétique du Désir* (p. 253), já falava dessa passagem de um sistema de significação a outro. (Repensar *Aurélia* e *Sylvie*).
[2] Citado por Lucien Goldmann em *Pour une Sociologie du Roman*, p. 201.
[3] Nathalie Sarraute: *L'Ere du Soupçon*, Paris, Gallimard, 1956, p. 76.
[4] *Opus cit.*, p. 77.

lista; procura do sujeito individual não só nos campos semânticos, mas através do comportamento libidinal (lapsos, sonhos, recorrências alucinatórias, fantasmas) até se poder chegar à significação social, colectiva, que integra aquelas estruturas e as transcende.

É o que vamos procurar quer no investimento do corpo no discurso quer nas estruturas narrativas (através da análise descritiva de alguns dos seus contos e novelas e do romance «Maria Adelaide»), quer nas estruturas estilísticas, que sucessivamente consideraremos.

# O DISCURSO DO DESEJO

As grandes virtudes que do conjunto da obra de M. Teixeira-Gomes se desprendem, ao primeiro balanço, são a sageza, o culto do belo, projectado no Eros e na Natura (amiúde olhada como paisagem estética); a serenidade, mas também a verdade e a justiça (mesmo quando perseguidas sob a forma de auto-denúncia: *Maria Adelaide, Sabina Freire*). Não encontramos nos seus textos nem o compromisso, nem o silêncio ou a indulgência para com os crimes de uma sociedade que, sujeita ao primado da estabilidade e da conciliação, acaba por admitir formas de violência inaparente bem mais cruéis do que os actos apaixonados e severos dos partidos, grupos ou seitas radicais. Porém, a sensualidade dominante no seu discurso, é o supremo valor que ressalta no balanço final, como forma positiva de vida, que se torna genesíaca.

Raymond Jean deduz de um texto de Apollinaire (resposta a um inquérito da *Revue Littéraire de Paris et de Champagne*) que «o ponto comum da actividade erótica e da actividade literária é com efeito a constituição de uma *forma*, de uma estrutura conduzida ao seu acabamento»[1]. Aliás, já Todorov, em *La Parole selon Constant*, assinalava a relação profunda entre palavra e desejo: «Les mots sont aux choses ce que le désir est à l'objet du désir»[2].
A escrita preencheria assim um vazio, uma ausência. Para Jean Starobinski é um desejo inicial o dado porventura mais seguro que permite dar conta da junção entre o vivido e a

---
[1] Raymond Jean, *Lectures du Désir*, Ed. du Seuil, Points, Paris, 1977.
[2] In *Poétique de la Prose*, col. Poétique, Ed. du Seuil, p. 116.

escrita no acto literário, articulando este o projecto *desejante (projet désirant)* daquele. Assim se resolveria dialecticamente a contradição entre o que se diz e o como se diz. Afirma ainda Starobinski: «Il faut déchiffrer dans l'oeuvre la nature spécifique d'un désir, d'un pouvoir (d'un génie) qui a cherché à s'atteindre lui-même et à s'attester en donnant naissance à l'oeuvre.»[1]

O próprio «porquê» da obra literária, anterior ao propósito de comunicação, ao objectivo ideológico, pode bem ser que radique nas profundezas da ordem do desejo. A sua emergência» está ligada à constituição do «eu» e ao seu confronto com o tempo, ao destino das pulsões, à satisfação das necessidades e à sua sublimação.

No caso de Teixeira-Gomes, cujos textos são bem o produto de uma escrita do corpo, é nitidamente a vida sexual, com o seu sistema de signos, que alimenta uma obra que o trabalho do desejo extremamente enriquece.

Teixeira-Gomes, que muito usou o discurso epistolar e a escrita ficcional (frequentemente perto do vivido) para evocar o objecto (ausente) do desejo, o Outro, nessa mesma busca procurando rodear, definir, esse Outro mal conhecido que é ele próprio, sujeito da escrita, não só nos deixou páginas de abrasada sensualidade, onde a contemplação (ou a evocação) erótica predomina sobre a acção, como nos legou sobretudo uma preciosíssima erótica da representação. Efectivamente, a líbido está na origem dos melhores dos seus textos, ainda quando aparentemente alheios ao desejo sexual, que age sobre todas as suas formas de expressão.

No seu culto da mulher prevalece, há que reconhecê-lo, apesar da sua atitude esclarecidamente feminista, o interesse pelo corpo (especialmente o da adolescente), com incidência fetichista nos seios. Certos «fantasmas», certas marcas de voyeurismo e até de sado-masoquismo, de consumação alucinatória do desejo, breves incursões no delírio, no terreno dos fenómenos de telepatia («A Cigana») aparecem-nos como motivos reiterados que iluminam na sua obra as áreas da temática erótica claramente manifestada. Temos ainda a considerar a transfiguração mítica da mulher e da natureza, ainda muito visivelmente irrigada pela líbido («Vénus Momentânea»), os exemplos de visão especular, onde já se manifesta com maior proeminência a linguagem indirecta; os trechos de exaltação estética do efebo (o banho dos jovens árabes, em «Inventário de Junto», ou a aproximação da mulher e do andrógino, na novela «?»)[2], onde surgem atenuadamente resquícios da pulsão homossexual, integrada.

---

[1] Jean Starobinski: «*Le Sens de la Critique*», in *La Relation Critique*, coll. «Le Chemin», ed. Gallimard, p. 24.
[2] *Novelas Eróticas*.

O narcisismo, ligado à origem da escrita, ao que ela tem de auto-contemplação, equilibra-se em Teixeira-Gomes com a aquisição fálica que o acto criador proporciona, compensadora das carências, das cópulas não logradas («Jogos de Bolsa»), e é vencido por uma celebração cósmica do amor, que vamos achar nos textos mais belos de Teixeira-Gomes, onde a multiplicação do ser irradia para a apoteose da palavra (o trecho «Agosto Azul», do livro com o mesmo nome; «Vento Levante», de *Inventário de Junho;* alguns passos de «Colónia», do volume *Agosto Azul,* de *Cartas sem Moral Nenhuma* e de *Miscelânea).*

Texto exemplar do que é em Teixeira-Gomes a escrita do corpo e onde à evidência se declara o que de afim há, como dispêndio, no erotismo e na produção literária é este que vamos considerar a partir da isotopia da exuberância, que engloba as linhas de sentido do mar e da mulher [1], entrelaçadas por reiterados semas comuns (onda, ondeante, ondular, serpente, sereia, bailarina, dança, espumosa, traiçoeira):

«...me afastava da *vida verdadeira* que eu sentia *tumultuar* a meu lado, no *burburinho,* no *alarido* da *multidão,* donde partiam nomes sedutores — guiões de seda cor de laranja desfraldados às brisas matutinas: «Posilipo», «Salerno», «Puzzuoli», «Castellamare»!...

Pus-me na rua de madrugada para voltar ao hotel setenta e duas horas depois. Perdi-me, confundi-me, esqueci-me na *agitação* daquela vida *exuberante* [2], que *redobra* e *cresce* com o dia até *alagar* a cidade toda e soa muito longe, pelos campos, pelas encostas e pelos montes, qual o marulho do *mar* nas grutas dos rochedos. Que *ondeante* impressão a desses três dias! Ainda me cega o sol, ainda me atordoa o *estrondo* desses três dias loucos!

Passava as horas de maior calor na feira de Strada Foria a ouvir os quiromantes e os charlatães; se sentia fome vinha a Santa Lucia comer *frutti di mare* nas barracas da praia; segui procissões, não sei quantas, que eram como *serpentes* de flores rompendo searas humanas, *ondulantes,* sem fim; levava as noites escutando as improvisações do «Policinello» em certo teatrinho popular, inverosimilmente minúsculo, mas tão pequeno que as saias da *bailarina,* cujas *danças* rematavam o espectáculo, pareciam pairar como nuvens *espumosas* sobre a plateia. Essa *bailarina* deslumbrante, ídolo do povo desvairado, tinha o quer que fosse da *sereia* Parténope, a atracção, o enlevo, o mistério da «*onda* traiçoeira». Depois, ao romper da Lua, ia deitar-me ao

---

[1] É também interessante o modo como se processa a redução do fenómeno religioso ao sensualismo do ver, o espectáculo das longas «serpentes» humanas animadas pela fé, a beleza das flores moventes, coleantes.
[2] São meus os sublinhados.

pé do *mar*, que, em Nápoles, não é mais do que uma suposta realidade, reflexo do céu, vagas, absorventes transparências onde o espírito se envolve e repousa esquecido. Deixei-me dormir, uma noite, nas vinhas de Posilipo, à beira da mais alta e escarpada rocha; havia perto um jasmineiro cujas flores vinham roçar-me a cara. Adormeci embalado pela suavíssima canção desse *mar;* acordei quando o Sol nascia (...)[1]. Mas três dias dessa vida extenuante embotam os sentidos, despedaçam os nervos, diaceram os músculos. Tornei ao hotel, mandei arranjar a cama ao pé da sacada do meu quarto, que era no quinto andar e abrangia a vista do golfo até Sorrento e Capri. Deitei-me; de quando em quando abria os olhos para a pacificadora harmonia daquele quadro.» (*Inventário de Junho*, pp. 19, 20, 21).

A pletora que se manifesta aqui como multiplicação, turgescência (tumultuar, burburinho, alarido, multidão, redobra, cresce, agitação) e que tende para a união, para o desaguar do «eu» no «cosmos» (perdi-me, *confundi-me*, esqueci-me), vai dar lugar, a partir desse mesmo semema *esqueci-me*, à dissolução perfeita, à integração do ser na totalidade, na harmonia universal: dissolve-se o próprio *mar*, matriz e fonte da energia libidinal («...ao pé do mar, que, em Nápoles, não é mais do que uma suposta realidade, reflexo do céu, vagas, absorventes transparências onde o espírito se envolve e repousa esquecido.») A *con-fusão* do sujeito e da natureza ainda se reforça, aliás, no último segmento do texto («Deitei-me; de quando em quando abria os olhos para a pacificadora *harmonia* daquele quadro»).

Nos textos de M. Teixeira-Gomes o erotismo tanto pode encontrar-se nas situações representadas como na própria linguagem, toda ela, e sempre, perpassada pelo hálito do desejo. A mais impressionante homologia será, nas suas obras, a que insistentemente se verifica entre a pulsão sexual e o objecto estético. De entre uma infinidade de exemplos escolho esta nota sobre a Catedral de Burgos: «Você reparou, decerto, quando o seu comboio passava por aqui, na aérea *inflorescência* das ocas agulhas de pedra que assinalam gloriosamente, e a imensa distância, a pátria do Cid Campeador; diga-me a que *delicadezas de buril*, a que efémeros *encanudados* de *transluzentes rendas*, se devem comparar aquelas recortadas *colgaduras* com que o

---

[1] O segmento suprimido, para não nos desviarmos da análise das isossemias consideradas, refere-se aos amores (comprados) do narrador com a adolescente Giudetta Gigli, que o recebia nua, num leito imenso, «com reverberações de aurora nos seios agudos» e «cercada das labaredas do cabelo solto».

céu se enfeita há já tantos séculos. Ah! se você entrasse no *coração* dessa maravilhosa arca!»[1] (Inventário de Junho, pp. 167, 168). Acentuar-se-ão mais adiante, na continuação do texto, duas linhas de sentido aqui já perceptíveis: a da luz e a da flor; mas o que vivifica, o que sensualiza este segmento textual é a isotopia ornamental, de que ressalta a transfiguração metafórica da catedral em mulher, através dos semas *delicadeza, encanudados, transluzentes, rendas, colgaduras, enfeita, coração, arca.*

Num outro exemplo, a relacionação da vida e da arte, através de dupla mimese — passagem que foi a do modelo humano ao mármore e agora deste à escrita, lugar privilegiado do erotismo de Teixeira-Gomes — torna patente a satisfação do desejo inscrito na palavra. Trata-se da descrição de uma estátua do Bernini existente no palácio Pitti em Florença: «Não sei porquê, também lá puseram o busto de uma mulher do século XVII, mas já quase com o *sabor* do século XVIII, pela sua graça risonha — Constanza Buonarelli. É uma obra do Bernini, e quer crer que, quando esse busto se nos depara, o grande Donatello, e toda a escultura do século XVI, some-se, e o busto dessa mulher *resplandece,* como se fora, à *luz* do *Sol,* uma rara *criação da vida* real. É um rosto *carinhoso,* que se não descreve, de mulher já feita. O pescoço, todo *descoberto;* e sob o corpete, negligentemente *entreaberto,* arredonda-se-lhe, *nua,* parte do seio direito. O modelado da face joga de tal forma com a expressão do olhar que toda a *carne* sorri, e o cabelo, levantado sobre a testa, tufa em madeixas, de que algumas se soltam sobre as orelhas, ou se lhe enovelam sobre a nuca. É a vida; é a vida, mas deflagrada no mármore, com que arte divina!»[2]

Em todo o texto, que apresenta várias linhas de sentido imbricadas: luz (resplandece, luz, sol), nudez (descoberto, entreaberto, nua, seio, carne), ternura (carinhoso, sorri) é, dominantemente, a vida, intimamente associada à arte, que constitui a isotopia, através de insistentes reiterações.

O instrumento libidinal da exploração estética é, como em tantos outros trechos da obra de Teixeira-Gomes, o olhar. Olhar que, na mesma selecção das preciosidades e atavios de Florença, vai, logo após, deter-se nas mulheres de carne e osso (e nos seus seios: «...se a verdura perdeu com o calor, em compensação ganham com ele as raparigas, que já andam quase nuas, com dois retalhinhos de seda transparente sobre a pele. A mulher florentina, geralmente, é bem feita, com o seio farto e levantado, cintura fina e quadris opulentos. E que delicioso *espectáculo* é

---

[1] Considerações sobre a carga e descarga erótica do significante, a que este texto se presta, serão, no final desta parte, tratadas e desenvolvidas no capítulo «A Escrita Orgasmo».
[2] «Cartas a Columbano», pp. 34 e 35.

*vê-las tomar gelados: a voluptuosidade com que elas os lambem, chupam e sorvem...»*[1]

Por último, o texto reenvia, sem resolver a integridade da tensão, ao universo mitológico de cera, onde ao desejo ilimitado responde o prazer do olhar («Eu continuo saudável, próspero, e feliz, como um deus que regressou ao Olimpo.»)

Num dos mais belos textos de *Inventário de Junho* — a visão que o narrador tem da incestuosa Agripina, ao cruzar de carruagem o Monte Coppola sobre o golfo de Capri —, as antinomias (Apolo < Diónisos, pureza < vício, divino < humano) deixam de ser apercebidas contraditoriamente. No sintagma *espanto*, aqui conotado fortemente com falta, no duplo sentido de carência e de mácula, ou pecado, se origina a «visão», ou seja, o desejo e a escrita.

Agripina é a mediadora do sagrado, a santa infernal. A concepção do báratro e do paraíso, separados, limita a liberdade humana, embora nos sócio-dramas da paixão, estudados por Jean Duvignaud[2], se observe «a possibilidade de o homem ser algo diverso daquilo que tem forçosamente de ser quem se afasta do caminho da salvação». Nos frescos dos mistérios, o homem, entalado entre o paraíso e o inferno, acha-se todavia livre em cada lugar, em cada casa (ou seja, em cada fase) da sua translação existencial.

Ora o Monte Coppola é, a seu modo, um cenário sincrético onde vai produzir-se a emergência do desejo como *espanto*, isto é, o desejo do desejo: a aparição. O primeiro segmento textual é percorrido por semas de desejo e de beleza.

«Subir assim aquela montanha, a recapitular *emoções* ainda *latejantes*, tão *peregrinas*, tão *intensivas* e de uma incitação tal que a inteligência parece subjugar a vida em absorver toda a *fragrância* da *felicidade* humana, deveria alagar o *coração* de uma idealidade inédita, que *empolgasse* o intangível e para todo o sempre nos matasse a *sede* insaciável de *sentir*.» (*I. J.*, p. 28).

Na função seguinte, dominada pela *ânsia de sentir*, a face especular do espectador que apenas reflecte imagens é perturbada pela tentação, início do fascínio sagrado, contrário à *harmonia fastidiosa:*

«Pois fez-se-me no pensamento a absoluta calmaria, que, sem preferências e sem comoção, reflecte as mais doces ou as mais tenebrosas imagens e desinteressadamente as vê sucederem-se ou desfazer-se com a silenciosa indiferença de um espelho sem alma. Nesta calmaria, porém, perpassava a agonia de não poder lembrar-me do quer que fosse inverosímil e real que devesse

---

[1] A palavra-chave do texto é mais uma vez *espectáculo*, mas a pulsão sexual manifesta-se fortemente, a partir da visão, na sugestão da *fellatio*.
[2] *Lieux et non lieux*, p. 98, Éditions Galilée, Paris, 1977.

galvanizar-me e me trouxesse à imaginação o espanto desejado para romper a harmonia que me cercava, já fastidosa, já insolente, por impecável.» (*I. J.*, pp. 28, 29).

A sequência onírica que remata o episódio e onde, a par com a vertigem do anómalo (incesto e homossexualidade), avulta a isotopia escultórica, reiterando a simbiose artes visuais — pulsão sexual, põe em termos de desafio o carácter anti-natural de toda a moral que do seu campo de consciência tenha evacuado o desejo. Trata-se, aliás, de uma micro-narrativa conflitual muito marcada pelo Édipo, isto é, pela lei e pela moral figuradas pelo pai, personagem ausente-presente.

«A hipnose frutificou sem demora, pois logo, descendo a montanha, no embevecimento da tarde que esmorecia, entre clarões de púrpura, oiro, cobre e sangue, onde rolava o Sol, deparou-se-me a figura da *Mãe de Nero*, trazida para ali das paragens do sonho, tal como no-la representa a estátua do Museu de Nápoles. Sentada, reclinando o corpo admirável na atitude complacente de uma deusa que escuta os homens, irresistível, quimérica, mas sorrindo com a expressão cautelosa, humana, de quem disfarça os negrumes da alma. Assim a deveria ter olhado e desejado o filho incestuoso. Precisamente deu-se a misteriosa evocação quando o meu carro parou, por cima de certa enseada pequenina, cavada pelo mar na rocha viva, enseada graciosa, solitária, com uma faixa de areia branca em forma de alfange, dum brilho singular. Sombreavam-na as copas de imensos castanheiros debruçados sobre a rocha, e dava-lhe acesso a vereda verde de rosas silvestres que corria pela frincha de um penedo, estalado.

Ali, talvez, viera o seu formoso corpo dar à praia.» (*I. J.*, p. 29).

Acentua-se a partir daqui o clima alucinatório-erótico, com ressalte das sensações visuais e auditivas e também tácteis.

«Então eu «vi» o filho que chegava, coroado de mimosas e açucenas, abeirar-se daquele corpo ainda tépido e flexível, levantar-lhe a alva túnica de lã listrada de amaranto, tocar-lhe nos seios túmidos, e «ouvi-o» louvar a perfeição do tronco voluptuoso, a curva suave do ventre ondulado, a leveza dos braços gráceis, os pés de jaspe; depois voltar-lhe as costas, tão desdenhosamente, e desaparecer na vereda dos rosais silvestres, levado pelo braço do seu amante...»

O efeito de sentido sensual encontra-se não só no acto do desnudamento mas sobretudo na reiteração da parte do corpo fetichizada: «tocar-lhe nos *seios túmidos*» (que já anteriormente nos foi revelado estarem ainda *tépidos*), «a perfeição do *tronco voluptuoso*».

O desejo do narrador lê-se tanto nas evidências do texto como na pan-sexualidade dos seus prolongamentos, no lugar do não dito.

**Voyeurismo**

De entre as muitas cenas de voyeurismo que podem recensear-se nos livros de Teixeira-Gomes e das quais a mais formosa, até pela amplificação mítica, é, sem dúvida, «Vénus Momentânea», merece atenção a que se inclui na narrativa «Música a Porcos», do volume *Inventário de Junho*.

O narrador evoca um episódio da sua verde juventude, em que planeou e realizou a proeza de surpreender, ao romper do dia, seminuas numa praia e tendo-lhes escondido as roupas, um rancho de moças algarvias.

Um dos aspectos mais interessantes consiste na feminização do cenário e no clima de «festival pagão», a que assiste também, espectador participante da função do mediador, o catraeiro que transportou o herói ao local do *jogo*.

Antes da visão, a ante-visão anunciativa: a teoria das virgens madrugando e o amoroso duelo do sol e da água. Do sol fálico — «*crepúsculo opalino incendido* às longínquas e *crescentes reverberações do Sol*». Da água-seio, água reflexa, sonho que humedece os penedos e dá nascença às fantasmagorias luminosas, às figuras do «complexo de Nausícaa» (ninfas, nereides, dríades, ou suas parentes, aqui estátuas vivas, virgens vaporosas, foragidas da orgia mitológica) [1].

«Na Ribeira persistia ainda o crepúsculo opalino da beira-mar, frouxamente incendido às longínquas e crescentes reverberações do Sol. Voltavam as raparigas da fonte, sustendo os cântaros ao quadril, pelo caminho estreito que a vazante descobre no soco das aprumadas rochas: surgiam, ao longe, do seio da pedra húmida, incertas visões vaporosas, que pouco a pouco tomavam vulto até entrar na aldeia em fileira de estátuas vivas, todas saídas do mesmo molde, como teoria de virgens que se houvesse apartado de um festival pagão...» (*I. J.*, p. 46).

Na sequência em que aparece a personagem sombra do catraeiro, muda, conivente, acentua-se a simbologia feminina da água sensual. Mas não só. Como afirma Bachelard (*L'eau et les Rêves*, p. 41), na própria natureza parece que serão activas

---

[1] Bachelard considera que a função sexual da margem (do mar, da ribeira) é evocar a nudez feminina: «*Quelle est donc la fonction sexuelle de la rivière? C'est d'évoquer la nudité féminine. Voici une eau bien claire, dit le promeneur. Avec qu'elle fidélité elle refléterait la plus belle des images! Par conséquent, la femme qui s'y baignerait sera blanche et jeune; par conséquent elle sera nue. L'eau évoque d'ailleurs la nudité naturelle, la nudité qui peut garder une innocence. Dans le règne de l'imagination, les êtres vraiment nus, aux lignes sans toison, sortent toujours d'un océan. L'être qui sort de l'eau est un reflet qui peu à peu se matérialise: il est une image avant d'être un être, il est un désir avant d'être une image.*» (Gaston Bachelard: *L'eau et les Rêves*, Ed. José Corti, Paris, 1979 (1.ª ed., 1957), p. 49).

certas forças de visão: «*Entre la* nature contemplée *et la* nature contemplative *les relations sont étroites et réciproques. La* nature imaginaire *réalise l'unité de la* natura naturata. *Quand un poète vit son rêve et ses créations poétiques, il réalise cette unité naturelle. Il semble alors que la nature contemplée aide à la contemplation, qu'elle contienne déjà des moyens de contemplation. Le poète nous demande de* «nous associer, d'aussi près que nous le pouvons, ces eaux que nous avons déléguées à la contemplation de ce qui existe.»[1]

Eis o micro-texto que sugeriu esta referência:

«Saltei no bote que me esperava; logo o catraeiro remou rompendo em cadência a superfície da água ali estagnada, no sossego da sombra; mais além espelhava-se o rio e, ao passo que lhe roçava a luz do Sol, acudiam-lhe breves estremecimentos, arrepios de quem sente um hálito quente a bafejar-lhe a pele arrefecida.» (*I. J.*, p. 47).

Num dos narremas que se seguem e que poderia servir de exemplo à célebre frase de Friedrich Schlegel «Bem sabemos que vivemos no mais belo dos mundos»[2], em referência à beleza que do Narciso escrevente se propagou ao mundo, podemos distinguir dois movimentos e um êxtase: o avanço, ou ataque, do bote rumo ao espaço proibido das *ondinas;* o da miragem (águas rebentadas que assemelham a brancura dos corpos esperados, desejados); e enfim o mar esmaltado, o mar-céu tão amado de Swinburne, mar de calma e silêncio, água de canto:

«O bote vogava ligeiro apontado à barra que, suspensa das duas fortalezas desmanteladas, ondulava na imensidade azulada como balouço de espumas ali posto para recreio das ondinas; das vagas rebentadas soltavam-se umas efémeras aparências de corpos brancos, bracejando a espaços, à tona de água. Nenhum outro movimento perturbava a serenidade tão absolutamente calma da manhã; fora da barra, o mar, sem viração, esmaltava-se de todo o anil do céu.» (*I. J.*, p. 47).

Vem depois o desfecho da micro-narrativa: o narrador chega à Praia Grande a tempo de espreitar o rancho das vinte raparigas «sem mais roupa do que a velhinha saia branca enfiada no pescoço». A descrição, além de plasticamente minuciosa e boleada, tem aquele traço de ironia brejeira em que, noutros textos de Teixeira-Gomes, os narradores, muito dados a farsas e partidas, soem caprichar. Assim as «bonecas endiabradas» lançam-se ao mar destemidamente, excepto aquelas poucas que tomam banho na babugem das ondas, em cócoras ou de bruços, com medo ao terrível tubarão «cuja boca é capaz de engolir navios de três mastros e na falta deles papar meninas que é

---

[1] Bachelard cita aqui Paul Claudel: *L'Oiseau Noir dans le Soleil Levant*, p. 230.
[2] *Lucinde*, ed. de 1907, p. 16.

uma consolação». Identificando-se ao bicho mitológico, o jovem narrador despe-se por trás de um leixão e nada de mansinho para o grupo, enquanto o catraeiro recolhe no bote as roupas das moças.

O terror, o espanto, o rebate procurado pela aparição do herói da proeza são tão exagerados que atraiçoam o fingimento. Logo após é-nos dado ver, ainda à mistura com ferroadas satíricas, a nudez escultórica e ao mesmo tempo ardente das desorientadas pucelas — é o olhar do desejo que as esculpe e as incendeia, figuras de água queimada em frases que são, retomando uma expressão de Léon-Paul Fargue, «ponto culminante da mais alta experiência vital»[1]:

«Com a pressa de fugir rasgavam-se-lhes as desfiadas saias para dar soltura aos braços, mas soltavam-se também os seios atrevidos, desvendava-se o mármore roliço das coxas e tudo o mais que o bom recato e a *pudenda* honestidade *mandam* que ande oculto. Debalde corriam as *pobrezinhas* pela praia, procurando a roupa que ficara dependurada nos cabides naturais das rochas. Duas delas, que sofriam de acidentes, puseram-se a escabujar na areia; tiveram as outras que lhes acudir e formaram roda. Roda foi ela que, apenas restituídas a si as duas falsas padecentes, desandou em festivo baile. Entoaram-se lindas cantigas, em coro, que se repetiam alegremente nas solitárias anfractuosidades dos rochedos, e fizeram-se *mil inocentes loucuras*. A tudo aplaudia o meu velho catraeiro, erguido na proa do bote e grotesco como um sátiro...»

O sintagma verbal *mandam* coroa, com a sua conotação repressiva, a tirada subtilmente chocarreira em que o processo estilístico da ironia, que consiste aqui na utilização do sentido contrário, em contexto que o desmascara, é reforçado pela carga cómica do qualificativo arcaizante *pudenda*. Também o diminutivo *pobrezinhas* semantiza em meiguice trocista e duplicidade a comédia de que as jovens são vítimas e heroínas, comédia que, após a simulada crise de epilepsia (marca bem nítida do diabolismo das adolescentes, mito que da Idade Média aos nossos dias persiste teimosamente), há-de desfechar em lascivo baile, restituído à essência do rito helénico pela reticente proposição «fizeram-se *mil inocentes loucuras*».

O «velho catraeiro», espectador lúbrico e ovante, mais do que mediador externo, ainda que o sintagma «grotesco sátiro» o caracterize sobejamente como sujeito, na triangulação do desejo, cujo objecto é plural (o coro das moças húmidas e nuas, dançando de roda), aparece aqui como o duplo mitológico degradado, projeção-fetiche do eu narrador.

---

[1] Léon-Paul Fargue, *Sous la Lampe*, 1929, p. 46 (citado por Bachelard em *L'Eau et les Rêves*).

Repare-se ainda em que a falta de consumação sexual alimenta a força do desejo, distância preservada como motor da escrita.

O mesmo espaço entre os corpos se observa numa das sequências finais da narrativa «Agosto Azul» do volume com o mesmo título, narrativa praticamente adiegética que se estrutura como crónica desenfastiada, com largo predomínio das catálises, dos indícios e dos informantes sobre as funções distribucionais, que nela rareiam. Se dividirmos a narrativa em três médias sequências, o sujeito da enunciação (*que detém sempre o foco narrativo*, é o detentor do olhar e quase exclusivamente o da voz) limita-se a visitar a esquadra inglesa do Mediterrâneo, ancorada na baía de Lagos. Na primeira sequência vai, antes do nascer do sol, entre remadores silenciosos, até ao «Convento»[1], onde o aguarda um companheiro de passeio, catalão e não menos silencioso (de quem teremos tão-só uma imagem física, «gigantesco e obeso... sentado numa pedra... como a animada estátua de um Buda de raça loira); segue em direcção aos couraçados, não sem nadar à aventura, homem-delfim, contra os primeiros raios do sol («atiro-me à água onde mergulho de olhos abertos, em voluptuoso torvelinho de prata lactescente. Tenho a ilusão de uma possível metamorfose, seguindo sem esforço o rastilho escumoso do bote, com arrancos de golfinho, pelo lençol da água esverdinhada onde todo o meu corpo se embebe de fresquidão»); e *assiste* ao banho da marinhagem, distribuindo vinho e frutas pelo cardume de corpos nus, peras louras, talhadas de melancia, laranjas furadas, o maná da «nossa terra de promissão». Na segunda sequência o narrador faz horas em terra, torna a *assistir* a espectáculos que se convertem em quadros de «exultante paganismo» ou que a sua memória liga às artes visuais («São marujos malteses, de pele baça e modelados como hércules: os mesmos corpos de possantíssimos escravos que as gravuras antigas punham a remar nas galés do «Grão Turco». Era placidamente heróico o espectáculo dos seus trigueiros corpos atléticos, que se bronzeavam à sombra lavados nas quentes reverberações da luz, a moverem-se, leves, pela praia fora, insensíveis ao peso enorme das canastras de faia que transportavam à cabeça, coaguladas de areia seca»). Na visita ao navio almirante intervém, mas em discurso indirecto, um oficial de serviço, vulnerável à insolência snob de que o narrador

---

[1] A Quinta do Convento é com frequência referida tanto em textos memorialísticos como em novelas de Teixeira-Gomes, entre eles «Dona Joaquina Eustáquia Simões de Aljezur» e «O Sítio da Mulher Morta».

sabe servir-se, como passe, em terreno britânico; e escreve-se uma aguarela ambígua, no espaço clausurado (dir-se-ia que o narrador não sai de si, dos seus mitos): «Um deles (dos marinheiros que descansam no castelo da proa), ajoelhado, acorda o companheiro que dorme, passando-lhe a mão pelo rosto e tocando-lhe nos lábios com uma maçã. Desperta o outro; ambos comem da maçã e sorriem amorosamente. É o melancólico idílio das camaradagens marítimas: os dois coram como donzelas ao surpreenderem a curiosidade com que os espiamos». Homossexualidade latente, num sujeito tão vocacionado e dotado para a relação heterossexual? Ou antes o gesto inaugural dos caminhos da liberdade, uma polissexualidade que vive no universo da linguagem? Emergência do inconsciente, que é o discurso do «outro», sob a racionalidade do desafio estético? É, porém, na terceira e última sequência — a que mais nos importa como exemplo — que vamos encontrar o voyeurismo do narrador. Depois de tornar a nadar mais de duas horas por entre rochedos, explorando furnas nas «glaucas profundezas da água agitada», descobre, em cima de uma pedra rasa, um jovem pescador de cana, lutando com um congro gigante. Auxilia-o a dominar o peixe e conversam sobre as peripécias da pesca até que, de repente, o moço pára e aponta para uma furna, «visível através das frinchas que a perspectiva das rochas abre ao acaso». Dentro distinguem-se duas mulheres sentadas, «dobrando os xales com jeito de quem se vai despir».

O rapaz observa:

«— Devem ser do campo e pensam que ninguém as vê...; a apostar que se vão despir e que a gente as vê nuzinhas...»

Na cena erótica que se segue, o desejo não é triangular, nela contamos quatro figuras: os dois homens, que espreitam; as duas mulheres, que se amam. Quem deseja a quem? O pescador aparece decerto como o mediador externo do desejo experimentado pelo sujeito da enunciação. O desejo deste é espontâneo, pode representar-se por uma linha recta, para empregar a expressão de René Girard, em *Mensonge Romantique et Vérité Romanesque*[1], mas essa linha recta não será o essencial: o desejo foi despertado por outro que indicou ao herói, ainda reticente ou cauteloso, o objecto apaixonante.

A frase sintomática do narrador é: «Deixe-as lá...», réplica que se pode entender como uma recusa de nivelamento com o mediador, de quem o separam diferenças de idade, de posição social, de cultura.

A relação sáfica das duas mulheres, de que os dois *voyeurs* estão excluídos, introduz na narrativa, para além da tendência mimética, um fantasma do narrador, a vertigem da transgressão,

---

[1] René Girard: *Mensonge Romantique et Vérité Romanesque*, Ed. Bernard Grasset, Pluriel/Poche, Paris, 1961), p. 16.

amiúde ligada ao desejo e ao seu «trabalho» na escrita. Os seios são mais uma vez nos corpos femininos a porta do encantamento, através de uma gama de referências metafóricas muito concreta: «exuberâncisa de amojo», «meios limões agudos», «túmidos seios maduros». A isotopia fundamental do texto é o *riso*, signo de festa, de inocência, de amor, de liberdade, mas também, se tomarmos em consideração o subtexto e o seu código cultural, fortemente conotado com o peso da vergonha (pelo riso esconjurada), da moral do pecado:

«Despem-se com efeito, entre *risos* que mal ouvimos. Ambas são trigueiras, conquanto mostrem nos braços uma alvura que os rostos não faziam suspeitar. Diferem consideravelmente na idade. A uma delas alteia-lhe a camisa no peito com exuberâncias de amojo e na outra cai em pregas pelo grácil corpinho abaixo. *Riem; riem muito*, a porfiar qual delas há-de primeiro despir a camisa. É a mais nova que se decide: mostra no torneado tronco dois meios limões agudos onde a outra põe logo os lábios; depois esta abre também a camisa, soltando os túmidos seios maduros que a outra apalpa. *Recrudescem os risos...*»

Mas esta cena dura apenas momentos porque elas logo enfiam as saias brancas pela cabeça, perscrutando medrosas com a vista, em redor, e, erguendo-se, desaparecem por detrás das rochas [1].

A não satisfação do desejo, que exalta e angustia os dois *voyeurs*, é-nos comunicada apenas [2] através da reacção de um deles, o mais frustre, em estado de excitação exasperada:

«Reparo no pescador; vejo-o de braços estendidos e as mãos abertas na atitude de quem pede silêncio, os olhos chamejantes e o sexo arrebitado: é o *fauno púbere* prestes a atirar-se à ninfa incauta que ele espreitou e quer violar...»

Violência e desejo aparecem aqui fundidos, as energias represas despertando os fantasmas arcaicos de agressividade e destruição.

---

[1] *A. A.*, p. 121.
[2] Enquanto o narrador se nos *mostra* continuando a *assistir*.

# A TRANSFIGURAÇÃO MÍTICA DO OBJECTO DO DESEJO

A presença mitológica de Vénus depara-se-nos em toda a obra de M. Teixeira-Gomes. No trecho de «Inventário de Junho» que se intitula «Vénus Momentânea»[1] e onde o voyeurismo do narrador se manifesta fortemente, apesar dos meandros e defesas de um discurso olimpicamente elaborado («A sombra de um leixão, deitado na areia seca e fina, eu lia versos, respirando o ar iodado, ou corria com a vista a curva do vasto horizonte, embalado pela canção cristalina do mar»), o mediador do desejo é a estética helenizante. A serrenha desnuda que gloriosamente roda sobre si mesma, exibindo-se ante o olhar do enunciador, «tal como uma estátua em pedestal móvel», franqueia à sua vista sôfrega (o olhar fálico) as secretas maravilhas de um corpo enrigecido pela frialdade da onda, ainda coberto de gotas translúcidas, e cuja cabeça, que fora pouco antes hirsuta, agora se adorna, sob o peso da água, com um «toucado de estátua antiga».

O que confere valor ao corpo da *serrenha pudenda* («moça forte, feia e espavorida, que andava sempre de olhos baixos») é a semelhança, que o torna apetecível, quando nu, com o *pattern* artístico, com a idade mítica do prazer divinizado na figura de Afrodite. Diversos lexemas evocam esse tempo de perfeição sensual; a linguagem funciona aqui menos como utensílio para o raciocínio do que como lugar da imaginação; assim podemos recensear o sema de Vénus em: *sereias, voluptuárias, carne marmórea, toucado de estátua antiga, impassível, estátua em pedestal móvel, nereidas.*

Duas categorias de mulheres de origem popular parece existirem, muito demarcadas, para o enunciador de *Inventário de Junho*: a das jovens da orla marítima, operárias, filhas de

---

[1] *I. J.*, pp. 111 e sgs.

pescadores, nascidas quase na praia, como a Ana Rosa, a Maria Adelaide, a Rosalina [2], e as, mais toscas e envergonhadas, féminas da serra, cobertas pelo preconceito e pela rudeza dos seus trapos. Mas umas e outras se tornam objectos de desejo quando, por alguma razão fortuita, encarnam o modelo ideal, que neste texto coincide, até certo ponto, com uma poética convencional. Nua, transformada em escultura, a «serrenha lorpa, que (vestida) arrasta os seus sapatos de bezerro (...), a boca mole e inexpressiva, os olhos baixos», ganha um inesperado ousio: ergue-se, abre os braços, solta o lençol, oferece-se toda à vista perfurante do *voyeur*, é então Ísis, Cibele, Astarté, a Vénus grega e universal. Mas o prodígio não se renovará («*Espreitei-a* depois no banho, vezes sem conta, a ver se a cena se repetia, mas inutilmente»). Tão-pouco noutras iniciativas mais práticas o narrador será bem sucedido. Daqui a conclusão graciosa, onde a imaginação estética e livresca, mediadora do desejo, pesa mais do que a potência afectiva do arquétipo: «Concluí que assistira, por acaso, à passagem pelo seu corpo de uma alma de nereida encontrada dentro de água e enganada pelo aspecto helénico daquela praia».

A helenização da paisagem — espaço cénico aberto — verifica-se, aliás, desde o início do texto através de um metaforismo que associa as «ondas de vidro verde» a cavalos fogosos e dá à Ponte do Altar um recorte *siracusano*.

Como quase sempre sucede nos retratos nus dos livros de Teixeira-Gomes, o seio é a parcela do corpo feminino mais atenta e amorosamente descrita: «e os seios disparavam como duas pombas que vão voar». A simbologia do seio (taça invertida, oferta, intimidade, dádiva, refúgio [2] e a da pomba (o eros sublimado) são reforçadas pelos sintagmas de movimento, que instauram no texto o sincretismo do mito religioso — corpo-espírito, coisa-ideia.

Reflectindo sobre as cenas de voyeurismo que temos vindo a analisar, perguntamo-nos até que ponto elas são textos transgressivos em relação à ideologia reinante. Já de si a ruptura com a estrutura ficcional assente e como tal conotada com a ordem económica e com a dominação ideológica — o romance — pode ser encarada como um sintoma da consciência textual do autor. Marcado embora pelo sistema ideológico, o esboceto a um tempo fervoroso e irónico intitulado «Vénus Momentânea» opõe-lhe um outro sistema de imagens, mitos e conceitos, ronda a utopia: os ecos helénicos estão afinal referidos a um paraíso sensorial mais futuro do que passado, se os confrontarmos com outros textos similares de Teixeira-Gomes.

---

[1] Personagem do romance *Maria Adelaide*.
[2] Ver *Dictionnaire des Symboles*, dirigido por Jean Chevalier e Alain Gheerbrant, ed. Seghers, Paris, 1974 (1.ª ed. 1969).

# A TRIANGULAÇÃO DO DESEJO

A bailarina, fantasma da sexualidade infantil, figura prestigiosa do teatro ou do circo, que só o olhar penetra, há-de surgir reiteradamente nas novelas e nos contarelos de Teixeira-Gomes. Como mediação do desejo.

A relação do autor de Inventário de Junho com a escrita nasce — e ele próprio por mais de uma vez o declara — do desejo de recuperar sensações voluptuosas, de índole visual-sexual, olfactiva, táctil ou especificamente genesíaca, experimentadas ante a obra de arte (escultura, pintura, arquitectura), a paisagem que como arte se constrói na sua visão educada-viciada e, sobretudo, o corpo humano. É ante o corpo que Teixeira-Gomes se define ontologicamente homem de escrita.

Certas descrições de corpos femininos e de práticas eróticas constituem na sua obra autêntico discurso eréctil [1], que não raro, pela força das repetições, pelo uso de superlativos semânticos e, especialmente, pelo ritmo das longas frases, poderíamos capitular de orgasmos verbais. É o caso, por exemplo, do retrato físico de Leonor Gelder em «Jogos de Bolsa» [2]: «Leonor Gelder era uma loira de vinte e cinco anos com grandes olhos azuis e melancólicos e a carnação imaculada das raças do Norte. De corpo flexível e cheio mas sem característica alguma que a impusesse, logo, à *adoração* do sexo forte, a sua proximidade no entanto *alvoroçava e inquietava* como se pressagiasse um *delicioso* e iminente perigo; a sua voz de timbre grave, modulada com preciosa arte, tinha a *sedução* das *carícias voluptuosas*:

---

[1] A propósito da designação, consultar o artigo de François Lecercle «Il n'y a rien — La fantasmatique du corps dans *Tropic of Cancer* de Henry Miller» in *Corps Création — entre Lettres et Psychanalyse*, publié sous la direction de Jean Guillaumin, Ed. Presses Universitaires de Lyon, 1980.
[2] *N. E.*, p. 58.

envolvia-nos brandamente como *tépida* brisa *perfumada* e parecia destilar *filtros* que *encandeciam o sangue*» [1].

Assinalo, em itálico, os semas do desejo. Há no texto classemas que reproduzem sensações tácteis e olfactivas *(carícias voluptuosas, tépida brisa perfumada)* ou auditivas *(voz de timbre grave, voz modulada)*. O sintagma verbal colocado no fim do período — *encandeciam o sangue* — sugere a voracidade sexual do sujeito, que se assume passivamente e assim sofre a submissão à mulher, ao perigo, ao envolvimento, à penetração (através do filtro) da sua voz, que o leva ao acume do exaspero sexual.

Mais vincada demonstração deste modelo de logorreia erótica (escrita-corpo, relação agora activa do enunciador ao corpo da mulher, encontramo-la nalguns passos do conto «Cordélia»,

---

[1] Exemplos não menos expressivos desta pletora verbal podem colher-se sem dificuldade nas *Cartas sem Moral Nenhuma*, particularmente no fluxo erotizado das descrições e visões que a Alhambra provoca no enunciador: «Se o jacinto é uma flor de *carne* adolescente e *lasciva*, o lilás é viajante sinestésico de graças infantis! Lilases com grinaldas aereamente soltas em cachos melindrosos de carmim desvanecido, em festões violetas de *tenra polpa* magoada pelo frio, em miudinhas gotas de leite gelado, em *penachos* de botões *erécteis* e *jucundos!*» (*C. S. M. N.*, p. 227). Uma isossemia fálica aqui se articula dialecticamente com os fantasmas da feminilidade, tal como noutro segmento do mesmo texto sobre a Alhambra, esse com nítidas marcas sádicas e com redundâncias que configuram o desejo puro, no auge da sua tensão: «...quantos pés de âmbar neles se refrescaram pela calma dormente das tardes de estio e quantas nevadas mãos de açucena, mas lascivas mãos em delírio, calcinando-se, pelos demorados interlúdios do amor, ao desespero da hora que não chega ou que passou, neles mitigaram a febre que as abrasava!

Horas de *luxúria* aqui passaram como ainda outras não arderam em lâmpada mais rendilhada; quem as pudesse reviver em *vocábulos* que se queimassem como um puro óleo sem resíduos!

Sob o embaciado céu do amã e à meia luz luarenta do gineceu que opaliza a tez morena animando-a com latescências de lírios e jasmins, as ondeadas formas nuas avultavam no mármore liso ou dele se levantavam, tão níveas como se a pedra, fecundada, a cada instante lhes desse vida, ou se desentranhasse em formas novas.

Os corpos arrastavam-se sobre os tapetes na flexura dos movimentos ofidíneos e era de bruços que as cativas adolescentes aspiravam o aroma das viçosas laranjeiras, perpetuamente geadas de botões, ao recortado balcão que se chama hoje de Lindaraja.

Nenhuma impressão molesta de «grandioso» perturba a graça com que nas paredes arrendadas poisam, em cúpula, os favos de alvéolos e pingentes —obra de colmeias; e esse mesmo «Pátio dos Leões», com as suas frágeis colunatas de pálido mármore polido, sustendo leves calotas marchetadas, não passa de um jogo de alvos dedos de damas brincando com dedos filigranados.

Eu não sei como a lenda conseguiu enraizar neste recinto a lembrança de episódios trágicos vertendo sangue que não borbulhasse nos desvarios da concupiscência. Pelos recantos que

de *Novelas Eróticas*. O objecto do desejo é uma bailarina piemontesa, «corifea» do corpo de baile do teatro «Lyceu», de Barcelona, que vai de férias a Itália no mesmo vapor em que o herói embarcou: «rapariga muito nova, de cabelos adamascados, pescoço delgado, cintura fina, quadris largos e rebeldes, harmonizando-se na curva das coxas» (*N. E.*, pp. 151, 152).

O empolamento da frase, acompanhando a viagem do olhar desde a cabeça às regiões vizinhas do sexo, é-nos dado pelos qualificativos abundantes *(adamascado, delgada, fina, largos e rebeldes)*; noutro enunciado o sujeito é invadido pelo desejo, e o ritmo, marcado pelas formas verbais, torna-se paroxístico: «...as nossas mãos *tocam-se*, os olhares *empeçam-se;* eu *quero perscrutar-lhes* a ternura e ela *não se esquiva;* um intensíssimo desejo *me assalta, secando-me* a garganta e a boca...» (*N. E.*, p. 153).

Logo após o próprio enunciador refere a triangulação do desejo. Não é o desejo segundo o outro que, em rigor, aqui se nos depara, mas o desejo através de um fantasma da infância: «O prestígio que desde moço pequeno atribuí às bailarinas ateia o amor que começa; durmo pouco e mal, sempre com a visão do que seria o seu corpo nu, a perpassar-me na mente...»[1]

Este corpo fetichizado, objecto da paixão do enunciador[2], não chegará a ser por ele totalmente adorado.

---

se cavam na espessura das paredes, em dosselados nichos, há largos divãs de penumbra onde ainda se estorcem as sombras amorosas de corpos enlaçados!» (*C. S. M. N.*, pp. 206, 207, 208).

A destacar ainda neste texto a homologia *luxúria/vocábulos;* a multissemia da nudez, matizada de tonalidades várias *(pés de âmbar, mãos de açucena, tez morena, lactescências de lírios, formas nuas (...) tão níveas,* etc.); e a do excesso orgiástico *(lascivas mãos, desespero da hora, em delírio, calcinando-se, febre, abrasada, desvarios da concupiscência, se estorcem)*. A reiteração e violência do lirismo do sangue no segmento final insinuam a trama matricial do fantasma e advertem-nos para o modo como o inconsciente se elabora no texto, através da escrita racional. Por fim, quero sublinhar o enlace das metáforas corporais com elementos minerais arquitectónicos, com a luz, com referentes vegetais *(as laranjeiras perpetuamente geadas de botões)*.

Tudo isto se articula com o macrotexto, onde ressalta a tripla busca do sujeito do desejo: a mulher, a arte, a paisagem. Quanto ao dinheiro, que sabemos ser um dos objectivos das viagens semi-comerciais do jovem Teixeira-Gomes, tão próximo do enunciador, aparece-nos conotado, como veremos, com matérias fecais, a cupidez que o texto expele: vide «Jogos de Bolsa» e «Deus Ex-Machina».

[1] *N. E.*, pp. 153, 154.
[2] Escreve Octave Mannoni, em «Le Passionné ne veut rien savoir» (*La Passion — Nouvelle Revue de Psychanalyse*, numéro 21, Printemps 1980, Ed. Gallimard): «La question de la passion aumoureuse relève, évidemment, de la psychanalyse. Mais elle ne peut pas être résolue par la seule *analyse du moi* ni par la *Massenpsychologie*, car l'individu n'est pas seulement opposable à la

«Cai a noite; os nossos lábios unem-se, e eu pasmo de que se possam separar, de que se não soldem... (...) Empurro a porta que range levemente, o que me sobressalta e agonia; porém nenhum rumor se ouve. Os meus olhos, acostumados à escuridão, distinguem um braço nu cuja mão acena pela abertura da cortina do leito inferior. Aproximo-me de *rastos e beijo a mão, o braço. A mão puxa por mim*. Abro a cortina e *beijo-a toda: o seio, o ventre, as coxas... Sonho?* não; *loucura, transporte, êxtase...* Os *braços frágeis, os seios pequeninos e túmidos, as coxas volumosas e marmóreas...* Mas a companheira acorda...» (*N. E.*, p. 155).

Note-se, em primeiro lugar, que, ao invés das fáceis e já de antemão rendidas operárias e adolescentes de Portimão (Ana Rosa, Maria Adelaide, Rosalina) ou camponesas como a Marta, com passado de prostituição, de «O Sítio da Mulher Morta» *(Novelas Eróticas)*, é neste texto Cordélia, investida da sacralidade ritual da bailarina, quem toma a iniciativa *(A mão puxa por mim)*. As danças rituais foram na Antiguidade, de um modo geral, meio de restabelecimento das relações entre a terra e o céu, apelos à chuva, ao amor, à vitória ou à fertilidade, à extinção da particularidade, da diferença do ser na unidade cósmica [1]. Na Grécia, como na Índia védica, as bailarinas estavam conotadas com as hetairas ou com as baiadeiras (cortesãs sagradas).

Para além de assinalarmos, no discurso do desejo, as multissemias do beijo, do seio e do braço e o recorte escultórico da figura feminina, impresso nas séries binárias de adjectivos, quero sublinhar, como elementos dominantes da estrutura do conto, dois dados fundamentais para a sua leitura psicanalítica. Primeiro: após o desembarque de Cordélia em Génova (com encontro dos apaixonados marcado para Turim, poucos dias depois), a triangulação do desejo reforça-se ainda pela irrupção, no tecido diegético, de uma outra bailarina, que acorda ecos de infância («...visitámos a feira e assistimos ao espectáculo do circo, onde descubro uma *voltigeuese* que muito faz lembrar Cordélia, o que mais me exacerba o desejo, a ânsia de a rever» (*N. E.*, pp. 156, 157). Quando, em Turim, o narrador, atordoado, deduz, perante as ruínas do prédio para onde Cordélia o citara, que ela morreu num pavoroso incêndio, confirma-lhe a ama da jovem, entre soluços, «que a bailarina fora uma das vítimas da catástrofe e do seu corpo torrescado *só escapara, intacto, o braço direito*, aquele mesmo que pendia nu, à beira da cama, quando eu entrei no camarote para a acordar...» (*N. E.*, p. 159).

---

foule. L'aspect social (et non *collectif*) peut très bien etre analysé en termes de pure subjectivité à condition que dans le sujet figure non seulement l'autre du sujet, mais *les autres*, d'une façon qu'aucune sociologie ne pourrait élucider.» (p. 49).

[1] Conferir *Dictionnaire des Symboles*.

A líbido passional (com um forte componente de exaltação estética) acordada pelos fantasmas da primeira idade, encontrou o caminho desimpedido de qualquer interdito, mas não logrou a plena consumação. Tal como num sonho, o objecto desejado e sacralizado acabou por furtar-se, manipulado pelo destino, à satisfação carnal. A morte e a sexualidade, como em «O Sítio da Mulher Morta» (onde o interdito e a ameaça pesam fortemente)[1], estão aqui associadas por uma iluminação trágica que se semantiza subjectivamente (desse modo o pormenor onírico se instala no plano do mal) na macabra presença do braço «sobrevivente», o qual funciona no fecho da narrativa como um aviso, pois foi ele o agente transgressor.

Podemos conceber, neste caso, a transgressão como referida à sacralidade do objecto que arde — a bailarina sagrada — ou a uma recalcada concepção do próprio amor-prazer como transgressão.

Não pretendemos de modo algum apresentar esta nossa «leitura» como «chave» do belo, enigmático conto de Manuel Teixeira-Gomes. Mas defendemos a sua legitimidade, de acordo com a emergência, cada vez mais fecunda, da estética da recepção e da sua diacronia no mundo da literatura — da escrita à leitura literária.

---

[1] Obstáculos à realização do amor ou tão-só da fusão sexual, encontramo-los amiúde nas novelas de Teixeira-Gomes («Margareta», «Deus Ex-Machina», etc.), como, de resto, na maioria das narrativas que se escreveram e se escrevem, em que o impedimento é quase sempre elemento estrutural, segundo a lógica dos possíveis narrativos (Claude Bremond). Porém, o interdito, nos textos ficcionais de Teixeira-Gomes, só aparece, claramente, em «?» (distância intransponível de condição hierárquica, código cultural, etc.) e em «A Cigana» (o puritanismo católico da noiva), ainda que esteja subjacente a novelas como «Deus ex-machina» (o judaísmo como diferença).

# O PODER DO MEDIADOR

É nas *Cartas sem Moral Nenhuma*, nos capítulos XII, XIII e XIV, que, à boa maneira garrettiana das *Viagens na Minha Terra*, Teixeira-Gomes ensarta, entre descrições, notas diariais (mais do que comunicação epistolar) e considerandos de vária ordem sobre a psique nacional e insular, uma noveleta de que são personagens o narrador (autodiegético quando actor, homodiegético quando espectador), o seu criado e guia Gregório e a prima deste e sua ex-namorada Cecília dos olhos verdes.

Alguns dos apontamentos pictóricos, recheados de metáforas, são dos mais formosos de toda a obra de Teixeira-Gomes. Um deles em especial, característico *locus amenus*, nos impressionou como possível projecção do inconsciente na linguagem, pois nele aparecem, muito nitidamente, símbolos oníricos da matriz (a *boceta oval*, a *gruta*, a *cortina de água desfiada*): «No regresso, voltando do «Curral Grande», entrei para descansar numa espécie de boceta oval, toda alcatifada a musgo roxo, genuína gruta de poema pastoril, a cuja entrada rectangular pendia uma cortina de água desfiada, e os fios tão juntos e distintos como nos reposteiros de missanga japonesa.» (*C. S.M. N.*, p. 146).

O narrador assoma-se às alturas da paisagem, maravilha-se com o «Curral das Freiras», para onde traslada quadros mitológicos, e absorve-se na contemplação da torre quadrada da Sé do Funchal e do seu «campanário de pedra negra faustosamente mitrada de azulejos claros». Enquanto se demora a filtrar a alma nos cimos de Sant'Ana, *sorvendo o mundo pelos sentidos*, visitando o Pico Ruivo ou as Fragas da Costa, atenta no seu cicerone, Gregório, que, vestido com túnica de cetim, quinhentista, «estaria bem no séquito de algum rei mago dos frescos do Luini»; e dele nos dá um minucioso retrato: «O Gregório ainda não tem vinte anos: é alto, forte, bem feito. A cabeça de construção latina, a testa lisa e breve, o cabelo frisado, quase ruivo, os olhos cor de avelã verde e um pouco apartados do nariz. Nem um pelo de barba a pungir-lhe a tez pesseguenta; as comissuras dos lábios abertas em cheio na carne e reviradas como pequeninas pétalas de rosa. Uma cara que sorri, intrinsecamente luminosa, mas de expressão ambígua, inquietadora até...»[1] Pouco adiante informa-nos o narrador (e a informação serve tanto para caracterizar a figura plana do pagem apolíneo como para indiciar o desejo que nele próprio foi despertado em relação a uma rapariga, que é objecto do desejo de Gregório e com ele se parece): «O Gregório traz o casamento justo com uma rapariga do *Monte*, que é deveras mimosa e linda, mas Sant'Ana descobriu lá para as húmidas profundezas do *Calhau de S. Jorge* uma espécie de prima, assim como ele de olhos verdes e cabelos cor de canela, e mal soavam as Ave-Marias sumia-se»[2].

Ao desejo segundo o outro, que o comportamento do enunciador vai ilustrar, acresce a hipótese de o desejado ser o outro, através do corpo feminino, hipótese em que afloraria a componente homossexual recalcada. É, de todo o modo, o mediador quem neste caso fecunda a imaginação do narrador-personagem. Desde o o início esse terceiro está presente na gestação do desejo e o triângulo, quando se define, é tão forte que iremos encontrar o mediador ainda presente (ambiguamente sujeito e objecto) na consumação sexual do desejo exacerbado que une o enunciador à *sua* Cecília.

Vejamos como. Quando Gregório propicia o encontro do narrador com Cecília, faz-lhe um pedido, a que ele assente: que a não beije nos olhos. Num antelóquio que prepara a cena culminante, diz-nos o narrador, como primeira informação, estimulativa, que Cecília venceu a prova da nudez (três noites seguidas, levadas, inteiras, a adorar, a acariciar o «corpo saboroso»). Depois, o olhar retrocede: «Era um perfil idealizado à maneira dos cunhos gregos (...) Expressão muito fina e o quer que fosse de longinquamente, subtilizadamente, caprino; olhos claros sob a leve curvatura das sobrancelhas negras e dois rolos de cabelo loiro, levemente arcados também, e paralelos às sobrancelhas, alisando-se sobre a testa para unirem as pontas detrás da cabeça»[3]. O voyeurismo do narrador, acirrado pela competição, muito assinalada no texto, com o inglês lúbrico que a tem por sua conta («libertino de pouquíssimo gosto» e «homem dissoluto» lhe chama o enunciador) recompõe as «lições» que o outro lhe dava «mas sem botinas nem meias»: «As atitudes académicas ajuntava ela outras de sua invenção; a mais atraente era de joelhos sobre a cama, sentada nos calcanhares, com um sorriso

---

[1] *C. S. M. N.*, pp. 157, 158.
[2] *C. S. M. N.*, p. 159.
[3] *C. S. M. N.*, p. 159.

malicioso e quieto, a apontar para mim os bicos dos seios hirtos, cada um em sua mão... (*C. S. M. N.*, p. 178).

No núcleo que se segue, progredindo a acção, o desejo triangular manifesta-se e toda a mecânica interna da «estória» se desvela:
«Em um dos momentos de mais elevado êxtase, quando eu, esquecido da promessa feita, lhe ia beijar os olhos — sorvê-los como duas gotas de vinho generoso — ela cerrou-os docemente e pareceu-me que os seus lábios murmuravam: «Gregório...» Aos meus lábios acudiu o mesmo nome como se o fosse de alguma divindade tutelar.» Ou seja: o narrador deseja Cecília, antiga namorada de Gregório, que deseja Gregório. Mas o narrador parece também, no enunciado final, desejar inconscientemente Gregório, conotado literariamente com uma «divindade tutelar», o qual Gregório, por sua vez, deseja a jovem inglesa, a imagem santa, que se parece (é no jovem pagem que o narrador delega o olhar para a retratar) com a Rainha Santa, ou seja, com as imagens de igreja e os bentinhos que povoam o imaginário do mundo rural [1]. Encontramos assim uma tão complexa teia do desejo que sobre a evidência do triângulo como que aparece a tracejado um pentágono, cujas duas outras figuras são o inglês ausente e a «imagem da Rainha Santa».

Aliás, uma outra triangulação se forma ainda em que, não ultrapassando desta feita o voyeurismo, o desejo do narrador acompanha o de Gregório pela imagem santa e o desta por Gregório:
«A providência, provavelmente, deparou-me dentro do caramanchão o invejável grupo que a *santa imagem* e o meu Gregório lá foram representar... Ambos calados, como é próprio de esculturas [2]. Ela tinha as faces desmaiadas e a mão direita metida

---

[1] «Pensei em esquivar-me à entrevista, mas o Gregório disse-me que vinham também duas senhoras e uma delas era *tal qual* a imagem da Rainha Santa que sai na procissão de Terceiros da freguesia do Monte e que é a coisa mais linda que existe na ilha...» (*C. S. M. N.*, pp. 166, 167).

[2] A isotopia da arte e a sua interferência no desejo, que neste segmento textual passa através dos sememas *imagem* e *escultura*, é ainda mais perceptível num curto esquisso da «Rainha Santa», onde esta é conotada com a pintura pré-rafaelita. Aí igualmente os olhares se cruzam e, sem empeço da ironia, é muito acentuada a atenção voyeurista do narrador aos dois jovens, que são ambos sujeitos do desejo e, por seu turno, objectos um do outro (note-se como, na visão do narrador, a inglesa se assume como mulher com iniciativa): «Depois vieram os encontros com os meus amigos ingleses em passeios, almoços e merendas no campo, a que o Gregório assistia sempre com os olhos a fugirem-lhe para a «imagem da Rainha Santa». A *linda imagem* arranjava-se pelos moldes pré-rafaélicos: pastoras serpentinas, gestos fluidos, e bandós crespos de cabelos vermelhos a comerem-lhe as faces... E ia-me parecendo a mim que o motivo

pela abertura da camisa do rapaz, em cujo peito os anéis dos seus inquietos dedos reluziam... Pretendia a desfalecente menina, sufocada pelo exorbitante calor que fazia, amparar-se ao ombro do seu companheiro? Assim devia ser e decerto assim o compreendera ele, quando desveladamente lhe passou o braço musculoso à roda da cintura...» (*C. S. M. N.*, pp. 175, 176)[1].

Pela voz se constitui o narrador como sujeito do desejo. Esse desejo, porém, não tem sempre, como já vimos, o mesmo objecto, se bem que Cecília, Gregório e a Rainha Santa formem uma tríade em que o elemento de relação é o adolescente, o mediador, aquele que confere o prestígio aos objectos que pretende e consegue, o rival obscuramente amado. Longe da inacessibilidade de outros mediadores, como, por exemplo, o mundo helénico, através da cultura livresca, no episódio da camponesa algarvia conotada com Afrodite («Vénus Momentânea»), este mediador, espacialmente próximo, mas reconhecido como intelectualmente abaixo do narrador, isto é, a uma grande distância mental, espiritual, é-nos apresentado ironicamente. No entanto, o seu poder de fascinação é tal que o herói-narrador termina a última sequência do texto, a da despedida, com uma confissão de voyeurismo frustrado, pronunciadamente cerebral:

«Eu desejaria encontrar-me com ele só para lhe ouvir a relação verídica das suas actuais aventuras[2]. Mas empenho baldado, talvez; o Gregório é poeta que não intenta fazer versos: discreto, cauteloso e dissimulado, portanto...» (*C. S. M. N.*, p. 184).

---

predilecto das suas meditações era a plástica do Gregório, com tal frequência o seu olhar o buscava e nele descansava...» (*C. S. M. N.*, p. 173).

[1] Não é pôr de lado a hipótese de uma relação intertextual deste amoroso casalinho com os míticos Roberto Machim (ou o Machino) e Ana d'Arfet, personagens da «Epanáfora Amorosa», de D. Francisco Manuel de Melo, que tem por cenário, embora só na segunda parte, a mesma Ilha da Madeira. A desigualdade de condição social, ainda que atenuada, encontra-se igualmente na lenda do descobrimento da Madeira, literariamente trabalhada pelo autor da *Carta de Guia de Casados*. Roberto pertence à pequena nobreza, enquanto Ana, de grande linhagem, foi forçada a casar com um «Milord de alto estado».

São os olhos a figura metonímica do desejo, tal como na noveleta de Teixeira-Gomes: «Quando a dama algũa vez, mais aliviada das moléstias do mar, e ele mais esquecido da sua soberba, saía a divertir-se, vendo as águas, também Roberto as via em sua vista; mas com diferente afecto, quão diferente é o temor, da saudade. As ondas se se meneavam à maneira de jogo, diminuiam os cuidados de Ana, e os seus olhos se se humedeciam, como por lisonja, aumentavam os de Roberto» (D. Francisco Manuel de Melo, *Epanáforas de Vária História Portuguesa*, Introdução e apêndice documental por Joel Serrão, Imprensa Nacional — Casa da Moeda, Lisboa, 1977, p. 289).

[2] Alusão à «imagem da Rainha Santa».

Os olhos, figura metonímica do desejo, encontram-se, como vimos, no fulcro da narrativa. Eles são (os olhos de Cecília) o interdito que o narrador há-de transgredir, e essa transgressão ilumina-se com uma revelação, já que o inocente predador e mediador do desejo, Gregório, surge nesse momento entre os amantes, nas suas bocas, encarnação do mistério, do abismo, como «divindade tutelar», expressão que oculta os fantasmas do narrador.

Mas os olhos de Cecília aparecem-nos ainda, noutro enunciado, conotados com uma ausência, uma nostalgia, que a religa, jovem faunesa, aos reinos animal e vegetal, acentuando também desta feita a boca, órgão do desejo, como instrumento de uma devoração sagrada:

Julguei de outra vez surpreender-lhe nos olhos claros uma levíssima tinta de melancolia.
— Que tens tu? — perguntei.
— Nem eu sei bem... Desejava ser cabra e comer de bruços a erva verde... — e o seu rosto tomou a mais lídima expressão vegetativa...» (C. S. M. N., pp. 178, 179) [1].

**Do corpo ao corpo**

Afirma Michel Granger que a obra literária nasce do corpo, fala do corpo, ao corpo se dirige e ao leitor [2]. Dá forma concisa a uma ideia que nos últimos anos tem preocupado numerosos críticos e estudiosos do texto literário.

É exemplo muito claro dessa escrita do corpo a novela de Teixeira-Gomes «?», onde o sujeito e o objecto do desejo não comunicam um com o outro senão por olhares e gestos.

Em Esmirna o narrador embarca no paquete russo «Tchikachoff» e encontra a bordo «à frente dum cortejo de fardas reluzentes», uma mulher loira, enigmática e deslumbrante, «tal uma imperatriz asiática, ou uma deusa», que impressiona todos os passageiros. A concorrência dos desejos é fisicamente tangencial («Todos lhe abrem caminho e seguem-na com olhares acesos em lascívia» (N. E., p. 167), mas não há efectivo contacto entre as esferas de *possíveis* da triangulação.

---

[1] Semas de fauno são redundantes ao longo do texto: «Expressão muito fina e o quer que fosse de longinquamente, subtilizadamente *caprino*» (C. S. M. N., p. 170); «...e com as mãos arrebitou um caracol de cabelo de cada lado da testa» (C. S. M. N., p. 160).
[2] Michel Granger: «Le discours cétologique et le corps dans Moby Dick de Melville» in *Corps Création — entre Lettres et Psychanalyse*, publié sous la direction de Jean Guillaumin, ed. Presses Universitaires de Lyon, 1980. Michel Granger generaliza a partir de *Moby Dick*.

O herói é radicalmente estrangeiro ao mundo eslavo que enche o navio, pelo que a mediação continua a ser externa. As figuras metonímicas do olhar, do seio, do cheiro são muito fortes e reiteradas no texto como detonadoras do desejo: «Será de mais dizer que os seus olhos brilhavam como estrelas? E o ritmo dos movimentos, a frescura da pele, a graça do riso! Sentia-se-lhe a carne firme escorregar debaixo da roupa, que antes lhe descobria do que lhe vendava as formas. Tudo se adivinhava suavemente modulado mas livre. E o peito? Sob a alvíssima seda da blusa os seios disparavam, como duas cidras, erguendo os bicos (...) Evidentemente o seu corpo exala eflúvios de amor; a sua presença é afrodisíaca e levanta nos corações revoadas de desejos.» (*N. E.*, pp. 166, 167).

Um processo mágico-religioso de enunciação transforma em ídolo o objecto do desejo («*Sorrindo* encontra o meu olhar idólatra... *Sorri* mais docemente? *Sorri* sempre. *Sorri* aos que a adoram e como que lhe dirigem orações; *sorri* com um *sorriso* de parada, disfarçando o pensamento que roda não se sabe por onde; *sorri* lá do outro mundo, como deusa [1] que é; mas por vezes endurecem-se-lhes as feições, numa expressão de orgulho, fugaz como um relâmpago») (*N. E.*, pp. 168, 169). Note-se a reiteração [2] da figura metonímica do desejo e símbolo do enigma que é aqui o sorriso, marca de super-humanidade, ou de divindade, na acepção antropomórfica. Esse sorrir esfíngico [3] pode ainda configurar o tecido matricial de um fantasma (a atracção de Teixeira-Gomes, na puberdade, pelas para ele inacessíveis e sorrisonhas bailarinas de circo que visitavam Portimão e tão vivamente contrastavam com o provinciano ramerrame da cidadezinha algarvia de olhos baixos).

Onde se nos patenteia a translação do olhar do *Outro* (neste caso de um Outro colectivo) para o olhar, com marcas de luz e fogo, do sujeito do desejo [4], é no segmento que nos apresenta a «deusa» rodeada pela apaixonada veneração dos oficiais russos.

«A noite, no salão, reclina-se num divã e os oficiais cercam-na como tríplice muralha doirada a defender um tesouro único no mundo. Para melhor a contemplar vou espreitá-la, do tombadilho, pelas janelas do salão. No seio da noite os meus

---

[1] A deusa é o *arkhé* de todos os textos eróticos de Teixeira-Gomes (desde «A Cigana» a *Sabina Freire*) em que a cultura helénica, absorvida em leituras deformantes, funciona como mediador.
[2] Sete inscrições no texto, seis delas com sintagmas verbais, uma com sintagma nominal.
[3] Que é também o de Sabina Freire e o de Leonor Gelder (o seu misterioso revirar de lábios), *Gente Singular*, p. 68.
[4] Todo este escrever é a homologia de um estar em erecção, tão excessivo que chega a sugerir o medo da castração ou o esgotamento do desejo, da vida.

olhos devem fuzilar, porque de repente ela sustém o sorriso e aponta para onde eu estou, com ar alucinado, como quem vê um espectro. Mas o seu rosto logo serena, sem que nenhum dos seus escravos aperceba o olhar de fogo com que, da escuridão da noite, lhe abraso a carne» (*N. E.*, p. 170).

Pouco adiante depara-se-nos o andrógino, que funciona no texto como incentivador do desejo. O encontro entre o herói e o andrógino dá-se precisamente de noite, ou seja, muito provavelmente (o cenário não nos é descrito) sob a influência da lua, conotada com a bissexualidade na antiga Hélada e exercendo funções de intermediária e mediadora. Segundo o mito de Aristófanes, refeito por Platão no «Banquete»[1], haveria três géneros na antiga natureza humana: o masculino, o feminino e o andrógino. Deste, síntese dos dois outros, subsistiria apenas o nome. O andrógino, na acepção moderna, não é já obviamente o hermafrodita. Eis como este outro intermediário e mediador do desejo se instaura no texto de «?»:

«Fico ardendo em luxúria. e fumando sem cessar entretenho a minha insónia passeando no convés até quase manhã. Para complicar a situação, a atmosfera de sensualidade intensifica-se com a presença de um marujo que, eu já notara de dia, adolescente de expressão felina, imberbe, com a boca de delicado recorte (cujas comissuras comprime sem descanso) se cruza comigo centenas de vezes, na estreita passagem entre a amurada e a parede do salão. O seu olhar fosforece, provoca-me, persegue-me, acaricia-me» (*N. E.*, p. 171).

No estado de necessidade extrema de descarga da tensão criada pelo impulso sexual, o narrador-personagem sofre a atracção libidinal do andrógino e, em vez de ignorar, de calar o «âmago escuro e impenetrável»[2] do universo sexual, aceita claramente a mediação nocturna, que apresenta (quando integrada na globalidade da obra de Teixeira-Gomes) evidentes marcas do figurino helenizante, coisa mental: Alcibíades, herói bissexual; o próprio imperador Adriano, modelo de virtudes civis, etc.

Mas ao tornar a luz no dia seguinte («magnificência azul de mar e céu espelhados»), logo a «deusa» ocupa todo o espaço narrativo. O suporte pulsional e o suporte cultural equilibram-se no retrato que o «olhar desejoso, ávido» do narrador foca para nós: «Vem envolta nas pregas dum roupão de veludo cinzento, bordado a azeviche, a cabeça descoberta, com dois fartos bandós

---

[1] Platão transcreve a concepção de Eros exposta por Aristófanes ou faz simplesmente o *pastiche* das ideias e do discurso do célebre comediógrafo. Conferir Luc Brisson, «Bissexualité et Médiation en Grèce Ancienne», in *Bissexualité et Différence des Sexes — Nouvelle Revue de Psychanalyse*, n.º 7, Printemps 1973, ed. Gallimard.

[2] André Breton: Introdução aos *Contes Bizarres* de Achim d'Arnim.

de cabelos loiros muito alisados, onde brilham aqueles mesmos tons argênteos que o Velásquez punha no penteado das suas infantas. Vem, fresca, viçosa — rociada como rosa de Abril» (*N. E.*, pp. 171, 172).

A personalidade do herói parece ser toda ela genital nas sequências seguintes, ainda que, na verdade, a ligação do seu desejo (em que o falo é o significante privilegiado) ao desejo de outrem, da Outra («reconhece-me? Sorri para mim?») forma como que o fecho onde se adverte o desejo de *conhecer*, de *saber*.

«Há instantes em que os nossos olhares se prendem e percorre-me o corpo uma onda de fogo» *(N. E.*, pp. 172, 173).

A projecção do sonho e a sua fascinação alucinatória encontram-se na cena de vampirismo que constitui a penúltima sequência da narrativa, com eflorescências sádicas que nos reenviam a «Sede de Sangue» e, num outro registo, a «Dona Joaquina Eustáquia Simões de Aljezur».

O «Tchikachoff» lança ferro em Constantinopla, onde o narrador vai desembarcar. Volta ainda ao camarote e dá-se então (ou é sonhada) a performance do herói, em que a boca — lugar mediador entre a linguagem e o corpo — se torna o órgão privilegiado da violência, da profanação, do prazer delirante:

«Mas ao chegar à escada, que é de dois lanços e forma uma espécie de gruta imersa em trevas, enxergo o seu vulto. Vem sozinha. Como um louco, desvairado, vou para ela, tomo-a nos braços, deito-a sobre o divã; as minhas mãos sôfregas percorrem-lhe o corpo, os meus *lábios ardentes* desalteram-se na fonte clara dos seus cabelos, no perfume dos seus olhos, no *sumo da sua boca*, e param um instante no seu pescoço com um tão *violento beijo de vampiro* que ela recua e parece querer fugir. Mas eu tenho-a bem presa nos braços que são de ferro. *Mordo-a na boca* que se abre e cede como um fruto maduro; *mordo-a brutalmente* e *chupo-lhe os dentes* como se fossem bagos de laranja. Ela solta um profundíssimo suspiro, beija-me e... desmaia» (*N. E.*, pp. 173, 174).

No parágrafo seguinte interroga-se o narrador: «Que tempo durou este delírio?» Isto é, o herói reconhece-se e situa-se na eclosão da erotomania, na passagem do desejo extremo ao acto delirante; e há-de mesmo, dizendo embora o seu «corpo todo embalsamado em gozo», experimentar vergonha e referir que, a partir da violação, todos os seus gestos se tornam maquinais, «como se estivesse sonâmbulo». A pirueta final, irónica, do discurso (delírio romanesco de imaginação) consiste na atitude da bela vítima quando já o bote se afasta do vapor: «...e vejo-a que me acena com o seu lenço de rendas, com grande espanto dos escravos que a encaram escandalizados...» (*N. E.*, p. 175).

# A ESCRITA ORGASMO

Nos textos de Teixeira-Gomes é sempre extremamente forte a relação entre o corpo e a criação, entre o vivido corporal, especialmente a sexualidade, e a produção literária. Não só muitas das suas descrições e memórias retocadas, ampliadas, «fantasmizadas», para ele funcionam como mediação na sua relação com o mundo, com os outros — e não esqueçamos que a natureza, uma natureza esteticamente amada, é privilegiada nessa relação —, como ele próprio sente «corporalmente» o que evoca e o que inventa. O narcisismo da escrita é patente em passos como este, de uma carta a Sampaio Bruno, com data de Outubro de 1892 [1]:

«Eu sigo vagabundeando na existência errante e tal como sempre a desejei. É ainda a mesma boémia, mais doirada na aparência, e por isso mesmo mais espinhosa às vezes do que a boémia pobre, que fez primitivamente a minha felicidade por tantos anos. Os meus sentidos, porém, cada vez mais afinados, mais livres, mais desprendidos de toda a sujeição subalterna, procuram-me a cada instante impressões maravilhosas: a forma, a cor, a música; todos os detalhes da imensa harmonia que nos cerca, postos em relevo, explicados nas composições dos grandes artistas, parece-me que começam já a ferir directamente a minha alma, como reflexos originais dos mil aspectos da própria Natureza. A revelação inesperada da arte grega, cujos encantos suspeitava apenas e que só no museu de Nápoles se nos desvendam; a minha viagem a África, no contacto da vida árabe, que resume em suas manifestações intelectuais, na sua religião, nos seus costumes, o que mais incondicionalmente me satisfaz a sensualidade, dando-me a ideia de um estado social imperfectível e portanto imutável, tudo concorreu para alargar o horizonte

---

[1] Inserta em *Carnaval Literário*, pp. 179 e sgs.

da minha estesia, soltando-me dos imerecidos embevecimentos que a Renascença me impunha e preparando-me para sentir a mais e mais todas as infinitas vibrações do movimento universal e eterno que se chama Vida.»

As referências concretas aos *sentidos*, ao *sentir* e à *sensualidade* são aqui ampliadas pela indirecta presença dos *olhos* e do *ouvido*, através dos lexemas *forma, cor, música*. Porém, os lugares do corpo com vida, diríamos, quase própria (órgãos como que vivendo cada um a seu modo, agindo, ainda quando a acção é contemplação ou audição extasiada, prelúdio da dinâmica especificamente sexual — movimento do sexo) aparecem-nos com mais nítidas marcas noutros passos da obra de M. Teixeira-Gomes. Assim na belíssima novela «O Sítio da Mulher Morta» *(Novelas Eróticas)*, onde dois paradigmas se observam, bem impressos no texto: os olhos e a boca aí desencadeiam, de facto, a atenção concentrada, a angústia do desejo insatisfeito, o espasmo. Neles se originam e deles partem o sentimento e os gestos convulsivos do desejo, com prolongamentos polivalentes, já que alguns atingem, pelo rodopio da palavra sobre si, o oceano da beleza formal, palco cuja cortina a mão de Eros delicadamente levanta.

Vejamos, por meio de alguns lexemas e locuções, como se organiza esse «andamento»: «Seria para a conhecer, para a *ver*...»; «...ainda mais me atiçou o *desejo de contemplar* tão peregrina beldade»; «...nela me ficavam os *olhos*...»; «No corredor reinava completa escuridão, e pela porta que escancarei rompeu, vivo como fogo, um quadro de sol sustendo uma figura de rapariga, que *aos meus olhos encandeados* mais pareceu *visão* sobrenatural. O choque foi tremendo, baralhando-me totalmente as ideias. *Aqueles olhos, aquela boca*, aquele sorriso...» (*N. E.*, p. 202); «...comecei a *beijá-la* e levei-a para o quarto de cama, onde a luz era também escassa...»; «quando pela centésima vez, *entre beijos*, eu repetia...»; «...por fim o sorriso voltou-lhe *aos lábios*...»; «...para o provar *beijou-me na boca*...»; «Os meus *beijos* de despedida foram de fogo...»; «Antes de sair pediu para voltar ao quarto de cama e pôs-se diante do espelho a arranjar o lenço e os cabelos; depois ficou-se quieta e como que *pasmada perante a sua própria imagem;* por fim atirou-lhe *beijos*, ao passo que me dizia: Há tanto tempo que me não *via* num espelho como este...» (*N. E.*, p. 207); «O tratamento de «tu», na *sua boca*...»; «...e entre *risos e beijos* segredava-me...»; «Vieram-lhe as lágrimas aos *olhos*...»; «Com *beijos* lhe fechei a *boca*...»; «...e de que fruia agora a acabada *imagem*...»; «Isso é de me *veres* aflita...»; «...tapando *a boca* com um lenço...»; «Por exemplo: uma das coisas que mais a encantavam (e a mim também) [1] era *contemplar-se* nua, no espelho móvel do quarto

---

[1] Além da reiteração da visão especular, aqui se nos depara um jogo refinado de voyeurismo (masculino) e ingénuo narci-

de cama...» (*N. E.*, p. 218); «Ah! sim? vem *espreitar?* pois inda bem, é para que saiba.»; «...mas debalde *os meus olhos ávidos* procuravam entre elas o corpo airoso e o rosto lindo...»; «Branca de cera; *olheiras e lábios* roxos...»; «Ela então, lavada em *lágrimas* e cobrindo-me de *beijos*...»; «...mas a máscara voltada para dentro sem me perder de *vista*...»[1] Última presença da boca no discurso: «...o cadáver parecia *sorrir*».

O lexema *corpo*, necessariamente abrangente, emerge por várias vezes no texto e numa delas, dado o carácter semibiográfico da narrativa, quase se transfere da narração para a instância do narrado: «A tensão nervosa era tal que *o corpo todo* me doia.»

Do sexo *stricto sensu*, da angústia da insatisfação e da agressividade do desejo[2], do gozo que alastra pelo corpo em sua totalidade, destacamos:

«No acesso de *embriaguez* que me tomara eu só pensava em *satisfazer os sentidos*, e cheguei ao final da minha desvairada investida...»; «...a mulher perfeita de que *gozara* sem resistência as delícias...»; «...as horas de *luxúria insatisfeita*»; «Novo acesso de *loucura amoroso*, mas agora em comunhão perfeita, até à medula...»; «o desejo que ela me inspirava *cegava-me*...» Neste último excerto, a tensão exasperante provocada pela espera da união sexual é reveladoramente traduzida pelo sintagma *cegava-me*, metáfora já banalizada que se inscreve na isotopia do olhar.

O discurso pulsional do desejo exala como que a nostalgia de uma língua original neste escritor acentuadamente literário, que escreve para exercer os poderes da linguagem, através da qual veicula sem dúvida a sua *imago mundi*, mas amiúde visando não tanto a dizer o que designa como a sê-lo. Os significantes são nesse discurso portadores de sentido mítico. O significado torna-se por sua vez significante em potência: «Não há palavras

---

sismo (feminino). A descoberta, por Marta, do seu próprio corpo e, logo, do seu «eu», poderia ser desenvolvida, se tal não se nos afigurasse tarefa por demais lateral, à luz do *murmúrio de semelhança* que Michel Foucault analisa em *Les Mots et les Choses* (Paris, 1966, p. 83).

[1] Permiti-me incluir este exemplo, que não se relaciona directamente com o discurso do desejo, porque tem muito a ver o olhar mágico do objecto inerte (providencial), a maia, com o realismo fantástico que agita a narrativa através da «reaparição» de Júlia em Marta, ou da receptividade magnética desta, cujo verdadeiro nome — coincidência carregada de mistério alusivo — é Júlia.

[2] Diversas vezes podemos recensear o lexema *desejo*, em geral associado aos lugares do corpo que privilegiamos — os olhos e a boca. Assim, «o desejo de contemplar»; «desejara ardentemente»; «satisfazer o meu desejo»; «a virgem tão *almejada* dos meus tempos de rapaz» (*almejada* funciona aqui como sinónimo de *desejada*); «o desejo que ela me inspirava»...

que descrevam as maravilhas do seu corpo, a sua carne rosada e firme desmaiando, nas curvas, no tom mate de açucena; os pés de estátua grega; o ventre polido e retraído, nascendo das coxas roliças como um escudo de prata fosca e partindo-se, no remate, para inflar nos dois agudos pomos a que as vacilantes chamas do fogão davam reflexos iriados; e os longos braços a um tempo frágeis e marmóreos!...» (*N. E.*, «Deus Ex Machina», p. 606) [1].

Se do corpo objecto desejado, no presente da evocação, são plasticamente agenciados, neste espaço de representação, a cor da «carne» (por «pele»), o ventre e o púbis, os seios («agudos pomos»), os braços, as coxas e os pés («de estátua grega»), o sujeito do desejo, que até aqui foi o contemplador (o «voyeur»), passa a ter como atributos activos os lábios, as mãos e o sexo: «Os meus lábios cobriam sofregamente a carne que aparecia enquanto as mãos teciam em volta do seu corpo uma apertadíssima rede de carícias...» (*N. E.*, p. 61).

Antes da cena sacrificial, exercício de amor e dor, numa «atmosfera candente» (a consumação realiza-se ao lado das chamas do brasido de lenha), Camila *mostra-se* e mais uma vez, na relação do sujeito e do objecto, se manifesta a intimidade, a contaminação da arte e do corpo humano, ou da sua imagem: «Ela tudo aceitava, como se fosse o devido preito à sua beleza peregrina e quando lhe soltei o cabelo ergueu-se para que eu a pudesse *adorar* na plenitude da sua formosura.»

Não há arte inteiramente profana e é precisamente no terreno do sagrado que se verifica a adoração. Quanto ao ritual do sacrifício [2], que vai permitir ao sujeito do desejo a obtenção do orgasmo na intensidade do prazer e da dor, observa-se que as chamas lhe lambem a carne e que o ser sacrificado-adorado foi colocado sobre peles, como as dos naimais imolados nas aras primitivas:

«Sem dizer palavra tomei o casaco que ela pusera sobre um próximo sofá voltado com a peliça para fora, estendi-o junto ao fogão; depois deitei-a nas peles e naquela atmosfera candente, sentindo quase as labaredas lamberem-me a carne, penetrei-a

---

[1] As referências à estatuária e ao mundo floral dão-nos pistas para uma pesquisa na linha da leitura que Freud faz da *Gradiva* de Jensen. Comparando as «eleitas» do sujeito da enunciação, em várias das *Novelas Eróticas* encontramos frequentemente a referência à estatuária e a duas partes do corpo fetichizadas: os seios e o monte de Vénus recoberto por um velo opulento.

[2] O semema *sacrifício* está claramente inscrito na página seguinte (p. 62) quando Camila confessa ter tido o cuidado de «preparar o corpo com a pulcritude necessária, purificando-o para o delicioso sacrifício».

demoradamente, num tal espasmo de gozo que ainda hoje o recordo com um característico e inconfundível estrangulamento do esófago e uma fulguração dolorosa nas entranhas!» (*N. E.*, p. 61).

O gozo que a escrita proporciona a M. Teixeira-Gomes não se esgota, todavia, no reviver ou no imaginar de cenas eróticas, senão que se relaciona com o próprio trabalho da criação, que, no seu caso, respeita menos à arquitectura dos eventos do que ao bordado narcísico da palavra. Tendo este, muitas vezes, como referente, obras de arte, acaba por tornar-se como que um fim em si: quase ultrapassando a dicotomia significante/significado, o desejo da escrita e a satisfação do desejo aí se fundem (se confundem). O prazer causado pela escrita pode provocar como que o paroxismo de um orgasmo intelectual: «As comparações e metáforas que Flaubert emprega para exprimir essa exaltação permitem-nos concluir — escreve Lucette Czyba [1] — que as sensações suscitadas pelo acto de escrever são um substituto dos prazeres corporais e sexuais e revelam como que um deslocamento da faculdade de gozar». O próprio Flaubert escreveu, numa carta a Louise Colet, de 27 de Março de 1853 [2]: «S'il m'arrive quelquefois des moments âcres qui me font presque crier de rage... il y en a d'autres aussi où j'ai peine à me contenir de joie. Quelque chose de profond et d'extra-voluptueux déborde de moi à jets précipités, comme une éjaculation d'âme. Je me sens transporté et tout énivré de ma propre pensée, comme s'il m'arrivait, par un soupirail intérieur, une bouffée de parfums chauds.»

De escrita eréctil e orgástica encontramos nos textos de Teixeira-Gomes exemplos numerosíssimos. Do capítulo «Vento Levante», de *Inventário de Junho*, destacamos a seguinte micro-sequência, onde encontramos sucessiva e respectivamente campos semânticos de enervamento, de erecção, de pletora e de explosão:

«O Sol cresce, rápido, e subitamente *incandesce* como um olho coruscante. Todo o ambiente se amodorra, em pasmo; mas logo um *estremecimento* de *calafrio agita* os elementos e lá muito do fundo da avenida *ergue-se* uma densíssima *coluna* de pó, que se reparte no ar em rolos desiguais e avança como fantástica mão solta, *acometendo* e *abalando* a ponte onde perde a forma e se condensa e se avoluma em nuvem espessa, para

---

[1] Lucette Czyba: «Écriture, Corps et Sexualité chez Flaubert», in *Corps Création — entre Lettres et Psychanalyse*, pp. 96, 97.
[2] Gustave Flaubert, *Correspondance (Oeuvres Complètes Illustrées*, Texte révisé et classé par René Descharmes, Édition du Centenaire, Paris, 1923, tome II, pp. 19, 20).

cair sobre o povoado, cujo casario sepulta numa cerração de cinza...
Ouve-se o ecoado seco das primeiras vagas que *rebentam* na praia. As lanchas, com todo o pano fora, enfunado, *a estoirar*, voltam em cardume e voam sobre o rio que muralha, faz-se verde e começa a *cuspinhar espumas* lívidas...» (*I. J.*, p. 219).

A participação do corpo no acto de escrever é ainda mais sensível neste outro passo, cujo ritmo ofegante resulta das acumulações de epítetos qualificativos (duas séries de três), de verbos (uma série de três, uma série de cinco, uma série de dois) e de nomes (uma série de três):

«Mas a lamentação do vento não *cessa* nem *esmorece* e aqui *chega* talvez ainda mais *queixosa, irritada, trágica...*
Orquestra-se de intermináveis gritos uivados, *enrouquece, chora, envolve, estremece, arranca...*
Ataca simultaneamente por todos os lados, ou vem, *insolente, ululante, pestífera,* engolfar-se nos corredores e, já senhor da casa, esbraveja qual bando furioso de feras soltas.
Mas quantos *movimentos,* quantas *formas,* que estranhos *estridores* ele *encerra e arrasta!*» (*I. J.*, p. 221).

Prazer e sofrimento coligam-se neste exercício da escrita, que mobiliza os espaços corporais da boca (lamentação, gritos uivados, enrouquece, ululante, estridores), dos olhos (chora), dos braços e mãos (envolve, arranca). Se é certo que a representação do mundo se torna sempre, de algum modo, reflexo especular do espaço corporal, a verdade é que são fortemente erotizantes as metáforas obsessivas com que Teixeira-Gomes produz essa representação:

«A impressão dessas madeixas na minha carne continuava durante o dia a posse que o encantamento da noite originara...; de noite, quando se me facultava o incalculável tesouro que era o seu corpo!... A seu lado sonhava que de novo conquistava Granada e sobre bandejas de ouro maciço eram as madeixas do seu cabelo negro que os vencidos me ofereciam de joelhos... Eram madeixas desatadas, na altura dos flácidos travesseiros de penas, enroscavam-se e armavam ninhos de serpentes onde os meus braços nus mergulhavam arrepiando-se num terror de volúpia mortal... (*A. A.*, pp. 47, 48).

Não só esta escrita orgástica nos traz um fantasma onírico (transcrição de sonho ou obsessivo devaneio, porventura de um estado hipnagógico), como associa, com macabra lascívia, Eros e Thanatos. Para Georges Bataille a importância da beleza (da humanidade) da mulher, no acto sexual (que ele considera feio em si, ao contrário de Teixeira-Gomes), reside na possibilidade que oferece ao homem de a macular [1]. Transgressão, profanação

---

[1] Conferir Georges Bataille: *L'Érotisme*, Les Editions de Minuit, Paris, 1957, p. 161.

que encontramos no excerto de *Agosto Azul* em análise, com a diferença que, falando embora este texto o «terror» e a «volúpia mortal», o símbolo da serpente, alma e líbido, nele faz irrupção (hierofania do sagrado *natural*, fora do tempo [1], ligado à noite das origens, deslizante, inapreensível).

A voz particular que estabelece a relação entre textos como os de *Agosto Azul*, *Novelas Eróticas* e *Maria Adelaide*, por exemplo, e o seu produtor, é, decerto, a expressão de um corpo, neste caso o de Teixeira-Gomes, mas nela encontraremos ainda a expressão de um «corpo típico, universal, onde se confrontam e citam todos os corpos dos leitores e o corpo universal do homem, se acaso existe» [2].

Ao discurso eréctil corresponde, na escrita de Teixeira-Gomes, o discurso detumescente, ao ritmo crescente o ritmo do langor. Considerando de novo o trecho «Vento Levante», de *Inventário de Junho*, examinemos uma das últimas notações, que, a meu ver, excede o ritmo biológico de sístole e diástole, de inspiração e expiração:

«Do mar sobe um manto florido de glicínias e no ocaso a inefável doçura da luz dourada cromatiza-se de peregrinos tons liláceos, entre pálidas rosas desfolhadas» (*I. J.*, pp. 222, 223).

A nível semântico, surgem-nos semas de declínio, de apaziguamento, em *ocaso*, *pálidas*, *desfolhadas* e, se é certo que a luz tem ainda vestígios de ouro, é já conotada com *inefável doçura* e está cedendo o seu esplendor a outros coloridos: o *glicínia*, os «tons *liláceos*», ambos com marcas de arrefecimento. Quanto ao ritmo, repousado, note-se como os nomes são envolvidos por adjectivos, de modo a produzir o efeito da planura: *peregrinos* tons *liláceos*, *pálidas* rosas *desfolhadas* ou mesmo *inefável* doçura da luz *dourada*.

Outro exemplo, não menos rico: no final da carta a João de Barros que figura em *Agosto Azul* com o título «Uma Copejada de Atum» e que constitui um dos textos de mais belo e intenso vitalismo produzidos por Teixeira-Gomes, texto onde a nudez e o sangue, a violência elementar, são os elementos capitais de uma transfiguração sagrada que é festa plenamente sensual, revelação da carne, vamos encontrar precisamente o ritmo decrescente, anti-ejaculatório, ou antítese da logorreia estilística:

«Quando entrámos em águas limpas, senti a necessidade de me *purificar*, depois daquela monstruosa hecatombe, e atirei-

---

[1] Conferir *Dictionnaire des Symboles*, ed. Seghers, Paris, 1969.
[2] Conferir Maurice Mourier: «Raymond Roussel ou le reflex du corps» in *Corps Création — entre Lettres et Psychanalyse*, Presses Universitaires de Lyon, 1980. Para Maurice Mourier o texto seria, em última análise, produção independente de todo o referente externo.

-me, *nu*, ao mar. Após vários mergulhos fundíssimos, até onde o *peso morto* do *corpo* me *podia levar*, passei debaixo dos braços um cabo que lançaram do bote e *deixei-me rebocar* para terra, já *meio adormecido*...» (A. A., p. 175).

É quase óbvio salientar quer a náusea, que sucede à transgressão «organizada» e que poderá mesmo ligar-se ao fantasma não explicitado da aniquilação do ser, ou da castração («necessidade de me purificar», «monstruosa hecatombe», «atirei-me, nu»), quer a passividade do sujeito no segundo e último período («peso morto do corpo», «me podia levar», «deixei-me rebocar», «meio adormecido»).

# MARIA ADELAIDE
# O ROMANCE DO PURO DESEJO

Para além de todas as leituras possíveis — estrutural, sócio-histórica, psicológica, estética, estilística (e todas elas nos interessam) —, uma se nos apresenta como a evidência do romance *Maria Adelaide*, que, por demasiado clara, a crítica não apercebe ou não tem, pelo menos, ressaltado: ainda que possa na aparência contrariar as suas digressões e desvios paisagísticos, costumbristas, pictóricos, o grande eixo da narrativa é «o natural», o instinto à solta, o triunfo absoluto do princípio de prazer, nem bruto, nem egoístico, porque, no essencial, fora das regras que governam o comum dos homens. O invólucro sonoro e verbal do «ego» está obviamente lá: mesmo a escrita paradoxal ou irónica vai elaborando uma outra *doxa*, com noções e abstracções que o superego introjecta. Mas a contiguidade do *ego* e do *id* é patente em cenas soberanamente a-morais como a da posse-violação de Maria Adelaide doente e toda molhada de pranto ou a sedução faunesca (tomada de posse animal) de Rosalina por Ramiro, nas últimas sequências do texto.

Relação fundamentalmente desigual (o que não preocupa minimamente o seu elemento activo) é a de Ramiro e Maria Adelaide, que se repete quase mimeticamente, explorado o fruto do prazer até à morte, na nova dupla Ramiro-Rosalina: relação desigual do rico e do pobre, do homem maduro e da mulher jovem, quase adolescente e que só tem precisamente valor, como pólo de atracção, enquanto nela se mantém a frescura dos tecidos e o seu não-saber (a inocência) do social, do moral, das armas do jogo. O desejo extremo — ou extremista — de Ramiro d'Arge (e não só o poder do seu *status*) logra abolir ou, pelo menos, reduzir, a distância entre a maturidade e a imaturidade. Não há nele sintomas de perversão, mas de espontaneidade soberana, isto é, alheia ao edifício de normas éticas, políticas, a que deveria submeter-se.

O significante *Arge*, que provém de um topónimo algarvio, poderia também conotar-se com o seu anagrama *rega* (sementeira de esperma, delapidação) ou com o francês *rage* (o furor). Note-se que a relação do sujeito (do desejo) e do seu objecto sofre, ao longo da narração, alterações episódicas de estatuto, na linha do poder. Assim:

«Silenciosamente, procurei juntar os nossos corpos, mas ela recusou-se terminantemente ao amplexo, e, como eu insistisse, acendeu a luz, levantou-se e foi estender-se num sofá da sala próxima...
— Bonita vida a minha — repetia eu, enraivecido de despeito... e de desejo...
E levei o resto da noite a sonhar que a abraçava, que a beijava, que as minhas mãos ávidas lhe percorriam todos os escaninhos do corpo... Não restava dúvida: enfeitiçava-me e debalde procurava fugir à sujeição que me impunha» (*M. A.*, p. 142) [1].

O discurso fascinado de Ramiro, personagem que, na perspectiva da leitura por nós adoptada neste capítulo, pode considerar-se atópica, investe sentido erótico em matérias significantes como, reiteradamente, a água, o mármore e os frutos:

«...dentro da água ainda ela parecia mais nua e adorável: banhava-se e movia-se dentro da água transparente com os membros impermeáveis, lisos e roliços de um mármore flutuante...» (*M. A.*, p. 114).

«Ali, durante horas evoquei o tesouro inesgotável da sua carne, a começar pelas faces que tinham a macieza e o aroma de alperces maduros, e os lábios perfumados, brandos, que se me derretiam na boca melhor do que os gomos das laranjas de sangue, até aos pés de deusa, de mármore polido e nevado» (*M. A.*, p. 130).

Falando do corpo, achamo-nos no limite do sentido, na substituição sempre ambígua que é a da relação metonímica. Enquanto o corpo de Ramiro (sujeito que fala, sujeito que age) é o corpo actuante, produtor de sentido, lugar de comportamento, o corpo de Maria Adelaide surge, no discurso, parcelado, em linguagem icónica, corpo imagem.

«...de olhos fechados, acudiu-me a sua imagem, tal como eu a vira enquanto falava a D. Silvéria: pareceu-me mais linda do que nunca, os olhos mais luminosos e o colar de Vénus mais acentuado» (*M. A.*, pp. 141, 142).

«Mas eu não me cansava realmente de a mirar e remirar, sem descobrir alteração no pescoço e achando que os olhos brilhavam ainda com mais fulgor; em resposta à sua observação,

---

[1] Maria Adelaide, na sua relação de dependência, utiliza, para inverter os papéis, a única arma de que pode e sabe dispor: o corpo.

num impulso irresistível levantei-me e, tomando-lhe a cabeça entre as mãos, comecei, apesar da sua resistência, a roubar-lhe beijos: beijos esmagados de encontro aos dentes brancos, como se os lábios fossem frutos perfumados e maduros» (*M. A.*, pp. 154, 155).

A rede metonímica da linguagem erótica produz, ao nível do corpo, sentidos que, excedendo a noção do acto representado ultrapassam a linguagem, ou seja, constituem uma outra linguagem, na fronteira da paranóia ou da *episteme*.

Condillac define a paixão como «un désir qui ne permet pas d'en avoir d'autres ou qui du moins est le plus dominant»[1]: É bem o auge do desejo, a absorção num desejo total, cegante, que faz o vácuo à sua volta, o que Ramiro d'Arge experimenta quando Maria Adelaide agoniza: «Entretanto Maria Adelaide deperecia a olhos vistos, sem me inspirar sombras de piedade (...) comecei a fazer projectos para quando recuperasse a liberdade... E as lições[2] seguiam cada vez mais longas e cheias de beijos (...) Uma noite de maravilhoso luar fui passear até à praia (sempre com a Rosalina no sentido) e deixei-me adormecer deitado na areia, sonhando que a tinha «possuído» (...)» Com efeito, Maria Adelaide lá estava estendida na cama, de mãos cruzadas sobre o peito, mas os olhos abertos, que eu fechei com certa dificuldade pois as pálpebras tinha enrijecido... Feito isso contemplei-a durante alguns minutos e, caso estupendo, de repente o seu rosto tomou as feições de Rosalina, que beijei repetidas vezes, e saí...[3] (...) «Estou livre — repetia em voz alta — e nada se opõe já a que tome posse da Rosalina...»

E com certa vergonha o digo: quase me pus a dançar de contente. Vi-lhe a cara como se estivesse ao meu lado, e sentia--lhe, acariciada pelas minhas mãos sôfregas, a carne macia mas elástica do corpo rescendente de mocidade...[4] (da p. 190 ao fim da narrativa).

Ramiro, sonhando com Rosalina na noite da praia, é, de certo modo, sujeito auto-erótico, em relação consigo próprio: a

---

[1] E. B. de Condillac, *Traité des Sensations*, 1754.
[2] As lições de leitura que Ramiro dava a Rosalina no caramanchão.
[3] Completa-se neste segmento textual a substituição do objecto do desejo: Maria Adelaide transformou-se em Rosalina. A morte foi anulada, apenas o desejo alastra no corpo-escrevente, onde, senhor exclusivo e ofuscante, vigora o princípio de prazer.
[4] Há marcas no romance de um contraponto do puro desejo sexual; nele aflora, por vezes, a dolorosa nostalgia de uma capacidade de «sentir» diversamente, de amar em igualdade (conhecimento, dádiva, transfusão), sem objecto preciso: «...e a indiferença que me limpa o espírito (como cai e deposita a areia revolta no fundo da água que parecia turva) e me deixa pena de não poder «sentir», e um grandíssimo desejo de amar sem poder ou sem saber a quem...» (*M. A.*, p. 111).

precoce adolescente apresenta-se-lhe tão-só como objecto (Lucifer-Amor), não como desejo de conhecimento, amor global [1].

Aliás, o casal formado por Ramiro e Maria Adelaide era já o par antagonista, não o par complemento.

Tomando em consideração dados de análise intertextual, verificamos o afloramento reiterado do lexema «seio», com carácter fetichista, no macro-texto que é a totalidade da obra literária de Teixeira-Gomes. E não deixará de ser avisado relacionar o comportamento auto-erótico do sujeito com a perda do seio e do envolvimento materno. Só que Ramiro, como outras personagens masculinas dos textos ficcionais de Teixeira-Gomes, em vez de se relacionar consigo como com a mãe, busca através de sucessivos corpos femininos o objecto perdido da sua satisfação. (Ver Monique Schneider: *Freud et le Plaisir*, ed. Denoel, Paris, 1980, pp. 154, 155).

A escrita, em «Maria Adelaide», como aliás noutros textos de M. Teixeira-Gomes, investe todo o ser, todo o corpo no encontro-reencontro com outro corpo, que é primeiro o de Maria Adelaide, depois o de Rosalina, fundamentalmente o corpo de mulher, receptáculo de um saber-sabor primitivo, estritamente sensorial. Referências explícitas à «selvagem brutalidade» do acto de amor, ao «gozo ardente» [2] mostram bem como este texto literário provém do corpo escrevente e dele fala e a ele se destina, como também ao corpo do leitor. Da relação anómala Ramiro-Rosalina [3], que tem, ao mesmo tempo, marcas incestuosas (ao nível semântico) e constrói a isotopia da pedagogia erótica, observaremos que nela é muito aparente, até por isso, o prazer verbal:

«...a confiança que eu lhe merecia aumentou, a ponto de assumir proporções *filiais* [4], e uma vez, quando principiava a *lição*, ela agarrou-me subitamente as mãos e pôs-se a beijá-las, e como eu lhe dissesse que não queria isso, beijou-me repetidas vezes a cara, o que de aí em diante se habituou a fazer no

---

[1] Ver «Pulsão sexual auto-erótica em Freud», em *Trois Essais sur la Théorie de la Sexualité*, p. 132.

[2] «Então deu-se um fenómeno curioso. Ao voltar-me na cama a mão toca-lhe — como que encalhou — no seio e de repente esqueci todos os desgostos que a doença produzira, como se o seu corpo fosse ainda perfeito, divino, e, num arranco de selvagem brutalidade, cerrei-a nos braços e consumei com gozo ardente o grande acto de amor que havia já algumas semanas não praticava...» (*M. A.*, p. 165).

[3] Já mulher feita, aos catorze anos, espécie de Lolita camponesa, «Bem feita, com a aparência de quem vende saúde, tostada pelo sol, o que lhe doirava a pele, e ao mesmo tempo risonha e travessa como uma criança» (*M. A.*, p. 174).

[4] Os sublinhados são meus.

começo e no fim das *lições*. Por meu lado retorqui-lhe, primeiro, com um *ósculo paternal* na testa, mas de pressa lho passei para as faces, olhos e boca, de modo que boa parte do tempo que levávamos juntos era beijando-nos» (*M. A.*, pp. 176, 177) [1];

«...Mas teria eu força de vontade bastante para resistir à tentação, cada vez mais ardente, de consumar o acto final?» (*M. A.*, p. 177);

«Desta aparente segurança nos aproveitávamos — e abusávamos — Rosalina e eu para tornar cada vez mais íntimas e variadas as diversões à monotonia do *ensino*. E era sobretudo a rapariga que as procurava; sentia-se-lhe bem o *desejo ardente* [2] de ser *iniciada* nos segredos do amor...» (*M. A.*, pp. 180, 181);

«Ora a suposta ausência de risco e certeza de impunidade dava-nos (sobretudo a Rosalina) audácias de grande imprudência, como era levar o *mestre lições* inteiras com a *discípula* sentada nos joelhos, interrompendo-as constantemente para nos beijarmos com fervor» (*M. A.*, p. 184);

«Não haveria um quarto de hora que tínhamos começado a *lição*, com Rosalina *ao meu colo* e um braço à volta do seu pescoço...» (*M. A.*, p. 185);

«Eu fiquei tranquilamente no caramanchão com a minha *discípula*, que não dava mostras de susto e quis continuar a lição multiplicando beijos e abraços» (*M. A.*, p. 187);

«E as *lições* seguiam cada vez mais longas e cheias de beijos.» (*M. A.*, p. 191).

No seu recente prefácio à *Imitação do Prazer* [3], de Casimiro de Brito, escritor também algarvio, Maria Lúcia Lepecki caracteriza deste modo o triunfo do sujeito da escrita na sua luta (com a palavra) pelo seu direito à vida (direito à palavra):

«Encontrar a via para realizar o seu intento, descobrir que só se pode imitar um prazer quando se encontra um novo prazer que imagisticamente possa representar o primeiro: refiro-me ao prazer da escrita, semelhante a qualquer outro prazer, diferente de todos os outros, superior qualitativamente a eles, porque a qualquer prazer pode conter. Imitar, assim, já não será contar o gozo que houve, mas assumir o acto da escrita como forma diferente e superior do prazer erótico (vital). Por esta via, conjugam-se Eros-Amor e escrita, Eros-Vida e escrita,

---

[1] A boca, conotada com a voz (com a enunciação) e com o beijo (prelúdio à exploração de todo o corpo) é, neste excerto e nos que vão seguir-se, de forma acentuadamente redundante, o lugar metonímico do desejo e do prazer.
[2] Visivelmente, a discípula é espelho do mestre, reflexo na escrita do seu desejo, sem discurso próprio.
[3] Casimiro de Brito, *Imitação do Prazer*, 2.ª edição revista, com prefácio de Maria Lúcia Lepecki, Moraes Editores (Círculo de Prosa,) Lisboa, 1981.

encontrando-se a vida consigo mesma porque escrita e vida são uma única e a mesma substância.»

Em *Maria Adelaide*, apercebe-se o duplo esconjuro: é na carne de Rosalina que Ramiro se evade da morte — da de Maria Adelaide, em marcha, no descalabro do corpo, ou presente nas histórias macabras em que ela se envolve e que tece[1], e da sua própria agonia ao contacto dos lutos, da doença, do sofrimento que lacera e desagrega. O autor da escrita, por seu turno (Teixeira-Gomes a olhar a morte de frente, perdendo a vista, a líbido, o futuro), é na própria instância narrativa que encontra, reencontra Eros-Amor e Eros-Vida, o milagre de ressurgir outro, a «imortalidade» a que se refere Maria Lúcia Lepecki.

Relação de recíproco desejo é a que se estabelece, segundo Barthes, entre o texto e o receptor[2]:

«Le texte est un object fétiche et *ce fétiche me désire*. Le texte me choisit, par toute une disposition d'écrans invisibles, de chicanes sélectives: le vocabulaire, les références, la lisibilité, etc.; et, perdu au milieu du texte (non pas *derrière* lui à la façon d'un dieu de machinerie), il y a toujours l'autre, l'auteur.

Comme institution, l'auteur est mort: sa personne civile, passionelle, biographique, a disparu; dépossédée, elle n'exerce plus sur son oeuvre la formidable paternité dont l'histoire littéraire, l'enseignement, l'opinion avaient à charge d'établir et de renouveler le récit; mais dans le texte, d'une certaine façon, *je désire* l'auteur: j'ai besoin de sa figure (qui n'est ni sa représentation, ni sa projection), comme il a besoin de la mienne (sauf à «babiller»)».

Não é o engenheiro da ficção, mas o fauno encantado pelo sol da palavra e nela sobre-vivente, quem nos deseja, aos destinatários de *Maria Adelaide*, na rede polícroma dos enunciados em que se embusca ou onde se derrama; e esse seu último rosto que, reflexamente, o leitor divisa, ou imagina no prazer do texto, não é o dos retratos fotográficos, nem os de irónica e serena moldura do *Carnaval Literário*, é o rosto do puro desejo.

---

[1] O passamento da irmã (capítulo XII) e da tia de Maria Adelaide (capítulo XLII), a evocação da avó no esquife em desequilíbrio, com um olho fechado e outro aberto, p. 164.

[2] Roland Barthes: *Le plaisir du Texte*, Ed. du Seuil (Collection Tel Quel), Paris, 1973, pp. 45, 46.

Terceira Parte

# TEMAS E ESTRUTURAS DESCRITIVO-NARRATIVAS

## OS TEMAS

Se nos perguntarmos quais são os grandes temas narrativos da obra de M. Teixeira-Gomes, damo-nos conta de que toda a parte ficcional dessa obra gira em torno do eros, de modo ainda mais acentuado do que os relatos de viagens, descrições de museus e de objectos de arte, bosquejos críticos derramados por centenares de páginas fulgurantes de inteligência, como as de *Miscelânea, Cartas a Columbano* e *Carnaval Literário*. É certo que a caricatura social ocupa também um importante papel na sua temática, sobretudo nos contos de *Gente Singular* e mesmo na peça de teatro *Sabina Freire*, na caracterização da comparsaria.

Enquanto, a par das motivações do amor e do sexo e nelas entrelaçada, nos surge no romance *Maria Adelaide* a situação da mulher *amancebda*, é a tríade pacífica do adultério rendoso a tara social que se denuncia no conto grotesco «O Álbum» e são a compra e venda de influências, o peditório de empregos, a peraltice provinciana os aleijões que nos fazem rir em *Sabina Freire*. A vaidade e os ridículos da pequena fidalguia de província são zurzidos na personagem de Dona Joaquina Eustáquia Simões de Aljezur e na inefável trança da viscondessa do palacinho portimonense em «O Álbum».

Embora sem espírito programático ou militante, é facto que nos contos de *Gente Singular* se expõem as mazelas de uma sociedade egoísta, pacóvia e atrasada no tempo: as tricas e o palavrório aliteratado dos funcionários, o infantilismo do clero ou a sua luxúria («O Triste Fim do Major Tatibitate»). Tão-pouco as fardas são poupadas a essa sátira, quer no conto mencionado quer em «Profecia Certa».

É, porém, o eros que reina, gloriosamente, com o seu cortejo de beleza e de lascívia, nas páginas de «Deus Ex Machina» ou de «Jogos de Bolsa», novelas de onde, no entanto, nunca está ausente a observação da sociedade do dinheiro e dos seus podres, tal como é a mescla do erótico e do fantástico que se nos depara em «A Cigana» (cujo mistério abre para o magnetismo, o onirismo, a receptividade mediúnica) ou em «O Sítio da Mulher Morta» (que excede largamente o subtema dos amores ancilares e onde o acaso e a coincidência se carregam de sentido mágico, senão profético) e ainda em «Sede de Sangue», o conto mais explicitamente voyeurista de *Gente Singular*, onde prenúncios fatalistas e presságios mais subtis se conluiam, no encaminhamento da acção, densamente erotizada, para a apoteose macabra, ainda com marcas naturalistas.

A visão esteticista, peculiar a todos os escritos de Teixeira-Gomes e não só aos que tratam especificamente de objectos de arte, encontramo-la muito viva nas *Novelas Eróticas*, sobretudo na contemplação do corpo feminino. Um antiquíssimo tema da erótica literária europeia, o da não plena consumação do amor, que para sempre lhe preserva a suave e dramática lembrança, aparece em «Cordélia» e «Margareta», onde se desenham relações amorosas em esboço, ambas ricas de ternura e deslumbramento juvenil, frustradas no seu desenvolvimento uma delas pela morte, a outra pelo desencontro.

O auge do desejo sexual, com um leve rondar da acção para o panerotismo, encontra-se na estória curta «?».

No romance *Maria Adelaide* equilibram-se em importância dois temas maiores: a relação de concubinato (prática comum de exploração da mulher na vida provinciana da época) e a soberana naturalidade do instinto sexual, nem exaltada nem condenada, muito simples e friamente constatada no comportamento de Ramiro d'Arge, particularmente no aparente cinismo das cenas finais. Há, contudo, um outro tema que ao longo da matéria ficcionada vai emergindo e que é o da dificuldade da coabitação, expresso nos constantes desentendimentos e na mescla de quase ódio e quase piedade, na insuportável amálgama de rancor e ternura em que se envolvem, destruindo-se, o enunciador e o seu objecto erótico, Maria Adelaide. Ainda um subtema, rastreável aliás em toda a obra de Teixeira-Gomes, aqui se detecta: o fascínio pela mulher adolescente, conotada não só com viço e novidade (pureza, no sentido pagão da carne tersa) mas com um não saber do duelo homem-mulher em que a vida se torna.

### O paradoxo de Maria Adelaide: confissão e denúncia do egoísmo masculino na relação de concubinato

O paradoxo de *Maria Adelaide* consiste em que este único romance de Manuel Teixeira-Gomes apresenta simultaneamente a denúncia da colonização da mulher no microcosmo burguês do barlavento algarvio e a confissão das relações de desejo e das relações de poder que se instituem entre indivíduos de classes antagónicas. Maria Adelaide não será apenas, na diegese, tal como depois Rosalina, objecto de luxúria, vítima, «corpo ao serviço sexual do libertino» [1], que, detentor da riqueza e do prestígio social, a manipula, acaricia, explora a seu bel prazer. Ela irá tornar-se, através do estatuto da mancebia, na tirana do seu tirano, opressora do seu opressor, ficando, de qualquer modo, bem claro que a conciliação se torna difícil, senão impossível entre sujeitos separados pela fronteira da casta, do dinheiro e da cultura.

Sendo Teixeira-Gomes, na generalidade das suas obras, o consciente e proclamado amante da felicidade (e nem este texto a esse vector dominante se furtará), é, no entanto, patente em muitas páginas de *Maria Adelaide* o inflar da angústia — nas desavenças, despeitos, amuos, no invivível estado de coabitação incompleta e desigual. Ramiro d'Arge, o narrador, «cavalheiro medianamente culto, mas exuberante de vida física» [2], não esconde que pactua com as convenções (Maria Adelaide não é para ele apresentável às «senhoras» suas amigas, aos casais legítimos). Troça, é certo, da «alta roda» provinciana, pudibunda, mexeriqueira e caricata [3], como, por exemplo, na cena da visita de Maria Adelaide a D. Estefânia Cortês, presidente da comissão de beneficiência. Porém, a indiferença sibarítica do narrador é não raro perpassada por obscuras marcas (repudiadas), sequelas porventura da educação de seminário de Teixeira-Gomes (machismo, misoginia, em conflito com o perfil cultural de Ramiro d'Arge mas não com a recalcada imagem parental e com a sua ética tacanha, tudo isto em desacordo com uma vaidade masculina de pequeno gabarito) [4].

---

[1] Utilizamos a terminologia usada por Marcel Hénaff em *Sade — l'Invention du Corps Libertin*, P. U. F., Paris, 1978. Se forçássemos a nossa análise, levando mais longe a assimilação de Ramiro d'Arge ao libertino do Século das Luzes teríamos de integrar a família de Maria Adelaide no grupo dos servidores da fábrica do prazer que Hénaff designa como o «proletariado da libertinagem».
[2] *M. A.*, p. 9.
[3] Ibid., pp. 64 e segs. Verifica-se neste segmento textual a inserção do discurso dramático no discurso narrativo, tal como noutras novelas de Teixeira-Gomes.
[4] Maria Adelaide, porém, foi-nos sem demora no encalço, apanhando-nos em flagrante de conversa, quando a outra, justamente e em tom entusiástico, louvava a sua formosura, felicitando-me por ser possuidor e senhor de tão rara prenda. Novo ataque de nervos que exigiu a intervenção de um médico.
Dali por diante as refeições em público tornaram-se intoleráveis.
Mas a verdade é que muitas senhoras lá iam para conhecer Maria Adelaide, e entre elas não foram poucas aquelas que eu encontrara no concerto de D. Laura e que se punham a estudar a minha amante como se fosse um objecto de arte. (*Maria Adelaide*, pp. 96 e 97).

Se um dos aspectos mais interessantes do romance é a sua frontalidade, sem falso pudor, na delimitação dos parâmetros da dominação social e económica da mulher de origem e vivência populares (estrato piscatório neste caso) e da sua ânsia de ascensão e posse não só de bens materiais mas de atributos das classes dominantes, não devemos entretanto menosprezar (mau grado o cântico da naturalidade e dos direitos do instinto, expressos com assumido egotismo nas últimas páginas da narração, quando o corpo da jovem Rosalina se substitui ao que fora o de Maria Adelaide) a importância que, a meu ver, assume no texto a relação profunda da culpabilidade e do acto criador. Construir-se implica destruir o objecto no inconsciente. E para Ramiro d'Arge (de certo modo, admitamo-lo, para o autor, dado o lastro biográfico do romance, que repete o esboço da novela «Ana Rosa») o objecto é Maria Adelaide [1].

Aliás, o irónico e contemplativo gozador que é Ramiro d'Arge possui, no seu ensimesmamento narcísico (que o aparenta ao narrador de quase todos os textos de M. Teixeira-Gomes) um falo todo-poderoso, criação ex-nihilo de raiz mágica [2].

O estatuto semiológico da personagem Ramiro d'Arge apresenta, ao nível do significado, a marca da juventude (no trânsito para a maturidade), a da fortuna, a da ascendência senhorial, a de uma cultura predominantemente plástica, visualista [3] (sentimento estético da natureza e da arte). Porém, a marca que, de entre todas estas, sobressai é a do amante-pedagogo. Ramiro d'Arge é um iniciador: disfruta as primícias de Maria Adelaide e as de Rosalina. O seu gosto pelas adolescentes (Rosalina situa-se na zona da puberdade) não se nos oferece entretanto como sintoma de carência libidinal, necessidade de estímulos, senão que, inscrevendo-se na linha do constante amor do belo e do jovem (por vezes indestrinçáveis no discurso de Teixeira-Gomes) acentua a dualidade (com raízes helénicas): ensinar os jogos do sexo, ensinar a leitura, ou os jogos da comunicação escrita.

Se é certo que Maria Adelaide nos aparece predominantemente como o corpo-fetiche (mesmo quando o seu mau-humor começa a torná-la amorfa na relação erótica, o que indicia o egoísmo do narrador dessa relação), não é menos aparente que

---

[1] Ver, a este respeito, *Psychanalyse de l'Art et de la Créativité* de Janine Chasseguet-Smirguel (Petite Bibliothèque Payot, reed. 1977): relações do superego com a culpabilidade ligada, a nível profundo da consciência, ao acto da criação.

[2] Em algumas das *Novelas Eróticas*, especialmente a que se intitula «?», onde assistimos a uma quase violação do objecto erótico, a princesa russa «inacessível», afirma-se o falo autónomo megalomaníaco.

[3] Complexificada pelo binómio espectador-*voyeur*, que é recorrente em todo o corpo escritural que analisamos e praticamente em quase todas as obras de Teixeira-Gomes.

o mesmo narrador tenta fazê-la progredir na aquisição de conhecimentos e na escola de correctas maneiras.

Por outro lado, notamos como ele se compraz (se bem com alguma superioridade paternalista) em mergulhar no mundo popular, pitoresco e seivoso (mais vivo que o da burguesia empalhada) que é o dela. Delicia-se com as suas expressões coloridas, com o anedotário, os rifões, com o mundo de uma palavra outra que ela lhe transmite, ao mesmo tmepo que dela recolhe (e inscreve no texto) metáforas que testemunham já a interpenetração de culturas. O desejo e a escrita assim se entretecem na meta-narrativa.

O romance *Maria Adelaide* propõe-se e recusa-se à interpretação psicanalítica. Por detrás do discurso evidente há um discurso oculto: constantemente o texto articula significações que se fixam noutro plano; ao mesmo tempo que constrói o narrador na sua integridade narcísica (prefere mulheres não cultas[1], não rodadas, recusa-se ao casamento e à absorção no casal), restitui ao *ego* a sua força, provendo-o de mecanismos de defesa. Atente-se nas páginas finais, na cena em que Ramiro fecha os olhos de Maria Adelaide já cadáver. É de uma crua objectividade o início dessa última sequência, com a justa medida de pormenores realistas:

«Com efeito, Maria Adelaide lá estava estendida na cama, de mãos cruzadas sobre o peito, mas de olhos abertos, que eu fechei com certa dificuldade pois as pálpebras tinham enrijecido. Feito isto contemplei-a durante alguns minutos e, caso estupendo, de repente o seu rosto tomou as feições da Rosalina, que beijei repetidas vezes, e saí...»

Assistimos à irrupção de feroz impulsividade do *id*, mas logo, através do filtro da escrita, a pulsão sexual se racionaliza. Transmite-nos então o narrador o que ele caracteriza como voz do subconsciente:

«Na rua sentia-me tonto, sem poder discriminar o tumulto de ideias que me ia no cérebro, mas instintivamente fugi do povoado e pus-me a andar sem destino certo pelo campo fora, quando me soou, no subconsciente, a mesma voz de há pouco, murmurando: — *«Estás livre; estás livre sem espalhafato nem escândalo. Não foi preciso suicídio; estás livre.»*

Há neste passo um informante que, apesar do distanciamento irónico do narrador em relação à comunidade lusitana (burgueses cretinos, obsoletos, e homens do povo que nem em

---

[1] Na p. 16 de *Maria Adelaide* encontramos um indício que ajuda a configurar neste aspecto o psiquismo do narrador: «Estas queixas e lamentações pueris repetiam-se diariamente, mas nem eu lhes prestava atenção, e delas zombava, todo embebido na posse do seu corpo, que era admirável e dispensava, para ser adorado, quaisquer enfeites espirituais».

«terras civilizadas» esquecem o «buraco onde nasceram», nem as feras com que foram criados ou nas quais prolificaram)[1], o enraiza no respeito pelo parecer, ou seja, nessa mesma sociedade onde vive. Refiro-me ao sintagma circunstancial *sem espalhafato nem escândalo* e sobretudo ao frio egoísmo da frase *Não foi preciso suicídio*.

O machismo libertino[2] acentua-se no parágrafo seguinte: «Estou livre — repetia eu em voz alta — e nada se opõe já a que *tome posse* da Rosalina.

No derradeiro parágrafo do romance a marca da satiríase, acentuada pelo registo modalizante e até pela evocação da dança (que não se materializa, mas se grava no discurso fático) vem de envolta com a marca da vergonha, que, psicologicamente esmiuçada, poderíamos colocar entre o remorso e o «respeito humano». Mas, sem ambiguidade, o que sobressai é a vertigem do transe erótico, a busca ansiosa da mocidade e do prazer. Uma franqueza que seria brutal sem o boleio estilístico. Pela dilatação do ser assim investido no concerto pagão da vida, Ramiro d'Arge, narrador-personagem no qual Teixeira-Gomes parece (com certo recuo crítico) delegar o ardor faunesco de uma confessa avidez fálica sem tempo nem limite, passa do individual (da relação libidinosa-piedosa-mesquinha-odienta-martirizada que o uniu a Maria Adelaide, imagem da impossibilidade da coabitação interclassista e exploradora) ao cântico universal da grande natureza intensamente sexualizada — ao direito do homem a ser «natural»:

«E com certa vergonha o digo: quase me pus a dançar de contente. Via-lhe a cara como se estivesse ao meu lado, e sentia-lhe, acariciada pelas minhas mãos sôfregas, a carne macia mas elástica do corpo rescendente de mocidade...»

---

[1] *M. A.*, p. 169.
[2] Confrontar com enunciados como «restabeleceu-se a paz aparente que me permitia fruir a meu bel-prazer dos encantos do seu corpo», narrema referido a Maria Adelaide (p. 146), ou com a confissão de um episódico impulso sádico: «Ao voltar-me na cama a mão toca-lhe — como que encalhou — no seio e de repente esqueci todos os desgostos que a doença produzira, como se o seu corpo fosse ainda perfeito, divino, e, num arranco de selvagem brutalidade, cerrei-a nos braços e consumei com gozo ardente o grande acto de amor que havia já algumas semanas não praticava... Sadismo genuíno?... Ela recebeu as minhas carícias friamente, mas sem repulsa, e os meus beijos sorviam-lhe as lágrimas que silenciosamente continuavam a escorrer-lhe pelas faces...» (pp. 165, 166).

## O corpo e o duelo — o poder da sexualidade e a dificuldade da coabitação

O acto criador é, com muita frequência, descarga sublimada de pulsões sádicas. E o romance *Maria Adelaide* é a narração de um duelo — íntimo, apaixonado e feroz —, que repete e renova a história de um casal. A personagem de Maria Adelaide, que reflecte a dominação económica da burguesia, é, todavia, como acabamos de ver, tão activa quanto a de Ramiro. A sua beleza torna-se no seu falo (instrumento de poder) e ameaça a liberdade do narrador — refractário à «sujeição e obediência» que antevê na ligação prolongada [1]. Ao longo da narrativa, assistimos ao processo de degradação, de corrupção desse corpo-beleza até à sua aniquilação, que coincide com a morte.

O «vivido corporal» de Maria Adelaide é-nos mostrado pelo atento narrador nas suas constantes perturbações neuróticas: «Empalideceu até ao tom de cera, a carne abateu-se-lhe mole e sumida, e os olhos perderam o brilho.» (*M. A.*, p. 39); «Quando chorava, quando a pena lhe marejava os olhos de lágrimas, a polpa das faces, que desmaiavam, parecia abrandecer e cavar-se à pressão dos beijos...» (*M. A.*, p. 57); «Ao ver-lhe a fisionomia assim transtornada em poucos momentos, mudada a ponto de ser quase impossível reconhecer-lhe nas feições o encanto habitual...» (*M. A.*, p. 58); «A polpa das faces punha-se-lhe extraordinariamente branda e fina; as lágrimas caíam-me nos lábios...» (*M. A.*, p. 59); «A demora na partida também lhe atormentava os nervos, e eu observava que à menor contrariedade, com a mãe ou as irmãs, os seus olhos, no calor da ira, acendiam-se e reluziam...» (*M. A.*, p. 70); «Maria Adelaide esperava-me em cima da cama, toda feita num molhinho, mais chorosa e trémula...» (*M. A.*, p. 85); «E entre choro contou que debalde tentava dormir, pois logo que fechava os olhos via umas luzes fortíssimas, que tudo incendiavam, e eu a querer soltar-me, sem poder, das suas chamas» [2] (*M. A.*, p. 85); «sujeição àquela vigilância de histérico--telepatia» (*M. A.*, p. 86); «Contou-me depois a hospedeira que pela volta da meia-noite Maria Adelaide começara com faniquitos, e ataques nervosos de tal modo intensos...» (*M. A.*, p. 87); «Deu-lhe um ataque de nervos tão forte e ruidoso que tiveram

---

[1] O fundo medo à casa-prisão, com possíveis metástases de sentimento recalcado do pecaminoso, exprime-se no discurso do narrador, por vezes através de fantasmas: «Não destrinço a psicologia do caso, mas eu muitas vezes nem na lembrança quero levar a imagem das casas onde mais gozei: secam-se-me subitamente as afeições sem que nada fizesse prever esse desfecho...» (*M. A.*, p. 106).
[2] Mescla, hábil e moderna, do relato do narrador (discurso indirecto) e do discurso directo da personagem retratada (Maria Adelaide).

de a levar...» (*M. A.*, p. 96); «...após alguns soluços perdeu os sentidos» (*M. A.*, p. 100); «Ela lá estava, feita num molhinho, ao canto da cama, e se para ela olhei foi somente para verificar que estava realmente tão abatida e transfigurada que não parecia a mesma. Ela pertencia a esse género de criaturas impressionáveis, a quem as feições se transtornam ao mais pequeno desgosto...» (*M. A.*, p. 101); «ao escutar os gemidos dolorosos da minha rapariga quando se queixa e chora; os «ai meu Deus!» soluçados numa revessa de insondável dor...» (*M. A.*, pp. 110, 111); «Mas um dia de vento levante que a tornou mais nervosa e implicativa do que o costume, precipitou a explosão da crueldade que eu sopeava a custo e ficámos novamente como o cão e o gato» (*M. A.*, p. 112). Sucedem-se, ao longo da narrativa, os ataques e as crises de Maria Adelaide, até que o médico, achando-lhe os nervos em grande desequilíbrio, suspeita, pelo «volume anormal do pescoço», que se trate do começo de um ataque de bócio.

O poder de Maria Adelaide, do seu corpo, sobre Ramiro é por este declarado amiudadamente:

«Porque é que a não largo? Porque é que não fujo? É o imperioso domínio da carne: a ideia de perder a posse do seu corpo desespera-me...» (*M. A.*, p. 122); «Passei uma semana em Lisboa sempre atormentado com a ausência do seu corpo...» (*M. A.*, p. 126). As flores de um jasmineiro rescendem a «carne dela», e Ramiro evoca o «tesouro inesgotável da sua carne» (*M. A.*, p. 130).

Mas chega o momento da abstenção, temporária embora, nos «jogos sexuais». São muito recorrentes as marcas da piedade e da ternura, que alternam e colidem, na personagem do narrador, com o agressivo desejo de independência, e constituem uma das principais antinomias do texto, cujo dominante é o afrontamento homem — mulher, em condições de desigualdade económica que não deixam a Maria Adelaide outra arma que não seja o seu corpo. Dessa sua força, tão contingente, que ela sente fugir-lhe, resultam os delírios do ciúme e os «grosseiros modos de patroa e mestra» de que Ramiro se nos queixa, não pretendendo embora justificar-se.

A neurose de Maria Adelaide, ligada à *imago* da mãe primitiva — a mãe que, aliás, continuava a bater-lhe (sendo ela já adulta) «desonrando-a de tudo» (*M. A.*, p. 12), «mesmo na presença do pai, que era um desgraçado, um pobrezinho, que ficava calado e não a sabia defender» (*M. A.*, p. 17) — manifesta-se através de uma imaginação macabra, com fortes marcas do fantástico popular, desde forças de expressão como «Gostava muito do pai, muito; desejava-lhe fortuna, felicidade, tudo quanto fosse bom, mas a miúdo também lhe desejava a morte, só para não haver pé de dizerem diante dele aquelas coisas...» (*M. A.*, p. 17) até à instauração do delírio místico, ainda atenuado e pigmentado de ressentimentos:

«Penso na morte, sim, mas não é na minha morte, é na tua. Eu tenho cá uma coisa que me diz que tu hás-de morrer primeiro do que eu, e quando estiveres aqui, no meio da sala, dentro do caixão, eu chego-me ao pé de ti para te dar um beijo na cara, sinto uma grande dor; salta-me o coração e fico-me com ele nas mãos, como a Nossa Senhora, feita de pedra e em pedra tu também ficas, e o caixão, e tudo...» (M. A., pp. 140, 141).

No duelo entre Ramiro e Maria Adelaide, que, a esta, lhe custará a vida, há momentos de trégua, com o narrador encharcado em dó. Mas é a dialéctica liberdade — sensualidade, entendida esta como sujeição que lhe limita a vontade, o que determina as suas palavras e gestos. Com a progressiva destruição de Maria Adelaide, aumentam os «faniquitos», as passadas do amante na sala próxima da alcova repercutem-se-lhe no peito «em aflitivos baques»; o médico confia a Ramiro que os nervos dela estão doentes e que o coração falha «de um modo assustador», o grande simpático desequilibra-se mais e mais, a tiróide aumenta, os olhos tornam-se salientes: é o bócio exoftálmico, «a ruína do seu corpo divino» (M. A., p. 153).

A ternura apaixonada e o quase ódio revezam-se nas sequências finais, até que, com o aparecimento da adolescente (Rosalina) — interlúdio erótico que invade todo o campo de atenção do herói —, Ramiro entra na cinza da indiferença em relação a Maria Adelaide. Atenuando-se a oposição dentro de Ramiro, correlativa do choque entre os dois sexos, entre ele e Maria Adelaide, a sua alma (função do seu corpo)[1] animaliza-se, numa relação fortemente sexualizada em que não chega a haver opositora, mas apenas objecto a fruir, prazer infinito.

É, de facto, o regresso à primeira Maria Adelaide.

### A valorização do singular, do diferente
### Corpo e escrita: lugar do prazer

Em carta a Castelo Branco Chaves («Sobre a Génese de um Romance»), inserta em «Londres Maravilhosa» e datada de 1937, Teixeira-Gomes dá-nos valiosas informações sobre o modo como encara o texto, já então escrito — em dois meses — e quase definitivamente emendado, de *Maria Adelaide*, sua terceira tentativa de romance e a única levada a bom termo (a primeira confessa

---

[1] No sentido em que esta expressão é usada por Johann Eduard Erdmann no artigo «Le Corps Animé», in *La Psyché — Nouvelle Revue de Psychanalyse*. N.º 12, Outono de 1975, Ed. Gallimard.

tê-la destruído e a segunda, «Ana Rosa», perdida estaria na legação de Portugal em Madrid»[1].

Eis como Teixeira-Gomes julga a sua própria obra: «...muito diferente do que para aí corre, embora não pretenda ser de acentuada originalidade, salvo nos traços de secura e crueldade que ali transparecem em certas passagens» (*L. M.*, p. 148).

Chama-se a atenção para a valorização do singular, do «diferente», tão carcterística da vertente esteticista do período grosseiramente chamado naturalista (que nesse ponto se opõe à tipicidade do realismo, mais preocupado com o habitual, com o quotidiano) e para a dupla redução do negado propósito de originalidade («*acentuada* originalidade» e «salvo nos traços de secura e crueldade»). Terá conhecido Teixeira-Gomes os livros de Octave Mirbeau, de Barbey d'Aurevilly, de Pierre Louys? Mas a crueldade e a secura de *Maria Adelaide*, que, aliás, se imprimem apenas em «certas passagens» e sobretudo nas da parte final do romance, têm muito menos de «atitude» do que de autêntica reacção humana insolentemente natural. O que singulariza tal *crueldade* em «Maria Adelaide» é ser o narrador capaz de a proclamar contra o que sabe ser o código cultural do público leitor.

A impressão de desafio causada por esse ostensivo assumir do seco, do cruel, que aqui qualifica a própria diegese, é logo corrigida pela sageza de uma auto-denúncia: «É obra que só um velho conseguiria produzir» (*L. M.*, pp. 148, 149). E diz-nos, a seguir, Teixeira-Gomes:

«Poderia aumentar-lhe o volume introduzindo-lhe algumas digressões, mas isso, a meu ver, prejudicava-lhe o efeito de unidade. Pequeno como é, está muito mal escrito; dir-se-ia que segui nele o bem conhecido preceito de Bourget (de que tanto usou e abusou): «um romance não deve ser bem escrito». Mas não foi isso: tinha necessidade indispensável de manter no narrador, que é indivíduo de medíocre cultura, o culto da linguagem algarvia» (*L. M.*, p. 149).

Esta *confissão*, a que não devemos atribuir excessivo crédito, se é certo que documenta o esforço do autor para autonomizar o narrador, personagem do romance, manifesta certa mescla de ironia e *coquetterie* na alusão à sentença de Paul Bourget, que Teixeira-Gomes jamais cumpriu. Se alguma virtude redime os seus textos do abuso das digressões, a que nem *Maria Adelaide* se exime[2], é precisamente a qualidade da escrita, que

---

[1] Publicada, também no livro póstumo *Londres Maravilhosa*, graças à devoção de Castelo Branco Chaves.

[2] A sua novela mais perfeita, deste ponto de vista, seria talvez «O Sítio da Mulher Morta», de entre aquelas em que predomina o registo sensual-dramático, ou *Gente Singular*, que documenta, no macro-texto de Teixeira-Gomes, o exemplar ponto de encontro do fantástico e do grotesco.

aqui se manifesta nos esbocetos da paisagem olhada de modo esteticista e também na hábil e insistente utilização do reportório lexical algarvio.

Declara ainda Teixeira-Gomes ao destinatário da sua epístola (ao qual também confia que «o *género romance* nunca me inspirou paixão»):

«Escrito em dois meses, vai já em três que ando com a cópia às voltas e ainda está no meio. E não é o trabalho de polir que me empancha (quando copio pouco emendo), neste caso seria antes o receio de lhe pôr ornamentos literários que desfigurassem, alterassem ou deturpassem o indispensável tom ingénuo e sincero» (*L. M.*, p. 149).

De facto, o romance «Maria Adelaide» atinge uma certa forma de «sinceridade» brutal: no que se refere à guerra dos sexos, na escrita à imagem do homem profundo, da sua tensão agressiva, da sua visão e sentimento do corpo da mulher como lugar de prazer e campo de batalha. Lembremo-nos do «grande acto de amor», autêntica violação[1] a que se refere o narrador (*M. A.*, p. 165), que tão duramente há-de desprezar depois o corpo da sua companheira já dessexuado pela doença e pela morte. O que na narrativa pouco avulta, excepto na tradução em diálogo do primarismo (ou candura) intelectual de Maria Adelaide é a referida *ingenuidade*, a menos que identifiquemos tal ingenuidade com a espontaneidade do não saber, objecto desejado pelo narrador quando conotado com corpo-puro-lugar-de-gozo.

Em *Maria Adelaide* o lugar do prazer é tanto o corpo feminino como a própria escrita[2], compensadora de frustrações que na palavra se resolvem, se transformam.

E se a (quase sempre) harmoniosa, eufórica, apolínea existência que se projecta nas obras de Teixeira-Gomes — considerando agora o macro-texto e o autor da escrita — tivesse os seus becos, as suas feridas, os seus subterrâneos protestos e queixumes? E se, justamente, dessas regiões marginais, submersas, se erguesse, até à altura do olímpico sol doirado que os seus textos

---

[1] O auto-erotismo do narrador manifesta-se no pouco interesse pelo prazer da mulher e nas sevícias verbais que a sua superioridade irónica lhe inflige.

[2] Paul Mathis escreve em *Le Corps et l'Écrit* (Ed. Aubier Montaigne, Paris, 1981): «Le plaisir d'écrire et le plaisir de lire demeurent affectés d'un coefficient de distorsion du réel. C'est sur la mise en place de ce réel, en particulier sexué, que l'écrivain peut être interrogé, provoqué même, sur cette distance entre ce qui fait son oeuvre et ce qui fait son corps, ou ce qu'il fait de son corps et du corps de l'autre. La difficulté pour l'homme et pour la femme de se situer réciproquement l'un par rapport à l'autre, dans le réel: les incertitudes de l'acte sexuel, les doutes, les insuffisances, les reniements contribuent aux gestions de remplacement, qui peuvent être de grands textes littéraires» (pp. 53, 54).

deslumbradamente (re)citam, a elegia do amor impossível ou da impossibilidade do amor, o lamento narcísico da dispersão no outro e da própria morte do corpo?

É claro que, para mim, tudo o que aqui adianto está subjacente no texto de *Maria Adelaide* e não só: nos acasos que frustram o amor em novelas como «Margareta» e «Cordélia», nos impasses e obstáculos que lhe atalham o curso em «Jogos de Bolsa» e em «Deus Ex-Machina», nas raras, mas impressionantes, confissões de amargor ou nos afloramentos de neurose, de perversão e loucura que já se acendiam nas horas sevilhanas de *Cartas Sem Moral Nenhuma* [1].

No entanto, tal não infirma as dominantes da claridade, como opção, e do prazer como mola da escrita no discurso de Teixeira-Gomes. Ele produz, de facto, a partir do desejo e do prazer, no prazer e para o prazer, ainda que esse lugar possa ser invadido, a seu pesar, pelas escórias do sofrimento.

É no trabalho do texto, no acto e no tempo da escrita, esclarecimento e construção, que inclusivamente o autor se elucida, se completa, se cumpre.

### A atracção pela marginalidade

M. Teixeira-Gomes, já o dissemos, é, em todos os seus textos, o doador de um «benefício» estético que tem por primeiro destinatário um leitor privilegiado (e activo, quando se trata de cartas, logicamente condicionadas pelo gosto do receptor).

Se a narrativa pode considerar-se, na maioria dos casos, como a expressão de um eu que lhe é exterior, tal não é totalmente o que sucede nos contos e novelas de Teixeira-Gomes. Neles, de facto o autor, não se apagando, mas escondendo-se, emite, através do narrador, um monólogo recheado de sinais: o retrato da sua voz. Roland Barthes, considerando a obra ficcional expressão e instrumento de uma plenitude, fez a célebre afirmação: «*quem fala* (na narrativa) não é *quem escreve* (na vida) e *quem escreve* não é *quem é*». («Introduction à l'Analyse Structurale du Récit», in *Communications*, 8, 1966, Ed. du Seuil, 1981 (Points), p. 26) [2].

O grau de simulação nalgumas novelas de Teixeira-Gomes é diminuto, se nos ativermos aos aspectos biográfico-referenciais,

---

[1] Este título valeu a Teixeira-Gomes, quando presidente, os mais aleivosos ataques. Aliás, o título que ele tencionava dar ao livro era, inicialmente, «Cartas de Um Imoralista». Só o aparecimento da obra homónima de André Gide o levou, desgostosamente, a alterá-lo, tal como confessa em *Miscelânea*, pp. 110, 111.

[2] Conf. Lacan: *Le sujet dont je parle quand je parle est-il le même que celui qui pense*, citado no mesmo artigo.

embora, ao nível da ideologia, nelas se produzam amiúde desdobramentos que nos restituem (para além da construção fictiva da personagem) a complexidade conflitual do ser humano (quem é) que no criador (quem escreve) se manifesta.

Assim, na novela «O Sítio da Mulher Morta»[1], o narrador, que se projecta no discurso como um esteta, irónico, corajoso, grande viajante, individualizado laconicamente por «problemas bem sérios» na sua vida[2], dono da herdade dos Pegos Verdes (que já surgira em «Dona Joaquina Eustáquia Simões de Aljezur»), da Malhada Verde e outras terras, senhor de uma mulher não muito ciumenta e de um escritório assaz particular, que lhe serve igualmente de biblioteca e de alcova ilegítima, tal como em outras estórias de Teixeira-Gomes, torna-se, ao longo da diegese, pai de um filho varão («morgado com que a Divina Providência mimoseou Vossa Senhoria»). Ora o autor só teve em vida duas filhas. É admissível, de resto, que no disfarce aflore o desejo de Teixeira-Gomes[3] de vir a «receber» um continuador: «Era com efeito o primeiro filho do sexo masculino que me aparecia (até ali só tivera fêmeas)...»

Ao espaço doxal da narrativa — o pequeno mundo das convenções algarvias, do «Vossa Senhoria, da fidelidade conjugal, do decoro dos cidadãos conceituados, da veneração religiosa — opõe-se, em certa medida, o espírito libertino do narrador, confessamente propenso à luxúria, grande amador de quadros e objectos artísticos e de mulheres formosas.

Porém, numa mais correcta análise, esta contestação aparece-nos afinal como uma outra doxa, já que o adultério masculino tolerado, quando sob sigilo, se tornou, nesse espaço valorizado, uma segunda instituição.

As figuras da prostituta e da ex-prostituta (situação esta última que é a de Júlia-Marta em «O Sítio da Mulher Morta» e até a de Sabina Freire na peça de teatro a que tal personagem dá o nome) são muito comuns nas obras de Teixeira-

---

[1] O esqueleto consonântico e o material vocálico de Marta, nome da principal personagem feminina, assassinada pelo companheiro no final da narrativa, permitem aventar a hipótese de uma dupla relação semântica do onomástico: com *mar* (a acção decorre quase à beira do oceano) e com *morte*, como aliás, noutro local, acentuamos. Júlia, o nome de luz que a personagem tivera em jovem e que usara no mundo da prostituição, remete-nos para o campo semântico do império e do fascínio (Júlio César). O adjectivo *júlio, júlia* existe, com esta conotação, e é empregue por Castilho.
[2] Alusão provável a problemas familiares, pois a novela «O Sítio da Mulher Morta» foi escrita antes do 5 de Outubro de 1910, ou seja, antes da entrada de Teixeira-Gomes na vida política, segundo dados autobiográficos que ele próprio fornece numa das cartas a João de Barros insertas em *Miscelânea* (p. 104).
[3] Em nenhum outro texto expresso.

-Gomes, o que corresponde ao peso da realidade envolvente e, sem dúvida, da própria prática social do autor, fascinado desde sempre pelo puro corpo, pelas formas aliciantes e privadas de palavra moral.

É certo que o narrador de textos como «Jogos de Bolsa» (Leonor Gelder prostitui-se para que o marido possa pagar uma dívida), ou como «Deus Ex Machina» (onde são os pais que pretendem vender cara a virgindade da filha) não é exactamente o narrador-herói-da-acção. O primeiro, o enunciador, que se situa na instância do discurso, corresponde à noção de *persona*, visão do mundo, que engloba o ser e o parecer, proposta por Michel Zéraffa (em *Personne et Personnage*) [1], enquanto o segundo, agindo num outro tempo, mais recuado, será tão-só a personagem, o eu-do-outrora; aquele que concretamente vê e que desse modo nos comunica o mundo romanesco datado.

Em «Jogos de Bolsa» [2], onde há uma referência directa ao bordel, muito frequentado pelo herói, a «basílica do Amor», da «querida e já falecida Madame Vitória», a duplicidade do eu narrador é bem ostensiva, já que o enunciador critica o eu-personagem, ainda que com uma cúmplice benevolência, pela sua mania provocatória de baralhar respeitabilíssimos nomes batávios de grandes comerciantes.

O que de ambiguamente sórdido vai revelar-se-nos no comportamento da família Gelder concorda com a organização metafórica do espaço da novela, predominantemente com um clima físico de lama e de frio viscoso (as primeiras sequências são perpassadas pela isotopia da chuva) [3]. O bordel de luxo e a Bolsa

---

[1] Michel Zéraffa, *Personne et Personnage*, Ed. Klincksieck, Paris, 1971.
[2] Em *Gente Singular*.
[3] «Naquele desgraçado Inverno a Holanda converteu-se em miserável *charco* sobre o qual incessantemente caísse uma chuvinha peneirada por buracos de agulhas. Toda a gente concordava em que não havia, ali, memória de estação assim temperada, *aquosa* e *lôbrega*. Durante os meses de Dezembro e Janeiro nunca se apagou a iluminação pública e nas ruas mais desafogadas de Amsterdam os transeuntes, que pareciam evolucionar dentro de um infindável *aquário*, para se reconhecerem necessitavam socorrer-se dos candeeiros, a cuja luz indecisa ainda assim mal se divisavam feições sob o imprescindível abrigo dos *capuzes de borracha*. Formavam então grupos de *fantasmásticos escafandros* que, observados à distância, trocavam silenciosamente gestos deformados e a breve trecho, desfeitos, como que se desvaneciam perante os *húmidos véus* de gases crepusculares, ininterruptamente agitados e suspensos do *céu tenebroso*» (G. S., pp. 39 e 40).

O *leit-motiv* da chuva complexifica-se com a associação chuva-música que se verifica na neurose e na passageira obsessão suicida do herói: «Ao cabo de algumas semanas de existência aquática exauriu-se-me a esperança de que a neve reflorisse pela nua ramagem das árvores, ou que o gelo tomasse os canais

(esta com a sua turbamulta de criaturas extravagantes, grotescas, sibilinas, misteriosas, configurando um lugar de estranheza, mas também de gestos inseridos nas práticas sociais) dão-nos uma ideologia materializada, modelos de comportamento através dos quais a sociedade argentária dos Países Baixos se projecta materialmente no texto, com os seus «papéis» e os seus valores.

Neste quadro, ou seja, neste conjunto de rituais ligados, pelo menos, a parte de um aparelho ideológico, a máscara de Leonor Gelder constrói-se, através do discurso indirecto livre, a partir de expressões que lhe são atribuídas como «*desgostos conjugais: incompatibilidade* irredutível nos caracteres; loucos desperdícios em que o marido lhe *malbaratava o dote*, e supostas — senão irrefragáveis — *provas de traição*» (G. S., p. 64) ou «*pobre e fraca mulher*», «*seduções mundanas*», «*amor ao único filho* que lhe restava, apontando-lhe o *dever* de *guardar fidelidade* ao pai», «*modo honroso de o salvar* de uma situação financeira bem precária», «*solicitações carinhosas* de uma «*alma irmã*» que logo de princípio em mim reconhecera» e ainda «ressumbrava *sentimentos elevados, pureza de afectos* e *dedicação desinteressada*» (G. S., p. 65).

Não só a dupla ser/parecer aqui avulta, sendo evidentemente o parecer que é veiculado por esta sequência da narrativa, como nos deparamos com signos socializados que fortemente inscrevem no texto estruturas morais e culturais repressivas, com as quais o narrador muito discretamente ironiza e de que Leonor Gelder (cujo ser nunca será completamente iluminado, mas cujo fazer radicalmente diverge desta prática discursiva) é afinal a mediadora. Mediadora, tal como Elias Bega, da ideologia burguesa, cuja dramatização verbal o narrador desmascara num enunciado sarcástico («Estava claríssimo que este episódio amoroso se acelerava ao almejado desfecho e à primeira crise, muito em breve — os seus olhos azuis reflectiam a miúdo, nas

---

convertendo-os em animados teatros de patinagem, de cómica, popular e tumultuosa concordância; a vida perdera as suas expressões pitorescas, resumindo-se em chuva e lama, e os meus nervos, para os quais só restava uma distracção, a música, convertida, pelo abuso, em mórbido excitante, começaram a desafinar grandemente. (G. S., p. 40).

Na gramática discursiva de «Jogos de Bolsa», o actor colectivo é, com conotação fortemente disfórica, Amesterdão, nas suas múltiplas faces, o espírito interesseiro dos holandeses e a sua moral de fachada, a cidade transformada em miserável charco, o inverno chuvoso, monótono, escuro, sem alternativa alguma de claridade ou de alegria.» Este actor colectivo é o suporte contínuo do conjunto das primeiras sequências, até à apresentação pelo narrador de mais três actores individuais: Madame Lastman, responsável pela compra das «mil sacas de café»; Elias Bega e finalmente Leonor Gelder.

Esta espécie de abordagem concêntrica proporciona a focalização máxima do actor sujeito.

mais recônditas profundidades, clarões de irrefreável lascívia —, nos iríamos acolher ao cupidíneo asilo de Madame Anthonissen»), Leonor acaba por se deitar com os dois horríveis cunhados, que entre si apuram o montante da soma que ela exige e assim a partilham, Elias Bega em Londres, nos intervalos dos seus deveres conjugais, e o irmão em Bruxelas, em idêntica situação. A presença da trindade marido-mulher-amante, em ambas estas digressões erótico-contratuais, vem ainda acentuar a prática ideológica, mediante a estrita observância da dupla conveniência/duplicidade.

A decepção do narrador manifesta-se num diálogo com Elias Bega: «Dir-se-ia que ao meu amigo agradam pouco as viagens de Leonor Gelder...» «A mim, porquê? Sobretudo sabendo-a em tão honrada companhia... Mas francamente, Elias, ao senhor e a seu imão esses passeios não devem sair baratos...» (*G. S.*, p. 83).

Há em «Jogos da bolsa» uma nítida relação entre o espaço físico (a rua e a Bolsa) e as personagens. A manifesta recorrência de sememas conotados disforicamente com a sordidez e com a morte (*tédio, inverno chuvoso, monótono, escuro, chuva diabólica, intempéries, mortais calamidades, irremediáveis catástrofes, tremendas tempestades, cataclismos cósmicos, figuras delirantes, rostos exangues, pânico atroz*, etc.) como que prepara a axiologia figurativa — vida *versus* morte — a que vai substituir-se um outro modelo, este de ordem simbólica — fogo *versus* lama —, quando, com a aparição de Leonor Gelder, o narrador passa a situar-se numa isotopia eufórica (construída por violentas irrupções pulsionais). A figura emblemática dessas sequências médias da narrativa são os lábios de Leonor, lugar de enigma, onde se acendem furtivamente chamas satânicas [1]. Essa visão indicial da duplicidade da personagem, esbatida pela força do desejo, ou seja, pelo dizer eufórico do enunciador, pelo seu ver sensorial

---

[1] «Ao sublinhar as ironias do «Intermezzo» (de Heine) os lábios reviravam-se-lhe, nas comissuras, e abriam sobre a brancura dos dentes com tal expressão de crueldade que apetecê-la em tais momentos seria sadismo puro.» (*G. S.*, p. 61); «...que esse quase diabólico sorriso, embora comentasse admiravelmente o poeta e mau grado o meu confiado enternecimento, me causava sobressaltos de instintivo pavor...» (*G. S.*, p. 61); «...nos seus lábios aparecia o mesmo enigmático sorriso com que ilustrava as ironias do Heine.» (*G. S.*, p. 63); «...acentuando o seu misterioso revirar de lábios...» (*G. S.*, p. 68); «...mas quando me lembro da forma como se lhe acentuou o malicioso e cruel revirar dos lábios tão depressa se viu desenganada...» (*G. S.*, p. 79); «Leonor permaneceu impassível, se bem que através do espesso véu de viagem se lhe visse revirar atrozmente os cantos dos lábios...» (*G. S.*, p. 87).

(seu universo ideolectal) não oculta entretanto (e eis aqui a presença do primeiro narrador, cujo saber é mais vasto do que o do narrador-actor), não oculta, afirmávamos, antes ironicamente denuncia o veneno de Leonor Gelder (personagem enraizada no mundo dos argentários), no plano da deixis negativa do luxo e da miséria:

«Leonor Gelder apresentou-se nesse dia[1] vestida com tão primoroso gosto, num traje de seda e arminhos como que vaporoso — sem dúvida mais adequado a sarau do que a passeio —, composto a propósito para dar todo o relevo ao seu rosto de heroína dos Neiblugen de que ela, de resto, possuia o sonhado porte e a grácil esbelteza; tão maravilhosamente bem vestida, que umas crianças esfrangalhadas, pobrezinhas em cata de pão, correram para ela e em vez de lhe pedir esmola só tentaram beijar-lhe as mãos... no que ela não consentiu muito sensatamente para não manchar as luvas» (G. S., p. 72).

A atracção por certas situações e personagens excepcionais, que no conjunto da obra de Teixeira-Gomes se constata (o macrocéfalo, o vampiro, a cigana, a sobranceira Sabina Freire que não hesita ante o assassínio como acto justiceiro, a morte frustrante de Cordélia, o indecifrável mistério da loira heroina de «?»), é ainda mais acentuada em *Gente Singular*, título que desde logo relaciona tal pendor com a estética naturalista (Fialho, Abel Botelho, Bento Moreno), que, no entanto, o autor de *Maria Adelaide* nunca aceitou em bloco e que progressivamente há-de recusar. *Gente Singular* é ainda, aliás, obra dos verdores literários de M. Teixeira-Gomes. Nalgumas das estórias referidas — a do macrocéfalo, a do vampiro, a da cigana — não encontramos, à excepção do narrador, propriamente personagens, entendidas como essências psicológicas, mas antes simples actantes: deles sabemos o que fazem ou o que suportam, não o que são. Diverso é obviamente o caso de Sabina Freire, que se insere no grupo de *dramatis personae* de uma peça de teatro, onde até se fala muito mais do que se age. Adiante analisaremos mais detidamente a natureza e a construção das personagens nos textos ficcionais de Teixeira-Gomes.

Sendo o grotesco uma das dimensões habituais nesses textos, o qual em «Jogos de Bolsa» surge emaranhado no tema da náusea, onde opera a morte, encontramo-lo também associado, num dos vários desvios da diegese, à dupla gigantismo/nanismo, olhada pelo *eu* com inusitada piedade, ou antes, com essa piedade expressamente declarada a que repugna em geral o altivo pudor de quem desenhou à pena o «Inventário de Junho», caprichando em ceder apenas aos impulsos estético-eróticos:

---

[1] O dia em que vão visitar a Bolsa de Amesterdão.

«Eu ainda vejo naquele dia de pânico atroz em que da América chegou a falsa notícia da morte de Pierpont-Morgan, ou não sei que outro especulador mundial, a cena diabólica e de alucinação que se produziu ali: as figuras delirantes, os rostos exangues, os olhos esbugalhados, os cabelos eriçados, mas sobrelevando a todos os actores da trágica cena quem eu nunca poderei esquecer foi o gigante de rosto infantil e piedoso que sustinha no ar um pequenino corcunda desmaiado, e sobre a multidão o transportava, abanando-lhe o rosto enrugado com a cartola amachucada» (G. S., p. 56).

É patente o já referido fascínio de M. Teixeira-Gomes, pelo menos ao nível do discurso literário, por certas situações e figuras marginais, mormente as prostitutas e as judias, que nos seus textos são sempre personagens ambíguas. Tanto em «Deus Ex Machina», como em «Jogos de Bolsa» as reacções de Camila e Leonor não são completamente decifradas pelo narrador: assim elas se colocam em situação profética.

**Desejo-prazer-morte**

O romance é sempre a biografia de um ou mais indivíduos imaginários, até à grande transformação que começa a sofrer nos anos trinta e que em Portugal, tirante raríssimas excepções (o Almada de *Nome de Guerra*, Raúl Brandão, se podemos considerar o *Húmus* como um romance metafísico — e porque não?), só se manifesta praticamente no final dos anos cinquenta.

*Maria Adelaide* será, mais do que um romance estruturado à maneira tradicional, uma imitação do desejo e do prazer e uma provocação, se bem dele não esteja ausente o contexto histórico nem lhe faleça a arquitectura [1] ou o movimento narrativo tradicional, com uma flexibilidade que resulta da constante predominância de cenas em que a dissipação voluptuosa instaura o discurso «poético», paragem no plano da comunicação ficcional que para Sartre será o momento de respiração em que o autor regressa a si próprio [2]. Muitas das cenas de *Maria*

---

[1] Sendo a narração de tipo linear o que predomina em *Maria Adelaide*, tal não exclui as anacronias que esmaltam o discurso: analepses intradiegéticas e autodiegéticas («a mãe tinha-lhe batido», p. 12; «Dera-se ali a nossa entrevista definitiva», p. 19; «ela andava na escrita, mas nem as letras do alfabeto conhecia», p. 24; «A miúdo referia-se a uma rapariga...», p. 28; e analepses heterodiegéticas, que podem considerar-se como proliferações diegéticas, ou seja, outras dieges es («Uma vizinha dos fumeiros (...) pôs-se a pentear uma noite (...) e vem uma refega...»), p. 25; «Outra mulher, também dos Fumeiros...», p. 26).
[2] Sartre: «L'écrivain et la Langue», *Revue d'Esthétique*, n.º 3-4, p. 320 (citado por Raymond Jean em *La Poétique du Désir*).

*Adelaide* e de quase todas as *Novelas Eróticas* são fulcros temporais a que afluem informações laterais [1], retrospecções, parêntesis descritivos, reflexões do narrador. A escrita de Teixeira-Gomes é, acima de tudo, a sua própria experiência interior. O «mundo ambiente», nalgumas das novelas — não em todas — é nitidamente assistemático. A realidade referencial (eventos, psiquismo, sensações sensuais e estéticas, voyeurismo, envelhecimento atormentado, cenários) inscreve-se, nos textos de Teixeira-Gomes, em formas verbais soberanas, exemplarmente produtivas: a palavra alia-se a outras palavras, tecendo o magma do tempo e da memória, feito de imagens indiciais onde triunfa a ordem do desejo. Tal como afirma Roman Jakobson, escrevendo sobre poeticidade, «a palavra é sentida como palavra e não como simples substituto do objecto nomeado nem como explosão de emoção» [2].

Em *Maria Adelaide* são muito aparentes as relações de repetição entre narrativa e diegese. Assim a decadência física de Maria Adelaide prenuncia-se logo no início do capítulo X («Empalideceu até ao tom de cera, a carne abateu-se-lhe, mole e sumida, e os olhos perderam o brilho»). Também ressalta, do ponto de vista da temporalidade narrativa, o carácter iterativo e desregrado de certas cenas (separadas não propriamente por resumos de acção mas por devaneios descritivos), nas quais se insinua um tópico sumarial. Tais cenas são, no geral, ou dramáticas ou «pitorescas». Aliás esse «pitoresco» não exclui o dramático, ainda que nele predomine o elemento grotesco (disso é exemplo o capítulo IV).

A significação advém ao texto, para além da contra-moral voluntária, quando nele os fantasmas se libertam. O discurso de Teixeira-Gomes diz-nos que o amor (o amor entre taipais) rouba ao homem a unicidade; ao longo da sua obra deparamo-nos com a recorrência de certos retratos femininos: cabelos loiros ou adamascados, seios altos e separados, cinturas finas, ventres lisos, carnes elásticas, etc. A presença do uno no múltiplo não me parece que manifeste apenas a desatinada exuberância erótica, mas antes uma fixação fantasmal e, por detrás dela, a pulsão de morte [3]. E estou-me lembrando das últimas imagens de

---

[1] «Eu habitava ainda então na casa paterna» (*M. A.*, p. 19).
[2] Roman Jakobson: *Huit Questions de Poétique*, Ed. du Seuil (Points), Paris, 1977, p. 46.
[3] Poderíamos fazer ainda uma aventurosa leitura, se considerássemos que na conflitual relação Ramiro — Maria Adelaide, tal como na de Sabina — Júlio Freire, o recalcamento, subjacente ao desejo explícito de transgredir, emerge na violência da relação. Sabina tenta matar na velha sogra a avareza, o preconceito, a autoridade, a estupidez da burguesia. Mas instaura entre ela e seu marido o terreno excitante de um prélio. Se aplicarmos à personagem de Júlio Freire o conceito de Moustapha Saphouan

*Maria Adelaide*, em que a personagem até então racionalmente elaborada de Ramiro se dissolve numa névoa de venenosa harmonia (desejo-prazer-morte) enquanto se fundem o rosto de Maria Adelaide e o de Rosalina.

## O Onírico, o Fantástico, o Grotesco

A violência da escrita [1], de que é exemplo este coincidir da festa (a fogueira do novo amor) com a morte de Maria Adelaide, pode parecer associada a uma vontade de desafio, que é constante nos textos de Teixeira-Gomes, profundamente adverso à hipocrisia [2], ou, pelo contrário, a uma, bem mais rara, autoflagelação verbal.

Essa violência, esse excesso, é na escrita de Teixeira-Gomes lugar onde se equilibram o grotesco e o onírico e onde se verifica a irrupção do fantasma. Tanto pode sacudir, de repente, no discurso irónico, a frase mais risonha («Cativam-me duas *misses* de rara esbelteza (...) e têm por imprescindível galardão o haver sofrido, sob a monstruosidade das grandes pirâmides, as violências libidinosas de uma tribo completa de cameleiros de Gizé...», *C. S. M. N.*, pp. 92, 93) como erguer-se do trampolim dos afectos medíocres à busca exasperada do êxtase, à transfiguração, ao delírio.

A actividade fantasmática de Maria Adelaide aflora em jogos infantis, em sonhos diurnos, em volições que são quase predicções. A sua subjectividade é a de uma hiper-nervosa, próxima da receptividade mediúnica (de que seria dotada a noiva do narrador em «A Cigana»). Sonha com mortes, é submissa veneradora das superstições e dos presságios.

Quer isto dizer que o discurso de Teixeira-Gomes, geralmente tido como nítido, apolíneo, escultórico, é, sem prejuízo desses predicados, bem mais complexo e até por vezes contraditório.

---

(*L'Echec du Principe de Plaisir*, Seuil, 1979), segundo o qual o que é prazer para o *id* é desprazer para o *eu* consciente (princípio de privação), teremos de rever as nossas ideias sobre a subjectividade desse herói negativo.

[1] Que, por via de regra, não rompe o alinhavo eurítmico do seu discurso, ao invés, por exemplo, do que sucede nos romances de Sartre, onde é patente a coprofagia.

[2] Esse gosto de escandalizar vibra amiúde na ironia do autor («Mas o Auriga está de túnica e a Vitória nada descomposta, conquanto mostre os seios. Podem, sem temer, as pudicas mamãs...», *C. L.* p. 119; «...aludir, com gracejos, ao doce martírio que espera a noiva no leito conjugal, o que a muitos moralistas se afigurava horrível, indo os mais intratáveis até capitular essas apimentadas chalaças de «primeiras desfloradoras da candidez da noiva», *C. L.*, p. 111).

O onírico e o fantástico nele coexistem com a claridade, com o culto da razão. O campo do real dilata-se para além dos terrenos habitualmente vistoriados pelo realismo-naturalista.

O discurso da líbido, do paroxismo, da loucura, encontramo-lo em novelas como «Sede de Sangue», «O Sítio da Mulher Morta», «A Cigana», que podem ler-se, a última em especial, como sonhos.

Note-se bem, no entanto, que o registo vincadamente objectivo se encontra na maioria dos informantes que estes textos, por via de regra, nos fornecem. É da repetição dos factos anódinos, espacial e temporalmente típicos, que emergem os fantasmas — os seres pavorosos (o vampiro, o macrocéfalo) ou os iluminados, os prescientes, os condutores do mistério, os detonadores do delírio (a noiva, as ciganas, Marta, a estranha princesa eslava de «?», que são ainda o ponto de encontro de uma escrita e de um vasto cabedal de leitura, o que se torna sobretudo patente na noveleta onírica (e exercício de intertextualidade) que é o capítulo «Colónia» de *Agosto Azul*.

A actividade memorial, apostada em desbravar luzes e sombras, a percepção subtil que, através das metáforas, reconstitui «a verdade» de uma sensação, de uma matéria, no espaço do vivido ou no espaço do actual, são os instrumentos com que o narrador imita, (re)cria um quotidiano onde reina o princípio de prazer ou elabora o onírico, ou tece as fantasias semibiográficas que o acaso, por vezes fatídico, comanda («Cordélia» «Margareta») ou onde a ilusão renuncia a ser confirmada pelo real «?»).

A aliança do grotesco e do fantástico é exemplarmente configurada por textos como «Gente Singular» e «O Triste Fim do Major Tatibitate», conto este que, além do mais, pode ser lido como metáfora social e política.

Segundo Freud, a metáfora está ligada à tendência do sujeito para a alucinação: o que parece ser tal não é tal ou é isso e ainda outras coisas mais.

Ao nível da organização da frase, da ordenação lógica dos seus acidentes, jamais no discurso de Teixeira-Gomes se observa a anarquia; é, porém, através da proliferação da metáfora, em certos textos do início de *Inventário de Junho* e na luxúria abundante e exasperada das descrições da Andaluzia em *Cartas Sem Moral Nenhuma* que triunfa, no plano do visionário, o princípio de prazer.

Quanto à personagem Maria Adelaide, as imagens do seu discurso, a morte, o coração na mão, etc. (condicionadas pela pobreza vocabular, marca da sua classe e dependência) sugerem a progressiva perda da função do real, sob o efeito da neurose que nela vai lavrando e porventura em relação com os recalcamentos da sua existência humilhada desde a infância e na própria mancebia, em que as dádivas são precárias e a atitude do amante-tutor é, ao fim e ao cabo, condescendente.

# GÉNEROS E MODOS

É comum a acusação feita a Teixeira-Gomes (como também a Raúl Brandão), pela crítica literária dos anos trinta e quarenta do nosso século, de não ser capaz de estruturar e levar a cabo um verdadeiro romance. O facto é que a obra de Teixeira-Gomes e bem assim a de Raúl Brandão (aliás bem diversas no dizer), metendo por atalhos, preferindo a digressão, o fragmento, o medalhão, a miniatura, manifestam assim, com suas necessidades próprias, certa desconfiança perante os géneros tradicionais, que implicitamente põem em causa.

Transitando da crónica, da carta e do fragmento (diálogo, cena, esquisso, retrato) para o conto e para a novela, Teixeira-Gomes continua, na maioria dos casos, a escrever no *eu*, simulando o relato autobiográfico e praticando-o mesmo (tanto quanto a autobiografia é viável) em novelas como «Deus Ex Machina», em contos como «O Álbum» ou «Sede de Sangue». Nalguns dos textos de *Gente Singular*, como «Profecia Certa», notam-se ainda marcas naturalistas, apesar da expressa repulsa de Teixeira-Gomes pelo realismo-naturalista (em especial pelos romances de Abel Botelho, que ele qualifica de «intermináveis» e «enfadonhos»). O esforço de despersonalização é mais evidente, mas não muito compensador, em contos como este último ou «O Triste Fim do Major Tatibitate», ambos de narrador extradiegético, ao gosto objectivo do naturalismo. A verdade é que quanto mais subjectivos e/ou fantásticos mais os contos de Teixeira-Gomes ganham em originalidade e força de comunicação.

O critério que adoptamos para apartar as novelas dos contos é simplesmente de extensão do texto e evolução psicológica das personagens. Assim consideramos novelas «Jogos de Bolsa» e «A Cigana», insertas no conjunto de contos *Gente Singular*, e conto «?», embora pertença às chamadas pelo autor *Novelas Eróticas*. Não atribuímos no entanto — note-se — especial importância a esta nomenclatura, tal como Teixeira-Gomes, que (terá gostado do título *Novelas Eróticas*, pelo sabor renascentista italianizante) apenas compunha despremeditadamente narrativas.

O romance, já tentado em «Ana Rosa», que figura como fragmento no livro póstumo *Londres Maravilhosa*, levou-o a cabo Teixeira-Gomes com *Maria Adelaide*, que, apesar de apresentar capítulos meramente ornamentais (descrições de paisagens, sucessōs de imagens muito belas), observa no geral as regras do género quanto à sucessão dos eventos; e, quando esta é interrompida em longas catálises, servem tais paragens da acção para melhor caracterizar e aprofundar o espaço social em que ela decorre (a vida nas ruas piscatórias, os costumes, as superstições, a linguagem).

Só uma peça de teatro Teixera-Gomes terminou, embora nos dê notícia de outras tentativas. *Sabina Freire*, que não estudaremos miudamente, vale menos pela estrutura dramática (afectada de resto pelo que a linguagem, nas cenas nobres, conserva de indesejavelmente eloquente no palco) do que pela interessante personagem da heroína (em certa medida nitzscheana e ibseniana) e pela galeria de aleijões e ridículos — pitorescos e ainda «vivos» — formada pelas personagens secundárias.

A maior parte da obra de M. Teixeira-Gomes é constituída por livros heterogéneos como *Inventário de Junho*, *Agosto Azul*, *Regressos* ou *Londres Maravilhosa*, compostos de materiais diversos em que sobressaem a narrativa de viagens, a croniqueta, o contarelo, o esboceto dramático e amiúde a carta, género exclusivo noutros volumes como *Cartas Sem Moral Nenhuma*, *Cartas a Columbano*, ou predominante, como em *Miscelânea*. Por vezes aparece a mesma personagem em duas ou mais histórias, como sucede com o Pedro Carneiro do conto «Gente Singular», igualmente presente em «Diálogos Impertinentes», de *Londres Maravilhosa* ou o João dos Castelos de *Maria Adelaide*, que já figurava na «Cena Grega» de *Agosto Azul*.

A estrutura dominante dos textos de M. Teixeira-Gomes resulta pois desse mesmo carácter misto, inorgânico, fragmentário, que, aliado à limpidez do estilo, à riqueza da imagética, acaba paradoxalmente por concorrer para a sua originalidade e beleza.

Os espaços físicos dos seus textos de ficção são o Algarve, Lisboa, Sevilha, a Holanda, o Mediterrâneo e os seus portos; os transatlânticos de luxo, vapores de emigrantes, um paquete russo. O espaço da viagem, do imprevisto, da aventura. Sobretudo o espaço da contemplação e do desejo. Espaço psicológico é o do amor-desamor da relação desigual de Ramiro e Maria Adelaide *(Maria Adelaide)*, a degradar-se progressivamente na experiência da coabitação. É também, em «Jogos de Bolsa», o da procura da verdadeira natureza da enigmática Leonor Gelder, sensual e interesseira (actriz até onde?), ainda que seja o espaço social (o mundo da finança e a alta burguesia judaica de Amesterdão) o que predomina nessa novela, bem como em «Deus Ex Machina». O espaço do eros é invadido pela morte

(«Cordélia», «Sede de Sangue», «O Sítio da Mulher Morta») ou pelo sonho e pelo delírio («A Cigana») e constantemente pelos fantasmas do *voyeur*.

## Predomínio do mostrar sobre o narrar

Foi a novela, como é sabido, uma forma narrativa muito prestigiada desde o *trecento* italiano e com certa voga, em França, nos séculos XV e XVI [1], vindo a ganhar no século XVII, com a *Princesse de Clèves*, de Madame de Lafayette, foros de género nobre em relação ao romance, votado ao anómalo e até ao inverosímil, minimizado por ser tido mais como um divertimento para o receptor do que uma comunicação estética. Tanto no romance como na novela, mas predominantemente nesta, a descrição assumia papel de relevo, colocada em geral no início e com importância diegética. Nas narrativas curtas de Teixeira-Gomes, que valem menos pelo que se conta do que pela figuração e pela enunciação do discurso, algumas descrições parecem-nos de mero adorno, quando, na verdade, elas nos dão, fora, ou quase fora, da sintagmática diegética, a relação superior do narrador com o mundo. É o que se verifica no conto «D. Joaquina Eustáquia Simões d'Aljezur», partido em quatro sequências, das quais a primeira, praticamente extradiegética, descreve (com raros pigmentos narrativos, *a latere*) os Pegos Verdes, o «bucólico sanatório» indispensável às crises de melancolia do narrador, faz o elogio da serenidade física e moral e só se esgota com o aparecimento da personagem fulcral, que dá o nome à novela de desfecho cruel e burlesco:

«Em uma dessas tempestades de purificação, já quando pensava em a dar por finda para voltar às obrigações da vida social, uma tarde que o calor me levara ao preferido retiro da alfarrobeira, veio-me o tio Elisário dizer que chegara ao convento uma senhora em minha busca.» [2]

Como já disse, a descrição inaugural da quinta do Convento, ou dos Pegos Verdes, não é meramente exornativa, pois contém informantes sobre o estatuto social, idade e subjectividade do narrador personagem: aprendemos assim, por um enunciado do caseiro, que o *eu* tem direito a «vossenhoria» e o tratam por patrão; que abandona de vez em quando (pode fazê-lo) as suas «obrigações sociais»; que é admissível seja tomado, quando lacónico ou taciturno, por um velho precoce, o que o situa na quadra dos quarenta anos; e, especialmente, ficamos a saber, desta feita directamente pelo sujeito da enunciação, que simula caçar

---
[1] É disso exemplo, entre outros textos, o *Héptameron* de Marguerite de Navarre.
[2] *G. S.*, p. 16.

para que não o tomem por doido varrido quando palmilha as cristas da serra algarvia. Ele próprio o declara: «Mas atirar a uma ave, símbolo da graça inofensiva e da elegância mimosa!... Vê-las voar, tão leves, e vê-las poisar, num declive tão doce, como que no ponto certo onde a curva do seu voo encontra a imaginária tangente... (...) «Não, não era para verter sangue que eu ia aos Pegos Verdes, pois logo me penetrava a clemência duma grande harmonia idílica...»[1]

Aqui se encontra já o sentido de imenso amor, de hipersensibilidade contemplativa que animiza a natureza (elemento feminino ou imagem da mulher, Eva, interior ao homem, segundo o conceito de Santo Agostinho[2], que representaria a «alma», *anima*, ou parte irracional, intuitiva, perto da carne, oposta ao «espírito», detentor da razão, terreno intelectual mais próximo do divino, segundo os padres medievais). O pudor dessa hipersensiblidade frente à fruste mentalidade dos seus coevos algarvios, explicaria o comportamento do narrador, que finge caçar (até, nessa sua simulação, dá tiros ao alvo ou para o ar), uma vez que sente não ser facilmente aceite o seu amor por todas as coisas vivas, animais, plantas, e pela beleza (que o comove) da paisagem. Os estados de alma, de *anima*, do narrador, que coincidem com outros do autor da escrita, expressos em diversos livros, levam-nos a identificá-lo, em boa parte, com Manuel Teixeira-Gomes, para o que concorrem ainda referências biográficas (estatuto de semi-ocosidade do rico senhor algarvio, a própria horta dos Pegos Verdes, que tem existência real).

A palavra *alma* surge inclusivamente num dos mais belos segmentos descritivos desta sequência (e não se esqueçam as conotações de *convento*, nome que provinha de uma construção de pedra e barroco onde haviam vivido frades, autênticos eremitas):

«Na liberdade daquela solidão tudo era *gozo*[3] *para os meus sentidos*, sempre despertos e *ávidos*[4]: o ar impregnado pelas

---

[1] *G. S.*, pp. 13 e 14.
[2] Para Santo Agostinho (*De Genesi contra Manicheos*, 2, 12, 16) a estrutura do homem interior é *conjugal*, na medida em que supõe a união de dois elementos distintos.
[3] *Gozo* e *sentidos* estabelecem a imediata relação de alma com corpo, com carne, e inauguram aqui o discurso sensorial, em que vão surgir sensações olfactivas *(ar impregnado pelas exalações resinosas, palpável perfume*: sinestesia táctil-olfativa), auditivas (gorjeios, lexema a que virá apor-se outra impressão sinestésica, *como fios de pérolas cristalinas; o ruído, o remurmúrio de colmeia*); e visuais *(as borboletas ardendo na luz, chamas verdes que se perseguem, com a opacidade das flores de enxofre)*. Note-se que também as sensações visuais apresentam conotações da ordem do tacto, como, por exemplo, *morrendo em linhas azuladas* (...) e *acamando, a levante, em aveludadas ondas de musselina.*
[4] Marca do desejo.

exalações resinosas das estevas; o pesado, quase palpável perfume das moitas de rosmaninho; os gorjeios que a passarinhada solta como isolados fios de pérolas cristalinas; o ruído, o remurmúrio de colmeia de que a vida dos insectos repassa o mato espesso; as borboletas ardendo na luz intensa, como pequeninas chamas verdes que se perseguem, e caindo nas sombras com a opacidade das flores de enxofre... E os vastos horizontes, familiares, mas duma tão perpétua *novidade*[1], abrangendo no mar faiscante o recorte sinuoso da costa, lá da Ponta do Altar às rochas do Cabo, com os estuários do Arade e das rias de Alvor, e, a norte, a perspectiva circular das serras que fecham o Algarve, imponentes, e até importunas, quase, nas altíssimas ondulações da Fóia e do Picote, mas morrendo em linhas azuladas, como que esvaídas, direito ao mar e acamando, a levante, em aveludadas ondas de musselina...

Singular e pacificador panorama, por onde, com a *alma*[2], a vista se me alongava «infinitamente apaziguada»[3].

A sequência do encontro do sujeito da enunciação com D. Joaquina Eustáquia, onde o *mostrar* predomina sobre o *narrar*, segue-se um resumo relativamente longo das diligências empreendidas pelo narrador para ajudar a bela senhora «envolta nas pregas de um xale de cachemira preta» e com «as pálpebras vermelhas do carmim vivo que o costumado choro parece distilar».

A ironia e até a auto-ironia, com acentos adrede ultra--românticos são dominantes na cena do conhecimento, prenunciando já o desfecho burlesco[4]. Aliás, este assumir de lugares--comuns, que cumplicia o destinatário, integra-se, ao que me parece, na relação profunda entre o psicológico (ainda que

---

[1] Assinala-se, de passagem, o radical *novo*, muito recorrente nos textos de Teixeira-Gomes e dos mais significativos para a análise semântica da sua obra. Aqui encontramos em *perpétua novidade* a paixão do novo, do jovem, da descoberta, aliada à ideia de perenidade, que em Teixeira-Gomes anima a recriação dos mitos.
[2] Os sublinhados são meus.
[3] Note-se o carácter balsâmico herói-natureza-contemplada, que noutra novelas estabelece o contraponto com a vertigem da pletora sexual.
[4] Atente-se em expressões como «as palpitações dolorosas dum coração martirizado»; «funestíssima estrela»; «a piedade irrebatível perante espectáculo de tão patente infortúnio aflorou-me aos lábios em palavras de conforto»; «...em termos alevantados, com a espontaneidade de uma alma que se expande livremente ao calor de outra alma cuja rara generosidade a não frustrara...» A escrita desenfastiadamente esposa os tópicos retóricos e não poucos lugares-comuns conotados com um código de polidez provinciana. Mas não hesita em aventurar-se pelo quadro estetizante, onde a ironia, até aqui carregada, fica apenas levemente perceptível: «Ao transpor a porta do claustro uma revoada de pombas mansas poisou-nos em volta com o ruído

sumário) e a história social. Senão vejamos: esta novela, com todo o seu lastro de exercício de estilo, onde se sente à partida o problema de «o que escrever», não poderá ser lida como um conjunto de funções relacionadas metaforicamente com o viver provinciano dos começos do século, matéria recorrente em boa parte da obra de Teixeira-Gomes? A assim ser, teríamos de ver na personagem de D. Joaquina Eustáquia o retrato caricaturalmente rebordado, e com ecos camilianos, de uma pequena nobreza rural decaída até aos extremos de vários ridículos e misérias. E, se é certo que entre o narrado e o representado, este manifesta, quando referido à Natureza, a dignidade de um outro registo verbal, não podemos deixar de observar que há também uma organização metafórica dos espaços em relação com o pungente e tenebroso da personagem D. Joaquina Eustáquia, de acordo com a primeira visão que dela tem o narrador. Este acentua aliás tal relação demonstrativa.

Assim, ao segmento textual descritivo que começa «A monstruosa penedia mociça de Sagres aguenta as investidas do mar do sul e de encontro ao esporão rochoso do Cabo se pulverizam os raivosos vagalhões que o vento norte atira pela costa de Portugal abaixo» seguir-se-á outra catálise que estabelece com a anterior evidente conexão: «Mas a lembrança de D. Joaquina, evocada, involuntária e fugitivamente, naquele cenário, perseguia-me ainda mais dolorosa e dramatizada, como se o seu vulto negro por ali errasse, açoitado dos elementos... E, com efeito, era ali que conviria juntar aos uivos da procela os clamores lamentosos de uma alma torturada, no desamparo!»

Outro tanto se verifica mais adiante num extenso segmento em que a acção não avança e onde a organização metafórica do espaço é também metonímica, já que põe em causa a própria psique do narrador, integrada, é certo, num *nós* puramente retórico e que, curiosamente, exprime a aspiração nirvânica, pouco marcada nas demais obras de Teixeira-Gomes [1].

---

de água lançada do alto, aos baldes. D. Joaquina deteve-se um instante, como que embevecida na graça das aves irrequietas (...) O bando levantou voo, passando quase por cima das nossas cabeças, com o rumor isócrono do arfar de um cão cansado, e D. Joaquina ficou-se ainda um momento, extática, feminilmente, quase infantilmente graciosa, com as mãos estendidas direito ao céu onde os pombos se perdiam (p. 23).
É de assinalar ainda o enunciado da personagem feminina, que, através do comum culto das aves, a aproxima do narrador: «Pois haverá no mundo nada mais lindo, mais elegante, mais livre do que uma ave!» (p. 23).
[1] Talvez se possa concluir daqui a permeabilidade do autor aos diversos *topoi* (aqui o *locus agrestis*) e às expressões múltiplas da natureza. Uma tentativa de psicoleitura far-nos-á deter em predicados do mar «purificador» como *desfazer, assalto, sepultura, cava,* ou seja, com semas de morte e de violência, conotada ainda esta *(levanta, bramindo, concêntricos, feroz, navalhas)* com um erotismo sádico de figuração fálica.

«Mesmo em frente ao Cabo levanta-se um leixão de que o mar padece há séculos e a mais e mais se empenha em desfazer. Ali tudo ferve em cachões de espuma e é temeroso de ver como o mar se lhe cava em roda para lhe dar assalto e o sepulta nas ruínas dos altíssimos castelos que levanta e, bramindo, cai de novo e se cava mais fundo e logo se ergue mais alto para de novo o envolver nos concêntricos turbilhões das catadupas de um feroz remoinho ao concertado esforço de o arrancar! [1]

Mas o rochedo deve ter as raízes no coração da terra, pois nada o abala!

E é também curioso de ver em dias amenos, quando ele se reflecte na água espelhada, como se estria de gumes e parece abrolhado de navalhas.

Quem pudesse atirar sobre ele, ao sabor do mar enfurecido, as nossas mágoas, os nossos remorsos, os nossos vícios. Como tudo sairia dali retalhado, sangrando, disforme, inútil e com que delícia não seria então recebida a morte que nos nivelasse a dor pela alegria, e nos absorvesse as cruéis claridades da alma por onde se desdobram tão angustiosas tragédias!» (p. 28).

Logo a seguir vem a explícita relacionação da paisagem com a personagem, com indícios que enriquecem o estatuto do narrador e divagações barrocas, que, carregando embora o discurso, veiculam, através da prática autobiográfica e do solilóquio, a ideologia materializada:

«Era ainda a imagem lutuosa de D. Joaquina que tais lamentações me sugeria, mas imagem que se movia e *trabalhava pelo inconsciente*, pois se acaso eu a apercebia, logo tratava de a rebater como a espectro importuno e vexatório. Para que agravar a *minha própria tragédia* enxertando-lhe o drama de uma existência onde a irremediável loucura fazia a cada instante novos e insanáveis destroços... Loucura!... É tão falível o conceito não só do vulgo mas dos que se equilibram tranquilos na gloriosa plenitude de uma vida desembaraçada, quando se trata de algum ser anormal que as vicissitudes arrastam por sendas inexploradas ou desconhecidas!» (pp. 28, 29).

A alusão ao trabalho do inconsciente patenteia o conhecimento que o autor, identificado com o narrador nesta espécie de *marginalia*, tinha certamente do freudismo. Porém, o mais interessante é a referência, esporádica no eixo paradigmático da narrativa, à *tragédia* que o narrador vive e que o texto não nos permite determinar qual seja e sobretudo a parte do enunciado

---

[1] O oceano aqui figurado é reunião de águas espumejantes, fecundantes, masculinas, que Hesíodo, na sua «Teogonia», opõe à água doce dos lagos, água-plasma, feminina (ver *Dictionnaire des Symboles*). No entanto, aparece adiante uma alusão à água especular, em que a relação de luta [terra (representada pelo rochedo) *versus* oceano] se atenua, mas não desaparece, pois subsistem referências ao duelo: *gumes, abrolhado, navalhas.*

referente à loucura, que integra marcas ideológicas tanto ao nível morfo-sintáctico como ao nível semiológico. A aversão do narrador aos estratos sociais da média e alta burguesia provincianas (e nacionais) manifesta-se especialmente no segmento frásico *mas dos que se equilibram tranquilos na gloriosa plenitude de uma vida desembaraçada*. Postos em causa pelo sintagma verbal o «equilíbrio» e a «tranquilidade» das classes dominantes (dado que o sintagma nominal *o vulgo* está referido à pequena burguesia e aos que alienadamente aceitam os seus valores) e dos que tudo julgam saber, os mesmos que possuem o «ter» *(vida desembaraçada)* e o «saber» (gloriosa plenitude), a proposição temporal e a relativa, que completam a frase, falam-nos do mistério da loucura e do mesmo passo exprimem o comportamento da sociedade «tranquila» que não suporta a «diferença» e, sem tentar compreendê-la, logo a rejeita.

A qualidade hiperculta quer do léxico *(plenitude, vicissitudes, sendas inexploradas)* [1] quer da articulação frásica (longos períodos de perspectiva rica) introduz no texto interrelações complexas e porventura contraditórias, que merecem ser analisadas — e adiante, na parte que consagramos à análise estilística o faremos, considerando então o macro-texto da obra de Teixeira-Gomes, numa tentativa de leitura estrutural que procure ultrapassar a apreensão da imediata produção ideológica de sentido.

Tornando à importância da descrição neste conto de *Gente Singular* (título que bem claramente denota o programa estético da busca do extraordinário, seja o pulcro, o grotesco, o horrível-patológico, onde no entanto se continua a escrever a beleza, como em «Sede de Sangue» ou até em «O Triste Fim do Major Tatibitate»), assinalamos ainda duas longas descrições: a do primeiro troço da viagem para Bensanfrim (alheia à fábula, a menos que aceitemos o Algarve, a sua paisagem como personagem e personagem dominante), a caminho da casa de D. Joaquina Eustáquia — desde «A estrada sai da vila por entre hortejos e pomares...» (p. 31) até à chegada à venda onde o narrador pede informações que o orientem [2]; e o último segmento descritivo, que começa

---

[1] Em parte contrabalançado pelo pendor vernáculo, que ressuscita o veio genuíno e popular da língua: *rebater, vida desembaraçada*.

[2] Nesta descrição, digna do *Guia de Portugal* em que Raúl Proença e Jaime Cortesão nos deixaram, entre outros, páginas de notável rigor e beleza, deparam-se-nos dois filões: o pictórico, que predomina (exercício de recuperação da natureza em texto tão plástico e cromático quanto a linguagem pode sê-lo) e o geo-mineralógico (pecha reiterada do autor) salpicado com um enfeite mitológico (Notus) e uma pincelada de fantástico (a animização do moinho). A assinalar ainda, como em muitos outros textos (algarvios e não só) do autor, a isotopia da água: *água espelhada nas valas cheias, barra de Álvor, ria lavada, fresquidão do mar, hálito da preiamar, o mar, uma linha azulada, patacho*

aliás por uma função nuclear *(Atravessando a ribeira a vau subo ao cerro pelos estevais)* para logo se tornar puro espectáculo, com informações de natureza topográfica, estética e até geológica e botânica, que não apresentam valor diegético, no que concerne à fábula propriamente dita («...comigo vai subindo o vento que no topo assopra em furacão as velas do moinho e as faz rodar loucamente. Mas, daí, o espectáculo é soberbo, com a perspectiva de serras que se desdobram até ao cabo, azuis, violetas e lá muito ao fim, esfumadas, no contrastre das linhas de Sagres, que se apercebem recortadas na rocha, aos entalhes, com ásperos escuros cavados entre arestas vivas e luminosas. A norte as serras de Monchique aparecem inteiramente outras, separadas, com um mamelão isolado entre a Fóia e a Picota...

A vegetação lanceolada que acompanha os sinuosos ribeiros cristalinos vai correndo pela base do cerco e passa a poente, junto a uma casa abarracada... (pp. 33, 34). A partir daqui a descrição entrecortada de narremas é já a *ancilla narrationis*, que figura o espaço da intriga, do desfecho-surpresa e em boa parte os explica: «pequeno e pobre monte algarvio, com porta e janela», mostra, por entre grandes côdeas de reboco já caído, as talhadas da taipa, «casa ladrilhada e miseravelmente mobilada com desmanteladas cadeiras e mesa de castanho».

A estória, reduzida ao osso, pouco interesse oferece: D. Joaquina Eustáquia, a cavalo e acompanhada por um «pagem», procura o narrador, nos Pegos Verdes, solicitando o seu auxílio para um complicado pleito judicial, pois, segundo afirma, foi esbulhada dos seus bens e reduzida à miséria pelos parentes do defunto marido, também de «nobre estirpe». O narrador promete ajudá-la, averigua e obtém informações contraditórias: a «romântica senhora» seria afinal divorciada e haveria inventado, com a sua mania da perseguição, documentos que nunca teriam existido; apura, porém, mais tarde que, de facto, houvera processo por ocasião do divórcio e o marido não só lhe negara o dote que por contrato antenupcial lhe devia, como até lhe recusara os alimentos. E a «virtuosa» família dele abafara o processo[1]. Até aqui nada de anómalo: apenas as tramóias e infâmias da burguesia sedenta de dinheiro e de respeitabilidade.

---

branco, mar azul engastado na curva puríssima do areal, margens de um lago italiano, águas ruivas petrificadas, alastramentos laminados de onda. Na obra de Teixeira-Gomes, a simbologia da água, embora com variantes (água oceânica masculina, água doce feminina) parece ligar-se, como aqui, por exemplo, à origem da vida e à ideia de pacificação, de regeneração corporal e espiritual.

[1] A demanda em justiça é motivo recorrente — e sempre com um toque sarcástico — na obra de Teixeira-Gomes, particularmente, e com incisivo tom paródico, na figura da avara e cruel D. Maria Freire, repositório da tacanhez e das manhas da burguesia possidente algarvia.

Só que desde o início a narrativa é construída, sem embargo dos atalhos em que o sujeito da enunciação se perde (ou se encontra) a pintar o cenário e a sua relação com ele, para o chocante desenlace: a cena em que o narrador vai (vamos), mercê do acaso de uma porta aberta, *assistir* à cena da flagelação (da humilhação) de D. Joaquina Eustáquia (bêbeda e desgraçada, afundada em esterco), que se traduz tanto nos atributos corporais da degradação (pernas escanifradas e negras) como em dizeres do género «Ah... não me batas tanto... que me dói muito amanhã» (p. 35).

Estamos longe dos ritos masoquistas de suplício e sofrimento, com as atitudes escultóricas da mulher-verdugo e os seus dramáticos gestos em suspenso[1], tal como da reiteração mecânica e acumuladora, que se nos depara nos textos de Sade. Todavia, as marcas sado-masoquistas da «cena« são patentes. O desbordamento da violência não é apenas de natureza libidinal: a carga de agressividade que nele se manifesta pode relacionar-se com os conflitos de classe, visto ser o mesmo «pagem» que nos aparece nos Pegos Verdes em atitude subalterna (oferecendo a mão ao pé de D. Joaquina, que nela se estriba, para montar), o mesmo que, agora, a insulta e enxovalha:

«Ah! porca, ah! velhaca, assim é que tu poupas o dinheiro, bebendo logo duma vez toda a aguardente... Ah! safada! Toma, toma, toma... que não deixaste nem uma pinga...» (p. 35).

É precisamente na recorrência teatral do sintagma verbal *toma, toma, toma, toma*), acompanhando a acção, reforçando-a, servindo-lhe de eco, que a cena se ritualiza, festa escura em que a transgressão é punida sem demasia de fervor, sem perigo. Aos vitupérios do criado-amante-carrasco (*porca, velhaca, safada*) responde o silvar das vozes da «vítima recriminadora». O jovem algoz zurze-a metodicamente com as mãos, mas — note-se — «ajoelhado» (lexema no qual se encontram semas de servidão e também de culto sacrificial). E a voz de D. Joaquina apresenta modulações que vão da «indignação», real e/ou simulada, ao amolecimento, ao murmúrio, à rendição: percurso da dor ao prazer, paralelo aos «baques surdos», aos «golpes feridos em corpo flácido».

A derrota da ama, da «Princesa Venérea», a sua decadência e vergonha, tornam-se motivo de gáudio e escárnio para o povo miúdo — o cocheiro, o garoto («...Aquilo é uma refinadíssima bêbeda, que tem deitado a perder toda a rapaziada do povo», p. 36). Mais ainda se acentua assim o aviltamento da heroína (e com ela o da nobreza rural degenerada, cuja culpabilidade é simbolizada no reconhecimento dos erros, na cena da expiação).

---

[1] Ver Giles Deleuze: *Présentation de Sacher-Masoch, Le Froid et le Cruel, avec le texte intégral de La Vénus à la Fourrure,* Les Éditions de Minuit, Paris, 1967.

## Caricatura e Símbolo

Com excepção de «Jogos de Bolsa», a narrativa mais elaborada, do ponto de vista da espessura das personagens (Leonor Gelder pode considerar-se uma personagem modelada, com múltiplas facetas, contradições e contornos enigmáticos, que se vão manifestando na sintagmática diegética) e de «Gente Singular», autêntica obra-prima do conto humorístico de aparência costumbrista, mas que é elevado aos paroxismos do cómico satírico e alucinatório, os textos de «Gente Singular» são o desenvolvimento de anedotas que o autor, de certo modo, minimiza, defendendo-as, ao mesmo tempo, com subtítulos como *historieta quase romântica*[1] e *conto grotesco*[2].

«Profecia Certa», ao contrário do conto simbólico «O Triste Fim do Major Tatibitate», cuja polissemia é evidente, apresenta uma unívoca estrutura profunda: castigo da leviandade feminina e vingança do jovem pobre e inteligente, preterido em favor do belo herói fardado. A anedota gira em torno da «acromegália». A organização do discurso denota ainda uma incipiência que Teixeira-Gomes depois largamente superou.

A descrição inicial de «Profecia Certa»[3] (cerca de página e meia) aparenta-se às anotações de cenário da abertura de uma peça de teatro: frases curtas — pequenas pinceladas —, amiúde com elisão do sintagma verbal, sobretudo na proposição principal («Sala de prédio novo no pátio do Torel. Ornamentação *liberty* na sua clara tonalidade preferida que funde o verde mar em rosa pálido. Duas grandes janelas por onde se perspectiva a Baixa e um largo trecho do Rio. A parede do sul cortada por três arcos envidraçados que dão para uma espécie de estufa rescendente...», etc)[4]. Nem falta o apontamento minucioso, referente à iluminação da cena: «São duas da tarde de um dia criador e jubiloso de Abril; o sol bate nas janelas, coando-se, através dos estores de seda crua meio corridos, pelos intermeios bordados cujos desenhos abertos se reproduzem, luminosos, no tapete[5].

---

[1] De «D. Joaquina Eustáquia Simões de Aljezur».
[2] De «O Álbum», onde o autor, aplicando a técnica do traço único no desenho das personagens e servindo-se da colagem-*pastiche* para ridicularizar a poesia ramalhuda, faz o retrato chavão, já «batido», da diva aliteratada e do seu marido corno consentâneo e beneficiário.
[3] Na medida em que informa sobre a condição social e económica e sobre o gosto (flores, adereços, etc.) das personagens que vão ser introduzidas, a descrição tem obviamente importância diegética. A alusão aos *relentos de drogas farmacêuticas* prepara para o anúncio da doença de Cipião.
[4] G. S., p. 215.
[5] G. S., p. 215.

Persistem, aliás, as didascálias, ao longo da primeira sequência: «Pela porta que se abre ao fundo da sala entra uma senhora elegante», «Traz na mão uma bolsa de malha de platina e oiro donde tira uma chave pequena com que abre o contador, ao qual se senta a escrever, sem mesmo relancear os olhos pelo enfermo»[1], «O criado sai e ela detém-se um instante a observar o enfermo sem que o seu rosto denuncie interesse ou piedade».

A partir do segmento textual que principia «Pensa nesse Paulo Gonzaga a que se referia o bilhete»[2], a narração torna-se omnisciente (focalização por detrás) e nela há-de alternar o discurso epistolar com o relato evenemencial e com a «análise intropectiva», apoiada em várias analepses. Nada há aqui do eterno retorno (o *mesmo* «vestido» diversamente, que, afinal, não andará longe do herói de «Ana Rosa»: amor desigual, poder — do dinheiro —, sensualidade e sentimento de culpa); mas não será muito difícil descobrir em «Profecia Certa» o «mito estrutural» no qual o conto se origina: o castigo da leviandade, na triangulação amorosa, sendo certo que a visão da morte em vida, integrada na dialéctica da natureza, acaba por assumir não menor relevo, entre o ascoroso e o irónico (Cipião, que se colocou, por assim dizer, fora da lei cosmomórfica da morte--nascimento, regrediu, no auge da sua miséria muscular, fisiológica (cerebral) a um infantilismo cruel[3].

Ao primeiro bloco da narrativa, assimilável a um abrir de cena no teatro, segue-se a extensa analepse recheada de informantes e de resumos que principia «Esse mesmo doutor Gonzaga, quando estudante, fora o seu primeiro namoro» e por fim dá lugar ao discurso espistolar: «Minha querida inimiga. São passados três anos sobre a hora de atroz desengano que me

---

[1] Segundo índice do desapego da personagem feminina pelo marido doente. O primeiro fora «com acentuada frieza» e o terceiro, que se segue: «sem que o seu rosto denuncie interesse ou piedade».
[2] *G. S.*, p. 218.
[3] Cipião é o protótipo do cadáver vivo. Em *O Homem e a Morte*, publicações Europa-América, Biblioteca Universitária, p. 199), Edgar Morin, reportando-se à concepção agustiniana da morte (do delírio da morte, cerne do Cristianismo: «O homem morre desde que nasce»), escreve «Morre em cada instante, não só porque se aproxima da morte, mas também porque em cada instante traz consigo a corrupção e a podridão. A apologética cristã é uma obsessão necrófaga». Simplesmente, em Cipião nada anuncia a ressurreição, base de toda a teoria cristã, em que o sofrimento significa ao mesmo tempo culpabilidade e redenção. Quem assume a expiação é Helena, Cipião é classificado pelo vingativo Gonzaga, o «ser inteligente», «de supérflua presença», à face da terra, frase onde podemos rastrear a atitude nietzscheana, em conflito com a visão pecaminosa-cristã, de Helena quando é ela, na narrativa, o centro de consciência: «acerbo pesadelo», «horrorosa sujeição», «infame cativeiro», «inconfessável esperança», «tenebroso inferno da sua vida» (pp. 229, 230).

deu a certeza do seu abandono». O estilo, pelo sarcasmo e pelo excesso, faz a síntese mimética do ultra-romantismo e do naturalismo, embora ao longo da carta (sete páginas), carregada de superlativos semânticos (alegria satânica», «aumentará fabulosamente», «mavórtico dono», etc.) se acendam com frequência o fino humor e o clima verbal da estesia[1].

O sujeito individual que toma a palavra é o Dr. Paulo Gonzaga, deputado da oposição, intelectual progressista, adversário do mundo velho (que será o sujeito colectivo imaginário), no qual cabem os Cipiões e as Helenas. No conto *simbólico* «O Triste Fim do Major Tatibitate» estão, aliás, representadas, numa linha paródica, as classes veneradoras do poder e seu sustentáculo: o Padre Péricles, expoente do clero, o major Aparício e depois o Alferes garboso, amostragem da tropa castrense, e o delambido Júlio Ramires, poeta amanuense, exemplar da pequena burguesia acomodada e aliteratada; todos eles convivem e se cumpliciam no serralho de Gentil Pepa[2].

Em «Profecia Certa», para além das marcas muito pronunciadas de antimilitarismo, poderá talvez detectar-se, no tocante à estrutura narrativa (pluralidade de registos: cenário teatral, apontado como apêndice do discurso dramático, discurso epistolar, *pastiche* do ultra-romantismo, anotações cienticistas), certa homologia entre essa indefinição de opção ao nível da enunciação e um período da vida portuguesa em que começa a acentuar-se a tramitação de classes, com a ascensão da pequena e da média burguesia, que acumulam riquezas e buscam um estatuto nobilitante, revestindo a máscara da nobreza decaída (a máscara é o que já morreu), por forma involuntariamente caricatural.

### O desrespeito da necessidade diegética

Uma das novelas de M. Teixeira-Gomes que mais soltamente se furta à dialéctica romanesca do necessário e do arbitrário é, sem dúvida, «Margareta».

---

[1] «E esse tumor elegante que, arredondado em proporções razoáveis alteia deliciosamente os pescoços femininos, em colar de Vénus, no dizer dos estatuários gregos» (p. 225).

[2] Para além do interesse que apresenta, como matéria de reflexão, a poliandria de Gentil Pepa, parece-me não ser de empolar este aspecto do seu comportamento, que é, em tudo o mais, convencional. Por outro lado, apetece perguntarmo-nos se a personagem, que é rigorosamente plana, apenas dotada dos tradicionais adornos da espanhola de contrabando e da beldade romanticista, não poderá querer significar (ou pura e simplesmente significar) a vizinha Espanha, ao tempo ainda realenga, face ao concílio, ou conluio, das classes que em Portugal iam tornando possível a continuação do regime de desaforados privilégios e embotamento cultural que a Revolução de 1910 viria, até certo ponto, sacudir.

A feliz insolência com que o autor desrespeita não só as estruturas consagradas do género «novela» (já que de «novelas eróticas» ele capitulou este seu conjunto de narrativas), mas a própria composição de todo o texto fictivo, não tem paralelo na literatura portuguesa moderna.

Esse gosto da digressão e da multiplicidade leva-o a livremente discorrer e discretear durante cinco páginas (onde não se descortina qualquer funcionalidade diegética) sobre as artes e segredos da viagem — e da peregrinação estética — e sobre os vapores das rotas mediterrânicas, logo após nos dando polícroma síntese das cidades e paisagens do seu culto andaluz, com grande cópia de metáforas sensoriais [1], para enfim descrever o que já podemos considerar como um dos espaços da estória, ou seja Barcelona e, em especial, o bairro gótico e a sua catedral, «a incomparável», onde o narrador vai achar Margareta e que se encontra, de certo modo, em sintonia com a personagem.

Porém, a liberdade (ou mesmo o desdém) de M. Teixeira-Gomes pelas normas da arquitectura da fábula não impede que neste texto se possam observar leis, que, segundo Claude Bremond, na esteira de Propp, regem os possíveis narrativos.

Verifica-se facilmente, ainda que só depois do referido preâmbulo (que nos reenvia à desordem e ao individualismo romântico-impressionista), a presença do átomo narrativo, da sequência elementar, do comportamento do herói com vista à obtenção de uma melhoria. Satisfeita esta, novos obstáculos (alternância obrigatória) opõem-se à aproximação do herói do objecto do seu amor (do seu desejo). Finalmente esbarramos com a decepção dramática que encerra o processo narrativo, ou seja, o resultado não atingido. A divisão minuciosa do texto em funções e sequências mostraria a simplez da intriga (que, é aliás, em parte, o que lhe confere a força).

O narrador-personagem, prestes a embarcar para Génova, descobriu numa capela da catedral de Barcelona, «gruta de enlevo», uma jovem argentina que corresponde à sua enlevada admiração. Reencontram-se a bordo do «Orion». O pai de Margaretta, que tem três irmãs e uma mãe muito discreta (mestiça de índia), é um argentário de Buenos Aires, extremamente suspeitoso, que confunde o herói com um aventureiro ou caçador de dotes que já teria passado pela América do Sul. Estão definidos os papéis (ou *dramatis personae*): o primeiro oponente será o Pai, mas o principal adversário há-de ser finalmente o tempo, com a inconsciente cumplicidade do herói, que, tendo combinado com a sua bela esperá-la, dentro de duas semanas, em Flo-

---

[1] Onde salta à vista a personalização e a feminização dessas urbes magnificadas: Almeria com o seu manto de enxofre, «Cádis de especiosos encantos», «Valencia das tranças acobreadas», etc.

rença, onde ela iria passar dois meses no convento das Ursulinas («com liberdade igual à que teria num hotel»), acaba por se atrasar, visitando várias urbes, de modo a chegar à cidade do Arno quando Margareta já lá estivesse. Ora esta virtualidade não se concretiza, pois entretanto o pai das meninas, que inesperadamente abrira falência, foi buscá-las ao convento. Assim, ao erro do herói corresponde um castigo (vingança do destino, punição de uma falta de fervor?).

«Pobre Margareta! E pobre de mim, que, sem culpa alguma, ainda hoje a sua lembrança me atormenta como um remorso...»: Assim termina a novela, cuja redacção data de Bougie, 1934.

O ciclo narrativo está, como se vê, reduzido a cinco sequências elementares: encontro do objecto do desejo; diligências com um ocasional aliado, o companheiro de camarote do herói; obstáculos criados por um agressor que não pode ser combatido (o Pai) e consequente ameaça de degradação; processo de melhoria na base de uma dissimulação que é a única forma de progredir no amor; e, por fim, o fracasso[1] da relação, devido a eventos fatídicos e à falta de zelo do herói, que assim se torna vítima de si próprio e do destino.

Estamos pois perante um texto libérrimo no início (antelóquio ou prólogo com a extensão de cerca de cinco páginas),

---

[1] Será este fracasso «provocado» pelo próprio herói, sem que ele o saiba? É sempre difícil (e falível) evocar o inconsciente do narrador ou, por homologia, o do autor. No entanto, se nos colocarmos numa perspectiva dicotómica consciente *vs* inconsciente, podemos tentar achar no domínio do explícito, do manifesto, o sujeito do desejo, isto é, o narrador perseguindo o objecto desse desejo, que será, alternativamente, Margareta, Cordélia, Júlia-Marta, a namorada sevilhana e a cigana; no domínio do implícito, estaria a subconsciência inscrita na proliferação das imagens, o universo simbólico latente, o fantasma. E, em última instância, apareceria a descoberto a repulsa do homem-escritor pelo compromisso definitivo, pelo casamento. O narrador de «A Cigana» confidencia em dado momento que a sua noiva é, «como todas as outras mulheres, vaidosa, cruel, desapiedada» (*N. E.*, p. 101); o herói de «Deus Ex Machina» ouve da boca de Kater que, para conservar Camila, ter-lhe-ia bastado dizer ao ganancioso pai da rapariga que a sua família era rica e ele tinha assim dinheiro bastante para sustentar Camila, o que o jovem, de facto, não fez. De Margareta Rodolfi diz-nos o narrador que ela «era a mulher que sempre ideara para companheira da vida toda... com muitos filhos» (o que é sublinhado ironicamente como «imaginações pacatas, burguesas» (*N. E.*, p. 138), mas também que lhe «era doloroso esperá-la em lugar fixo, e então às portas de um convento» (*N. E.*, p. 241), o que parece prefigurar a cerimónia dos esponsais.

Consultar, a propósito das relações entre a semântica estrutural e os modelos mitológicos utilizados pela psicanálise, *Psychanalyse et Langages Littéraires*, de Jean Le Galliot, Ed. Fernand Nathan, 1977.

mas comandado depois pela necessidade diegética, ou seja, pelas exigências de uma estrutura narrativa linear. Contudo, o que verdadeiramente individualiza a novela não é tanto o conteúdo temático, a trama da acção, mas tão-só um esquema básico, a presença e o peso inelutável do acaso, aliás perceptível em todos os textos de *Novelas Eróticas* (e particularmente em «Margareta», «Cordélia», «O Sítio da Mulher Morta» e a «Cigana», aquilo que para Henri Meschonnic é a forma-sentido).

Comparando o estatuto das personagens femininas de «Novelas Eróticas», concluímos que Camila, apesar da margem de ambiguidade, que confere à narração o seu interesse, é de todas a única personagem espessa, ou redonda, com genealogia, retrato corporal, marcas subjectivas, ainda que contraditórias. A mais próxima, em materialidade fictiva, será a Júlia-Marta de «O Sítio da Mulher Morta», mau grado a sua constante auréola de irrealidade, que, sem a desenraizar, a torna numa personagem problemática. Margareta possui, desde o nome de flor à suavidade da sua tez de açucena, os predicados da mulher dadivosa, aquela que mais prende (logo a mais perigosa para um sedutor vulnerável). As referências (não de ordem física, mas de tipo biográfico e caracteriológico) escasseiam em Cordélia — cujo estatuto semiológico é pobre — e complexificam-se, resvalando para o hipotético e para o onírico, na «noiva» de «A Cigana», para totalmente desaparecerem em «?».

Podemos concluir, por conseguinte, que, sem embargo do traçado realista de algumas das narrativas, todas elas fechadas («Deux Ex-Machina», «Margareta», «Cordélia», «O Sítio da Mulher Morta», esta última, muito concisa, de ritmo quase camiliano), o que predomina na colectânea *Novelas Eróticas* é a fantasia, o gosto do imprevisto e até um certo mistério que apela para o fatum ao nível profundo da diegese e nalguns casos convida o leitor a uma descodificação criadora («A Cigana» e «?» são narrativas abertas, de informação lacunar, com valorização estética do implícito).

No quadro da literatura portuguesa da época, estes textos de M. Teixeira-Gomes recusam-se a uma seriação pelo critério da periodicidade, até porque são «tardios» (redigidos na década de 30 por um escritor nascido em 1860 e formado ao contacto de múltiplas escolas e tendências, das quais terá seleccionado o que lhe fosse mais a carácter e mais o satisfizesse artisticamente).

Enquanto na colectânea *Gente Singular* havia manças do realismo-naturalista no interesse pelo anómalo e pelo patológico («Sede de Sangue», «Profecia Certa»), bem como no cuidado mínimo posto pelo autor em dotar o *eu* narrador de predicados que o disfarçassem ou mesmo em objectivar as narrativas na 3.ª pessoa («O Triste Fim do Major Tatibitate», «Profecia Certa»); e se notavam, por outro lado, certas estilizações próprias das correntes finisseculares — snobismo, esteticismo — [1]; nas *Novelas Eróticas* afirma-se mais fortemente a homologia autor-narrador, com evidente investimento numa escrita desobediente às convenções da ficção, ainda que directamente referenciada ao mundo da realidade, mas irradiante de prazer e na qual a triangulação do desejo se manifesta tanto no vector, ou no mito, da «conquista» (Camila, a Cigana, duplo da Noiva Cruel, Margareta, Cordélia, «?», Júlia-Marta) como no do paraíso perdido (o tempo e o espaço do amor).

### Intertextualidade e hipertextualidade

A transtextualidade, que é um dos aspectos da literaridade, constantemente rastreável nas páginas de Teixeira-Gomes, entanto que transcendência que nos remete de um texto literário para outro (ou outros), ganhou modernamente [2] grande prestígio, sobretudo como intertextualidade, desde o «Ulisses», de James Joyce, e *Le Palace*, de Claude Simon (onde está presente o texto de Malraux *L'Espoir*) [3].

---

[1] No *conto grotesco* «O Álbum», que encerra um muito curioso exercício de estilo, o *pastiche* do discurso ultra-romântico («Simples e Romanesca — para bandolim»), apercebe-se o Édipo na paixão do herói pela Viscondessa, mulher muito mais velha do que ele. Porém, esse ressurgimento do romance familiar será destruído pelo incidente da trança. A ironia é patente ao longo de todo o texto (desde a paródia do Álbum, onde o herói escreverá que o *astro saudoso* vê os amantes estremecerem *brancos como duas estátuas de jaspe*, à insistência em registos verbais excessivos e dulcerosos: «*A voluptuosidade de alguém* — a Viscondessa — *que prelibasse o deleite de fabuloso néctar*»). O mediador do desejo será, se optarmos pela leitura edipiana, a imagem maternal, mas avivada pelo prestígio de um objecto fetiche: a trança.
[2] É claro que desde sempre encontramos na produção literária a intertextualidade e a hipertextualidade. Basta lembrarmo-nos da relação da *Eneida* com a *Ilíada*, da presença dos textos de Sófocles, de Ésquilo e de Eurípedes nos de Racine ou nos de Unamuno *(Fedra)*, de Cocteau, de Giraudoux, de Anouilh, de Sartre *(Les Mouches)*; e, quanto à hipertextualidade, em *Le Virgile Travesti*, de Scarron, como paródia (narração cómica enxertada na epopeia) ou nos célebres *pastiches* de Marcel Proust.
[3] *Le Palace*, como recuperação do tema da guerra de Espanha, não é apenas simples e directa referência a *L'Espoir*, de Malraux, mas desconstrução da mística malruciana do heroísmo e da fraternidade, da ESPERANÇA. De facto, *L'Espoir* cristalizou uma ideologia dos valores positivos do povo espanhol, das milícias e das brigadas internacionais. No romance de Claude Simon, aparece-nos, segundo Jacques Leenhart (Seminário realizado na Fac. de Letras de Lisboa, em 1978), o grande drama das forças de esquerda: a sua incapacidade de organização unitária para a

É em *Agosto Azul*, no conto intitulado «Colónia», dado pelo autor como «história fantástica, filosófica e sinfónica» (*A. A.*, p. 99), que Teixeira-Gomes pratica a intertextualidade de forma nítida, sem disfarce, retomando, com intenções simbólicas (e aproximando, muito a seu gosto, o fantástico do grotesco), o romance de Achim d'Arnim *Isabel do Egipto* e extraindo a personagem de Schwartenhals, na qual o narrador encarna, do livro de canções populares «O Menino da Trompa Maravilhosa» (compilação do mesmo Luís Achim d'Arnim e de Clemente Brentano). O próprio supernarrador, em nota explicativa, confessa:

«Esse Achim d'Arnim que na índole fantástica se emparelha aos Hoffmann, aos Poë e aos Bertrand, escreveu entre outros livros saborosos o romance *Isabel do Egipto* onde vivem os personagens por mim reduzidos a bonecos...[1] A romanesca Bettina era sua legítima esposa, o que não a estorvava de se empenhar em missões de alta responsabilidade estética e risco matrimonial. Foi assim que ela empreendeu aproximar o Goëthe do Beethoven e explicar àquele o génio deste. Mas infrutuosamente, pois o luminoso Mestre temia ainda mais o génio do que as mesmas trevas...» (*A. A.*, pp. 101, 102).

Porém, a intertextualidade estende-se para além desta réplica, com evidente desvio de sentido, a ponto de reunir em acção e diálogo (de onde brotam a reflexão e o símbolo) altas personagens da história da cultura, da literatura e da música como Lessing (autor de *Emília Galotti*), Herder, Goëthe e Beethoven e criaturas «divinas» como Júpiter Olímpico, nereides, tritões, hipocampos, Narciso, o hermafrodita, Artemisa, Ariadne (estátuas animadas de vida), a formosa e tentadora Bettina, o poeta Henrich Heine, etc.... Este pequeno *corpus*, referido ao mundo de Weimar, à atmosfera do romantismo alemão, imita não já uma obra, mas uma época, não um idiolecto (modelo de competência), mas um estilo de vida através das letras. E para

---

vitória. Do meu ponto de vista, quero esclarecer, não foram essas as causas da derrota, mas o apoio nazi-fascista de Hitler e Mussolini, no ar e em terra, aos exércitos de Franco, sem contrapartida eficaz de apoio das democracias ao exército republicano.

Entre nós Maria Velho da Costa em *Casas Pardas*, Nuno Bragança em *Directa*, Almeida Faria (a presença dos contos filosóficos voltaireanos no início de *Lusitânia*) têm, entre muitos outros, praticado a intertextualidade.

[1] É nas páginas 77, 78 e 79 de *Agosto Azul* que a personagem Achim d'Arnim mostra ao narrador, imerso no sonho e semi-identificado com o Schwartenhals de *O Menino da Trompa Maravilhosa* (pois nunca perde totalmente a noção de quem é), a galeria das personagens de *Isabel do Egipto* transformada em bonecos: o cadáver que fugiu da sepultura para correr mundo, a velha cigana, a pálida e linda donzela com a palavra «verdade» lavrada na testa, os monstros quiméricos.

tanto não só imita como baralha, mistura, instaura o lugar de uma confusão [1].

O tropel dos mitos aflui a um espaço tão pormenorizadamente criado [2], avante da imitação, que constitui ele próprio uma performance significativa, do mesmo passo que documenta a propensão do autor da escrita para a estética do cenário [3], posto que este se avantaja, em capricho alusivo, em consecução artística, às personagens e à acção.

Em *Gente Singular*, no conto «O Álbum», deparamo-nos com a imitação satírica de um estilo (o do ultra-romantismo português), onde convergem várias práticas de redacção — a ironia, a metáfora estafada até ao ridículo, a comparação hiperbólica e toda a casta de exageros retóricos com intenção sério-cómica. Aliás, o falso estilo nobre escorre do *pastiche* propriamente dito, ou seja, o pequeno texto hipertextual que o narrador-personagem escreve no álbum da viscondessa, «Simples e Romanesca (Para Bandolim)» — do qual mais detidamente nos ocuparemos na parte de análise estilística deste trabalho —, para invadir todo o *corpus* do conto. É assim que, além dos arcaismos, das antinomias de efeito cómico e cáustico [4], dos superlativos semânticos que qualificam a trança da beldade, e de certos hibridismos sinestésicos que denunciam o fluxo da escrita simbolista [5], enxertada no aluvião romanticista, encontramos a todo o passo auto-ironias, o narrador do outrora satirizado pelo narrador do agora. O clima verbal é, fora de dúvida, o da caricatura: «Deliciosa visão que (...) os meus olhos perseguiam, apascentando-se, famélicos, nas guloseimas do seu corpinho roliço...»; «...mas sempre com as sandálias, calcanhares ou tacões retintos de vermelho... no sangue do meu próprio coração»; «Então, a poesia juvenil vogava de preferência em galeras prateadas, sem governo...»; «...há sem dúvida naquela alma, que as circunstâncias forçosamente conservaram ingénua, tenebrosas grutas de mistério... Guarda-lhes a entrada a serpentina trança...»; «Ma-

---

[1] Jean Luc-Goddard convocou deste mesmo modo as figuras míticas do cinema numa belíssima sequência fílmica da sua película eminentemente intertextual e crítica *Week-End*.
[2] São quatro páginas compactas, desde «O portal dava para um fundo vestíbulo de três naves e colunas dóricas escassamente alumiado» (A. A., p. 80) até «...dois colossais pavões formados até meio corpo de oiro brunido e as larguíssimas caudas rojeiras entretecidas de flores naturais — orquídeas e lírios — viçosas, criadas e casadas por assombrosa arte...» (A. A., p. 84).
[3] A mesma estética do cenário se observa num escritor francês da segunda geração surrealista, a cujo estudo me tenho dedicado, André Pieyre de Mandiargues, sobretudo nalguns dos contos de *Le Musée Noir*.
[4] «...aqui erguei a fronte com a altivez de um velho veado — vergonhas nunca as consenti...» (G. S., p. 158).
[5] «Toda a superfície do rio se arrepia de oiro e violeta.» (G. S., p. 145).

tilde (...) enclausura-se como se tivesse de carpir a perda de toda uma geração de entes queridos»; «— Amo-a... — ia eu gritar, largando o álbum e enclavinhando as mãos sobre o coração», etc.

Resta ainda notar que as próprias situações (ou seja, praticamente toda a estrutura do conto) [1] se situam no terreno da imitação burlesca, com fortes marcas de hipertextualidade.

---

[1] O adolescente acariciando, em várias posturas, a «trança alucinante», a «serpentina trança», a «divina trança», que o intimida e o fascina e ficando, por fim, com ela na mão, quando a viscondessa se ergue de repelão e se separa assim do seu emblema fálico, do seu *poder*.

# A ARTE DE NARRAR
## (FÁBULAS, TEMPO, ESPAÇO E PERSONAGENS)

A efabulação é, de um modo geral, simples e até escassa nas novelas e contos de Teixeira-Gomes, amiúde apoiada em vivências directas (pela correspondência do autor se verifica que a noiva sevilhana de «A Cigana» e Leonor Gelder de «Jogos de Bolsa» reproduzem seres de carne e osso). Contudo, o assombroso, o excepcional, ou apenas o anómalo, também aparecem, tal como em Fialho, nos textos fictivos de Teixeira-Gomes, enredados na maranha de um quotidiano voluntariamente charro e ironizado pelo vigor da escrita. É o caso de «Profecia Certa» (um caso de acromegália), de «Sede de Sangue» (voyeurismo e sadismo vampírico) ou de «?», onde a proeza, pouco verosímil, do narrador se processa numa atmosfera de exaltação erótica, de mistério.

Resíduos de romantismo e de naturalismo surgem-nos assim quer nas fábulas quer nos processos de enunciação das obras de Teixeira-Gomes, embora o melhor da sua produção se assinale antes por uma serena subjectividade, muito composta, sem alarido, que oscila entre a tendência estetizante fim-de-século e um solto humor, esse bem realista.

As personagens são na maioria planas, muito belas, e sensíveis, como Margareta e Cordélia, atrevidas e sensuais como Rosalina e a Cigana, ou então, no pólo oposto, grotescas, como o Cónego Simas, Dona Joaquina Eustáquia Simões de Aljezur, Cipião, o major Tatibitate. Outras, menos frequentes, são espessas, ou redondas, quando modeladas pelo tempo em que se revelam, ou se transformam: Maria Adelaide, Sabina Freire. Estas personagens, complexas e contraditórias, chegam mesmo a revestir certa ambiguidade, ou mistério: Camila («Deus Ex Machina»), Leonor Gelder («Jogos de Bolsa») e até, em certa medida, a Marta de «O Sítio da Mulher Morta».

Veremos, nas páginas que se seguem, como no único romance de Teixeira-Gomes, em torno de um só vector — a degradação progressiva da coabitação de Ramiro e Maria Adelaide — ambas as personagens se constroem pelo gesto e pela palavra e no seu enfrentamento se denuncia a inferiorização da mulher no espaço urbano algarvio, bem como o peso social do dinheiro e da casta que o detém.

A arte de narrar acusa em Teixeira-Gomes um desequilíbrio entre a mimese e a diegese, com larga vantagem para a primeira, como procurámos demonstrar com a análise do conto «Dona Joaquina Eustáquia Simões de Aljezur».

A organização do tempo e do espaço reportam-se às estruturas fundamentais da novelística de Teixeira-Gomes, estando a primeira em directa relação com a própria génese da obra. Estudamos estes processos de enunciação na novela «Deus Ex Machina», comparando a instância do discurso com o tempo da narração e o tempo do narrado e analisando o espaço físico, o espaço social e o espaço do amor.

Uma dimensão assume grande relevo na arte de narrar do não só olimpicamente sereno, irónico e contemplador Teixeira-Gomes. Referimo-nos ao fantástico, cujas estruturas procuramos estudar especialmente nas novelas «A Cigana», «O Sítio da Mulher Morta», «Sede de Sangue» e «Gente Singular», nestas duas últimas em íntima relação com o grotesco.

**Representação e mimese em** Maria Adelaide

O romance *Maria Adelaide*, talvez a obra novelística de mais profundo significado e de mais rica sondagem e amostragem social, e certamente a de maior fôlego de M. Teixeira-Gomes, é de estrutura linear e não foge, na concepção geral, ao modelo semi-biográfico: biografia simulada (ou *«história* algo extraordinária») de «um cavalheiro medianamente culto, mas exuberante da vida física», no qual se pode admitir que Teixeira-Gomes, precursor entre nós da *desconfiança* ante a «personagem» romanesca, isolou uma parcela coerente do que, muito modestamente e honestamente, cuidava captar da sua própria personalidade.

Era, aliás, neste aspecto, discípulo (sem idolatria) do, em muito pontos, seu bem amado Nietzsche. Escrevia este em *Humano Demasiado Humano:* «*Homens criados* — Quando dizemos que o autor dramático e, de um modo geral, o artista cria caracteres, forjamos uma bela ilusão, cuja existência a arte celebra como um triunfo não procurado, triunfo, por assim dizer, superabundante. A verdade é que não sabemos grande coisa de um homem realmente vivo e fazemos uma generalização muito superficial quando lhe atribuímos tal ou tal carácter. A esta situação, muito imperfeita em relação ao homem, responde o poeta (e nesse sentido cria) com rebuscamentos tão superficiais como o é o nosso conhecimento dos homens. Muito enublados estão os olhos dos artistas quando criam os seus caracteres; não são produções naturais encarnadas, mas tão-só esboçetos; não se podem olhar de perto. Mesmo que se objecte que o carácter dos homens que se equiparam em condições pessoais amiúde se contradiz ou que o carácter criado pelo dramaturgo é o modelo que a Natureza se propôs realizar, a falsidade desses caracteres persiste. O homem real é um ente absolutamente *necessário* (até no que chamam as suas contradições), mas nem sempre conhecemos essa necessidade. O homem inventado, o fantasma, tem a pretensão de significar alguma coisa necessária, mas só para as pessoas que apenas compreendem um homem real numa simplificação grosseira e antinatural, uma vez que um ou dois rasgos toscos, amiúde repetidos, com muita luz por cima e muita sombra ou semi-obscuridade à volta, satisfazem completamente as suas aspirações. Por isso se encontram facilmente dispostos a tratar o fantasma como se fora um homem real, necessário, porque estão acostumados a ver no homem real um fantasma, uma silhueta, uma arbitrária abreviação.»[1]

A preocupação de Teixeira-Gomes com a ilusão romanesca é frouxa. Dissimula o seu eu-personagem sob o nome de Ramiro D'Arge[2], mutila-o voluntariamente da sua vocação especulativa, mas não consegue — ou não pretende sequer — sacrificar à consistência da figura e à unidade da obra o gosto da descrição minudente. Em torno de Maria Adelaide, única personagem modelada com certo apuro, na graça fresca de ser povo, no ciúme, nas aspirações, na neurose da mancebia, o que há no romance é uma galeria de tipos e costumes: a família dela, as mulheres dos «Fumeiros», a menina má (Francisca) e a guerreia das mães, o sr. Ramires (funcionário reformado com a sua barriguda soberba de «capitão do mundo»), os embustes e enganifas do entrudo, as senhoras da comissão de Beneficência, a Faisca, a Torres e outras espreitadoras do adultério da Coxa, etc.

Teixeira-Gomes coincide com o que havia de escrever Merleau-Ponty no seu prefácio da *Phénoménologie de la Perception*: «*Il n'y a pas d'homme intérieur, l'homme est au monde et c'est dans le monde qu'il se connait.*»

O que predomina em «Maria Adelaide» é a representação, mas na sua diegese, muito esquemática, revelam-se-nos pelo comportamento a protagonista e o seu amante em acção e observação. Toda a narrativa (e sabemos que Teixeira-Gomes teori-

---

[1] F. Nietzsche, *Humano, Demasiado Humano*, aforismo 160, F. Sempere y Comp.ª Editores, Valencia, p. 105.
[2] *Arge* é um topónimo algarvio mencionado em «Regressos», p. 94 («...nas encostas de Arge as searas amarelecem em quadros irregulares»).

camente rejeita a distinção entre introspecção e observação exterior) está de acordo com o que, alguns anos mais tarde, Sartre havia de proclamar *(...la connaissance d'autrui est sans doute plus authentique que la connaissance de soi)* [1]. As ideias andam no ar, entre homens da mesma época, ainda quando, tendo embora algumas fontes comuns (neste caso Kant, Fichte e Hegel), os percursos intelectuais são tão divergentes como os de Teixeira-Gomes e Merleau Ponty. No entanto, poderiam aplicar-se à concepção que preside à arte da novela e, de um modo particular, à composição e tratamento estético de *Maria Adelaide* estas considerações de Maurice Merleau-Ponty: «*Les Psychologues d'aujourd'hui font remarquer que l'introspection, en réalité, ne donne presque rien. Si j'essaie d'étudier l'amour ou la haine par la pure observation intérieure, je ne trouve que peu de choses à décrire: quelques angoisses, quelques palpitations de coeur, en somme des troubles banaux qui ne me révèlent pas le sens de l'amour ni de la haine. Chque fois que j'arrive à des remarques intéressantes, c'est que je ne me suis pas contenté de coincider avec mon sentiment, c'est que j'ai réussi à l'étudier comme un comportement, comme une modification de mes rapports avec autrui et avec le monde, c'est que je suis parvenu à le penser comme je pense le comportement d'une autre personne dont je me trouve être le témoin.*» [2]

Ora precisamente Ramiro d'Arge, que não pratica a observação interior, olha à sua volta, deslumbrada ou ironicamente, o espectáculo da natureza e da comparsaria humana do seu viver — do seu agir — e é na relação com os outros que se descobre por vezes com espanto (que tem o cuidado de não sublinhar), como ao ver substituída pelo rosto de Rosalina, novo objecto do seu desejo, a face morta, na qual ele deposita o último beijo, de Maria Adelaide.

Os espaços da narrativa são o Algarve e Lisboa — as casas, o restaurante Tavares Velho e o caramanchão da Sr.ª Quitéria, onde Ramiro ensina as primeiras letras a Rosalina, que recebe a lição ao colo do mestre, retribuindo-lhe a dádiva com beijos e abraços. As casas são quatro. Primeiro a dos pais de Maria Adelaide (a morada da infância miserável-ensolarada) e a do narrador, a «casa paterna», onde ele tinha um «*vasto* aposento inteiramente independente» e que serve de contraponto à pobreza e de modelo para o sonho — devaneio — com a dimensão íntima da miniatura, valorizada pela nitidez da minúcia: a «estante nova de colunas torcidas», a poltrona *régence* forrada de brocado persa, a lindíssima papeleira Luís XVI com «enfeites de porce-

---

[1] Jean-Paul Sartre, *L'Être et le Néant*, Gallimard, Collection TEL, p. 276.
[2] Maurice Merleau-Ponty, *Sens et non-sens*, Paris, Nagel, 1948, pp. 93, 94.

lana esmaltada e de bronze doirado»[1], móveis, estofos, madeiras, bibelôs que despertam a admiração de Maria Adelaide e o seu desejo de ter ao menos na casa que ele vai por-lhe (a «nossa casa» na boca dela) «coisinhas simples e asseadinhas». Depois, quando Ramiro se decide a separá-la da família, aluga-lhe «uma casa alta, em boa rua, com um grande quintal. Aí terá ela «os *seus* primeiros arranjos no *seu* primeiro *quarto»:* «a cómoda pobre mas vistosa; a cama fofa, larga e limpa», na qual pairava (comenta o narrador) «o aroma especial que era natural do seu próprio corpo, da sua própria carne»[2] (menos importância tem o aposento onde ficam, de passagem, em Lisboa, com vista sobre «a tumultuosa parte oriental da cidade, a bacia do Tejo e a Outra-Banda»).

Todos estes habitáculos estão ligados ao estatuto da mancebia que vamos encontrar, já o dissemos, como tema fulcral do romance; e a relação amor-dinheiro-consideração, exposta pelo narrador, está sempre muito patente. Assim, Maria Adelaide dirá, por exemplo, descobrindo sem pasmo nem indignação que todos, no seu microscosmo, veneram, de um modo ou de outro, na pessoa humana, o valor pecúnia: «Desde que mudámos de casa, e ando mais bem vestida (...) os teus amigos cumprimentam-me doutro modo e toda a gente me trata com mais considerção. Será também porque me mostras mais amor? Mas não; mesmo com menos amor o seu respeito aumenta conforme os gastos que fazes comigo...»

Mas a visão social está longe de esgotar a análise dos espaços em *Maria Adelaide.*

A memória é consabidmente o teatro do passado e a topo--análise (enquanto estudo sistemático dos locais da nossa vida íntima) conduz a um conhecimento do ser, a uma psicanálise do inconsciente. Os cenários têm para esse efeito um valor fundamental. Aliás «Maria Adelaide», obra já arquitectada como ficção, segundo padrões do género, não apresenta tanto como *Inventário de Junho,* ou *Agosto Azul,* a pesquisa do passado num conjunto das suas imagens, a tentativa de suspensão do tempo. Bachelard, em *La Poétique de l'Espace* diz-nos que «nos seus mil alvéolos o espaço contém tempo comprimido»[3].

O retrato de Maria Adelaide, que se encontra no fulcro do projecto inicial do romance e que, apesar das derivações e excrescências (os quadros de costumes), nele se mantém, está situado num espaço que se enraíza em valores sociais, oníricos e míticos. Assim, as imagens da sua infância, que nos são dadas sobretudo no capítulo VII, em três analepses, construem o espaço social

---

[1] *M. A.*, pp. 19 e 20.
[2] *M. A.*, p. 28.
[3] Bachelard: *La Poétique de l'Espace,* 9 ème édition, PUF, Paris, 1978, p. 27.

(«...Uma grande ternura me invadia o coração à lembrança de que a pobrezinha sofrera frios e fome, e andara descalça e levara, sem dó, pancadas da mãe, e mais da mestra naquela escola de torturas onde nada aprendera e onde as lunetas da professora, sábia e solerte, a espavoriam»[1]. Todos os dados (os *frios* e a *fome*, o andar *descalça*, as *pancadas* da mãe e as da *mestra* cujas *lunetas* a *espavoriam*) foram transmitidos pela personagem ao narrador, que no-los comunica em discurso indirecto. E nesse discurso é muito forte a presença do sujeito da enunciação, que pouco antes nos dissera que *zombava* das *crendices* de Maria Adelaide. A mais longa das analepses referidas consiste na relação de um dos «*pitorescos* episódios da sua meninice» e constitui praticamente uma micro-narrativa em que se equilibram acção propriamente dita e mimese. É o segmento textual que começa por «A miúda referia-se a uma rapariga que fora sua vizinha, era muito má e gostava de morder nas companheiras». Logo no parágrafo seguinte os planos do narrado vão-se progressivamente aproximando do leitor: a anacronia (narrativa temporalmente segunda) destaca-se do nível temporal da narrativa primeira até à presentificação da acção memorada: «E contava: uma vez estava ela à porta de casa, a armar uma loja em cima de uma cadeira com muitas coisas já em ordem: conchas de coquinhas, latas velhas de sardinhas, dois fundos de copos e um grande ramo de loiros, quando eu chego e digo:
— Francisca, deixa-me brincar contigo.
— Se quiseres vai buscar pão...»[2]
Certos informantes («a pobrezinha sofrera frios e fome», «Se quiseres vai buscar pão...», «O que tu precisas é uma boa data de açoites», «tiveram as duas uma assanhada guerreia de língua», «apanhei uma sova de sapato de que me hei-de lembrar toda a vida»[3] dão-nos o clima social da miséria quotidiana e da violência dos pobres.

A atitude do narrador, condoída e irónica, denuncia-se através de vários informantes e indícios: a incredulidade ante a superstição, que já assinalámos, a vontade de arrancar Maria Adelaide à escureza do analfabetismo («tão contente andava que não recusou, como até aí fizera, as lições de ler e escrever que eu pretendia dar-lhe. Ela andara na escola mas nem as letras do alfabeto conhecia)[4]; e um comprazimento manifesto, que não oculta nem disfarça o sentimento de superioridade, em descobrir o povo e convivê-lo. Diz-nos um informante («e não

---

[1] M. A., p. 27.
[2] M. A., pp. 28, 29.
[3] M. A., pp. 28, 29 e 30. Note-se como o narrador introduz vários planos temporais do vivido no conteúdo semântico da frase: «de que me hei-de lembrar toda a vida».
[4] M. A., p. 24.

sabia se o pai andava no mar, o que seria de mau agouro»)[1] que Maria Adelaide é filha de pescador e altamente supersticiosa. Eis como se afirma o sujeito da enunciação: «Nessa fase é que lhe descobri o inexaurível fundo de superstição em que estas historietas me entretinham[2]; «Eu ouvia-a embevecido, a sua alma assentava, e até nisso lhe achava chiste»[3]; «O que achando graça em tudo quanto dizia e facilitando quanto podia a realização do seu sonho.

O narrador parece aborrecer os burgueses de Portimão e experimentar efectiva simpatia pelas camadas populares, ainda que simpatia paternalista voltada, sem rebuço, para a pintura crua das suas manhas e mazelas. Esse interesse do narrador pela singularidade cultural do povo algarvio torna-se bem patente nas descrições da «rua de gente pobre»[4], no *respigo* das frases *pitorescas* de Maria Adelaide como «Amiguinho — dizia-me ela uma vez — não é verdade que para os pobres todas as alegrias são roubadas?»[5]; nos apontamentos sobre os «fumeiros», sobre as brincadeiras do entrudo, etc.

Sendo Teixeira-Gomes fundamentalmente propenso a uma estética da representação em que a acção se apouca, neste romance tentou respeitar a economia da narração. No entanto, não resistiu a nela introduzir, em dada altura, o discurso dramático[6], tal como cedeu nalguns capítulos ao gosto de uma sobressaltada técnica de justaposições. O mais marcante continua a ser, porém, o surto irresistível, a par de pinturas «funcionais» como a do Domingo Gordo, de descrições cenográficas do género das que encontramos, por exemplo, no capítulo XXVIII e que nos comunica, através de diversos efeitos superlativos (que estudaremos na parte deste trabalho dedicada ao estilo), a grandeza da serenidade e do silêncio:

«A noite está húmida e serena, extraordinariamente silenciosa, com um véu cristalino e profundamente estrelado; dum infinito sossego na atmosfera, e o ruído do mar apaga-se por completo. Visto de cima da ponte, o rio parece reflectir até às máximas alturas as profundezas estreladas do céu, mas exagerando ainda o brilho de certos astros. É um céu invertido, mas ainda mais silencioso do que o verdadeiro...[7]

A este espaço cósmico, espaço da contemplação, logo sucede a representação de um outro espaço, o da festa popular, onde a anotação naturalista do pormenor vai da captação exacta do *pitoresco*, à beira da etnografia e do folclore, até ao snobismo

---

[1] *M. A.*, p. 25.
[2] *M. A.*, p. 25.
[3] *M. A.*, p. 30.
[4] *M. A.*, p. 62.
[5] *M. A.*, p. 104.
[6] *M. A.*, pp. 64, 65.
[7] *M. A.*, p. 116.

do dandy cosmopolita (com o qual se identifica o sujeito da enunciação) que rejeita, sobretudo, a imitação do tom alfacinha, ou seja, o elemento bastardo, espúrio:

«Ao voltar da ponte encontro o meu pátio cheio de máscaras que em casa se recusam a receber; são os mascarados de sempre: pantalonas turcas, feitas de saiotes amarelos; dominós de lençóis de pano cru; mãos inverosímeis de latagões, cujos troncos envolve a puída camisola de malha de algodão, metidas em luvas rebentadas, estendem-se para mim, familiares, com o — «Como está? Passa bem?» — em falsete, numa imitação de tom alfacinha, e à mistura com o cheiro da transpiração dos sovacos um relento de patchuli sai daqueles grupos...»[1]

O narrador, apercebendo-se, pelo rumor de vozes, de que Maria Adelaide tem visitas, recusa esse convívio (manifestação do desencontro cultural e, sobretudo, aversão ao mexerico, ao salamaleque, não ao «popular», mas ao que o povo recebe e imita da burguesia dominante, cujos valores, como sabemos, o autor ridiculariza) e torna à ponte sobre o rio. Neste outro passo da descrição apenas interrompida, à euforia, ao êxtase mediterrânico, tão característicos da representação da natureza nos textos de Teixeira-Gomes, sucede a concreção poética do letrado cuja alquimia verbal tem por referente directo outros textos «estéticos» e cujo olhar está cheio da visão das pinacotecas e dos bibelôs raros de museus e galerias. Mas não só: visionamos neste segmento textual, que, além do mais, articula musicalmente a cenografia mágica do cosmos, a «frase do universo»[2], um olhar mitológico, criador de mitos.

Atentemos na sucessão de metáforas que, simultaneamente, operam uma conversão redutora da imensa noite, do «céu invertido», e remetem através dos símbolos (o círculo, o saltão, a serpente, o naufrágio da Lua) para forças e signos da totalidade cósmica na sua génese e no seu devir e para a iconografia paleo-oriental. O último período acentua um dos registos mais importantes da representação no discurso de Teixeira-Gomes: o nevoeiro, que, noutros textos, como a descrição de Colónia em *Inventário de Junho* e, de um modo geral, os textos sobre a Alemanha, é suporte de criação do espaço da fantasmagoria. Vejamos como o par «divino» céu-terra é aqui perturbado pelo elemento líquido — a água-espelho-transformador — e como os símbolos convergem para o isomorfismo da feminidade (transposição de Maria Adelaide, ou antes da Mulher) e do sexo, do prélio sexual: água negra, esteira, círculos, concêntricos, serpente,

---

[1] M. A., pp. 116, 117.
[2] Como escreve Salah Stétié, a propósito da estética da representação na obra de André Pieyre de Mandiargues *(André Pieyre de Mandiargues* — Poètes d'Aujourd'hui — Seghers, 1978, p. 14).

afogada, tinta, movimento febril, saltões, estagnado, afundar-se. O espaço do amor sexual, a vagina como lugar de imersão, de esquecimento, morte, renovo, agressão-penetração, a luta, o banho na escuridão estarão a nosso ver simbolizados, mitificados, no texto que passamos a citar na íntegra:

«E pus-me a passear na ponte, parando a cada passo, debruçado sobre o rio, a admirar os diversos efeitos da tremulina da *lua*[1] na *água negra*. Era agora como que uma ramagem de prata agitada brandamente; logo a impressão de uma esteira feita a *círculos concêntricos;* logo uma *serpente* de oiro *afogada* em boião de *tinta;* depois o *movimento febril* de *saltões* de prata; desenhos japoneses, sobre porcelana; e, por fim, num recanto estagnado, a imagem perfeita e pesada da *Lua* oscilando brevemente, prestes a *afundar-se*.

Mais tarde a vila envolve-se em denso nevoeiro, tão cerrado como ainda aqui não vira igual.»[2]

O discurso dramático, a que nem faltam as didascálias próprias do texto teatral, aparece-nos, no capítulo XVII, como uma espécie de colagem, a resumir, de forma espeditiva, o diálogo insosso que Maria Adelaide escutou em casa de D. Estefânia Cortês (onde quis «levar o seu óbolo» para «meter o pé na alta roda») e que, segundo refere o narrador, ela reproduz «com tais entonações de voz que lhe davam sainete incomparável». Aqui reencontramos o Teixeira-Gomes caricaturista de «Sabina Freire», crítico subtil da comparsaria provinciano-burguesa-reaccionária de um drama nacional e particularmente atento aos liames da educação tradicional que a mulher terá de quebrar para conseguir a sua libertação, contra bolos, trapos, bordados, esponsais, compostura de modos, etc. Note-se a intenção irónica das didascálias: *ceciosa* e *a curva no alto da moleira:*

«D. Maria Vitória (ceciosa) — «Ia muito bonita, a noiva; tenho visto muitas — quantas? — que passam por formosas e que o não parecem nem metade do que ela ia...; o vestido elegantíssimo...»

D. Dores — «Violeta?»

D. Maria Vitória — «Claro; mais branco do que violeta...»

D. Dores — «Mas com o véu pela cara, o que já não se usa...»

D Maria Vitória — «Não, minha senhora, não. Com o véu por aqui — (traça com os dedos uma curva no alto da moleira) — levantado, muito bem posto, por pessoa de muito gosto que sabe o que faz; pela própria irmã. Meninas de muita habilidade...»

---

[1] Sublinhei os sememas da feminidade conotados com o elemento líquido (lua, água negra, círculos concêntricos, tinta) e os da masculinidade, conotados com a dinâmica da cópula (serpente, movimento febril, saltões, afundar-se).

[2] *M. A.*, pp. 117, 118.

D. Dores — «Sim?...»

D. Maria Vitória — «Sim, minha senhora, de muita habilidade, como não conheço outras. As duas irmãs é que fizeram o enxoval todo, com bordados como ainda aqui se não viram, e a irmã solteira é que preparou os bolos todos...»

D. Dores — «E a mãe levantava-se antes de nascer o sol para acender o forno.» [1]

A tacanhez dos hábitos, das convenções, o modelo medíocre de vida «feminina» que o narrador aqui satiriza, com a objectividade da focalização zero, faz pensar em certos trechos de Raúl Brandão em que a maledicência, o vazio, o ronronar cretino deste quotidiano é contraposto às úlceras sociais de que figuras deste jaez são culpadas, na medida em que querem ignorá-las, para continuarem tranquilamente a seroar o seu tédio egoísta.

### O tempo no texto e o texto contra o tempo

A aparente linearidade temporal de *Maria Adelaide* recobre efectivamente o desalinhavo de um acontecer, a escrita: de uma linguagem que se funda na evocação de uma mulher, de uma relação de concubinato, de costumes e de palavras algarvias, apontamentos e lembranças cerzidos por pequenos resumos diegéticos, por raras cenas e uma sucessão de retratos laterais ligados por ténues fios à macrodiegese («Essa Benildes, que figura! Merece especial menção») [2]. As relações entre o homem e o tempo são óbvias no que concerne à metamorfose; porém, a angústia, que o narrador dissimula, só pode ler-se num registo outro, o da nostalgia requintada, o da evanescência.

No narrador, as marcas do tempo acusam-se pelo distanciamento em relação às coisas («Foi nessa altura que eu comecei a olhar a paisagem como quem contempla quadros num museu» [3]; porém, em Maria Adelaide, olhada pelo narrador, o tempo é o actor implacável da destruição da beleza, é o corruptor do corpo, a morte que o mina em cada segundo. No entanto, Maria Adelaide, como sujeito, tenta dominar o tempo, como quando (no capítulo XXXVIII, que começa «Nas terras pequenas sobra o tempo...») [4] «um belo dia começou a regular a sua vida, os arranjos da casa, tudo, até os meus próprios movimentos, cronometricamente, sentando-se à mesa sozinha se por acaso eu não chegava à hora exacta das refeições» [5]. Tempo e loucura assim confluem na obra mais arquitectada de um autor particularmente rebelde ao desenvolvimento cronológico da duração.

---

[1] *M. A.*, pp. 64 e 65.
[2] *M. A.*, pp. 143, 144.
[3] *M. A.*, p. 143.
[4] *M. A.*, p. 151.
[5] *M. A.*, p. 152.

Constantemente, nos textos de M. Teixeira-Gomes, o vidro da memória interfere na estilização da imagem. É o que sucede, por exemplo, no início da noveleta que poderíamos intitular «Cecília, Gregório, a Santa Imagem e Eu» e que constitui o assunto da XIV das «Cartas sem Moral Nenhuma», aliás uma daquelas em que o autor mais vincadamente revela/afecta o seu esteticismo-hedonismo e onde, de modo mais nítido, o princípio de prazer se apresenta como finalidade não só do comportamento pulsional, mas da actividade psíquica. O espectadorismo/voyeurismo denuncia-se logo na abertura do texto com a enunciação de dois objectos de desejo: a jóia arquitectónica e o corpo feminino, já amaciado, afeiçoado, polido, através da memória (e na margem silenciosa do inconsciente) pela palavra: «A Sé do Funchal tem três naves (...) Mas três noites seguidas, levadas, inteirinhas, a acariciar — a adorar — o corpo saboroso de uma desejada criatura até então vista só de relance, embora a miúdo, quando essa criatura vence a prova da nudez e, depois, evoluciona na memória, como pelas transparências glaucas de um aquário, em atitudes voluptuosas; três noites assim exigem honras de precedência sobre todas as catedrais do mundo...»[1]

O desejo da escrita articula, nos textos de Teixeira-Gomes, a palavra, o discurso apetecido, com a evocação, «compromisso entre uma liberdade e uma recordação, liberdade recordadora»[2]. Assim, escolhendo para as suas *Cartas sem Moral Nenhuma* precisamente uma moral, a da liberdade, a do excesso, a da Natureza, e uma regra, a beleza múltipla, cujo anverso, o grotesco, avulta tão fortemente nos contos de *Gente Singular*, Teixeira-Gomes opta por uma área social, a das Luzes (a dos libertinos e libertadores) que transporta para o seu tempo e onde instaura a sua linguagem. E não há dúvida de que, de uma maneira implícita, questiona já a literatura ao escrever: «Horas de luxúria aqui passaram como ainda outras não arderam em lâmpada mais rendilhada; quem as pudesse reviver em vocábulos que se queimassem como um puro óleo sem resíduos»[3]. Este excerto pertence a um passo da Carta XVI (Granada — Alhambra, «Peinador de la Reina»), que é toda ela, a pretexto da descrição do palácio dos reis árabes e da evocação da vida que ele encerrou, uma irrupção do imaginário e do fantasmático: «Intimamente e profusamente sugestivo no seu arranjo, bastam os soluços da água murmurando em fios de cristal pelos regos abertos no lageado alabastrino para *evocar a vida que aqui houve*[4]: quantos pés de âmbar neles se refrescaram pela calma

---

[1] C. S. M. N., p. 169.
[2] Roland Barthes, *O Grau Zero da Escrita, seguido de Elementos de Semiologia*, Edições 70, Lisboa, 1973, p. 25.
[3] C. S. M. N., p. 207.
[4] Os sublinhados são meus.

dormente das tardes de estio e quantas nevadas mãos de açucena, mas lascivas mãos em delírio, calcinando-se, pelos demorados interlúdios do amor, ao desespero da hora, que não chega ou que passou, neles mitigaram a febre que os abrasava!»[1] A marca da excessividade, da violência inerente ao domínio do sagrado e ao do sexo surge-nos logo a seguir: «Eu não sei como a lenda conseguiu enraizar neste recinto a lembrança de episódios trágicos *vertendo sangue que não borbulhasse nos desvarios da concupiscência*. Pelos recantos que se cavam na espessura das paredes, em docelados nichos, há largos divãs de penumbra onde ainda *se estorcem* as sombras amorosas de corpos entrelaçados»[2].

São de Georges Bataille as seguintes palavras, que se adequam ao texto em questão: «Dans le jeu excédant la nature, il est indifférent que je l'excède ou qu'elle même s'excède en moi (elle peut être toute entière excès d'elle même), mais, dans le temps, l'excès s'insère à la fin dans l'ordre des choses (je mourrai à ce moment-là.»[3]

Teixeira-Gomes dá-nos, quer da proliferação, tema que se acha no cerne da obra de Bataille, quer da fuga ao tempo, à regra, e da procura de dissolução na natureza, de fusão cósmica, algumas páginas particularmente expressivas em *Inventário de Junho*. O cenário é Nápoles, com os seus incidentes e arredores de embriaguez, de delírio, onde ele sente tumultuar «a vida verdadeira»:

«Pus-me na rua de madrugada para voltar ao hotel setenta e duas horas depois. Perdi-me, confundi-me, esqueci-me na agitação daquela vida exuberante que redobra e cresce com o dia até alagar a cidade toda e soa muito longe, pelos campos, pelas encostas dos montes, qual o marulho do mar nas grutas dos rochedos. Que ondeante impressão a desses três dias! Ainda me cega o sol, ainda me atordoa o estrondo desses três dias loucos!

Passava as horas de maior calor na feira de Strada Foria a ouvir os chiromantes e os charlatães; se sentia fome vinha a Santa Lúcia comer *frutti di mare* nas barracas da praia; segui procissões, não sei quantas, que eram como serpentes de flores rompendo searas humanas, ondulantes, sem fim; levava as noites escutando as improvisações do *Policinello* em certo teatrinho popular, inverosimilmente minúsculo, mas tão pequeno que as saias da bailarina, cujas danças rematavam o espectáculo, pareciam pairar como nuvens espumosas sobre a plateia. Essa

---

[1] *C. S. M. N.*, pp. 206, 207.
[2] *C. S. M. N.*, p. 208.
[3] Georges Bataille: *L'Impossible*, citado em *Bataille*, de Alain Arnaud e Gisèle Excoffon-Lafarge, p. 62, Ecrivains de Toujours, Seuil, Bourges, 1978.

bailarina deslumbrante, ídolo do povo desvairado, tinha o quer que fosse da sereia Parténope[1], a atracção, o enlevo, o mistério da «onda traiçoeira». Depois, ao romper da Lua, ia deitar-me ao pé do mar, que, em Nápoles, não é mais do que uma suposta realidade, reflexo do céu, vagas, absorventes transparências onde o espírito se envolve e repousa esquecido. Deixei-me dormir, uma noite, nas vinhas do Posilipo, à beira da mais alta e escarpada rocha; havia perto um jasmineiro cujas flores vinham roçar-me a cara. Adormeci embalado pela suavíssima canção desse mar; acordei quando o Sol nascia!...[2]

Na continuação deste texto, manifesta-se a natureza associal do prazer, que é um dos dados do constante vai-vém do estado de natureza para o estado de cultura e vice-versa (oposição contestada por Lévi-Strauss), que assume na escrita de Teixeira-Gomes aspectos tanto mais ricos e insólitos quanto lhe são subjacentes resíduos dos grandes cismas do cristianismo medievo (esgotar, até à exaustão, os apetites carnais para tornar branca a alma como uma folha de água). Outras marcas: a aceitação do amor sexual com um comércio (alusão à *rufiana*) e até uma pronunciada tendência para a pedofilia (os doze anos de Giudetta, que é judia, logo vulnerável como a Camila de «Jogos de Bolsa»). O texto, temporal e especialmente muito situado, avança, num crescendo, para o círculo da desordem, que se situa fora do tempo e da regra, mas retorna finalmente à ordem cultural convencional:

«Todos os dias visitava, à mesma hora, a pequenina Giudetta Gigli, que certa rufiana me oferecera em «via Toledo». Giudetta era bergamesca e talvez judia. Tinha doze anos, o cabelo vermelho como chamas na escuridão da noite e leves reverberações de aurora nos seios agudos. Recebia-me nua, cercada das labaredas do cabelo solto, estendida — toda ela miudinha e perfeita — no leito imenso, sobre uma colcha de damasco carmesim...

Mas três dias dessa vida extenuante embotam os sentidos, despedaçam os nervos, dilaceram os músculos. Tornei ao hotel, mandei arranjar a cama ao pé da sacada do meu quarto, que era no quinto andar e abrangia a vista do golfo até Sorrento e

---

[1] Segundo o *Dictionnaire de la Mythologie Grecque et Romaine*, de Pierre Grimal (ed. PUF, 1963), Parténope seria uma das sereias, cujo túmulo era visitado em Nápoles. Juntamente com as suas irmãs sereias ter-se-ia lançado ao mar, que devolveu o corpo à costa napolitana, onde lhe foi erigido um monumento. Segundo outra versão da lenda, Parténope seria frígia. Apaixonada por Metiochos, mas não querendo romper os seus votos de castidade, exilou-se para a Campânia, onde cortou os cabelos e se consagrou ao culto de Dionísio. Vénus, irritada, transformou-a em sereia.
[2] *I. J.*, pp. 19 e 20.

Capri. Deitei-me; de quando em quando abria os olhos para a pacificadora harmonia daquele quadro. Depois de haver descansado o necessário fiz-me novamente no convencional amador das artes: comecei a correr igrejas e museus.»[1]

É contra o tempo que nascem e se organizam os textos de Teixeira-Gomes. Não só contra a morte, como redução do homem a matéria informe, mas contra a sua desagregação, sua degradação, ao longo do tempo, do envelhecer. Assim, Teixeira-Gomes, que só começou a escrever após os quarenta anos, buscou, através da escrita (ou melhor, na própria escrita em que se transfunde), vencer o tempo, recuperar a pletora juvenil. Ao transitar de actor, sujeito activo, a espectador, sujeito passivo, Teixeira-Gomes estabelece com a vida sensual, que já não logra haurir plenamente, uma relação mediatizada, imobilizando o tempo na escrita, reconstruindo-o (se). Porém — e disso tem consciência, que nos transmite —, aquilo que ele consegue fixar no texto literário não é já o vivido, embora o tome por referente: é um discurso transformador, uma gnose e um espaço mítico resultante da contaminação de vários planos da memória, onde passado e presente se confrontam, sob a égide da palavra.

O amor, ou simplesmente a festa dos sentidos, o duelo sexual têm o seu contraponto na viagem, fonte constante de descoberta, e dessas duas experiências se constitui o modelo de uma existência itinerante não exactamente reflectida, mas exornada, no texto, que afinal, ao tentar re-criá-la, lhe confere o seu verdadeiro sentido. Da necessidade da cristalização do olhado (e naturalmente do saboreado), bem como da importância do distanciamento espacial, dá-nos Teixeira-Gomes, em *Agosto Azul*, a sua explicação: «Duas razões há para isso, e qual delas a mais simples e plausível. No curso da vida, quem é que se não encontrou uma vez a falar, ingénuo, do coração para o coração, e se, depois, o amor, ou a ilusão do amor, se lhe desfez, que mimosa recordação lhe não ficou desses momentos em que a alma parecia ter revertido à candura do Paraíso perdido? Foi assim o amor que me inspirou o mar da minha terra; diferente dos outros amores em nunca ter sofrido desilusão, antes ampliado e sublimado pela separação e pela ausência. Ali, durante anos, destemido, sereno, livre e forte, como um semi-deus — e quase na persuasão de que realmente o era — vivi na pureza das águas desse mar, sondando-lhe as profundezas cristalinas, rolando nas volutas das suas ondas encapeladas, como se ele fora o meu elemento natural; despido e nu de toda a matéria e de todo o pecado, nele me embalava horas sem fim, sonhando com os astros, e entre sonhos, *imaginando que, talvez, um dia, para eles*

---

[1] *I. J.*, pp. 20 e 21.

*fosse arremessado...*[1]. É-me prazer inefável recordar[2] esses anos, ou pelo menos os *cenários*[3] em que decorreram; e aqui está a primeira razão. A segunda vem de que me é muito mais fácil fazê-lo a distância. Porque é que tanto me enleia e confunde escrever meia dúzia de linhas sobre uma paisagem, um quadro, um monumento, que me estão diante dos olhos, e logo que se afastam, a ponto de não serem já perceptíveis, as observações, o discorrer, que eles motivam, tomam forma e (correntemente) a linguagem lhe dá expressão abundante e apropriada? Excesso de imaginação, talvez, que se sente restringida, limitada, cerceada, pelo testemunho do modelo em presença, e que pode *trabalhar* livremente sobre ele quando está ausente[4].

Na primeira parte deste texto se exprime o que podemos chamar «escrever com o corpo», o corpo que na escrita permanece imarcescivelmente jovem, pela força verbal da ressurreição (lírica) do vivido corporal. O que o autor aqui representa não é o real objectivo, imediato, mas os seus resíduos preferidos, decantados pela memória e plasmados na ordem unidimensional da linguagem.

Não devemos atribuir excessiva importância ao carácter rememorativo da obra. As balisas da cronologia são amiúde deslocadas por um jogo, que, eminentemente verbal, não chega a derruí-las, mas agita uma pluralidade de estratos temporais convergentes. Assim em *Agosto Azul*, no conto que se intitula *Colónia* e onde (como no roteiro *Aux Fontaines du Désir*, de Montherlant) a exaustão erótica — cansar o corpo — abre a porta dos gozos inefáveis (baudelaireanos) da comunhão com o mais subtil da escultura, da música e da arquitectura, arte suprema, o plano temporal referente ao passado que se evoca em explícita recordação, de recorte nitzscheano («Eu era novo então, forte, petulante, fulgurando a miúdo em súbitas exaltações, na plena fase de herói, orgulhoso[5], dominando a vida e gastando-a com fausto, perdulário sibarita que a sorvia, sorrindo, nas aparências luxuriantes e a sugava até à essência saborosa ou amarga...»)[6], esse plano de tempo referente ao passado é poroso,

---

[1] Imaginaria já Teixeira-Gomes nas viagens espaciais?
[2] O prazer da escrita aqui se manifesta em íntima conexão com a verbalização da anamnese.
[3] Predomínio do espaço, divinizado na verbalização sobre os eventos, que vacila entre o imaginário e o real. A palavra presente não se embrenha na análise do «eu outrora»: di-lo embelezado, mistificatoriamente (miticamente), na selecção dos gestos «heróicos», que, anulada a sua descontinuidade no discurso estético, atingem o oirejar da divindade, da divinização.
[4] A. A., pp. 161, 162 e 163.
[5] Tal como em *Genealogia da Moral*, de Nietzsche, aqui temos a *virtus* endeusada: *forte, orgulhoso, herói, dominando*, etc.
[6] A. A., p. 45.

permeável ao que (embora sob a forma do presente histórico) o autor congemina, em tom irónico, no agora da escrita, na instância do discurso («...Ah manhã sublime! Sublime e... criminosa. Ressuscitaste os mitos primitivos, gastos e vãos já antes de trucidados, mas tu é que mataste aquele que ainda vivia, o augusto, o majestoso, de todos o mais formidável, o grandíssimo Padre Eterno; e para maior ignomínia fizeste-lo pelas mãos débeis de um professor de província maníaco...») [1]

Outros estratos temporais nos surgem, que acusam e sublinham ora a intencional sobreposição de imagens ora o absurdo (o olival maninho à beira da estrada alemã), o meter a mão no saco sem fundo do passado e, naturalmente, certos enevoados de sonho. O tempo opera, no subconsciente, a mutação de profusos conteúdos de consciência: «Quando o monstro jazia por terra, todo ensanguentado mas respirando ainda, aproxima-se-lhe um horripilante anão hirsuto e macrocéfalo [2], com agulhas de porco-espinho, aos molhos, nas sobrancelhas, brandindo à laia de lança um enormíssimo palito de Arregaça inflamado na ponta, e bramindo em voz cavernosa: Kant, Koenigsberg! enterrava-lho profundamente pelo olho direito adentro. Era o meu antigo professor Alves de Sousa...

O monstro expirou...

...«Kant, Koenisberg...» não cessava de roncar o anão com inflexões de órgão potente...» [3]

**As anacronias ao serviço da narrativa, os indícios do amor mágico e as marcas do destino em «O Sítio da Mulher Morta»**

A multiplicação das instâncias memoriais observa-se em muitos dos contos e novelas de M. Teixeira-Gomes. Em «Deus Ex-Machina» é, como já tivemos ocasião de acentuar, muito nítida a demarcação entre o tempo da narrativa — tempo do significante — e o tempo da estória, dos factos narrados, ou seja, o tempo do significado.

Vejamos agora em «O Sítio da Mulher Morta» qual a relação entre a ordem temporal da sucessão dos eventos da diegese e a ordem pseudo-temporal da sua disposição na narrativa.

Nesta novela aparentemente realista de Teixeira-Gomes, em que intervém um elemento mágico (encantamento, adivinhação, vaga suspeita de comunicação secreta dos espíritos, fusão dos

---

[1] A. A., p. 69.
[2] Note-se a insistência na macrocefalia, que é característica das obras de Teixeira-Gomes, marca de um seu mitigado naturalismo, no interesse pelo anómalo, pelo patológico.
[3] A. A., pp. 69, 70.

seres pelo êxtase sexual), à duração variável dos segmentos diegéticos corresponde na extensão do texto uma pseudo-duração. Assim, o narrador-personagem, abastado proprietário algarvio com interesses culturais, conta-nos pormenorizadamente os incidentes que o levaram a contratar para cabreiro de um dos seus montes um perigoso cadastrado encarregado por um lavrador rival de o intimidar ou mesmo de o abater, por causa de uma passagem em litígio numa courela e de como veio a conhecer a lindíssima mulher com quem esse tal José Cravo (o «pistoleiro») vivia e com ela iniciou uma apaixonada ligação erótica, que veio a desfechar tragicamente. Se considerarmos o tempo real dos factos que constituem a diegese, ele será muito mais longo do que o tempo da primeira narrativa, interrompido por anacronias que reconstituem o passado próximo ou distante. Surge o passado próximo na analepse, rica de informantes e indícios, alusiva à carta do escrivão de Lagos, que introduz a personagem de Marta e pode explicar o comportamento pouco lógico do narrador:

«Perscrutando com insistência, ao fundo das minhas reflexões perpassava, como fugidia sombra, a frase da carta do escrivão de Lagos, referente à amante do José Cravo: *lindíssima rapariga de costumes fáceis* (...) E era-lhe fiel e dedicada apesar dos maus tratos... Uma pérola! Seria para a conhecer, para a ver, que eu procedera de maneira tão insensata?» (*N. E.*, p. 196).

A segunda analepse importante segue-se à visão que o narrador tem da jovem no quadro de luz que a envolve («vivo como fogo, um quadro de sol sustendo uma figura de rapariga, que aos meus olhos encandeados mais pareceu visão sobrenatural») e ao encontro erótico que se dá por encantamento («Júlia és tu? (...) como estás linda... — e sem mais preâmbulos comecei a beijá-la e levei-a para o quarto de cama (...) e cheguei ao final da minha desvairada investida...» A analepse em questão, suscitada pela pergunta da mulher «Mas como é que sabe o meu nome?», esclarece-nos sobre a atitude do narrador:

«Ela era o retrato vivo[1] e exactíssimo de uma Júlia de quinze anos que eu, muito em rapaz no Porto, amara e desejara ardentemente, não lhe tendo alcançado as primícias porque ela me as[2] recusasse, mas porque as circunstâncias o haviam impedido» (*N. E.*, p. 203).

---

[1] Veja-se como o autor consegue, pela simples alteração da ordem das palvras, renovar estilisticamente o cliché *vivo retrato*.
[2] Chama-se a atenção para o preciosismo de estilo *me as recusasse*: a contracção que não se fez por motivos de eufonia e o emprego do conjuntivo em vez do infinitivo, mais corrente na fala comum. Adiante, na parte referente às Estruturas Estilísticas, nos ocuparemos a fundo destes aspectos.

Outra analepse, não muito distante, elucida-nos sobre a passividade da rapariga e constitui também um resumo, ainda que lacunar [1], da sua vida:

«Júlia era com efeito o seu nome, mas no Algarve salvo o amante ninguém mais o sabia. Chamava-se agora Marta, e havia razões especiais que a impediam de usar o outro nome. Ela era natural do Porto e fora, novinha, atirada para a desgraça, de onde o José Cravo a libertara, livrando-a ao mesmo tempo dum mau passo em que involuntariamente caíra e a obrigara a mudar de nome. Ouvindo-me chamar-lhe Júlia imaginou que eu a conhecera nalguma casa mal afamada e não se atrevera a resistir, do que já estava arrependida, pois sempre fora fiel ao amante... (*N. E.*, p. 204).

Mais adiante, nova analepse acrescentará mais alguns dados, erguendo a hipótese de esta Júlia poder ser filha daquela com quem o narrador outrora privara. Isto, porém, depois de se adensar o clima de exaltação, de mistério, de receptividade mediúnica e de pressentimento em que se aprofunda a união dos amantes, já sob o signo da fatalidade, inscrito no texto:

«Novo acesso de loucura amorosa, mas agora em comunhão perfeita — até à medula — com a minha adorada cúmplice. De repente começou a tutear-me, como se fôssemos velhos conhecidos, ou como se realmente nos tivéssemos já encontrado nalguma das casas de perdição por onde ela passara. O tratamento de «tu» na sua boca, era um encanto novo, mas depressa notei que o usava somente quando eu a chamava Júlia; se dizia Marta ela acudia logo com um «vossa excelência». Observei-lho, mas ela não sabia explicar porque o fazia, e entre risos e beijos segredava-me:

— Eu sei lá porque é... Quando me chamas Júlia o coração pula-me de contente. Dá-me como que uma certeza de que já te vira, que já te conhecera... de que já te amara, a ti, e nunca amei mais ninguém...» (*N. E.*, pp. 212 e 213).

Quando o narrador menciona o nome de José Cravo, ela chora, o que já é uma forma de se penitenciar e imediatamente

---

[1] O mistério, com base na informação reticente e no relacionamento mágico das personagens é um dos elementos estruturais da novela. Falando ao(s) narratário(s), o narrador sublinha ainda mais esse aspecto, multiplicando informações que não serão retomadas nem clarificadas ao longo da narrativa: «Para explicar convenientemente este fenómeno, seria necessário narrar o que haviam sido aqueles amores baldados, as horas de luxúria insatisfeita, os riscos de ser surpreendido e trucidado. Um acontecimento capital da minha vida ficara em suspenso, e de repente realizara-se integralmente sem peias nem estorvos.»
A morte, uma das figuras fundamentais da fábula, é já aqui indiciada pelos particípios *surpreendido e trucidado*, cujo agente permanece oculto.

invoca o castigo, sugerindo a morte, que suavemente se presentifica na narração:

«...e não me assusta o castigo que me espera e há-de ser grande..., à sua sorte ninguém escapa...» (*N. E.*, p. 213).

É então, após esta irrupção do *fatum*[1], suspenso sobre a acção, que aparece a analepse atrás anunciada:

«Curiosa confusão! E não seria esta Júlia pelo menos filha da outra? Nas suas reminiscências aparecia a madrinha, uma virago a quem chamavam a «Siflóide», que tinha casa de de hóspedes, especialmente frequentada por estudantes, e cujos sinais correspondiam aos da minha hospedeira do Porto (*N. E.*, pp. 213, 214)[2].

O escuro da fatalidade vai deixando o seu rasto no texto, como quando Marta adverte o novo amante (cuja felicidade, ou embevecimento, não se deixa ensombrar por tão pouco) dos perigos que os espreitam, posto ter sido avisada pelo José Cravo (que conhece a má fama do patrão): «...se algum dia me vires carregar a espingarda com balas, podes ter a certeza de que uma é para ti e a outra para ele» (*N. E.*, p. 216).

O fantástico irrompe em meio da lisura dos descritivos, da euforia contemplativa do narrador[3] e das anotações do real concreto[4], instilando na malha da intriga amorosa uma vaga

---

[1] A submissão de Júlia-Marta à força irreversível do destino é semelhante à da cigana-prostituta de «Sede de Sangue».

[2] A progressão da narrativa é ainda interrompida por outra anacronia, que vem esclarecer a ambígua afirmação feita pelo José Cravo na sua primeira conversa com o novo patrão (o narrador autodiegético) ao dizer-lhe que «o Ponciano fora a origem da sua desgraça». Durante os três dias «de completa embriaguez» (dos sentidos) que o eu narrador vai passar nos Pegos Verdes Júlia-Marta contar-lhe-á, bastante rogada, o que realmente ocorrera na herdade de Vila do Bispo, ou seja, como o Ponciano a requestara, causando-lhe tanto nojo que ela um dia lhe cuspira na cara e como ele, depois, por vingança, prometera dinheiro a um pastor para a seduzir. «O rapaz, apesar das suas repulsas e ameaças de o denunciar ao amante, fez-se atrevido, e ao fim de pouco tempo gabou-se ao Ponciano «de a ter já apanhado», o que este foi imediatamente contar ao José Cravo. Daí a chumbada nas pousadeiras...» (*N. E.*, p. 216).

[3] «...tempo divino, permitindo os longos passeios solitários e sem destino, por montes e vales, a que tão afeiçoado sou.» (*N. E.*, p. 214). É evidente neste ponto a semelhança com o narrador-personagem de «D. Joaquina Eustáquia Simões de Aljezur», com o de *Maria Adelaide* e com o enunciador-pintor das «manchas» algarvias de *Inventário de Junho*, de *Agosto Azul*, de *Regressos*.

[4] Das fainas agrícolas, por exemplo: «A estiagem fora grande durante o ano inteiro, diminuindo muitíssimo a água da nora. O Sagreira propunha que a refundassem, explorando ao mesmo tempo uma fonte que lhe ficava perto, e que se fizessem na horta vários trabalhos de aterragem e canalização...» (*N. E.*, pp. 214, 215).

suspeita de transmigração de espíritos [1]: «Aquela aventura era para mim como que a realização de um sonho delicioso, e não encontrava nas recordações do passado mulher comparável à Júlia que nunca possuíra e de que fruia agora a acabada imagem» (*N. E.*, pp. 216, 217).

A sexualidade mágica que assinala o desejo do narrador é reforçada pela figura da «maia», a boneca que preside às festas pagãs do renovo da natureza e cujo rosto aparece no texto como «a máscara» (*N. E.*, p. 221).

Ao longo do discurso é fácil pesquisar as ocorrências lexicais que nos dão a rede associativa do *fatum*, a tal ponto que certos segmentos da narrativa aparecem como metáfora da relação amor-morte. *Funestas, agoirava, arriscados* (amores), (tanta) *imprudência, medo, lábios roxos, mãos geladas, cruciante angústia, o corpo todo mo diz, mortes, tiros,* o *cadáver* (de Júlia) *parecia sorrir*. Não falta sequer, na mesma linha do maravilhoso erótico, a nota final do milagre da natureza: «O lugar onde encontraram o cadáver passou a ser conhecido pelo «Sítio da Mulher Mort»; e o curioso é que, poucos dias depois, todo o terreiro estava coberto desses pequenos lírios-roxos a que no Algarve chamam flores de Maio, e que era raro ver naquela região. Todos os anos o fenómeno se repete» (*N. E.*, p. 232).

Este triunfo da vida corresponde plenamente ao que se passa no domínio contraditório dos afectos que subjaz às formações psíquicas da narrativa.

Um dos aspectos mais ricos da representação em «O Sítio da Mulher Morta» é a erótica dos objectos. Uma topo-análise dos locais da vida íntima (reflexão, escrita e sexo) do enunciador das *Novelas Eróticas* e de *Gente Singular* encontra não só a repetida referência aos Pegos Verdes e ao Convento como alguns traços comuns da casa-escritório, ou segunda casa, muito semelhante ao refúgio de Teixeira-Gomes em Portimão. A importância deste cenário é tanto maior quanto nele avultam na descrição (memoração) os livros «que constituiam já uma biblioteca respeitável», os quadros e objectos artísticos [2] e o quarto de cama. Neste sobressaem a cama e o espelho: «Um grande leito rococó de pau-santo, coberto com colcha de damasco verde-mar, guarda roupa da mesma madeira e estilo, e um espelho de balanço, para

---

[1] Como na novela «A Cigana», em que o narrador acaba por escutar da boca da namorada as palavras apaixonadas que a cigana pronunciara no êxtase erótico.
[2] O narrador, que neste passo não cura de se distanciar do autor, acrescenta «adquiridos durante as minhas viagens» (*N. E.*, p. 200).

corpo inteiro, diante do qual as raparigas do campo embasbacavam, se por acaso eu lho mostrava» (*N. E.*, pp. 200, 201).

A informação sobre as raparigas do campo que embasbacam perante o espelho localiza o espaço da sedução ou, mais rasteiramente, da copulação, espaço em que o herói tira partido de vantagens de classe: o luxo, cenário do desejo, e a aparição mágica do espelho: é defronte do espelho que Júlia--Marta se redescobre bela. A falsa imagem que a afronta (em que o lado direito passa a ser o lado esquerdo) instaura o fascínio, a vertigem (espécie de loucura)[1]; manifesta-se então mais fortemente o eros no seu corpo habitado pelo desejo do sedutor.

A experiência do amor, ou do delírio sexual, é estruturante, neste conto, na medida em que, como já observámos, a realidade psíquica ancora no corpo para se tornar em experiência privilegiada de comunicação[2]: o herói reencontra em Júlia-Marta a Júlia adolescente e intacta da sua mocidade. O fantasma, que não podemos determinar por desconhecimento dos miúdos acidentes da infância do autor, do romance familiar, parece utilizar o real para sua satisfação — para a resolução dos seus conflitos.

Detenhamo-nos entretanto nos segmentos da narrativa em que o espelho surge como figura — sinédoque — do amor e do desejo:

«Antes de sair pediu para voltar ao quarto de cama, e pôs-se diante do espelho a arranjar o lenço e os cabelos; depois ficou-se quieta e como que pasmada perante a sua própria imagem; por fim atirou-lhe beijos, ao passo que me dizia:

— Há tanto tempo que me não via num espelho como este... É que eu realmente sou bonita, não é verdade?...» (*N. E.*, p. 207).

A verdade exibida narcisicamente por Júlia-Marta é, na sua ingenuidade, anti-doxal. O espelho faz cristalizar o desejo do outro, que a investiu.

O que é singular em «O Sítio da Mulher Morta» é que o espelho, fonte de múltiplos símbolos, não é o lugar de uma contemplação solitária, mas o espaço de uma cumplicidade, de um duplo voyeurismo, propício à descarga das tensões e, mais ainda, ao acordar de Júlia-Marta, à estruturação da sua personalidade e, por conseguinte, à materialização do seu destino.

Na cena do penúltimo encontro sexual dos amantes, prestes a serem descobertos e denunciados publicamente «por todas as vendas do povo», o espelho reaparece:

---

[1] Que irá até à imprudência com que Júlia-Marta se deixará surpreender pelo Ponciano, que da botica fronteira espreita as suas entradas e saídas, e pelo Isidro, o pastor de Vila do Bispo, que apanhara as chumbadas do José Cravo.
[2] Ler, a este respeito, «Au-delà du Miroir», de Nicole Berry, in *La Psyché — Nouvelle Revue de Psychanalyse*, Ed. Gallimard, número 12, Outono de 1975.

«...uma das coisa que mais a encantavam (e a mim também) era contemplar-se nua, no espelho móvel do quarto de cama, com risco de sobrevir alguém...» (*N. E.*, p. 218).

A existência de Júlia-Marta busca a sua identidade no gesto de se mirar ao espelho, nua, isto é, no seu regresso ao estado primordial. Se é certo que para o narrador a nudez, de acordo com o ideal helénico, artístico e desportivo, tem essencialmente valor sensual e estético, admitimos que, quanto a Júlia-Marta, no auge de uma paixão em que pesa a desigualdade de condições, o prazer de se olhar nua possa ser lido como despojamento que a aproxime, a identifique ao amante, anulando as barreiras económico-sociais [1].

### O tratamento da morte, do fantástico e do grotesco em «Gente Singular»

Celebram-se duas cerimónias — e ambas ligadas à morte — no texto «Gente Singular», que representa talvez o acúmen da verve satírica e do engodo de M. Teixeira-Gomes por um fantás-

---

[1] O narrador, cujo estatuto de conforto económico, próximo da opulência, está bem marcado no texto, apresenta homologias com o autor, que, como já se disse, estudou medicina em Coimbra e viveu existência boémia no Porto, também muito em rapaz, e foi abastado proprietário, depois de vinte anos viajar (colocando no Norte da Europa produtos do Algarve, da firma denominada «Sociedade das Exportações de Figo do Algarve»).
A imagem que nos dá da mulher legítima (Teixeira-Gomes não se casou, mas viveu de facto, como já referimos, na rua Direita de Portimão, citada na novela, em união livre com Belmira das Neves) é irónica, com aquele toque de despejo verbal, ou de «honrado cinismo» — nada escamotear da verdade, denunciando-se e a toda uma camada social — que encontramos igualmente em *Maria Adelaide* e em «Ana Rosa» (*L. M.*).
O narrador refere-se amiúde à companheira em tom jocoso («Isto surpreendeu-me porque na copiosa grinalda dos seus defeitos era a ciumeira que menos brilhava...», *N. E.*, p. 198; «...até a minha mulher (que então estava grávida e sempre macambúzia) mo repetia a miúdo: — «Mas o que tens tu que pareces outro: remoçaste de dez anos... Isso é de me veres aflita...», *N. E.*, p. 217).
A frequente atitude chocarreira de Teixeira-Gomes mereceu a João Chagas um comentário cruel: «É um céptico e, sem injustiça, um cínico. Ri constantemente, mostrando uns dentes de coelho. Não é feio homem, mas falta-lhe nobreza. Os seus cabelos e a sua barba são brancos, mas não inspiram respeito.» *Diário*, vol. I, Lisboa, Parceria A. M. Pereira, 1930, pp. 169-170). A incompreensão de João Chagas, com a qual Teixeira-Gomes mais tarde ironizou de muito alto (Norberto Lopes: *O Exilado de Bougie*, pp. 126, 127), é característica do desajuste entre Teixeira-Gomes, autor das *Cartas sem Moral Nenhuma* e os homens *morais* do seu tempo. A este respeito, consultar, pelo interesse das informações que fornece, o opúsculo de João Medina *Manuel Teixeira-Gomes e Sidónio Pais*, separata do II vol. de «CLIO», Revista do Centro de História da Universidade de Lisboa, 1980.

tico que se origina no real e progride em desinvoluções grotescas, para conduzir ao rito, à magia, ao mito. A primeira situação abrange a ladaínha e a dança macabra das três manas do cónego[1] ossonobense Monsenhor Romualdo Simas em torno do caixão da sua mãezinha, na noite da chegada a Faro do narrador (homodiegético) daquele conto.

Toda a casa do cónego Simas indicia o fanatismo e a loucura, a regressão anti-racionalista. A mesa da sala de jantar é «alumiada por uma espécie de lâmpada de altar» e na frente do «Monsenhor» (que se senta — marca de um pronunciado infantilismo — numa cadeira da forma usada para crianças, «a que faltava a guarda dianteira, em cujos buracos ele enfiou os polegres») o talher está colocado sobre uma urna de madeira. O silêncio é «sepulcral».

Os «figos lampos», colhidos à luz da lanterna, na noite do quintal, parecem ter no texto uma alta produtividade semântica, podendo funcionar como o substituto dos testículos, já que a sexualidade e a reprodução são instâncias intimamente associadas à ideia de morte. Morte que, aliás, é posta em causa pela ladainha angustiosa, mas dubitativa, das três irmãs alucinadas, de certo modo semelhante ao coro de uma missa negra ou às palavras propiciatórias de um sacrifício:

«— Apanhados de noite são mais frescos.
— E mais gostosos.
— Os figos lampos!
— Os figos lampos!
— Os figos lampos!
Cada uma delas repetiu, soluçando:
— Os figos... lampos... — e depois, à uma, em desatado choro:
— O que a nossa boa mãezinha gostava deles!...
Aqui interveio Monsenhor, lacrimoso também:
— A nosa boa mãezinha... já... lá... está... já morreu!
— Não morreu... não morreu... — protestaram elas com ruidoso pranto.

---

[1] Edgar Morin escreve em *O Homem e a Morte* (Publicações Europa-América, Lisboa, p. 291; ed. original: Seuil, Paris, 1970): «Pertence (...) a Freud o mérito de ter tentado, no que se chama com demasiado desdém a sua metafísica, apoiar-se na distinção weissmaniana do *germen* amortal e do soma *mortal* para opor ao *instinto de morte* o *instinto de vida*. Quanto a nós, supomos existir um vínculo — um vínculo misterioso — entre a nossa visceral ignorância da morte e a amortalidade biológica potencial em cada um de nós, assim como entre a cissiparidade e o processo psíquico de desdobramento, que originou o *duplo* (...) a biologia descobriu que a *morte não era uma necessidade da vida orgânica*. Na sua origem, na sua estrutura elementar, os seres vivos não são de modo algum heideggerianos. Só a morte acidental é natural.»

— Morreu e já... não... come... figos... lampos.
— Ai! Não diga isso, mano, não diga isso...!
— Nós já vamos ver... se morreu...
— Vamos lá...
— Vamos lá...» (*G. S.*, pp. 97, 98).

A reacção do narrador [1], que declara ter ficado «mudo de verdadeiro espanto» [2] quando as três irmãs lutuosas se levantaram e, «em gritos feridos», se sumiram na treva do corredor, coincide com o sentimento de pavor tão característico nas narrativas fantásticas. Só que, sobrepondo-se muito fortemente, neste segmento diegético, o grotesco ao misterioso, não é provável que essa sensação seja compartilhada pelo leitor. Porém, parece fora de dúvida que o riso aqui se nos depara carregado de assombro. A escrita de «Gente Singular», eminentemente irónica, se é certo que reduz a impressão de medo ou horror, no destinatário, acentua a curiosidade deste, que tem vindo, cada vez mais, a tornar-se cúmplice do enunciador.

A categoria do fantástico não tem fronteiras muito rígidas. José Régio levanta alguns problemas concernentes a uma teoria do fantástico em *Ensaios de Interpretação Crítica* (Portugália Editora, Lisboa, 1964, pp. 228-229) e aí se interroga [3]: «Como tudo o que inspira inquietação e pavor — o escabroso, o ambíguo, o monstruoso, o anormal, em suma, não terão relações com o fantástico ou não o servirão às vezes?»

Onde, mais pronunciadamente ainda do que no passo anterior da narração, os aspectos inquietante e mágico se afirmam é na cena da dança ritual que nos leva a reflectir no que diz Edgar Morin sobre a humanização não só fantástica mas mental e afectiva do mundo pela magia: «(A magia) abraça a infinita participação mimética do homem, faz dela uma dança

---

[1] A mesma personagem, cujo significante onomástico é Pedro Carneiro, reaparece em «Diálogos Impertinentes», in *Londres Maravilhosa*.
[2] Mais do que espanto é o pânico que o narrador (Pedro ou Pedrinho) demonstra quando, perante sinais aparentes da insensatez de Monsenhor Simas, que teima em verificar o conteúdo do baú, perde por seu turno a cabeça e foge do casarão habitado pelo medo e pela morte:
«— Não responde?... continuou Monsenhor, e soltando uma gargalhada sardónica: — Ah! não responde... Pois este baú tem que ser aberto... E já... — Os olhos esbugalhados, punhos cerrados, a boca cheia de espuma, batendo o pé, repetia: — E já.
Mas eu atirei-me pela escada abaixo, consegui correr o complicado ferrolho e desatei a fugir pelas ruas de Faro, com a cabeça ainda atordoada pelo espantoso estrondo que a porta fizera ao fechar-se e os nervos arrepiados por visões horrorosas.» (*G. S.*, pp. 107, 108).
[3] Citado por Duarte Faria, em *Metamorfoses do Fantástico na Obra de José Régio*, Ed. Fundação Calouste Gulbenkian, Centro Cultural Português, Paris, 1977, pp. 175, 176.

na qual a posse do mundo se torna fusão com o mundo (...) o domínio da morte continuará a ser a zona de sombra onde triunfará a magia e o mito, da forma mais categórica e mais permanente. Os ritos, práticas e crenças da morte continuam a ser o sector mais *primitivo* das nossas civilizações. Com base nelas, poder-se-ia quase reconstituir uma psicossociologia da morte arcaica»[1].

Ora o texto em questão de «Gente Singular» não só remete para os cultos anamórficos e para as danças macabras da Idade Média como, nos enunciados finais, apela claramente para a reconciliação do duplo e do cadáver, da alma e do corpo. O que a ladainha trágico-burlesca acima de tudo pranteia é a dificuldade da ressurreição do «corpo corruptível».

Vejamos agora como Teixeira-Gomes, através de um semantismo superlativo, que joga com o advérbio, com a acumulação de nomes perpassados pelos semas da animalidade, e da gesticulação, e, obviamente, com os adjectivos superlativos, nos comunica a violência exasperada dessa mesma «embriaguez mística» de que nos fala Edgar Morin no mencionado ensaio, ao mesmo tempo que se recreia, livre pensador que é, na pintura dos ridículos do microcosmo algarvio fim de século e do seu catolicismo bastardo, não enjeitando sequer para esse efeito a reabilitação do *cliché*, contextualmente rejuvenescido [2]:

«Mas ainda bem não começáramos o primeiro padre-nosso quando vejo levantar-se um dos panos de veludo que ocultava uma porta, e aparecerem três fantásticas figuras de ursos com trombas de elefante que saltavam, aos pulos, pela casa fora e chegando-se à morta, com desusados urros e agudíssimos guinchos, como que procuravam despertá-la.

Quem nunca viu o capote usado pelas mulheres algarvias e a volta que elas dão à ampla gola em redor da cabeça para fazer o que chamam rebuço, quem nunca viu na rua ou na igreja esses monstros apocalípticos não poderá julgar da propriedade com que eu, para mais desprevenido, capitulei as três estranhas aparições de ursos com tromba de elefante.

Como todos aqueles gritos não surtissem o efeito desejado, os monstros soltaram as mãos das pregas dos capotes e, um tangendo viola e os outros pandeireta e castanholas, encetaram um desaforado desconcerto de canto e música onde as malaguenhas, fados e jotas se entremeavam de uivos, grunhidos e relinchos perfeitamente imitados e, dançando sempre, deram

---

[1] Edgar Morin: *O Homem e a Morte*, Publicações Europa-América, Lisboa, s. d., pp. 96, 97 — do original francês *L'Homme et la Mort*, Seuil, 1970.
[2] Ver Michael Riffaterre: *Essais de Stylistique Structurale*, ed. Flammarion (Nouvelle Bibliothèque Scientifique, dirigée par Fernand Braudel), Paris, 1971.

repetidas voltas à roda da essa, debruçando-se de vez em quando sobre o caixão a ver se o cadáver dava sinal de si...

Mas a inesperada aparição dos fantasmas pôs em sobressalto a assistência, na maioria composta de beatas, que, estremunhadas e não dando conta do que se passava, desataram a correr loucamente pela casa, arrepelando-se e clamando socorro do céu como se houvesse chegado o dia do juízo...» (*I. J.*, pp. 100, 101).

Acentuando a insídia do fantástico, no seu excelente estudo *Metamorfoses do Fantástico na Obra de José Régio* (p. 179), Duarte Faria ilumina a directriz prestigiante, a partir do horrífico ou do irracional, de superlativos semânticos como *formidável, espantoso, estupendo, colossal, portentoso, assombroso, tremendo, temível* e, naturalmente, *fantástico*. Ora no conto em questão de Teixeira-Gomes, além dos superlativos sintéticos gramaticais *extensíssimo, muitíssimo, agudíssimo* (grito); dos nomes perpassados pelo sema do incomum (*ímpeto, alucinação, espanto, urros, loucura, guinchos, surpresa*, etc.) e de certas repetições que intensificam a mimese (os *Ah!* das três manas, quando o narrador desperta sobre o fatídico baú à porta da casa onde ia hospedar-se, e da reiteração do sintagma cujo referente é o instrumento da morte: «Os figos lampos!», «Os figos lampos!», «Os figos lampos!»), não resta dúvida de que se apresenta muito marcada no texto a semantização superlativa de adjectivos e advérbios [*estranha, soturnas, sepulcral, ruidoso, fantásticas, desusadas, apocalípticos, desaforado, loucamente, infinita, desvairado, ululantes, tremenda*, (desgraça) [1], *sobrenaturalmente, suspicazmente, macabras, esbugalhados, espantoso* (estrondo), *horrorosas* (visões), *pavorosamente, colossal, tremendos* (vómitos)].

O fantástico e o grotesco, que tão intimamente se entrelaçam na malha do texto, em «Gente Singular», são captados pelo narrador-personagem [2] (aqui bem demarcado do autor através de múltiplos atributos: nortenho, amanuense, poetastro de folhas provincianas) com uma objectividade que, longe de explicitar as causas do comportamento tipicamente neurótico da família Simas, caricatura ao vivo da sociedade burguesa-clerical do sotavento algarvio, apenas subtilmente as indicia. David Mourão-Ferreira, na sua fina e aguda «Introdução a uma Leitura

---

[1] Por duas vezes.
[2] Mourão-Ferreira chama a atenção para o modo como se entrelaçam nos primeiros núcleos da narrativa (e também, acrescentarei, em certas analepses, tal a da vingança do «senhor caquique» de Viana de que resultou o «desterro» de Pedro Carneiro) os informantes biográficos do narrador e a sua teoria pessoal da poética, através de um anapódoton, que, a seu ver, prefigura a estrutura da narrativa, construída em torno de duas cenas fulcrais de um cómico alucinante.

do Conto *Gente Singular*» [1], detecta o infantilismo [2] (próximo da caquexia) de Monsenhor Romualdo Simas e das suas três manas. Começa por atentar nos entretenimentos pueris, sem cariz evangélico, do prelado ossonobense — a numismática e o filatelismo. A puerilidade desses «inocentes» entreténs será depois corroborada e aumentada por já alarmantes sintomas de regressão psíquica, como a necessidade que o cónego experimenta da máquina de fazer chuva (a «chuva do seu sono»), a qual consiste numa engenhoca que, «por fora da janela aberta para a varanda, permitia soltar a água de um regador sobre umas latas, produzindo o ruído da chuva» [3], ou a cadeira em que Monsenhor Simas se senta («cadeira de forma usada para crianças, a que faltava a guarda dianteira, em cujos buracos ele enfiou os polegares»). Vale a pena referir que Dom Romualdo, assim instalado e voluntariamente clausurado (o cadeirote descrito serve de protecção-prisão para as crianças, ainda irresponsáveis dos seus gestos), toma as suas refeições sobre uma urna de madeira, o que lhe permite não se dobrar, «pois os joelhos, naquela cadeira alta, lhe ficavam ao nível da banca». Eis como o grotesco e o macabro (um macabro de Rilhafoles, mas com os semas da morte bem inscritos no enunciado) conformam o tecido do fantástico em «Gente Singular», metáfora de um país absurdo, atrasado no tempo, perigosamente distraído da realidade social e até do próprio valor da vida humana. Observe-se como, segundo o narrador, a cidade se desinteressa da sorte do Vigário, que se acha em perigo de vida, intoxicado como foi com tártaro emético para a cerimónia ritual da inauguração da retrete, presa a curiosidade pacóvia da população à novidade e «riqueza» do «monumento». É, sim, essa construção que faz subir a cotação das senhoras Simas e do seu irmão «na estima e no respeito dos seus conterrâneos».

O fantástico preparado por sequências onde não se poupou o aparato tradicional dos contos de mistério ou de magia (o relógio, a cascalhada dos ferros, o assombro do narrador, as badaladas, os vultos negros [4], desemboca não no supra-natural,

---

[1] In *Lâmpadas no Escuro — de Herculano a Torga — ensaios*, Ed. Arcádia, Lisboa, 1979.
[2] Infantilismo esse que merece ser confrontado com outras taras, que na obra de Teixeira-Gomes parecem querer adjectivar o Portugal decadente do fim da Monarquia. Nas primeiras páginas do conto «Gente Singular» surge-nos, aliás, o moço de fretes macrocéfalo, exemplar que claramente abona o perfil simbólico da idiotia e do adormecimento popular.
[3] David Mourão-Ferreira relaciona o maquinismo de fazer chuva com o sistema «Dilúvio» do autoclismo do episódio final, sublinhando o carácter lúdico desses objectos, da perspectiva, da família Simas, que funciona como um coro.
[4] «Entre sonhos percebi que o relógio por muitas vezes despedia a sua cascalhada de ferros velhos e dava horas, até que, meio desperto, contei, com assombro, onze badaladas e erguen-

no inexplicado, mas na apoteose do excessivo, do ridículo, do burlesco.

Após as réplicas introdutórias em que tanto D. Sebastiana com o decrépito vigário abundam em diminutivos (café *docinho*, *morninho*, o Reverendo Padre mimado como *santinho*, a jucunda senhora tratada por *filha*), o grupo vai pela cerca «a passo de procissão» até avistarem uma «construção em forma de chalé».

No diálogo que se segue as manas Simas estimulam, com momices, a curiosidade das damas farenses:

«Aquilo o que é? — perguntou D. Joana. — Um pombal. Uma capelinha?...

— Ai! que bonito!... — ajuntaram outras damas.

E D. Sebastiana, maliciosa:

— Aposto o que quiserem que não adivinham......

Ao tempo já nos havíamos aproximado da construção, a qual, pintada a cor-de-rosa, com duas aberturas circulares sobre a porta, parecia uma caricatura colossal e de mau gosto da face humana desnarigada...»

A conotação do rosto e do rabo insere-se numa linha de leitura, psicanalítica, a dos fantasmas da coprofilia, já denunciada por David Mourão-Ferreira [1], em que o texto se revela suficientemente produtivo com todas as sugestões excrementícias próprias da fase da sexualidade anal (e uretral): a busca do bacio no quarto do hóspede, realizada por Monsenhor Simas, a diarreia dolorosa do Vigário, a mitificação da retrete [2].

A descarga libidinal de D. Sebastiana manifesta-se tanto na apresentação da retrete («D. Sebastiana entrou dentro e encetou

---

do-me num ímpeto de indignação encandeio-me na luz de quatro lanternas que outros tantos vultos negros, no limiar do vasto portão, seguravam a braço estendido... (G. S., p. 94).

[1] No capítulo atrás citado de *Lâmpadas no Escuro*.

[2] Outras taras e frustrações são indiciadas na narrativa, na longa sequência do convívio na pensão, que apresenta várias proliferações diegéticas, porventura com prejuízo da economia estética do texto, mas com interesse inegável quer do ponto de vista sociológico quer pela qualidade da escrita satírica. A estória do escrivão da fazenda e das ilusórias moiras, as críticas jocosas à cornadura de «um dos mais conspícuos personagens locais», o comportamento do Dr. Ximenes, herói da má-língua nacional, são informações tristemente saborosas sobre a mediocridade, a misoginia e os recalcamentos da burocracia ambulante e dos pilares da sociedade egoísta e represa que forma afinal a moldura dos delírios da família Simas. O conservador-pavão, o engenheiro hidráulico, o tenente-coronel da inspecção de recrutas, o escrivão da fazenda pertencem todos eles a um outro «manicómio», cujos fantasmas colectivos e tiques psico-sociais afloram no texto: impotência que se vaza na maledicência e na empáfia, pulsões homossexuais, inveja, ódio de classe. Atente-se ainda no espírito cáustico do super-narrador contra a poetite encartada e na alusão ao hospital de Vila Seca cheio de doentes pobres a que a «gente prudentíssima» bota fogo.

uma espécie de preleção sobre o uso dos diversos aparelhos que a compunham, abrindo e fechando torneiras, forçando o Vigário a sentar-se no banco furado...») como no agenciamento do maquinismo ejaculador («...e por fim, pegando-lhe na mão, ajudou-o a puxar a corrente metálica, soltando a água do depósito superior que jorrou ruidosamente») e sobretudo no rito, em que o infantilismo se exarceba, da colocação do infeliz Vigário no buraco da retrete:

—«Sim, meu santinho?... — acudiu D. Sebastiana — pois é sentar-se já e agora deveras...

E levantando-lhe a batina imediatamente lhe desabotoou as cuecas de baetilha amarela e o acomodou, com grandes mostras de carinho, no buraco da retrete.»

Se é certo que a supressão (metonímia) de certos segmentos da cadeia discursiva indicia o fantasma, a falta, a privação que o desejo escava no interior dessa cadeia, podemos ler precisamente na ausência do lexema *fezes* a pulsão sexual censurada [1].

Uma das leituras talvez mais produtivas a que este texto se propõe é, obviamente, a da ironia [2]. Ironia que é, aliás, gnóstica, que solicita uma intelecção apurada. A relação narrador-narratário e, neste caso, ainda mais amplamente, a de autor-leitor, exige deste último uma criatividade: a de compreender o informulado, o discurso entre linhas. Como escreve Vladimir Jankélévitch: «L'ironie est un appel qu'il faut entendre; un appel qui nous dit: complétez-vous mêmes, rectifiez vous-mêmes, *jugez par vous-même*» [3].

## «Sede de Sangue» — o espaço do sacrifício

«Sede de Sangue» é a história de um sacrifício, cujas personagens são o narrador-espectador, o sacrificador e a vítima.

Opondo o mundo da festa (do sagrado) ao do profano (do trabalho organizado) Georges Bataille escreve em *L'Erotisme* (p. 128) [4]: «Dans la guerre ou le sacrifice — ou dans l'orgie — l'esprit humain organisa une convulsion explosive, en escomptant l'effet

---

[1] Consultar sobre esta questão Jean Le Galliot: *Psychanalyse et Langages Littéraires — Théorie et Pratique*, Ed. Fernand Nathan, 1977.
[2] Tornaremos a falar da ironia em Teixeira-Gomes quando mais adiante nos ocuparmos especificamente da leitura estilística da sua obra.
[3] Vladimir Jankélévitch: *L'Ironie ou la Bonne Conscience*, Ed. Presses Universitaires de France, 2ème Édition refondue et augmentée, Paris, 1950.
[4] Georges Bataille, *L'Erotisme*, Les Editions de Minuit, 1979 (1.ª ed., 1957).

réel ou imaginaire. La guerre n'est pas en son principe initial une entreprise politique, ni le sacrifice une action magique. De même l'origine de l'orgie, de la guerre et du sacrifice est la même: elle tient à l'existence d'interdits qui s'opposaient à la liberté de la violence meurtrière ou de la violence sexuelle. Inévitablement, ces interdits déterminèrent *le mouvement explosif de la transgression*. Cela ne veut pas dire que jamais l'ont n'eut recours à l'orgie — à la guerre ou au sacrifice — en vue des effets qu'à tort ou à raison on leur prêta. Mais il s'agissait dès lors de l'entrée — secondaire et inévitable — d'une violence éperdue dans les rouages du monde humain, que le travail organisait».

A relação entre o sujeito da enunciação e o sujeito do enunciado (a cigana «diferente») é determinada, quanto ao saber, pela focalização restritiva, e assume, a uma atenta leitura, relevância ideológica e psico-mítica.

O narrador, mais «mascarado» ou distanciado do autor do que é comum nas novelas de Teixeira-Gomes, ora se constrói como personagem redonda, através de atributos vários (seminário, tropa, jornalismo amador, ociosidade rica ou remediada, «Neste vilório marítimo onde varei reformado em capitão, após uma valente campanha de reumatismos em Pangim — complicada de vírus de baiadeira, cujas dolorosas recordações persistem — definha-se de inacção e tédio, G. S., p. 161), ora se define essencialmente como um *voyeur*, que em outrem (no «monstro», no «gigante», no «tigre real», personagem que não tem na diegese acesso à palavra) delega os extremos de agressividade sexual a que se não atreve. Mas vai dizendo: «O vício é, na arquitectura da minha sociologia, o grande encanto da vida quando, bem entendido, se pratique sem crápula. *Sine arte, voluptas vulgaris, luxuries odiosa*, seria a legenda que eu inscreveria no meu brasão, se o tivesse», pp. 164, 165.

O narrador coloca assim os jogos eróticos no espaço do «templo», da arte amorosa, onde, segundo as regras do mundo antigo, não só a prostituição religiosa era alheia à vergonha, mas os gestos eram pautados por um imaginário ritual, ou código artístico. O desencadeamento da fusão aniquilava nesses «objectos eróticos» o pudor e a reserva dos primeiros contactos [1].

Na primeira parte da novela «Sede de Sangue» há um nítido predomínio da mimese sobre a diegese. À boa maneira naturalista é-nos representado o cenário (mais de catorze páginas) do «vilório marítimo» e da lôbrega tasca-bordel do Trovas. Cui-

---

[1] Bataille, citando *L'Art Amoureux des Indes*, de **Max-Pol Fouchet**, escreve em *L'Erotisme* (p. 148): «Les Temples de l'Inde abondent encore en figurations érotiques taillées dans la pierre, où l'érotisme se donne pour ce qu'il est d'une manière fondamentale, pour divin. De nombreux temples de l'Inde nous rappellent solennellement l'obscénité enfouie au fond de notre coeur».

daríamos, tal a acumulação de pormenores caricaturais e grotescos, estar perante um exercício de escrita barroca-divagante quando afinal, a partir do que podemos considerar como a primeira sequência da segunda parte («Mas um dia, pela porta da venda entreaberta, na penumbra do interior, divisei, sentada junto ao balcão, no lugar conspícuo e cómodo que o Trovas ordinariamente ocupava, uma criatura de todo em todo extraordinária...») [1], encontramos a fascinação, o discurso da loucura na boca da cigana, o excesso, a anarquia do princípio de prazer, a estreita aliança erotismo-morte, suplício, êxtase, horror. Votada ao sacrifício, desde que surge no texto a personagem da cigana está marcada, apesar (ou por causa) do seu ofício de prostituta, pelo transe místico e quase todas as suas palavras, que são poucas, denunciam a crença na fatalidade e a supressão do limite, que é o sentido fundamental do erotismo. Em «Sede de Sangue» poderíamos afirmar que o sadismo se torna objecto de arte. Mas, na verdade, o texto vai mais fundo: em contradição com a estabilidade racional da maioria das novelas de Teixeira-Gomes, aqui nos surgem a desordem e a revelação, o afloramento de um inconsciente misterioso, raiz da vida profunda, mais autêntica do que aqueloutra que nos oferece a radiação da apolínea compostura.

A cigana (sem nome), que cheira a estevas, é, como rameira, uma criatura marginal; e marginais eram, na Antiguidade, os seres sacrificáveis, os dejectos das sociedades. Entre as possíveis vítimas humanas do Sacrifício figuravam, segundo René Girard [2], os prisioneiros de guerra, os escravos, as crianças e os adolescentes por casar, o *pharmacos* grego, em suma, seres sem deveres nem direitos [3].

A taberna-bordel do Trovas chegou ela de madrugada, «sem trazer mais roupa do que a do corpo», oferecendo-se por poucos dias e dizendo sempre que não se admirassem se aparecesse alguém para lhe beber o sangue» (p. 178). É esta a sua primeira alusão ao sacrifício que a espera, sacrifício consentido e que, vê-lo-emos, se relaciona não só com a submissão ao destino, com a teologia da transgressão, mas ainda com o princípio de prazer, como acto extremo que é de amor e morte.

Ninguém sabe de onde ela veio. Fuma, fala espanhol, ou uma algaravia luso-esponhola, tem «olhos babilónicos», o seio entumescido característico das divas que povoam os textos de

---

[1] *G. S.*, p. 175.
[2] René Girard, *La Violence et le Sacré*, Ed. Grasset, 1972, capítulo «Le Sacrifice», pp. 27 e segs.
[3] Nalgumas sociedades primitivas também eram sacrificáveis o Rei e o Bobo, igualmente distintos, ainda que por bem diversos motivos, do comum dos cidadãos (ver René Girard, *La Violence et le Sacré*, capítulo mencionado.

Teixeira-Gomes e na sua carne, nos seus braços, «o sangue[1] parecia correr com a abundância do sumo na polpa de certos frutos» (p. 176). O seu comportamento é, pela delicadeza e serenidade do modo e pelos relâmpagos de lascívia que lhe passam pela treva do olhar, o de uma sacerdotisa de eros.

O Trovas afirma que ela atravessou a serra, «pois a sua roupa cheirava a estevas que rescendia». Eis um presságio de morte, que o narrador-personagem, o capitão-jornalista-amador vai ser capaz de decifrar: «O cheiro tão penetrante e vivaz da resina das estevas, no fato que por elas roçou, em breve se transforma em perfume de mel novo e logo passa a lembrar a cera virgem e poucos dias tarda que não seja o característico cheiro de defuntos» (p. 179).

É neste clima de premonição, de intercomunicação, que o narrador assiste ao progresso da acção até ser ele próprio testemunha da crise sacrificial. As contradições ocultas vêm à tona no discurso do narrador em que verdade e mentira (simulação) se misturam. Efectivamente o monstro, o amante monstruoso, o matador, o vampiro pode funcionar no texto como mediador do desejo paroxístico do sujeito da enunciação, sua projecção paranóica. Mas vamos deixar de lado essa hipótese e atender apenas ao que é explicitamente dito. De toda a maneira, o narrador aparece-nos «empolgado pela cigana» («As feições, os gestos, a voz da cigana não me desamparavam a memória acendendo-me nos nervos rastilhos quase dolorosos de volúpia; tornava-se-me imprescindível a sua proximidade e já me sentia contagiado da febre de luxúria[2] que atraía ao antro do Trovas a incessante romagem de rapazes...») (p. 186). Porém, o que acima de tudo fascina o narrador e o torna em espectador do sacrifício é a relação da cigana com o monstro, é a sede de sangue[3].

Vejamos o que nos diz o narrador do que sente enquanto na cigana se concentra toda a sua curiosidade e a sua líbido: «...dentro de mim é que o dia corria lúgubre; o cérebro parecia-me encortiçado e o coração queixava-se-me de mil saudosas ausências impossíveis de discriminar...» (p. 179).

Na linguagem, aqui sublimada, do capitão encontra-se, inscrito fortemente, o lexema *ausência*, que designa não só o que

---

[1] Marca da pletora vital.
[2] Note-se a abundância de semas de *desejo: acendendo-me, rastilhos, dolorosos, febre, luxúria.*
[3] É interessante verificar como se manifesta no texto a isotopia do sangue, que o perpassa desde o aparecimento da cigana, se intensifica no segmento alusivo à morte do toureiro Camita na praça de Badajoz (p. 188) e atinge a maior condensação de semas nas cenas do sacrifício ritual e da autópsia (pp. 190, 191, 192. Achamos no campo semântico do *sangue*: estertor, sorvia, haustos, faca, cor de fogo, mádido de sangue, pinga de sangue, vampiro, sugado, cadáver, sangue derramado, carótidas, golpe, sugando-lhe o sangue...

está longe ou ficou para trás no tempo, mas ainda, em código psiquiátrico, fenómeno de dissociação de consciência [1] (a ausência histérica consistirá na impossibilidade de converter em sintomas os afectos recalcados).

A invocação do sacrifício surge no texto por quatro vezes: como anúncio-desafio durante uma discussão da cigana-virgem-de-Murilo com um cliente grosseiro («olha que ninguém me mete medo; *a minha vida está por um fio; não tarda muito que não venha alguém beber-me o sangue,* p. 177); como comentário brejeiro-enternecido dos rapazes que saíam do bordel («Nunca houve mulher igual a esta... *Quem lhe beber o sangue não perde o seu tempo, pois deve ser gostoso...,* p. 178); na explicação que o Trovas dá ao capitão da enigmática chegada da cigana («Tinha-lhe batido à porta (...) *e dizendo sempre que não se admirassem se aparecesse alguém para lhe beber o sangue...»,* p. 178) quando, à porta do Trovas e na altura em que o monstro já espreita o local, ela repete o seu estribilho («— Hombre... a mi que me hace?... Mira que nó tardará mucho *sin que me beban la sangue!...»,* p. 183).

Freud escreve em *Totem e Tabu,* considerando os dados etnológicos, que toda a prática ritual, toda a significação mística teve a sua origem num crime real. René Girard afirmará em *La Violence et le Sacré* (p. 275): «Le sacrifice est trop riche en éléments concrets pour être seulement le simulacre d' un crime que personne n'a jamais commis. On peut affirmer ceci sans refuser (...) de voir en même temps dans le sacrifice un simulacre et une satisfaction seconde. Le sacrifice se présente bien à la place d'un acte que personne, dans les conditions culturelles normales, n'ose et ne désire jamais commetre (...) Si le sacrifice est ce qu'il est *dans le rite,* c'est parce qu'il a d'abord été autre chose et parce qu'il garde cette autre chose pour modèle. Pour concilier ici la fonction avec la génèse, pour les dévoiler complètement l'une par l'autre, il faut s'emparer de la clef universelle qui élude toujours Freud: la *victime émissaire* peut satisfaire à toutes les exigences à la fois.»

Se a cigana-que-cheira-a-estevas representa nesta novela de Teixeira-Gomes a *«vítima emissária»,* por outro lado aparece-nos também (com o seu cunho de entrega em total liberdade), como a ânsia de um prazer supremo na destruição da diferença, de uma transcendência erótico-mística que só a explosão da violência extrema que acarreta a morte, e põe termo à descontinuidade do ser, lhe pode outorgar.

É difícil não nos recordarmos do filme de Nagisa Oshima *O Império dos Sentidos* (influenciado por textos de Bataille e

---

[1] Freud e Breuer: *Estudos sobre a Histeria.*

de Antonin (Artaud) ao lermos o segmento textual em que o narrador assiste à consumação do sacrifício:

«Arrastei-me ao comprido pela parede do vale, todo ouvidos para nada perder do que dissessem, mas o que a princípio parecia ciciar de vozes foi-se convertendo num estranho ruído indefinível, como que um estertor de espantosa lascívia...[1]
Debrucei-me.

Os dois corpos estorciam-se um sobre o outro e percebia-se claramente que o monstro beijava com fúria a cigana e, sem lhe despegar os lábios do pescoço, como que lhe sorvia a vida a grandes haustos...

Mas pouco a pouco o silêncio fez-se, absoluto; nem a respiração se lhes distinguia: dir-se-ia que na crise do gozo os dois haviam desmaiado...[2]

---

[1] O princípio de prazer é a manifestação por excelência da pulsão de morte.

[2] A infinitude do desejo ou, segundo a terminologia nitzscheana, a líbido infinita que não se satisfaz com a escassez das formas da sua satisfação, ou dos objectos que a tornam possível, está aqui expressa muito para além da definição de sadismo como busca de prazer (sexual) no sofrimento imposto a outrem (*Dictionnaire de la Psychanalyse*, Ed. Larousse, 1974); antes desvelando o papel que a pulsão de morte desempenha na agressividade em relação com o sexo. Gilles Deleuze (em *Présentation de Sacher Masoch*, Les Editions de Minuit, 1967) escreve, a propósito da obra prima de Freud *Para Além do Princípio de Prazer*, no articulado «Quest-ce que l'instinct de mort» (p. 100):

«Les résultats de la recherche transcendentale sont qu'Éros est ce qui rend possible l'instauration du principe empirique de plaisir, mais que toujours et nécessairement, il entraîne Thanatos avec lui. Ni Eros ni Thanatos ne peuvent être donnés ou vécus. Seules sont données dans l'expérience des combinaisons des deux — le rôle d'Eros étant de lier l'énergie de Thanatos et de soumettre ces combinaisons au principe de plaisir dans le Ça (a expressão adoptada em português, a partir do inglês, é *id;* o francês *ça*, tradução do termo alemão *das Es* marca bem a diferença entre aquilo que é inconsciente, *ça me fait mal*, e o inconsciente, posto que as duas outras instâncias da tópica de Freud, o *ego* e o *super-ego*, participam ambas, em parte, do inconsciente: ver *Vocabulário da Psicanálise*, de Laplanche e Pontalis). C'est pourquoi, bien qu'Eros ne soit pas plus donné que Thanatos, du moins se fait-il entendre et agit-il. Mais Thanatos, le sans-fond porté par Éros, ramené à la surface, est essentiellement silencieux: d'autant plus terrible. Aussi nous a-t-il semblé qu'il fallait en français garder le mot «instinct», instinct de mort, pour désigner cette instance transcendante et silencieuse. Quant aux pulsions, pulsions érotiques et destructrices, elles doivent seulement désigner les composantes des combinaisons données, c'est à dire les représentants dans le donné d'Éros et de Thanatos, les représentants directs d'Éros et les représentants indirects de Thanatos, toujours mélangés dans le Ça. Thanatos *est;* il n'y a pourtant pas de «non» dans l'inconscient, parce que la destruction y est toujours donnée comme l'envers d'une construction, dans l'état d'une pulsion qui se combine nécesairement avec celle d'Eros.

Puro engano. O monstro ergueu-se lenta e cautelosamente e às apalpadelas procurou, debalde, por entre as ervas, o quer que fosse. Logo levantou o tronco inerte da cigana e, ajoelhando, segurando-a pelo braço esquerdo, rebuscou no chão e apanhou um objecto reluzente. Era uma faca aberta que ele limpou nas ervas, soltando ao mesmo tempo o corpo da cigana. No leito de murraça húmida que a baixa-mar deixara a descoberto, o corpo bateu sem ruído e permaneceu inanimado.

No entanto uma lua escarninha, alongada e cor de fogo como a cabeça de um Mefisto descarapuçado, assomara e subira rapidamente sobre o horizonte iluminando este quadro estranho e à sua luz verifiquei que o rosto do monstro estava mádido de sangue...»

Repare-se no efeito cenográfico, com laivos de ironia, que associa a lua, escarninha e rubra, ao rosto do monstro húmido de sangue. Ora a lua simboliza o princípio feminino, a divindade das mulheres, que rege os ciclos mensais, a passagem da vida à morte, e da morte à vida e ainda o incesto e o inconsciente (conferir *Dictionnaire des Symboles*, ed. Seghers, reed. 1974). Esta lua, que se apresenta «com a cabeça de um Mefisto descarapuçado», conota também o diabo, o mal, o sabat. É o clima da profanação. Ao longo da novela foi-se inscrevendo a fascinação do crime, da crise sacrificial, mas derramar o sangue de um ser humano é imprimir a marca da sujidão na existência regulada pelas leis do contrato social bíblico que se substituiram aos sacrifícios cultuais. Esgotada a pulsão de morte na cena das marinhas, resta o seu anverso: a abominação.

O narrador, perante o dejecto, o cadáver da cigana que mirrou e vai apodrecer, experimenta as reacções contrárias de atracção e de repulsa que Julia Kristeva analisa em *Pouvoirs de l'Horreur — Essai sur l'Abjection* (Ed. du Seuil, 1980), cap. «Sémiotique de l'Abomination Biblique». Escreve ainda Kristeva: «Associée pourtant à l'excrément, et à ce titre impur (...) le cadavre est plus encore ce par quoi la notion d'impureté glisse vers celle d'abomination et/ou d'interdit» (p. 128).

Ora em «Sede de Sangue», após a descrição do vulto sem vida («...larga e irregular mancha sem relevo e o rosto seco, terroso, de feições sumidas, imobilizara-se no característico ríctus de cadáver, rosto já de múmia cuja boca os dentes saídos e juntos tapavam como placa de marfim...», p. 192), imprime-se com toda a força o tabu:

«Ainda pensei em descer e apalpar o corpo da cigana mas tive medo — um como que terror quase supersticioso, não fosse eu profanar alguma divindade morta» (p. 192) [1].

---

[1] Semas de *profanar: medo, terror, supersticioso, divindade, morta.*

Considerando que a novela pode dividir-se em duas partes, das quais a primeira tem por assunto a relação narrador-Trovas e por tema o bordel[1], inscrito na área sócio-semântica do vilório

---

[1] No código temático dos fins do séc. XIX e da primeira metade do séc. XX, o bordel (e a prostituição em geral) funciona, com acentuadas conotações sociais, como espaço da humilhação, do sofrimento, da degradação moral (em Raúl Brandão), do insólito quotidiano e da boémia, com fortes marcas existenciais e gosto do paradoxo (em Almada, atenuadamente em Aleixo Ribeiro), da denúncia e do protesto em Ferreira de Castro e nos neo-realistas (nestes com a funda simpatia pelos explorados e a proposta transformadora que caracterizam o seu estar no mundo e o seu projecto literário).

Em Teixeira-Gomes, porém, é a figura da hetaira, da sacerdotiza do amor sexual, que emerge não só em «Sede de Sangue», mas em inúmeras páginas de *Cartas sem Moral Nenhuma*, das *Novelas Eróticas*, de *Carnaval Literário*. O bordel ou a carne comprada surgem-nos por vezes com os estigmas do pecado e do mal, mas no grande clarão do desejo inexaurível (como nas noites andaluzas das *C. S. M. N.*); noutros textos são objecto de reflexão — de um filosofar caseiro que merece nele nos detenhamos. Exemplo dos *horrores voluptuosos* dessas noites (e noutras se nos depara o horror da violação do interdito, da beleza maculada): «...noites de cruciante deboche, de bestialidade, de sadismo, algemado à embruxada carne de umas bailarinas desgorjadas e sovadas, mas cujo suor e cujo sangue me eram deleitosos (...) de umas bailarinas que ressuscitavam da sufocação do meu corpo, do apolear mortal dos meus braços, para os moventes frisos em que desdobravam as suas danças engendradas nos mistérios infames de não sei que lascivos e olvidados ritos ou que infernais liturgias (...) e, dentre elas — como num canteiro de flexuosas papoilas levantinas, dobradas ao peso dos túmidos novelos purpúreos em que florescem — traçar o altivo, puro jacto, do lírio alvíssimo que foi o corpo insexuado da minha — única — *Rosário*, dulcíssima caçoila de perfumes onde se acoitava a alma enxovalhada da rameira — como em adorado relicário um gás mefítico; corpo, que eu comprei, à viva força violado — o impudor da alma não sujeitara ainda o pejo da sua carne — corpo mimoso e cheio como a rosa de cem folhas, por onde me integrei nas beatitudes de um incalculável gozo; descrever-lhe a consumpção dessas noites ao ardor duma pungente febre que, gulosa, nos fosforescia em lúbricas faíscas no olhar, ou languorescente, o encarvoava de vazias negridões...» (*C. S. M. N.*, pp. 48, 49). Estes arrancos, estes espasmos, estas horas de ansiedade e de loucura desfecham na madrugada «trazida na asa dum cisne branco». Teixeira-Gomes, ao escrever as *Cartas sem Moral Nenhuma*, denunciava ainda muito, na escrita, a herança vivida do *pecaminoso* cristão, rejeitada pelo seu cerebralismo, pela sua personalidade construída. Assim se explica o epílogo melodioso das noites de «infâmia e violência» ou expressões suas como «o corpo trespassado das mil puas do *delicioso cilício da luxúria*. A febre sexual coincide então nele com crises de isolamento, que abrem para as «cafurnas da crápula e da devassidão».

Tal como se nos apresenta mais tarde, em *Londres Maravilhosa*, ateu e libertino, Teixeira-Gomes, ou antes, o narrador de *Inventário de Junho* não se envergonha nem do *negócio* que em Nápoles lhe confere, a prazo, a posse da pequena Giudetta

algarvio (do início até à p. 175, onde se inicia a sequência que começa *Mas um dia, pela porta da venda enteraberta*) e na segunda parte os temas do sacrifício humano e da prostituição sagrada se desenvolvem em cinco sequências (a já referida e as que principiam *Assim considerava eu...*, *Começava o crepúsculo...*, *Pela volta das oito horas voltei ao meu posto...*, *Sem*

Gigli, nem do contrato feito com o «pagem» Gregório, no Funchal, o qual lhe põe nas mãos a bela Cecília, que tinha a consciência exacta de quanto valia despida («As atitudes académicas ajuntava ela outras de sua invenção; a mais atraente era de joelhos sobre a cama, sentada nos calcanhares, com um sorriso malicioso e quieto, a apontar para mim os bicos dos seios hirtos, cada um em sua mão... Era imagem que o poeta aceitaria para pôr à entrada do palácio da Ventura», C. S. M. N., p. 178). Note-se mais uma vez, a propósito, o voyeurismo de Teixeira-Gomes, que tem aqui como mediador, ou responsável, o libertino amante inglês, «dono», à lei do cifrão, da jovem insular que não se deixava, sem emoção, beijar nos olhos e que o narrador animaliza-diviniza (prostituta sagrada, de «lídima expressão vegetativa») com a réplica *surpreendente* que lhe atribui: «Desejava ser cabra e comer de bruços a erva verde» (p. 179). A figura fisicamente esboçada da adolescente apenas púbere de *Inventário de Junho* chama-nos a atenção não só para a licenciosidade e o descaro do narrador, que não respeita fronteiras de idade e tem, quanto à satisfação sexual, uma ética hedonista (aliás, a sua predilecção por moças muito novas apercebe-se em «Deux ex Machina», «Ana Rosa», *Maria Adelaide*, etc., tal como o seu deslumbramento perante as bailarinas-baiadeiras), mas sobretudo para a vincada presença, já referenciada, das mulheres judias nos seus textos de evocação erótica (Camila, Leonor Gelder, a de «Jogos de Bolsa», referida também noutros passos da obra de Teixeira-Gomes, e a quase infantil bergamesca). De facto a judia está conotada fortemente com a poética do sangue e das trevas maléficas. O sangue, palavra suprema, tão frequente no discurso de Teixeira-Gomes, liga-se ao isomorfismo da condição feminina no *Antigo Testamento* — mistério, dor, aflição, pânico, tempo menstrual (sangue menstrual), ferida, sujidade: queda. A fascinação da queda. O fantasma teria a ver não com o acidente ginecológico mas com a ideia «estimulante» de pecado sexual.

Teixeira-Gomes, cuja obra podemos globalmente inserir na grande tradição da literatura erótica (de Petrónio a Boccaccio, a Marivaux, a Laclos, a Crébillon Fils, Andrea de Nerciat, Sade, Fourier, Pierre Louys, Pierre Mac Orlan, autor do romance secreto *Mademoiselle de Mustelle et ses Amis*, com o pseudónimo de Pierre Bourdel), não hesitaria decerto em perfilhar a frase de Restif de la Bretonne, por este atribuída ao advogado Linguet, guilhotinado em 1794: «...onde a libertinagem nada tenha de cruel para o sexo das graças, onde o amor, reconduzido à natureza, liberto de escrúpulos e preconceitos, apresente somente imagens risonhas e voluptuosas...» (em *L'Anti-Justine* ou *Les Délices de l'Amour*, 1798, citado por Alexandrian: *Os Libertadores do Amor*, Via Editora, Lisboa, 1979, p. 44).

Restif foi, com Tiphaigne de la Roche (*Histoire des Galligènes*, 1756), antes de Fourier, um dos defensores da liberalização dos costumes no século das Luzes. Escritor torrencial, sem a qualidade de pensamento e de escrita de Diderot ou de Choderlos

*demora pus-me na rua...*) seguidas de um curto resumo e de um *Posfácio* (inchado de sarcasmo), verificamos que o discurso, em que as marcas do desejo são profusas, não apresenta unidade de tom, antes se singularizando pela intercadência do registo irónico e do registo dramático.

A adopção da técnica da focalização restritiva asseguraria, em princípio, ao texto uma maior verosimilhança factual e daria aos comentários e opiniões do narrador o carácter dos *juízos fidedignos* (terminologia de Wayne C. Booth em *A Retórica da Ficção*, Ed. Arcádia, 1980). Porém, perguntamo-nos se, de facto, o autor levou até ao fim a procura de *ilusão* romanesca (já que de *impassibilidade*, segundo o conceito de Flaubert, não acharemos aqui nem o rasto) ou se, nesta teia razoavelmente bem urdida de sumários evenemenciais, interrompidos por analepses, retratos, cenas (amplos núcleos de estrutura dramática) e considerações diversíssimas, ele não abandona até certo ponto o *distanciamento* a que pretendeu obrigar-se (pecando por anotações estetizantes) ou, contrariamente, não exagera até à caricatura a auto-ironia, acabando por retirar veracidade à personagem-narrador e apagando mesmo o efeito da cena derradeira (em que o *transfert* se teria operado segundo a teologia do sacrifício) com o tom de irrisão do epílogo. O vilório purgou-se da violência nele latente, o narrador polarizou na vítima as tensões que o habitavam e que o estrangeiro, o sacrificador, veio concretizar em violência criminosa. E depois? A relação entre o sacrifício, instituição simbólica, e a existência deriva para o terreno costumbrista da correspondência nas colunas da *Actualidade*, «refugada a pretexto de imoralidade»; e o narrador explica enfim como e porque escreveu a *resumida relação*, «no intuito

---

de Laclos, mas com o dom mimético que lhe permitiu deixar-nos os «quadros» que nos deixou (tão conformes com o modelo) dos costumes da burguesia e do povo de Setecentos, entre os quais viveu (operário-tipógrafo descendente da pequena nobreza rural preconceituosa), Restif de la Bretonne, ligado aos precursores do socialismo utópico, exprimiu em *L'Andrographe* (1782) as linhas mestras de uma planificação racionalizadora da vida social. Mas já em 1769 (ainda não se equacionava o problema do amor livre), Restif traçara, em *Le Pornographe*, um projecto de regulamento da actividade das prostitutas públicas, que se reuniriam em *Parthénions*, casas sob a alçada do governo (doze cidadãos dirigiam cada *Parthénion* — mansão com um pátio e dois jardins —, que disporia de zeladores, ou defensores, da ordem e de uma ala para as crianças nascidas das relações das «funcionárias»). O preço dessas prostitutas, erigidas em «cidadãs», variaria segundo categorias de idade.

Estamos, como se vê, ainda muito longe dos «falanstérios» de Fourier, mas Teixeira-Gomes (o dos primeiros textos, pelo menos, que em *Cartas sem Moral Nenhuma*, evoca os fastos estabelecimentos de Antonia la Morena) acha-se menos distante de Restif.

de a dar à estampa, cuidado este que confiei à muito conceituada tipografia da capital do distrito, *A Minerva*» (p. 194).

A chacota, ingrediente do texto, é evidente, apesar de uma anotação que nos cumplicia: «episódios de ordem tal, quando mesmo os houvessem engendrado a alucinação e o sonho...» (p. 193). A pista que se abre aqui seria a confirmação da impossibilidade de dizer o horror sagrado sem logo intervir o profano (o cómico e o sarcástico), como instância susceptível de esconjurar a violência sacrificial, de restabelecer o equilíbrio.

Equilíbrio que se enraíza, aliás, num manifesto contraste entre registos tão diversos como o da ironia a roçar pelo caricato e pelo reles (a descrição de Balbina Catada, por exemplo, ou a informação sobre a vida vazia de reformado que permite ao narrador, explorando os campos semânticos da curiosidade e da sordícia, modelar-se como personagem: «Sempre de *emboscada, espreitando* a vida alheia, e sempre na vã *expectativa* de algum acontecimento que me *galvanizasse* e me arrancasse à *modorra* ambiente, *bacorejava-me* que da vizinhança do sr. Trovas algo enfim de emocionante me adviria», p. 161) [1]; e o registo do fantástico, em que prevalece a mimésis e em que, no mostrar, se manifesta, dramaticamente, a subjectividade, mas, com uma bem patente, até proclamada, carga estética [2]: «Era já sol-posto, como disse, e o crepúsculo a extinguir-se, envolvendo em meias trevas a vila que naquele ponto remata num outeiro onde assenta uma casa nobre. Todo o edifício jazia na escuridão; somente a balaustrada que o coroa sobressaía em relevo na faixa dourada

---

[1] Relato de situações, próximo da crónica e pigmentado de informantes, em que predomina a objectividade, ainda que sujeita aos sublinhados cáusticos do dizer irónico. A própria novela, com o que deve à estética da deformação, é o significante de uma sociedade provinciana grotesca e cruel: tarada. Toda a narrativa propõe uma interpretação da história: as mutilações e deformações das figuras representam aqui a mesquinhez e a monstruosidade da sociedade classista com os seus aleijões. A cigana e o vampiro preenchem a dupla beleza/grotesco. Os monstros são o absurdo lógico do egoísmo das sociedades convencionais.

[2] Bem à vista também no segmento em que o narrador, fugindo aos seus parâmetros sócio-culturais, se embevece no espectáculo duplamente artístico, porque escultórico e tão animado de vida profunda que poderia supor-se simulado num palco, da mãe que se compõe, em movimento, com extrema mesura e sem deixar de, ao mesmo tempo acariciar o filho: «E como se tudo já me sorrisse pus-me, encostado ao remate da ponte, a contemplar os movimentos de uma mulher do campo que passava, andando apressada, com o filhinho ao colo, mas compondo o xale que lhe escorregava dos ombros, a mecha de cabelos que lhe caía nos olhos, o lenço cujo nó afrouxava, e tudo isto sem hesitação, sem desequilíbrio, sem perturbação no ritmo de andar e afagando sempre a criança que se estorcia inquieta. — Olé exclamei arrebatado — se este não é um espectáculo estético é que a estética não passa de uma vã palavra!...» (pp. 180, 181).

do poente. Do outro lado do céu, um grupo de árvores, alta mancha confusa mas recortada nitidamente na folhagem do contorno. Entre a balaustrada e a copa das árvores dobrava-se no céu um grande arco de carmim sangrento. Foi por esse fantástico pórtico que o monstro desapareceu, crescendo em proporção, contra as regras da óptica, à medida que se afastava e desfazendo-se subitamente no derradeiro bruxulear da luz poente...» (p. 185).

Estamos aqui já perante a imagem do templo sacrificial (o *fantástico pórtico*), mas o clima de presságio, anunciando a crueldade, a violência, a morte, encontra-se ainda noutros signos *(o carmim sangrento do arco)*. Facto da alçada do absurdo (senão do sobrenatural) é o crescer do vulto monstruoso na distância *(contra as regras da óptica,* como o narrador constata: jogo do visível e do invisível, diálogo da razão com o fantasma — lobisomem, vampiro, gigante mágico). O mesmo processo se observa nos quadros oníricos de Giorgio di Chirico, onde a alteração ilógica dos sonhos — só que não denunciada — produz o efeito insólito. Todorov, na sua *Introdução à Literatura Fantástica* [1], interpretando aquilo que chama os «temas do *tu*» por oposição aos temas do *eu*» (variações do sistema percepção-consciência), liga-os à relação do homem com o seu desejo, logo com o seu inconsciente. Assim, para Tzvetan Todorov, «as preocupações relativas à morte, à vida após a morte, aos cadáveres e ao vampirismo, estão ligadas ao tema do amor» [2].

Enquanto o sobrenatural apareceria para dar a medida de desejos sexuais especialmente poderosos (não cabe rigorosamente nesta definição, embora lhe seja afim, o fenómeno de telepatia narrado na novela «A Cigana»), a crueldade ou as perversões humanas manter-se-iam nos limites do possível. Não será correcto afirmar, sem mais, que em «Sede de Sangue» assistimos a uma transgressão das leis da Natureza, pois (e nesse sentido orientámos a nossa análise) estaríamos ante a revivescência de um antigo ritual, transgressor sem dúvida, mas, em certa medida, libertador: o vazio e a angústia do narrador (olvidemos agora o epílogo) são colmatados pela perturbação, pela vertigem, pelo horror que lhe dá o conhecimento «interiorizado» da morte--forma-de-amor.

### «A Cigana» e o espaço da paixão

«A Cigana» é das novelas de M. Teixeira-Gomes uma das que não disfarçam a sua necessidade, para o acto da escrita, de um leitor privilegiado. Denuncia-se, sem rebuço, essa neces-

---

[1] Tzvetan Todorov: *Introdução à Literatura Fantástica*, Moraes Editores, 1977.
[2] Op. citado, p. 125.

sidade com o subtítulo «Carta a António Patrício»; e leva, acima da primeira linha do texto, as indicações do local e data da sua composição, *Hammameth, Dezembro, 1930* (que nada têm a ver com o narrado) e o vocativo «Meu caro Amigo», embora a presença do narratário depois se dilua, praticamente até à anulação. O prólogo, ou primeira sequência, que se encerra com uma citação de Bossuet, fornece-nos logo de entrada o cerne da «estória» — um caso de telepatia — e diz-nos qual a natureza do discurso, que é o discurso da paixão, emergindo da tonalidade geral de um outro discurso, esse consubstancial a toda a obra de Teixeira-Gomes: o discurso do desejo.

No prólogo em causa faz-se a evocação de uma mulher, objecto da paixão («longos e atormentados amores»[1], «assunto, no qual bem sei que não posso bulir sem que se me espedacem raízes do coração»)[2], mas, simultaneamente, sujeito voluntário do arrebatamento[3] que aos seus menores caprichos submete o herói narrador, o qual é assim tanto sujeito como paciente da mórbida exaltação que ele próprio define como paixão e que tem o estatuto do sagrado («Eu jurei a mim mesmo que jamais contaria a alguém os episódios dessa paixão, e tenho cumprido o juramento na sua parte mais íntima e essencial...)[4]

O narrador, neste seu exórdio, que alguma coisa tem a ver com a «proposição» do poema épico, não só interrelaciona a matéria revivida-fabulada com a instância da narração e desse passo revela as molas secretas do acto literário, tal como o pratica («...não resisto a lembrar certas passagens de menor importância, e escrevendo-as experimento um intenso e amargo deleite)[5], como reflecte, com o narratário, no qual se apoia, sobre os problemas estéticos que se coloca e que vai enfrentar («E no caso presente ainda tenho de arcar (ridículo detalhe) com as dificuldades da linguagem, que deverá ser escarolada de todos os europeus, para o efeito almejado»)[6]. O classicismo deste programa, que será mais ou menos cumprido, sem as divagações, aliás muito ricas, de outras novelas em que a representação prevalece sobre a acção, reforça-se com o propósito adiante expresso (que ainda mais directamente se refere à estrutura da narrativa e em que alternam uma 1.ª pessoa no singular *(me)* e outra no plural *(podemos)*, estando nesta incluído o primeiro

---

[1] *N. E.*, p. 91.
[2] *N. E.*, p. 92.
[3] Roland Barthes, em *Fragments d'un Discours Amoureux*, Seuil, 1977 (p. 223) define *ravissement* do seguinte modo: «Épisode réputé initial (mais il peut être reconstruit après coup) au cours duquel le sujet amoureux se trouve *ravi* (capturé et enchanté) par l'image de l'objet aimé (nom populaire: *coup de foudre;* nom savant: *énamoration*).
[4] *N. E.*, p. 91.
[5] *N. E.*, p. 92.
[6] *N. E.*, p. 92.

narratário, ou seja, o destinatário da carta, como adjuvante passivo do texto a titular e a produzir e que lhe é dirigido--dedicado, mas que se coloca sob a égide de Bossuet, um dos prosadores a quem Teixeira-Gomes mais estima e reverencia): «Isso me valerá para narrar o caso nu e cru, o qual podemos intitular *A Cigana*, e encabeçá-lo com as sagradas palavras de um bispo, a Águia de Meaux, o sublime Bossuet»[1].

É-se tentado, desde logo, a aproximar a interrogação retórica de Bossuet, que na verdade afirma:

«Dans le transport de l'amour humain, qui ne sait *qu'on se mange, qu'on se dévore*[2], qu'on voudrait s'incorporer en toutes manières et, comme disait ce poète, *enlever jusqu'avec les dents* ce qu'on aime pour le posséder, pour s'en nourrir, pour s'y unir, pour en vivre?»

do misticismo erótico expresso por Georges Bataille[3] e da sua teoria da descontinuidade do indivíduo, resolúvel pela paixão levada ao extremo, pela transgressão do interdito, pela aniquilação.

Afirma Bataille:

«Les chances de souffrir sont d'autant plus grandes que seule la souffrance révèle l'entière signification de l'être aimé. La possession de l'être aimé ne signifie pas la mort, au contraire, mais la mort est engagée dans sa recherche. Si l'amant ne peut posséder l'être aimé, il pense parfois à le tuer: souvent il aimerait mieux le tuer que le perdre. Il désire en d'autres cas sa propre mort. Ce qui est en jeu dans cette furie est le sentiment d'une continuité possible aperçue dans l'être aimé. Il semble à l'amant que seul l'être aimé — cela tient à des correspondances difficiles à définir, ajoutant à la possibilité d'union sensuelle celle de l'union des coeurs —, il semble à l'amant que seul l'être aimé peut en ce monde réaliser ce qu'interdisent nos limites, la pleine confusion de deux êtres, la continuité de deux êtres, la continuité de deux êtres discontinus. La passion nous engage ainsi dans la souffrance, puisqu'elle est, au fond, la recherche d'un impossible...»[4]

Ora o que na novela «A Cigana» vamos encontrar (em dois espaços estritamente paralelos, logo imiscíveis, mas que se contaminam, como veremos: união dos corações, união sensual) é precisamente a paixão como violência, excesso, destruição[5].

---

[1] *N. E.*, p. 93.
[2] Os sublinhados são meus.
[3] Georges Bataille: *L'Erotisme*, Les Editions de Minuit (Col. Arguments), Edition Illustrée, 1979.
[4] Opus cit., p. 27.
[5] Com um tratamento estético muito diverso (até pela convivência, que em «A Cigana» não se verifica, do sagrado e do profano), encontramos igualmente esta louca intensidade, levada

Aliás, no ensaio de Bataille, cuja publicação data de 1957, lê-se ainda:

«Si l'union des deux amants est l'effet de la passion, elle appelle la mort, le désir de meurtre ou de suicide. Ce qui désigne la passion est un halo de mort. Au dessous de cette violence — à laquelle répond le sentiment de continuelle violation de l'individualité discontinue — commence le domaine de l'habitude et de l'égoisme à deux, cela veut dire une nouvelle forme de discontinuité. C'est seulement dans la violation — à hauteur de mort — de l'isolement individuel qu'apparaît cette image de l'être aimé qui a pour l'amant le sens de tout ce qui est. L'être aimé pour l'amant est la transparence du monde. Ce qui transparait dans l'être aimé est ce dont je parlerai tout à l'heure à propos de l'érotisme divin ou sacré [1]. C'est l'être plein, illimité, que ne limite plus la continuité personnelle. C'est, en un mot la continuité de l'être aperçue comme une délivrance à partir de l'être de l'amant [2].

Em «A Cigana» a paixão introduz perturbações e desordem e, situando-se num espaço de desejo quase paroxístico («...Córdova dolente, das mulheres fatais, que disparam olhares *acesos em luxúria* [3] para quem se lhes cruza no caminho; e onde é ainda *mais selvagem, excitante, afrodisíaco,* o *tripúdio* das bailarinas andaluzas...») [4], dá-nos, através da angústia do protagonista (do demiurgo quando jovem) o sentimento da individualidade descontínua, da separação, agravada pelas furtas da mulher amada. Todo o comportamento do herói apaixonado (empolgado, arreba-

---

ao extremo do sacrifício, da imolação da amorosa vítima, em «Sede de Sangue», um dos contos mais fecundamente «inquietantes», apesar de certa procura naturalista do insólito, do volume *Gente Singular*.

[1] Bataille afirma (*L'Erotisme,* p. 30) que o erotismo cujo objecto se situa para além do real imediato está longe de ser redutível ao amor de Deus. Escreve depois que, essencialmente, o divino é idêntico ao sagrado, sob reserva da descontinuidade relativa da pessoa de Deus, e precisa: «Bien qu'elle en soit clairement distincte, l'expérience mystique est donnée, me semble-t-il, à partir de l'expérience universelle qu'est le sacrifice religieux. Elle introduit dans le monde que domine la pensée liée à l'expérience des objects (et à la connaissance de ce que développe en nous d'expérience des objects) un élément qui n'a pas sa place dans les constructions de cette pensée intellectuelle, sinon négativement, comme une détermination de ses limites. En effet, ce que révèle l'expérience mystique est une absence d'object. L'object s'identifie à la discontinuité et l'expérience mystique, dans la mesure où nous avons en nous la force d'opérer une rupture de notre discontinuité, introduit en nous le sentiment de la continuité. (…) L'érotisme sacré, donné dans l'expérience mystique, veut seulement que rien ne dérange le sujet.»
[2] Opus cit., p. 28.
[3] Sublinhados meus.
[4] *N. E.*, p. 92.

tado) inculca o profundo anelo de união espiritual indissociável da *confusão* com outro ser, com outro corpo, abertura para a continuidade de dois seres descontínuos.

É na cópula com a cigana (o *medium*, corpo através do qual o herói atinge outro ser e o penetra) que se cumpre a violência devoradora que assinalei, com sublinhados, na frase de Bossuet sobre os transportes do amor humano *(qu'on se mange, qu'on se dévore, enlever jusqu'avec les dents)*. A fúria da violação sexual, cujo cunho de sacrifício é indiciado por uma réplica da cigana (*«Aqui me tienes, hace lo que te da la gana»*)[1], aparece primeiramente nomeada *grande duelo de amor* e colocada sob o signo do desbordamento, aumenta depois quando os fantasmas do narrador associam sucessivamente a ardorosa *partenaire* à jovem cuja cinta enlaçou à saída da tourada e à sua noiva («Entretanto outra ideia me germinava no cérebro, que eu repelia como se fosse um crime, um sacrilégio, mas que acabou por me dominar completamente. *Se a minha noiva estivesse no lugar da cigana*[2]. Como eu lhe fazia expiar, no seu corpo delicado, de rosas e açucenas, contra a terra dura, todos os tormentos que os seus caprichos, os seus desdéns, a sua maldade, me haviam infligido. Ali, contra a terra dura, *apertada* nos meus braços, que lhe *esmagariam a carne*, como se fossem *de aço*, nos espasmos da luxúria...»)[3].

Logo a seguir, a síntese *eros-thanatos* no protesto e no êxtase da cigana, também indiciadores da violência (a vida é mortal, mas a continuidade do ser não o é):

«— Pero que te pasa, niño... Que *malo* eres... *me haces daño*... Si, que *me matas*... — e logo, *desfalecida:* — Alma de *mi vida... que me muero...*»[4]

---

[1] *N. E.*, p. 109.
[2] Sublinhados meus.
[3] *N. E.*, p. 110.
[4] A isotopia da morte, incluindo semas de sangue e violência, percorre todo o texto, com particular incidência na sequência da tourada e, muito em especial, no segmento que introduz a personagem eversora do moço do campo «que matara três pessoas para roubar as pesetas que custava o «bilhete» da corrida, a que ele jurara assistir». Encontramo-nos aqui perante duas formas de transgressão — de dar a morte —, a primeira recuperada, pautada pela sociedade espanhola, como violação benigna e exutório, a corrida de touros; a segunda, o homicídio, rigorosamente condenada pela lei, ainda que beneficiando senão da simpatia, pelo menos da piedade ou da compreensão do narrador e — presume-se — da «grande mole de gente» afecta ao espectáculo tauromático «apertada entre a parede e a fila de carruagens, que também havia parado». Eis como o descreve o sujeito da enunciação: «Era uma pobre criatura franzina, lívida, com o ar desvairado, o cabelo empastado em sangue, de um golpe de sabre que recebera dos *guardias*, os quais, apesar das algemas, o seguravam esforçadamente, enquanto não chegava o carro celular» (*N. E.*, pp. 99 e 100).

Ora são quase as mesmas (e aqui se evidencia a receptividade mediúnica da noiva do herói) as palavras que a esquiva e quase sádica menina pronuncia no dia seguinte, já às grades da sua janela e em estado fortemente emocional:

«— Sabes, he soñado contigo... Que malo eres... — Os seus lábios buscavam os meus, e nos curtos intervalos dos seus beijos, murmurava: — Que malo eres... que daño me has hecho... — e logo: «— Ai, que me matas... alma de mi vida que me muero...»[1]

«A Cigana» não é a única das novelas de Teixeira-Gomes que se instaura nos domínios do fantástico e do onírico, mas é decerto, pelo papel que nela desempenha o fenómeno da telepatia, pelas marcas no texto da premonição, do mistério, dos objectos conotados com o destino, a mais rica nesse terreno, se exceptuarmos «Sede de Sangue».

O narrador institui pela palavra o sentimento («Porém, a minha *paixão* era demasiado funda para ceder a tais diversões»[2]: assim se refere à «formosa rapariga» da mantilha branca que conheceu na tarde de touros. Paixão essa que apresenta desde o início da narrativa marcas disfóricas, que a situam no campo do perigo e do pavor, do desconhecido: «os silêncios da minha noiva apavoram-me», «prenúncio de perigo»[3].

A intervenção do destino, conotado com a paixão, em «A Cigana», declara-se quando esta, ao entrar na barraca da feira, onde o herói se encontra, no meio dos seus companheiros do *tendido*, entre todos o *descobre* (nunca antes o vira) e lhe diz: «Hay dos dias que te busco... para leerte la buena-dicha»[4].

Não só se propõe ler-lhe a sina (o destino), mas garante que o procura há dois dias: designa-o assim como aquele a quem se reconhece, o idealizado, o que corresponde à imagem inconsciente da sua eleição.

A presença do destino surge-nos ainda no sinal de aviso dado pela serpente que uma mulher muito gorda (que o narrador se lembrava de ter visto na feira de Portimão do ano anterior) usa enrolada[5] ao pescoço. Ora a simbologia da serpente, nas estruturas discursivas do imaginário, remete para a líbido e para a morte, para a ameaça, quer lhe seja atribuído um conteúdo mítico masculino ou feminino[6].

---

[1] *N. E.*, p. 112.
[2] *N. E.*, p. 102.
[3] *N. E.*, pp. 93 e 94.
[4] *N. E.*, p. 104.
[5] Noutro narrema o epíteto varia para *enroscada*.
[6] Segundo Gilbert Durand, que arruma os répteis na categoria dos arquétipos substantivos, de regime diurno e estrutura esquizomórfica, tendo como oposto a asa (quadro da classificação isotópica das imagens, em *L'Imagination Symbolique*, ed. PUF, 3.ª ed., Paris, 1976, pp. 94, 95), a serpente, como símbolo teriomorfo pertencente a uma camada ontogenética anterior ao Édipo,

Outro objecto conotado com o destino é o revólver que Pepe Quadrado, desistindo de dissuadir o herói de ir ao encontro da enigmática cigana, o força a aceitar, como instrumento de protecção, «cujas qualidades de precisão e alcance, além de outras, misteriosas, de talismã ou amuleto, ele encarecia»[1].

Na novela «A Cigana», o narrador (escrevente-vidente) constitui-se como espectador de si próprio em acção. Na sucessão fantasmática do que se revela e do que se esconde aparecem as projecções sexuais[2]. É um texto em claro-escuro, onde o machismo e a misoginia manifestos de Pepe Quadrado fluem através de enunciados que dizem o sado-masoquismo que o narrador não confessa explicitamente, mas que aflora na sua relação com cada uma das três mulheres (a noiva, a rapariga da mantilha branca e dos cravos vermelhos, a cigana). A visão especular e narcísica, que é consubstancial ao acto da escrita (mormente quando tão subjectiva), está derramada pelos lugares do desejo e do risco (violência e volúpia organizada das transgressões).

Pepe Quadrado, contribuindo para a definição do estatuto do herói narrador, afirma: «...todos los portugueses son locos (...) y este más que ninguno». Efectivamente, o herói, se é certo que, na sua quase servidão perante a noiva, traída por anseios vindicativos, veste o figurino do português *llorón*, é, por outro lado, intrépido e jocoso; protector ocasional da formosíssima jovem da tourada; e desafia a morte, que desde o início da narrativa o envolve, na Córdova oriental, da torre de «mala muerte»[3], indo ao encontro da cigana no espaço nocturno do descampado, sem lua, sob um céu tenebroso. Tal como num filme de Buñuel, é nesse espaço vazio que ele acorda, o sol já alto, com um cão perdigueiro a lamber-lhe a cara (julgando que a cigana ainda o beijava).

Só o sujeito da enunciação e Pepe Quadrado são personagens espessas. E ainda Pepe Quadrado apresenta o perfil paradigmático de Don Juan (o dândi, o cínico, o *calavera*, íntimo da casa de *Isabel la Cigarrera*, «acarinhado pela patroa e pelas pupilas» e que julga possuir por transmigração a alma de

---

apresenta, enquanto animal agressivo, na sua polivalência semântica (sentido matricial ou fálico), poderosos sentimentos de bestialidade, «discursividade repugnante, arquétipo do caos (do inferno), *Structures Anthropologiques de l'Imaginaire*, ed. Bordas, reed. 1978, pp. 71, 73, 77.

[1] *N. E.*, p. 107.
[2] A imersão do narrador no seu «martírio» erótico, que já durava há quatro anos, o fetichismo (recorrente nos textos de Teixeira-Gomes) dos seios (aqui os da cigana são «agudos e prodigiosamente elásticos»), as marcas de sadismo ora refreado ora explosivo, a serpente enroscada, o «corpo de rosas e açucenas», etc.
[3] *N. E.*, p. 92.

Don Juan Tenório[1], com marcas de masculinidade arrogante e castigadora («*Ah! fuera conmigo que castigo le dava...*», p. 95; *que tremendo castigo no merecia esta mujer!*, p. 98). Os sujeitos femininos dos outros enunciados têm sobretudo o estatuto social da «minha noiva» e da cigana *retaguapa* de «beijos queimosos», ardente duelista do amor, em que, tal como o herói, dá «provas de valor e resistência»[2]. Quer dizer, à margem da estrutura profunda do texto, que é a da paixão, que empolga o narrador e habita, com gradações diversas, nas duas principais figuras femininas[3], estas representam estratos da sociedade peninsular de fins do século XIX, com os seus tabus e respectivas infracções. Assim, por exemplo, se construirá o estatuto da «minha noiva» com a reclusão e a altivez, o namoro por entre grades, o desdém e o ciúme, a aia, a cerimónia da missa matinal onde a beldade se mostra aos seus admiradores, a presença distante na «corrida», no desfile da Alameda, no teatro: ela é a antagonista de Pepe Quadrado, moldada pelo machismo andaluz, e com a correlativa histeria, com marcas sado-masoquistas, além da receptividade mediúnica.

A narrativa é fechada, com uma diegese claramente delimitada. O prólogo contém já, aliás, um desenvolvimento mítico do epílogo, que nos é dado sumariamente nas três últimas linhas, de tonalidade romântica[4], menos rara do que se possa supor nalguns trechos das *Novelas Eróticas:*
«E a agonia da sua paixão durou ainda quase dois anos... a minha nunca morreu».

---

[1] *N. E.*, p. 95.
[2] *N. E.*, p. 109.
[3] Na cigana o *eros* violento é força da natureza; na noiva é a proibição, a fascinação do mal, a mola real da desforra vindicativa que a jovem reclusa exerce sobre o seu paciente enamorado.
[4] Este tom romântico (romantismo interior e anterior, suporte do classicismo, segundo Valéry), que à flor do texto se evidencia, alterna, contudo, com a ironia constante no discurso do narrador, dando-nos assim uma imagem sério-jocosa ou trágico-burlesca da Espanha meridional. Pepe Quadrado, quando já o comboio silvava para o regresso a Sevilha da sua juventude doirada e um tenente da «guardia civil» esperava no cais o aparecimento do herói, quase dado como morto, vendo que este se preocupa com a hipótese de poderem vir a incomodar a sua «encantadora cigana», tranquiliza-o: «Tonto (...) parece que no conoces España. Hasta que el acaso hubiera descubierto tu cadaver putrefacto, nadie se ocuparia más de ti...», p. 111.

No prólogo, antes de abordar o *caso de telepatia*, que se lhe afigura digno de «ser arquivado»[1], já o narrador, denunciando-se como também sensível a eflúvios magnéticos, nos dissera:

«Com aquela mesma mulher cuja presença, anos depois de nos separarmos para sempre, adivinhei, «senti», num recinto imerso em profundas trevas e cheio de gente; e, logo, porque fugi para a não ver, me sugeriu a explicação do mito de Orfeu e Eurídice...»[2]

Há assim na novela vários espaços geográficos e sociomíticos, dos quais este primeiro espaço evocado-invocado — uma sala de espectáculos? — logo anuncia o clima mágico da narrativa. Os espaços concretamente definidos ou apenas enunciados são o do namoro à janela (espaço da sensualidade e do martírio, da desforra da mulher contra as grades que a «protegem»), o espaço onde se manifesta o fenómeno da telepatia, o do bordel sevilhano, o da praça de touros, o da rua em Córdova (que engloba a multidão e o assassino algemado: espaço da violência e do crime), o do teatro e o da pequena «tertúlia» familiar, o do café *del Grán Capitán*, o da feira (espaço do mistério, da festa e da aproximação erótica), o do descampado ao pé da estação (espaço da luxúria desenfreada e da intercomunicação dos corpos e dos espíritos), por fim o do cais da partida (espaço crítico burlesco da fanfarronice e da ineficácia espanholas).

Merece atenção a utilização dos tempos verbais na narração. Assim a sobreposição do presente e do perfeito, por vezes no mesmo período, demarcando a época do vivido e o momento da escrita (do re-viver): «Reportando-me ao tempo em que se *passou* o estranho caso, ainda respiro a sua atmosfera literária...»[3]. O imperfeito do indicativo tanto prolonga as acções pretéritas como vem, por vezes, inserir-se em certas catálises, pelo meio das funções nucleares em que o narrador usa o presente histórico para dar mais intensidade à evocação. Exemplo: «— Calla, burro, no blasfemes — *atalhava* eu, quase sem poder reprimir as lágrimas» e logo a seguir: «— Mas nessa noite a minha noiva, no tom mais natural do mundo, ao despedir-se, *pergunta-me*...»[4]

---

[1] Função da memória como detonador do *escreviver* de Teixeira-Gomes.
[2] É evidente a homologia entre o inferno e o «recinto imerso em profundas trevas e cheio de gente», tal como o é o realce dado ao sintagma *senti*, colocado entre aspas. A explicação do mito de Orfeu e Eurídice, que o narrador refere, com certa ambiguidade, poderá ter a ver com o desejo inconsciente que Orfeu experimentaria de perder Eurídice (ou o sofrimento, as penas de amor), sem conseguir no entanto arrancar-se à paixão.
[3] *N. E.*, p. 92.
[4] *N. E.*, p. 95.

## «Deux Ex Machina» e a articulação das personagens com o espaço social

O que nos impressiona desde logo, como aliás sucede com a maior parte das novelas e contos de Teixeira-Gomes, é a desproporção entre a riqueza do discurso e a relativa pobreza da estória, embora neste caso a estrutura das personagens apresente interesse superior ao habitual, pela sua articulação profunda com um espaço urbano e social, o da comunidade judaica e, em especial, dos judeus alemães de Amesterdão em 1890.

A fábula poderia resumir-se, dentro do tom irónico e exemplar da narrativa, como lição da técnica de caçar um marido rico e de como o herói se salva da armadilha.

O narrador, autodiegético, interfere na acção como personagem central; é responsável por uma abundante descrição — ornamental, crítica e funcional — e acha-se por vezes, tanto quanto um narrador homodiegético, distanciado das figuras. Para isso contribui decerto o *décalage* entre a instância narrativa e a instância do narrado. Perto de quarenta e cinco anos separam a primeira da segunda. Aparecem no texto (em que, como sempre, a memória desempenha um papel fundamental) prolongamentos da sensação que vêm até ao tempo da instância narrativa[1]. Este manifesta-se também (com as formas verbais do presente) em muitos dos considerandos que criam o espaço social das «públicas virtudes e dos vícios privados», ou o mundo do parecer, caricaturado pelo narrador, cuja busca de valores autênticos se orienta, como adiante veremos, no sentido do conforme com a natureza e do belo, ou seja, da sua estilização. A alternância dos dois tempos, passado-presente, regista-se inclusive no mesmo parágrafo, onde também se manifesta o binómio ser-parecer: «*Fora* por ele iniciado nos mistérios da vida holandesa, essa vida que *parece* regida rigorosamente por preceitos de perfeita moral, universalmente acatados e que no entanto é viciosa como nos mais desacreditados países do mundo.»[2]

A crítica do narrador, certamente convicto de não se terem registado apreciáveis alterações nos costumes burgueses dessa sociedade mercantil repressiva, cuja «decência» de fachada assentaria na persistência de várias formas de prostituição, exprime-se com sublinhado jocoso[3], mas torna-se complacente quando, já

---

[1] «A sua face ardente colara-se à minha e as suas lágrimas desfaziam-se-me nos lábios com um delicioso sabor salobro *que nunca mais esqueci*» (*N. E.*, p. 51).
[2] *N. E.*, p. 34.
[3] «Mas o vício na Holanda excita-se com recatadas cautelas e por isso mesmo é ali mais requintado e sedutor, e as suas consequências escandalosas mais surpreendentes, inesperadas e retumbantes. Quantos pais de família unanimemente respeitados e venerados ali aparecem de um dia para o outro arruinados

na instância da narrativa, o narrador personagem (ou jovem narrador) é confrontado com as volúpias consentidas e conseguíveis: «Ele próprio, sem demora e a fim de corroborar com factos as suas asserções, me industriou na forma de, sem escândalo, encetar a existência de gozo e estúrdia que aqui se me afigurava inexequível, recomendando-me casas especiais de encontros e denunciando-me como pecadoras criaturas pulcras e, na aparência, inacessíveis [1].

O distanciamento entre o narrador e a personagem que ele foi no passado (o seu eu-outrora) reveste-se de auto-ironia, caracterizando a «fatuidade» [2] do machismo impetuoso, embora, por outro lado nele valorize a integridade e a sua «argúcia meridional». Temos assim, como marcas do narrador-personagem, para além da lascívia, que é dominante, mas não contende com a autenticidade da entrega sentimental, o equilíbrio entre certa

---

pelas exigências faustosas das amantes que ninguém lhes conhecia, e quantos abandonam subitamente os lares e a pátria, após liquidações forçadas de grandes haveres, para seguirem o destino de alguma hetaira, cujas sedas rugedoras e jóias resplendentes causavam pasmo em Kalverstraat sem que a arguta maledicência sequer farejasse a origem certa de tamanho luxo.
Tão apertados são os preceitos da boa sociedade holandesa que basta a um dos seus membros, mesmo novo e solteiro, ser visto na companhia de alguma mulher de reputação suspeita para se lhe fecharem todas as portas e para que o excluam de todas as reuniões e festas familiares.
Mas nem por isso as mancebias são menos frequentes, nem é menor, nas cidades, a concorrência aos sumptuosos bordéis — havendo aqui, ainda por cima, que iludir a vigilância dos Árgus das Sociedades contra a luxúria, guardas perpétuos das suas entradas — nem por isso a vida galante esmorece à míngua de mocidade estouvada e da velhice voluptuosa» (N. E., pp. 34 e 35). O final contempla os estratos etários do narrador e da personagem que de si ele desentranha e que já chamámos *jovem narrador*.
[1] N. E., p. 36.
[2] «Convencendo-se de que nada conseguia e desistindo afinal de continuar no recreio da patinagem, quase enfurecida arrancou os atilhos aos patins e infantilmente os ergueu ao céu, num jeito de ameaça; depois meteu-os debaixo do braço e com os olhos marejados de lágrimas foi-se, mas não sem primeiro me lançar um rápido olhar no qual a minha fatuidade descortinou convite a que a seguisse» (N. E., p. 13). A visão desenfastinamente trocista do eu-outrora torna-se nalguns passos, pelo emprego intensivo de superlativos semânticos, em visão (encobertamente saudosa) dos exageros da juventude, extensiva à figura da adolescente Camila. Assim: «Ela notou sem demora a *embasbacada* insistência do meu *embevecimento*, que pareceu desagradar-lhe *soberanamente* e como, ao transpor uma das curvas do lago, se voltasse para verificar se eu ainda a remirava, deu um jeito ao pé, de que resultou desmanchar-se-lhe o patim. Isto encolerizou-a *grandemente*, *purpurizando-lhe* o rosto e tornando-o ainda mais *adorável* (p. 12).

ingenuidade juvenil e um natural bom-senso, entre o gosto da vida como festa e um já vincado interesse pela arte[1].

Tão importante na narrativa como o tema nuclear, que será a pulsão sexual (e o seu refinamento), é o espaço urbano e social, de carácter labiríntico, carregado de topónimos[2] e de avisos (percurso metafórico de uma aprendizagem) e o espaço estético, este sempre produzido pelo narrador, quer se situe no agora, quer no outrora-agora. O longo texto que tem por motivo o famoso quadro de Rembrandt «Os Noivos Judeus», sobre ser uma verdadeira jóia de recriação verbal da atmosfera cromática da tela, tanto quanto a lingugem consente a fidelidade da descrição, que, sabemo-lo, deriva para uma realidade outra, a do jogo da palavra, pode ser encarado como *mise en abîme*, tautologia incompleta de um encontro inaugural que não se consumará no rito, mas no entusiasmo e na delícia do estado amoroso. Aliás, esse segmento textual funciona ainda na arquitectura da novela como conjunção feliz, da ordem surrealista da coincidência, da premonição, da obsessão[3]: «A surpresa de encontrar a minha Camila igualmente venusta, nítida e pura, levou-me à plenitude da exultação e ligando este ensartado de sensações disparatadas ao conceito de Kater sobre o quadro de Rembrandt acudiam-me rebates pueris de gratidão aos dois, negociante e artista, avigorando-me a confiança no primeiro.»[4]

A oposição dialéctica realidade-cultura, se não avulta tão radicalmente como nas obras de André Gide ou nos romances inovadores de William Faulkner, está duplamente assinalada: no conflito dinheiro *versus* arte[5] e, com maior incidência, na asso-

---

[1] Referências aos óleos de Cuyp e de Salomão Ruysdael, aos «Noivos Judeus» de Rembrandt, etc.
[2] Caminho de zonas francas e de zonas proibidas, que vai de Vondel Park e do Rijks-Museum a Harlém, aos canais, às ruínas da Ópera, a Rembrandt Plein, a Geldersche Kade, ao Nieuwe Market, etc. Há uma expressa alusão ao labirinto na p. 27: «Sozinho seria impossível aventurar-me por aqueles bairros cujo encanto veneziano eu suspeitava sem nunca o poder fruir cabalmente, mas na companhia de Camila, que jamais perdia o fio do labirinto, eu ia repousadamente observando a vida estranha daquela população anfíbia, formigando num cenário que, a despeito da realidade, parecia obra de fantasia...»
[3] Não nos esqueçamos de que, por muito racionalista que Teixeira-Gomes se nos apresente, ele é o autor de novelas fantásticas como «A Cigana» e «Sede de Sangue», onde a telepatia e o pressentimento, ou receptividade mediúnica, são fundamentais, quer na fábula quer no discurso. O universo sociolectal (contexto cultural do primeiro quartel do século) está tão presente na narrativa como o universo idolectal do sujeito da enunciação.
[4] *N. E.*, p. 65.
[5] «Verdade seja que o aludido quadro, duma tão penetrante subjectividade, na sua aureolada execução, poderia prestar-se a pretensões de proselitismo religioso, visto como os protagonistas

ciação das flores e dos objectos de adorno à exuberante imaginação erótica carregada de energia pulsional e, ao mesmo tempo, de esteticismo «incorporado»:

«Descrevendo-lhe eu uma vez o que era a vizinha Harlém na Primavera, quando as suas planícies florescem e se cobrem de infindáveis searas de junquilhos, de túlipas, de jacintos, de anémonas, formando um rescendente e variegado tapete, ela, depois de me obrigar a prometer que a havia de levar ali, ajuntava:

— E quando lá for hei-de-me despir toda nua e hei-de rolar sobre as flores...

Nesse momento uma onda sufocante de irrebatível sensualidade enchera-me o peito e afogara-me o coração, figurando aquele corpo, que eu sentia, debaixo dos vestidos mal talhados e velhos, serpentino, mimoso e firme nas deliciosas curvas da sua incompleta puberdade, movendo-se, nu, na fragante alcatifa de flores vivas cujos cálices repuxavam por entre os cabelos soltos, ou se lhe prendiam nas axilas, ou se lhe enramalhetavam entre as coxas...»[1]

A consumação do amor entre os dois jovens é antecedida da aparição da nudez de Camila num claro-escuro de quadro flamengo («...de cuja lareira, cheia do brasido de lenha, subiam grandes chamas que alumiavam o aposento ao rés do chão, formando uma zona ardente onde estava a poltrona, e deixando-lhe a parte superior em completa obscuridade»). O fogo tutelar e incitativo preside à cena, a atmosfera é «candente», as labaredas lambem a carne, o objecto a um tempo floral e escultórico representado por Camila polariza o estado amoroso até ao delírio. Aliás, no parágrafo em que o narrador descreve o desnudamento, dizendo-o indescritível (ainda uma desgarrada marca de ascendência camiliana, ou, se preferirmos, da estilística romântica), as duas linhas de sentido predominantes são a da estatuária e a da mulher-vergel, conotada com flores e frutos:

«Não há palavras que descrevam as maravilhas do seu corpo, a sua carne *rosada* e firme desmaiando nas curvas, no tom mate de *açucena;* os pés de *estátua grega;* o ventre *polido* e retraído, nascendo das coxas roliças como um *escudo de*

---

pertencem à *seita* israelita, e impressionar especialmente por esse lado o espírito do espectador correligionário, mas no meu conceito o grito fora ingénuo e irreprimível, desabafo por onde definitivamente eu entrevia o traficante pregando, acima do lucro material, a glória imarcescível de produzir uma obra de arte empolgante e emotiva. (*N. E.*, pp. 63, 64). Sublinhei o lexema *seita*, como marca de racismo a nível profundo da consciência, logo adiante confirmado no texto pela passagem: «asseio duvidoso; com a má fama que pesa sobre a raça israelita, no capítulo higiene».
[1] *N. E.*, p. 47.

*prata fosca* e partindo-se, no remate, para inflar nos dois agudos *pomos* a que as vacilantes chamas do fogão davam reflexos iriados; e os longos braços a um tempo frágeis e *marmóreos*...»[1]

O tempo diegético é de três anos, mas o relato dos eventos fundamentais cobre apenas as primeiras semanas, dado que o último encontro entre o narrador e Camila (três anos depois), funcionando como epílogo ambíguo, reveste um carácter «póstumo» em relação à vivência do estado amoroso.

Surge, ainda a título preambular, mas já com função diegética relevante, logo no início do discurso narrativo, uma relativamente extensa descrição (quase três páginas) que, através de vários informantes, enraiza a acção no tempo (o Inverno frio de 1890)[2] e no espaço geossocial, o da sociedade holandesa, onde a festa sobre o gelo [nos bairros populares das grandes cidades (...) dia e noite (...) o mesmo formigueiro humano cobria os canais (...) deslizando sobre o gelo em caprichosas evoluções] contrasta com o espectro da morte, conotada com a miséria («Mas morria-se deveras, isto é: apareciam com frequência, nas ruas das cidades populosas, criaturas humanas inteiriçadas e mortas de frio.»)

O espaço do luxo e da elegância, ou seja o da existência das classes privilegiadas, dá-nos, ao mesmo tempo, o estatuto de ócio do narrador em jovem: «Era uma espécie de frenesi contagioso a que, naturalmente, não soube resistir e como houvesse passado vários Invernos de aprendizagem no Norte da Europa aperfeiçoei-me a saí-me também exímio patinador, levando os dias inteiros a descrever correctíssimos SS e geométricos 88 sobre os lagos dos parques, na companhia dos meus amigos e das suas respeitáveis famílias.»[3]

Nova informação situa o narrador no clã dos «elegantes», precisamente quando às catálises vai suceder-se o predomínio das funções cardinais, ou seja, quando vai desencadear-se a acção:

«Um dia que eu ficara de me encontrar em Vondel-Park — próximo do Rijks-Museum — com vários elegantes de ambos os sexos para dali seguirmos em excursão de patinagem até Harlém, logo à entrada do parque, numa volta estreita e mal concorrida do lago...»[4]

---

[1] N. E., p. 60.
[2] A assinalar, uma anacronia, que introduz no discurso várias distâncias temporais: «O fleumático holandês clamava nos jornais contra a inclemência celeste, tal qual o exuberante napolitano — na desgraça todos se parecem —, anos depois vendo o Vesúvio toucar-se de gelo, *se insurgia*, também nas gazetas — como se a culpa fosse do governo — contra a Providência...»
[3] N. E., p. 11. O conhecimento que temos do macro-contexto da obra de Teixeira-Gomes permite-nos desde logo surpreender a conotação irónica da expressão *respeitáveis famílias*.
[4] N. E., pp. 11, 12.

O estatuto da personagem Camila resulta da articulação conflitual (daí a ambiguidade) de vários significantes e significados de ordem física, social, intelectual e moral. É adolescente (dezassete anos), de pele mate, cabelo e olhos negros, corpo escultural, ruboresce facilmente, é irritável e pratica a contradição [1], mas sem ir ao ponto de contestar a ordem familiar e social em que se insere. No eixo semântico da origem social, tem como desinência Camila e como radical Gruteman, pertence a uma família numerosa e cuida dos irmãos mais novos; sabemos (através do que ela própria conta ao narrador autodiegético, com o qual estabelece a relação plural pobre *vs* rico, judia alemã *vs* português) que teve educação literária, e a sua imaginação é caprichosa e extravagante (a paixão das flores). Na esfera da acção, confrontada com o amor [2] do narrador-personagem, revela-se «casadoira», ou seja, objecto para casar, e, na segmentação dos enunciados, quer pela recorrência de marcas quer pela diferença de comportamento (ora sofre passivamente a dominação parental ora se insurge e propõe ela própria ao namorado a fuga), mostra-se sensual, impulsiva, mas também fraca e propensa à desistência (como na cena em que o pai, o irmão e o polícia vêm arrancá-la aos braços do narrador no hotel de Dordrecht). Qual é afinal a significação da personagem Camila?, podemos acaso dela fazer uma «leitura vertical» como as que propõe e pratica Lévi-Strauss? Formulando a pergunta de outro modo, em que campo se encontra ela: no da comunidade familiar judaica, de que recebeu um mandamento e da qual aceitou um contrato, ou no do amor, que lhe trouxe o prazer e pelo qual empreendeu uma luta que não resultou vitoriosa?

Creio que o interesse da personagem Camila provém da sua ambiguidade: ela encontra-se, de facto, nos dois campos opostos: o seu trajecto dialéctico de ida e recuo de um pólo a outro explica-se pela articulação das várias linhas temáticas no macro-texto em torno de um tema fundamental: o da diferença.

---

[1] «Ela dizia a miúdo: bem sei que não devo fazer isto ou aquilo, mas por isso mesmo o faço.» (*N. E.*, p. 25).
[2] Segundo Christian David (*O Estado Amoroso — Ensaios Psicanalíticos*, Palas Editores, Lisboa, s. d., p. 147), o amor tem de relacionar-se com os elementos geradores do nosso psiquismo, logo com a triangulação edipiana. Remetendo para as interrogações de Freud (*Para Além do Princípio de Prazer*) sobre se «não existirão pulsões que não sejam as que tendem a restabelecer um estado anterior, nem haverá pulsões que aspirem também a um estado jamais atingido», Christian David afirma a absurdidade de se querer fundamentar o amor sobre os méritos e aptidões do objecto e afirma: «É por um homem ou uma mulher *sem qualidades* que efectivamente nos encontramos apaixonados.»

Essas isotopias são a do erotismo, a da beleza, a da arte e a do judaísmo. Enquanto as três primeiras, categorias classemáticas acentuadamente reiteradas, definem o discurso «literário» pluri-isotópico do narrador, a última, pela combinação do núcleo sémico e dos semas contextuais, que entre si se organizam, forma um metassema em que funcionam a astúcia e a cupidez israelita, a religião, a cultura e a coesão da família judaica, o orgulho da comunidade secularmente discriminada e a mescla de vergonha e auto-defesa resultantes da repressão.

Só aparentemente permissiva, a atitude do negociante de frutas (e jogador na bolsa) Gruteman, que lança Camila nos braços do jovem português, supondo-o rico, determina, no universo romanesco (ao agenciar deste modo a acção) relações equívocas em que o narrador pode aparecer-nos como sujeito-herói, ser querente, cujo objecto do desejo é Camila, ou como objecto de logro, de consumo, marido a alcançar para a filha-isca.

Assim, a estrutura actancial da primeira e da segunda média sequências, que privilegia o enunciado do estado amoroso, será a seguinte:

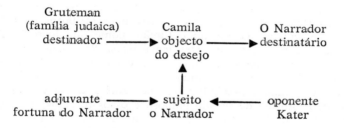

Na terceira média sequência, a que principia com a irrupção da família de Camila no quarto de hotel onde o narrador, de boa fé, a desvirginou, o modelo actancial será necessariamente outro, já que o narrador permanece praticamente passivo, isto é, não declara a sua fortuna (ignorando que Kater, para o livrar do laço, o desclassificou aos olhos de Gruteman como um pobretana); e o pai da heroína, retirando-a da esfera do narrador, mantém o propósito de a casar rica ou de extrair dela todo o dinheiro possível, o que altera os vectores do saber, do querer e do poder. Sendo Gruteman o sujeito que pratica a acção, Camila tornar-se-á o dador, mas o enredador Kater persistirá como oponente.

Aliás, a figura plana de Kater, funcionando na sintagmática narrativa como personagem embraiador e como personagem anáfora, já que assume a prédica (o bom conselho) e interpreta indícios (libertando o herói da teia em que ele se deixou envolver), representa a face positiva do modo de ser judaico, artista nas horas vagas, dotado de humor, amigo do seu amigo, ainda que vindicativo[1].

Verificámos pois que, com a sua margem de ambiguidade no comportamento flutuante (Camila), com uma considerável dose de subtileza e de astúcia (Kater), que pode ir até à sordícia no que se refere ao chefe da família Kruteman, as persongens articulam-se com o espaço social e moral da Amesterdão capitalista e judaica que o narrador (o narrador do agora e o narrador do outrora aqui convergem) caracteriza, entre reflexos de defesa e de entrega.

## A simbólica dos nomes nas narrativas

A simbólica dos nomes nas novelas de M. Teixeira-Gomes merece detida análise. Onde ela mais patente se nos oferece é talvez nos contos finais de «Gente Singular», que não disfarçam certo esquematismo nem, quanto ao código temático, as influências (contestadas embora nos escritos teóricos de Teixeira-Gomes) de um naturalismo com laivos românticos. Em «Profecia Certa», a desditosa heroína chama-se Helena, como a bela e disputada Helena de Tróia, da qual possui os atributos da beleza e da leviandade. O marido é Cipião, nome que logo, ironicamente, o conota com as artes mavórticas. Porém, não vencerá Cartago, senão que será vencido, e a curto prazo, pela acromegália, que lhe reduzirá simultaneamente a actividade motora, a razão e a líbido, precipitando-o na cadeira da sua invalidez, «montão informe de flácido adiposo e ossos torcidos, e completamente imbecil»[2]. Nesta novela, em que sarcasticamente se nos oferece (a par da procura do excepcional, própria do naturalismo e do espírito do início do século) o antimilitarismo de Teixeira-Gomes, a última personagem da tríade, o namorado preterido que se há-de tornar no amante em vão cobiçado, usa o patronímico Gonzaga[3], que lhe confere a sugestão da inteligência e da oratória sacra, a condizer com a sua trajectória de estudante pobre, médico e parlamentar eloquente.

Também em «O Triste Fim do Major Tatibitate», que leva o subtítulo esclarecedor *Conto Simbólico*, o sacerdote facundo

---

[1] Kater julgava ver em mim o refinado cínico a quem uma família escrupulosa festejava como o homem de sãos princípios e insinuara-se-me no espírito de mil modos no intuito de colaborar nessa comédia, fornecendo-me armas para perpetrar um embuste donde poderia mais tarde resultar descrédito para essa família — no seio da qual corria fama que eu entraria — e isso tão-somente porque ela o mantinha, a ele e a todos os da sua raça, a distância respeitável (*N. E.*, pp. 36 e 37).
[2] *G. S.*, p. 228.
[3] São Luís de Gonzaga.

*Retrato de Manuel Teixeira-Gomes por volta dos oito anos, na casa de Portimão.*

*Ferragudo*

*Portimão em 1904*

*Peça da colecção de M. Teixeira-Gomes: dois dentes de elefante com incrustações em bronze; base de madeira; altura 15 cm.*

*Grupo escultórico de bronze (base de mármore), com a altura de 33 cm, da colecção de M. Teixeira-Gomes.*

Cupido em bronze que Teixeira-Gomes tinha em cima da sua secretária no escritório de Portimão. A figura mede de altura 10 cm; a base é em rocha de cristal.

*Teixeira-Gomes entre os seus bibelôs, na Legação de Portugal em Londres, pouco antes da sua eleição para a Presidência da República.*

João d'Arens

*Teixeira-Gomes aos 50 anos à data da sua chegada a Londres como primeiro-ministro da República portuguesa junto da Côrte Britânica.*

*Ponta da Piedade*

*Teixeira-Gomes em Belém: uma das suas primeiras fotografias ao assumir a Presidência da República.*

*Retrato de Teixeira-Gomes, de Columbano.*

Teixeira-Gomes aos sessenta anos, ministro de Portugal em Londres.

Teixeira-Gomes aos 70 anos, à data da sua chegada a Bougie.

A fachada do «Hotel de l'Étoile», em Bougie.
A cercadura indica a sacada do quarto que Teixeira-Gomes habitou durante dez anos e onde morreu em 18 de Outubro de 1941.

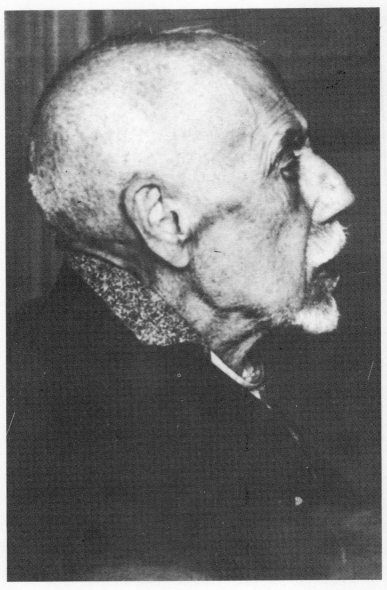

*O último retrato de Teixeira-Gomes, em Bougie, pouco antes da sua morte.*

tem por nome Péricles (o esplendor da palavra), enquanto o poeta amanuense ostenta o nome bem mais comum de Júlio Ramires, que poderá remeter-nos para os seus antecessores (diversamente débeis) Júlio Freire (de «Sabina Freire») e Gonçalo Mendes Ramires, o pusilânime e aliteratado herói do romance de Eça. O Alferes, mero títere, não aparece com onomástico, tem apenas o designativo marcial, «bizarro cavaleiro que vinha caracolar pela rua deserta» e repenicava o fado corrido. Já o «bom major» ostenta dois nomes: o do duplo ideal (comandante José Soares) e o seu de baptismo, Aparício de Lima. Ora os grafemas do pentassílabo Aparício, que tem já de si forte conotação provinciana e tradicional, podem organizar-se de modo a obtermos, por exemplo, *apa*, muito perto de *opa*, e *círio* (além de veicular propostas semânticas como *aparição* e *rícino*), em que predomina a conotação eclesiástica. A aliança farda-sotaina, alvo dilecto de Teixeira-Gomes, ganha neste conto, declaradamente caricatural, tanto maior carácter corrosivo quando lhe são associados o espaço do manicómio (símbolo da exausta monarquia) e, em tom paródico, o da poliandria entre recatada e boémia [1], que não afecta a solidez do edifício sócio-moral ridicularizado: o serralho de Gentil Pepa.

No conto grotesco «O Álbum», a baronesa de loura trança postiça tem um dos nomes heróicos da mitologia germânica, *Matilde*, e o seu enamorado narrador, causador involuntário do acidente que ao toucado da aliteratada senhora rouba o sublime postiço, é ironicamente exornado com o romano e shakespeareano *Coroliano* [2]. Aliás, a conotação das personagens com figuras da história e da mitologia helénica e hebraica é frequente nas novelas de Teixeira-Gomes. Assim a ávida Leonor Gelder de «Jogos de Bolsa» será comparada a Hebe [3] e o falso e ganancioso cunhado Elias Bega a Ganimedes.

Teixeira-Gomes amiúde, como temos assinalado, denuncia um apaixonado interesse pela marginalidade na sua predilecção por mulheres judias e ciganas. Não haverá propriamente marcas de racismo, pelo menos a nível consciente, nas estórias e nas inúmeras pasagens que aos e sobretudo às israelitas dedica, mas torna-se evidente a infiltração no seu discurso de preconceitos

---

[1] Ver a sequência do passeio às hortas.
[2] O nome, como a personagem, que é também o narrador, muito próximo do autor, reaparece no texto «Em Pleno Absurdo (Do canhenho de um louco)» com que termina *Carnaval Literário*.
[3] Hebe era, na mitologia helénica, a personificação da juventude. Hércules, sagrado herói, foi destinado pelos deuses para esposo de Hebe, o que equivalia à outorga da juventude eterna. A referência aqui (*G. S.*, p. 80) a Hebe e Ganimedes está directamente relacionada com o mito segundo o qual Hebe e Ganimedes eram quem deitava o néctar na taça de Zeus.

anti-semitas tão antigos e difundidos que se entranharam em zonas do subsconsciente.

Elias e Isac Bega, a bela e fria Leonor Gelder, que parece haver tido existência real (a crer numa passagem de «Cartas sem Moral Nenhuma»[1], o sórdido sr. Gruteman, de «Deus Ex Machina», são exemplos expressivos dessa sedimentação profunda do preconceito.

A adolescente Camila de «Deus Ex Machina» apresenta o fascínio e a perversidade do eterno feminino. Se privilegiarmos a estética da recepção, ou mesmo se atendermos a possíveis significações subterrâneas (obscuras para o próprio autor) que, de forma inconsciente, poderão haver determinado a opção por este nome, teremos em Camila a sugestão de flor (camélia); e a atracção, fortemente erotizada, da personagem pelas flores está impressa no texto com todo o relevo[2]. Além disso, decompondo o nome e jogando com os grafemas achamos facilmente *cam (a)*, ou seja, um símbolo da apetência e da vivência sexual (toda a sequência do quarto do hotel de Dordrecht se coloca sob a égide da *cama* em sentido lato), e *lima*, de *mila*, com alteração ainda mais livre da ordem dos grafemas (símbolo do que de amargo o narrador-personagem acabará por extrair da sua aventura).

Simbolismo voluntário ou simbolização inconsciente?[3] Não me parece possível, nem fundamental, decidirmos por esta ou aquela hipótese. Se é bem claro que no conto «Dona Joaquina Eustáquia Simões de Aljezur» o autor terá composto o nome, com ressonâncias camilianas, em vista a obter efeito burlesco

---

[1] Teixeira-Gomes começa por evocar um companheiro de discussões literárias «francês da minha amizade, ao tempo destemido decadentista e faustuoso deformador à maneira de Beardsley — hoje de um classicismo cristalino (*L. M.*, p. 243), para depois aludir a umas linhas que lhe escreveu a propósito de uma gralha surgida no seu livro *Gente Singular*. A familiaridade com que se refere à personagem Leonor Gelder permite admitir que ela tenha tido, de facto, existência real: «Imagine V. o desfecho de uma novela onde se contam as misteriosas e serpentinas manobras daquela feiticeira judia, de quem tantas vezes lhe falei, Leonor Gelder: soou a hora da separação; o comboio vai partir; tenho artes de lhe lançar um derradeiro dardo vingativo que a atinge e — ó prodígio! — vê-se-lhe o rosto corar através do espesso véu de viagem... Mas através do que foi que se lhe viu o rosto corar, no entender dos tipógrafos? *Através do seu véu de virgem.*» (*L. M.*, pp. 254, 255).

[2] «...na sua alma existia o idílico anseio (...) de vida faustosa levada em parques de árvores seculares (...) onde se pudessem colher flores às braças; *N. E.*, pp. 46, 47; «E quando lá for hei-de despir-me toda nua e hei-de rolar sobre as flores», *N. E.*, p. 47, etc.

[3] Ler, a este respeito, «La Symbolique du Nom de Personne dans *Les Liaisons Dangereuses*», de René Démoris, in *Littérature*, n.º 36, Dez. 1979.

condizente com a pretensão aristocratizante da personagem, social e economicamente decaída mas que se apresenta com um rompante de altivez romântica ciosa de seu nascimento e condição (tanto em *Joaquina* como em *Eustáquia*, nomes próprios particularmente feios, sobretudo o segundo, que frisa o caricato[1], se ouve o dobre de finados da pequena nobreza provinciana), outrotanto não se verifica com a escolha de nomes como *Margareta, Cordélia* ou *Marta*.

Os códigos simbólicos funcionavam ainda activamente nos textos do séc. XVII, particularmente de índole religiosa-alegórica. E não esqueçamos que Teixeira-Gomes, instruído no seminário, era leitor assíduo e deleitado da prosa de Bernardes (especialmente da «Nova Floresta») e de outros escritores sacros. Por isso nos não repugna acentuar em *Cordélia* o radical latino *cor, cordis* (coração), sem excluir o elemento *dea* e *lia* (fel) e o elemento *coda* (trança, cauda), que se obteriam por associação de grafemas dispersos no nome, evocando o terceiro a atracção sexual, a mulher-demónio (trata-se de uma bailarina), nem lexemas como *ardente, arder*, que indiciariam desde o começo da narrativa o seu trágico desenlace (a jovem perece num incêndio). É óbvio que estas eventuais codificações do nome implicam uma investigação de tipo freudiano, pois supõem necessariamente operações pre-conscientes do espírito do autor. Também é de ponderar a origem shakespereana do nome da personagem.

Em «*Margareta*» não seria abstruso, nesta mesma linha de decifração do código, detectar a sugestão da flor (margarida--pureza) e isolar, a partir dos grafemas, simbolizações como a de *gare* (passagem, viagem, em íntima relação com a sintagmática narrativa), *(a)marga* (a estória desfecha em desencanto e tristeza). Porém, o nome próprio mais rico, deste ponto de vista, em possibilidades simbólicas, é decerto o de Marta, enigmática e cativante personagem de «O Sítio da Mulher Morta» (mágica como as ciganas de «Sede de Sangue» e da novela que se intitula precisamente «A Cigana»).

Prostituta redimida, cujo nome de guerra o narrador logo descobre (por telepatia?), Marta será assassinada pelo seu ciumento e desesperado amante José Cravo (a flor vermelha, o

---

[1] No conto «Gente Singular», onde o nome de Monsenhor *Simas* pode ser anagrama de *missa*, é gritante a intenção de ridicularizar também pelo significante (elemento a não descurar se quisermos definir o estatuto semiológico das personagens) figuras como as manas D. Sebastiana, D. Prudência e D. Faustina, tal como o Dr. Ximenes, «horrorosamente calvo e míope», cujas gargalhadas favoritas eram como um agudo «coaxar de rãs». Ainda podemos arriscar uma alusão ao sebastianismo larvar, de cariz conservador, em *D. Sebastiana* e a escolha do nome pelo seu contrário (relação de antonímia) na conduta alucinante da bem comportada *D. Prudência* quando entra em crise de derviche ululante.

sangue). Ora em *Marta* podemos colher o monossílabo *mar* (conotado com a origem, com a cópula, com o regresso à mãe natura) e os parónimos *morte, marta*, sem esquecer o rifão *morra Marta, morra farta*, que teríamos de ler, neste caso, em função da pletora sexual (fartura de amor, exaustão da vida que se consuma em excesso, quase ritualmente).

Quanto ao Ramiro d'Arge do romance *Maria Adelaide*, Arge é, como já foi atrás mencionado, um topónimo algarvio. A escolha do significante onomástico *Ramiro* pode ter valor simbólico, pelo menos para o receptor da mensagem, já que reúne, em anagrama, os morfemas *amor* e *ri*, que remetem precisamente para as áreas semânticas da sensualidade e da comicidade, domínios privilegiados da criação textual de Teixeira-Gomes.

Quarta Parte

# FORMAS E ESTRUTURAS ESTILÍSTICAS

# DIRECTRIZES E TENDÊNCIAS ESTILÍSTICAS

Já insistimos oportunamente na importância que a oficina do estilo asume na obra de Teixeira-Gomes, sobrepondo-se quase sempre à concepção fabulatória e à estrutura narrativa. É na micro-estrutura que o seu génio literário por via de regra atinge o acume.

David Mourão-Ferreira, comentando[1] o interesse de Teixeira-Gomes pela estética de Kant (cuja síntese se realiza «no sentido do equilíbrio entre a Imaginação e o Entendimento») e a sua célebre frase segundo a qual o artista «precisa muito mais de uma técnica do que de uma estética»[2], assinala o cariz redutor do seu conceito de técnica, que se limita à gramática e ao sentido das palavras. Escreve mesmo: «E toda a sua obra nos apresenta, flagrantemente, o testemunho de preocupações técnicas manifestadas apenas ao nível da palavra e da frase»[3]. E acrescenta: «Mas, a esse nível, não há decerto, em toda a literatura portuguesa dos últimos cem anos, obra mais luminosamente perfeita do que a sua. A escolha e a colocação das palavras, a linha melódica da frase, o súbito fulgor dos plebeismos e dos arcaismos a renovada sedução, a alternância e a variedade das construções, dos volumes, dos ritmos — e tudo isto, que é profundamente sábio, ressumbrando graça coloquial! —, tais são, entre muitos outros, aspectos do estilo imperecível de Teixeira-Gomes»[4].

Teve David Mourão-Ferreira a atenção de, nestas suas considerações, assinalar que já em 1950, no meu ensaio *Manuel Teixeira-Gomes — Introdução ao Estudo da sua Obra*, eu conseguira condensar o essencial do breviário estilístico do autor de *Carnaval Literário*, realizando o inventário dos seus mais signi-

---

[1] *Aspectos da Obra de M. Teixeira-Gomes*, pp. 51 e segs.
[2] *Cartas a Columbano*, p. 155.
[3] *Aspectos da Obra de M. Teixeira-Gomes*, p. 55.
[4] *Ibid.*, pp. 55, 56.

ficativos trechos concernentes ao estilo, dispersos por toda a sua obra, e onde, de facto, as suas grandes preocupações práticas se reduzem ao nível da palavra e da frase.

Vou, pois, aqui reproduzir, acrescentar e comentar alguns desses textos teórico-práticos, à luz do posterior desenvolvimento da estilística e da minha própria reflexão sobre tais matérias. Quando Teixeira-Gomes fala em técnica pode quase sempre ler-se estilo. Destarte ele escrevia: «A técnica facilita, não estorva o aparecimento dos grandes artistas que se servem dela como um meio (não um fim) revelando a própria individualidade por assim dizer irredutivelmente.»[1]

O seu cântico de amor à língua, que é muito belo e desde logo indicia o encantamento pelo concreto e a noção do valor afectivo das palavras, põe a tónica na precisão vocabular, onde, aliás, plenamente se encontra com a pedagogia de Rodrigues Lapa na sua «Estilística da Língua Portuguesa»:

«A nossa língua é que vale: criou-se connosco; por ela descobrimos o mundo e a vida; com ela gozamos e choramos. Ela nos tornou milionários, senhores de tesouros inestimáveis, que sem os cercear generosamente podemos dividir com o próximo. O tormento vem de não conseguir, a miúdo, apreender esses vocábulos, essas expressões raras, que nos fulguram na mente e ali brilham e esvaem-se como pérolas em résteas de luar...» (*Carnaval Literário*, p. 34); «Um vocabulário que ataca directamente a ideia; um boleio de frase que a realce e colore; e uma síntese cristalina onde tudo se move em equilíbrio e naturalmente» (*L. M.*, p. 116).

Mais de uma vez Teixeira-Gomes acentua essa sua vocação do rigor vocabular, manifestando-se contra o abastardamento da sinonímia:

«Uma das modas actuais é não empregar as palavras no seu sentido preciso; as aproximações dos chamados sinónimos bastam. De aí, naturalmente, a imprecisão e confusão das ideias. O conhecimento exacto da significação das palavras é indispensável à expressão pontual do pensamento. É essencial estudar os clássicos, não só para escrever e falar com elegância, mas, sobretudo, para «saber o que se diz» escrevendo ou falando.» (*Carnaval Literário*, p. 22).

No entanto, Teixeira-Gomes aceita o acto lúdico de florir a frase, desde que praticado dentro do espírito da língua; vai mesmo ao ponto de admitir que o estilo possa sobrelevar às ideias que o autor expõe: «Essa arte de colher palavras, e enramalhetar frases, sem lhes dar intenção sibilina, mas simplesmente pelo gosto de compor e colorir, nem todos a podem praticar e aqueles que dela riem estão em geral repetindo a fábula da raposa e da uva» (*Misc.*, p. 260).

---

[1] *Cartas a Columbano*, p. 184.

Considera Teixeira-Gomes predicado fundamental do escritor: «Dispor de uma sintaxe tão maleável e coleante, que sirva, sem o mínimo esforço aparente, à expressão perfeita dos tons mais subtis e iriados do pensamento» (*Miscelânea*, p. 261).

Deste ponto desenvolvidamente nos ocuparemos, quanto à mobilização dos tempos e modos, quer no aproveitamento da subtileza do conjuntivo quer na exploração dos valores afectivos e das penumbras do imperfeito, ou ainda na aproximação do acto passado através do presente dramático ou do facto futuro, sempre inseguro, mas que subjectivamente, presentificado, se torna no texto em certeza.

Teixeira-Gomes extrai do seu convívio com os clássicos o período longo e incidentado, rico de perspectiva e de cambiantes, ora partido em dois, para melhor arrumação das ideias ou dos elementos de uma paisagem, de uma cena, ora articulado em vários planos de pensamento — concreção e abstracção — e exprimindo nesses planos diversas relações, de tal modo que à ordenação das proposições integrantes, da comparativa, da final, da relativa, ainda se acrescenta o recurso aos parênteses:

«Sei também que a sugestão não foi mal recebida, e venho instar pela sua rápida execução, advertindo que a circunstância de ter já um auto-retrato (o de cabeça alta, quase nada arrogante, à mosqueteiro) não diminui a necessidade de o repetir agora (e mais vezes, como era costume dos antigos mestres) para que fiquem interpretações de si mesmo, conforme o desenvolvimento e orientação que tem dado à sua arte» (*Cartas a Columbano*, p. 27).

Quase sempre explícito na argumentação, onde pouco ou nada fia da sugestão, da alusão (herança provável dos teólogos e da prosa patrística de seiscentos), Teixeira-Gomes, eminentemente visualista, adopta, por vezes, no descritivo, a frase impressionista, em que pratica a elisão e os sintagmas nos aparecem como que dissolvidos, aparentemente desarticulados («Uma longínqua rescendência, um levíssimo sopro de mar que passasse[1] por um campo de estevas floridas...», *I. J.*, p. 84; «Rostos disformes! e uma delas, a mais disforme, onde o nariz é uma cova em carne viva, com mãos à Van Dyck de uma aristocracia raras vezes atingida pela realidade»[2], *L. M.*, pp. 99, 100). Porém, o comum no discurso de Teixeira-Gomes, ainda quando pictórico, é a frase extensa, dinâmica, boleada, sintacticamente acidentada,

---

[1] Note-se, mesmo assim, o carácter abstracto, intelectual, do subjuntivo *passasse*.
[2] Aqui a *frase em leque* (terminologia de Marcel Cressot), onde o grupo sujeito-verbo é dissociado por circunstanciais, resulta, em boa parte, do cunho já de si fragmentário dos «Apontamentos» constantes dos cadernos de notas de M. Teixeira-Gomes e insertos por Castelo-Branco Chaves no volume *Londres Maravilhosa e outras páginas dispersas*.

mas impecavelmente clara, e amiúde repartida em dois períodos ou «movimentos», sendo o primeiro reservado ao núcleo narrativo, ou ao fulcro da catálise descritiva, e o segundo à explicação, à pormenorização que, entretanto, se desmultiplica ainda em manchas e aspectos múltiplos quando de uma paisagem se trata, fiando o autor da coordenação a alongada minúcia, mas sem abandonar relações de causalidade e sem deixar de adjectivar abundantemente com orações relativas, como no exemplo que se segue (tentativa de reprodução pela palavra da vitalidade plástica dos arredores de Florença) [1]:

«Em redor, num anfiteatro vastíssimo, o horizonte alarga-se por milhares de colinas sobrepostas, cobertas de vegetação, e semeadas de inúmeras edificações: vilas, casais, conventos, basílicas, palácios, que tomaram posição em eminências predilectas, e mesmo a grande distância, pelo perfil arquitectónico, pela mancha de mata secular em que se envolvem, têm carácter próprio, e falam por si» (*Cartas a Columbano*, p. 41).

Teixeira-Gomes, que tão expressivamente recomenda «a sintaxe maleável e coleante, que sirva (...) à expressão perfeita dos tons mais subtis e iriados do pensamento», pratica ele próprio, como se vê, esse tipo de escrita, para a qual dispõe de um instrumento delicadamente trabalhado. Marca pessoalíssima do seu discurso, assinalada aliás por Rodrigues Lapa, na sua *Estilística da Língua Portuguesa*, é a tendência para o emprego do conjuntivo. Afirma Rodrigues Lapa: «Essa tendência para o conjuntivo, que diminui o pitoresco, a visualidade do estilo [2], aparece, por exemplo, na linguagem de Teixeira-Gomes, com uma insistência surpreendente.» Rodrigues Lapa abona, de entre muitos ao seu alcance, dois exemplos: «Depois do jantar, como *suceda* que *procuremos* um banco na praça Gil Vicente...» e «Mas, porque em todas essas igrejas os mesmos variados estilos se *encontrem* representados.» E conclui: «É uma das provas, e das mais curiosas, da ordenação lógica, do classicismo [3] do seu estilo.» [4]

---

[1] Observe-se como, através dos verbos de movimento, o panorama se personaliza e se constitui dinamicamente: «o horizonte *alarga-se*», «palácios, que *tomaram* posição», «pela mancha de mata (...) em que *se envolvem*».
[2] Afirmação que se nos afigura discutível, se aplicada à prosa de Teixeira-Gomes, onde o casamento da inteligência razoadora e da prolífera sensorialidade atinge uma rara harmonia, estilisticamente produtiva, até pelo efeito de surpresa que estimula o receptor a imaginar, a recriar com maior intensidade.
[3] Esse classicismo, tão patente no aparelho sintáctico, nem sempre é extensivo — note-se bem — ao discurso na sua totalidade, pois tanto o barroco (a exuberante floração do pormenor, a carga superlativa), como o expressionismo se nos antolham no discurso de Teixeira-Gomes.
[4] Rodrigues Lapa, *Estilística da Língua Portuguesa*, E. Seara Nova (Col. Universidade Livre, 1973), pp. 202, 203.

Trata-se de uma importante constatação. Mas que incita a uma funda procura de compreensão. E o comércio íntimo do autor, na juventude, com a sintaxe latina, não nos basta como explicação. Leo Spitzer, nos seus *Études de Style*[1], analisa certas fugas à norma com o objectivo de passar do estilo de um autor à sua «etimologia psicológica», à sua «raiz mental». Surpreende assim, por exemplo, o emprego insistente de numerosas relações causais[2] num autor menor dos começos do século XX, Charles Louis Philippe, especialmente no romance *Bubu de Montparnasse* (1905), cujas personagens evoluem num meio social acentuadamente marginal. Conclui que o fenómeno em questão, a sua «motivação pseudo-objectiva» se explica historicamente num *aqui* e num *agora*. A expressão causal, com as suas implicações semi-poéticas e a sua chateza, sugere que o autor da escrita assume, no texto, a linguagem e os hábitos de um locutor ordinário. «Quando apresenta uma relação de causalidade com valor para as suas personagens, Philippe parece reconhecer a essa relação uma força de constrangimento objectivo em raciocínios por vezes canhestros, triviais, outras vezes semi-poéticos; manifesta, humoristicamente, uma simpatia resignada, meio crítica, meio compreensiva, pelos erros inevitáveis, pelos toscos esforços desses indivíduos equívocos esmagados por forças sociais inexoráveis»[3]. Assumindo parcialmente as banalidades burguesas do mundo marginal, o escritor está a fazer, ainda que discretamente, uma crítica social.

Assim, o desvio linguístico detectado acaba por conduzir-nos à atitude de um escritor que, embora sem revolta declarada, se mostra consciente de fatalismos impostos às massas e empresta a sua voz, o seu atenuado protesto, a um grupo social discriminado[4].

Aplicando ao desvio linguístico que assinalámos em Teixeira-Gomes (o uso reiterado de conjuntivos, em frases onde é mais comum, desde o século XIX, ver-se essa forma modal substituída, consoante os casos, pelo presente do indicativo ou pelo gerúndio e pelo infinitivo pessoal)[5], o mesmo processo ou trajecto, que progride da linguagem e do estilo para o espírito (tomando, é claro, em consideração os dados que outros

---

[1] Leo Spitzer: *Études de Style — précédé de Leo Spitzer et la lecture stylistique* de Jean Starobinski, Ed. Gallimard, Col. TEL, Paris, 1970 (data da tradução francesa).
[2] Como *à cause de, car, parce que*, ou, na ausência de conjunções, por formas aforísticas ligadas a princípios reais.
[3] Leo Spitzer, *Études de Style*, p. 56.
[4] Conferir Leo Spitzer, obra citada, capítulo «Art du langage et Linguistique».
[5] «...como *suceda* que *procuremos* um banco» = sucedendo procurarmos um banco; «porque (...) variados estilos se *encontrem* representados» = porque (...) variados estilos se encontram representados.

exames, ou outras fontes, nos fornecem sobre a idiossincracia, sobre os hábitos mentais, sobre os interesses políticos — no sentido naturalmente mais amplo — do autor), arriscamo-nos a concluir que a forte personalidade de Teixeira-Gomes, em conflito com a mediocridade da mentalidade burguesa e da própria intelectualidade do submisso, decadente, reverencioso, provinciano e atrasado Portugal fim-de-século, se afirma pela diferença. E entre os desvios que tal diferença ostensiva vai provocar nos seus textos assinalamos o paralelismo entre certo tom artificioso e provocatório do seu esteticismo helenizante [1], pictural (e erótico) e traços linguísticos tais como o insistente emprego dos conjuntivos [2].

Ao contrário da maioria dos estilistas dos séculos XIX e XX, que preferem a construção nominal, a frase de apontamento, Teixeira-Gomes, não desdenhando de modo algum a escrita impressionista e manifestando mesmo um vivo engodo pela metáfora e por todos os exercícios de translação de sentido, permanece fiel à organização sintáctica da frase clássica e do período barroco, ao que, obviamente, não será estranha a sua passagem pelo seminário, que lhe proporcionou o convívio íntimo e fecundante com Vieira, Bernardes, Frei António das Chagas, sem esquecer, para trás, João de Barros e Trancoso, para a frente Castilho e Camilo.

Independentemente do uso do subjuntivo nas orações que o exigem (condicionais, finais, concessivas, integrantes, algumas consecutivas — e Teixeira-Gomes não enjeita a multiplicidade dos posíveis, das ligações e relações lógicas e psicológicas que a sintaxe portuguesa lhe oferece, em toda a sua riqueza e variedade), é já revelador de um efeito estilístico o elevado número de ocorrências do conjuntivo em frases onde pesam sobretudo matizes afectivos e onde o aspecto dubitativo não é sequer

---

[1] Até mesmo o reiterado elogio da beleza masculina no grande (e bem retribuído) apaixonado da mulher que foi Teixeira-Gomes inculca, pela sua ambiguidade, o desafio aos sãos costumes da provinciana nação lusitana. Também Baudelaire, por capricho e excêntrica agressividade, gostava de fazer-se passar por homossexual (segundo testemunhos da época) ou, pelo menos, de deixar planar a dúvida sobre a ortodoxia dos seus hábitos sexuais.
[2] Noutros casos, onde não há propriamente desvio, o conjuntivo serve a Teixeira-Gomes para exprimir com rigor certas gamas do pensamento, como nesta sua frase em que, na oração concessiva, o conjuntivo é fortemente dubitativo e restritivo: «As aspirações das classes burguesas, impregnadas que *sejam* de generosidade altruísta e «espírito de justiça», não conseguem já comover as massas populares, e tudo é baldado quando se trata de lançar pontes e estabelecer equilíbrios» (C. L., p. 209) aspecto ainda acrescentado pelo facto de o «espírito de justiça» das classes burguesas nos aparecer também posto em dúvida pelas comas.

muito relevante[1], tanto que nelas seria possível substituir o conjuntivo pelo indicativo. Eis dois exemplos:

«E, como o doutor R. *frequentasse* os cafés e amiúde, lá mesmo, *redigisse* esses artigos (note-se que ele era indefectível abstémio: só tomava chá, e frouxinho), outro colega, ainda mais impudente, aventou que dali saía, habitualmente desvairado (...) pelo abuso da cachaça e outras aguardentes...» *(Carnaval Literário*, p. 105);

«Como[2] não *haja* latrinas no palácio do rei do Cambodge, as fezes reais são transportadas pelas damas da corte, processionalmente, em vasos de metal precioso, debaixo de pálios riquíssimos e atiradas a esmo, em quaisquer territórios próximos» (*C. L.*, p. 107).

Será, porém, ao nível da imaginação lexical e da metáfora que melhor poderemos tentar o psicograma de Teixeira-Gomes, relacionando o vigor da sua ironia e os rasgos insólitos da sua sensibilidade com a sua criatividade linguística. Marca a considerar, e extremamente reveladora, será a contradição entre o aticismo desejado pelo em tantos aspectos clássico autor de *Agosto Azul* e a sua vincada pecha dos superlativos, na qual havemos de nos deter.

Postula Teixeira-Gomes: «E que o purista estreme se não assuste com certas inovações ou liberdades. O emprego dos neologismos, dos galicismos, por exemplo, em nada prejudica a trama da prosa nos escritores de raça, que os sabem escolher para ensanchar e colorir o significado da expressão. A vernaculidade, o espírito da língua reside sobretudo na composição da frase, no arranjo do período, na maneira de vestir a ideia para a apresentar em público» (*Carnaval Literário*, pp. 27, 28).

É aqui muito visível a aliança da firmeza e da ductilidade, que vai do estatuir a fidelidade às estruturas fixas de uma sintaxe padrão — a do português do século XVII — à liberdade de inovação vocabular. Do mesmo modo o escrúpulo da exactidão não estorva, senão que aceita, de bom grado, os apuros ornamentais («vestir a ideia para a apresentar em público»).

A mesma ideia exprime mais ou menos Teixeira-Gomes, sublinhando a importância da intuição poética e do instinto etimológico do escritor, a propósito da criação de novas formações verbais (dentro do espírito da língua) ou dos exercícios de translação de sentido, quando preconiza: «Eu não quis dizer de modo algum que seja próprio ou que fique bem a qualquer escritor desconhecer os recursos da sua língua. Foi minha inten-

---

[1] Conferir Marcel Cressot, *O Estilo e as suas Técnicas*, Edições 70, 1980 (traduzido do original francês *Le Style et ses Techniques*, PUF, 1947), capítulo referente aos Modos.
[2] Tal como no início da citação anterior, a oração causal é introduzida pela conjunção *como*, de recorte classizante.

ção apenas zombar da exclusiva bitola pela qual a nossa crítica literária oficial mede os talentos artísticos, apreciando-os pelo grau de vernaculidade da linguagem que empregam. Pode-se ser grande escritor e conhecer medianamente a língua na sua parte mais castiça, e à imitação do povo transformá-la, ampliando por intuição poética a significação de certos vocábulos, e introduzindo outros com tal oportunidade que os torne indispensáveis. Os poetas e o povo criam a língua; os gramáticos fixam-lhe as regras. Mas ai de um idioma que as não tiver, as tais regras. Porém a escravidão nem aí dá bons frutos...» (*Carnaval Literário*, p. 30).

Teixeira-Gomes faz, com entusiasmo, a apologia da escrita conotativa, em que, confirmando a teorização, a sua escrita é fértil, mormente em comparações e metáforas (e também, como adiante veremos mais de perto, em hipálages e perífrases). Diz-nos assim, valorizando o desvio linguístico:

«O escritor não vale só pela estreme escolha dos vocábulos que emprega; pela sua vernaculidade, limpeza e colorido; vale amiúde (quando é grande) muito mais pelas analogias que lhes descobre no sentido, aproveitando-as em metáforas que alargam a significação e fortalecem o carácter das coisas que descreve» (*Carnaval Literário*, p. 21).

Noutro passo, vai ainda mais longe, assumindo radicalmente a poeticidade da sua escrita:

«Torcer a significação das palavras até ao absurdo, constitui um jogo que entretém muito boa gente, da qual eu faço parte...» (*Carnaval Literário*, p. 211).

Só à primeira vista este enunciado briga com outro que, desintegrado do seu contexto, pode afigurar-se-nos simplista: «No estilo tudo está em saber usar da arte sentida mas que seja desartificiosa.»[1] É que nesta afirmação Teixeira-Gomes refere-se especialmente ao discurso jornalístico e opõe o epíteto *desartificiosa* a *piegas, lamurienta*.

Quando M. Teixeira-Gomes convictamente declara: «A mais alta expressão da arte consiste em casar o estilo à vida; desta união, que jamais se desequilibre, nascem as obras-primas»[2] (*Carnaval Literário*, p. 206), não nega propriamente a autonomia do texto nem contesta a estética da recepção, o papel activo do leitor (embora exalte a falsa eternidade, a fixidez da suprema obra de arte): o que afirma, na linha dos grandes subjectivistas e vitalistas da sua época, é a consecução da beleza no texto como transfusão de uma personalidade (excepcional), através do estilo.

---

[1] *Carnaval Literário*, p. 32.
[2] Chama-se a atenção para o emprego subtil de um conjuntivo com valor optativo e futurante: «que jamais *se desequilibre*». O normal seria escrever-se, com muito menor riqueza de matizes, *quando nunca se desequilibra*.

# O RITMO

O fundamental do estilo de Teixeira-Gomes será para ele algo que não se fabrica conscientemente mas que resulta de uma longa disciplina de trabalho: o ritmo, a música pessoal:
«Todos os grandes escritores têm a sua música pessoal que insensivelmente lhes ritma a prosa» (*Carnaval Literário*, p. 21).

A utilização do que os franceses chamam cadência maior (seriação dos elementos da frase por massas crescentes) [1], verifica-se, com excelentes resultados de ordem lógica e de valorização musical da frase, na generalidade dos textos de Teixeira-Gomes.

Numa frase bem boleada há com frequência uma parte ascendente, a prótase, e uma parte descendente, a apódose. Repare-se em como, na frase seguinte, extraída do capítulo «No Algarve», de *Regressos*, a voz sobe, até atingir o seu auge na sílaba tónica do qualificativo *agrestes*, para logo começar progressivamente a descer:

«*Após uma série extensíssima de dias agrestes*, o tempo serenou e rebentaram as vinhas» [2].

Acontece, por vezes, ser a apódose mais extensa do que a prótase:

«*Virgínia estalaria de pura mágoa* se, antecipando-se, as sezões a não arrebatassem, inconsolável sempre...» [3].

Os por vezes longos períodos de Teixeira-Gomes oferecem-nos, quer na reflexão, quer na descrição, quer no diálogo, a riqueza de um pensamento complexo e perspectivado ou a minudente atenção a todos os planos do real, tanto físico como

---

[1] Conferir Marcel Cressot, *O estilo e as suas técnicas*, pp. 203 e segs.
[2] *Regressos*, p. 92.
[3] *Gente Singular*, p. 154.

psicológico. O leitor chega a ter de desembaraçar a frase (sempre balanceada e harmónica) de não poucos obstáculos.

Um soberbo equilíbrio entre a ordem e a tensão organiza ritmicamente a frase central e as muitas outras que para ela convergem, como os afluentes que demandam a soberania dos grandes rios; isto quando o período não se parte em duas metades, com perfeita harmonia, ou se segmenta em três grupos, numa sucessão de planos e de meandros onde se observam estruturas sintácticas paralelas e equivalências ou oposições fónicas e semânticas.

Vejamos primeiramente o período que se parte em dois, em que a segunda fracção pode assumir carácter explicativo, como sucede, por exemplo, neste caso:

«Logo aos primeiros movimentos a superfície da água, no recinto da armação, começou também de se encrespar, aqui e ali, de rolos de prata viva; eram pequenos cardumes de sardinha, que fugiam à voracidade do atum» (*Agosto Azul*, p. 170).

As correspondências semânticas e fonológicas, as simetrias e assimetrias (distribuição dos oxítonos e dos paraxítonos, organização dos estereótipos binários em oposição às frases terminais) permitem escandir a frase, porém o que nela avulta, mais do que o ritmo, como marca de literariedade é a experiência do único, do desviante, a sequência metafórica *começou de se encrespar de rolos de prata viva*.

É do ponto de vista da música da frase, dos ritmos claros, que vamos apreciar este segmento textual de *Agosto Azul* (p. 162), também dividido em duas partes, sendo em torno de um perfeito, atenuado por gerúndios, que se arma o primeiro período, enquanto o imperfeito acentua, no segundo, o efeito de duração. Não só as relações entre as uniões semânticas e o eixo sintagmático contribuem para nos sugerir a fusão entre forma e conteúdo, como essa impressão é ainda realçada pela insistente nasalidade e, sobretudo na parte final, pela dupla aliteração em quiasmo (sonhando com os astros e entre sonhos) e depois pelo jogo das sibilantes (para eles fosse arremessado):

«Ali, durante anos, destemido, sereno, livre e forte, como um semideus —e quase na persuasão de que realmente o era— vivi na pureza das águas desse mar, sondando-lhe as profundezas cristalinas, rolando nas volutas das suas ondas encapeladas, como se ele fora o meu elemento natural; despido e nu de toda a malícia e de todo o pecado, nele me embalava horas sem fim, sonhando com os astros, e entre sonhos, imaginando que, talvez, um dia, para eles fosse arremessado...»

A assonância *(ali, destemido, livre, vivi)* e o homeoteleuto *(sondando/rolando, sonhando/imaginando)* contribuem também para a orquestração musical da frase.

Exemplo da frase emaranhada, onde se nota o ritmo emocional de um discurso directo opresso, mas impecavelmente racional e, por isso mesmo, provido de variados instrumentos sintácticos, é este excerto de uma confidência de Leonor Gelder (em «Jogos de Bolsa»), de onde não está ausente a astúcia. Encontramos, no período que se segue, proposições tais como a condicional e a consecutiva, a integrante infinitiva, a temporal, as relativas, a intercalar e bem assim o imperfeito modal *(vencia por venceria, saía por sairia)* e um futuro anterior que exprime dubitativamente a probabilidade (como *haverá observado).* Verifique-se a aptidão da frase para a expressão dos planos vários em que o discurso se perspectiva e a maleabilidade com que, nos seus altos e baixos, nos dá a ondulação do sentimento e o seu bordado histriónico *(mendigando de meus cunhados, que me vexam, perseguindo-me por favores, quando eu tive a dita...)* Observe-se como o movimento se organiza na frase a partir de uma exposição intencional de factos, preocupantes mas não irremediáveis, para a amarga acusação aos cunhados e a explosão progressiva da dor e do amor, num ritmo que se vai tornando quase ofegante, com orações muito curtas (desde *em que me encontro* até *verdadeiro amigo):*

«No entanto afigura-se-me, ou melhor, tenho a certeza de que, se meu marido dispusesse actualmente de uma certa quantia em dinheiro, vencia o perigo ou pelo menos adiava a largo prazo a terrível catástrofe e eu saía da humilhante situação em que me encontro, mendigando de meus cunhados auxílios que me vexam profundamente e tanto mais quanto é certo, como haverá observado, fazerem-me ambos a corte, perseguindo-me por favores que me repugnariam mil vezes mais do que a morte, sobretudo agora, quando tive a dita de encontrar um verdadeiro amigo, um homem que — os olhos marejaram-se-lhe de lágrimas e purpurejou-se-lhe o rosto — sinceramente amo...» (G. S., pp. 77, 78).

Num passo pouco posterior ao que acabamos de analisar, antolha-se-nos um curioso efeito de estilo. Tendo o protagonista ajoelhado aos pés de Leonor Gelder, esta corta-lhe a efusão, soluçando:

«São vinte e cinco mil *marcos apenas,* meu querido amigo, a quantia indispensável.»

E, como o herói repete a cifra, preocupado, logo ela nitidamente reitera:

«Sim, *apenas* vinte e cinco mil *marcos...»*

A passagem da cadência menor, na primeira frase, para a cadência maior na segunda, não só altera o ritmo como retira toda a força ao advérbio *apenas,* que se desloca para uma posição mais fraca, acentuando-se agora a importância dos *marcos,* condição afinal obrigatória para a consumação do acto de amor.

O período partido em três (ou mais) partes é também frequente nos textos de Teixeira-Gomes e em especial no seu discurso de ambição pictórica, que ora combina expressionismo e impressionismo, ora propende sem ambages para este último ora vai mesmo até à muito miúda pincelada, ou seja, à simples justaposição de nomes e atributos e à elisão completa dos sintagmas verbais e de todos ou quase todos os elementos de articulação lógica da frase, características daquilo que podemos considerar o pontilhismo [1] em literatura.

O pitoresco plástico, humano e social é-nos comunicado por Teixeira-Gomes, por exemplo, num período tripartido, em que cada segmento corresponde a um espaço:

«Os mercadores ambulantes de curiosidades locais davam as últimas investidas aos passageiros a fm de lhes impingir a sua fazenda, que iam enfardando para o regresso à terra; entre o vapor e o cais havia um incessante vaivém de botes com passageiros e provisões; a bordo, as famílias numerosas congregavam-se para verificar se lhes faltava algum dos seus membros, e aquelas a quem faltavam, encostadas à amurada, inspeccionavam os cais e a Rambla procurando divisar os retardatários» (*N. E.*, pp. 125, 126).

Vejamos agora como numa frase periódica de Teixeira-Gomes se pode tomar consciência da estrutura rítmica, em sua relação com as sensações que o enunciado transmite, tal como noutros casos com a dinâmica do pensamento. Consideremos este excerto da novela «Margareta», que já serviu também para a escolha do exemplo anterior:

«Nisto soaram passos/pelo claustro,/com risadas alegres,/ /retinidas,/e, abrindo-se a portada/que me estava fronteira,/um imenso rectângulo/de luz viva/*r*ompeu/a quietação tenebrosa da nave//e por ele *d*esceu/uma série de anjos/buliçosos,/raparigas de elevada estatura,/vestidas de claro,/trazendo nas mãos/fartos molhos de flores profanas...» (*N. E.*, p. 122).

O ritmo é aqui nitidamente expressivo [2] e a ampla politonia muito sensível (s*o*aram, p*a*ssos, ris*a*das, port*a*da; front*ei*ra; romp*eu*, desc*eu*; quiet*ação*; rapar*i*gas, vest*i*das). Detectámos na frase o ápice (//) que demarca a prótase e a apódose (a quietação tenebrosa da *nave*); separámos as unidades rítmicas [3], reuni-

---

[1] Da escola criada em França por Seurat: o *pointillisme*, que leva ao extremo, como nos seus quadros de circo, certas pesquisas dos impressionistas, de Monet, por exemplo, nas *Nymphéas*.
[2] Considera-se ritmo expressivo aquele que é a imagem musical do movimento do pensamento; e inexpressivo aquele que é como um molde de que o pensamento toma a forma: embala a consciência, leva-a a um estado de receptividade tal que propicia a reacção imediata à primeira emoção forte (conferir Marcel Cressot: *O estilo e as suas técnicas*, pp. 273, 274).
[3] Os elementos rítmicos terminam por um acento de intensidade.

mo-las em grupos que perfazem um sentido[1] e vamos agora apurar a totalidade dos elementos constantes de cada grupo, de modo a concluirmos se se verifica concordância (quando em ambas as partes da frase aparecem os mesmos números) ou discordância (no caso contrário).

O esquema que por este processo obtemos é o seguinte: 4-2-4//3-2-2 [2].

Logo, tanto a prótase como a apódose apresentam discordância e, podemos acrescentar, uma sábia discordância, que apela para os ritmos quaternário, binário e ternário, condizentes com o sobressalto emocional. Preferindo a expressividade à concordância e quase pondo de lado a parassilabicidade, que noutros passos tão grata lhe é, o escritor optou por outros elementos da trama rítmica, como a aliteração e a assonância. Aliterações em *s* (*s*oaram p*ass*os), em *r* (líquida isolada ou em grupo: soa*r*am, claust*r*o, *r*isadas, *r*etinidas, ab*r*indo-se, po*r*tada), em *f* (*f*artos molhos de *f*lores pro*f*anas); assonâncias: «Ni*s*to, ri*s*adas, retin*i*das, abr*i*ndo-se, v*i*va», etc.

Insistimos, no entanto, em que a concordância, que favorece o movimento eurítmico, é frequente nos textos de Teixeira-Gomes. Assim, em *Regressos:*

«Após uma série extensíssima/de dias agrestes//o tempo serenou/e rebentaram as vinhas.» [3]

A estilística dos sons é sempre, porque muito subjectiva, tarefa melindrosa. Queremos, todavia, deter-nos ainda no aparecimento da frase pontilhista em textos dos menos elaborados de Teixeira-Gomes, como são muitos dos de «Regressos», ou de solto desenho paisagístico, do género impressões recolhidas em canhenho de apontamentos. Textos que, aliás, são por vezes belíssimos e, até porque muito directos, extremamente comunicativos. Atentemos nestas duas nótulas que começam a primeira por uma informação de espaço, a segunda por uma referência temporal:

«Na Rocha: Nordeste rijo; céu diáfano; mar de calafrios, muito azul, e ao abrigo da costa a água gelada, em mesa de cristal, a aguentar os rochedos que separam as duas praias; o vale do Vau, de esmeralda clara, avivada pelos infinitos casinhotos brancos; as serras de vidro transparente; a Ponta da Piedade, imaterial...

---

[1] Conferir a obra de Marcel Cressot supracitada, capítulo «O Ritmo da Prosa».
[2] Prótase — 1.º grupo, até *retinidas;* 2.º grupo, até *fronteira;* 3.º grupo, até *nave,* isto é, até ao «ponto culminante que delimita a prótase da apódose»; Apódose — 1.º grupo, até *buliçosos;* 2.º grupo, até *claro;* 3.º grupo, até *profanas.* (Conferir Marcel Cressot: «O ritmo da Prosa», obra atrás citada).
[3] *Regressos,* p. 92.

Recordação: Dia de anos. Fomos passá-lo à casa do Vau, descemos à praia já quase sol-posto. Maré cheia. Em volta de nós as rochas recortam-se em gris, cercam-nos de perto, aguçando as pontas no fundo fulgurante do céu. Mas areias e rochas se fizeram de uma brancura virginal, e o mar parecia querer lamber-nos os pés. Ao longe, os leixões da «praia das artes», alvos e leves como patachos com todas as velas ao vento» (*Regressos*, p. 95).

Aqui nos surgem os vocábulos libertos do seu grupo sintáctico, desarticulados. No primeiro período, só encontramos dois verbos: *(a) aguentar*, com valor temporal e adjectivando a expressão metafórica «*a água gelada, em mesa de cristal*», e (que) *separam*, numa oração relativa. O assíndeto, que inculca uma visão fragmentária, ressaltando a individualidade dos pormenores («*Nordeste rijo; céu diáfano; mar de calafrios*», «*o vale do Vau*», «*as serras de vidro...*») corrobora esta impressão, que se repete no último período do segundo parágrafo, constituído por uma única oração elíptica, cujo sujeito plural *(os leixões)*, introduzido por uma locução circunstancial *(Ao longe)* é qualificado por dois adjectivos *(alvos* e *leves)* e comparado às embarcações *(os patachos)* com todas as velas ao vento. Este sujeito é assim directamente focado, fora de qualquer acção. Certos desenvolvimentos simétricos são também desenvolvimentos rítmicos. Como em: «Ferragudo amontoa-se numa brancura gorda, de gesso, despolida, e toda a margem revolta que se lhe segue «refrange a luz que a morde *em mil tons diferentes*» ou «a absorve pelas anfractuosidades côncavas *em largos prismas doirados...*» (*Regressos*, p. 96).

Observemos agora outro texto, da série dos poentes de *Regressos:*

«Sol posto: O vento leve, que ainda sopra do levante, vai trazendo para o ocaso rebanhos de pequeninas nuvens refulgentes que se desfazem sem demora; e assim as levíssimas ondulações do mar calmo, ao luar, trazem de longe, para terra, uns fios de lume que a areia da praia chupa» (*Regressos*, p. 98).

O movimennto, por vezes, nestas frases analíticas, cria, através de uma série de orações relativas, uma perspectiva insólita em que a visão de pormenor (as proposições que do texto poderiam retirar-se: «*que ainda sopra do levante*», «*que se desfazem sem demora*», «*que a areia da praia chupa*») acaba por sobrepor-se à visão global (*O vento leve (...) vai trazendo para o ocaso*, etc.).

Com frequência sucede ser tão nítida a música de certos textos de Teixeira-Gomes que nos soam ao ouvido a métrica, os acentos do endecassílabo, as cesuras do alexandrino, que todavia, em verso, ele não praticou. Podemos, por exemplo, decompor, sem esforço, em unidades de igualdade ou proximidade silábica, grande parte do período que, em *Cartas sem Moral Nenhuma*, assim começa:

«Depois, em «Tenerife» não há mais do que uma única estrada, a de «Orotava», via sagrada por onde só transitam landós pomposos, aos tirões intermitentes de umas pilecas vacilantes e estafadas...» (*Cartas sem Moral Nenhuma*, p. 132).
O exercício em questão dar-nos-ia:
Depois em Tenerife não há mais — endecassílabo heróico
do que uma única estrada, a de Orotava —     »           »
via sagrada por onde só transitam — também endecassílabo,
                           se admitirmos a prolacção de via numa só emissão de voz, formando sílaba única, processo muito usado por António Nobre
landós pomposos aos tirões intermitentes — alexandrino com acentos na 4.ª, 8.ª e 12.ª sílabas, como os faziam os poetas românticos
de umas pilecas vacilantes e estafadas — alexandrino idêntico.

Mas o ritmo de Teixeira-Gomes é essencialmente o seu ritmo pessoalíssimo, que resulta da concordância entre a ordenação do pensamento, a sua densidade e a orquestração da frase longa e no qual pesa a sintaxe rica e variada de uma linguagem «literária» no melhor sentido, vernácula, herdeira da casuística e da oratória seiscentistas, mas apaixonada pelo colorido e pela vivacidade analógica da prosa impressionista e do discurso popular.

Só uma psicologia estilística da linguagem falada ou escrita permitiria talvez detectar (e seria esse um outro estudo, e de grande tomo, a fazer), por similitude e mais ainda por aferição, as marcas fundamentais de uma linguagem de família ou grupo literário, no interior do qual se formou a língua do autor que nos interessa. Neste, depois, há que isolar desse tal sermão de época os desvios verdadeiramente significativos.

Na modéstia do nosso objectivo, vamos proceder na obra de Teixeira-Gomes ao exame de alguns processos sintácticos, do léxico e dos campos semânticos (onde possam ocorrer reiteradamente palavras-temas e palavras-chaves) e fundamentalmente à pesquisa do imaginário, através das metáforas e de outras figuras.

# O VOCABULÁRIO

**Discurso literário e discurso popular**

«A técnica do memorialista consiste em encontrar-se a si mesmo comparando o seu passado e o seu presente», afirma Michael Riffaterre a propósito das *Antimémoires*[1] de André Malraux.

Quase opostamente Teixeira-Gomes, que era muito mais «homem de contemplação» do que de acção (e disso tinha consciência), embora haja exemplarmente cumprido as tarefas cívicas e patrióticas que aceitou, raramente compara e confronta o *eu* de outrora ao *eu* de agora. A sua aposta de espectador, que progressivamente evoluiu, com a marcha da História (e no embalo desse movimento foi escrevendo), é sobretudo num estatuto de permanência que se joga. Aí, na fidelidade à arte e à paisagem, à erótica e à ironia, Teixeira-Gomes, exprimindo, com múltiplas recorrências, o enlevo do olhar ou as variantes que o seu desejo reveste, perante objectos diferenciados, acaba por denunciar as invariantes que formam o tecido profundo da sua personalidade, do seu segundo ser (clássico e barroco, romântico e esteticista), que, tal como Malraux — mas situando-se modestamente, como escritor, no pólo da reflexão e não no da aventura — habita um museu imaginário.

Essas invariantes interessa-nos procurá-las, ao nível do estilo, precisamente na redundância de certos modelos, tanto no campo da sintaxe como no da semântica. Entre outras pesquisas, ocupar-nos-emos dos neologismos, dos arcaismos, dos regionalismos, da criação vocabular, das anomalias linguísticas, da importância dos superlativos como marca pessoal, dos campos semânticos e dos termos mais reiterados, da palavra tema e da palavra chave; finalmente das transposições de sentido, das figuras em geral e muito especialmente da comparação e da metáfora.

---

[1] In *Essais de Stylistique Structurale* (présentation et traduction de Daniel Delas), Paris, Flammarion, 1971, p. 290.

A descrição do corpo feminino assume, no discurso literário de Teixeira-Gomes, pela recorrência de um certo número de predicados (comuns aliás a expressões de arte e a seres vivos e derivando a beleza destes da comparação com o *pattern* artístico e predominantemente escultórico), o valor de um monumento arquetipal.

O retrato, síntese dessa feminidade, se o procurarmos, por exemplo, na Camila de «Deus Ex-Machina»[1], na «Vénus Momentânea»[2], de *Inventário de Junho*, na parelha de Safo e Bilitis algarvias da furna de «Agosto Azul»[3], na Cecília madeirense de *Cartas Sem Moral Nenhuma*[4], na Cordélia[5] e na Margareta[6] das

---

[1] «Não há palavras que descrevam as maravilhas do seu corpo, a sua carne rosada e firme desmaiando, nas curvas, no tom mate de açucena; os pés de estátua grega; o ventre polido e retraído, nascendo das coxas roliças como um escudo de prata fosca e partindo-se, no remate, para inflar nos dois agudos pomos a que as vacilantes chamas do fogão davam reflexos iriados; e os longos braços a um tempo frágeis e marmóreos!...» (*N. E.*, p. 60).

[2] «Prodígio de elegância, perfeição e graça escultural, se me patenteou então o seu corpo enrijecido pela frialdade da água, cujas gotas ainda lhe escorriam pela carne marmórea. O peso da água afeiçoava-lhe na cabeça hirsuta um toucado de estátua antiga, e os seios disparavam como duas pombas que vão voar» (*I. J.*, p. 113).

[3] «A uma delas alteia-lhe a camisa no peito com exuberâncias de amojo e na outra cai em pregas pelo grácil corpinho abaixo. Riem; riem muito, a porfiar qual delas há-de primeiro despir a camisa. É a mais nova que se decide: mostra no torneado tronco dois meios limões agudos onde a outra põe logo os lábios; depois esta abre também a camisa, soltando os túmidos seios maduros que a outra apalpa» (*A. A.*, p. 120). Repare-se nos pormenores que remetem para o padrão escultórico: a camisa que cai em pregas, o torneado tronco.

[4] «Era um perfil idealizado à maneira dos cunhos gregos que eu divisei, argênteo quase, no interior penumbrento de uma casa térrea, de passagem para o «Monte». Expressão muito fina e o quer que fosse de longinquamente, subtilizadamente caprino; (...) «A Cecília tem a consciência exacta de quanto vale despida. Viveu até aos dez anos descalça, na serra, e os pés, perfeitos, conserva-os intactos» (...) «...de joelhos sobre a cama, sentada nos calcanhares, com um sorriso malicioso e quieto, a apontar para mim os bicos dos seios hirtos, cada um em sua mão» (*C. S. M. N.*, pp. 170, 177 e 178). Repare-se nas figuras metonímicas do desejo — os seios, os pés — e no efeito pictórico de claro escuro bem como na comparação com os cunhos gregos.

[5] «...rapariga muito nova, de cabelos adamascados, pescoço delgado, cintura fina, quadris largos e rebeldes, harmonizando-se nas curvas das coxas (...) Os braços frágeis, os seios pequeninos e túmidos, as coxas volumosas e marmóreas...» (*N. E.*, pp. 151 e segs).

[6] «Que mimosa carnação, que imensos olhos de veludo, que opulência de cabelo negro, ondeado, macio! E que ritmo nos movimentos, que graciosíssimas proporções desde o busto cheio, invertendo, após a cintura longa e flexível, a sua curva harmo-

*Novelas Eróticas*, será fundamentalmente composto, ainda que com algumas flutuações, pela carnação rósea, os lábios como frutos, os seios rijos e separados (os agudos pomos), cintura alta e fina, ancas de Vénus, coxas roliças ou marmóreas, como os braços, pés de estátua helénica.
Muitos outros retratos correspondem a este padrão ou dele acusam um dos traços dominantes. Assim a Cristina de «Colónia» *(Agosto Azul)*, de cultura menos de medíocre, mas cujos lábios «fundiam dulcissimamente» e que «tinha os seios como cidras» e cujas mãos eram «cachos de frutas cor-de-rosa»[1]; inclusive a Maria Adelaide do único romance de Teixeira-Gomes, cujas faces «tinham a macieza e o aroma dos alperces maduros» e cujos lábios eram «perfumados, brandos» e derretiam-se na boca do seu amante «melhor do que os gomos das laranjas de sangue» e a quem não faltavam os «pés de deusa, de mármore polido e nevado» (*M. A.*, p. 130)[2].

Leo Spitzer afirma, no seu estudo «L'Amour Lointain de Jaufré Rudel»[3]: «C'est un des expédients les plus élémentaires de la stylistique telle que je la pratique depuis longtemps, que de retracer des *leitmotive* dans l'oeuvre d'un écrivain en relevant des mots ou des idées qui se répètent, parce que ces répétitions ont beaucoup de chances de trahir un élément *constant* dans l'âme ou l'esprit d'un auteur (...) par la somme d'observations concrètes on arrive à l'abstraction d'une «entité» stylistique — et cette entité stylistique mène à l'intuition directe d'une «entité psychologique» dans l'âme du poète.»

---

niosa na curva dos quadris! (...) já no pescoço lhe transparecia a suavidade leitosa das pétalas de açucena. E toda ela, tal como a vira na catedral, ou melhor ainda: alta, espigada, ondulosa, seio farto, cintura breve, olhos como dois céus (...) sentindo-lhe, à pressão do meu peito, os seios duros e livres...» (*N. E.*, pp. 124 e segs.).
[1] Atente-se na relação corpo-fruto.
[2] É admissível que a isotopia do fruto, do seu sumo e aroma, revele um dos atributos essenciais do objecto do desejo — a mulher sumarenta, pouco mais de adolescente, na plenitude da sua frescura. Tratando-se de metáforas *in presentia*, nelas se manifesta o carácter obsessivo do desejo numa cadeia sintagmática logicamente estruturada, mas não se detecta intervenção do fantasma ou da censura. É certo que a sexualidade nunca se diz integralmente: a imagem textual diz apenas uma parte dela. Quanto à figura metonímica dos pés, que evoca no nosso espírito a leitura que Freud fez da *Gradiva*, de Jensen, faltam-nos dados sobre a infância de Teixeira-Gomes que nos permitissem averiguar onde o símbolo (a carência) enraiza. De toda a maneira e na certeza de que a homologia escultura/mulher funciona na descarga libidinal ao nível da imagem, o que recusamos é a hipótese de uma simples estetização voluntária. A reiteração da figura metonímica afasta, para nós, essa leitura.
[3] In *«Etudes de Style* — précédé de *Leo Spitzer et la Lecture Stylistique* de Jean Starobinski», Paris, Gallimard, 1970, col. TEL, 1980, p. 98.

Adiante veremos como determinadas famílias de palavras (de entre as quais, por exemplo, *túrgido, turgescente, tumescente*), conotando frutos ou os mamilos da mulher e os órgãos genesíacos de ambos os sexos, se recenseiam com abundância nos textos de Teixeira-Gomes. Queremos, porém, desde já, acentuar um traço muito recorrente, no seguimento dos esbocetos acima recolhidos: a aliança de ideias e de nomes ou epítetos relativos à juventude e ao aroma, aliança que, aliás, encontramos, em situação extremamente forte, na sintagmática narrativa de *Maria Adelaide*, ou seja, no último período da última página:

«Via-lhe a cara como se estivesse ao meu lado, e sentia-lhe, acariciada pelas minhas mãos sôfregas, a carne macia mas elástica do corpo rescendente de mocidade...»

No discurso memorialístico, sobretudo quando confessional, o autor aparece como sujeito e como objecto. Embora, no geral, avesso à efusão sentimental [1] e biograficamente lacunar, M. Teixeira-Gomes tanto desliza para o memorialismo no texto ficcional como para a fabulação no discurso memorialístico ou no seu afluente epistolar [2].

Não há praticamente enunciador de um texto que dele não seja personagem, ainda quando pretenda colocar-se de fora. Vamos mais longe: Teixeira-Gomes, por mais anti-subjectivo que se proponha ser, é sempre visível através da máscara dos narradores de quase todas as suas novelas, da «criatura literária» em quem delega a visão e o agir: do mesmo modo, quando fala em seu próprio nome, está-se já objectivando numa personagem de contornos estéticos e irónicos. Daí por certo a impressionante fidelidade do seu discurso literário a um padrão não direi fixo, mas constante no essencial, mau grado um apercebível trajecto para a contensão, que vai do amplíssimo período das *Cartas Sem Moral Nenhuma* (por vezes mais de duas páginas) [3]

---

[1] Exceptuam-se textos como, por exemplo, «O Meu Grande Amigo Tomás» *(Inventário de Junho)*, sobre a morte e sobre a dor.
[2] É o caso da noveleta de Gregório, Cecília e a Rainha Santa no trecho sobre a Madeira de *Cartas Sem Moral Nenhuma*, constante de uma carta dirigida a Luiz Botelho.
[3] Verificar *C. S. M. N.*, pp. 48 e 49, desde «*Dizer-lhe então*» a «*cisne branco*»; e pp. 50, 51, desde «*Mas deixe-me cobrir*» a «*ficou perdida*». Parece curial adiantar que, para exprimir o excesso das suas «noites sensuais de Sevilha», tenha Teixeira-Gomes procurado, ou encontrado, um estilo excessivo, desde a dimensão do período (num dos casos cinco vezes partido pelo ponto e vírgula) à acumulação dos nomes, dos qualificativos, dos apostos, dos advérbios intensivos, dos superlativos, num emaranhado densíssimo que o travessão não logra ordenar. Aqui

à concisão extrema das máximas e dos aforismos compendiados em *Carnaval Literário*.

*Maria Adelaide* é de todos os textos de Teixeira-Gomes aquele onde mais insistentemente se verifica o embrechado de dois discursos: o literário (a linguagem escrita, brunida) e o popular-regional (o cliché mimético, de perfeita oralidade). Este reproduz o colorido falar algarvio, que veicula um espaço social e moral (em discurso directo ou indirecto livre): «...a mãe tinha-lhe batido, *desonrando-a* de tudo...», «...olha lá Santo Antoninho que não sei onde te ponha», «Ah!, ela é sardosa? pois puta e gulosa...», «estava *temente* (de meter medo)»; «...só para não *haver pé* de dizerem...», «sim, amiguinho, deixa-me brincar», «emborco a cadeira», «mocinho pequeno», «...prega-me uma mordedela...», «o corpinho (...) já na orgadura», «Vai sempre assim, de galga no ar». Algumas expressões valem mais, como informantes, para a análise estrutural do texto do que como dados para uma recolha estilístico-linguística. Não deixam, no entanto, de oferecer interesse sob este aspecto. Será o caso, por exemplo, de «Tiveram as duas uma assanhada *guerreia de língua*», «o gargarejado da voz de ppo», «nisto andei inscimismado», «apanhei uma *sova de sapato*; «enchendo-se de *baile de roda*»[1], «e lhe fizesse um mocinho»[2], «encontrava-a num molhinho», «toda feita num molhinho» «feita num molhinho, ao canto da cama...»[3], «Levou a *caquear* nisto vários dias», «de me sujeitar ao *mando* de uma criatura», «mulher amigada».

---

ainda Teixeira-Gomes consente à sua pena alguns desmandos, que mais tarde evitará, como o reforço adjectival da ideia («bailarinas ...cada vez mais desejadas, mais apetecidas, mais necessárias»). Neste texto em que o narrador confessamente se identifica com os «heróis românticos», há por vezes — num ritmo que é sempre muito belo — redundâncias e enxumaços como aqueles com que Fialho amiúde arredondava a frase e que em Abel Botelho, sobretudo em *Fatal Dilema*, se degradam em torrente palavrosa.

[1] Papas de milho, que, segundo a explicação de Maria Adelaide, «estão sempre a dançar quando fervem» (M. A., p. 46).

[2] Sintagma reiterado, com ligeiras variantes («se eu tivesse um mocinho», «não queria senão ter um mocinho meu»... Esta ânsia da maternidade, em Maria Adelaide, que é relevante no plano do significado, para o seu estatuto semiológico, apresenta, quando encarada como conteúdo sócio-psicológico, matizes vários e complementares: carga afectiva, manifestação de feminidade (aleienada ou não) e com a marca natural do popular; e ainda, verosimilmente, táctica para a conservação do amante-protector.

[3] A sensibilidade neurótica de Maria Adelaide é conotada, nesta expressão plebeia, com a fraqueza da sua situação económica. Que a personagem tem consciência, ainda que trémula, da injustiça das diferenças sociais nota-se em várias réplicas suas, como esta: «Amiguinho (...) não é verdade que para os pobres todas as alegrias são roubadas?» (M. A., p. 104).

O interesse do enunciador pelo intertexto etnológico e etnográfico é tão pronunciado que o leva a interromper amiúde a narração com longas catálises, como, por exemplo, o seguinte segmento, que poderia desequilibrar a estrutura se não desembocasse numa função nuclear que até justifica a incursão pela geografia humana e pelos resíduos da magia. O exórdio, que roça pelo didáctico, aparece mosqueado de regionalismos e tecnicismos: «Nesta fase sucedeu também que uma das irmãs, a Júlia, começou a deitar sangue pela boca e o mesmo médico declarou-a perdida. Isto causou a Maria Adelaide grande pena, levando os dias e noites a lamentar-se como se fosse ela a vítima. E o mais curioso é que atribuía a desgraça à «sorte de S. João», chamada «mesa dos ofícios». A sorte consiste em pôr em cima de uma mesa: a faca: marujo de armação; o sapato: sapateiro; a pedra de cal: pedreiro; a tábua: carpinteiro; o trapo: paneiro ou lojista; o sal: marinheiro; a ferradura: ferrador; o livro: escrivão; o lápis: empregado; o carvão: carvoeiro, etc., e tirar ao acaso para ver qual será o ofício do futuro marido. O carvão (carvoeiro) é que causava mais ferro às moças a quem tocava. Pois à Júlia, que andava perdida de todo por um marceneiro, em três sortes seguidas coube-lhe o carvão. Ao dia seguinte principiou a despachar sangue do peito...» (M. A., pp. 147, 148).

Há uma zona de transição entre o discurso vernáculo e o discurso popular ou familiar («assegurar o passadio», «trazer na cachimónia», «enganifas», «aos faniquitos do costume», «vida de cão e gato», «pondo-me na rua»...). Desta fonte popular da língua podem tirar-se efeitos de estilo como o que encontramos no final de «O Sítio da Mulher Morta» (N. E.): «Do José Cravo, até hoje, não houve *mais novas nem mandados.*»

De entre muitos outros casticismos, regionalismos e populismos, registamos: o uso frequente do adjectivo *direito* com valor adverbial; *tanchados* (em sanguinolentas cristas de galos), N. E., p. 152; *pechoso* (N. E., p. 180); haviam *andado às bilhardas* (N. E., p. 180); *quinteiro*[1] permanente (N. E., p. 180); laranjas de umbigo[2] (N. E., p. 181); à custa de quantas *coimas*[3] (N. E., p. 181); *acoimar* (Misc., p. 22); *mariola* (N. E., p. 183); *pousadeiras* (N. E., p. 189); *matutando* (N. E., p. 189); o *trincolejar*[4] da «carrinha» (N. E., p. 190); «acabemos com este entremês» (N. E., p. 190); *encanzinaram*[5] (N. E., p. 197); *espírito santo de orelha* (N. E., p. 198); «não é da tua alçada», N. E., p. 199; *aldrava*[6] (da porta),

---

[1] Como profissão, sinónimo de feitor.
[2] Ou da Baía.
[3] Expressão arcaizante.
[4] Tilintar.
[5] No sentido de *enraiveceram.*
[6] Variante de aldraba (do árabe *addaba*), por velarização da consoante bilabial.

N. E., p. 202; *muito em rapaz* (N. E., p. 203); *quanto estimo* (N. E., p. 206); *a corruptela «obedecer às ordes»* (N. E., p. 199); *badameco, desabafada, salgar os bofes* (I. J., p. 34); *meter minhocas na cachimónia* (C. L., p. 41); *abrandecer* (M. A., p. 57); *cuspes-cuspes* (M. A., p. 44); *escamugir* (N. E., pp. 218, 219); *para me pôr* (...) *ao fresco* (N. E., p. 219); *Aquilo* (por aquela mulher), M. A., p. 44; *vascolejar* (I. J., p. 55); *gadanhenta* (I. J., p. 55); *remandiolas* (I. J., p. 55); *descaroável* (I. J., p. 57); *fidéus* (I. J., p. 56); *encalamistrado* (I. J., p. 56); *mangações* (I. J., p. 56); *praguejando-me* (construção do verbo praguejar como transitivo), I. J., p. 44; *correr ao mar*, em vez de *correr para o mar* (I. J., p. 38); *esborralhar* (I. J., p. 31), etc.

Outros casticismos, regionalismos e populismos: bacorejar — *bacorejava-me* (G. S., p. 161); *bacoreja-me* (Misc., p. 91) —; «*rentava de bem aparentado*» (G. S., p. 164); *marafona* (G. S., p. 164); «*refeita em pudicícia*» (G. S., p. 164); *embair* (muito recorrente); *cumprimentos de chapéu fora* (G. S., p. 167); *deitar rebocos* (G. S., p. 167); *afectação de empeço* (G. S., p. 168); *pitadeando* (G. S., p. 169); *dois dedos de cavaco* (G. S., p. 169); *falripas* (G. S., p. 170); *desfechavam na expulsão* (G. S., p. 170, e muitas ocorrências de *desfechar* por terminar; *virgolina* (G. S., p. 171); *desabelhavam* (G. S., p. 173); *casabeque* (G. S., pp. 175 e 191); *bambo* (G. S., p. 186); *lavajar* (G. S., p. 192); etc.

O rigor vocabular exige a palavra sempre justa e amiúde obriga ao tecnicismo, por vezes já transposto em linguagem figurada: «velas de cera de arrátel», «marujos de armação», Maria Adelaide no seu «encerro», (este lexema reaparece em *Miscelânea*, p. 103); «as afeições (...) despegam-se-me como um capelo da parede», «ao pagamento dos quais o *sacado* punha dúvidas»... [1] Obviamente, não faltam os tecnicismos da «língua

---

[1] De entre uma infinidade de termos de linguagens técnicas e oficinais, aqui citamos: «deitavam-se à água da ponta dos *gurupés*» (A. A., p. 31); «barco novo (...) *acharoado* de verniz fresco» (A. A., p. 31); «Os *barqueiros* (...) aprestam o bote (...) os baques secos dos pés descalços no oco dos *paneiros*...» (A. A., p. 106); «...cujo peso *lastra* convenientemente o bote» (A. A., p. 106); «Os *catraeiros* remam...» (A. A., p. 107); «vento *mareiro*» (A. A., p. 164); «O atum... acudira bem ao *atalho*...» (A. A., p. 165); «*armação*... covo ou copo da armação... lanchas chamadas da «*testa*»... as «portas» da armação... esta operação chama-se «atalhar»... a «rabeira» (A. A., p. 166); o atum «de direito»... o atum «de revés» (A. A., p. 167); o «*ruaz*» (A. A., p. 167); «rede móvel chamada «*céu*» (A. A., p. 168); «havia muito que bordejar (...) a campanha (...) reforçando as *pulseiras dos arpões* (...) redes triangulares... chamadas *muletas*» (A. A., p. 170); «A pesca fechou acima de mil e trezentas cabeças...» (A. A., p. 175); *xarela* (rede), (C. L., p. 57); *faluchos* (G. S., p. 141); *caíques* (G. S., p. 141). Onde é também riquíssimo o vocabulário técnico de Teixeira-Gomes é nos domínios da arquitectura, da pintura, da escultura e da decoração. Alguns exemplos: *setial* (banco ornamentado

profissional» dos médicos (ou não tivesse sido Teixeira-Gomes estudante de medicina), que tão bastos e luzidios são nalguns dos contos de *Gente Singular*. Em *Maria Adelaide* topamos com a deformação do *colar de Vénus* e com o discurso do facultativo [1]: «Que quer, meu amigo — observou-me ele — aquele «grande simpático» está cada vez mais desequilibrado! Temo que o desfecho será um formidável caso de «bócio exoftálmico». Repare-lhe bem no pescoço e verificará que a tiróide já tomou proporções anormais e quanto aos olhos a sua saliência é evidente...» (*M. A.*, pp. 152 e 163) [2]

Um efeito de estilo que nos dá que pensar é o que consiste na muito frequente utilização nos textos de Teixeira-Gomes do verbo *capitular* (do reportório clássico) no sentido de *classificar*. Se considerarmos a recorrência deste sintagma verbal no enquadramento de uma série de termos abstractos como *encetar, discorer, razoar, «filosofar», pôr em ordem* ou *pôr por ordem, arre-*

---

das igrejas), *N. E.*, p. 56; a *cimalha*, os *gigantes* (*C. S. M. N.*, p. 148); *elipse, colunas monolíticas* (*C. S. M. N.*, pp. 212, 213). Na descrição da Alhambra (*C. S. M. N.*, pp. 205 e segs.) deparam-se-nos o *lageado* alabastrino, os *favos de alvéolos e pingentes*. Vamos encontrar *filigranas do coruchéu* em *Inventário de Junho* (p. 155 e nas páginas seguintes) *abóbada*, cruzeiro, relicário, adarves (*I. J.*, p. 166). Registamos ainda: «na *esteira de empreita* que forrava toda aquela metade da sala» (*I. J.*, p. 50); *inflorescência de ocas agulhas* (*I. J.*, p. 167), *cubelos, barbacãs* (*I. J.*, p. 166); *redouças de cadeias* (*I. J.*, p. 167); *armatoste* (*R.*, p. 144); *ameias* (*R.*, p. 19); *zimbório gótico* (*R.*, p. 19); *colunata* (*R.*, p. 19); *colunelos* (*R.*, p. 31); *feixes das colunas* (*R.*, p. 31); *vazamento aéreo* (*R.*, p. 31); *capitéis* (*Misc.*, p. 62); *pórtico* (*Misc.*, p. 70); *frontaria* (*Misc.*, p. 70); *arcarias* (*R.*, p. 31); *burilado de relicário* (*Misc.*, p. 31); e, já com estrutura metafórica mas na mesma área semântica, «*cidades acasteladas e torrejantes*» (*R.*, p. 31).

[1] Os médicos são, de passagem, levemente metidos a ridículo, com noutros textos de Teixeira-Gomes («a tomar as drogas receitadas pelo esculápio e em rigoroso regime alimentício»), *M. A.*, p. 91. Porém, a progressão da histeria em Maria Adelaide é-nos dada em anotações atentas e sempre pertinentes.

[2] Note-se o emprego do futuro *será*, em vez do conjuntivo *seja*, que seria normal na oração integrante com a ampla margem de hipótese que o sintagma verbal *temo* encerra. O futuro exclui precisamente a dúvida e deste modo a linguagem profissional, para além dos tecnicismos, neste caso cienticismos (*grande simpático, bócio, exoftálmico, tiróide*), envolve gamas psicológicas: uma maneira de revelar progressivamente a doença, atenuando no interlocutor o efeito do choque.

Em muitas outras passagens da obra de Teixeira-Gomes se nos antolha o vocabulário médico. Por exemplo: «em certas *saídas de pelve*» (*A. A.*, p. 104); *nevropatia* (*Misc.*, p. 76); *elefantíase* (*G. S.*, p. 173); *superfetação monstruosa* (*Misc.*, p. 224); «*pupilas amauróticas*» (*G. S.*, p. 225); «*flácido adiposo*» (*G. S.*, p. 228).

*cadar*, etc., concluiremos que um dos traços caracteriológicos de Teixeira-Gomes seria o método que ele, de certo modo, procurava conseguir, esforço que se projectaria especialmente no seu discurso epistolar. O escritor de cartas que Teixeira-Gomes foi, com rara «fúria epistolar»[1], na literatura portuguesa, sempre atento a não deixar sem resposta missiva alguma que lhe endedeçassem — como confessa em «Miscelânea», p. 47: «Tenho sempre diligenciado manter certa aparência de ordem na desordem da minha vida (e isso não concorreu pouco para que se formassem a meu respeito alguns juízos, de homem pautado e regulado, tão lisonjeiros como falsos) e se há regra que eu nunca transgredi, é a que me impus, desde bastante novo, no expediente da minha correspondência. Tarde ou cedo, respondo a todas as cartas, e, salvo urgência determinada por motivos muito poderosos, faço-o invariavelmente pela ordem cronológica da sua recepção.» — é indissociável da sua obra novelística: a novela presumivelmente de fundo verídico «A Cigana» começou até por ser uma carta a António Patrício[2]. Aliás, também em *Miscelânea*, p. 38, Teixeira-Gomes esclarece-nos sobre a extrema importância que assume o narratário — o «ouvinte que vale por mil» — na produção do seu discurso literário:

«...o género epistolar satisfaz plena e simultaneamente o egoísmo e a preguiça, minhas virtudes capitais[3]. Escolhe-se a vítima para o suposto desabafo, e porque lhe conhecemos bem o espírito, as inclinações estéticas, a índole, disserta-se conforme a tolerância de quem nos escuta, seguros de que o seu entendimento e argúcia suprirão as omissões e elipses com que se aligeira a narrativa[4], e a ausência de explicações que a tornariam demasiado longa e enfadonha de fazer. É um ouvinte que vale por mil.»

Tornando ao desejo (frustrado) de ordem, cremos que corresponde à vocação apolínea de Teixeira-Gomes, ao seu suposto classicismo, à harmonia, à euritmia que ele cobiça e venera, mas que no seu discurso se reduz ao período, ao escrupuloso arranjo da frase, já que a sua outra face (a que triunfa) é a de Diónisos, da carne e do riso em festa, a da indisciplina que dos sentidos se projecta na escrita amiúde barroca, na irregularidade das estruturas narrativas.

---

[1] *Misc.*, p. 38.
[2] António Patrício tornaria a ser noutra carta, inserta em *Miscelânea* — «Da Perpetuidade dos Velhos Mitos» —, o confidente do mesmo amor por uma adolescente sevilhana evocada em «A Cigana».
[3] Há que dar o devido desconto à auto-ironia de Teixeira--Gomes.
[4] Aqui se denuncia a unidade profunda do discurso de Teixeira-Gomes, que é menos reflexão do que narração-descrição, ainda quando epistolar ou diarial.

# AS GRANDES ÁREAS SEMÂNTICAS DO DISCURSO LITERÁRIO

«O sujeito da escrita-leitura só pode ser um sujeito dividido e desdobrado, uma multiplicidade irredutível de instâncias ou de origens», escreve Claude Lévesque em *L'Étrangeté du Texte* (Union Générale d'Éditions, Col. 10/18, p. 173).

Aceitando que em todos os tempos e lugares há uma relação profunda entre os que escrevem e os que lêem, que o mecanismo da escrita ultrapassa necessariamente o escrevente [1],

---

[1] Curiosamente, M. Teixeira-Gomes tinha já a noção de que a palavra se escreve para além da intenção do autor e do leitor (ou do público, da classe) que o condiciona. O escritor serve-se de uma língua, mas deixa-se dominar pelo sistema dessa língua (a escolha de Teixeira-Gomes, como temos visto, orienta-se para um português clássico, mas trabalhado pela invenção metafórica e salpicado de populismos). Em *Miscelânea*, p. 22, diz Teixeira-Gomes, a propósito das teorias segundo as quais as palavras seguem as ideias: «A palavra antecedendo a ideia (...) sem querer desvendar o mistério da origem da linguagem, o que é certo é que ela, no seu desenvolvimento, reage sobre as ideias, amplia a inteligência, esclarece-a, organiza-a. O seu estudo, o conhecimento exacto da significação dos vocábulos, das suas nuances ou das nuances dos seus sinónimos; da construção da frase; da arquitectura do período; são a melhor forma de fruir o imenso cabedal de ideias, de noções e de conclusões, adquirido através dos séculos pela humanidade». A ideia da produtividade da palavra em si vai juntar-se, ainda que indecisamente, a da catarse: «Ao mesmo tempo se exerce a higiene indispensável ao perfeito equilíbrio mental — ou nervoso —, e libertamo-nos da angústia de continuadamente pairar no vago, no incerto, no duvidoso, a que se chega no baralhar dos vocábulos.» Isolando a parte mais significativa deste segmento textual, poderíamos, num arremedo a certas aventurosas comparações de Teixeira-Gomes, como a do P. Manuel Bernardes com Madame Du Barry, criar a sentença: «Falo, logo sou, estou-me a construir, a ser», partindo para tal afirmação das suas próprias palavras: *libertamo-nos da angústia de continuadamente pairar no vago*: visão interior do homem sem palavras.

posto que o reportório de estereótipos forma a estrutura linguística da mitologia e da ideologia de uma classe e/ou de uma época (e nos textos de Teixeira-Gomes boiam elementos da retórica realista-impressionista e do naturalismo decadentista, efeitos de estilo comuns a autores coevos, com componentes diversos, consoante o micro-contexto), a verdade é que M. Teixeira-Gomes, que atravessou quase dois meios séculos e acabou, em sua trajectória artística, por furtar-se à rede das últimas modas, no solitário esforço de «restituir» uma estética desaparecida [1] (o helenismo e a sua projecção mimética renascentista), deixou na literatura o rasto de uma personalidade excepcional, de um escritor originalíssimo, quer na sua erotização do mundo quer na sátira costumbrista, que, aliás, excede o costumbrismo.

Ao longo da vasta obra de M. Teixeira-Gomes, repleta de estesias e de grotescos e cujas páginas nunca são apenas belas páginas de literatura cujo ser seria a própria técnica, carregada que está de conotações sociológicas e psicológicas, correm três grandes linhas temáticas: a da Natureza, a da sensualidade e a do riso, na segunda das quais, dominante, se articulam as da arte e da vida. São o mar, o mar algarvio, o mar mediterrâneo, o «abismo feminizado e maternal» [2] e, mais do que a grande deusa lua, o sol fálico, fecundante, que presidem à festa verbal que tem por referente uma natureza ora pujante, cíclica, germinal, ora estilizada (eco devolvido, e ampliado, pelas telas, pelos desenhos, pelas gravuras que, imitando-a, a transformaram), ora ainda espiritualizada, quintessenciada pela sublimação das pulsões de vida, de desejo. As outras linhas de sentido fundamentais do macro-texto de Teixeira-Gomes, todas elas associadas à da visão (que, sendo essencialmente contemplação, baixa por vezes ao voyeurismo), são a cor e o corpo, que é predominantemente o da mulher, como confesso e privilegiado objecto de desejo, cujas figuras metonímicas, a uma atenta leitura, se nos patenteiam: *os seios*, obsessivamente recorrente, *a cintura*, *os quadris*, *o cabelo*, até *o pé* (menos marcadamente *os olhos*, estereótipo da tradição lírica portuguesa). Porém, se estas figuras, que tanto são metonímia do corpo humano como da estátua, indiciam outras duas muito importantes linhas de sentido, a luz e a nudez, que nos reenviam ao ideal helénico, enquanto forma, hino à beleza física, não deixa o discurso de M. Teixeira-Gomes de ser perpassado por tão fortes vectores semânticos, aparentemente arredios dos que enunciámos, como a alma, a solidão e o sangue.

---

[1] Teixeira-Gomes afirma em *Miscelânea* (p. 109): «...sempre me persuadi de que, por via de regra (e nunca me considerei excepção), a flor da sensibilidade de um escritor aparece logo no seu primeiro livro...»

[2] Gilbert Durand, *Les Structures Anthropologiques de l'Imaginaire*, p. 256.

Todavia, repare-se que o autor de *Cartas Sem Moral Nenhuma* usa a palavra alma e reiteradamente mas à falta de expressão mais precisa que diga a simbiose de espírito e sensibilidade, a zona onde se sofre (e onde se experimenta um prazer que transcende o dos sentidos), sem directa conotação com a mitologia cristã ou com a crença, que ele repudia, na imortalidade da alma. Quanto à *solidão*, própria de quem rememora e monologa, ela é correlativa da contemplação (quantas vezes nos seus textos não declara Teixeira-Gomes custar-lhe a suportar qualquer companhia quando visita um museu ou nos seus passeios de comunicação «estética» com a natureza!). Tal solidão está, de facto, associada a um mística da arte e até ao desejo da palavra, de reviver e romancear a vida, de tornar-se texto.

A linha temática do sangue aparece sobretudo nos textos fantásticos [1] de Teixeira-Gomes como «A Cigana», «Sede de Sangue», «O Sítio da Mulher Morta», mas pode observar-se, em sentido translato, sempre redundante, no curso da escrita, até quando ornamental, insinuando a irrupção da componente sado-masoquista na pulsão do desejo.

Se admitirmos que a produção literária é intrassubjectiva e que é na obra que o sujeito se constitui, podemos acompanhar, no discurso de Teixeira-Gomes, a relação dialéctica entre a subjectividade particular do autor e as subjectividades circundantes já formadas na sociedade [2]. Ao invés da teoria materialista do reflexo, ou melhor, numa outra perspectiva, que não a anula, o romance seria não imagem do mundo mas criação do mundo, a partir da trajectória do sentido. Isto é, a literatura é que produz a ideia da subjectividade: dela dá notícia e consciência aos vários grupos sociais.

---

[1] A importância do fantástico no discurso de Teixeira-Gomes, que tão pouco tem sido notada pelos raros exegetas da sua obra, denuncia-se numa sua confidência sobre escritos da primeira juventude (os quinze anos), inserta em *Miscelânea*, p. 99: «Aproximadamente por essa idade, enchi um sem número de páginas do álbum de outro condiscípulo, também açoriano, cujo nome me não ocorre, com a descrição fantástica de um sonho, obra literária que alguns leitores, pouco mais ou menos da minha força, mas que haviam já dado provas públicas do seu estro, benevolamente reputaram superior ao que seria lícito esperar de inteligência tão verde em anos.»
Teixeira-Gomes havia de reincidir na fabulação do sonho fantástico (que é ao mesmo tempo, exercício de intertextualidade, a que noutro lado nos referimos) no capítulo «Colónia», de *Agosto Azul*.
[2] Para esse efeito, haveria que considerar na matéria verbal da obra de Teixeira-Gomes — reportório lexical, factos de estilo, tropos, ampliações de sentido, metáforas, sinestesias — o papel constituinte do imaginário e a relação do autor, da sua escrita, com a sociedade, com os diversos grupos sociais.
Segundo um esquema no género dos que são propostos por Jacques Leenhart, autor de *La Jalousie — Lecture Politique d'un*

As grandes linhas temáticas que detectámos no discurso de Teixeira-Gomes, com o serem marca de uma profunda originalidade, não põem em causa a asserção de que no começo há sempre o recomeço, a repetição (uma biblioteca imensa está por detrás do escritor moderno). Claude Lévesque, em *L'Étrangeté du Texte*, já citado, p. 177, afirma a existência de uma anterioridade do texto em relação a sujeito, sentido e realidade.

O tema do sangue no discurso literário do «libertino» Teixeira-Gomes bem pode relacionar-se com o mito do pecado original, com o mênstruo, com os fantasmas da serpente e da queda, perceptíveis em certos mitemas que afloram nas palavras e nos medos de Marta («O Sítio da Mulher Morta») e nas poucas frases da cigana fatalista de «Sede de Sangue». Nesta última narrativa, tanto ou mais do que o sentido de queda da heroína, o tempo menstrual, que invade todo o texto (a lua vermelha — as regras da lua) preside soberanamente ao sacrifício monstruoso da jovem prostituta. São as imagens novas que renovam os arquétipos inconscientes.

As descrições pictóricas de Teixeira-Gomes reunificam o sentido das palavras, rodeando-as de uma atmosfera de imagens. A imagem é constituída pela relação dialéctica entre a presentificação e a materialização. Certos textos de Teixeira-Gomes, de intenção vincadamente «literária», são obra de linguagem que se anuncia e denuncia como obra de arte, materialização figurativa da linguagem.

---

*Roman*, o processo de transformação do imaginário poderia representar-se assim:

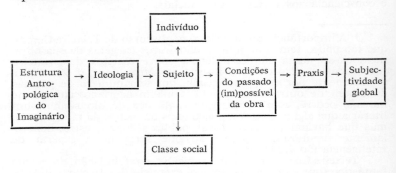

Para colhermos todos os frutos desta proposta, impunha-se (e num outro trabalho contamos vir a fazê-lo) levarmos a cabo o estudo da infra-subjectividade do sujeito plural do último quartel do século XIX e dos primeiros anos da República; o rastreio dos saberes regionais de mini-grupos intelectuais que colaboram na articulação dos níveis particulares da produção de significado; e o afrontamento da produção literária de Teixeira-Gomes com o saber já constituído, onde vai fundir-se no processo de socialização.

Vejamos um excerto de um trecho particularmente sinestésico de Teixeira-Gomes («Perfume do Passado»), evocação de uma mulher através do seu perfume, que tem por cenário uma «cidadezinha anónima da Flandres», «num domingo de luz doce e perlada», e onde a isotopia da sensualidade, que parece ser o fechamento semântico do texto, unifica as linhas de sentido do olfacto, da visão, da audição e do tacto e, associando intimamente a mulher e o fruto, apela ainda, através do olor, para o campo semântico do mar:

«Era um perfume assim — mas casado à natural rescendência da sua pele, que exalava eflúvios de fruto sazonado.

E devia ser a acção do seu próprio calor, da sua própria vida, que dava o tom a todos os perfumes, pois por diversos que eles fossem logo se uniformizavam no diapasão comum, a ponto que uma rosa, levada por ela a miúdo aos lábios, perdia a sua peculiar fragrância e rescendia de «outro modo».

Uma longínqua rescendência, um levíssimo sopro de mar que passasse por um campo de estevas floridas...» (*I. J.*, p. 84).

Os semas de *perfume* (duas ocorrências deste lexema) são naturalmente os que predominam: *rescendência* (duas ocorrências), *rescendia, exalava, eflúvios, fragrância; tom* e *diapasão* pertencem ao campo semântico da música, mas o primeiro destes lexemas transporta-nos igualmente ao da cor, em que se situa *rosa*, que, por sua vez, associa o perfume à flor, tal como *estevas floridas*. Assim os significantes, portadores de sentido conotativo, manifestam a ambiguidade do real.

A escrita sinestésica aflora amiúde o inconsciente do sujeito. Nela se deposita também a tendência para a convergência das artes, própria do discurso impressionista finissecular e que atravessa, em imagens semoventes, os textos de Teixeira-Gomes, especialmente *Agosto Azul, Cartas a Columbano, Miscelânea* e *Regressos*.

A escultura, dilecta do autor ainda mais do que a pintura, a palavra (como sentido e som) e a música apelam com frequência umas para as outras em textos altamente conotativos.

É muito patente a convergência das artes e dos seus instrumentos no seguinte texto de *Miscelânea* (pp. 138, 139), em que são descritas várias igrejas de Paris, através da informação qualificada *(dois lindíssimos vitrais)* e de metáforas onde o grau de logicidade se atenua, aumentando a riqueza do paradoxismo *(«outro fogo de vistas petrificado»; «com a refluída gruta do seu pórtico»):*

«As tardes — agora o sol põe-se às 10 horas — têm dado para longos passeios à beira do rio, com uma ou outra saltada ao jardim do Luxemburgo, e visita às igrejas, das quais eu conservava lembrança muito confusa, e são, no entanto, bem dignas de estudo, como Santo Eustáquio — fantasia de grande orquestração híbrida —; S. Gervário — outro fogo de vistas petrificado —; Santo Estêvão — dois lindíssimos vitrais —; S. Germano (l'Auxerrois) — com a refluída gruta do seu pórtico, cheio de místicas imagens, todas elas ainda de mantos doirados —; S. Severino — que Huysmans cantou apaixonadamente...»

A reminiscência literária (o romance de Huysmans), as anotações sobre a pintura em vidro e a escultura policrómica *(místicas imagens, todas elas ainda de mantos doirados)* são alusões directas às várias formas de arte a que o texto se refere; porém a metáfora *fantasia de grande orquestração híbrida*, que resume o traçado arquitectónico (e possivelmente o recheio de preciosidades) da igreja de Santo Eustáquio, já indicia a relatividade dos dados sensoriais, a dimensão enigmática, ainda que o lexema *orquestração* (do campo semântico musical), substituto de arquitectura, se encontre, neste contexto, a meio caminho entre as figuras de uso, já entradas na língua, e as figuras de genuína invenção do autor.

A co-presença da significação e da simbolização na linguagem torna-se ainda mais intensa numa «pintura musical» da catedral de Rouen, onde os referentes sinfónico e arquitectural se explicitam claramente, enquanto o pictural se dilui na evocação das tapeçarias, no quadro, e na tentativa de reprodução da realidade pelo «desenho» literário da paisagem e da igreja:

«Era quimérica e de uma irreproduzível magnificência aquela renda tão larga e tão alta, segura aos lóbulos de ogivas isoladas, entre duas torres de aparência efémera.

Coroada por um trifório de relicário, mais subtil ao centro na rosaça desmesurada que a vai roendo, com faixas de enfeites transversais, miúdas galerias corridas sobre carrancas de gárgulas — galerias de tão leves e recortados alvéolos que poderiam ser obra de abelhas ou trabalho de agulha — e, entre sabastos iluminados, os três pórticos profundíssimos de base a gorgulhar na inquietação de multidões repartidas — como nas velhas tapeçarias — em grupos de figuras moventes, a fachada do templo parecia agitar-se brandamente na sua realidade de prodigioso tecido, pendente ou ajustado aos relevos de um imenso cofre comido de laçaria. E para tornar essa impressão mais intensa — assim ao melhor quadro o caixilho aumenta força —, aumentando a ilusão de teia imponderável que se rasgava nos relevos de uma arquitectura falaz, lá estava o triângulo de pedra vazado, assente no pórtico central, que sobe pela fachada desamparadamente, alcançando-lhe quase o trifório, onde remata...

Esses triângulos do gótico ruanês tão característicos e fantásticos, bastidores[1] de pedra onde às vezes se prendem as

---

[1] Se admitirmos que o sentido de uma palavra é o somatório dos contextos de que faz ou pode fazer parte, o lexema *bastidores* introduz no texto a área semântica do teatro, o que se reforça no posterior desenvolvimento do antecedente de que

largas malhas de uma rede de filosela, emolduram os mais lavrados trechos dos monumentos, despegando as camadas de ornatos, com efeitos estereoscópios, por gloriosas perspectivas...

Minguava a luz, cerceando as torres; agulhas e florões das alturas empastavam-se de betume escuro; mas a torre da direita, em golpes ascendentes de ogivas lanceoladas, via-se crescer e subir para o céu entre os gigantes espigados...

Pouco a pouco, no crepúsculo cendrado daquela breve tarde de Inverno, torres e fachadas se foram emaranhando, retraindo, dissolvendo, por gradações de musselina e fumo — pouco a pouco —, ao som das derradeiras harmonias soluçadas pela orquestra a esbaterem-se-nos na memória, vagas, largas, infinitas.

A música, herdeira legítima de tanta maravilha, absorve-ra-lhes as formas e já noite cerrada ampliava-lhes a desvairada eflorescência por volutas e arabescos mais caprichosos e arrojados, nas rápidas mutações da sua arquitectura imaterial...» (A. A., pp. 56, 57, 58).

Tal como atrás era a orquestração que remetia para a arquitectura, aqui será a música, que devolve, em sua linguagem específica, as estruturas plásticas que absorveu *nas mutações da sua arquitectura imaterial.*

A dinamização da matéria (os florões que se empastam de betume, a torre que cresce para o céu entre os «gigantes espigados»), manifestando a riqueza da figuralidade [1] (no discurso), afirma o poder sugestivo da hipérbole (anomalia integrada, aquém da ruptura).

A íntima relação entre a arquitectura, a escultura, a pintura, a gravura e o corpo humano é tão recorrente nos textos de Teixeira-Gomes que nalguns deles (sobretudo *Miscelânea* e *Cartas a Columbano*) se torna quase *leit-motif.* De entre uma infinidade de exemplos, nos quais duplamente se imprime a paixão das imagens, a fusão do homem e do mundo, vejamos:

«Cagliari arma-se num monte muito agudo, tendo no corropito a catedral, entre muralhas e torres colossais do antigo castelo, com aspectos românticos, à Gustave Doré. A meia altura puseram-lhe um cabeção de esplanadas e terraços, de onde o panorama é soberbo. No interior da catedral, extravagante embrechado de ricos mármores de cores, pouco se vê que interesse, mas descobri na cripta quatro pequenos crucifixos

---

bastidores é atributo: os *triângulos* (ou tímpanos) que *emolduram os mais lavrados trechos dos monumentos.* Torna-se ocioso apontar de novo a íntima aliança das várias artes: a pintura, sugerida por *emolduram,* a escultura, referida já acima nas *carrancas* e aqui pelos *mais lavrados trechos...*

[1] Ler a este respeito o artigo de Jean Cohen «Théorie de la Figure», in *Communications,* 16, 1970, republicado no volume colectivo *Sémantique de la Poésie* (com textos de Todorov, W. Empson, J. Cohen, G. Hartman, F. Rigolot), Ed. Seuil, 1979.

de marfim, um dos quais é pura maravilha de modelado e de expressão. Com tal largueza foi tratado, que, não tendo vinte centímetros de altura, eu daqui o estou representando como se excedesse as proporções do corpo humano» (*C. C.*, p. 82).

Passando sobre inúmeras cenas e apontamentos que nas novelas e contos de Teixeira-Gomes, com a força e a beleza das figuras da sua elocução, patenteiam a amplitude com que nesse discurso literário se inscrevem impressões de outras artes (as visuais, a música, o teatro e a arte máxima, que a todas as outras contém, a arquitectura)[1], citamos ainda este texto final do posfácio de *Cartas a Columbano*, que revela, senão o museu imaginário de Teixeira-Gomes (disperso por toda a sua obra), o imaginário conjunto de maravilhas nacionais da sua provocatória[2] predilecção:

«Apesar de residir em Ruão fui muito repetidas vezes à exposição do «Jeu de Paume», onde levava horas esquecidas perante os quadros do Columbano, a contemplar os que lá estavam e a lembrar os que não vieram. Que riquíssimo tema para as evocações de toda a ordem e variações de toda a espécie! É um mundo completo... Mas faltava-me achar o conceito que definisse cabalmente a importância da impressão total. Usando porém de um artifício, que ninguém me levará a mal, eu concluo que à Batalha, ao Castelo da Pena, e ao Museu dos Coches, que são os exemplares máximos do que é belo, estranho, e raro, com que nós concorremos para o supremo tesouro artístico do universo, se deve ajuntar a obra do Columbano...»[3] (*C. C.*, p. 239).

---

[1] Em *Novelas Eróticas*, p. 56: «Depois Dordrecht é a cidade típica holandesa, silenciosa e plácida, na margem de um rio caudaloso, teatro das mesmas cenas marítimas que nos transmitiram os pincéis de um Cuyp ou de um Salomão Ruysdael e há ali um exemplar admirável de catedral gótica cujo coro é maravilhoso pelo paganismo das suas esculturas da Renascença, de modo que teríamos para nos acolher o isolamento das grandes naves ogivais e para diversão ao anseio místico, indispensável às almas que se prendem, o exame das figurinhas harmoniosas e truculentas que enxameiam o setial...»

[2] O Castelo da Pena é, quanto à ortodoxia do estilo, tudo o que há de mais espúrio como barroco oitocentista a imitar o manuelino. Porém, a desvairada inventiva que nele se exprime e a sua harmonização um tanto fantástica com o quadro natural da Serra faziam as delícias de Teixeira-Gomes e satisfaziam o seu desejo constante de agredir a cartilha dos bem-pensantes.

[3] Que a Teixeira-Gomes escapasse a importância renovadora de Amadeu Sousa Cardoso e de um Almada Negreiros (este na pintura como na literatura), que não desse fé do aparecimento do *Orfeu* ou conhecesse Fernando Pessoa, mais que não fosse através dos seus artigos de crítica e estética na *Águia*, não deve causar-nos estranheza de maior. O seu mundo era outro e vinha de trás, da segunda metade do século XIX. Por muito atentamente que acompanhasse — e acompanhou — certas mutações cul-

## O corpo, a visão, a arte, a beleza

No campo semântico do corpo, avulta, através do discurso de Teixeira-Gomes, o próprio lexema *corpo*, diversamente qualificado e exaltado, amiúde conotado com a escultura e cujo referente é minuciosamente descrito nas suas saliências, meandros e reentrâncias. Os olhos, os lábios, o pescoço, o cabelo, a tez, os seios, a cintura, os quadris, o púbis, os pés[1] são as partes em que preferencialmente se fixa a atenção do enunciador, que, declarando-se receptivo à beleza de todos os corpos belos, concentra no da mulher o melhor do seu interesse e ainda mais acentuadamente no corpo da mulher muito jovem, rescendente, inábil, impetuosa. Os seios são, no geral, conotados com aves *(pombos, rolas)* e com frutos *(pomos, pomas)* ou com ambos *(o ninho das duras pomas, I. J.,* p. 132).

Com frutos sumarentos é-o também a boca, à excepção da língua, carnosa, reptilínea.

A própria alma no texto de Teixeira-Gomes, se torna corpo, espírito do corpo. *Adolescência* e *puberdade* são termos muito recorrentes, tal como *rapariga, menina, criança, criança ainda*.

Na novela «Deus Ex Machina» *(Novelas Eróticas)*, que se estende por 80 páginas, contámos as seguintes ocorrências de *corpo* e das suas parcelas, que não podem, todavia, fazer fé para o macro-texto de Teixeira-Gomes:

Corpo — 13 ocorrências (pp. 11, 12, 23, 47, 48, 49, 50, 53, 54, 55, 60, 61, 62);
Carne (por *corpo* ou por *pele*) — 4 ocorrências (pp. 60, 61 — 2 ocorrências, 65);
Cabeça — 2 ocorrências (pp. 53 e 55);
Cabelo(s) — 7 ocorrências (pp. 14, 19, 20, 37, 47 e 2 ocorrências na p. 52);
Rosto — 4 ocorrências (pp. 12, 45, 57, 87), mais 2 na variante *fisionomia* (pp. 37, 55); 3 na variante *faces* (pp. 45, 51, 54), 2 na variante *cara* (pp. 42, 60); 1 na variante *feições* (p. 71), no total de 12;
Olhos — 10 ocorrências (pp. 13 — duas ocorrências (pp. 14, 15, 17, 20, 37, 42, 45, 87). São ainda de considerar duas ocorrências de *olhar (es)* na p. 15 e uma na p. 16 e ainda uma de *olhado* na p. 16;
Tez — 3 ocorrências — pp. 14, 20, 37);
Lábios — 5 ocorrências — (pp. 51, 54, pp. 58, 61), mais 1 ocorrência na variante *boca* (p. 20), no total de seis;

---

turais, em 1931 Teixeira-Gomes andava nos setenta e um anos, idade em que o gosto está definitiva e irremediavelmente fixado, no melhor e no pior.

[1] Aparece mais raramente o *torso* e sempre referido ao corpo masculino.

Pescoço — 1 ocorrência (p. 59);
Ombros — 1 ocorrência (p. 53);
Braço — 2 ocorrências (pp. 13, 60);
Mão(s) — 7 ocorrências (p. 21 — duas ocorrências, pp. 48, 61, 74, 84, 86);
Axilas — 1 ocorrência (p. 47);
Seios — 2 ocorrências (pp. 36 — em sentido figurado — e 51), mais 1 na variante *peito* (p. 47) e 2 na na variante *pomos* (pp. 49 — *pomos verdes* — e 60), no total de cinco;
Cintura — 1 ocorrência (p. 23);
Costas — 1 ocorrência (p. 14);
Ventre — 1 ocorrência (p. 60);
Curvas — 2 ocorrências (pp. 47, 60);
Formas — 1 ocorrência (p. 59);
Pé(s) — 5 ocorrências (pp. 12, 16 — 2 ocorrências, 52, 60).

Deste quadro se conclui, com todas as reservas que o carácter limitado da amostragem impõe, a prevalência dos termos corpo, logicamente o mais abrangente (13 ocorrências), *rosto* (12), *olhos* (10 ou 13, se incluirmos no rol sintagmas do tipo de *olhar* e *olhado*), cabelo(s) (7), *lábios* (6), *mãos* (7), *seios* (5) e *pés* (igualmente 5).

Na novela «Cordélia» (em cuja diegese o braço tem importância primacial, como já tivemos ocasião de ver), aparece-nos, no entanto, este lexema apenas 4 vezes inscrito no texto, enquanto *corpo* nele surge 3 vezes, conotado com a nudez e com a morte; *olhos* (ou *olhares*) 4; *rosto (face* e *fisionomia),* 3; *cabelos,* 1; *seio(s),* 3; *lábios,* 2; *mão(s),* 4; *ventre,* 1; *regaço,* 1; *pescoço,* 1; *cintura,* 1; *quadris,* 1; *coxas,* 2; *voz,* 2.

Tornam portanto a predominar o corpo, o rosto, os olhos, os lábios, as mãos, os seios e, aqui, naturalmente o braço.

Sendo Teixeira-Gomes um autor essencialmente e confessamente visualista[1], com muita frequência nos surgem, no seu

---

[1] Considere-se a importância desse visualismo, como maneira de estar no mundo, a sua íntima relação com a sensualidade e o recalcado medo da castração, sexual ou apenas sensorial — visual — neste período da primeira das *Cartas Sem Moral Nenhuma* (p. 10): «Tenho arrecadado por estes olhos tanta impressão valiosa, e deve-lhes tanto e tanto a minha alma, a esses dois infatigáveis transmissores de tudo quanto o mundo exterior resume de movimento, cor ou forma, que um secreto presságio, uma suspeita de castigo, não cessa de me remorder no pensamento: não sejam estes os avisos precursores de outra penalidade mais forte, correspondente ao meu tão forte sensualismo?»

discurso, locuções de algum modo ligadas à visão, desde *olhos, ver, visíveis, espectáculos, divisar, aperceber, perceptíveis à vista, a visão caleidoscópica, fotografar na memória,* etc.

É predominantemente da visão que mana o discurso estético-erótico que enche as páginas de Manuel Teixeira-Gomes, ora veículo translúcido ora matéria verbal espessa, opalescente, coalhada de metáforas e de símbolos onde se aglutinam diversas sensações, na exaustiva busca do «tempo perdido», e que manifestam alacremente o prazer poético da escrita.

Escreveu Castelo Branco Chaves, no seu prefácio a *Londres Maravilhosa,* que «a arte é a grande metáfora da sensualidade» (L. M., p. 186).

As expressões *escultura(s), estátua(s), mármore(s), escultor(es), estatuária, estatueta*(s), *plasticidade, modelado, cor(es), colorido(s), artístico, obras de arte, mundo artístico, decorativo(s), pintura(s), desenho(s), quadro(s), retrato(s), futurismo, cubismo, pontilhismo, pintado(s), imagem, fresco(s), óleo(s),* deparam-se-nos muito a miúdo nos textos de Teixeira-Gomes e quase constantemente em *Miscelânea* e *Cartas a Columbano,* à mistura com termos dos campos semânticos da beleza, da felicidade sensual, da luz e com símbolos da mitologia helénica ou greco-latina: *bela, beleza, lindo(a), embelezar, aformosear, peregrino, deslumbrante, elegância, euritmia, fruir, imarcescível, harmonia, harmonioso(a), delicioso(a), pureza* [1], *deleite, gozo, saboroso*(a) [2], *lascívia, alegria, desfrutar, volúpia, voluptuoso(a), luxúria, espasmo (infinitos espasmos), brilho, luz, luzente, sombras luminosas, clarões, alumiar, resplandecer, resplendor, luminoso.* Extremamente recorrente é o vocábulo *mito,* mas, se é certo que a angústia da castração (complexo edipiano, relação com a mãe ou com o pai) parece exprimir-se simbolicamente na obra de Teixeira-Gomes [3], havemos de reconhecer que os símbolos mitológicos, dos quais Vénus e Apolo (Apolo Musageta) são de sua particular afeição, conotam fundamentalmente juventude, dinamismo, riqueza da líbido, exigência de felicidade, bem como o profundo amor pela natureza e o propósito de a animizar no espaço «sagrado» do texto.

São esses símbolos (os mais recorrentes) Apolo, por vezes Febo; Vénus, Hércules, Adónis, Neptuno, Orfeu e Eurídice, Baco (por vezes Diónisos), Júpiter Olímpico, Artemisa (outras vezes Diana), os sátiros, os faunos, as ninfas, as nereides, as sereias, os tritões, os hipocampos, e ainda personagens histórico-lendárias,

---

[1] No conceito helénico de *pureza* = inocência, beleza sem mácula, corpo perfeito, prazer sem remorso.
[2] Frequentemente com o duplo sentido de *sabor* e *saber* (conhecer, descobrir).
[3] Sobretudo através do medo à cegueira, como atrás ficou dito.

que míticas se tornaram, como o velho Homero, Salomé, David, Golias, a hetaira, a cortesã...

Se o termo simbolizado, produção do inconsciente, fica parcialmente oculto à consciência, o simbolizante desencadeia um mecanismo afectivo. Assim, por exemplo, Salomé (*Misc.*, p. 50) encontra-se no texto por rapariga na fronteira da puberdade. O processo de criptagem é, como se vê, ao mesmo tempo, processo de desvelamento de um fascínio do interdito.

Acontece o autor tentar, pelo contrário, analisar um mito a partir da sua experiência pessoal. Tendo saído apressadamente de um cinema, ao ouvir perto de si a voz de uma mulher a quem amara, compara o seu comportamento ao de Orfeu — «mas não te voltes para a ver porque a perdes». E acrescenta: «Eu quisera conservar intacta na memória a imagem do meu amor, tal como ela me ficara gravada desde o momento da separação. Orfeu e Eurídice! É que todos os mitos gregos têm, repito, uma significação humana, perpetuamente actual» (*Misc.*, p. 82).

Inúmeros termos da área da nudez, conotados com a cor, a luz, o tacto, *(túmido, tépido, entumecido)* se inscrevem no campo semântico da beleza, de uma beleza seivosa e rescendente, bem como as flores, das mais comuns às mais raras *(rosas, junquilhos, tulipas, jacintos, anémonas, glicínias, lilazes, flores de laranjeira, lírios, açucenas, orquídeas, espadanas, sálvias, girassóis, malvaíscos,* as *flores* de seda e cera das *romeiras)* [1].

Muito longe nos levaria a pesquisa confirmatória dos inúmeros lexemas perpassados por semas de *mar* nos textos de Teixeira-Gomes (mormente *Inventário de Junho, Agosto Azul, Regressos*). Ou por semas de *luz* e de *sangue*. O grande solitário, que foi capaz de merecer a sua solidão povoada de apaixonantes visões eróticas e artísticas, enamorado da Renascença, onde se lhe oferecia a reabilitação da carne e a sua espiritualização, e não menos encantado (apesar das setas que lhe arremessa) com a Idade Média, nas suas mais altas realizações, isto é, na continuidade ininterrupta do cântico à vida — linha de sentido que a Humanidade nunca abandonou, mau grado as perseguições e os vexames —, achou efectivamente no mar o espaço soberano de um desafio em que, pela imaginação e pela acção, ele próprio se sagrava deus, mas deus do culto à vida, da negação dos deuses. A luz e o sangue, adjuvantes desse desejo intenso e continuado, dessa conjunção real e mítica, alastram pelas páginas do texto, dando-lhe a cor, nítida e forte, a clareza e o mistério, que não

---

[1] *Gente Singular*, p. 142. A chave da metáfora, à vista, encontra-se no lexema *romeiras*.

se anulam, o pendular movimento das oscilações do consciente e do inconsciente. Inventariar de forma exaustiva a extensão de tais campos semânticos não só requer a informática, para rigor das *concordances*, como não cabe já nos limites deste trabalho, onde procurei sobretudo enunciar o essencial de tal problemática, para agora e para o futuro.

**Idiolectos e Linguagem Social**

Se é certo que uma longa e reincidente leitura da obra de Teixeira-Gomes é gratificada pela descoberta de um estilo pessoalíssimo, e que, sem esforço, podemos mesmo falar a seu propósito em «língua de autor», convém, no entanto, não esquecermos a relação de complementaridade entre linguagem e realidade. Com efeito, a língua está em permanente mutação e é muito sensível às variações dos sistemas axiológicos. Ora, se compararmos, por exemplo, a escrita de um conto como «O Album», de *Gente Singular* com a de «Deus Ex-Machina», ou de «Cordélia», de *Novelas Eróticas*, notamos algumas nítidas diferenças, embora nestes três textos ressalte, com muita força, o discurso pulsional do desejo. Essa visão diacrónica permite observar a mantença do *pattern* «artístico», do período longo e do seu ritmo, e das bases fundamentais da língua «literária», que o é pronunciadamente, ainda que muito viva; mas houve aparecimento de novos ideologemas e, tal como o *back-ground* cultural, até o vocabulário se ampliou. Ainda que os incidentes narrados datem uns e outros dos finais do século XIX (da adolescência e da juventude do narrador e presumivelmente do autor), o tempo da instância narrativa tem um afastamento de mais de trinta anos. Entre a redacção de «O Album» e a de «Cordélia», datada de 1934, houve em Portugal a implantação da República e no mundo uma grande guerra, surgiu, com o Outubro russo, o primeiro Estado socialista e o ascenço do fascismo, que em Portugal se iniciou em 1926, ameaça já toda a Europa. O narrador que, em «Cordélia», numa descrição de Barcelona (afinal apenas o esquisso ou a promessa de ulterior desenvolvimento) destaca «a agitação tumultuosa do operariado activo» e manifesta a sua preferência pela «propaganda sindicalista» contra «a clerical», pela «expansão fabril» contra «o fanatismo diligente dos jesuítas e frades» «que iam enchendo os arrabaldes de verdadeiros Escuriais, onde a burguesia aprendia a detestar a liberdade... alheia» (*N. E.*, pp. 148, 149), difere já consideravelmente do enunciador que, explorando, é certo, os grotescos de uma aristocracia necrosada e dirigindo remoques à poesia ramalhuda de salão, não se furtando sequer à auto-ironia, utiliza em «O Album» (voluntariamente ou não) clichés ainda ao gosto romântico: *maravilhosa trança, serpentina trança, divina trança, preciosa trança.* Tais clichés, de facto, não serão já os mesmos de que há-de servir-se, rejuvenescendo-os, o autor da escrita na década de trinta, em sequências de idêntico desenho grotesco. Do mesmo modo diminuirão as séries de adjectivos.

Todavia, no essencial, o discurso de Teixeira-Gomes permanece fiel a si próprio, às suas origens e materiais, à matriz clássica, aos reportórios lexicais castiços e especialmente algarvios, que curiosamente se harmonizam com o código das artes visuais e da mitologia helénica, aprofundando a estilização da mensagem.

A literatura «carnavalizada»[1], pratica-a Teixeira-Gomes com entusiasmo em «Gente Singular», «O Triste Fim do Major Tatibitate», «O Album» e nalguns passos de «Dona Joaquina Eustáquia Simões de Aljezur» (particularmente na cena da flagelação); como nalgumas sequências de *Maria Adelaide* (a brincadeira das aranhas[2], as máscaras, os embustes e enganifas do Entrudo) e em *Inventário de Junho* (a brincadeira em que o narrador, quando criança, se lembra de esconder, na cama das velhas e assustadiças criadas da sua avó, alguns caranguejos vivos). O riso irreverente do enunciador impregna toda a escrita, variando o tom, desde a descrição do maníaco Monsenhor Simas *(Gente Singular)* sentado na sua cadeira de menino rabino até à cómica litania dos figos lampos em que o processo estilístico da repetição (quatro ocorrências, três delas consecutivas, do nome do delicioso fruto, instrumento da morte da pobre senhora que já não comerá mais figos lampos) é ainda amplificado pela abundância de semenas do domínio das *lágrimas (soluçando, desatado choro, lacrimoso, ruidoso pranto)*, o que redunda, ao fim e ao cabo, num jocoso desafio à morte (que é ainda afirmação de vida), negação da ordem convencional através da visão orgástica, saturnina, da louca dança das manas beatas. Aqui, como, por exemplo, em «Jogos de Bolsa», na sequência burlesca da inten-

---

[1] Expressão usada por Michel Aucouturier no prefácio a *Esthétique et Théorie du Roman* de Mikhaïl Bakhtine, Ed. Gallimard, 1978, p. 15 (a ed. russa é de 1975).
[2] «Comprei uma data de aranhas negras, compostas não sei já de quê mas muito bem imitadas, de dimensões monstruosas, e à noite, perto da hora em que Maria Adelaide costumava vir deitar-se, pendurei umas tantas, por imperceptíveis fios de seda, à entrada da alcova; espalhei outra porção por cima da colcha da cama e pelos ferros da cabeceira, e coberta a cara de pós de talco enfeitei-me com meia dúzia das mais gordas e repugnantes. A essa hora sala e alcova só estavam alumiadas pela luz frouxa e bruxuleante de uma lamparina, de modo que as aranhas pareciam vivas e moviam-se...» *(Maria Adelaide,* p. 36). A divisória do grotesco e do fantástico, do riso e do rito, da pulsão de vida e da pulsão de morte é muito ténue nesta cena, que remata com o desmaio de Maria Adelaide, diegeticamente relevante.

cional troca dos nomes que leva o herói-narrador a incompatibilizar-se com os mais conspícuos e ilustres cidadãos de Amesterdão e em outras farsas contidas na mesma narrativa, como a pícara versalhada provocatória dirigida a outro magnate da alta finança, afirma-se o pendor rebelaiseano de Teixeira-Gomes, o seu amor ao grande riso plebeu, que é uma forma de insurreição vitalista contra as instituições e os bons costumes e, como já afirmei, contra a própria lei da morte.

O apurado sentido do rídiculo, que é, sem dúvida, um dos mais seguros talentos de Teixeira-Gomes como contista e como epistológrafo, atinge um dos seus ápices na noveleta hilariante (fantástico-biográfica) «Música a Porcos», incluída em *Inventário de Junho*, no segmento textual em que o personagem Apolinário de Almeida e Hungria (nome de sabor camiliano), já caracterizado através de um expressivo idiolecto («ânus do impossível», «minha tripa», «meu redenho», «minha cornalina») e pelas «negativas» do seu ventre bem como pelo tratamento estilístico que o narrador lhe adequa *(seus tempos de chichisbéu, a macróbia matrona a que se unira, apodos alambicados, edulcorosamente)*, profere, a propósito de Luís Rodriguez, uma das tiradas mais ricas de efeitos de estilo deste texto (ainda o seu ideolecto), em que se casam os diminutivos com superlativos pouco ortodoxos, construídos a partir de substantivos ou de adjectivos substantivados:

«— Ai meu amiguinho, querido amiguinho, meu rico amiguinho, peço-lhe por tudo quanto há, e pelas onze mil virgens, que não me fale desse maroto. Isso foi um malvadíssimo, um assassiníssimo, um desavergonhadíssimo, um patifíssimo, um velhaquíssimo...» (*I. J.*, p. 53).

Apesar deste tão conseguido exercício mimético, que já é construção, obviamente criadora, de um discurso alheio (e de outros resultados semelhantes, em «Maria Adelaide», por exemplo, aqui e além), a obra de Teixeira-Gomes é fundamentalmente rapsódia estilística [1], falta-lhe a orquestração e a contrastaria do romance, que, de facto, nunca interessou muito a Teixeira-Gomes.

Quanto à antinomia entre o cómico, levado, por vezes, até aos extremos da sátira, e o dominante gosto apolíneo do autor de «Agosto Azul» e de Miscelânea», ela é, na verdade só aparente. Vendo bem, o sátiro e Febo e Orfeu coexistem na personalidade e na obra de Teixeira-Gomes. Todos esses princípios, ou módulos, o riso desbragado e o riso demolidor, o enlevo na

---

[1] Teixeira-Gomes escreve, em *Cartas sem Moral Nenhuma* (p. 185): «Caí de novo em mim, na minha liberdade de monologar, no meu teatrinho íntimo, onde o actor e o público — imaginação e consciência — se entendem a primor.»

beleza harmónica e na racionalidade, o canto que resume os desafios do Homem à ordem imanente e à transcendente, concorrem para a luta tenaz da escrita contra a morte, expressão suprema da literatura em Teixeira-Gomes.

Entre as mais reiteradas ocorrências verbais do discurso literário de Teixeira-Gomes encontramos a locução *entrar a*[1] que, em muitos caso, substitui *entrar em*. Podemos interpretar este facto de estilo considerando que *entrar a* envolveria uma velada significação de entrada de pouca permanência, enquanto que *entrar em* compromete o sujeito numa mais extensa duração, o que estaria de acordo com o carácter temporalmente irregular, ou mesmo fugitivo, das relações amorosas de Teixeira-Gomes, destarte se verificando que a natureza imitativa do desejo se projecta não só na estrutura da narrativa (curta, furtiva, próxima por vezes do micro-texto ou da miniatura), mas na própria linguagem, ao nível dos efeitos de estilo.

Afigura-se-nos, porém, bem mais importante uma segunda leitura, que não exclui aliás esta hipótese: *entrar* a, segundo as razões de economia libidinal, que, na teoria freudiana, explicam a descarga das tensões no riso e na palavra, teria um segundo sentido fálico. No jogo elaborado que é a escrita literária e num muito composto discurso de quase-racionalidade, este pólo estilístico activo (rejuvenescimento de uma construção sintáctica frequente no século XVII) oculta-revela a pulsão sexual[2] (no espaço da igreja, por exemplo, o herói do desejo torna-se asceta do desejo).

Curiosamente, dois lexemas muito frequentes nos textos de Teixeira-Gomes — *filtrar* e *coar*[3], o primeiro deles ocorrendo em

---

[1] «...nem sequer entrei à Sé» (*C. S. M. N.*, p. 148); «Vai entrar à grande nave da igreja» («Regressos», p. 65); «...entrar à intimidade daqueloutras manifestações artísticas...» (*Misc.*, p. 66); «Entro a uma casa ladrilhada...» (*G. S.*, p. 34), etc.

[2] Em reforço desta nossa leitura, chamamos também a atenção para o emprego reiterado, nos textos de Teixeira-Gomes, do verbo *penetrar* com regime directo, como, por exemplo, na frase que se segue, extraída de *Cartas Sem Moral Nenhuma*, p. 209: «...*penetro o encanto da poesia oriental, a sua graça voluptuosa*...». Veja-se como foi preterida a locução mais comum *penetro no encanto*, acentuando a sugestão da penetração fálica, expressa na escrita como redução de uma tensão. Outros exemplos: «...penetrado o enigma da sua origem...» (*C. L.*, p. 38).

[3] De entre numerosos exemplos, escolhemos: «Levei quinze dias (...) a *filtrar a alma* por sítios tão altos, tão luminosos, tão desafogados que me restituíam límpido...» (*C. S. M. N.*, pp. 151, 152); «Coei-me, pois, pouco a pouco, à sua intimidade...» (*G. S.*, p. 122); «Coou-se por entre os andaimes» (*G. S.*, p. 184) «tons de rosa que parecem coar-se através das nuvens» (*Misc.*, p. 92); «esse azul que se evapora pelo céu acima coado em cor-de-rosa»

frases particularmente significativas como *filtrar a alma* — parecem correlativos daquela simbólica pulsional. O ex-seminarista incréu lavaria o corpo «culpado» na relação contemplativa (sublimada)[1] com a luz tamisada do templo ou com os verdes da natureza purificadora ou ainda com os quadros que imitam, transpondo-os, a vida e o corpo — e aí se cumpriria o ciclo, no regresso do sujeito às fontes do desejo. Se o lexema *filtrar* (e os semas que na sua órbita gravitam) representa a fixação de algum recalcamento primitivo, é-nos difícil afirmá-lo, pois o psiquismo profundo ignora a temporalidade orientada[2] e da história entre a criança que foi Teixeira-Gomes e seus pais quase nada a sua obra nos diz[3].

O lote mais importante, em extensão, da obra de Teixeira-Gomes é constituído por cartas, apontamentos de diário (mais paisagístico, ou narrativo, do que íntimo, bem diverso dos textos de Raúl Brandão), por semi-confissões, artigos coligidos. De tudo isto encontramos em *Inventário de Junho, Cartas Sem Moral Nenhuma, Agosto Azul, Miscelânea, Cartas a Columbano, Regressos, Carnaval Literário, Londres Maravilhosa*. No entanto, não deixamos de «tocar», para além da representação literária do locutor e da sua palavra, a natureza das linguagens sociais.

No romance *Maria Adelaide* e nalgumas das novelas mais trabalhadas, mais aprofundadas, do ponto de vista da imitação (da reconstituição) da palavra alheia, equilibra-se a bivocalidade com a retórica do *eu* falante. A imagem da linguagem altera-se, de acordo com critérios de necessidade interna da narrativa.

Mikhaïl Bakhtine escreve, em *Esthétique et Théorie du*

---

(*Misc.*, p. 92). Mesmo nos exemplos onde é menos aparente o remanescente religioso da referida conotação, observa-se a desaparição do corpo, que se adelgaça, se espiritualiza, como em «Coei-me, pois, pouco a pouco...» ou em «Coou-se por entre os andaimes».

[1] Na noveleta madeirense inserta em *Cartas Sem Moral Nenhuma*, há uma oscilação entre Cecília e a Catedral, que pende para a primeira, mas adiando apenas o contacto «filtrante» com a segunda. Na p. 169 lemos:
«A Sé do Funchal tem três naves...
Mas três noites seguidas, levadas, inteirinhas, a acariciar — a adorar — o corpo saboroso (...) Por isso e conquanto eu saia agora da Sé do Funchal, vou falar-lhe da minha Cecília...»
Mais adiante, na p. 179, o narrador retoma a descrição interrompida: «Voltemos à Sé, que ainda hoje não desmerece da referência feita por Damião de Góis: «sumptuoso templo: É de três naves...»
[2] Ver o capítulo «Lire l'Homme», de *Psychanalyse et Littérature*, de Jean Bellemin Noël, P. U. F. (Que sais-je?), Paris, 1978.
[3] O autor apresenta-se, nessa idade, apenas através da galharda bravura das suas lutas à pedrada; das partidas que pregava às criadas; e da sua muito precoce curiosidade sexual.

*Roman* [1]: «Les particularités formelles des langages, des modes et des styles du roman sont des symboles de perspectives sociales. Les particularités linguistiques extérieures sont souvent utilisées ici comme indices auxiliaires d'une différentiation socio-linguistique, parfois même sous forme de commentaires directs de l'auteur aux discours de ses personnages.»

Pois, precisamente, no romance *Maria Adelaide* o narrador, que em certas sequências tanto se parece ao autor, nos interesses culturais, que com ele se confunde, ora comenta [2], saboreando-os, os populismos e regionalismos da sua amante permanente (que se vai tornando mais incisiva na apreciação dos seus detractores ou dos que, pelo menos, a miram com sobranceria, dada a sua situação de «amancebada») [3], ora se congratula com a evolução de Maria Adelaide, que, ao seu contacto, se torna mais observadora e sensível, projectando-se tal metamorfose no seu gosto e na sua linguagem.

«Não havia dúvida que Maria Adelaide renascera, e até com outro espírito diferente, e uma curiosidade desperta para certos modos de dizer, para certos aspectos da vida, que dantes não tinha. O que ela celebrou uma comparação com que o meu feitor descrevia a cheia: «O rio vem por aí abaixo vermelho como um bezerro e vivo como um sangue» [4] (*M. A.*, p. 42).

Noutro segmento, posterior, do texto, o narrador regista outra frase, esta da própria Maria Adelaide, que, perante uma paisagem de serra e mar, lhe murmura ao ouvido:

«Que lindo que isto é..., quem pudesse andar vestida com estas cores... tu até havias de gostar mais de mim...»

E o narrador a intervir:

«Surpreendeu-me deveras este despertar para as belezas do mundo externo, e senti como que um novo laço a prender-nos...» (*M. A.*, p. 48).

---

[1] Mikhaïl Baktine: *Esthétique et Théorie du Roman* (tradução do russo de Darta Olivier, Ed. Gallimard (NRF), Paris, 1978 — ed. russa de 1975 —, p. 174.

[2] Na fase ascendente da relação amorosa.

[3] «E tornou-se mais incisiva na apreciação de quem lhe mostrava pouca estima. Por exemplo:

«— Aquela galinha (e apontava para uma que passeava no quintal, fugida ao galinheiro) sempre é muito presunçosa... Assim como há pessoas há animais! Isso! Vai sempre assim, de galga no ar, olhando a um lado e a outro a ver se a admiram, e em encontrando outra galinha só dá-lhe logo uma bicada. Tal qual a nossa vizinha, a viúva do Pele. Não existe mulher mais presunçosa. Aquilo só me falou uma vez, para me pedir aquela flor rara que eu lhe não quis dar; depois nunca mais... Ela, se vai à praça e compra uma couve-flor, ei-la que aí vem rua abaixo com a couve na mão encostada ao peito, como quem trouxesse um rico ramalhete..., etc.» (*M. A.*, pp. 43, 44).

[4] Chama-se a atenção para a dupla comparação, característica da imagem poética na fala popular.

Apreende-se bem aqui, na ingénua frase que Maria Adelaide enuncia, a marca de uma linguagem social, com a sua lógica interna, os seus limites, ou condicionamentos. Os enunciados que entre os amantes se cruzam são como que a liça de um combate com a palavra alheia, a que não são estranhos os factores existenciais nem os ideológicos. À palavra persuasiva, amorável-condescendente da primeira parte do romance, ou seja, a do amor-descoberta, amor-pedagogia, amor-fruição, suceder-se-á a palavra conflitual, carregada, em Maria Adelaide, de amargura e ressentimento; em Ramiro, de ironia como defesa, de cólera, de fria contemporização, de fastio. É a pugna da consciência individual com o verbo forasteiro ou — pior — a insurreição da voz própria contra todo o discurso que possa tê-la dialogicamente alterado.

Mas Teixeira-Gomes é, de facto, essencialmente um fala-só, cuja palavra autónoma raro se deixa estimular por interlocutores privilegiados, menos ainda por dialogantes «em observação». É, em alto grau, o sujeito ético, estético e político, com um forte lastro mítico ou pseudo-mitológico — a sua Hélada não de todo convincente quando semântica e estilisticamente lhe decompomos, hoje, as estruturas. Além do mais, a significação ideológica da palavra esboroa-se, ainda que parcialmente: sobrevivem, sem dúvida, muitos efeitos, apesar da progressiva desaparição do código de referências (do leitor): as normas conceptuais e estéticas, os processos de estilo, quando unidades eficientes, mantêm-se, mas nem sempre são já apreendidos segundo o código do autor.

# A FRASE

## A expressão da temporalidade

O discurso narrativo, quase sempre, nos livros de Teixeira-Gomes, carregado de evocações e descrições, e o discurso epistolar, que também desemboca no historial de momentos excepcionais e de contemplações que a palavra, com os seus limites e os seus fastos, procura reproduzir, são, como por nós já foi dito, o que predomina ao longo das ficções, memórias, cartas, digressões irónicas e desinvoluções estéticas onde o autor de *Maria Adelaide* quer deixar impressa a sua alegria de «ver» e de exercer o direito à vida, à sua «vida amplíssima»[1].

Ora se é certo que o perfeito simples é o tempo tradicional da acção, suporte indispensável da enunciação da fábula (e Teixeira-Gomes utiliza-o — e até mobiliza o aoristo[2] — nas suas *Novelas Eróticas*, como em *Gente Singular*, a verdade é que propende acentuadamente para os tempos durativos, o presente e o imperfeito do Indicativo, tanto em evocações recentes (como na belíssima sucessão de quadros do longo trecho *Agosto Azul*: «Chego ao cais muito antes de nascer o Sol, quando o crepúsculo se anuncia por súbitas opacidades (...) Despem-se com efeito,

---

[1] Chama-se a atenção para o início do capítulo II do texto «Colónia» in *Agosto Azul*.

[2] Quando eu *saíra* de Amesterdão também *pensava* naqueles mesmos «Noivos Judeus» que me haviam acudido à lembrança não para ilustração estética do lance aventuroso mas para tornar apreensivas algumas das suas futuras e inevitáveis passagens» (*N. E.*, p. 64). Na continuação desta analepse (da novela «Deus Ex Machina») surge-nos, referido àquela tela de Rembrand, o presente extra-temporal: «Na pintura, que *deslumbra* a vista pela sua intensidade luminosa, os dois melancólicos personagens retratados *exibem* trajos de gala duma tão faustosa ornamentação que *lembram* o vestuário das matronas espanholas ou italianas, coisas seculares...»

entre risos (...) É a mais nova que se decide...») como em recordações do passado distante, aí se mesclando por vezes o perfeito simples e o dramático presente («Logo se armou o baile e eu danço com Margareta; danço ainda, sem folga nem descanso, embriagado com o calor do seu corpo, sentindo-lhe, à pressão do meu peito, os seios duros e livres...» (*N. E.*, p. 132).

Porém, a forma verbal mais comum na «aproximação» do tempo remoto é o imperfeito do Indicativo («Mas às dez da noite, pontual como nunca, já eu lá estava. E ela esperava-me e falava-me como se nada houvesse passado» (*N. E.*, p. 112).

O valor de duração, de inacabamento da acção[1] aqui se nos patenteia nitidamente.

Uma das peculiaridades estilísticas de Teixeira-Gomes, encontramo-la na mescla frequente do presente e do imperfeito descritivo. Reservando o primeiro (não muito diverso do presente extra-temporal) para o que na paisagem é mais constante, menos mutável — acidentes geográficos, aspectos quotidianos, ainda que metaforizados, dinamizados, das árvores, das casas, dos rios —, os narradores servem-se do imperfeito para comunicar a visão de momentos passados que entram no campo da consciência presente, visão essa que se nos depara no exemplo seguinte profundamente subjectiva, fantasmagórica, provocada pelo «véu cinzento dos incessantes aguaceiros». Note-se como o enunciado começa pelo perfeito narrativo, para logo se ir complexificando, à medida que a descrição transita da denotação («é cheia de cedros e ciprestes») para a conotação[2] («tropel de casas que arranca do Mondego e trepa em desordem»):

«Pus-me a caminho do «Pio» procurando na paisagem novos incentivos à melancolia. A estrada que leva do mercado ao cemitério, às voltas pela montanha, é cheia de cedros e ciprestes: árvores fúnebres; a perspectiva da cidade, verdadeiro tropel de casas que arranca do Mondego e trepa em desordem pelo cerro acima, vista através do véu cinzento dos incessantes aguaceiros, *representava* a confusa legião de todas as dores humanas debandando espavoridas e sem destino; lá muito em baixo, por entre os salgueiros, *luziam* os corpos das ninfas, eternas carpideiras, que ainda hoje pranteiam[3] a morte de Inês de Castro...» (*I. J.*, p. 72).

---

[1] Ver o capítulo III («Os Estados, as Acções e a Construção Verbal») do estudo de Marcel Cressot *O Estilo e as suas Técnicas*, Edições 70, Lisboa, 1980.
[2] É claro que a denotação rigorosamente pura não se encontra em textos literários, sequer, com frequência, na comunicação oral familiar, ela própria já analógica.
[3] Neste passo, em que a descrição é quebrada por uma proposição retórica, o imperfeito cede o lugar ao presente fictício (as ninfas *pranteiam*), que se reforça na locução adverbial *ainda hoje*.

A variedade sintáctica da prosa de Teixeira-Gomes permite-nos nela recensear exemplos múltiplos do emprego do imperfeito e das suas cambiantes estilísticas. Assim nela topamos amiúde com o imperfeito de perspectiva [1] que, embora não localize rigorosamente no tempo o que no exemplo seguinte se nos antolha como tomada de consciência social, estabelece a concomitância entre esse tal despertar da mentalidade humana e o período em que se deram determinados factos culturais (o Iluminismo e a obra de Goethe). Em «Diálogos Impertinentes» *(Londres Maravilhosa)*, podemos ler na p. 50: «Foi desenvolvendo esse tema em Fausto que o Goethe, o grande pagão, revolucionou a Alemanha e o mundo. O facto é que, mercê da filosofia, os homens reconheceram que *não eram* [2] exclusivamente destinados à igualdade celeste, e pretenderam alcançar igualmente a igualdade terrestre...»

É lógico que em obra tão pronunciadamente pictural como é a de Teixeira-Gomes abunde o imperfeito descritivo, propício ao debuxo, ao «quadro» literário. De entre uma imensidade de exemplos, escolhemos este apontamento de uma visita a João de Deus, pelo acúmulo da forma verbal em questão:

«A luz frouxa de uma única vela *alumiava* a casa onde *estávamos;* no seu rosto, mal esclarecido por aquela luz incerta e oblíqua, as sombras *irisavam-se* de reflexos interiores, como se as suas feições fossem modeladas em vivo alabastro. As mãos *alvejavam*, emergiam da penumbra, *acudiam-lhe* aos lábios, amparando a frase solta por veladas modulações de uma voz de cristal vibrando entre pregas de veludo» (*I. J.*, pp. 177, 178). O valor atemporal do particípio presente, de que Teixeira-Gomes amiúde se socorre *(amparando, vibrando)*, permite-lhe adaptar-se, dada a sua extrema plasticidade, ao tempo da proposição de que depende.

Onde o efeito de estilo ressalta é em diversos passos de «Maria Adelaide», quando o narrador, utilizando o discurso indirecto livre, transcreve as razões que a heroína aduz, com receio do mau agoiro, para não se pentear à noite, pois «não sabia se o pai andava no mar». Por duas vezes, no relato de um evento concluso, em que o perfeito incoativo alterna de início com o imperfeito *(pôs-se a pentear/atirava à rua)*, esse perfeito é substituído pelo presente dramático, que dá à frase a tensão emocional e o sabor popular: «Uma vizinha dos «Fumeiros», andando o marido na lancha, pôs-se a pentear uma noite e

---

[1] Sobre o imperfeito de perspectiva, consultar *O Estilo e as suas Técnicas*, de Marcel Cressot.
[2] *Não eram* em vez de *não são*, como seria mais correntio. O imperfeito utilizado realiza a unificação temporal do presente e do passado, tem simultaneamente valor durativo e explicativo.

apenas atirava à rua o molhinho de cabelos caídos, vem uma refega de vento que por pouco não mete a porta dentro. Nesse mesmo instante o marido caía no mar e por pouco não se afoga» (M. A., pp. 25 e 26).

Repare-se que, estando no texto *vem* por *veio*, mete por *meteu*, *afoga* por *afogou* (presentes que nos restituem toda a vivacidade e o patético da cena evocada), surge-nos no último período *caía* por *caiu*, (o que adrede quebra a simetria gramatical da frase). Este imperfeito, que distende uma acção em decurso no passado (marca esvaecida no pensamento do aspecto *infectum*) sublinha a poalha de fantástico que envolve o episódio: os sonhos contam-se no imperfeito.

É pouco significativo o emprego, já difundido no discurso quotidiano, do imperfeito pelo condicional («...mesmo com menos amor o seu respeito *aumentava conforme os gastos que fazes comigo...*», p. 43). Porém, já a utilização do gerúndio (que convizinha em certas frases com o particípio presente), marcando a duração, assume a importância de um facto de estilo, menos, é certo, como desvio, do que como recuperação da fala popular. Tomemos, por exemplo, este enunciado, que introduz a pintura, em paralelo, de um animal e de uma pessoa:

«Vai sempre assim, de galga no ar, olhando a um lado e a outro, a ver se a admiram, e em encontrando outra galinha só dá-lhe logo uma bicada» (M. A., p. 43).

Também se nos depara, com vincado carácter afirmativo, o perfeito por um futuro, eventualmente perifrástico: «Como soube mais tarde, ela vinha, com efeito, espiar-me a mandado de Maria Adelaide» (M. A., p. 144). O aparecimento do sintagma *soube* explica-se pela própria estrutura do romance, já que a informação obtida pelo narrador, ainda que posterior ao tempo do narrado (de onde o podermos encontrar alternativamente *havia de saber*, *viria a saber*, *saberia* ou mesmo *saberei*), é anterior à instância narrativa.

O futuro imaginário, que condiciona a acção, surge com certa frequência na reprodução de sonhos, delírios, apoteoses, como nesta prolepse, em «Maria Adelaide»:

«Eu tenho cá uma coisa que me diz que tu hás-de morrer primeiro do que eu, e quando *estiveres* aqui, no meio da sala, dentro do caixão, eu chego-me ao pé de ti para te dar um beijo na cara, sinto uma grande dor; salta-me o coração e fico-me com ele nas mãos, como a Nossa Senhora, feita de pedra e em pedra tu também ficas, e o caixão, e tudo» (M. A., pp. 140, 141).

Note-se a colorida oralidade do discurso em que o futuro hipotético é vivido no instante presente: *chego-me*, *sinto*, *salta-me*, *fico-me*, *ficas*.

**A metáfora em Teixeira-Gomes:**
**a face diurna e a nocturna**

Há na prosa de Teixeira-Gomes, altamente metafórica, um equilíbrio que nunca chega a romper-se entre a pertinência denotativa e o uso emocional da língua. A abundância das por vezes muito ousadas conotações só raramente obscurece (e pouco) a significação intelectual.

A relação de semelhança, que é a base da metáfora, seja ela de uso da língua ou de invenção do autor, tem uma lógica própria, que nos textos de Teixeira-Gomes se implanta com tal força que chega a penetrar em certos segmentos demonstrativos (frases quase sempre muito longas), onde reina uma outra lógica, aquela que Claudel definia como a «lógica do silogismo», referindo-se à prosa-prosa [1].

A repulsa que Teixeira-Gomes amiúde manifesta por certos farfalhudos romances naturalistas (de Teixeira de Queiroz, que ele parece desprezar [2], e de Abel Botelho [3], a quem não leva muito a sério) não traduz apenas o repúdio da redundância adjectival mas ainda a afirmação de quem se compraz em violar o código da linguagem, ainda que só até certo ponto.

É óbvio que o processo metafórico intervém como tal em todo o acto de palavra. O que nos interessa, porém, aqui, é apenas a linguagem de estilo e dentro dela particularmente a metáfora afectiva e os seus fundamentos psicológicos.

Já nos ocupámos das relações do sexo e do discurso (e da sua organização). Veremos agora a metaforicidade, para além da simples cópula linguística, como uma relação *significante* entre dois termos, susceptível de exprimir o desejo e as suas substituições, o *inter(-)dito* como processo de produção [4].

---

[1] Citado por Jean Cohen em *Structure du Langage Poétique*, Ed. Flammarion (Nouvelle Bibliothèque Scientifique), Paris, 1966, p. 113.

[2] Assim o descreve em *Londres Maravilhosa*, p. 108: «Apresentação ao Teixeira de Queirós, espécie de bicho-de-conta — hábil em fazer fortuna metido em companhias onde ele diplomaticamente representa o elemento republicano — falando pelos óculos e mostrando a falar vaguidade ainda superior à que mostra nos livros...»

[3] «Ao atravessar o Rossio, a caminho do hotel, encontrei o Abel Botelho, que parecia colhido de surpresa. (Que diabo estudava ele, solitário, no Rossio, às 4 da madrugada? O seguimento do *Barão de Lavos*? (...) o que mais o preocupava (e ofendia) naquele momento eram as ovações ruidosas que a rapaziada escolar prodigalizava ao Hilário (...) Cansado e morto de sono, não protestei, embora ache que compor um fado bonito vale mais do que engendrar intermináveis romances enfadonhos» (*R.* p. 185).

[4] Ver, a este respeito, *Metáphore et Concept*, de Claudine Normand, Ed. Complexe, Bruxelas, 1976 (distribuição P. U. F.).

Trataremos também da relação entre metáfora e símbolo[1] e especialmente das imagens que se ligam aos arquétipos de Jung, ou seja, aos elementos que prevalecem na imaginação humana: o dia e a noite, a aurora e o crepúsculo, a terra, a água, o ar, o fogo, o espaço e o movimento. Procuraremos, sempre que possível, destrinçar o que no discurso de Teixeira-Gomes remete para o inconsciente colectivo e o que mais directamente se prende com a sua existência pessoal.

E decerto, como até aqui nos tem sucedido, será no próprio acto da escrita, já que a pesquisa está feita, que outras perspectivas se nos irão abrindo.

As metáforas mais frequentes no discurso de Teixeira-Gomes estão na área da função emotiva[2], dirigem-se à imaginação e à sensibilidade, ainda que algumas, muito próximas do símbolo, de que são expressão linguística, tenham de ser apreendidas intelectualmente.

O *Littré* define a metáfora como «figura pela qual a significação natural de uma palavra se transforma numa significação diferente; comparação abreviada». Da relacionação analógica de dois significantes resulta um terceiro, que na sua ambiguiddae percorre as várias pistas de som e sentido a que dão acesso os termos comparados.

É sobretudo do enlace da paisagem e da arte e do corpo humano com outros seres da natureza, ou com espécimes de museu e com representações mitológicas, que nascem e se desenvolvem a maioria das metáforas nos textos de Teixeira--Gomes.

Joalheiro da palavra, inventor de imagens, que iluminam a realidade verbal de pessoas e coisas, tudo no seu discurso passa pelo trabalho artístico.

As artes visuais (e muito especialmente a estatuária) são fonte constante desse processo de suspensão de elementos de

---

[1] «Símbolo é aquilo que representa outra coisa em virtude de uma correspondência analógica», segundo o *Vocabulaire Technique et Critique de la Philosophie*, de André Lalande, Paris, P. U. F., 9.ª ed., 1962, pp. 1080, 1081.

[2] Nos casos em que na mensagem é muito acentuada a carga caricatural ou em que a metáfora, praticamente de uso da língua (do linguajar algarvio), se orienta para o receptor (sem prejuízo da expressão de sentimentos do emissor), visando sobretudo a fazê-lo compartilhar, teremos antes, como motivação predominante, a função conativa. Exemplo do primeiro caso será «muito musgo na dentuça» (*M. A.*, p. 134); exemplos do segundo: «os filhos — que são os mealheiros dos nossos desgostos» (*Misc.*, p. 97); «sepultar as fezes do espírito» (*Misc.*, p. 98) (*fezes*, na zona Sul de Portugal, sobretudo Alentejo e Algarve, tem o sentido figurado de *desgostos*); «toda feita num molhinho» (metáfora popular, muito recorrente em *Maria Adelaide*, pp. 60, 85, 101).

significação: «mostrando pelo vasto decote o mármore apetecível da sua carne» (*C. L.*, p. 57); «no soco das aprumadas rochas» (*I. J.*, p. 46); «as abóbadas e os campanários (...) ondulavam com moleza de panos no fundo algodoento do céu» (*M. A.*, p. 50); «Dei a volta ritual ao claustro, coei-me ao interior do templo, e deliciei-me pela derradeira vez nas perspectivas daquelas grutas de finíssimas estalactites, onde as formas hieráticas traduziam aspirações celestiais, e os rastos de ouro acentuavam nas trevas as curvas elegantes — suplicantes — das altíssimas ogivas» (*N. E.*, pp. 121, 122); «A serra (...) soltava as pinceladas de púrpura que engrossavam a poente, e agitavam-se em rede que subia pelo céu» (*M. A.*, p. 48); «nas surdas paisagens decorativas — fugindo em planos — de cor graduada» (*I. J.*, p. 83); «...divinamente esculpido, e vermelho todo ele — de um vermelho fulvo, que dos cabelos parecia distingir sobre o mármore do corpo» (*A. A.*, p. 210); «os pés de estátua grega; o ventre polido e retraído, nascendo das coxas roliças (...) e os longos braços a um tempo frágeis e marmóreos» (*N. E.*, p. 60); «larga nesga do rio, cujo azul se adamascava de branco» (*I. J.*, p. 91); «no crepúsculo cendrado daquela tarde de Inverno, torres e fachada se foram emaranhando, retraindo, dissolvendo, por gradações de musselina e fumo — pouco a pouco —, ao som das derradeiras harmonias soluçadas pela orquestra...» (*A. A.*, p. 58); «...cujas gotas ainda lhe escorriam pela carne marmórea. O peso da água afeiçoara-lhe na cabeça hirsuta um toucado de estátua antiga, e os seios disparavam como duas pombas que vão voar» (*I. J.*, p. 113); «...que lhes explores o ninho das duras pomas que são as colunas de Hércules de onde dificilmente passas...» (*I. J.*, p. 132); «...porém mais quimérico ainda o lado fronteiro com os ciclópicos, desmedidos panos amuralhados de S. Pedro de Alcântara e a eflorescência aérea das ruínas do Carmo. O luar jorrava em cascatas, por entre sombras impenetráveis e negras como tinta de escrever: perfeitas águas fortes do Piranesi...» (*R.*, p. 176).

A descrição do mosteiro da Batalha, em *Cartas Sem Moral Nenhuma*, apresenta segmentos praticamente coagulados de figuras e sobretudo de metáforas, como estes dois que se seguem:

«Comecei a divisar por entre os álamos da estrada as agulhas da «Batalha» ao cair da tarde, já quando o sol *arrefecido* pouco mais era do que uma *brasa* a extinguir-se em *ténue poeira de cinzas avermelhadas*. Pouco depois, alumiado por esta claridade *prestigiosa*, que lhe deixava a base envolta em fulvas penumbras, *levantava-se* o monumento no mais encantador dos seus aspectos, *soltas* pelas abóbadas, *presas* aos *cardos dos espigões*, *cingidas* às arestas dos muros, as *rendas de pedra* que o *enfeitam*. A luz do sol poente *inflamava essas rendas*, recortando-lhes os desenhos em *fundos esmaltados:* matiz de ouro sobre ouro, frágeis desenhos preciosos, *subtilizados* por mudanças sucessivas de efeitos fulgurantes...» (*C. S. M. N.*, pp. 124, 125);

«...sombra mociça *ouriçada* de sombras agudas, tomando à claridade incerta das estrelas relevos de um instante, logo absorvidos por outras sombras mais vagas. O luar *bafejou* o grande coruchéu de *poeira alvacenta*, como o primeiro, *frio*, reflexo da aurora, mas prontamente se *fez opalino* e mais *penetrante*, insinuando-se nos *lavores* das agulhas, dos *lírios de pedra* que *ameiam* as cornijas, nas teias de frisos que *arripiam* a superfície das paredes e mergulhando, por fim, na *tinta opaca* em que se *condensava* o interior dos claustros, *libertou* das trevas toda aquela maravilha e como que a refundiu em *espumas de prata fina*...» (*C. S. M. N.*, pp. 125, 126).

Como se vê, neste discurso extremamente conotativo surgem, juntamente com as metáforas, catacreses [1], metonímias e sinestesias. Por vezes deparamo-nos com verdadeiros cachos de imagens, que, para Teixeira-Gomes, têm de surpreender e só valem pelo seu diferencial de novidade «na medida em que *reanimam*, revitalizam uma linguagem».

O poder de conotação da metáfora é inversamente proporcional à precisão denotativa. Assim quanto mais abundantes e fantásticas são as imagens mais o discurso nos aparece como que preocupado (como dizia Novalis) consigo próprio. Tal será o caso dos apontamentos visionários sobre a estação do caminho de ferro de Colónia em *Agosto Azul* (p. 90):

«...e as barbatanas multicores dos semafóricos movendo-se nas espiras de iriados rolos de fumo alvacento sugeriam visões de aquário onde evolucionassem inverosímeis peixes de madrepérola».

O efeito produzido pelo afastamento dos níveis da língua tem conotações culturais e tem-nas também sociológicas, como em «perseguido da colmilhosa matilha das misérias desta idade» (*I. J.*, p. 41) ou em «para a safra do matrimónio» (*I. J.*, p. 56) ou em «valente campanha de reumatismos em Pangim» (*G. S.*, p. 161); «Sevilha é um muito completo e bem comentado livro de arte, luminoso em todas as suas páginas...» (*C. S. M. N.*, p. 75); «só porque certos fantasistas obnóxios abriram coroa nos falos de cantaria, a que nós chamamos *frades de esquina*» (*C. S. M. N.*, p. 74) [2]; ou ainda na hipálage «a embasbacada insistência do meu

---

[1] Figura, amiúde englobada na metáfora, que se traduz na extensão de sentido de um termo.

[2] A grande metáfora, ao nível da narração, pode rastrear-se também nos textos de Teixeira-Gomes, onde, por exemplo, «O Conto do China e da Formiga Branca» alegoriza, de modo subtilmente irónico, o apoio dado à governação, em dado passo da I República, pela esquerda democrática operária, «os insectos comunistas» que a oposição monárquica e os futuros fascistas denunciam como «calamidade pública», enquanto, numa manobra de astúcia política, tentam por seu turno insinuar-se no poder. Vejam-se apenas as seguintes passagens: «A resposta do padre

embevecimento» (*N. E.*, p. 12). As conotações psicológicas tomam amiúde a forma de uma imagem associada: «É nas geladas cumeeiras da velhice que se avalia bem o poder vivificador do desejo» (*C. L.*, p. 152). Em «...sem que a arguta maledicência sequer farejasse a origem certa de tamanho luxo» (*N. E.*, p. 35) a metáfora (segundo a retórica tradicional catacrese) *farejasse* segue-se à metonímia *a arguta maledicência* (abstracto pelo concreto e todo pela parte).

São muito recorrentes no discurso de Teixeira-Gomes as metáforas explicitamente voluptuárias, como «acendendo-me nos nervos rastilhos quase dolorosos de volúpia» (*G. S.*, p. 186); «fita-a nos olhos garços, se queres sentir rolar no abismo da sua alma a legião arquejante e sem destino dos teus desejos» (*I. J.*, p. 142); «sob as volutas de inapaziguável lubricidade em que se envolvem...» (*C. S. M. N.*, p. 210); «engenhosa forma por que ela me havia impregnado de luxúria ao calçar-me as luvas...» (*I. J.*, p. 142); «Os seus lábios fundiam dulcissimamente ao calor da minha boca» (*I. J.*, p. 48); «...e a impressão dos teus seios, ó minha extravagante amiga, que amadureceram ao calor das palmas destas mãos...» (*C. S. M. N.*, p. 201); «Essas madeixas desatadas (...) enroscavam-se e armavam ninhos de serpentes onde os meus braços nus mergulhavam arrepiando-se num terror de volúpia mortal» (*I. J.*, p. 48); «E a mais disso uma pele mate, de crioula, sem dúvida fina e tépida, a clamar pelos beijos; insaciável aos beijos; espécie de mata-borrão de beijos...» (*C. L.*, p. 191).

Já atrás, e com insistência, assinalámos a importância das metonímias e das sinédoques (metonímias em sentido lato) como figuras do desejo: os olhos, a boca, a cintura, o pé, parcelas do corpo feminino que, no caso dos seios, revestem o carácter obsessivo do fetiche. Também insistimos na frequente conotação da mulher, da sua carne, com os frutos e os aromas, aliás, patente na metáfora acima citada «Os seus lábios fundiam...».

---

não se fez esperar, e era em termos tais que transportou o bom do China às oriundas regiões da Lua. Afirmava o arcipreste que o Governo da República, grande e engenhoso em tudo, tivera artes de conciliar as boas graças das térmitas, as quais, bem ao contrário daquilo que a oposição clamava, trabalhavam com afã, e às claras, para fortalecer o novo regime, e, consequentemente, para a regeneração e prosperidade da Pátria» (*Misc.*, pp. 163, 164).

O conto, que, pela manipulação de personagens exóticas e pela carga crítico-satírica, nos reenvia ao espírito de textos de Montesquieu e de Voltaire, põe mesmo em cena, ainda que *travestie*, a figura de Sidónio Pais: «Ao tempo tomara conta do poder um dragão (outras vezes o china chamava-lhe camaleão) de nome Si-Dó-Ni, que a perseguia por todas as formas e feitios, de modo que muito dela renegara já as suas crenças, e o próprio Miguel Arcanjo, formigão destemido, entoava louvores à pacífica abelha, e lambia o mel da polícia secreta» (*Misc.* p. 164).

Há uma área iniludivelmente povoada por representações fantasmais, onde a pulsão de amor e a pulsão de morte se manifestam através de metáforas, metonímias e oxímoros, ou mais ou menos directamente ou através de substitutos que ocultam (e revelam) as componentes libidinais do interdito. Refiro-me à polissexualidade, ao voyeurismo, à violência dos símbolos fálicos, às cristalizações sado-masoquistas que se recenseiam nas figuras de «A Cigana», «Sede de Sangue», *Maria Adelaide*, «?» e, de um modo geral, no discurso de Teixeira-Gomes.

Nas pregas da linguagem, o ácido corrimento do inconsciente deixa imperceptíveis queimaduras. E elas se apercebem nos dois *eu* que comunicam através do fantasma: o *eu* criador e o *eu* social, mesmo em cópulas do sujeito consciente com objectos de arte.

O próprio *eu* social de Teixeira-Gomes, apesar do seu superior equilíbrio cívico, político, aparece perturbado, no furor priápico, como na visão grotesca do não *eu*, pela agressão sexual de uma cena primitiva, pelo melodioso canto nocturno do tema-fantasma.

Vejamos: a necessidade de uma satisfação imperiosa, imediata, da líbido: «os nossos olhos carregados de desejos de tal forma penetram na alma das mulheres que cruzamos na rua, que ali levantam súbitas labaredas de sensualidade...» (*Misc.*, p. 14); a ocorrência do ícone obsessivo: «surgiam (...) do seio da pedra húmida» (*I. J.*, p. 46); o cerimonial cruel do acto de amor: «Como eu lhe fazia expiar, no seu corpo delicado, de rosas e açucenas, contra a terra dura, toda a tormenta»[1] (*N. E.*, p. 109); às conotações vegetais e aromáticas da mulher associa-se o desaguar da fantasia imaginativa na violência redundante e no mito do vampiro: «beijos esmagados de encontro aos dentes brancos» (*M. A.*, p. 155); «quando não ejaculam trilos ferinos» (*C. S. M. N.*, p. 109); «os meus lábios desalteram-se na fonte clara dos seus cabelos, no perfume dos seus olhos, no sumo da sua boca[2] e param um instante no seu pescoço (...) mordo-a brutalmente e chupo-lhe os dentes...» (*N. E.*, pp. 173, 174). Através de muitas metáforas circula a isotopia do sangue, não raro associada aos símbolos fálicos do sol e do fogo: «as rochas reverberavam sangue do pôr do sol» (*M. A.*, p. 73); «De todas as cores o azul é a mais insípida, sem a exultação do vermelho, nem os rebates de inexprimível gozo que o oiro causa...» (*I. J.*, p. 63); «O Sol baixara quase ao lume de água, abrasando de púrpura escarlate o

---

[1] Uma série de metáforas, que constroem o cenário do sacrifício amoroso, no mesmo segmento textual da novela «A Cigana»: «E a Lua desaparecera deixando o céu mais tenebroso, no seu manto de veludo pregado de estrelas» (*N. E*,. p. 108).
[2] Chama-se a atenção para a riqueza sinestésica deste cacho de metáforas (fonte dos cabelos, perfume dos olhos...).

céu e o mar; os dois batéis corriam direito a ele sobre um lençol de metal candente, e desapareceram, derretidos, no encandeamento da luz» (*A. A.*, p. 213); «algemado à embruxada carne de umas bailarinas desgorjadas e sovadas, mas cujo suor e cujo sangue me eram suaves e deleitosos, como no abrasamento da sede o sumo de sorvados frutos» (*C. S. M. N.*, p. 48); «O sangue e a água, misturados, soltavam-se aos cachões, envolvendo o peixe em línguas de púrpura cristalina...» (*A. A.*, p. 172); «Eu não sei como a lenda conseguia enraizar neste recinto a lembrança de episódios trágicos vertendo sangue que não borbulhasse nos desvarios da concupiscência» (*C. S. M. N.*, p. 208); «e via-se o rosto lavado em sangue, que, púrpura viva, lhe escorria pelo desfalecido arcaboiço alabastrino» (*A. A.*, pp. 208, 209); «dobrava-se no céu um grande arco de carmim sangrento» (novela «Sede de Sangue», *N. E.*, p. 155); «uma lua escarninha, alongada e cor de fogo» (*G. S.*, p. 191); «Outras rosas desfolhadas maculavam de sangue os cortes de brocado rescendente, tecidos por jacintos...» (*C. S. M. N.*, p. 161); «poentes saburrosos, empastados de papas moiras, a escorrer sangue de murcelas...» (*R.*, p. 93); «...na fábrica dos espanhóis outras luzes mergulham mais no coração do rio os seus fachos ensanguentados...» (*R.*, p. 93).

Encontrando redes de associações semânticas similares em textos vários e períodos diferentes de Teixeira-Gomes (o que demanda um trabalho mais exaustivo), poderá esta pista ser plenamente confirmada, na medida em que a acentuada recorrência de metáforas com uma carga emotiva comum ilumina o processo mental inconsciente da sua produção.

As marcas de sadismo transparecem ainda em metáforas sensoriais ou abstractas onde descobrimos os semas da agressão, da dor e da ferida: golpe, apolear, esmagar; «o rosto (...) golpeado pelo farto bigode preto...» (*G. S.*, p. 182); «golpeando a frase essencial do seu pensamento» (*N. E.*, p. 40); «Não me pus a desembainhar estoques de crítico para retalhar convenientemente a sensação recebida» (*C. S. M. N.*, p. 125); «arrancando os pinhais à sua perpendicularidade majestosa para os arrojar (...) de encontro aos broquéis espelhados dos tanques de água» (*C. S. M. N.*, p. 141); «...machucando casas, bandeando rochas, cavando abismos...» (*C. S. M. N.*, p. 141); «cactos gigantes (...) cujas delgadas ramificações cilíndricas se estorcem, emaranhadas, e agitam no ar extremidades soltas, de verdosas serpentes iradas...» (*C. S. M. N.*, p. 134); «Cercada de muralhas às quais o mar arremete raivoso e lamentoso, açoitada dos ventos...» (*C. S. M. N.*, p. 108); «...e cujo raizame, quase todo solto, se estorcia no ar, num emaranhado de molhos de serpentes [1]. Moviam-se as raízes como que a embargar-me os passos...» (*Misc.*, p. 248);

---

[1] A serpente é símbolo sexual.

«E que esquisito repasto à neurose que nos dorme enfadada nos algares da alma (...) as formas que lhes povoam as trevas, esqueletos de dentadas rodas, redouças de cadeias, oscilantes roldanas...» (*I. J.*, pp. 166, 167).

Não é difícil aperceber nas figuras que enxameiam o discurso literário de Teixeira-Gomes a sua face diurna — culto da razão e da beleza, da «alma», concebida como sensibilidade superior voltada para a harmonia do grande concerto das artes e do amor. Todavia, e para além das raras visitas que o próprio sujeito da enunciação tenta fazer ao seu «eu profundo», às suas «vozes interiores» mais secretas, é na zona labiríntica de certas metáforas icónicas, na região inconsciente de onde brota a matéria primeira da obra literária, que jaz a face nocturna do autor. A face de um outro, que eventualmente carrega traumatismos de infância (cena primitiva, agressão sexual...). Aos dourados paraísos, que o eu consciente do escritor há-de representar na euritmia da sua obra, estará sempre ligada a obscura nascente interior, e tanto ao nível da estrutura como ao das analogias verbais ela aflui, através de permutas, ascensões e quedas, de enigmáticas substituições.

O criador da nova Hélada algarvia, o apolíneo amante da música e da serena estatuária, o democrata desejoso de liberdade, de justiça e de progresso é o mesmo (e é o outro) escrevente-viandante perdido no trevoso bosque das flagelações, dos incestos, da transgressão de todos os interditos, desde o amor com as rapariguinhas púberes (Giudetta, Rosalina, Ana Rosa, tantas outras) até ao vermelho do sangue derramado.

Foi o que tentámos esboçar nesta breve pesquisa da metáfora, que deve abrir caminho a outras mais extensas e esgotantes investigações [1], que possam cabalmente comprovar estes dados e convicções, que são fruto da aturada, e sempre apaixonante, leitura, tantas vezes empreendida, da sua obra.

Mas queremos ainda deter-nos num outro aspecto complementar das figuras de comparação no discurso de Teixeira-Gomes.

### As Metáforas Espaciais e Cósmicas

Ao contrário do que acontece com muitos outros escritores, o não-eu, o mundo de fora, não é sentido nem expresso como hostil, mas, pelo contrário, procurado, amado, «divinizado» ou introjectado pelo autor de *Inventário de Junho*, de *Agosto Azul*, de

---

[1] Com futuros grupos de trabalho, em seminários sob a nossa orientação, prosseguiremos talvez tal empresa.

*Londres Maravilhosa.* Há, no entanto, um «hinterland» a que Teixeira-Gomes repugna — o microcosmo da média e da pequena burguesia reaccionária, governadas pelo preconceito e pela ignorância e que ele se recusa a compreender. Desse choque provém a prosaica chateza do metaforismo cómico, às vezes pleno de inventiva, com que ele anatemiza «feiamente» (o meio como material de construção figurada) o aluvião dessa gente feia (em «Gente Singular», «Profecia Certa», «Música a Porcos», etc.).
Exemplos: «Tu verás que estranha planta é nestas latitudes o amor e se aqui se tosquia a espontaneidade» (*I. J.*, p. 136); «atochar massas informes nos esbeltos contornos da deusa Diana» (*I. J.*, p. 136); «vozinha de grilo industrioso» (*I. J.*, p. 51); «o tenor e a dama deste, que chupa pelos dedos afusados quantos molhos lhe caem no prato, quando não ejacula trilos ferinos»[1] (*C. S. M. N.*, p. 109); «metendo-lhe nos lábios o bico hirsuto duma teta escorrida, generosamente exumada da sua, dele próprio, camisa de flanela...» (*C. S. M. N.*, p. 110)[2]; «senhora invisível, mas canora também, tanto quanto lho exigem os intestinos mortificados» (*C. S. M. N.*, p. 110); «Artur jazia ensampado e sepulto na sua vastíssima poltrona, chupando uns charutos loiros de perfume activíssimo cujo fumo (...) expelia em rolos por todas as aberturas do rosto...» (*G. S.*, p. 47); «O Reverendo Padre bandeou a cabeça afirmativamente e num esboço de sorriso que deu factício brilho aos seus olhos de goraz sentido...» (*G. S.*, p. 131); etc.

No capítulo «Espace et Langage» de *Figures I*, Gérard Genette, reconhecendo a existência de um «espaço contemporâneo», fundado numa ideia diversa da de épocas anteriores, e a consequente espacialização da linguagem, do pensamento, da arte contemporânea[3], acentua o carácter simultaneamente «atraente e perigoso, favorável e maléfico» do espaço contemporâneo, que teria invadido, através das metáforas espaciais, geralmente irreflectidas, a área da escrita (científica, literária ou de simples comunicação).
Ora no discurso de Teixeira-Gomes termos como *linha, plano, perspectiva, distância,* são extremamente recorrentes, não

---

[1] É de notar, mesmo nesta mancha caricatural, o afluxo de imagens sexuais: *chupa pelos dedos afusados, ejacula trilos ferinos.*
[2] Novamente a marca do escatológico e a força invasora da líbido: *bico hirsuto, teta escorrida...*
[3] Genette, apoiado no livro de Georges Matoré *L'Espace Humain* (La Colombe, 1962), refere-se ainda à reacção do homem de hoje, que, experimentando a sua duração como angústia, entregue à náusea e ao absurdo, à dilaceração, se tranquilizaria projectando o pensamento nas coisas, construindo planos e figuras que ao espaço dos geómetras iriam buscar a sua estabilidade.

só em metáforas mas em sentido próprio, dada a propensão do autor de «Inventário de Junho» para o descritivo de paisagens, obras de arquitectura e de artes visuais. Além de inúmeras ocorrências dos significantes *base* e *vértice*, são constantes as frases do tipo seguinte (a propósito da feitura de um livro), características do epistológrafo e do memorialista com interesses universais: «o *ângulo* sob o qual eu lhe concebera o *plano*, na liberdade e fantasia estética do vagabundo» (*Misc.*, pp. 107, 108).

Mas é sobre a imaginação da matéria que melhor e mais amplo sortido nos oferece o macro-texto de Teixeira-Gomes. Aliás, não só quanto à metáfora (relativa, segundo Bachelard, a um ser psíquico diferente dela) mas também quanto à imagem (ainda segundo Bachelard «obra da imaginação absoluta»[1] que se forma no sonho falado).

Desde os gregos que, como é sabido, os quatro elementos[2] têm conotações masculinas e femininas. Princípios activos e masculinos, o ar e o fogo; princípios passivos e femininos, a água e a terra, associada esta à materialidade, ao enraizamento, ao amor, ao sexo como órgão da fecundidade, da reprodução (a deusa-vagina), aquela à emotividade, à mãe, ao tempo antigo (sobretudo as águas do rio). Ao fogo se liga o ardor, o entusiasmo, a penetração, o jogo erótico e, de um modo geral, tudo o que é novo; ao ar a fantasia, a inteligência...

### O Metaforismo dos Elementos e a Simbologia Sexual

O sonho cósmico da Humanidade tem múltiplas variantes e a água e o fogo (o mar, ou o rio, e o sol)[3] aparecem unidos com frequência em lendas e mitos nos quais Bachelard[4] detecta facilmente as marcas sexuais, que são visíveis em não poucas metáforas de Teixeira-Gomes:

«...o Sol declina, aluminando obliquamente os alcantis da outra-banda, penetrando profundamente a água azul do rio nos

---

[1] Bachelard, *La Poétique de l'Espace*, Paris, P. U. F., 1978 (1.ª ed. de 1957), p. 77.
[2] Para os chineses foram tradicionalmente cinco: a água, o fogo, a madeira, o metal e a terra.
[3] Goethe, no *Segundo Fausto*, põe as frases seguintes no coro das sereias que contemplam o sol a sair da água: «Que maravilhosa chama: ilumina as ondas que se quebram cintilantes umas contra as outras! Algo que brilha, vela e resplandece! Os corpos abrasam-se na nocturna carreira, e à volta tudo escorre fogo. Assim reina o amor, princípio das coisas! Glória ao mar! Glória às suas ondas, rodeadas pelo fogo sagrado! Glória à onda! Glória ao fogo! Glória à estranha aventura» (Goethe, *Second Faust*, trad. Porchat, pp. 374, 375).
[4] Bachelard: *L'Eau et Les Rêves*, Paris, José Corti, 1979 (1.ª ed. 1942), p. 135.

pontos onde a areia transparece (...) denuncia-a em laivos violeta, rosados de carne...»[1] (*R.*, p. 96); «Ferragudo amontoa-se numa brancura gorda, de gesso, despolida, e toda a margem revolta que se lhe segue refrange a luz que a morde em mil tons diferentes, ou a absorve pelas anfractuosidades côncavas — largos prismas doirados...»[2] (*R.*, p. 96); «Sol posto (...) as levíssimas ondulações do mar calmo, ao luar, trazem de longe, para terra, uns fios de lume que a areia da praia chupa»[3] (*R.*, p. 98); «Extraordinário este céu ao pôr do Sol! Todo coberto duma colgadura de púrpura, que parece arrastar-se por cima da ponte, mas rasgada a espaços sobre um fundo longínquo de porcelana verde. O rio todo escorrendo em vivo sangue...»[4] (*R.*, p. 88); «E para a tarde, atravessando, mergulhando nas ruínas da costa essa oblíqua luz de oiro (...) A serra, então, nos seus peregrinos, inverosímeis tons aveludados, é uma fantasia de lacas sobrepostas, até formar aqueles luzentes dorsos arredondados, e cavar por aqueles flancos, cheios de penumbrentas profundidades líquidas, grandes grutas de cristal negro...»[5] (*R.*, p. 88); «O Sol vai desaparecer, estampando o lado da barra de azul e oiro, com grandes tiras de esmalte brunido que a maré, ao escoar, deixa reflectidas à borda de água, sobre a doirada e húmida areia lisa...» (*R.*, p. 91); «...a ponta do Altar lisa, íngreme, sem falhas, é um bloco de oiro. Doiradas também as rochas da fortaleza, à entrada da barra, mas têm os topos enferrujados, e ao amarelo dos seus veios saibrosos falta-lhe o espelhado e o polimento. O mar respira largamente, num ondeado igual, que

---

[1] O princípio masculino, nesta fusão do sol e da água, manifesta-se claramente no comportamento fálico *(penetrando-a profundamente)*, enquanto os tons da água metaforizada conotam a vagina: *laivos violeta, rosados de carne*.
[2] O ícone fálico encontra-se em *prismas doirados* e a confusão dos elementos semantiza-se na violência de *luz que a morde*.
[3] O acto sexual é presentificado pelos semas *ondulações, fios de lume, chupa*. De resto, o lexema *areia* conota frequentemente a *pele* na escrita metafórica do amor.
[4] O acto de amor, não explicitado, está aqui «substituído» por semas como *coberto, arrastar-se, por cima, rasgada*, que conotam peripécias do rito oculto. O lexema *sangue*, qualificado pelo epíteto *vivo*, faz emergir no texto a feminidade, observando-se no sintagma que exprime a acção *(escorrendo)* idêntica polissemia. É ainda de notar a ambivalência do vermelho: *púrpura* (o sol), *sangue* (a água).
[5] Aqui o metaforismo cósmico abrange três domínios: o do fogo (sol, luz), o da terra e o da água, sendo o primeiro mais directamente conotado pelos semas *luz de oiro*, *luzente* e semantizado genesicamente nos sintagmas verbais *atravessando, mergulhando;* enquanto os elementos terra e água nos aparecem transpostos, como figurando o corpo da mulher — da mulher-gigante, da Mãe, do sonho fascinante e temeroso: *dorsos arredondados, flancos, penumbrentas profundidades líquidas, grandes grutas de cristal negro*.

se desfaz em leves babugens a rés da areia»[1] (R., p. 91); «O Sol baixara quase ao lume de água, abrasando de púrpura escarlate o céu e o mar; os dois batéis corriam direito a ele sobre um lençol de metal candente, e desapareceram, derretidos, no encandeamento da luz» (A. A., p. 213).

Princípio alquímico por excelência, o fogo, origem da semente (do sémen) segundo os mais antigos mitos, é com frequência relacionado com a forma de individualidade. Em *La Psychanalyse du Feu*[2] Bachelard, que longamente perseguiu a intuição animista e sexualizada do fogo («elemento masculino que *in-forma* a matéria feminina»), cita um fragmento de uma Carta Filosófica de um alquimista, que, designando a água como a matéria feminina, afirmava: «L'eau élémentaire était froide, humide, crasse, impure et ténébreuse, et tenait dans la création le lieu de femelle, de même que le feu, dont les étincelles innombrables comme des mâles différents, contenait autant de teintures propres à la procréation des criatures particulières... On peut appeler ce feu la forme, comme l'eau la matière, confondues ensemble dans le chaos»[3].

A Alquimia não só remetia amiúde para a génese como era atravessada por um denso sonho sexual.

Sem fazer fé, obviamente, das afirmações animistas que expusemos, estulto seria ignorarmos a sua importância na imagem criadora ao longo dos séculos. Tanto a sexualização do fogo como a sua sublimação, no mito do «fogo igual a pureza», ligado a sacrifícios humanos de remotas civilizações, como ao símbolo familiar da lareira, pesam no universal humano que em cada artista se detecta, isto é, na sua escrita, nos filamentos verbais em que a sua interioridade aparece.

A metaforização do fogo é extremamente rica em todas as literaturas. Quanto ao macro-texto de Teixeira-Gomes, da sua insistente leitura recolhemos a visão de uma polivalência sémica que se estende ao sol, ao oiro, à luz (aos raios de luz), ao relâm-

---

[1] Neste segmento a fusão dos elementos não se realiza, mas nele se enuncia ambiguamente o desejo, quer no elemento masculino *(bloco, rochas, topos, veios)* quer no elemento feminino (a respiração, o *ondeado, as leves babugens*, a *areia*).
[2] Gaston Bachelard: *La Psychanalyse du Feu*, Paris, Ed. Gallimar (NRF), pp. 85, 86 (1.ª ed. 1949).
[3] Publicada em *Cosmopolite ou nouvelle lumière chymique*, Paris, 1723, p. 7.

pago[1], ao raio, à erupção vulcânica e até ao trovão. Limitemos, porém, agora a nossa atenção às metáforas, começando justamente por um exemplo em que é ainda o Sol o agente da *ferida seminal*: «...é Lisboa, ao fundo, ferida obliquamente pelo sol nascente, a galgar montes sem fim, entre penumbras levíssimas de névoa rosada, e faiscantes rutilâncias de oiro, levando a desordem do seu interminável casario...» (*R.*, p. 41). Em *Inventário de Junho* encontramos precisamente, na descrição de um pôr de sol, coagulada em metáforas, os lexemas *fogo* e *caos* e a imagem da água em chamas: «Vai-se o Sol junto à Ponta da Piedade, caindo no mar abrasado, sem cambiantes, como se todo o seu fogo se dissolvesse na água e a incendiasse.

Para esse lado a costa carcomida, entre montões de arruinadas penedias, forma um extensíssimo e tumultuoso caos de indeterminadas formas flamejantes» (*I. J.*, pp. 214, 215).

Onde é também patente, nas metáforas da luz, a substituição do desejo que busca a sua imperiosa satisfação é nos deslumbrados apontamentos de Capri e de Castellamare em *Inventário de Junho*: «...nus, abraçando-se, lutando, resvalando na esteira cintilante onde a luz redobra, fere, estonteia» (*I. J.*, p. 27). Luz e calor combinam-se intimamente (ambos os semas passam pelo terceiro termo do análogon) nas metáforas em que da arte se remonta à vida suprema, como neste feixe de tropos (impressão do Museu de Nápoles): «Já a Vénus de Milo sorri intelectivamente e lhe ruboresce a carne o calor da vida: já se estremece ao contemplar a melancolia eterna da *Psique Mutilada;* já os mármores de Elgin se levantam rutilantes — como que suspensos na grande luz do Sol — e vêm, formas astrais, imobilizar-nos a fantasia...» (*I. J.*, p. 23). O poente parece ser a hora sagrada, a que metaforiza o sacrifício amoroso no discurso de Teixeira-Gomes. Sol, fogo, sangue, chamas, raios de luz que trespassam (como espadas, ou como estoques, símbolos fálicos do universo onírico), tudo isso amiúde se combina na linguagem literária de Teixeira-Gomes, como nesta «mancha» de Lisboa: «Toda a bacia do rio, feita um mar, se limpou, se alisou, se esmaltou de preciosas cores e nelas corriam as microscópicas velas brancas das faluas, tão numerosas, tantas, perseguindo-se, cruzando-se, roçando-se, quase sopradas e caídas aos molhos e às vezes tintas de sangue — penas soltas da asa ferida de um cisne... Mas o poente encandeava; a luz oblíqua trespassando a cidade envolvia-a num onda de fogo e parecia levantá-la para o céu, aguçando minaretes de cristal sobre colinas chamejantes,

---

[1] «A noite anuncia-se, crescendo do mar, já tenebrosa, inescrutável, e por todos os lados o horizonte se ilumina de relâmpagos silenciosos...» (*R.*, p. 95).

explodindo nas clarabóias em resplendores de cinabre, despejando cascatas de pedrarias em conchas de movente madrepérola...» (*A. A.*, p. 15).

Também nos textos de Teixeira-Gomes o céu e a terra aparecem gemelados pela acção metamórfica da luz. Adiante veremos que papel desempenha o vegetalismo na imaginística de Teixeira-Gomes e quais os possíveis valores simbólicos da rocha no seu metamorfismo. Detenhamo-nos por ora nas funções orgásticas e mágicas da lua, irmã do silêncio, propiciadora da visão especular: «A noite a lua tomou posse da terra, sem vento nem brisa, láctea» (*R.*, p. 92); «A imagem da Lua, sem tremulina, vai-me seguindo sobre a água, inteira, intacta, mas aos saltos. O silêncio é absoluto: o ar não tem ressonância alguma. Tudo emudeceu como num conto de fadas. Pouquíssimas estrelas no céu, e essas mesmas bêbedas de luar. A vila amortalhada em branco de neve. O farol da canhoneira reflecte-se na água em profundíssima língua de fogo; na fábrica dos espanhóis outras luzes mergulham mais no coração do rio os seus fachos ensanguentados: e o farol da barra quase se apaga no horizonte, mas cintila na água como diamante» (*R.*, p. 93). Repare-se em como as metáforas cristalizam os símbolos só aparentemente antagónicos da morte e da festa, associada esta ao espelho, objecto lunar que incita à orgia lívida ou sangrenta: «*A imagem da lua vai-me seguindo sobre a água (...) aos saltos; estrelas (...) bêbedas de luar; A vila amortalhada em branco; o farol (...) reflecte-se na água*[1] *em profundíssima língua de fogo; outras luzes mergulham mais no coração do rio os seus fachos ensanguentados; e o farol da barra cintila na água como diamante.*»[2]

A hierogamia dos esponsais do céu e da terra torna-se em bodas do Sol e da Lua, leitura segunda que se pode fazer de metáforas como esta: «Do lado da terra o crescente da Lua, de pura opala esverdinhada, parece querer alcançar o Sol» (*R.*, p. 97). Os significantes e as figuras que prolongam a «impressão» con-

---

[1] Tanto a lua como a água estão ligadas à mulher em todas as cosmogonias. A vida animal ter-se-ia orginado, segundo Darwin, no interior das águas e é certo que o feto vem de um meio líquido. A relação da lua com as marés e com o ciclo fisiológico da mulher torna ainda mais íntima esta tripla associação. Não devemos, no entanto, esquecer que a conotação feminina da lua é posterior (ver Juan-Eduardo Cirlot: *Diccionario de Símbolos*, Nueva Colección Labor, Barcelona, 1978) ao triunfo do patriarcado sobre o matriarcado.

[2] O metal que corresponde à lua é, em princípio, a prata. Aqui, porém, encontramos a brancura e a dureza do diamante.

firmam, aliás, esta via de sentido: «Os lombos da serra, muito afastados do céu, tomam corpo, como vidro violeta ou roxo, que ao volver-se opaco revelasse a sua imensa espessura. Depois do sol-posto o céu inundou-se de açafrão e púrpura, e o casario de Ferragudo toma essas cores, casadas num tom geral de rosa-chá, que o rio espelhado reflecte ainda mais mimosas.»

Outros exemplos: o primeiro acentua o carácter passivo, especular e feminino[1] do astro nocturno (lua-adorno, lua-sereia)[2]: «...ainda não é bem sol-posto já a tremulina da lua, sobre o mar tenebroso e quieto, arrasta até perder de vista a sua movente esteira de escamas luminosas...» (R., pp. 97, 98); o segundo, de novo colocando no mesmo espaço água e fogo, conota a lua com o verde, com a acidez que destinge sobre o vento (através de uma bela sinestesia) e introduz a metamorfose da lua hídrica: «A Lua espelha-se na água com um verde pálido cuja vista dá acidez ao vento. O rio, em Ferragudo e na pequena enseada do Convento, coalhado de caíques arribados, que ardem todos com as chamas levantadas sobre o convés pelas companhas que preparam a ceia. Céu desmaiado, sem estrelas, com o luar a escorrer como um líquido sobre vidro...» (R., pp. 99, 100). A imagem aquática vegetal anuncia já o mistério do reflexo, factor de redobro: «*como um líquido sobre vidro*».

Mas passemos ao vegetalismo, indissociável das estações e da frutificação, que, tal como o breve e deslumbrante ciclo do florescimento, nos surge nos textos de Teixeira-Gomes conotado com o entumescer, com o desabrochar, com o vibrar da carne.

As sinfonias do verde, os seus enquadramentos, as suas combinações revestem ora puro carácter estético-ornamental — descoberta da pintura na natureza ou vice-versa — ora a força da solarização, o ritmo das milagrosas germinações.

A metaforização muito recorrente carregada de símbolos vegetais não só embeleza o corpo feminino como o liga à metamorfose agro-lunar, ao arquétipo astro-biológico do esquema

---

[1] Não raro nas impressões e contarelos de Teixeira-Gomes aparecem metáforas já banalizadas como «criatura loira e lunar» (R., p. 215).

[2] O dragão e a serpente, ambos com escamas, são símbolos dos mais importantes do bestiário lunar. Aliás, de entre as numerosas imagens, algumas recorrentes, com que a luz da lua é carcterizada nos textos de Teixeira-Gomes («ramagem de prata», «tremulina da lua na água negra», «esteira feita a círculos concêntricos», «saltões de prata») merece destaque a serpente («serpente de oiro afogada em boião de tinta») e a visão do afundamento da lua, que conota o devir cósmico, a reconciliação do homem com a morte. Em *Maria Adelaide*, de onde são extraídas todas as imagens acima indicadas (capítulo XXVIII) encontramos: «num recanto estagnado, a imagem perfeita e pesada da lua oscilando brevemente, prestes a afundar-se» (M. A., p. 118). O declínio de Maria Adelaide está em curso e a sua longa agonia vai principiar.

cíclico. O discurso do desejo deixa entrever resíduos de intuição mítica. Assim em *Cartas Sem Moral Nenhuma*: «...nem a doçura da pele branca e tépida, nem esse perfume tão diverso e característico em cada mulher formosa e, mais intimamente, em cada um dos canteiros do seu corpo» (*C. S. M. N.*, p. 216). À metáfora dos *canteiros do corpo* ainda o enunciador sente a necessidade de ajuntar uma outra, essa citada de memória: «*O delicado aroma de pêssego que lhe exalavam os seios*, diz, se bem me lembro, o filósofo Nifo...»

Um dos exemplos decerto mais ricos da metaforização floral é o que se nos depara no final do trecho «Vento Levante», quando a natureza se aplaca e, após a embriaguez da tormenta, respira uma doce e sensual, feminina felicidade, contraposta à plétora fálica do vento:

«Do mar sobe um manto florido de glicínias e no ocaso a inefável doçura da luz dourada cromatiza-se de peregrinos tons liláceos, entre pálidas rosas desfolhadas» (*I. J.*, p. 222). A «alma sensorial», forma superior de matéria, exprime-a o sujeito da enunciação, unindo céu e mar, pela euritmia floral.

O vermelho, a mais obsessiva das cores predilectas de Teixeira-Gomes, atravessa amiúde os descritivos onde a metáfora é metamorfose: «Caminhamos contra o sol cujos raios oblíquos transformam os cerros numa sucessão de vitrais inverosimilmente transparentes, dentro dos quais certas árvores «ardem»[1]. Aquela luz as amendoeiras de flores brancas parecem de cristal, e no derradeiro vale, todo cheio de luz condensada e estagnada, as amendoeiras de puníceo[2] florescência crescem, avultam, como prodigiosa vegetação de coral no fundo de um aquário» (*R.*, p. 89).

A cor de coral ocorre quase a todo o passo em certos textos de imitação verbal da paisagem algarvia (fusão de mar e terra). Assim em «Regressos», numa alusão às esparregueiras bravas, casadas aos lentiscos e às piteiras: «Em Setembro cobrem-se de florinhas de cera branca, de perfume tão activo que nada se lhes compara; agora, em Dezembro, são verdadeiros fios de contas vermelhas, de um vermelho de coral da Pérsia...» (*R.* p. 99).

Conotando intensa e reiteradamente a flor à carne e atribuindo-lhe predicados erógenos com a mesma insistência no vermelho, correlato do verde, temos, em *Cartas Sem Moral Nenhuma*, este ramalhete de metáforas e sinestesias: «Se o jacinto é uma flor de carne adolescente e lasciva, o lilás é

---

[1] A sexualização do fogo destaca o instante do desejo, a união do espírito e da carne no amor (ardente), unifica diversos símbolos da natureza animizada.

[2] *Puníceo* (do latim *puniceus*) significa *vermelho*, da cor da romã (a romeira, ou romanzeira é, na terminologia botânica latina, *punica malus*, ligada à flora da região de Cartago).

vicejante sinestesia de graças infantis [1]. Lilases com grinaldas aereamente soltas em cachos melindrosos de carmim desvanecido, em festões violetas de tenra polpa magoada pelo frio, em miudinhas gotas de leite gelado, em penachos de botões erécteis e jucundos!» (*C. S. M. N.*, p. 227).

O isomorfismo da pureza ígnea, ligado às lendas do fogo, tanto se manifesta em animais [2] como em plantas ou na própria palavra, sobretudo no texto bíblico (palavra de Deus, palavra de fogo) e em textos eróticos, ou místico-eróticos [3].

Num dos seus mais formosos «cantos» à transformação da natureza, ao estonteante romper da vida na Primavera, à presença da líbido — do fogo — nas searas, que amareleçam, nas vinhas, nas ervas, nas árvores, o autor de *Regressos* escreve, unificando o vermelho e o verde, o sol e a folhagem, no sincretismo do espelho:

«Rebentavam também as figueiras, subitamente (...) encheram-se de folhas que mal vão abrindo, como se enxames inumeráveis de borboletas verdes houvessem poisado na rama nua. Essas borboletas verdes, quando lhes dá o sol, fazem-se, por transparências, em folhas de oiro, e refrangem a luz como espelhos móveis» (*R.*, p. 92).

Fálicos são, em geral, no discurso de Teixeira-Gomes, os símbolos da rocha e do vento e não poucas metáforas atestam tal fixação do seu imaginário. Mas não o podemos amarrar a essa obsessiva visão. O autor de «Agosto Azul» tinha a intuição das transformações e das mudanças caleidoscópicas da natureza. Para Bachelard as imagens *princeps*, ou primitivas, são as que, com as suas ambivalências, explicam o universo e o homem. No discurso muito conotativo de Teixeira-Gomes há essa força visionária que situa nuvens na folhagem das árvores e rochedos no firmamento. Todas as formas para ele são mutantes e as suas metáforas no-lo dizem eloquentemente. É certo que o vento *ataca, sacode, chicoteia, esbofeteia, levanta* e *reincide, ergue-se*

---

[1] A linguagem hiperdelicada lembra aqui acentuadamente a escrita simbolista de um Gomes Leal ou do Junqueiro de *Os Simples*. A cor vermelha está bem marcada, ainda que esmaecida, em *lilases, carmim, violetas*.
[2] Ver Gilbert Durand: *Les Structures Anthropologiques de l'Imaginaire*, p. 198.
[3] «Horas de luxúria aqui passaram como ainda outras não arderam em lâmpada mais rendilhada; quem as pudesse reviver em vocábulos que se queimassem como um puro óleo sem resíduos!» (*C. S. M. N.*, p. 207).

*em coluna de pó, enxota as aranhas das suas luras, engolfa-se nos corredores* [1].

A simbologia fálica e genesíaca é muito recorrente quando o enunciador transfigura rochas, leixões, cachopos, alcantis: «Para além dos Castelos, os trechos argilosos da costa agitam-se em linhas e relevos mais agudamente dentados...» (*R.*, p. 90); «A Ponta do Altar, ao declinar do Sol, é uma rocha de legenda, de iluminura heráldica, de brasão, toda em oiro puro. As outras rochas da barra, até à «praia grande», mistura-se-lhes o doirado com laivos de cinabre, deitados na argila...» (*R.*, p. 91); «Ao longo da Ponta da Piedade, e depois cercando-a, crescem do mar inúmeras rochas acasteladas, algumas ligadas por arcos naturais, e dispostas em torno de pátios onde a água se faz transparente...» (*R.*, p. 149); «O cachopo onde caíra tinha o feitio de uma alcachofra aberta...» (*R.*, p. 152); «...junto de um abismo onde o mar vai aguçando os gumes de muitos leixões retalhados...» (*C. S. M. N.*, p. 133); «Ali, a paisagem mal alumiada toma carácter homérico, no dispersar trágico, entre neblinas, de aberturas hiantes e negras rochas a pique» (*I. J.*, p. 218).

Como facilmente se verifica, o activo e o passivo, o masculino e o feminino alternam, combinam-se, ou confundem-se, coexistem nestas saliências e reentrâncias, transmutações de rocha e água [2]. Nem todas as imagens são obviamente atribuíveis aos fantasmas do narrador: a migração de sentido através das redes de significantes deu-se na língua falada e literariamente trabalhada de que ele se serve. Porém, esse depósito, a que podemos chamar, como Jean Bellemin-Noël [3], o inconsciente do texto, apenas reduz (não anula) nem a «perspectiva prioritária» do escritor sobre a sua escrita nem a projecção dos desejos, conscientes, secretos, livres ou interditos que o habitam e nela se derramam.

O cosmos invernal, no discurso de Teixeira-Gomes, pouco ou nada tem a ver com os diagramas já clássicos da psicoleitura (o ninho aquecido contra a fúria dos elementos, o prazer do

---

[1] Exemplos colhidos no texto «Vento Levante», de *Inventário de Junho*. A extrema violência do vento levante tem, sem dúvida, no texto marcas negativas, mas está, ao mesmo tempo, conotada com audácia, triunfo, apoteose. O enunciador sofre a acção do vento agressor, mas, ao mesmo tempo, com ele se identifica, tomando-o por modelo desejado, até na pulsão anal--sádica *(chicoteia, esbofeteia)*.
[2] «Eu nado à aventura por entre os rochedos, na afagosa sensação da fluidez que embala» (*A. A.*, p. 118).
[3] Jean Bellemin-Noël, *Vers l'Inconscient du Texte*, P. U. F. (écriture), Paris, 1979.

«encerro» na casa, a estação triste, o universo nadificado pela neve, a velhice...). há uma sequência particularmente reveladora na novela «Jogos de Bolsa», onde o inverno frio e chuvoso é conotado com horror, loucura, vertigem de suicídio. Afluem ao texto termos como *charco, aquosa, aquário, capuzes, fantasmáticos, escafandros, lama, céu tenebroso, luz indecisa, treva dos sepulcros, dor, dentes de serra, fermentos maus, sonâmbulo, ominoso, abandono, melancolia, desarranjo nervoso*. As metáforas («chuvinha peneirada por buracos de agulhas», «estação lôbrega», «existência aquática») hostilizam e minimizam a chuva, aqui irmã da escuridão, e rejeitam o semantismo da purificação, se bem não excluam o do remorso, que, em todo o caso, muito raro se exprime, directamente, ou através de substitutos, no macro-texto de Teixeira-Gomes [1].

Bachelard, em *L'Eau et les Rêves*, alerta-nos para a associação da água suja (impura) ao malefício. Ela seria para o inconsciente «um receptáculo aberto a todos os males» [2].

O mediterrânico, solar, que é o autor de *Inventário de Junho* e de *Agosto Azul* cultua no seu texto o Verão, o Sol, o fogo e a água pura, quieta ou em movimento, em luta, mas renega o Inverno molhado, viscoso. Não o frio nem a neve. Bem pelo contrário, conotando a neve holandesa com a branca espuma das amendoeiras (funda imagem de Primavera), escreve em «Jogos de Bolsa»: «exauriu-se-me a esperança de que a neve reflorisse...»

À vontade no espaço de dentro como no de fora, senhor de mais de uma casa, amando a harmonia mesurada (daí o seu conceito da Grécia ideal entre a Ponta do Altar e a Ponta da Piedade), o super-narrador da obra que Teixeira-Gomes escreveu, personagem primeira, personagem excessiva e apaixonante, apolínea e dionisíaca, tem a sua verdadeira casa no espaço do Verão, onde dorme tão confiadamente como no seu grande leito rococó de pau-santo, seja ao pé do mar, numa praia algarvia de fina areia doirada, seja entre as videiras do Posilipo, à beira do rochedo mais alto e escarpado.

---

[1] Irrompe com força nas notações sevilhanas de *Cartas Sem Moral Nenhuma*, a propósito da pureza ofendida nos objectos do seu desejo. Não é, porém, a chuva, mas os seus acompanhantes, escuridade, sujeza, o que advertimos nas metáforas, algumas delas banalizadas, desse texto: «cafurnas da crápula», «sorvados frutos», «encarvoava de vazias negridões», «lodo da saciedade», «céu deslavado», «dobras lívidas do fastio» (*C. S. M. N.*, pp. 48 a 51). A estas figuras opõem-se símbolos gastos da pureza como «lírio alvíssimo», «cisne branco».
[2] Gaston Bachelard: *L'Eau et les Rêves*, p. 189.

## As Sinestesias

As sinestesias enxameiam o discurso de Teixeira-Gomes, amiúde conotando (além de impressões transmitidas por sentidos diversos) a natureza e o sexo, que se fundem num delírio sensitivo, por vezes próximo da vidência, pela porosidade, pela aventura da semelhança, pelo afluir da efusão erótica e estética (ou mística) ao objecto sincrético. Fazer amor com as palavras é bem, nalguns exemplos, o trabalho textual do enunciador: «De todas as cores o azul é a mais insípida [1], sem a exultatação do vermelho, nem os rebates de inexprimível gozo que o oiro causa, nem as melancolias sugeridas do violeta, mas assim esmaecido e repassado de branco era o mais pulcro manto de noivado com que o mundo se podia oferecer aos recamos das estrelas cujas gotas doiradas já cintilavam, a espaços...» (*I. J.*, pp. 63, 64); «...quando a vista se embriagou já das feições da pesosa amada...» (*I. J.*, p. 118); «Cresce imperceptivelmente a claridade que esfria, num alvor metálico, a nascente...» (*I. J.*, p. 218); «...as quase inapreciáveis modulações do crepúsculo — nas síncopes da luz ou quando a luz se anuncia pululante ao primeiro grito da manhã...» (*A. A.*, p. 50); «O canto, a voz! magia evocatriz de dissolventes curvas perfumadas!...» (*A. A.*, p. 52) [2]; «murmurante eufonia de vaga prateada morrendo na areia» (*I. J.*, p. 26).

A violação do código da linguagem atinge com a sinestesia um ponto extremo quando, através de uma rede subtilíssima de correspondências, o universo verbal, ultrapassando a própria retórica, que o anima e o sustenta, se torna criação paralela do mundo, ou melhor, imagem reflectida de um mundo de magias que a comum sensorialidade não apercebe. Adiantando-se

---

[1] O enunciador, ao qualificar, sensualmente, a cor azul como insípida, vai ao encontro dos testes de Rorschach, onde ela é a cor que causa menos choques emocionais. A predilecção do sujeito da enunciação pelas cores quentes, o vermelho e o dourado próximo do amarelo, manifesta a força da apetência erótica, a lascívia (em latim *alegria*): *exultação do vermelho, inexprimível gozo que o oiro causa*. Na mais refinada sinestesia — as «*gotas doiradas*» que cintilam — associam-se água e fogo e, ao fim e ao cabo, o nirvana visual — de que nos fala Bachelard em *L'Air et les Songes*, p. 194 — é factor de equilíbrio (combinatória de cores: uma fria e, pelo menos, uma quente) na escrita em que se projecta a requintada existência de Teixeira-Gomes, governado tanto pelo sexo como pela contemplação em «estado de graça» artístico.

[2] Nesta sinestesia encontramos as sensações olfactiva *(perfumadas)*, visual e táctil *(curvas)*, remetendo, através do aposto conotativo *magia*, para a dominante impressão auditiva, da qual arranca a frase: o *canto*, a *voz*.

por vezes à relação lógica e linguística, pendendo ora para a metáfora, isto é, para a substituição, ora para um instrumento de comparação, Teixeira-Gomes refaz o real quotidiano, inseminando-lhe as formas da arte e o espírito da carne («O que era a voz desse herói? uma sonata de oboé...» *C. L.*, p. 155); «divinamente esculpido, e vermelho todo ele — de um vermelho fulvo, que dos cabelos parecia destingir sobre o mármore do corpo...» (*A. A.*, p. 210); «serra armada em pequenos calvários de presépio, que são outros tantos cestos de verdura, a coar fontes cristalinas em alvéolos de rochas cinzentas» (*C. S. M. N.*, p. 132); «os pórticos de entumecidas curvas entoam hinos de triunfo, as salas recebem-nos com festivais aclamações de apoteose e onde na obscuridade das alcovas se destila o incoercível perfume dos *jardins em nocturno*» (*C. S. M. N.*, p. 206); «...bastam os soluços da água murmurando em fios de cristal pelos regos alabastrinos para evocar a vida que houve aqui: quantos pés de âmbar nele se refrescaram pela calma dormente das tardes de estio e quantas nevadas mãos de açucena, mas lascivas mãos em delírio, calcinando-se...»[1] (*C. S. M. N.*, p. 206).

Por vezes são menos aparentes as sinestesias, ou as metáforas sinestésicas, mas o grau de polissemia dos epítetos é tão elevado no processo metafórico e tão rica a acumulação de imagens que o texto se autonomiza a ponto de quase poder dizer-se que ele é o seu próprio referente, produzindo sentidos que de longe excedem o pretexto (neste caso a Alhambra de Granada):

«Sob o embaciado céu do amã e à meia luz luarenta do gineceu que opaliza a tez morena, animando-a com lactescências de lírios e jasmins, as ondeadas formas nuas avultavam no mármore liso ou dele se levantavam, tão níveas como se a pedra, fecundada, a cada instante lhes desse nova vida, ou se desentranhassem em formas novas»[2] (*C. S. M. N.*, p. 207);

«É a magnificência da luz vibrante, ondas de luz resplandecente que tudo envolvem de oiro e pedrarias: um montão de gemas, talvez. Ali, os caminhos seguem por agudíssimas arestas de diamante, sulcando o céu: os caminhos ideais da apoteose. Interiormente, a ilha, minada pela água, é como o coração de um prisma onde a luz se decompõe nas cores mais ricas. Há a *gruta branca*, eriçada de estalactites, cristalizações de oiro ver-

---

[1] Sensações auditivas, visuais e tácteis (*soluços de água, fios de cristal, regos alabastrinos*) ou visuais, tácteis e olfactivas (*pés de âmbar, nevadas mãos de açucena*) combinam-se neste segmento sinestésico.
[2] É aqui bem manifesta a sublimação estética do eros, dominante nos «textos de arte» de Teixeira-Gomes.

melho, roxo, amaranto; a *gruta verde* pelos recamos de esmeraldas e ametistas; a *gruta azul* que funde a carne nua em prata viva: os corpos dos meus barqueiros, que se despiram para nadar naquele fluido misterioso, ondeavam à superfície como laivos opalinos no brilho celeste das turquesas» (*I. J.*, p. 25) [1];

Haverá escritores, como pretende Roland Barthes, que apenas trabalham com (sobre) uma linguagem. Não será o caso de M. Teixeira-Gomes. O sistema estilístico que dá à palavra a sua força está inteiramente contido no seu macro-texto, que ficou assim protegido da usura do tempo. Mas não há dúvida que, autor de estilo, ele se insere na história (pelo que reflecte das sensibilidades, dos costumes, das mudanças, das aspirações das classes sociais, nos fins do século dezanove e nas três primeiras décadas do século XX) e essa inserção determina o lugar da sua escrita, que é por sua vez condicionada pela sua inserção no processo cultural (ascendentes, inter-influências, modas literárias) [2].

Criador de uma língua de autor das mais finas e originais do século XX, onde se harmonizam os contrários da prosa e da poesia, onde a resposta intelectual e a resposta emocional se equilibram, Teixeira-Gomes, avesso que foi pessoalmente ao

---

[1] O que de precioso e aprestado este e outros textos possam inculcar, como trabalho retórico, admiravelmente conseguido mas distanciado do real, do pré-texto, deve ser ponderado em confronto com confissões do género desta que, por exemplo, Teixeira-Gomes nos faz, ou o enunciador em que ele delega as suas emoções (admitindo mesmo que as enfatize): «Há uma tão penetrante beleza neste dia, nesta luz, neste mar, nesta paisagem, que os meus nervos vibram de felicidade, na consciência de viver, do gozo que a vida causa, e tão funda é a sensação que experimento que os olhos marejam-se-me de lágrimas...» (*R.*, p. 99).

[2] Privilegiando o conteúdo, a obra na sua totalidade significativa e não o texto isolado, o fluxo de significantes, não minimizamos, todavia, a visão de Barthes, quando ele afirma que «não existe nenhum lugar de linguagem exterior à ideologia burguesa», que mesmo o contra-discurso, o não-discurso estão marcados por tão fortes resíduos culturais que amiúde a própria linguagem que se opõe aos padrões da classe dominante regride à ideologia burguesa. Porém, não aceitamos, como Barthes, que a única saída consiste em disseminar os traços do antigo texto cultural, a seu ver repressivo, para só escutar o «texto significante, o texto terrorista» (Roland Barthes: *Sade, Fourier, Loyola*, Ed. 70, p. 16). É, pelo contrário, nossa convicção que os novos escritores, os novos leitores têm de apropriar-se daquelas tão fortes eflorescências culturais, domando-as, transformando-as, articulando-as com os significados da esperança e do progresso. Aqui, terá também, em nosso entender, importância capital o lugar da leitura, a nova mentalidade dos que aprenderem a separar no texto a herança comum, matéria a trabalhar na linguagem (e na intervenção social) e o lastro da decadência, os resíduos que irão morrendo...

comércio do livro e até ao jogo dos juízos culturais, supremo «amador» da sua geração, dirigindo-se geralmente a um único destinatário (e a si mesmo), escreveu as suas novelas (quando pela ficção forrageou) a partir de lugares e cenas arquetipais e foi menos pela palavra socializada que imitou, quando o fez, nos diálogos, do que pela amplificação da sua própria voz (carregada é certo de ecos, nacionais e estrangeiros, do melhor quilate) que atingiu o espaço, algumas vezes destemporalizado, de um sistema estilístico que, como já dissemos, pouco ou nada terá envelhecido, por virtude da aliança, ou melhor, do bom convívio da competência linguística e de uma ousadia metafórica cujo inalterável bom gosto não nos aparece, no geral, vinculado nem a vogas pasageiras nem a ditames estreitos de classe ou grupo. Pela beleza *imarcescível* (para usar um qualificativo tão seu) dessa experiência verbal (e sensível) que chega ao território da metalinguagem (e transborda do delírio pampsiquista), as suas formações discursivas, as suas cascatas de figuras e sinestesias resistem hoje ainda vitoriosamente às marés do tempo, que as têm poupado à poluição de tantos outros textos seus coevos.

# OS PROCESSOS DA IRONIA

A ironia, como atitude de espírito, percorre toda a obra de Teixeira-Gomes, socorrendo-se de diversos processos estilísticos, como a antífrase, a antítese, o oxímoro, a adjectivação aberrante, o arcaismo, o aumentativo, o diminutivo e os superlativos (gramaticais e semânticos). Tal como a obra literária é amiúde uma catarse, o percurso de uma libertação, assim a ironia, que pode rondar o sarcasmo, raramente o vitupério, ou abeirar-se da ligeira facécia, elabora uma crítica desesperada, uma decepção que se resolve em riso.

É o desencontro radical do culto, viajado, generoso e lúcido autor das *Cartas Sem Moral Nenhuma* com as gentes e os usos burgueses do seu tempo português que transborda em redes irónicas onde, tal como em certas metáforas e metonímias, o projecto de uma outra sociedade, que lhe é negada, se confunde com a projecção de fantasmas, oscilações afectivas, escórias de desdém, melancolia agressiva, mutilações.

Um dos lugares onde Teixeira-Gomes, como soberano senhor da escrita, se auto-afirma é na estilização paródica, em textos retóricos bivocais ou plurivocais: *Sabina Freire*, «Música a Porcos» *(I. J.)*, «O Triste Fim do Major Tatibitate» e «O Album» *(G. S.)*, «Colónia» *(A. A.)*; e em trechos avulsos, caricaturas, grotescos, semeados pelas *Cartas Sem Moral Nenhuma*, pelos *Regressos* («Coimbra»); pelo *Carnaval Literário* e por *Londres Maravilhosa*.

Peguemos nalgumas réplicas (e nas respectivas didascálias) do texto «Línguas Peçonhentas», do volume *Inventário de Junho*:

«A partida de gamão termina por um lance que exaspera o general; de olhos esbugalhados, atira ao adversário a usual apóstrofe:

— Doutor burro!...

— General burríssimo... — replica o outro, cuja indignação deriva em assobio.

Os dois políticos passam e tornam a passar pela porta da botica.
— Está bem gordinho — observa o boticário, apontando para um deles com a espátula e piscando o olho ao logista.
(..................................................................)
*Boticário* — A criada? dobre a língua, se faz favor: a dama de companhia, a aia, a açafata... Ah! fizesse-lhe você a corte e veria como a D. Júlia o poria logo no olho da rua...
(..................................................................)
*Logista* — ...de trato lhano... Sempre que a irmã lhe diz qualquer coisa, perfila-se e faz continência. A criada contava-me, quando foi dos melões: no outro dia estava o sr. capitão dançando o «pas de quatre» com o impedido quando a mana lhe fez não sei que observação. Pois ele largou logo a mão do impedido, perfilou-se e fez continência!» (*I. J.*, pp. 95, 96, 97).

Poderíamos continuar, mas a recolha parece suficiente para ilustrar a apreensão do ridículo, das mesquinhas curiosidades, dos tiques e das taras de uns e de outros reflectidos na plurivocidade de uma linguagem sem profundidade, mas socialmente típica, e fortemente marcada pela visão grotesca do sujeito da enunciação, que agencia os actores e procede à selecção lexicológica. Uma tendência para dominar, na escrita, a mediocridade do meio circundante (pulsão originariamente assexual, eventualmente libidinizada em aliança com formas atenuadas de sadismo)[1] manifesta-se nos textos irónicos e nos textos cómico-fantásticos de M. Teixeira-Gomes.

A ironia, que, em Teixeira-Gomes, nalguns casos atinge o sarcasmo, socorre-se, para conseguir expressividade agressiva, dos arcaismos e do palavrório convencional, do lugar-comum, como neste passo de *Inventário de Junho* (pp. 48 e 49), alusivo às moças camponesas surpreendidas nuas no banho pelo narrador quando «menino diabólico»: «...desvendava-se o mármore roliço das coxas e *tudo o mais que o bom recato e a pudenda honestidade* mandam que ande oculto.» A antonomásia (desvendar/ocultar) até se esbate perante a valorização estilística do *cliché* (bom recato) temperado com o impacto cómico-destrutivo da especiaria verbal em desuso *(pudenda)*.

Noutro parágrafo do mesmo trecho, sendo a figura mítica de Luís Rodriguez, cara ao narrador, o sujeito do enunciado, é o último período que ironicamente ilumina todo o discurso anterior intencionalmente recamado de banalidades muito abotoadas:

«Dissipava a *vida perversa*[2] na *guerra maquiavélica*, infernal, que movera a todas as *pessoas sisudas* do seu tempo. O mi-

---
[1] «Dona Joaquina Eustáquia Simões de Aljezur», «Sede de Sangue», etc.
[2] São meus os sublinhados em itálico.

serável rematou por *instrumentar o último suspiro*[1], também escandalosíssimo[2], com *cínicas maldições*, vociferador à face atónita do *bom pastor* que lhe intentava *mitigar a fome* na *hóstia consagrada*.»

A ironia reside fundamentalmente na duplicidade semântica do sintagma *mitigar a fome* (que pode ser entendido em sentido translato ou à letra) e no pícaro período final que, verrinoso, agarra precisamente a acepção literal para ejacular, mas ainda dulcerosamente, um radical anticlericalismo, com solertes sublinhados cómicos: «Este foi, porém, na história dos seus destemperos, o mais desculpável de todos, pois era *fome de oito dias* a que o celerado padecia e *irrisório o lenitivo* oferecido pela Igreja» (*I. J.*, p. 54).

A toada satírica do texto é interrompida mais adiante pela sequência carregada de brutalidade do enterro de Luís Rodriguez, em que o narrador toma partido, destacando o odioso do ideologema social na frase proferida pela «pessoa mais nobre da terra». A personagem contestada — Luís Rodriguez — é, ao mesmo tempo, iluminada e obscurecida ao longo do enunciado pelos fios do diálogo social:

«Quando a caminho da cova os quatro irmãos de «S. Nicolau» lhe vascolejavam o ressequido corpo no tosco gradado da tumba, não faltou, entre ricos e pobres, quem lhe saísse ao encontro a escarrar no cadáver. O morto atravessou a vila ao som das janelas que as mães de família fechavam com estampido na sua passagem, por requintado ultraje, e rezou-lhe condigna oração fúnebre a pessoa mais nobre da terra, dizendo: «Arre, até que lhe estourou a peçonha nos cascos!» (*I. J.*, p. 55).

O discurso do narrador individualiza-se estilisticamente na sua viva interacção com o meio ambiente, ao qual reage, deixando-se no entanto penetrar pelos pontos de vista, pelos ideais gerais, pelo próprio moralismo aforístico, que ironicamente rejeita. Essa rejeição exprime-se claramente na sentença do narrador que remata o cruel emaranhado de gestos e palavras em que se projecta a consciência sócio-ideológica da mesquinha burguesia portimonense:

---

[1] Aqui já se nos depara um efeito de estilo: o insólito da regência (*o último suspiro* como objecto da acção: *instrumentar* = triunfo do herói negativo sobre a viscosidade da morte inglória naquela redoma de parvos solenes).

[2] Se traçássemos, segundo o método greimasiano, um quadrado semiótico deste texto (vida, morte, não vida, não morte), teríamos, de acordo com a dinâmica e o sentido profundo do texto (sua pulsão de agressão), que colocar no lugar da vida os lexemas *perversa, miserável, escandalosíssimo, maldições*, e no lugar da morte *pessoas sisudas, bom pastor*.

«Esvurmados rancores[1] da província que à tenacidade da lepra juntam o visco da lesma!» (*I. J.*, p. 55).

O retrato irónico, no discurso de Teixeira-Gomes, apoia-se na antífrase, no plebeismo (ou no arcaismo) e, com frequência, na exploração de determinado campo semântico, em reforço de um traço caricatural, que, no exemplo seguinte, é o da semelhança com o galináceo *(galinha, cacareja, cacarejada)*[2]:
«Venho passar o dia com uma família algarvia, cujo filho mais velho acaba de chegar de Londres, onde esteve mês e meio (...) Sotaque saxónico, de quem esqueceu a língua natal, e no tom cómico dos actores que arremedam ingleses a falar português. Mas onde ele se mostrava deveras estrambólico era na gargalhada de grande efeito, cacarejada com requebros de galinha choca. E o que ele fazia para que lhe reparassem na gargalhada! Não perdia ocasião de a expelir, porém, nos chistes que provocavam riso geral, esperava que todos se calassem para então despedir o seu cacarejo[3], isoladamente. Originalíssimo, como convinha a quem levara mês e meio na capital da Grã--Bretanha» (*C. L.*, p. 53).

O facto linguístico que dá corpo à significação irónica no pequeno trecho solto que passamos a analisar é um diminutivo: *regordete*, lexema cujos elementos acústicos contribuem para a comicidade da situação. Não aparece ao primeiro olhar, mas revela-se-nos a uma mais atenta leitura a aliança no texto do grotesco e do misterioso:
«Veio comigo, de Lisboa, um cavalheiro que é meu vizinho de mesa. Pequeno, regordete e certo ar de impertinência carioca. Tem três companheiras: mulher, sogra e tia? Todas três são trigueiras, pestanudas e vai-se-lhes encanecendo a farta cabeleira. Há um mistério que liga aqueles quatro seres. O homem regordete afasta-se das senhoras a cada instante e contempla-as da outra extremidade da sala, para onde vieram depois do jantar. De quando em quando aproxima-se e beija a mão da mais velha,

---

[1] Nesta primeira fase da sua realização estilística, já muito elaborada e muito bela (mas que havia de sofrer apreciáveis depurações), M. Teixeira-Gomes não deixa de apresentar excessivas parelhas de adjectivo/substantivo, tal como o Abel Botelho cuja facúndia e cujos desmandos adjectivais ele já então censurava. Aliás, as marcas do ornato ocioso deparam-se-nos na própria estrutura dos romances de Abel Botelho. Mas vejamos então onde Teixeira-Gomes, a seu pesar, se lhe parece, como ao menos bom do estilo de Fialho: *Veniais remandiolas, panúrgicas mistificações, queda satírica, intolerável agrura* (esta plétora adjectival rebenta num período de três linhas (*I. J.*, p. 55).
[2] O texto, como se vê, ridiculariza o snobismo pacóvio do provinciano que se dá ares estrangeirados.
[3] A sátira resulta estilisticamente na associação da carga dinâmica do verbo *despedir* ao grotesco mimético do *cacarejo*.

a mais melancólica das três. Os olhos dela, redondos e postos na gente com a indiferente fixidez peculiar da coruja, permanecem impassíveis ao beija-mão. As companheiras segredam o quer que seja. Todas elas são retratos de criminosas célebres...» (*C. L.*, p. 55).

Se se trata efectivamente, como se nos afigura, de um texto--sonho, onde podemos detectar efeitos de inconsciência, importa menos para a sua leitura o sentido literal do que o acontecer gratuito de certas palavras e dos actos representados, tais a fuga do homem, a cerimónia do beija-mão, a cumplicidade das três mulheres, as ocorrências verbais reiteradas («três companheiras», «Todas três», «a mais melancólica das três», «as companheiras segredam», «todas elas») e a conclusão feroz: «são retratos de criminosas célebres...»

O movimento metafórico de vai-vém do anti-herói, que ora se afasta ora torna ao círculo das três mulheres — ao sagrado anel da família — e beija a mão (gesto de homenagem e de sujeição) não da que poderá ser a sua mulher, mas da sogra, da soberana do clã estreitamente unido, parece-nos figurar o pânico do narrador perante o casamento, isto é o casar com uma família[1], medo nele fundamente soterrado, porventura remanescente do romance familiar. A Minerva hedionda é descrita com os atributos metonímicos do poder: «Os olhos dela, redondos e postos na gente com a indiferente fixidez peculiar da coruja, permanecem insensíveis ao beija-mão.»

O escritor, ainda quando descreva personagens ou cenas que lhe são de todo alheias, acaba sempre por revolver as entranhas e trazer à flor da escrita os seus fantasmas de desejo ou os seus secretos pavores e por vezes uns e outros.

O sentido de um texto nunca termina: produz sentido a cada re-leitura, seja a do próprio autor, seja a de sucessivos leitores. Daí acharmos legítima esta operação a que nos entregámos de levantar de sob a palavra significações conotadas, sentidos ocultos, valores psico-sociais em adormecimento[2].

Teixeira-Gomes não pratica amiúde o *pastiche*, mas, quando o faz, consegue efeitos sobre-excelentes.

Como é sabido, enquanto a «paródia» imita um texto[3] (ou tenta fazê-lo), o *pastiche* imita um estilo, criando subtilmente

---

[1] Recorde-se o horror que o narrador de *Maria Adelaide* denuncia pela convivência com a família dela ou com as amigas tutorais que depois se lhe substituem.
[2] Ver, a este respeito, o capítulo «Problèmes, Propositions; Perspectives», do ensaio de Jean Bellemin-Noël *Vers l'Inconscient du Texte*, Presses Universitaires de France (Ecriture), Paris, 1979.
[3] É o caso de *Le Virgile Travesti*, de Scarron, que imita a *Eneida* em estilo vulgar, sem descurar a estrutura sintagmática nem mesmo totalmente o idolecto, o modelo de competência do poema heróico.

a discordância (de onde os resultados humorísticos) entre os factos narrados e o estilo.

Em «O Álbum», a que já atrás nos referimos, citando o estereótipo ultra-romântico *astro saudoso*, o autor, na sua transgressão lúdica, extrai precisamente os efeitos de estilo burlescos do exagero, da linguagem «nobre» e superlativa que utiliza, com insistência no reportório lexical do romantismo dessorado e nas antíteses *(mudo azul* versus *Tumor de fogo)*. Na sua transtextualidade, o segmento que se segue remete não só para o código ultra-romântico e para os vários textos menores ligados à sua essência genérica (poemas de Tomás Ribeiro, Soares de Passos, etc.), mas também para a classe social que os consome, o que se torna em agressão violenta no último período, pela vulgaridade da morte não nobre da heroína, que não falece de pura mágoa, mas de *sezões* (o efeito é, aliás, reforçado pelo emprego deste lexema plebeu, em vez de *paludismo*):

«Depois de ele partir houve quem visse, e contaram, que a *pobre rapariga*, deixando pender os braços no *trágico pasmo* de quem se submete à dor, *chorou longamente, convulsivamente, desesperadamente, cravando os olhos no mudo azul celeste, onde o sol parecia haver rebentado como um tumor e fogo...*

Virgínia *estalaria de pura mágoa* se, antecipando-se, as sezões *a não arrebatassem, inconsolável sempre...*»

Intitula-se esta caricatura estilística «Simples e Romanesca». Vão em itálico, por sublinhado nosso, os clichés romanticistas onde se podem observar a ênfase constante, que se torna hiperbólica *(cravando os olhos estalaria de pura mágoa)* e a oposição entre a hipálage *mudo azul* e as comparações que enfatizam o sol.

Plenamente conseguida a imitação satírica, nao faceto e no teatral.

Da antífrase como processo de ironia, citámos já este retrato de um cretino: «*Originalíssimo*, como convinha a quem levava mês e meio na capital da Grã-Bretanha» (*C. L.*, p. 53); e este comentário acerca de inoperantes políticos espanhóis: «...tudo lhes havia de sair da cabeça, *a toques inspirados por invisíveis Egérias*» (*C. L.*, p. 77); e ainda: «*cavalheiros silenciosos* com activo sapateado no duro asfalto (...) *um ar precioso*, por vezes; *profundas cortesias* (...) em frente de damas de compostura suspeitosa ou parranamente vestidas, *C. L.*, p. 59 (aqui a antítese completa a antífrase); «tenho-o na conta de um cavalheiro perfeito, que soube respeitar a honra da minha filha, mas...» (*N. E.*, pp. 72 e 73); «aqui ergueu a fronte com a altivez de um velho veado — *vergonhas nunca as consenti...*» (*G. S.*, p. 158).

Uma das antíteses mais expressivas: «Era anarquista declarado (...) Vendia perfumes, cujas amostras oferecia com as suas moles e brancas mãozinhas de cortesã remediada, pregando ao mesmo tempo a destruição universal...» (*C. L.*, p. 61). O diminutivo *(mãozinhas)* acentua o efeito de estilo. Outra antinomia: «...parece estar pronunciando um discurso ponderado, que tem lances patéticos (...) Mas é uma rematada parva, e tudo quanto está falucando são tolíssimas banalidades e chochos mexericos» (*C. L.*, p. 60). O plebeismo algarvio *falucando* apimenta a ironia do contraste.

A auto-ironia, em que Teixeira-Gomes também abunda, leva-o a antíteses em que a ênfase retórica adrede se confronta com os epítetos rasteiros: «Acresce que as tremendas lancetadas com que os médicos me têm mimoseado me estão arranjando um *peito de herói*, cheios de *gloriosas cicatrizes*, o que talvez algum cronista ainda aproveite para me atribuir feitos guerreiros durante a minha *pachorrenta presidência*» (*C. C.*, p. 12). Noutros passos a auto-ironia é temperada de complacência: «presumo que a própria Vénus foi industriada para acudir à minha caducidade, num ou noutro lance de maior provação» (*Misc.*, p. 10). Por vezes alimenta-se do vernáculo, de sabor bem popular: «Vou consumindo, à semelhança de certos animais que hibernam, a própria enxúndia, adquirida com o magro chorume das leituras passadas...» (*Misc.*, p. 112).

Retira também amiúde Teixeira-Gomes efeito irónico do insólito casamento de palavras que habitualmente não se acasalam, como em «As matemáticas — *ciência* muito minha *inimiga*» (*Misc.*, p. 100); «Velhota (...) ressumando energia, com os *joanetes mais belicosos* que eu ainda vira, e cheia de dignidade, de compostura» (*C. L.*, p. 58); «mas com dores nos joelhos, pulga nas costas e *calos pungentes*» (*C. L.*, p. 57); «farta cabeleira e *copiosa barba*» (*C. L.*, p. 101).

O exagero é outro dos processos da enunciação irónica, como em: «Grandes inimizades e rancores têm advindo entre damas respeitáveis, mercê, por exemplo, da supremacia irreverentemente contestada de uma diarreia de sangue (*C. L.*, p. 40).

Na longa diatribe contra os médicos, em «Carnaval Literário», chega-se a esta apoteose: «quando se considera na supremacia alcançada pelos médicos durante os últimos cem anos, chega-se à convicção de que a Revolução Francesa tinha só em mira privilegiar-lhes a classe. De modestos barbeiros e administradores de clisteres subiram às mais altas funções sociais, assumindo hoje a gerência do físico e do moral da humanidade» (*C. L.*, p. 40). A leve conotação escatológica que a alusão aos *clisteres* introduz no texto aparece muito reforçada noutras passagens [1].

---

[1] «Daqui estou figurando, minha excelentíssima senhora, no esplendor da sua nudez, quando vossa excelência, tal Anfitrite recolhendo-se à origem, se agacha no semicúpio de lata pintada»

São frequentes, nos esboços caricaturais que enxameiam os textos de Teixeira-Gomes, as homologias dos homens com animais: «no final de cada uma das gracinhas que expectora, como a galinha cacareja depois de pôr o ovo» (*C. L.*, p. 72); «gargalhada de grande efeito, cacarejada com requebro de galinha choca» (*C. L.*, p. 53); «Um deles tinha a cara completamente hirsuta de uma tal rigidez de coiro que lembrava um ouriço cacheiro com um par de óculos escanchados no lombo» (*C. L.*, p. 74); «os olhos dela, redondos e postos na gente com a indiferente fixidez peculiar da coruja» (*C. L.*, p. 55); «...os olhos amortecidos de arara depenada. Tinha o beiço inferior de camelo desdenhoso...» (*C. L.*, p. 52); «um anão cuja cabeçorra se armava em juba leonina» (*C. L.*, pp. 51, 52). O aumentativo *(cabeçorra)* serve eficazmente a analogia irónica.

O humano é, porém, no discurso de Teixeira-Gomes, o objecto privilegiado da «pintura» grotesca. Ele mesmo o confessa: «O facto é que, apesar das divagações místicas, a preocupação da caricatura humana me não larga, em detrimento de todas as outras, quer sejam de sentimentos ou de ideias. (Só a paisagem resiste ao ridículo...»), *C. L.*, p. 60.

O exagero, que é extremamente produtivo no discurso irónico de Teixeira-Gomes, manifesta-se no frequente aparecimento de superlativos, diminutivos e aumentativos. Eis alguns exemplos de superlativos, dos que lhe são mais familiares:

«Senhora portuguesa de cabelos pretos como azeviche e *abundantíssimas* carnes» (*C. L.*, p. 56); «no remate de *vastíssimas* calvas» (*C. L.*, p. 97); «Formidável — abracadabrântica — a figura desse Huysmans, empregado público modelar, escravo do horário e serviços da repartição e, no cérebro, um deboche verbal sem limites, insaciável, inexaurível» (*C. L.*, p. 116)[1]. «Perante esse espectáculo *estarrecedor* Tchin-Li-Kô invocou os seus deuses» (*Misc.*, p. 163); «Manejado por uma mulher *possante e furiosa*, o rolo de folhar massa é arma *perigosíssima!*» *L. M.*, p. 59); «O B. R. vai completando dignamente a sua longa carreira caracterizada por uma vida ininterrupta e intensamente digestiva»

---

(*C. L.*, p. 157). Fantasmas, obsessões do estádio sádico-anal da líbido, ainda que sem desejo de destruição nem espírito possessivo?...

Outro exemplo: De uma vez dizia: — «Aquilo é uma gente que tem tudo, que arranja tudo, que apetece tudo; agora compraram um ralo prò... para certo sítio» (*C. L.*, p. 81). E ainda, em frase carregada de casticismos, superlativos e aumentativos: «o redenhoso, refoucinhado notário cujo vozeirão soa fundíssimo e parece, derivado dos calcanhares, arrastar para fora as trovoadas intestinais» (*C. S. M. N.*, p. 83).

[1] Como se vê por este exemplo, os superlativos semânticos — formidável, abracadabrântica, deboche, insaciável, inexaurível — atingem por vezes força expressiva superior aos superlativos gramaticais, sintéticos ou analíticos.

(*L. M.*, p. 119)[1]; «...só cuidava de *galvanizar* o coração da sua amada, que o peçonhento sopro do progenitor envenenava, dissecava e conspurcava» (*G. S.*, p. 86); «A repentina aparição de outro cómico (...) *muitíssimo mais agaloado*» (*C. S. M. N.*, p. 122); «judeu *gordíssimo* com fumos de janota, que mantinha *luxuosissimamente* várias amantes e me proporcionara com *supina* complacência» (*G. S.*, p. 44); «aos quatro conspícuos directores (...) que usavam de *honestíssimos* e respeitáveis nomes batávios (*G. S.*, p. 44); «o poeta Luís Osório (...) já quase sem olhos, de sumidos que lhe andam nas *profundíssimas órbitas* (*R.*, p. 182).

São, como se disse, frequentes os diminutivos nos textos irónicos de Teixeira-Gomes: «O homem *regordete* afasta-se das senhoras (*C. L.*, p. 55); «Hoje, se é verdade o que me contam, as reuniões em país gálico (...) religiosas ou políticas, se não começam com versículos da Bíblia, abrem com algum *fadinho* cantado em coro» (*C. L.*, p. 177); «note-se que ele era indefectível abstémio: só tomava chá, e *frouxinho*» (*C. L.*, p. 105); «O prior, reaccionário impenitente (...) não perde ensejo de pôr em evidência as *mãozinhas* roliças e brancas»[2] (*C. L.*, p. 67); «a modo de reflexo desses astros refulgentes, havia, espalhados pela província, um sem número de *pequenos Orfeus*...»[3] (*C. L.*, p. 112); «uma florescente menina (...) tocando piano a primor, e acompanhando o *papá*» (*R.*, p. 183); «sempre a benzer o ar com as *mãozinhas* gordas» (*C. S. M. N.*, p. 109).

Encontramos também amiúde, como processo de ironia, a palavra composta por justaposição: «aos papa-missas, aos trota--conventos, aos vomita confissões» (*C. L.*, p. 117); «o zelo de rebusca-caixas dos empregados da alfândega» (*Misc.*, p. 126); «pisa-mansinho», «merdiflor».

Abundam nos textos de Teixeira-Gomes os aumentativos formados quer por prefixação quer por sufixação: «Cavalheiros tristes, esguios e retintos, enlutados de *bigodeiras ferozes*, que passeiam no capital, brandindo *bengalões* de ébano horrorosamente encastoados de prata; são as pompas da história que sobrevivem, ambulantes...» (*C. L.*, p. 131)[4]; enquanto as mulheres

---

[1] A adjectivação irónica — vida *digestiva* — é superlativada pelos advérbios *dignamente, ininterruptamente e intensamente*.
[2] O sentido irónico desta frase prolonga-se na sua continuação, onde para tal concorrem em bom entendimento o cultismo e o plebeismo. «Desfruta duas amas de se lhes tirar o chapéu e que, além de anafadas e apetitosas...»
[3] A ironia mordaz resulta não só do diminutivo mas da anteposição do superlativo semântico *astros refulgentes*.
[4] O efeito cómico dos aumentativos, neste texto que visa a conotar o português da classe média com pompas solenes e aparatosas, é ainda acrescentado pelos qualificativos aumentativos: as *bigodeiras* são *ferozes*, os *bengalões* são *horrorosamente encastoados de prata*.

suavam e *tressuavam* para nos sustentar e enfeitar» (*C. L.*, p. 163); «Este lojista *gordanchudo*, mole e desdenhoso...» (*C. L.*, p. 169);

Um dos processos da ironia mais cara a Teixeira-Gomes é a extensão de sentido das palavras: «o tenor e a dama deste, que chupa pelos dedos afusados quantos molhos lhe caem no prato, quando não *ejacula trilos* ferinos...» (*C. S. M. N.*, p. 109).

Forma eficaz de ridicularizar é o emprego, quando ironicamente apropriado, dos cultismos e dos plebeismos. Veja-se como alguns dos primeiros surtem efeito: «Ele não deu por mim, mas eu é que o reconheci por uma das mais *sinistras vestais* da *pulcritude* católica...» (*C. S. M. N.*, p. 95). «Ela, dengosa ainda mas refeita em *pudicícia*» (*G. S.*, p. 164). Termos como *apodos*, *absoltas*, *saturninas* («velhas solteironas, saturninas e feíssimas», *I. J.*, p. 33), *escumar* («D. Rosa escumava nas suas leituras em voz alta e fanhosa», *I. J.*, p. 38), *prelibar*, referido a uma personagem ridícula em *Cartas Sem Moral Nenhuma*, p. 249: «porventura preliba candurosamente alguns dos infinitos êxtases da vida futura»[1].

Termos arcaizantes como *cavilosos*, *cruentos*, *obnóxios*, *enoja*, *cepilhado*, *tortulhar* («dessa multião de jovens talentos, mais ou menos inéditos, que *tortulham* por todos os lados» *R.*, p. 186).

Na novela «D. Joaquina Eustáquia Simões de Aljezur», nome já de ressonância camiliana[2], afirma, em dado passo, a personagem que dá o título à narrativa: «...de Aljezur foram os meus antepassados que, sem *jactância*, poderei *aquilatar* de nobres...» (*G. S.*, p. 19). Em «O Triste Fim do Major Tatibitate» encontramos: «como Gentil Pepa não admitia reflexões nem advertências que redundassem em *menoscabo* do seu amante preferido (*G. S.*, p. 207).

---

[1] Os cultismos representam, aliás, mesmo quando sem intenção irónica, um dos mais importantes componentes do estilo de Teixeira-Gomes. Apontamos pela sua recorrência: *conúbio, acrisolado, caliginoso, priápico, cenóbio, beócio, virgínea, inexaurível, imarcescível, liado, agro* (por amargo), *panúrgico, insulsez, irrefragável, mádido, cupidíneo, concluso, perfunctório, mociço, umbroso, pudenda, ingente*.

[2] Outras marcas camilianas se rastreiam neste texto, flutuando subtilmente entre o cómico e o dramático e por vezes beirando o sarcasmo: «Antes de me responder ergueu vagarosamente os olhos ao céu com o semblante de quem implora a protecção divina (...) com a voz funda onde persistia a dolorida rouquidão dos soluços abafados» (*G. S.*, p. 18); e ainda (com o reforço de aumentativos e superlativos) «um mocetão espadaúdo e hercúleo, vestido de soriano escuro, encostado à albarda de uma estafadíssima égua que arreganhava os dentes direito à rama viçosa do batatal» (*G. S.*, p. 17); ou «do verdadeiro esplendor da minha família: eu própria dele só conheço os decadentes vestígios... Nasci sob a influência de uma funestíssima estrela e até desses vestígios me desapossaram...» (*G. S.*, p. 19).

A força dos plebeismos, muitos deles ligados à fala do povo algarvio, depara-se-nos em toda a obra de Teixeira-Gomes; mais do que em qualquer outro livro nos contos de *Gente Singular*. «Essas cabeleiras renovam-se a miúdo, como seja sempre fácil encontrar-lhes colocação, suprindo e reparando as faltas e avarias da idade ou do vício, em *toutiços* de senhoras abastadas» (*L. M.*, p. 23); «Afinal, se o sofrimento santifica, o verdadeiro santo foi o Marquês de Sade, e não a mística amante, que *andou sempre de papinho cheio*, e nunca soube o que era fastio nem saciedade...» (*Misc.*, p. 173)[1]; «a Balbina Catada vinha repuxar as *falripas* para a porta da venda» (*G. S.*, p. 170); «quando cessou a *tangedura*» (*G. S.*, p. 205); «onde, da uma às três da tarde, gorgulhavam holandeses...» (*G. S.*, p. 54).

O processo analógico é, obviamente, dos que melhor servem a ironia, o que se nos patenteia nas seguintes comparações: «remexendo circularmente dois olhos como dois búzios» (*C. S. M. N.*, p. 110); «fêmea sem idade apreciável (...) engelhada como tripa seca» (*G. S.*, p. 168); «a imponente esposa do governador civil, com bandós e ar de daguerreótipo» (*G. S.*, p. 129); «Deliciosa visão (...) que a horas fixas os meus olhos perseguiam, apascentando-se, famélicos, nas guloesimas do seu corpinho roliço (...) como pastores que metessem o gado em terreno defeso!...» (*G. S.*, p. 143); «abria-se-lhe na passagem, respeitosa, a turba de argentários como o Mar Vermelho diante de Moisés» (*I. J.*, p. 138); «Calvo, nariz adunco, e excessivo monóculo, metido nas peles saídas da arcada ocular como a lente de estranho tentáculo» (*R.*, p. 195); «Seu rosto redondo, de pele dura e enrugada como a casca da noz» (*G. S.*, p. 149); «enclausura-se, como se tivesse de carpir a perda de toda uma geração de entes queridos» (*G. S.*, p. 150).

Por vezes uma ironia indignada situa-se na fronteira do grito. É o caso da água-forte dos pobres de Portimão, que tem alguma coisa a ver com os «monstros» descritos por António Nobre na sua «Carta a Manuel», com uma serenidade acusatória sempre alinhada esteticamente e que até por esse seu imperturbável espectadorismo do «vem ver» em nós repercute tanto ou mais fortemente do que num panfleto exaltado. Teixeira-Gomes vai mais longe do que Nobre na descrição de um horrível dantesco, ou breugheliamo, ou antes, portuguesíssimo, é na acidez corrosiva da ironia.

---

[1] Surge esta frase a propósito do esboço de um paralelo (paradoxal) entre Sade e Santa Teresa de Ávila.

Citamos apenas uma das antífrases («...nem as Petersburgos, as Vienas, e as Berlins ostentam mais *selecta colecção* de figuras exorbitantes», *L. M.*, p. 35) e dois períodos particularmente truculentos, mas sem a veemência do protesto evidente, assente o primeiro numa estrutura estilística de diminutivos, o segundo em superlativos.

«E a corcovada, microscópica velhita, açafata pelitrapa, que para nos mirar abre com dois dedos, num gesto impertinente — como de quem deseja assestar no público o imaginário monóculo —, as pálpebras paralíticas, etc» (*L. M,.* p. 36);

«Mas de primeiríssima ordem, suas excelências os senhores leprosos. Há tantos, tantíssimos, lá para os meus sítios, desses magnates da desgraça!» (*L. M.*, p. 36).

# NOTÍCIAS DO CREPÚSCULO

# CARTAS E POSTAIS DOS ÚLTIMOS ANOS DE TEIXEIRA-GOMES

O valor primeiro destas cartas e postais é, a meu ver, o preciosíssimo contributo que nos trazem para o conhecimento dos últimos anos de vida de Teixeira-Gomes: a evolução, cada vez mais progressista, do seu pensamento político, a solidão povoada tão só de algumas leituras e sobretudo de releituras e de escrita, tabelada esta pelo doloroso enfraquecimento da visão, fonte até aí das suas mais exaltantes estesias. Um aspecto nos impressiona vivamente: o desenvolvimento de uma inesperada e profunda amizade entre o ancião achacado, mas cuja *imago mundi*, cujo culto da beleza e do prazer ele tenazmente preserva e reafirma, e o jovem Manuel Mendes, seu principal destinatário e seu admirador devotado.

Quase todas estas cartas e postais, à excepção dos postais de 19-6-31 e de 3-11-31, já publicados na «Loreto 13» (número 5) têm fortes probabilidades de ser inéditos.

Revelam(velando-o) o contido queixume de um grande solitário a quem a líbido tardiamente abandona e que, do meio do bosque dos seus mitos cultivados, nos fala distanciadamente, mas com amor (com essa bizarra aliança de amor e ironia que foi o constante alimento da sua obra) do seu inesgotável fascínio pelo mundo árabe mediterrânico e de muito do que de importante acontece no mundo, até da Revolução Soviética em marcha e da correlativa ascensão dos fascismos, que põe em perigo a sobrevivência da liberdade. Também o Portugal distante é objecto da sua atenção e análise. Preocupa-se com a publicação dos seus textos, ao sentir que se despede da vida, e se muito nos diz sobre a sua caducidade, física e mental, é porque permanece lúcido e vigilante o suficiente para disso se dar conta e aproveitar os seus momentos ainda de amor intelectual para colocar as pedras mais exigente e sobriamente belas, senão as traves mestras, do monumento literário que vai legar-nos. São, com efeito, dos anos trinta *Maria Adelaide* e a redacção da maior parte das *Novelas Eróticas*.

Este homem velho, meio cego, com o pudor de oferecer aos amigos que o admiram a imagem e uma decrepitude que o fogo do espírito ainda aquece deslumbradamente, tem palavras de patética dignidade quando se furta, na sua ascese, a encontros que poderiam afinal trazer-lhe o conforto e o apoio cuja carência lemos nas entrelinhas destas mesmas cartas. Assim o epicurismo sempre assumido por Teixeira-Gomes acaba por apresentar-se-nos, nesta fase final da sua existência, escorado num sereno estoicismo, que, para não proclamar a dor, se torna por vezes cruelmente auto-irónico.

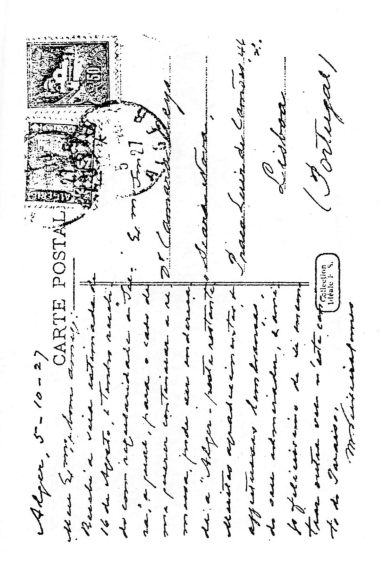

313. - ALGER. - Place du Gouvernement

*Para Câmara Reys* [1]

*Alger, 5-10-1927*

*Meu Exmo e bom amigo:*

*Recebi a sua estimada de 16 de Agosto e tenho recebido com regularidade a «Seara», a qual, para o caso de me querer continuar a remessa, pode ser endereçada a «Alger — posta restante». Muitos agradecimentos e afectuosas lembranças do seu admirador e amigo felicíssimo de se encontrar outra vez neste canto do Paraíso.*

*M. Teixeira-Gomes*

Comentário
Neste postal, de rotina, Teixeira-Gomes, com 67 anos, não deixa de afivelar, verosimilmente, a máscara brilhante do estoicismo (e da elegância de espírito) em que sempre caprichou. Completamente só e já a caminho da cegueira, afirma-se «felicíssimo»: longe de se carpir — ponto de honra que sempre, ou quase sempre, respeitou —, chama à terra do exílio «este canto do Paraíso».
Nem tudo seria, em todo o caso, comédia estética e heróica. A intensa alegria de viver — de viver sensualmente, e sobretudo com o olhar — nunca por certo terá, para seu bem, abandonado Teixeira-Gomes, mesmo que, nos últimos anos, dele emergisse já só a espaços.

---

[1] Estas cartas dirigidas a Manuel Mendes e a Câmara Reys pertencem ao expólio de Manuel Mendes e a elas tive acesso graças à amizade e gentileza de Berta Mendes.

ALGER. - Vue prise du Parc de Galland

*Para Câmara Reys*

*Alger — 15-12-27*

Meu Exmo. Amigo — As palavras que acompanhavam a publicação da minha «Copejada»[1] estontearam-me, e ainda me causam vertigens. A Va. Exa. as devo, sem dúvida, e entre vaidoso e envergonhado lhas venho agradecer, desejando-lhe, ao mesmo tempo, festas alegres e um muito próspero ano novo.

Seu muito admirador e amigo

M. Teixeira-Gomes

---

[1] Foi no n.º 107 do Ano VI da *Seara Nova* (com data de 29 de Setembro de 1927) que veio a lume, pela primeira vez, o belíssimo texto, tão helenicamente algarvio, «Uma Copejada de Atum», que começara por ser uma carta a João de Barros e depois havia de figurar na segunda edição (1930) e na terceira, já póstuma, de «Agosto Azul».
As palavras de abertura, efectivamente de Câmara Reys, a que Teixeira-Gomes se refere são as seguintes:
«A colaboração do Sr. Teixeira-Gomes é uma dádiva preciosa dos deuses. Prosador da mais nobre linhagem, artista dum requinte supremo, em que a sensibilidade genuinamente portuguesa se eleva numa exaltação danunziana, voluntariamente exilado da sua pátria, dispersando, num epistolário encantador, os tesouros dum espírito cultíssimo, o grande escritor é para nós, ainda, o democrata modelar, que, na balbúrdia das camarilhas, mantendo a linha impecável do *gentleman*, cumpriu sempre, com tacto escrupuloso, os graves encargos da alta magistratura a que ascendera. A *SEARA NOVA*, agradecendo-lhe a colaboração valiosísima, que generosamente promete continuar, saúda no Sr. Teixeira-Gomes, com afectuoso respeito, o cidadão exemplar, o escritor admirável, o político e diplomata brilhantíssimo.»

Tunis (Porta nouva) 14-7-27

Meu caro camarada: Acabo de receber sua
última carta que me acompanhará a nova
morada — "Catedral", onde tem o gosto de ter o seu
escrevente sobre a Colombaria com o Bom
Jesus pousar em via diádica. Isto com mi
ser também um sinal de uma boa sorte que não em lançados. Tens feito do nosso
meu Ignacio — no o começar em se
escrito uma madrugada. Não ofenso em saber se meu Irene mais nos[?]ados, si seu
estado nos achariamos, por assim, vem on-
Fui meu samper olha em comer e ferrera
da carne escura, são estranjeiros das carnes
escarnificadas. — Até [?] Camaradas e
amigo. Mar [assinatura]

Photo Soler, Tunis

Sr. [?]
Manuel Mendes
Redacção da "Seara Nova"
Lisboa

S. C. 6

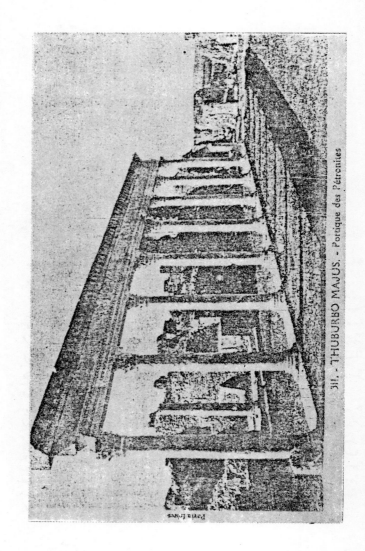

311. - THUBURBO MAJUS. - Portique des Pétroniies

*Para Manuel Mendes*

*Túnis (posta restante) 4-7-1929*

*Meu caro camarada: Muitas e muitas vezes obrigado pelo postal que acompanhava o número da «Civilização», onde tive o gosto de ler o seu excelente artigo sobre o Columbano, com a lisongeira passagem que me dedica. Mas sou eu que lhe estou em dívida de uma longa carta, que não sei quando terei vagar de escrever. Agravou-se-me a preguiça com este ardente verão cartaginês, que atirou comigo para uma pequena praia solitária, de impoluta areia verdadeira, fina e doirada, na qual durmo, sonho e passeio, sem outra preocupação além de casar à frescura da aragem salobra o perfume dos cravos malferidos... — Até breve — camarada e admirador,*

*M. Teixeira Gomes*

### Comentário

Neste postal de 1929, dirigido a Manuel Mendes, Teixeira-Gomes mostra-se igual a si mesmo, ou seja, ao homem que em verbo se tornou, amante do mar, do sol, da areia, da brisa, na palavra tudo isso confundindo e à sua relação, através da escrita, com o eros da natureza.

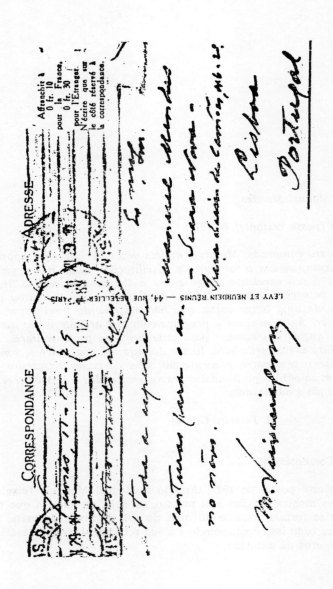

*Para Manuel Mendes*

*Túnis, 11-12-29*

*Festas muito alegres e toda a espécie de venturas para o ano novo.*

*M. Teixeira-Gomes*

15. TUNIS. — RUE SIDI-BEN-ZIAD. — LL

Tunis (posta restante), 12-3-30

Meu caro amigo:

Fiquei um pouco intrigado, por não descobrir na sua muito estimada de 24 de Fevereiro (recebida há poucos dias + que agradeço), allusão ou referencia alguma á sua sahida de Portugal, que eu julgava estivesse para breve. Tencionando largar a Tunisia no fim de Abril, para ir passar o verão em Versailles, pensava em combinar um encontro onde lhe fosse mais commodo

sistiu ou adiou? — Estamos de acordo
as condições que propõe para a edição
efinitiva do "Mosto Azul", mas gosta-
ia que o formato fôsse igual ao da
rimeira edição, porém com 25 li-
has de 33/35 (incluindo os "brancos" ou
paços entre as palavras) por página. Com
ta composição e o texto novo, pouco mais
ará do que um volume de 200 páginas.
 primeira edição devia ter sido em "pla-
uette", e só á força de the estenderem a
assa é que deu um volume de 160 pá-

ginas. Deixo o tipo e papel á sua escolha, e muito sensibilisado e reconhecido me confesso pela offerta da revisão que naturalmente, acito. Vou passar pelos olhos a primeira edição, para lha enviar antes da partida para França. O livro deve apparecer no outono. Recebi hontem a "Nova Larçada" e "Africa portentosa", mas não creio que essas edições convenham ao "Mosto Azul": são demasiado severas. — Devolvo a carta a João de Barros (sobre paisagem grega) re-

commendando á revisão que attenda
ás emendas, sem o que sahirá um bom
pastel; e mando mais original: Carta a
V. de Carvalho "sobre coisas mínimas e
máximas", na qual, á ultima hora cortei uma grande talhada, e não me sinto
hoje com disposição para procurar coisa
mais completa e substanciosa. Para a
próxima vez lhe enviarei obra de mais
fina rhetórica. O termo "rhetórica" acco-
de-me agora com grande frequencia
ao bico da penna, e já não sei se no

bom ou mau sentido. Houve tempo em que era usado como insulto; o que se queria eram ideias, pensamentos, + nada de palavriado. Parece que as palavras se podem juntar, à semelhança dos zeros, sem produzir numero quantitativo, nem ter significação alguma. Attribuia-se á rhetorica latina, renovada pela Renascença, a onerosa preoccupação verbal da literatura moderna + pedia-se correctivo radical. Supprimindo talvez a linguagem + repre-

ando os gestos. Foi pena que essa campanha abatesse; em Portugal, por
fim, ninguem falaria senão por
manguitos... — Desde que tive uns depurativos e providencias anthrazes, ha
quatro annos, ao desembarcar em Africa, nunca mais houve mal que me
tregasse. Porém agora entrou comigo
a grippe, despertando todas as velhas
mazellas, e transformando-me no mais
insupportavel de todos os Lázaros. Digo-
lhe isto (em confidencia) para que não

estranhei o tom despegado e pouco risonho da presente. Até me custa a escrever! — Deu-me verdadeira alegria o seu telegramma de "anno bom"; muito agradecido, e lembre-me affectuosamente a todos os "seareiros". — Recebi o 1º numero da "Revista Portugueza de S. Paulo (vinda por intermédio da "Seara"), com uma carta do director pedindo collaborações, que darei com muito gosto. — Admirador e amigo,

M. Teixeira Gomes

P. S. Chega-me agora mesmo, remettida pela "Seara", o 2º volume dos "Ensaios" do Sergio, que elle me annunciou.

*Para Manuel Mendes*

*Túnis (posta restante), 12-3-30*

*Meu caro amigo:*

*Fiquei um pouco intrigado, por não descobrir na sua muito estimada de 24 de Fevereiro (recebida há poucos dias e que agradeço), alusão ou referência alguma à sua saída de Portugal, que eu julgava estivesse para breve. Tencionando largar a Tunísia no fim de Abril, para ir passar o verão em Versailles, pensava em combinar um encontro onde lhe fosse mais cómodo. Desistiu ou adiou?* [1] *— Estamos de acordo nas condições que propõe para a edição definitiva do Agôsto Azul, mas gostaria que o formato fosse igual ao da primeira edição, porém com 25 linhas de 33/35 (incluindo os «brancos» ou espaços entre as palavras) por página. Com esta composição e o texto novo, pouco mais dará do que um volume de 200 páginas. A primeira edição devia ter sido em «plaquette» e só à força de lhe estendermos a massa é que deu um volume de 160 páginas. Deixo o tipo de papel à sua escolha, e muito sensibilizado e reconhecido me confesso pela oferta da revisão que, naturalmente, aceito. Vou passar pelos olhos a primeira edição, para lha enviar antes da partida para França. O livro deve aparecer no outono. Recebi ontem a «Nova Largada»* [2] *e «África Portentosa»* [3]*, mas não creio que essas edições convenham ao «Agosto Azul»: são demasiado severas. — Devolvo a carta ao João de Barros (sobre paisagem grega) recomendando à revisão que atenda às emendas, sem o que sairá um bom*

---

[1] O travessão indica nestas cartas e postais, por economia de espaço, o local do parágrafo.
[2] Trata-se de uma edição da «Seara Nova».
[3] Obra de Gastão de Sousa Dias, editada pela «Seara Nova» e premiada pela Agência Geral das Colónias (1.º Prémio) em Julho de 1926. Os prémios destinados a galardoar obras de literatura sobre as colónias haviam sido criados pela portaria n.º 4565 de 9 de Janeiro de 1926.

*pastel; e mando mais original: carta a V. de Carvalho*[1] *«sobre coisas mínimas e máximas, na qual, à última hora cortei uma grande talhada, e não me sinto hoje com disposição para procurar coisa mais completa e substanciosa. Para a próxima vez lhe enviarei obra de mais fina retórica. O termo «retórica» acode-me agora com grande frequência ao bico da pena, e já não sei se no bom ou mau sentido. Houve tempo em que era usado como insulto; o que se queria eram ideias, pensamentos, e nada de palavreado. Parece que as palavras se podem juntar, à semelhança dos juros, sem produzir número quantitativo, nem ter significação alguma. Atribuía-se à retórica latina, renovada pela Renascença, a ominosa preocupação verbal da literatura moderna e pedia-se correctivo radical. Suprimindo talvez a linguagem e regressando ao gesto. Foi pena que essa campanha abatesse; em Portugal, por fim, ninguém falaria senão por manguitos... — Desde que tive uns depurativos e providenciais antrazes, há quatro anos, ao desembarcar em África, nunca mais houve mal que me chegasse. Porém agora entrou comigo a gripe, despertando todas as velhas mazelas, e transformando-me no mais insuportável de todos os Lázaros. Digo-lhe isto (em confidência) para que não estranhe o tom despegado e pouco risonho da presente. Até me custa a escrever! — Deu-me verdadeira alegria o seu telegrama de «ano bom»; muito agradecido, e lembre-me afectuosamente a todos os «seareiros». — Recebi o 1.º número da «Revista Portuguesa» de S. Paulo (vinda por intermédio da «Seara»), com uma carta do director pedindo colaboração, que darei com muito gosto. — Admirador e amigo.*

M. Teixeira-Gomes

P. S. *Chega-me agora mesmo, remetido pela «Seara», o 2.º volume dos «Ensaios» do Sérgio, que ele me anunciou.*

Comentário

Nesta carta, onde Teixeira-Gomes discute as melhores condições de publicação (ou republicação) de alguns dos seus textos, desde o *Agosto Azul* a duas missivas que viriam, por fim, a ser compendiadas em *Miscelânea*, e onde também acusa recepção do segundo volume dos *Ensaios* de António Sérgio, dando-se já, senão como «seareiro», pelo menos como próximo parente, o tema fulcral, ironicamente desenvolvido, é a defesa da retórica, no sentido aristotélico da «poética». Para Teixeira-Gomes é estulto o luso preconceito que se torna em arma contra

---

[1] Viana de Carvalho.

a arte da palavra, atitude que os românticos puseram em voga, no seu sistemático ataque aos espartilhos do classicismo. Num sublinhado caricatural a traço grosso, Teixeira-Gomes imagina a degradação da palavra, levada, por via desse combate, a tal extremo que os portugueses já só se expressariam por gestos, os mais típicos da sua psique e costume nacional: os manguitos.

O certo é que nem os simbolistas lograram «torcer o pescoço» à retórica nem os próprios românticos. Uns e outros, os de grande mérito, ou de «muita polpa», como Teixeira-Gomes gostava de dizer, mais não fizeram do que substituir uma a outra retórica. Até os surrealistas, que, em dado momento, na sua ânsia de transformar a vida, de colectivizar a poesia, buscaram a pureza da imediatez, a escrita automática, e a linguagem dos sonhos, a dos campos magnéticos, acabaram, quase todos, a começar em Breton, por recuperar uma retórica — depois de a subverter — e até uma tradição, a da grande poesia, nos seus textos, tardios ou não, de melhor qualidade (o Breton da *Ode a Charles Fourier*, o Robert Desnos de *Corps et Biens*, o Eluard de *Capitale de la Douleur*, os nossos Lisboa, Cesariny, Pedro Oom, Risques Pereira).

Teixeira-Gomes, trabalhador, cinzelador infatigável da palavra, não podia deixar de lhe venerar e praticar as leis, questionando-as embora, com desassombro, como faz no seu *Carnaval Literário*.

...sailles (posta restante).

**LES BELLES CHOSES DE FRANCE**
The Beautiful Things of France

26-6-30

68. - VERSAILLES - Parterre d'Eau - Nymphe

Caro camarada: Apezar
de já pedido ao sr. Casnau Reis
o che dizer que recebi a sua
carta de 16 de Abril, vou
repetir-lh'o directamente
adeante, e promettendo resta, que não irá muito em
breve, mas que não perderei
primeira opportunidade de
...

M. Teixeira Gomes

Édition d'Art PATRAS Paris - Reproduction interdite

P. E. G.

Ex.mo Snr.

Manuel Mendes

"Seara Nova"

Lisboa

*Para Manuel Mendes*

*Versailles (posta restante)*
*26-5-1930*

*Meu caro camarada: Apesar de ter já pedido ao Prof. Câmara Reys para lhe dizer que recebi a sua bela carta de 16 de Abril, venho repetir-lho directamente, agradecendo e prometendo resposta, que não irá muito em breve, mas que não perderei a primeira oportunidade de dar.*

*Do C.*
*M. Teixeira-Gomes*

Bône (poste restante), 3-12-30

Meu caro camarada e amigo:

O abysmo que existe entre nós dois, não é precisamente aquelle a que se refere na sua carta de Abril ultimo, aberto pela differença de ideaes e processos de acção; com effeito esse abysmo é tremendo, mas como a differença de edade que deve andar perto de meio seculo. Quero dizer: em mim os acontecimentos e vicissitudes da vida real concorreram para me afeiçoar o caracter; no meu amigo são as aspirações, as hypotheses que o modelam e alimentam. Julga que todo o esforço deve tender a melhorar a situação da humanidade, mas embora se lhe deparem mestres cujo exemplo admira, não os pode seguir porque ignora como é que elles procederam ou procedem. Eu cheguei a uma conclusão definitiva, e a ella me atenho; cristalizei, emquanto o meu amigo busca ainda com febre novas direcções, novas formulas. Não ha duvida que o seu "estado de alma" é bem preferivel ao meu, porém na minha edade torna-se indispensavel reconhecer alguma verdade decisiva, sem o quê ficamos sem arrimo e com a impressão de que a vida toda nos falhou. Vamos lá verificar se a "verdade" que conquistei está tão longe d'aquella a que o meu amigo aspira: — É sempre um mysterio, até para os proprios

habitantes, o que se passa n'um paiz
em revolução, máximente quando a
revolução contende com os interesses
das classes chamadas privilegiadas
Depois do que se tem ouvido a respeito
da Russia sovietica, é com surpresa
que se lê no "Temps" ( de 10 de dezembro
de 1926) o artigo do sn. Armand D'
ville ( que deve ser advogado ou no
tario, pois o nome traz a designação
de Mtre ) onde entre outras coisas ad
miraveis se nota a regularidade

em que ali andam os comboios, o seu aceio, a ordem que reina nas ruas, o sentimento de segurança que o estrangeiro experimenta, a liberdade dos seus movimentos (durante sete semanas de percurso na Russia, em todas as direcções, só duas vezes lhe foi pedido o passaporte pelas autoridades) e sobretudo a conservação das collecções artisticas, onde não falta uma unica obra catalogada antes da revolução, e que o actu-

al regimen augmentou, pela quan
tidade de novos museus em que fo
ram transformados os palacios d
aristocracia. O confronto d'estes tes
temunhos, e as declarações incessante
dos inimigos do regimen sovietico, da
que pensar. Tanto mais que de quan
em quando, uma ou outra voz desin
teressada acode com tal sinceridade
a encarecer-lhe os beneficios, que
seus maiores detractores se veem f
cados a dar-lhe crédito. Já n'esta

anno corrente de 1930 o mesmo reaccionario "Temps" registava as seguintes declarações do illustre poeta indiano, Rabindranath Tagore: "Aprendi na mocidade communista muitas cosas que seriam uteis ao povo do meu proprio paiz. Encontro-me em completa concordancia com estes jovens constructores dos destinos da sua nação. Darei conta do seu modo de agir aos meus patricios. Comprehendo agora os fins que se propõem &

sim pathiso muito com as suas aspirações." (A) — O que motivou o estremecimento social, de que a Russia vibra ainda com tanta intensidade? — No começo do seculo, comentando um manifesto do Tzar, onde este dizia, conjuntamente, que desejava conservar intactas as leis basilares do Imperio e consultar os mais dignos homens, entre os que mereciam a confiança do povo, o sisudo "Times" observava que esta ultima parte lhe seria fa-

(A) - Passada a crise, acabada a
convulsão, em casos como este e o da Revolução franceza, os chronistas e os moralistas encarregam-se de tudo destorpar ou transformar. Todavia alguns ensinamentos prevalecem, os quaes se não aproveitam aos futuros estadistas, pelo menos fortalecem a consciencia da Historia, o que constitue um assignalado bem. -

cilima d'executar pois esses homens estavam todos mettidos na cadeia. —
As condições em que viviam os prisioneiros intellectuaes, sabemol-as nós todos pelo Dostoiewski e outros abjectos miseraveis "ejusdem farinae" — amenidades incontroversas do tzarismo contemporaneo, entre tantissimas outras: em 1905, durante a agitação agraria da região de Saratov, o numero de prisões e deportações excedeu 70.000 (setenta mil) nos primeiros seis

eses do anno. Houve além d'isso 4.654 mortos (cifras officiaes) — na provincia de Curlandia 1170 camponios foram enforcados sem julgamento... — Durante a guerra, quando o sceptro do Imperio de todas as Russias badalava alegremente, dependurado entre as pernas do Rasputina, a tropa batia-se na fronteira, com uma espingarda defeituosa para oito soldados, e os sete restantes brandindo varapaus

que não enganavam o inimigo..
— Mas tudo isto encontra ainda acirrados defensores. E não admira que os encontre tambem um de entre os proprios dirigentes do actual regimen. Elles teem o aliciador exemplo de outras almas puras, célebres nos fastos da Historia, que para commestar as palinódias d'o interesse os renegar, lhes serve o divino Espirito quando prégoa que é louvavel fazer mudanças do mal para o

bem e, se fôr possivel, do bem para
melhor... E resta-lhes sempre a
esperança — a certeza —, de acabar
os dias no gostoso contubernio da
hombra infame que os aplaude e
recebe de braços abertos. O que se
passa na Russia é um mysterio,
porém d'essa espantosa experiencia
alguma coisa ha-de ficar. No meio
da vozearia confusa, já não é raro
ouvir alguma verdade radiante e
decisiva, como na estatuaria se

solta um braço nu, de forma perfeita, das
prisões do corpo ainda sepultado
no bloco de mármore tôsco... Não
há pois que afligir com a perspectiva de um retrocesso. O pior, em
seguida a um grande revés, a uma
derrota, no tumulto e na embriaguez
da queda, o pior é sucumbir à ideia
de que tudo está perdido, e dar ouvidos aos demónios que nos segredam
negação de todos os princípios, e a inutilidade de todas as ideias, que nos

pareciam irrefragaveis & infalli-
veis para prosperar na vida espiritual & moral. Mas de tal desastre
estão livres aquelles que possuem a
verdadeira fé... — Espero que esta
exposição o convencerá de que, apesar
da differença de meio seculo de
idade, o "abysmo" que separa os nossos sentimentos & anhelos politicos
não é difficil de transpôr... — Falemos agora do artista em geral, da
sua funcção social & politica, & das

suas relações com os poderes constitui-
dos.— Ha certa tendencia para confundir diletante e artista. Ambos
teem, com effeito, a faculdade de permanecer despertos para gosar ins-
tinctamente todos os espectaculos
da vida, e por ahi se regula a suprema felicidade do primeiro. (Daqui é que veio a "torre de marfim",
e outros symbolos caricatos, decadentistas) Falta-lhe, porém, a actividade emotiva. O genuino artista

vibra com intensidade e paixão perante os espectaculos que o commovem, é preciso de afinar a curiosidade, restringindo-a a objectos de selecção, dignos do seu espirito. Este é um trabalho proprio da mocidade e da adulticia. Por via de regra o artista em velho torna-se diletante, mas não lho devemos levar a mal, se alguma coisa de feito produziu em novo. — A acção educadora de uma obra de

1º

arte verdadeira é sempre effectiva mesmo a praso largo, e exigir do artista obra de utilidade imme diata, equivale muitas vezes a cortar-lhe as azas. Ha que evi- tar tambem a confusão entre uti lidade pratica e artistica, ou pelo menos destrinçar-lhe a differença. Está bem (e não lhe regateamos a nossa admiração) que, por exemplo os architectos arranjem habitações cada vez mais commodas e adequa das á vida moderna, mas a sua parte superflua (digamos assim), a meramente artistica, nada tem que ver com a utilidade, e o mais que lhes podemos pedir é que a não prejudiquem. Se um palacio é lindo e incommodo, como eram geralmente os construidos na Renascença, fica sendo uma obra mais artistica do que util, se dermos á utilidade artistica um sentido subalterno. Mas isso é que seria absurdo, e

contrario ás mais nobres aspirações
da Humanidade, cujo fito constante
é descobrir e realisar o Bello. E é
aos artistas que essa funcção incumbe. Fazer arte exclusivamente para o
Povo, ou, pior, para o gosto do Povo,
seria mister deprimente; educar o
Povo para comprehender a arte, o mais
levantado sacerdócio. O verdadeiro
progresso, nunca será demais insistir, consiste em educar o Povo para a
arte e não em fazer arte para

ou especialmente para o João, entreter o Povo, que a não sentiria se fôsse arte provada. — É é tão duvidoso se o progresso moral do homem tem acompanhado o desenvolvimento das instituições sociais, mas o que não admitte discussão é a constante melhoria d'estas, mau grado ás perturbações politicas, e aos momentaneos retrocessos. Caminhamos, lenta mas seguramente, para uma situação em que o homem não "precise" de commetter crimes para assegurar o seu parodio. Se os socialistas, communistas, etc, em vez da obcecação, aliás comprehensivel, em que tem a aspiração para a mudança immediata e radical das instituições, podessem reflectir serenamente o que lhes competia, como preparo indispensavel, iam esclarecer o papel do artista na sociedade, e dar-lhe a importancia que elle requer e merece. Emm mais devia cultivar e admirar a Arte, eram todos aquelles que pretendam a divisão equitativa dos bens terrestres. É a Arte que descobre os thesouros mais ricos e bellos do Universo, e pondo-os á disposição de toda a gente faculta-lhes o gôso integral. Os artistas são os magos que os patenteiam e os estheticos — no bom sentido da palavra — os seus exegetas, afinando a intelligencia para a sua comprehensão e portanto para o seu usofruto. São

13

bens que se dividem sem lesar
ninguem. E tenho fé em que isso
será assim um dia... — Sem ter
dito a terça parte do que tencionava
me fui alongando até quasi entrar
aos rumbrais da dissertação preten-
ciosa, solemne... e banal. E vim
por aqui á fora sem pensar na logi-
ca das deduções, e ainda menos em
apuros de linguagem, como se estê-
vesse falando só para mim. Discur-
pe. De contrário nunca cheteria

crito, e como projeto f.zel-o ainda mais de uma vez, quero habi-
tual-o a esta minha desalinhava-
da conversa epistolar, para que
não estranhe se por ventura ela
exceder algum dia os limites
toleraveis.

Seu admirador e amigo,
M. Teixeira Gomes

**Teixeira-Gomes, aos setenta anos, afirma-se progressista avançado**

*Para o Manuel Mendes*

*Bône (posta restante), 3-12-30*

*Meu caro camarada e amigo:*

O abismo que existe entre nós dois, não é precisamente aquele a que se refere na sua carta de Abril último, aberto pela diferença de ideais e processos de acção; com efeito esse abismo é tremendo, mas cava-o a diferença de idade que deve andar perto de meio século. Quero dizer: em mim os acontecimentos e vicissitudes da vida real concorreram para afeiçoar o carácter; no meu amigo são as aspirações, as hipóteses, que o modelam e alimentam. Julga que todo o esforço deve tender a melhorar a situação da humanidade, mas embora se lhe deparem mestres cujo exemplo admira, não os pode seguir porque ignora como é que eles procederam ou procedem. Eu cheguei a uma conclusão definitiva, e a ela me atenho; cristalizei [1], enquanto o meu amigo busca ainda com febre novas direcções, novas fórmulas. Não há dúvida que o seu «estado de alma» é bem preferível ao meu, porém na minha idade torna-se indispensável reconhecer alguma verdade decisiva, sem o que ficamos sem arrimo e com a impressão de que a vida inteira nos falhou. Vamos lá verificar se a «verdade» que conquistei está tão longe daquela a que o meu amigo aspira. — É sempre um mistério, até para os próprios habitantes, o que se passa num país em revolução, mormente quando essa revolução contende com os interesses das classes chamadas privilegiadas. Depois do que se tem ouvido a respeito da Rússia soviética, é com surpresa que se lê no «Temps» (de 10 de Dezembro de 1926) o artigo do sr. Armand

---

[1] O que vai ser desmentido pelo próprio teor da carta. A dialéctica dos contrários prossegue a sua acção no íntimo do grande escritor lúcida e repesamente envelhecido.

Dorville (*que deve ser advogado ou notário, pois o nome traz a designação de M.°*) *onde entre outras coisas admiráveis se nota a regularidade com que ali andam os combóios, o seu asseio, a ordem que reina nas ruas, o sentimento de segurança que o estrangeiro experimenta, a liberdade dos seus movimentos (durante sete semanas de percurso na Rússia, em todas as direcções, só duas vezes lhe foi pedido o passaporte pelas autoridades) e sobretudo a conservação das colecções artísticas, onde não falta uma única obra catalogada antes da revolução, e que o actual regime aumentou, pela quantidade de novos museus em que foram transformados os palácios da aristocracia. O confronto deste testemunho, e as declarações incessantes dos inimigos do regime soviético, dá que pensar, tanto mais que de quando em quando, uma ou outra voz desinteressada acode com tal sinceridade a encarecer-lhe os benefícios, que os seus maiores detractores se vêem forçados a dar-lhe crédito. Já neste ano corrente de 1930 o mesmo reaccionário «Temps» registava as seguintes declarações do ilustre poeta indiano Rabindranath Tagore: «Aprendi com a mocidade comunista muitas coisas que seriam úteis ao povo do meu próprio país. Encontro-me em completa concordância com estes jovens construtores do destino da sua nação. Darei conta do seu modo de agir aos meus patrícios. Compreendo agora os fins que se propõem e simpatizo muito com as suas aspirações». — Passada a crise, acabada a convulsão, em casos como este e o da Revolução francesa, os cronistas e os moralistas encarregam-se de tudo deturpar ou transformar. Todavia alguns ensinamentos prevalecem, os quais se não aproveitam aos futuros estadistas, pelo menos fortalecem a consciência da História, o que constitui um assinalado bem.*
— *O que motivou o estremecimento social, de que a Rússia vibra ainda com tanta intensidade?* — *No começo do século, comentando um manifesto do Tsar, onde este dizia, conjuntamente, que desejava conservar intactas as leis basilares do Império e consultar os seus mais dignos homens, entre os que mereciam a confiança do povo, o sisudo «Times» observava que esta última parte lhe seria facílima de executar pois esses homens estavam todos metidos na cadeia.* — *As condições em que viviam os prisioneiros intelectuais, sabemo-las nós todos pelo Dostoievski e outros abjectos miseráveis «ejusdem farinae»*[1]. — *Amenidades incontroversas do tzarismo contemporâneo, entre tantíssimas outras: em 1905, durante a agitação agrária da região de Saratov, o número de prisões e deportações excedeu 70.000 (setenta mil) nos primeiros seis meses do ano. Houve além disso 14.654 mortos (cifras oficiais).* — *Na província de Curlândia 1.170 campónios foram enforcados sem julgamento...* — *Durante a guerra, quando*

---

[1] Literalmente, *da mesma farinha*, isto é, *da mesma laia.*

*o cetro do Império de todas as Rússias badalava alegremente, dependurado entre as pernas de Rapustine, a tropa batia-se na fronteira, com uma espingarda defeituosa para oito soldados, e os sete restantes brandindo varapaus que não enganavam o inimigo... — Mas tudo isto encontra ainda acirrados defensores. E não admira que os encontre também um dia entre os próprios dirigentes do actual regime. Eles têm o aliciador exemplo de outras almas puras, célebres nos fastos da história, que para coonestar as palinódias e o interesseiro renegar, lhes serve o Divino Espírito quando prega que é louvável fazer mudanças do mal para o bem e, se for possível, do bem para o melhor... E resta-lhes sempre a esperança — a certeza —, de acabar os dias no gostoso contubérnio da choldra infame que os aplauda e receba de braços abertos. O que se passa na Rússia é um mistério, porém dessa espantosa experiência alguma coisa há-de ficar. No meio da vozearia confusa, já não é raro soar alguma verdade radiante e decisiva, como na estatuária se solta um braço nu, de forma perfeita, da prisão do corpo ainda sepultado no bloco de mármore tosco... Não há pois que afligir com a perspectiva de um retrocesso. O pior, em seguida a um grande revés, a uma derrota, no tumulto e na embrulhada geral, o pior é sucumbir à ideia de que tudo está perdido, e dar ouvidos ao demónio que nos segreda a negação de todos os princípios, e a inanidade de todas as ideias, que nos pareciam irrefragáveis e infalíveis para prosperar na vida espiritual e moral. Mas de tal desastre estão livres aqueles que possuem a verdadeira fé...
— Espero que esta exposição o convencerá de que, apesar da diferença de meio século de idade, o «abismo» que separa os nossos sentimentos e anelos políticos não é difícil de transpor...
— Falemos agora do artista em geral, da sua função social e política, e das suas relações com os poderes constituídos. — Há certa tendência para confundir diletante e artista. Ambos têm, com efeito, a faculdade de permanecer despertos para gozar indistintamente todos os espectáculos da vida, e por aí se regula a suprema felicidade do primeiro. Daqui é que veio a «torre de marfim», e outros símbolos caricatos, decadentistas. Falta-lhe porém a actividade emotiva. O genuíno artista vibra com intensidade e paixão perante os espectáculos que o comovem, e precisa de afinar a curiosidade, restringindo-a a objectos de selecção, dignos do seu espírito. Este é um trabalho próprio da mocidade e da adultícia. Por via de regra o artista em velho torna-se diletante, mas não lho devemos levar a mal, se alguma coisa de jeito produziu em novo. A acção educadora de uma obra de arte verdadeira é sempre efectiva, e exigir do artista obra de utilidade imediata, equivale muitas vezes a cortar-lhe as asas. Há que evitar também a confusão entre utilidade prática e artística, ou pelo menos destrinçar-lhe a diferença. Está bem (e não lhe regateemos a nossa admiração) que, por exemplo, os arquitectos arran-*

jem habitações cada vez mais cómodas e adequadas à vida moderna, mas a sua parte supérflua (digamos assim), a meramente artística, nada tem que ver com a utilidade, e o mais que lhes podemos pedir é que a não prejudiquem. Se um palácio é lindo e incómodo, como eram geralmente os construídos na Renascença, fica sendo uma obra mais artística do que útil, se dermos à utilidade artística um sentido subalterno. Mas isso é que seria absurdo, e contrário às mais nobres aspirações da Humanidade, cujo fito constante é descobrir e realizar o belo. E é aos artistas que essa função incumbe. Fazer arte exclusivamente para o Povo, ou, pior, para o gosto do Povo, seria mister deprimente; educar o Povo para compreender a arte, o mais levantado sacerdócio. O verdadeiro progresso (nunca será demais insistir) consiste em educar o Povo para a Arte e não em fazer arte para entreter o Povo, ou especialmente para o Povo, que a não sentiria se fosse arte provada. — É ponto duvidoso se o progresso moral do homem tem acompanhado o desenvolvimento das instituições sociais, mas o que não admite discussão é a constante melhoria destas, mau grado às perturbações políticas e aos momentâneos retrocessos. Caminhamos, lenta mas seguramente, para uma situação em que o homem não «precise» de cometer crimes para assegurar o seu passadio. Se os socialistas, comunistas, etc., em vez da obcecação, aliás compreensível, em que os traz a aspiração para a mudança imediata e radical das instituições, pudessem reflectir serenamente, o que lhes competia, como preparo indispensável, era esclarecer o papel do artista na sociedade, e dar-lhe a importância que ele requer e merece. Quem mais devia cultivar e admirar a Arte, eram todos aqueles que pretendem a divisão equitativa dos bens terrestres. É a Arte que descobre os tesouros mais ricos e belos do Universo, e pondo-os à disposição de toda a gente faculta-lhes o gozo integral. Os artistas são os magos que os patenteiam, e os estetas — no bom sentido da palavra — os seus exegetas, afinando a inteligência para a sua compreensão e portanto para o seu usufruto. São bens que se dividem sem lesar ninguém. E tenho fé em que isso será assim um dia... — Sem ter dito a terça parte do que tencionava, me fui alongando até quase entrar aos umbrais da dissertação pretensiosa, solene... e banal. E vim por aqui afora sem pensar na **lógica das deduções, e ainda menos em apuros de linguagem,** como se estivesse falando só para mim. Desculpe. De contrário nunca lhe teria escrito, e como projecto fazê-lo ainda mais de uma vez, quero habituá-lo a esta minha desalinhada conversa epistolar, para que não estranhe se porventura ela exceder algum dia os limites toleráveis.

*Seu admirador e amigo*

*M. Teixeira-Gomes*

## Comentário

Em 1930, M. Teixeira-Gomes tem exactamente setenta anos. O jovem *dandy*, estroina e irreverente, o arguto comerciante patrício, peregrino sensual de cidades e museus, adorador do corpo humano, insolentemente saudável, racionalmente epicurista, tornou-se num indivíduo já arredado da acção, mas não fora do mundo. Bem pelo contrário: a sua experiência dos homens, aprofundada nos cargos políticos que exerceu e nas vicissitudes por que passou, desde o cárcere privado, que lhe foi imposto durante o sidonismo, até à ascensão à Presidência da República, o conhecimento directo das ambições, dos interesses pessoais e de classe que à sua volta germinavam e só lhe mereciam desdém, nele afervoraram o sentido da honra e do bem comum e uma simpatia cada vez mais viva pelas classes trabalhadoras, que muitos nunca teriam suposto no rico negociante de Portimão. Foi aí, contudo, que decisivamente se definiu o seu percurso de homem entre os homens; e, se é certo que, quando se resolveu, em 1923, a sacudir as grilhetas de um cargo que o tornava presa de «politiqueiros e politicões», responsáveis pelo descalabro da I República, Teixeira-Gomes parece, nas suas primeiras cartas do exílio, respirar fundo, em delícia e louvor da liberdade pessoal reassumida a toda a extensão, não é menos verdade que a sua atenção permanece fixa (através de constantes leituras, como aquelas de que esta carta e muitas outras nos dão conta) no acontecer cultural, económico e político. Assim, tal como acompanha a acção de Jaurès em França e as conquistas da Frente Popular, tal como se inteira dos avanços da classe operária e do travão que tentam pôr-lhe os vários fascismos, ameaçando banir da Europa a liberdade — e de tudo isso nos fala o «Carnaval Literário» e nos falam estas cartas —, assim Teixeira-Gomes procura informar-se do que ocorre na União Soviética e é com inequívoca estima que aprecia os efeitos da Revolução no plano social e se congratula, como eterno enamorado da arte, pela preservação dos tesouros plásticos do povo russo.

A herança de Lénine e à criatividade das massas vê-se que Teixeira-Gomes era sensível.

«A «verdade decisiva» de Teixeira-Gomes não estava afinal assim tão longe da de Manuel Mendes em 1930, quanto ao desejo profundo de justiça e de progresso social. Elogia, de forma indirecta, a mocidade comunista, ao citar Tagore. Particularmente sensível à ordem democrática e ao empenho posto pelos sovietes na recuperação do património cultural, tem a correcta noção de quanto é extenso o curso da Revolução. Bem longe da ilusão dos neófitos, di-lo na comparação por que se exprime: apenas o braço sai ainda do mármore bruto.

Acautelando-se de juízos peremptórios e ciente da erosão que o exercício do poder não deixará de provocar, o seu balanço da Rússia Soviética («essa espantosa experiência») é francamente positivo, não nos deixando dúvidas sobre o que seria, aos setenta anos, a opção política de Teixeira-Gomes, muito próxima, senão coincidente com o ideário que era então o de Manuel Mendes.

Do ponto de vista da estruturação discursiva da carta, há que atentar em como se desenvolve, conforme com o modelo oratório shakespeareano, a persuasiva resposta do enunciador, que começa por aceitar a diferença abissal no terreno da idade, que condiciona emoções e entusiasmos, para ir acumulando materiais comprovativos da evolução do seu pensamento, do seu estar no mundo, até poder afirmar, sem ambages: «Espero que esta exposição o convencerá de que, apesar da diferença de meio século de idade, o *«abismo* que separa os nossos sentimentos e anelos políticos não é difícil de transpor...»

O humor forte, o riso rasgado, os traços caricaturais, peculiares a Teixeira-Gomes, atravessam a carta, que tem, inevitavelmente, de onde a onde, ressaibos amargos de um desencanto pessoal irrefugável, mas não o inibe para a serena reflexão sobre factos e problemas tão ponderosos como a relação entre a sociedade socialista e a arte, ou como a função social e política do artista.

Dessa atitude é concludente, e bem significativo, exemplo (para muitos insólito) a condenação da «torre de marfim», como símbolo caricato e decadente.

Inútil se torna insistir sobre o recorte luminoso do discurso de Teixeira-Gomes, que aqui se mantém terso, policiado, incisivo e harmónico. O que não causa espanto: ainda ele não iniciara a redacção de «Maria Adelaide».

Rouen (posta restante), 6-8-31

Meu caro camarada: Muito agradecido pelas suas estimadas de 11 e 27 do passado. — A crise por que atravessou a "Liberdade", será provavelmente proveitosa ao espírito da mocidade que a redige e lê; nada se compara á perseguição injusta para levantar e temperar as almas nobres. — Envio-lhe um artigo de "Sociologia" (para não dizer política): "da dignidade do trabalho manual" e dar-lhe-hei depois a collaboração que poder; espero, porém, cuidado na revisão e publicação: a parte da carta as typographos travia grachas atrocissimas. Repare que nenhuma pessoa tenha a publicação dos meus escriptos; devem apparecer quando isso for mais conveniente ao jornal, e não para [...] ninguem. — Lisongearam-me [...] as palavras elogiosas [...] envio a seus directores e a todos os redactores, vincadas saudades.

Seu admirador e devotado camarada,

M. Vieira Gomes

Da dignidade do traba-
lho manual.

———

"É concebida n'estes ter-
mos a sentença do destino:
em breve os ricos deverão procurar a própria segurança
na ausência de desespero dos
pobres." (isto é: evitando-o),
escrevia ha cem annos o Stendhal nas "Memórias de um
turista", livro meramente
litterário e sem a menor pre-
tenção sociológica. E por isso
mesmo me apraz cital-o,
em vez de algum philosopho
acartado, que chegasse a
conclusão idêntica por deduções theoricas, engendradas nas engrenagens de um
systema. No Stendhal esse
dictame é o fructo da ob-
servação directa; ensinou-
lh'o a própria vida, com
as suas modalidades em
perpétua transformação, e
as suas contingencias a que
ninguem escapa. E o seculo
decorrido apoz essa nitida
visão do problema social,
confirmou-a plenamente.

Aos favorecidos da
Fortuna compete pois, por
vantagem e interesse próprios,
evitar quanto possível o desespero dos pobres, onde se
originam as tremendas ca-
tástrophes que a Historia
consigna, e nas quaes, momentaneamente pelo menos,
tudo soçobra.

Mas a par dos
motivos de ordem material,
que podem concorrer para
levar ao desespero o proletariado, ha-os de ordem
moral que imprimem no
individuo como que um
ferrete de ignominia, provocando á inveja dos nas-
cimentos privilegiados,
que tanto contribue para
a desunião da humanidade.

Ás civilisações qua-
litativas, criadoras de
religiões e de esthéticas,
substituiram-se as quan-
titativas, productoras de
energia, de riqueza eco-
nômica, de confôrto geral.
O trabalho manual, aju-

a dignidade etc

dado ou não por mecha nismos cada vez mais aperfeiçoados, augmenta de importancia, e o operariado tomou na sociedade um papel tão valioso e necessario que a pouco e pouco a irá dominando. Isso depende apenas de organisação, que ao fim e ao cabo ~~fatalmente~~ forçosamente se effectuará.

Mas para que esse dominio seja completo é indispensavel que o operario tenha a consciencia da dignidade do trabalho manual, e que as outras classes a reconheçam.

O estudo historico da consideração em que foi tido na sociedade, atravez dos seculos, o trabalho manual, é tão curioso como elucidativo para mostrar o progresso da humanidade, que tantos pessimistas negam.

O progresso moral do individuo será talvez duvidoso, ou tão lento que se torna imperceptivel; mas o progresso das instituições sociaes, que melhoram a situação do individuo e a mais mais o vão desviando da necessidade de "commetter crimes", esse progresso é tão claro e evidente como a luz do sol.

Na phase mais brilhante da intellectuallidade humana, a que se chama o "milagre da Grecia", a escravatura parecia desculpavel e obrigatoria para que houvesse uma classe isenta do degradante trabalho manual. Nas prescripções para a bôa organisação da 'cidade', pelos tempos aureos de Pericles, estadistas, moralistas, e philosophos estavam de acordo em decretar, co-

*Da dignidade, etc.*

no mais tarde Aristoteles escrevia, "que se não devia instruir a mocidade senão em pontos que a desviassem de adoptar algum modo de vida degradante." "Ora – esclarecia – devia considerar-se como tal todo o trabalho, mister, ou profissão, que tornem o corpo, ou a alma, ou a intelligencia do homem incapazes de adquirir a "virtude" ou de a praticar. Por isso chamaremos degradantes a todos os misteres que tendam a alterar a boa disposição do corpo, e a todos os trabalhos assalariados e que não permittam ao pensamento nem elevação nem repouso.

Assim se pensava na Grecia; o que seria antes e depois d'ella, entre bárbaros e fanáticos!

Ao contrario da asserção do bom Aristoteles trabalhos mechanicos existem cujo exercicio facilita, serve por assim dizer de trampolim ao pensamento. Um dos maiores e mais fecundos pensadores de que a humanidade justificadamente se orgulha, Bento Spinoza, encontrava no mechanico mister de polir vidros para oculos, o equilibrio physico indispensavel aos vôos da imaginação nas asas do raciocinio mais rigoroso e perscrutador.

Mas ha com effeito alguns trabalhos manuaes que degradam o homem, porque lhe consomem toda a energia, e lhe minam a saude, sem que a sociedade tire de semelhante sacrificio a utilidade correspondente. A civilisação e o desenvolvimento do mechanismo fabril vão acabando com esta desgraçada casta de réprobos; e a regulamentação do trabalho e o justo augmento dos salarios, vão escudando o operario contra as doenças

Da dignidade, etc.

do cansaço que o inutili-
savam ou envelheciam
antes de tempo.

Em certos paizes
de civilisação quantitati-
va, como por exemplo os
Estados Unidos da Ameri-
ca, o operario é geralmente melhor remunerado,
do que muitos individuos
de grande cultura intellectual que exercem profis-
sões liberaes, o que — diga-
se de passagem — consti-
tue uma bem flagrante
injustiça.

Mas seja como fôr: é
ao operariado que, depois da
organisação a que por todos
os lados, em paizes progres-
sivos, se procede com febril
actividade; e depois de ter
adquirido os meios de educação sufficiente para lhe
consentir que delibere por
sua propria cabeça, e se
liberte da influencia ou
tutela dos especuladores
e charlatães da politica;
é ao operariado, pelo seu

numero e pela sua im-
portancia social, que mais
tarde ou mais cedo compe-
tirá escolher o regime em
que as nações — a humani-
dade — terá de viver, e in-
vestir no poder os homens
proprios para dirigir a
administração publica,
velar pela execução estri-
cta das leis.

N'estas condições a-
ceita que seja (e será) por
parte dos intellectua-
es a sujeição ás decisões
da grande maioria cons-
tituida pelo operariado
e reconhecida por elles a
importancia e sobretu-
do dignidade do trabalho
manual, torna-se indis-
pensavel que o operario
d'ella tome a consciencia
exacta, de modo que a sua
ascendencia não represen-
te mera tirannia, exerci-
da por uma força que
duvida do seu proprio
valor moral, mas sim
por uma classe sem a

Da dignidade, etc

qual a humanidade não poderia subsistir, e que se orgulha do papel que representa.

E para provar que possue realmente essa consciencia, o operario mostrará então que é capaz de exercer ou praticar todas aquellas virtudes sociaes, que faltaram em grande parte ás minorias privilegiadas que teem regido até aqui os destinos do mundo.

E isso assim será fatalmente...

M. Teixeira-Gomes

*Cartas a Carlos Bana*

*Chefe de Redacção do Jornal* Liberdade

*Rouen (posta restante), 6-8-31*

Meu caro camarada: Muito agradecido pelas suas estimadas de 11 e 29 do passado. — A crise por que atravessou a «Liberdade», será provavelmente proveitosa ao espírito da mocidade que a redige e lê; nada se compara à perseguição injusta para levantar e temperar as almas nobres. — Envio-lhe um artigo de «sociologia» (para não dizer política): «Da dignidade do trabalho manual», e dar-lhe-ei depois a colaboração que puder; espero, porém, cuidado na revisão. A última parte da carta ao Figueiredo [1] trazia gralhas atrocíssimas. Repare que nenhuma pressa tenho na publicação dos meus escritos; devem aparecer quando isso for mais conveniente ao jornal, e não quero preterir ninguém. — Lisonjearam-me imenso as palavras elogiosas que me dispensaram, e envio ao seu director, e a todos os redactores, sinceras saudações. — Seu admirador e devotado camarada,

M. *Teixeira-Gomes*

Cópia do manuscrito original de M. Teixeira-Gomes
publicado, no jornal «Liberdade», em 1931.

## DA DIGNIDADE DO TRABALHO MANUAL

«É concebida nestes termos a sentença do destino: em breve os ricos deverão procurar a própria segurança na ausência de desespero dos pobres» (isto é: evitando-o), escrevia há cem

---

[1] *Fidelino de Figueiredo.*

anos o Stendhal nas «Memórias de um turista», livro meramente literário e sem a menor pretensão sociológica. E por isso mesmo me apraz citá-lo, em vez de algum filósofo encartado, que chegasse a conclusão idêntica por deduções teóricas, engendradas nas engrenagens de um sistema. No Stendhal esse ditame é o fruto da observação directa; ensinou-lho a própria vida, com as suas modalidades em perpétua transformação, e as suas contingências a que ninguém escapa. E o século decorrido após essa nítida visão do problema social, confirmou-a plenamente.

Aos favorecidos da Fortuna compete pois, por vantagem e interesse próprios, evitar quanto posssível o desespero dos pobres, onde se originam as tremendas catástrofes que a História consigna, e nas quais, momentaneamente pelo menos, tudo sossobra.

Mas a par dos motivos de ordem material, que podem concorrer para levar ao desespero o proletariado, há-os de ordem moral que imprimem no indivíduo como que um ferrete de ignomínia, provocando a inveja dos nascimentos privilegiados, que tanto contribui para a desunião da humanidade.

As civilizações qualitativas, criadoras de religião e de estéticas, substituíram-se as quantitativas, produtoras de energia, de riqueza económica, de conforto geral. O trabalho manual, ajudado ou não por maquinismos cada vez mais aperfeiçoados, aumentou de importância, e o operariado tomou na sociedade um papel tão valioso e necessário que a pouco e pouco a irá dominando. Isso depende apenas de organização, que ao fim e ao cabo forçosamente se efectuará.

Mas para que esse domínio seja completo é indispensável que o operário tenha a consciência da dignidade do trabalho manual, e que as outras classes a reconheçam.

O estudo histórico da consideração em que foi tido na sociedade, através dos séculos, o trabalho manual, é tão curioso como elucidativo para mostrar o progresso da humanidade, que tantos pessimistas negam.

O progresso moral do indivíduo será talvez duvidoso, ou tão lento que se torna imperceptível; mas o progresso das instituições sociais, que melhoram a situação do indivíduo e a mais e mais o vão desviando da necessidade de «cometer crimes», esse progresso é tão claro e evidente como a luz do sol.

Na fase mais brilhante da intelectualidade humana, a que se chama o «milagre da Grécia», a escravatura parecia desculpável e obrigatória, para que houvesse uma classe isenta do degradante trabalho manual. Nas prescrições para a boa organização da «cidade», pelos tempos áureos de Péricles, estadistas, moralistas, e filósofos estavam de acordo em decretar, como mais tarde Aristóteles resumiu, «que se não devia instruir a mocidade senão em pontos que a desviassem de adoptar algum modo de vida degradante». «Ora — esclarecia — devia conside-

*rar-se como tal todo o trabalho, mister, ou profissão, que tornem o corpo, ou a alma, ou a inteligência do homem incapazes de adquirir a «virtude» ou de a praticar. Por isso chamaremos degradantes a todos os misteres que tendam a alterar a boa disposição do corpo, e a todos os trabalhos assalariados e que não permitam ao pensamento nem elevação nem repouso».*
    *Assim se pensava na Grécia; o que seria antes e depois dela entre bárbaros e fanáticos!*
    *Ao contrário da asserção do bom Aristóteles, trabalhos mecânicos existem cujo exercício facilita, e serve por assim dizer de trampolim ao pensamento. Um dos maiores e mais fecundos pensadores de que a humanidade justificadamente se orgulha, Bento Spinoza, encontrava no mecânico mister de polir vidros para óculos, o equilíbrio físico indispensável aos voos da imaginação nas asas do raciocínio mais rigoroso e perscrutador.*
    *Mas há com efeito alguns trabalhos manuais que degradam o homem, porque lhe consomem toda a energia, e lhe minam a saúde, sem que a humanidade tire de semelhante sacrifício a utilidade correspondente. A civilização e o desenvolvimento do mecanismo fabril vão acabando com esta desgraçada casta de réprobos; e a regulamentação do trabalho, e o justo aumento dos salários, vão escudando o operário contra as doenças do cansaço que o inutilizavam ou envelheciam antes do tempo.*
    *Em certos países de civilização quantitativa, como por exemplo os Estados Unidos da América, o operário é geralmente melhor remunerado do que muitos indivíduos de grande cultura intelectual que exercem profissões liberais, o que — diga-se de pasagem — constitui uma bem flagrante injustiça.*
    *Mas seja como for: é ao operariado que, depois da organização a que por todos os lados, em países progressivos, se procede com febril actividade; e depois de ter adquirido os meios de educação suficiente para lhe consentir que delibere por sua própria cabeça, e se liberte da influência ou tutela dos especuladores e charlatães da política; é ao operariado, pelo seu número e pela sua importância social, que mais tarde ou mais cedo competirá escolher o regime em que as nações — a humanidade — terá de viver, e investir no poder os homens próprios para dirigir a administração pública, e velar pela execução estrita das leis.*
    *Nestas condições, e aceite que seja (e será) por parte dos intelectuais a sujeição às decisões da grande maioria constituída pelo operariado, e reconhecida por eles a importância e sobretudo a dignidade do trabalho manual, torna-se imprescindível que o operário dela tome consciência exacta, de modo que a sua ascendência não represente mera tirania, exercida por uma força que duvida do seu próprio valor moral, mas sim por uma classe sem a qual a humanidade não poderia subsistir, e que se orgulha do papel que representa.*

*E para provar que possui realmente essa consciência, o operário mostrará então que é capaz de exercer ou praticar todas aquelas virtudes sociais, que faltaram em grande parte às minorias privilegiadas que têm regido até aqui os destinos do mundo.*

*E isso assim será fatalmente...*

M. Teixeira-Gomes

Bougie (posta restante), 27-1-32

Meu caro camarada:

Não eram necessárias as suas explicações, e por isso mesmo as apreciei ainda mais, sabendo que sua vida lhe não dá surtos. — Quando pensei em colaborar regularmente na "Liberdade", tracei um plano de artigos de sentido social, de que o "A dignidade do Trabalho manual" era o início, mas presumi logo que apesar da sua "innocencia" a censu-

a com elle implicaria. Isto me deci-
iu a escrever a serie das "Variações
obre velhíssimos themas", de que já
m amostras e que pode ser infinita
em nunca offender as susceptibili-
ades dos actuaes mentores do pensamento lusitano. Oxalá assim succe-
a pois a "Liberdade" inspira-me
eal sympathia, e tenho muito gos-
o em ver o meu nome figurar nas
uas columnas. A unica coisa que
he peço ( além da revisão carinho-

sa é que me devolva o original de qualquer artigo que por ventura não seja publicado. — Muito desejaria responder ao inquérito sobre "a questão agrícola" mas faltam-me dados concretos, que me permittam contar sobre a materia conceitos positivos e praticos e cada vez me sinto mais avesso á mera ideologia especulativa. Nada lhe poderia pois dizer de proveito. —

Agradeço muitissimo os seus bons desejos de felicidade para o anno corrente, que sinceramente retribuo, abrangendo a direcção e redacção da "Liberdade".

Seu admirador e consocio dedicado,

M. Ferreira Gomes

P.S. Peço que de futuro mande 2 exemplares dos numeros que trouxerem artigos meus.

*Bougie (posta restante), 27-1-32*

Meu caro camarada

Não eram necessárias as suas explicações, e por isso mesmo as apreciei ainda mais, sabendo que a sua vida lhe não dá ...[1] — Quando pensei em colaborar regularmente na «Liberdade», tracei um plano de artigos de sentido social, de que o «Da dignidade do trabalho manual» era o início, mas presumi logo que apesar da sua «inocência» a censura com ele implicaria. Isto me decidiu a escrever a série das «Variações sobre velhíssimos temas», de que já tem amostras e que pode ser infinita, sem nunca ofender as susceptibilidades dos actuais mentores do pensamento lusitano. Oxalá assim suceda, pois a «Liberdade» inspira-me real simpatia, e tenho muito gosto em ver o meu nome figurar nas suas colunas. A única coisa que lhe peço (além da revisão carinhosa) é que me devolva o original de qualquer artigo que porventura não seja publicado. — Muito desejaria responder ao inquérito sobre «a questão agrícola» mas faltam-me dados concretos, que me permitam aventar sobre a matéria conceitos positivos e práticos e cada vez me sinto mais avesso à mera ideologia especulativa. Nada lhe poderia pois dizer de proveito. — Agradeço muitíssimo os seus desejos de felicidade para o ano corrente, que sinceramente retribuo, abrangendo a direcção e redacção da «Liberdade».

Seu admirador e camarada dedicado,

M. Teixeira Gomes

P. S. Peço que de futuro mande 2 exemplares dos números que trouxerem artigos meus.

T. G.

---

[1] Ilegível.

Comentário

Estas duas cartas mostram bem a ligação de Teixeira-Gomes ao perseguido jornal «Liberdade», que andava então no seu quarto ano de luta, antes ainda da promulgação da constituição de 1933, ou seja do aparelho legal (e mesmo assim constantemente desrespeitado) da instauração no nosso País do estado corporativo fascista.

Na primeira destas missivas se alude a um anterior artigo, que fora inicialmente uma carta a Fidelino de Figueiredo, e a propósito se manifesta o escrúpulo e cuidado, o amor com que Teixeira-Gomes escreve e acompanha a publicação destas parcelas da sua obra que são também textos de combate. A censura é — não poderia deixar de ser — tema maior desta correspondência. Aliás, por aqui se vê quanto ela pesa, como auto--censura, sobre as páginas de *Carnaval Literário*, concretamente em «Variações sobre Velhíssimos Temas».

Quanto ao artigo «Da Dignidade do Trabalho Manual», texto fundamental para uma plena compreensão do pensamento de Teixeira-Gomes, na última fase da sua vida, ele reflecte bem a sua opção e a sua profunda certeza de que a vitória do proletariado e o advento da sociedade sem classes são inelutáveis.

Extremamente lúcido, Teixeira-Gomes admite seja lento e difícil o aparecimento do «homem novo», ou seja, o progresso moral da Humanidade, mas apresenta-nos «claro e evidente como a luz do sol» o progresso das instituições.

Cônscio de que o comando da governação, na transição para o mundo do futuro, será da classe operária, advertidamente aconselha: «Mas para que esse domínio seja completo é indispensável que o operário tenha a consciência da dignidade do trabalho manual, e que as outras classes a reconheçam.»

Não se exprime em termos marxistas, mas a sua visão do processo histórico, aqui expressa, é iniludivelmente marxista. Só na oposição das sociedades qualitativas às sociedades quantitativas, de que dá como exemplo os Estados Unidos (estamos no início dos anos trinta), há uma falha: a de não prever o equilíbrio entre os valores qualitativos e quantitativos, isto é, a transformação da quantidade em qualidade.

De toda a maneira, este texto, tão rigoroso como estruturação de ideias e tão belo na nitidez dos juízos e no acerto das palavras, merece figurar, em lugar privilegiado, numa reedição do Carnaval Literário, que é como que o testamento ideológico e estético de Teixeira-Gomes.

*Para Carlos Bana, Chefe de Redacção do jornal «Liberdade»*

*Bougie (posta restante), 8-11-33*

*Meu Caro camarada e amigo: As suas prezadíssimas de Maio e Junho não pertencem à classe de epístolas que se lêem com indiferença e se atiram para o depósito das respondidas... sem resposta. Exigem agradecimentos e louvores: são primorosas a todos os respeitos, salvo na indulgência com que apreciam os meus trabalhos literários. Mas no tom em que foram escritas revelam não sei que desconsolação espiritual, para mim ainda mais triste do que o pessimismo agudo. E isso em plena mocidade, quando se lhe abrem de par em par as portas da vida? Veja se consegue libertar-se dessas preocupações mal motivadas, e entra na luta com a certeza de que sairá vencedor. Isto diz-lho alguém que, aos 74 anos, solitário e achacado, só pensa com pena em deixar este mundo. — Não repare na brevidade e sentencioso destas linhas (oxalá o tempo me chegasse para ser mais explícito!) \*, e receba os agradecimentos do seu admirador e dedicado camarada,*

M. Teixeira-Gomes

*\* Já tardei demasiado em dar sinais de vida.*

Comentário

O amor à vida tornou-se em Teixeira-Gomes como que uma religião contra as religiões, crença no corpo e nas suas alegrias, no espírito e nos seus deveres, dos quais o primeiro seria o de tornar melhor, mais humano e mais justo, o mundo onde fazemos a deslumbrante viagem da existência, tornando-o menos amargo (ou menos atroz) para aqueles que dele sofrem apenas as desigualdades e as agressões.

O optimismo é em si mesmo revolucionário e exige muita coragem e devoção se o quisermos arvorar em divisa, ou em bandeira, literária e vitalmente, sentenciosamente, para nos atermos ao semantismo da bela carta de Teixeira-Gomes. A expressão «entra na luta» parece conotar vida com dignidade, entendida esta como a recusa inabalável e activa do fascismo em Portugal.

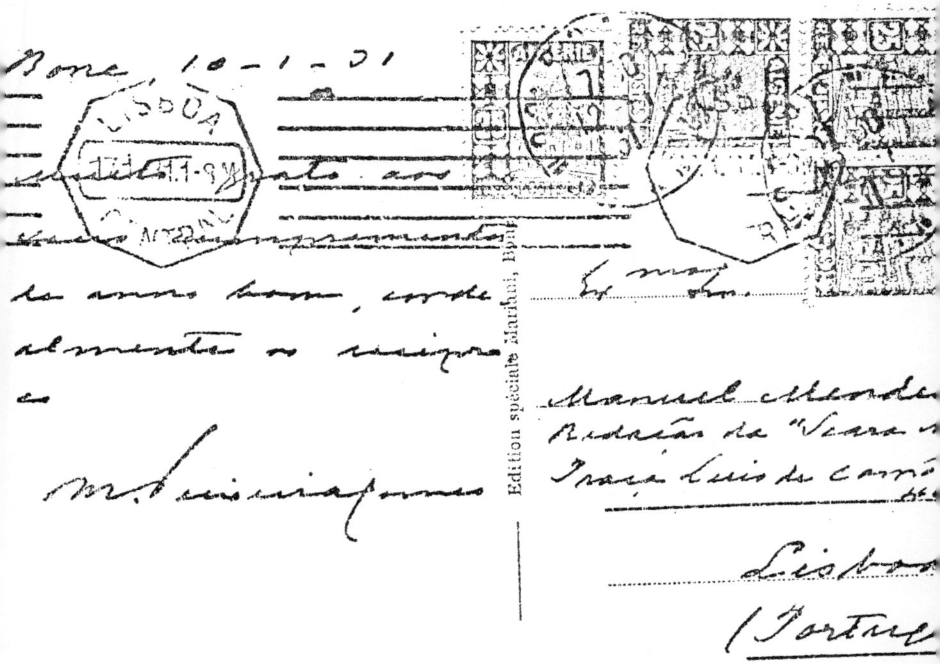

Bone, 10-1-31

*[handwritten message in Portuguese, largely illegible]*

M. Luisinha Gomes

Manuel Mendes
Redacção da "Seara ..."
Travessa Luis de Camões
Lisboa
(Portugal)

50 BONE – Les Vieux Remparts

Postal dirigido a Manuel Mendes, para a redacção da «Seara Nova», sita então na Praça Luís de Camões [1].

Bône [2], 10-1-31

Muito grato aos seus cumprimentos de ano bom, cordealmente os reciproco.

M. Teixeira-Gomes

---

[1] Teixeira-Gomes participava de longe na resistência intelectual da *Seara Nova*.
[2] Bône, cidade industrial da Argélia que dá o nome ao golfo de Bône e fica perto das ruínas da antiga Mepónia.

Bougie (posta restante), 13-3-35

Meu caro amigo: Não traz data a sua estima
da carta, que acompanha a representação relativa á projectada revista e chegou aqui em 11 do
corrente, á qual respondo; tenho porém boas razões (os marcos do correio) para suspeitar que levou tempo demais no caminho... A representação, essa, traz data de 6 de Outubro, demora
que se explica pelas diligencias em recolher
assignaturas. — Seria grotesco da minha parte pôr-me a procurar termos bonitos para a-
gradecer a honra que significa a escolha do
meu nome para o fim que se propõem; o lance não se presta a farroncagens de rhetorica;
só lhe diria que a lembrança, e o valor dos
individuos que a reforçam, me commoveram
e abalaram profundamente. E que pena, que
desgosto, que raiva a minha por não poder
dar-lhes satisfação cabal! Mas seria a negação da linha de conducta de toda a minha
longa vida, acceitar um posto de que sómente
tivesse as honras, sem lhe dedicar a atten-
ção e o esforço de que me julgaria capaz. Deis-

ctor platónico, jámais. Director effectivo, impossivel: pela idade, pelo enfraquecimento physico e intellectual, pela distancia a que me encontro; por tudo! Na sua idade é ainda difficil comprehender o sentido d'esta palavra temerosa: velhice. Mas pior do que tudo é ser velho sem a consciencia dos impedimentos compactos que isso traz, e tomar, por vaidade, o governo dos novos. A essa deficiencia attribuo eu metade dos males de que a humanidade soffre, graças á mania de encanecer e acceitar a direcção de intelligencias caducas, a pretexto de que ellas são ricas em experiencia. Digo isto mesmo a essa gente moça que, em ultima instancia, procurasse a minha collaboração para a ajudar a libertar-se das numerosas cadeias que actualmente a prendem, e diga-lhe tambem que me prive de a pala-se não nos Termos proprios de lisonjear e louvar... Não quero perder tempo que os deixe na incerteza, por isso assim respondo apressadamente, sem os usuaes rodeios e reservas.— Para terminar lá vai uma sentença colhida

ha apparecido jornal liberal catholico e pede por várias vezes tantos citados: "Se não a pão de Trier para ha haste dos citados. Vocé obser-
vou, meu caro amigo, muito corretamente, tendo relembrado nosso os propagandistas
constituíram eigenmächtig d'eine capitulation. Resolveu esse ditto
encontrar o seu jornal catholico, um emigrante, rete a titulo de
"Las por sua vida then pierda", é tal cuerdo acceito do recomendabilidade puehms
fran dicesão receivio de epigraphe à projectado revista. —

Suu muito
opedes e respeitos

[signature]

**Contra a Gerontocracia**
**Lucidez e Dignidade na Recusa dos Louros**

*Carta a Manuel Mendes*

*Bougie (posta restante), 13-3-35*

Meu caro amigo: Não traz data a sua estimada carta, que acompanha a representação relativa à projectada revista e chegou aqui em 11 do corrente, à qual respondo; tenho porém boas razões (as marcas do correio) para suspeitar que levou tempo demais no caminho... A representação, essa, traz data de 6 de Outubro, demora que se explica pelas diligências em recolher assinaturas. Seria grotesco da minha parte pôr-me a procurar termos bonitos para agradecer a honra que significa a escolha do meu nome para o fim que se propõem; o lance não se presta a farroncagens de retórica; só lhe direi que a lembrança, e o valor dos indivíduos que a reforçam, me comoveram e abalaram profundamente. E que perca, que desgosto, que raiva a minha por não poder dar-lhes satisfação cabal! Mas seria a negação da linha de conduta de toda a minha longa vida, aceitar um posto de que somente fruísse as honras, sem lhe dedicar a atenção e o esforço de que me julgaria capaz. Director platónico, jamais. Director efectivo, impossível: pela idade, pelo enfraquecimento físico e intelectual, pela distância a que me encontro, por tudo! Na sua idade é ainda difícil compreender o sentido desta palavra temerosa: velhice. Mas pior do que tudo é ser velho sem a consciência dos impedimentos e empachos que isso traz a tomar, por mera vaidade, o governo dos novos. A essa deficiência atribuo eu metade dos males de que a humanidade sofre, graças à mania de encarecer e aceitar a direcção de inteligências caducas, a pretexto de que elas são ricas em experiência. Diga isto mesmo a essa gente moça que, em última instância, procurou a minha colaboração para a ajudar a libertar-se das vergonhosas cadeias que actualmente a prendem, e diga-lhe também que me perdoe se a recusa não vai nos termos próprios a lisonjear e louvar... Não quero perder tempo que os deixe na incerteza, por isso assim respondo apressadamente, sem os usuais rodeios e reservas.— Para terminar lá vai uma sentença colhida há anos num jornal católico e que por várias vezes tenho citado: «Il n'y a pas de trêve pour la lutte des idées. Tout abandon, même momentané, tout relâchement dans la propagande constituent l'équipement d'une capitulation.» Repare que isto vinha num jornal católico, sem assinatura, sob o título de «La Pensée du jour», e tal cunho reveste de universalidade que bem poderia servir de epígrafe à projectada revista.

Admirador e amigo,<br>
M. Teixeira-Gomes

Comentário

A revista a que esta carta alude e que não chegou a ir avante deveria chamar-se *Litoral*. Era um projecto da Oposição Democrática muito caro a Manuel Mendes e subscrito por nomes dos mais relevantes da vida cultural de então. Na representação enviada a M. Teixeira-Gomes figuravam, entre outros, os nomes de Bento de Jesus Caraça, João de Barros, António Sérgio, José Rodrigues Miguéis, Carlos Queiroz e do então jovem José Gomes Ferreira, que nos forneceu estas informações. O título projectado era *Litoral*, que, dado o fracasso da iniciativa, viria mais tarde a ser aproveitado por Carlos Queiroz para uma outra publicação.

Porém, os autores da ideia não esmoreceram e ela acabaria por tomar corpo na *Globo*, ainda que já com outra fórmula, mas na mesma linha de unidade democrática e impulsionada por Bento de Jesus Caraça e José Rodrigues Miguéis, com a activa participação da tendência intelectual anarquista, oriunda do jornal *A Batalha*: Jaime Brasil, Ferreira de Castro, Assis Esperança.

A resposta de Teixeira-Gomes ilustra bem o seu escrúpulo, nunca desmentido, no que se refere a trabalhos e honrarias. Recusando os louros sem a sua quota parte de presença e esforço (mais uma achega para o seu retrato moral), Teixeira-Gomes faz ao mesmo tempo a crítica veemente das gerontocracias: «...atribuo eu metade dos males de que a humanidade sofre, graças à mania de encarecer e aceitar a direcção de inteligências caducas: a pretexto de que elas são ricas em experiência». Não menos veemente é a sua repulsa pelo fascismo instalado em Portugal: «Diga isto mesmo a essa gente moça que, em última instância, procurou a minha colaboração para a ajudar a libertar-se das vergonhosas cadeias que actualmente a prendem». É de realçar a importância, bem claramente expressa neste período, que Teixeira-Gomes atribui à resistência intelectual, a qual ainda se reforça na citação em francês, de onde sugere que se extraia a epígrafe da revista: nunca capitular, nunca afrouxar a luta ideológica.

Outros sentidos, porém, esta carta ainda encerra; e um deles, apenas velado, com dignidade, é a mágoa de envelhecer: «que desgosto, que raiva a minha por não poder...» A confissão do «enfraquecimento físico e intelectual» será, todavia, até certo ponto desmentida, ou resgatada, pela coragem com que Teixeira-Gomes assume a velhice, negando-lhe os fastos e reconhecendo-lhe as limitações, com a mais lúcida honradez: «...pior do que tudo é ser velho sem a consciência dos impedimentos e empachos que isso traz a tomar, por mera vaidade, o governo dos novos».

Bougie (posta restante), 31-3-39

Meu caro amigo: Nem o peso dos annos, nem os mil achaques entre os quaes figura o enfraquecimento da vista (estou já meio cego) bastam para me desculpar de não ter, em meia duzia de linhas que fosse, agradecido as suas estimadas de Outubro e Dezembro de 1935(!). Mas é que eu estava na esperança de entrar n'alguma phase de alivio que me permittisse escrever-lhe a extensa carta que trazia no sentido para reatar a nossa conversa. Essa almejada phase, porém, não chegou e aqui tenho mais a sua presadissima de Janeiro ultimo a corresponder, o que faço ao correr da penna sem rodeios nem enfeites.— Não lhe posso exprimir cabalmente o meu profundo reconhecimento pelos termos em que me afiança a sua amisade; são fraternaes (ia dizer: quasi filiaes) e espero que nunca sobrevenha qualquer incidente (já não falo dos meus forçosos silencios) que a cerceie ou abale. Da minha parte a affeição que lhe dedico é e será impossivel de alterar. — Tambem lhe não agradeci ainda a bella photographia do busto de Miss Kastner, que não será menina formosa mas ali apparece com todo o encanto que um verdadeiro artista pode tirar da vida real; respira; corre-lhe o sangue nas veias; vai falar. Tem continuado a

fazer esculptura? Lite-
ratura sei que sim, e não
ha muitos dias que li, com
immenso gôsto, na "Revista
de Portugal" o capitulo de
memórias intitulado "In-
fancia". É' composto no estilo que mais aprecio, fôrro
de sentimentalismo chôcho,
n'uma limpida lingua-
gem portugueza. Parabens.
— E aqui está o menos que
lhe queria dizer, ficando
o resto para quando a Pro-
videncia o decretar; talvez
ainda nos encontremos; entretanto não deixe, peço-
lhe, de me dar noticias
suas quando tiver alguns
momentos a desperdiçar. —
Seu muito admirador e
amigo dedicado,
        M. Teixeira Gomes

*Para Manuel Mendes*

*Bougie (posta restante), 31-3-39*

Meu caro amigo: Nem o peso dos anos, nem os mil achaques entre os quais figura o enfraquecimento da vista (estou já meio cego) bastam para me desculpar de não ter, em meia dúzia de linhas que fosse, agradecido as suas estimadas de Outubro e Dezembro de 1935 (!). Mas é que eu estava na esperança de entrar nalguma fase de alívio que me permitisse escrever-lhe a extensa carta que trazia no sentido para reatar a nossa conversa. Essa almejada fase, porém, não chegou e agora tenho mais a sua prezadíssima de Janeiro último a corresponder, o que faço ao correr da pena sem rodeios nem enfeites. — Não lhe posso exprimir cabalmente o meu profundo reconhecimento pelos termos em que me afiança a sua amizade; são fraternais (ia dizer: quase filiais) e espero que nunca sobrevenha qualquer incidente (Já não falo dos meus forçosos silêncios) que a cerceie ou abale. Da minha parte a afeição que lhe dedico é e será impossível de alterar. — Também lhe não agradeci ainda a bela fotografia do busto de Miss Kastner[1], que não será menina formosa mas ali aparece em todo o encanto que um verdadeiro artista pode tirar da vida real; respira; corre-lhe o sangue nas veias; vai falar. Tem continuado a fazer escultura? Literatura sei que sim, e não há muitos dias que li, com imenso gosto, na «Revista de Portugal» o capítulo de memórias intitulado «Infância». É composto no estilo que mais aprecio, forro de sentimentalismo chocho, numa límpida linguagem portuguesa. Parabéns. — E aqui está o menos que lhe queria dizer, ficando o resto para quando a Providência o decretar; talvez ainda nos encontremos; entretanto não deixe, peço-lhe, de me dar notícias mas quando tiver alguns momentos a desperdiçar. — Seu muito admirador e dedicado.

M. Teixeira-Gomes

---

[1] Irmã do musicólogo e professor do Conservatório Nacional Santiago Kastner.

Comentário

Teixeira-Gomes encaminha-se, já meio cego, tal como o diz, para o inevitável termo da sua longa, acidentada e cintilante existência. A ninguém escapará decerto a qualidade moral e o fulgor desta amizade entre o escritor valetudinário que devagar agoniza em Bougie, debruçado sobre o tempo outrora, do alto da sua sacada de eterno contemplativo, e o moço Manuel Mendes, rico de afectos, de sonhos, de revoltas, e tão propenso à dádiva ilimitada como aos extremos da coragem viril. A sua rota na vida bem o provou.

É essa amizade final uma das coias mais belas que a biografia de Teixeira-Gomes nos apresenta.

A escultura de Miss Kastner, feita pelas mãos de Manuel Mendes e hoje em poder de D. Berta Mendes, sua viúva, é uma obra forte e subtil, digna do encarecimento de Teixeira-Gomes, que dela só pôde, todavia, tomar conhecimento por fotografia, como a carta explica.

Quanto ao estilo, o mestre de «Carnaval Literário» não cede terreno nem à pieguice nem à facilidade. É com a mesma pureza de diamante dos seus últimos escritos mais depurados que comenta («forro de sentimentalismo chocho, numa límpida linguagem portuguesa») o texto publicado por Manuel Mendes na «Revista de Portugal».

Bougie (h.r.), 19-7-39

Meu caro amigo: Não lhe aceito desculpas pelo "tamanho" da sua estimada de 20 de Abril; para mim as suas cartas são sempre curtas e o que lamento é a sua raridade, mas não me atrevo a exigir dos meus amigos que interrompam mais a meudo as suas occupações obrigatorias para entreter um inválido incapaz de lhes corresponder devidamente. Lembre-se porém de que quanto maior é a minha invalidez mais aprecio as noticias que trazem ao meu conhecimento, do isolamento, a certeza de que me não esquecem

+ a forçada parcimónia com que as dou, minhas, não é razão para que ellos me escaceiem avaramente as suas. A pos a leitura de uma carta como a sua até me parece sentir mais ânimo para viver...

— N'essa carta ha especialmente uma passagem que não póde ficar sem nitida resposta: a que se refere á sua vinda provável a Bougie, trazendo uns "cadernos de conversação" para que eu os examine. Por mais intenso que seja o desejo de abraçar os meus velhos amigos + de conhecer pessoalmente (como

no seu caso) aqueles com
que as relações litterárias
me favoreceram, tenho-
-me negado sempre a
animal-os a que em-
prehendam a viagem,
consocio de que o especta-
culo da minha presença
é bem mais motivo de
horror do que de satis-
fação; e quanto aos ca-
dernos já não teria
cabeça que me permit-
tisse dar-lhes colabo-
ração util. Perdoe
que lhe fale d'este mo-
do (aqui a rude fran-
queza só a mim pro-
prio póde prejudicar)
mas julgo reprehensi-
vel e até criminoso, a-
limentar illusões co-
mo essa que a sua ca-

rinhosa dedicação que
inspira. E por hoje
aqui me quedo sem
força para alargar um
pouco mais a presente,
mas contente de agradecer
quanto antes as consola-
doras palavras que me
prodigalisa, o que as-
sim fica feito embora
Tosca e pobremente. —
Sempre seu muito
admirador e amigo
devotado,
                M. Teixeira Gomes

*Para Manuel Mendes*

*Bougie (p.r.* [1]*), 19.7.39*

Meu caro amigo: Não lhe aceito desculpas pelo «tamanho» da sua estimada de 20 de Abril; para mim as suas cartas são sempre cartas e o que lamento é a sua raridade, mas não me atrevo a exigir dos meus amigos que interrompam mais a meúdo as suas ocupações obrigatórias para entreter um indivíduo incapaz de lhes corresponder devidamente. Lembro-me porém de que quanto maior é a minha invalidez mais aprecio as notícias que trazem ao meu conhecimento, digo isoladamente, a certeza de que me não esquecem, e a forçada parcimónia com que as dou, minhas, não é razão para que eles me escasseiem avaramente as suas. Após a leitura de uma carta como a sua até me parece sentir mais ânimo para viver... — Nessa carta há especialmente uma passagem que não pode ficar sem nítida resposta: a que se refere à sua vinda provável a Bougie, trazendo uns «cadernos de conversação» para que eu os examine. Por mais intenso que seja o desejo de abraçar os meus velhos amigos e de conhecer pessoalmente (como no seu caso) aqueles com que as relações literárias me favoreceram, tenho-me negado sempre a animá-los a que empreendam a viagem, cônscio de que o espectáculo da minha presença é bem mais motivo de horror do que de satisfação; e quanto aos cadernos já não teria cabeça que me permitisse dar-lhes colaboração útil. Perdoe que lhe fale deste modo (aqui a rude franqueza só a mim próprio pode prejudicar), mas julgo repreensível, e até criminoso, alimentar ilusões como essa que a sua carinhosa dedicação lhe inspira. E por hoje aqui me quedo sem força para alargar um pouco mais a presente, mas contente de agradecer quanto antes as consoladoras palavras que me prodigaliza, o que assim fica feito embora tosca e pobremente. — Sempre seu muito admirador e amigo devotado,

M. Teixeira-Gomes

---

[1] Posta Restante.

## Comentário

É impressionante nesta carta, além do vivido horror pela própria velhice e doença, que com pudor se manifesta, a coragem do grande secritor que recusa mostrar aos outros a sua decadência, abdicando ao mesmo tempo — e decerto com sacrifício — do calor humano, do contacto com a terra distante, da amizade em carne e osso que Manuel Mendes lhe traria.

Haverá nesta opção alguma coisa da vaidade do *dandy* que não se resigna a ter perdido a sua imagem. Mas o que no texto prevalece é a altiva dignidade de quem se dispõe a morrer só, longe de glória e consolo, ciente da diminuição de faculdades (e porventura até a exagerando), que aliás a carta não denuncia.

Com efeito, a frase é limpa e harmoniosa, o aparelho sintáctico impecável, com as mesmas graças e boleios do melhor Teixeira-Gomes («para que eles me escasseiem avaramente as suas»).

Nota comovedora é a referência ao prazer que a leitura das cartas lhe proporciona, expressa no mesmo tom de quem escalpeliza a própria decrepitude: «não me atrevo a exigir (...) para entreter um inválido».

Extraordinária coragem moral: recusa mostrar-se velho e decadente e do mesmo passo recusa o calor de uma amizade profunda.

Bougie (p.r.) 28-2-40

Meu caro amigo: Na "Revista do Brasil" de Janeiro, enviada pelo A. Amorim e recebida agora, li com muitissimo gôsto o seu interessante artigo intitulado "Dois prosadores portugueses contemporaneos." Aplaudi com enthusiasmo os elevados louvores que ali dispensa á obra do Raul Brandão, porém no que me diz respeito não me faltaram restricções de toda a ordem: é dimasiado bemévolo. Realmente os impulsos da sua amizade levam-no, haverá quem pense, muito além do que seria permittido á crítica rigorosa e imparcial. Mas, repetindo o que tantas vezes tenho afirmado por experiência própria, os velhos são como as crianças, a quem as festas e mimos encantam sem querer ou poder discriminar se os merecem, e com todas as minhas dúvidas não lhe fiquei menos agradecido pelas palavras envaidecedoras que prodigalisa ao meu nome. Apresso-me pois a lavrar mais uma vez os protestos do meu profundo reconhecimento, pedindo desculpa de o fazer tão laconica e desmaziladamente, o que, de resto, a minha rematada caducidade até certo ponto justifica. — Sempre seu muito admirador e amigo do C.

M. Teixeira Gomes

*Para Manuel Mendes*

*Bougie (p.r.) 28-2-40*

*Meu caro amigo: Na Revista do Brasil, de Janeiro, enviada pelo A. Amorim e recebida agora, li com muitíssimo gosto o seu interessante artigo intitulado «Dois prosadores portugueses contemporâneos». Aplaudi com entusiasmo aos* [1] *elevados louvores que ali dispensa à obra de Raúl Brandão, porém no que me diz respeito não me faltaram restrições de toda a ordem: é demasiado benévolo. Realmente os impulsos da sua amizade levam-no, haverá quem pense, muito além do que seria permitido à crítica rigorosa e imparcial. Mas, repetindo o que tantas vezes tenho afirmado por experiência própria, os velhos são como as crianças, a quem as festas e mimos encantam sem querer ou poder discriminar se os merecem, e com todas as minhas dúvidas não lhe fiquei menos agradecido pelas palavras envaidecedoras que prodigaliza ao meu nome. Apresso-me pois a lavrar mais uma vez os protestos do meu profundo reconhecimento, pedindo desculpa de o fazer tão lacónica e desmazeladamente, o que, de resto, a minha rematada caducidade até certo ponto justifica. — Sempre seu muito admirador e amigo do c.,* [2]

M. Teixeira-Gomes

Comentário

Para além das palavras circunstanciais de agradecimento e de modéstia, que era em Teixeira-Gomes uma forma peculiar de lucidez e de orgulho, em confronto com as pequeninas vai-

---

[1] Regência pouco frequente do verbo *aplaudir*. Encontra-se nos clássicos do século XVII.
[2] Abreviatura de coração.

dades do literato português, o que nesta simples carta mais uma vez nos toca e comove é a reiterada afirmação de velhice («a minha rematada caducidade») que o herói helénico do *Agosto Azul*, nele sobrevivo, sente como doença, ia a dizer, imperdoável (aquela que se esconde de olhares estranhos). Eram já os oitenta anos de Teixeira-Gomes.

**Postais de M. Teixeira-Gomes
para Câmara Reis e João de Barros** [1]

*Rouen (posta restante), 19-6-31*

*Meu caro e bom amigo: Não aceito desculpas. O principal encanto da correspondência epistolar, entre pessoas que se estimam deveras, consiste na liberdade plena de não replicar a toque de caixa, ou de o fazer somente quando a oportunidade a isso incita. Fiquemos nisto, certo de que eu me não estimulo com o seu silêncio, e só busco explicações ou o atribuo a doença ou impedimento grave; a sua vida é tão ocupada, que seria mais que impertinência exigir «respostas na volta do correio», e sinto profundamente que às inúmeras fontes de inquietações e cuidados se ajunte agora o estado melindroso de sua Mãe, por cujas melhoras faço os mais sinceros votos. — Pedi-lhe o original da última carta ao Columbano (que saíu primorosamente revista), suspeitando salto da composição numa passagem pouco clara. Verifiquei que houve, com efeito, salto, mas foi da minha parte: eu já não ligo nem encadeio o que faço, e escrevo como quem fala sozinho. — Devo dizer-lhe que ando quase entusiasmado, com a ideia, que me assaltou agora, de dar a volta ao mundo. Acordei um destes dias envergonhado de o não ter ainda feito, sendo, como é, empresa de tão rápida e fácil execução. Ando a estudar o itinerário (com largada de Argel no começo da próxima primavera) que aproveitará quanto possível os vapores de carga, onde os passageiros, sempre em número reduzido, encontram, a preços mínimos, camarotes superiores aos mais luxuosos dos grandes transatlânticos. Mas tenciono — acho indispensável, obrigatório — passar pelo «estreito de Magalhães» o que algo complica o problema. Não julgue, porém, que me anima o desejo de experimentar novas sensações e enfei-*

---

[1] Os cinco postais ilustrados onde M. Teixeira-Gomes inscreveu a epístola acima reproduzida foram oferecidos pelo Prof. Adriano de Gusmão para o Leilão de Manuscritos que, a favor da A. P. E., teve lugar em 1973 na Sociedade Nacional de Belas Artes. Pertencem à colecção de manuscritos de Casimiro de Brito e foram publicados pela primeira e única vez na revista «*Loreto* 13», n.º 5, acompanhados de um extenso comentário nosso.

tar a memória com a imagem de novos sítios. Da memória já pouco me gozaria, e a impermeabilidade coireácia da velhice, junto à celeridade do trânsito, pouco alimento lhe proporcionarão. Além disso a «cor local» pouco me interessa, porque também já a não posso apreender. De resto sempre pensei que nem mesmo os indígenas, nem os visitantes familiarizados com um país, lhe conseguem extrair cabalmente a «cor local», essa é privilégio dos poetas adivinhos que nunca lá puseram os pés... Quero apenas praticar o último «acto de presença» (que para mim tenha alguma significação) antes de largar este pequeno planeta, onde vivi uma vida tão longa e bem fadada. — Devolvo as provas da 1.ª parte de «No Algarve», agradecendo de antemão o cuidado com as emendas. — Seu muito admirador e amigo,

*M. Teixeira-Gomes*

*Bougie (posta restante), 3-11-31* [1]

*Querido amigo:* Eu andava já muito inquieto com a falta de notícias suas, e sem me atrever a instar por que me as desse, de modo que a sua prezada de 31 (chegada aqui ontem, com rapidez sem precedentes) me alegrou imenso. Persista nos exercícios respiratórios e ao fim de pouco tempo verá que milagrosa transformação! — Escrevo-lhe mais depressa para responder ao pedido de colaboração no seu futuro jornal. Pois era preciso vénia para pôr o meu nome na lista? Não sou eu colaborador efectivo de todas as publicações que tem dirigido, desde os remotíssimos tempos da «Arte e Vida» de Coimbra? Farei toda a diligência por lhe dar o mais que puder, e visto que a gazeta será também literária, lembro-lhe a observação do Stendhal, que é indispensável trazer no sentido: «O jornal, excelente, necessário aos interesses políticos, *envenena com o seu charlatanismo a literatura e as belas-artes.*» A verdade, porém, é que em Portugal já nada resta por envenenar... — Estamos gozando aqui o mais lindo veranilho de S. Martinho de que me lembro.

*Do C.*
*M. Teixeira-Gomes*

---

[1] A epístola a João de Barros, acima reproduzida, está inscrita em dois postais ilustrados, oferecidos pelo Prof. Henrique de Barros para o mesmo Leilão, e pertencem à referida colecção. Foram também publicados no n.º 5 da «Loreto 13», sendo igualmente inéditos em livro.

Comentário

Nestas duas epístolas, cujo suporte material são as costas dos postais ilustrados, como era o costume de Teixeira-Gomes, que os ia acumulando e numerando, até se lhe acabar o assunto ou o desejo da comunicação, perfila-se o «exilado de Bougie» no esplendor da sua solitária lucidez, entre o cepticismo de quem muito viveu e conheceu e aquele fogacho, ainda deslumbrante, de entusiasmo, que se manifesta no projecto do último «acto de presença», a sua volta ao mundo, e no gozo de publicar, acto sem o qual a mensagem literária não se cumpre totalmente. Neste caso é particularmente significativo verificar que o primeiro destinatário da epístola que se intitula «Carta a Columbano» e foi, antes de compilada em livro, publicada na «Seara Nova», não basta, como público, ao emissor, o que, aliás, se relaciona de modo evidente com a escrita muito apurada e cenográfica das *Cartas a Columbano*.

A pergunta «Para quem escreves?», tão frequente em conversas de café e mais ainda em inquéritos jornalísticos, encontra resposta, uma de muitas respostas, nesta atitude de um autor que necessita, para desencadear o processo da escrita, de um primeiro destinatário, culturalmente privilegiado, sem por isso deixar de ter em mente o convívio com outros leitores.

Que o motivo da viagem (no espaço, no tempo, no ser) anda ligado a tudo o que Teixeira-Gomes produziu como escritor, bem o comprova a carta de Rouen, dirigida a Câmara Reis.

«Enfeitar a memória com a imagem de novos sítios» escreve M. Teixeira-Gomes. De facto, mais do que «experimentar sensações» procurou ele sempre armazenar na retentiva essas emoções e fê-lo, de certo modo, adornando-se, no plano da existência estética. Foi ainda ornamentalmente que reproduziu muitas dessas sensações. Recordo-me precisamente da primeira carta a Columbano, onde, entre muitas outras metáforas, Teixeira-Gomes extrai da lembrança estas visões, ou espectáculos: «Tânger (...) pomba branca deitada no seu ninho; Gibraltar, a penha árida, a querer reverdecer à força de artifícios; e o porto de desembarque, Oran, sobre rochedos em meia-lua, cortados às talhadas por grandes cataclismos.» [1]

Mas desta feita, sendo já muito escasso o tempo que lhe restaria para a fruição (decantação) dessa recolha de imagens (o seu gosto pelas vistas dos postais é outro traço da sua vocação de coleccionador-*voyeur*), *da memória já pouco me gozaria, o seu propósito essencial é praticar o último acto de presença*.

---

[1] *Cartas a Columbano*, 2.ª ed., Portugália Editora, pp. 8, 9. A comparação de Tânger com uma pomba branca foi Teixeira-Gomes buscá-la a uma descrição de George Barrow.

E o que será afinal esse acto de presença senão a cópula com o mundo, as únicas núpcias possíveis para o ancião errante, de psique profundamente mediterrânica, que era Teixeira-Gomes?

Outro apaixonado do sol e do meio-dia, Albert Camus, havia de escrever em *Noces* [1]: «Je comprends ici ce qu'on appele gloire: le droit d'aimer sans mesure. Etreindre un corps de femme, c'est aussi retenir contre soi cette joie étrange qui descend du ciel vers la mer. Tout à l'heure, quand je me jetterai dans les absinthes pour me faire entrer leur parfum dans le corps, j'aurai conscience, contre tous les préjugés, d'accomplir une vérité qui est celle du soleil et sera aussi celle de ma mort.»

Moralista-imoralista como Teixeira-Gomes, porém com outra vocação filosófica, Camus escreveu: «Il y a un temps pour vivre et un temps pour témoigner de vivre. Il y a aussi un temps pour créer, ce qui est moins naturel» [2], frases que se poderiam atribuir a Teixeira-Gomes. Onde o autor de *L'Homme Révolté* se afastou do irónico contemplativo do «Agosto Azul» foi na longa e madura reflexão sobre a justiça (sobre a injustiça do destino humano) embora na mansuetude decidida (quase santidade laica) dos heróis de *La Peste* reencontraremos o Teixeira-Gomes latente em textos como *Os Pobres de Portimão* [3] ou em muitas das curtas reflexões do *Carnaval Literário*.

O helenismo vivido e cultivado por Teixeira-Gomes está patente no conselho que dá a João de Barros acerca dos exercícios respiratórios. Cuidar o corpo supõe amar a vida e a beleza. Nessa mesma carta, isto é, no segundo postal, Teixeira-Gomes cita Stendhal para apoiar a sua desconfiança do jornalismo no domínio da comunicação literária. O aforismo stendhaliano serve também ao ex-presidente da República (que havia de opor-se, dos longes do seu exílio, primeiro à ditadura militar e depois ao fascismo salazarista) para acentuar, com amargo desdém, a degradação das relações humanas e cívicas no Portugal da Primeira República, já a resvalar para a direita e constantemente enlameado, ensanguentado, desprestigiado pelas forças mais reaccionárias, inimigas da cultura e de todas as mutações sociais que pudessem retirar dos seus domínios a humilde chapelada, a mão-de-obra barata e resignada.

Teixeira-Gomes consola-se, porém, dessas mazelas da espécie humana («...em Portugal já nada mais resta por envenenar») com o seu *lindo veranilho de S. Martinho* ou (nos postais dirigidos a Câmara Reis) com a perspectiva da viagem, que antevê como a derradeira.

O prazer da escrita e o da publicação como comunicação transparecem em todo o texto. O mesmo sucede com a antevisão

---

[1] *Noces*, ed. Galimard, Fólio, 1974, p. 16.
[2] *Noces*, ed. Galimard, Fólio, 1974, p. 18.
[3] *Londres Maravilhosa*.

da viagem *(ando quase entusiasmado, camarotes superiores aos mais luxuosos).* De facto, deambulação e rememoração são os salvados sobre que se equilibra, na claridade opalescente de uma mensagem só aparentemente unívoca, a tentativa (que foi razão e esteio da existência activa-contemplativa de Manuel Teixeira--Gomes) de mutação da vida em linguagem.

*Nota:* Este comentário foi também publicado no n.º 5 da *Loreto 13*.

# PARA TERMINAR

Findou a viagem. Fazer o balanço? Não totalmente. Um estudo desta natureza em verdade nunca termina. Aqui deixo boa porção de uma pesquisa que foi consecutiva nos últimos anos, dispersa, mas constante, ao longo da minha vida.

Se a um trabalho de análise global da obra de M. Teixeira-Gomes, que procura caracterizar («descrevendo-os») os seus processos narrativos e os seus efeitos de estilo, as «recorrências» e os «desvios» que tal estilo singularizam, pus o título geral «O Discurso do Desejo» (que cobre estritamente um capítulo da segunda parte), foi porque, já antes de iniciar a redacção definitiva, eu me dera conta de que o desejo a tudo sobreleva na íntima articulação do *dizer* e do *viver*[1] em que se expande a pletora do autor de «Inventário de Junho» na muito vasta (mas obsessivamente circular) gama de frases que referem a contemplação, o fascínio, a fusão — quer se trate de arte ou de amor —, o sacrifício, a estesia (por vezes o remorso, marca da *anima* herdada).

A origem do desejo, o desejo triangular, o papel do mediador, a hierarquia do desejo, a evocação sexual, fantasmizada (ou sublimada) da natureza e tudo o mais que a actividade erótica inscreve no texto.

Julgamos ter aqui consignado alguns achamentos, ou seja ter achado aquilo que buscávamos, sem saber exactamente onde ir descobri-lo. O desejo explícito e os seus substitutos.

No discurso de Manuel Teixeira-Gomes, mais do que em qualquer outro da nossa literatura, a riqueza da líbido comunica-se por todos os caminhos e meios da linguagem. Abrem-se ao acaso duas páginas de *Cartas sem Moral Nenhuma* ou de *Gente Singular* e eis o verbo transportando a febre da lascívia ou o sangue do ritual, num movimento que a si mesmo o reenvia.

Desejo do corpo, desejo da palavra. Êxtase: anulação da descontinuidade. Para além do tempo, do(s) modo(s), da obediência ao espírito da língua, à codificação do sistema clássico

---

[1] Esta formulação é de Henri Meschonnic, em *Pour la Poétique I*, Ed. Gallimard, pp. 42 e segs.

que Teixeira-Gomes acima de todas as regras parece ter venerado, a força da discursividade inesperadmente fala o fantástico. A face nocturna do autor da escrita? Ele não escreve (quando aborda a alucinação) o próprio delírio: o *voyeur* observa-se no excesso alheio, sereno ainda mesmo ao instaurar no texto o frenesim.

Romancista, dramaturgo, novelista e contista, M. Teixeira-Gomes fugiu sempre, como procurámos demonstrar, ao espartilho dos géneros; desobedeceu a todos os cânones, menos por preguiça ou desatenção (que pressa nunca a teve) do que por íntima imposição: a sua originalidade profunda reside na construção de textos híbridos onde a sua veia memorialista, a sua ironia sempre aberta, o seu culto da beleza e do prazer, sem empacho do claro sentimento e desejo de justiça que amiúde o remorde, estão invariavelmente presentes.

Não me canso de admirar quanto encontro de transgressor no voltaireano mestre da ironia, no mediterrânico rapsodo da luz, da forma, do(s) corpo(s).

As figuras metonímicas do desejo são parcelas do corpo amiúde metaforizadas: a forma dos seios aparece na natureza tal como os frutos e os seus sumos podem tornar-se em lábios, língua, dentes, saliva.

Despedir-me de Teixeira-Gomes — não. A viagem realmente não terminou. Apenas encerro este trabalho para iniciar, assim o espero, um outro, com novo alento: o arrolamento de toda a correspondência de Teixeira-Gomes; a fixação definitiva da sua obra conhecida, publicada, em edições críticas; e a publicação do que ainda restar de inéditos.

Será, se eu souber e puder cumpri-la como a desejo, tarefa de rigor, mas também de amor.

|  | VIDA E OBRA DE M. TEIXEIRA-GOMES | ACONTECIMENTOS | | LETRAS, ARTES, CULTURA | |
|---|---|---|---|---|---|
|  |  | EM PORTUGAL | NO ESTRANGEIRO | EM PORTUGAL | NO ESTRANGEIRO |
| 1860 | Nasce Manuel Teixeira-Gomes, a 27 de Maio, em Portimão, no n.º 1 da antiga rua dos Quartéis, filho de José Libânio Gomes e de D. Maria da Glória Teixeira-Gomes. | Começam a multiplicar-se os jornais. O segundo governo dos Regeneradores é substituído pelo segundo governo dos Históricos ou Progressistas. |  | Morre Soares de Passos. Ramalho Ortigão, Rodrigo Paganino e Júlio Dinis surgem na revista *A Grinalda*. Rebelo da Silva inicia a publicação da *História de Portugal nos séculos XVII e XVIII*. | Baudelaire: *Les Paradis Artificiels*. Irmãos Goncourt: *Sophie Arnould*. |
| 1866 | Teixeira-Gomes frequenta em Portimão o Colégio de S. Luís Gonzaga. |  | A Austria é vencida, em Sadowa, pela Prússia aliada à Itália. | Fase de maior empenho combativo de Antero de Quental, projectada nas segundas edições dos *Sonetos* e das *Odes Modernas*. | Dostoievski: *Crime e Castigo*. Publicação do *Parnasse Contemporain*. Verlaine: *Poèmes Saturniens*. |
| 1870 | Teixeira-Gomes entra para o Seminário de Coimbra. |  | Guerra Franco-Prussiana e III República Francesa. |  | Dante Gabriel Rossetti: *Poems*. Morre Lautréamont. |
| 1877 | Teixeira-Gomes matricula-se na Faculdade de Medicina de Coimbra. | Tentativa de Capelo, Ivens e Serpa Pinto de junção de Angola e Moçambique. |  | Teixeira de Queirós: *Amor Diurno*. Simões de Almeida Júnior (escultor): *D. Sebastião lendo a História de Portugal, A Puberdade*. | Victor Hugo: *La Légende des Siècles* (2.ª série), *L'Art d'Etre Grand-père, Histoire d'un Crime*. Richard Wagner: *Parsifal*. Gustave Flaubert: *Trois Contes*. Zola: *L'Assommoir*. |

| | VIDA E OBRA DE M. TEIXEIRA-GOMES | ACONTECIMENTOS | | LETRAS, ARTES, CULTURA | |
|---|---|---|---|---|---|
| | | EM PORTUGAL | NO ESTRANGEIRO | EM PORTUGAL | NO ESTRANGEIRO |
| 1878 | Teixeira-Gomes inicia a sua vida de boémia intelectual em Lisboa. | O embrionário Partido Socialista passa a chamar-se Partido dos Operários Socialistas de Portugal. | Congresso de Berlim sobre a questão dos Balcãs. | | Morte de Claude Bernard. Engels: *O Anti-Dühring*. Victor Hugo: *Le Pape*. |
| 1881 | Teixeira-Gomes frequenta no Porto a «Casa Bonjardim», cenáculo político-literário que era a padaria do pai do seu amigo José Pereira Sampaio (Sampaio Bruno). Funda, juntamente com Queirós Veloso e Joaquim Coimbra, o jornal de teatro «Gil Vicente». Dá-se, no Porto e em Lisboa, com Teófilo Braga, Carlos Malheiro Dias, António Nobre, Gomes Leal, João de Deus, Fialho de Almeida, seu ex-colega em Medicina, Afonso Lopes Vieira, Brito Camacho, etc. | | Protectorado da França na Tunísia. | Oliveira Martins: *O Brasil e as Colónias Portuguesas*. Gomes Leal: *A Traição*, *O Herege* e *O Renegado*. Fialho de Almeida: *Contos*. Nasce João de Barros. | Victor Hugo: *Les Quatre Vents de l'Esprit*. Verlaine: *Sagesse*. Maupassant: *La Maison Tellier*. Anatole France: *Le Crime de Silvestre Bonnard*. Renoir: *O Almoço dos Chapéus de Palha*. Giovanni Verga: *I Malavoglia*. Nasce Juan Ramón Jiménez. |

| | VIDA E OBRA DE M. TEIXEIRA-GOMES | ACONTECIMENTOS | | LETRAS, ARTES, CULTURA | |
|---|---|---|---|---|---|
| | | EM PORTUGAL | NO ESTRANGEIRO | EM PORTUGAL | NO ESTRANGEIRO |
| 1882 | Teixeira-Gomes faz a sua estreia literária na *Folha Nova* do Porto. | | Koch descobre o bacilo de Koch.<br>Pasteur descobre a vacina contra o carbúnculo.<br>Constituição da Tripla Aliança (Alemanha, Austria e Itália).<br>Lei do Ensino Primário e Escolaridade Obrigatória em França. | Teixeira de Queirós: *António Fogueira, Salústio Nogueira*.<br>Fialho de Almeida: *Cidade do Vício*.<br>Columbano: *Um Concerto de Amadores*. | Victor Hugo: *Torquemada*.<br>Maupassant: *Mademoiselle Fifi*.<br>Gabriele d'Annunzio: *Canto Nuovo*. |
| 1891 | O pai de Teixeira-Gomes encabeça a fundação do Sindicato de Exportadores de Figo do Algarve. Manuel Teixeira-Gomes é encarregado de colocar os produtos no estrangeiro (Norte da França, Bélgica, Holanda). | Revolução do 1.º de Janeiro no Porto. | | Eugénio de Castro: *Horas*.<br>Alberto de Oliveira: *Poesias*.<br>Abel Botelho: *O Barão de Lavos*.<br>D. João da Câmara: *Alcácer Quibir*. | Morre Herman Melville. |

| | VIDA E OBRA DE M. TEIXEIRA-GOMES | ACONTECIMENTOS | | LETRAS, ARTES, CULTURA | |
|---|---|---|---|---|---|
| | | EM PORTUGAL | NO ESTRANGEIRO | EM PORTUGAL | NO ESTRANGEIRO |
| 1899 | Teixeira-Gomes publica *Inventário de Junho*. Fixa-se em Portimão, administrando as suas propriedades e escrevendo. Passa a viver maritalmente com Belmira das Neves, filha de pescadores, que tem metade da sua idade. | Socialistas e Republicanos apresentam-se juntos às eleições. Tratado secreto de Windsor entre Portugal e a Grã-Bretanha. | Segundo processo Dreyfus. Distribuição, em França, da electricidade ao domicílio. Guerra Anglo-Boer. | | Rainer Marie Rilke: *Studenbuch*. Émile Zola: *Fécondité*. A. Jarry: *L'Amour Absolu*. O nabismo na pintura. Vuillard: *O Pequeno Almoço*. Bonnard: *Salle à Manger*. Ravel: *Pavana por uma Infanta Defunta*. H. Poincaré: *La Théorie de Maxwell et les Oscillations Hertziennes*. |
| 1903 | Teixeira-Gomes publica *Cartas Sem Moral Nenhuma*. | Bernardino Machado adere ao Partido Republicano. | Primeiros voos de avião dos irmãos Wright. Em Londres dá-se a cisão do Partido Socialista russo em Bolcheviques e Mencheviques. | Edição póstuma dos *Ecos de Paris*, de Eça de Queirós. | É publicado *120 Jours de Sodome*, do Marquês de Sade. Grazia Deledda: *Elias Portolu*. Morte de Paul Gauguin. |

| | VIDA E OBRA DE M. TEIXEIRA-GOMES | ACONTECIMENTOS | | LETRAS, ARTES, CULTURA | |
|---|---|---|---|---|---|
| | | EM PORTUGAL | NO ESTRANGEIRO | EM PORTUGAL | NO ESTRANGEIRO |
| 1904 | Teixeira-Gomes publica *Agosto Azul*. | | Fundação do Kuomintang por Sun Yat Sen. *Entente Cordiale* franco--britânica. | | Bailado de Eric Satie: *Três Pedaços em Forma de Pera*. Germain Nouveau: *Savoir Aimer*. Colette: *Dialogue de Bêtes*. Picasso passa do período azul ao período cor-de--rosa. Surge o Fauvismo (Derain, Vlaminck, Matisse, Braque). |
| 1905 | Teixeira-Gomes publica *Sabina Freire*. | José Maria de Alpoim abandona o Partido Progressista Dissidente. | Insurreição em São Petersburgo e constituição do primeiro soviete. | Gomes Teixeira inicia a publicação da sua obra matemática. | Einstein dá a conhecer a *Teoria da Relatividade*. Freud: *Théorie de la Sexualité*. Exposição dos *Fauves* no Salão de Outono em Paris. |

| | VIDA E OBRA DE M. TEIXEIRA-GOMES | ACONTECIMENTOS | | LETRAS, ARTES, CULTURA | |
|---|---|---|---|---|---|
| | | EM PORTUGAL | NO ESTRANGEIRO | EM PORTUGAL | NO ESTRANGEIRO |
| 1907 | Teixeira-Gomes publica «Desenhos e Anedotas de João de Deus» na revista *Arte e Vida*. | João Franco instaura a ditadura. Greve académica em Coimbra. | Revolta dos Vinhateiros no Sul da França. | Abel Botelho: *Fatal Dilema*. | Freud: *Delírio e Sonho na «Gradiva» de Jensen*. H. Bergson: *L'Evolution Créatrice*. Arnold Schoenberg: *Pierrot Lunar*. Pablo Picasso: *As Meninas de Avignon*. Princípio do período Cubista de Braque. Paul Klee: *Divertimento Musical*. Brancusi: *O Beijo*. A. Lumière inventa a fotografia a cores. |
| 1909 | Teixeira-Gomes publica *Gente Singular*. | Congresso, em Setúbal, do Partido Republicano, que encarrega o seu directório de dinamizar o movimento revolucionário para a implantação da República. | Peary chega ao Polo Norte. Acordo franco-alemão sobre Marrocos. Francisco Ferrer é fuzilado em Barcelona. | Teixeira de Pascoais: *Senhora da Noite*. Raúl Brandão: *Farsa*. | André Gide: *La Porte Etroite*. Apollinaire: *La Chanson du Mal-Aimé*. Marinetti: *Manifesto Futurista*. Diaghilev cria os Bailados Russos. Aparece na pintura o grupo do Bateau-Lavoir. |

| | VIDA E OBRA DE M. TEIXEIRA-GOMES | ACONTECIMENTOS | | LETRAS, ARTES, CULTURA | |
|---|---|---|---|---|---|
| | | EM PORTUGAL | NO ESTRANGEIRO | EM PORTUGAL | NO ESTRANGEIRO |
| 1910 | | Revolução do 5 de Outubro e Implantação da República. Portugal torna-se, juntamente com a França e a Suíça, o terceiro estado republicano da Europa. | Início da Revolução Mexicana. | António Patrício: *Serão Inquieto*. | Manifesto dos pintores futuristas. Gaudí termina a Casa Milé em Barcelona. Edward Morgan Foster: *Howard's End*. |
| 1911 | Teixeira-Gomes é nomeado ministro de Portugal em Londres, cargo que ocupa em 7 de Abril. | A Assembleia Constituinte vota a Constituição da República no dia 21 de Agosto. Manuel de Arriaga é o Primeiro Presidente da República. Tentativa gorada de Paiva Couceiro para derrubar o regime republicano. | Revolução Republicana na China. Golpe de Agadir. | Teixeira de Pascoaes: *Marânus*. António Carneiro pinta *Contemplação*. Columbano pinta o retrato de Teixeira-Gomes. Nasce Alves Redol. | Franz Kafka: *O Processo*. Paul Claudel: *L'Otage*. Saint-John Perse: *Eloges*. Katherine Mansfield: *In a German Pension*. Debussy: *O Martírio de São Sebastião*. Os Cubistas no Salão de Outono. Chagall: *Eu e a Aldeia*. Maillol: *Flora*. Marcel Duchamp: *Nu Descendo uma Escada*. Acabamento do Palácio Ideal do *Facteur* Cheval. Elaboração do teste de Rorschach. |

| | VIDA E OBRA DE M. TEIXEIRA-GOMES | ACONTECIMENTOS | | LETRAS, ARTES, CULTURA | |
|---|---|---|---|---|---|
| | | EM PORTUGAL | NO ESTRANGEIRO | EM PORTUGAL | NO ESTRANGEIRO |
| 1913 | 2.ª edição de *Cartas Sem Moral Nenhuma*. | Afonso Costa forma Governo. | Guerra nos Balcãs. Incidentes franco-alemães (Lorraine e Saverne). | Antero de Figueiredo: *D. Pedro e D. Inês*. Aquilino Ribeiro: *Jardim das Tormentas*. | Proust: *A la Recherche du Temps Perdu*. Apollinaire: *Alcools*. Blaise Cendrars: *La Prose du Transsibérien*. David Herbert Lawrence: *Sons and Lovers*. Stravinski: *A Sagração da Primavera*. O Cubismo torna-se sintético. O Orfismo: Delaunay, **Picabia**. Chirico: Epoca das Arcadas. Teoria da órbita atómica de Bohr. |
| 1914 | Grey entrega a Teixeira-Gomes o convite do Governo inglês para Portugal entrar na guerra. | Governo de Bernardino Machado. | Assassínio de **Jean Jaurès**. Eclosão da Primeira Grande Guerra Mundial. | Raúl Brandão: *A Conspiração de Gomes Freire*. Mário de Sá-Carneiro: *A Confissão de Lúcio*. Júlio Dantas: *Pátria Portuguesa*. Amadeo de Sousa Cardoso pinta quadros expressionistas. | André Gide: *Les Caves du Vatican*. Paul Claudel: *Cantate à Trois Voix*. Manuel de Falla: *A Vida Breve*. Bourdelle: *O Centauro Agonizante*. |

| | VIDA E OBRA DE M. TEIXEIRA-GOMES | ACONTECIMENTOS | | LETRAS, ARTES, CULTURA | |
|---|---|---|---|---|---|
| | | EM PORTUGAL | NO ESTRANGEIRO | EM PORTUGAL | NO ESTRANGEIRO |
| 1918 | Teixeira-Gomes, demitido compulsivamente do seu cargo em Londres, é chamado a Lisboa, onde fica em situação de cárcere privado.<br>2.ª edição de *Inventário de Junho*. | Criação da Junta de Salvação Pública.<br>Sidónio Pais, Presidente da República e chefe do governo ditatorial, é assassinado em 14 de Dezembro.<br>Os Portugueses combatem em França. | Armistício de Rethondes: os «14 pontos de Wilson» são aceites pela Alemanha.<br>Tratado de Brest-Litovsk, na sequência da Revolução Proletária russa de Outubro.<br>Epidemia de gripe espanhola. | Aquilino Ribeiro: *Terras do Demo*.<br>Ballets de Almada Negreiros.<br>José Malhoa: *Abóboras*.<br>Henrique Medina: *Interior Aldeão*. | Paul Claudel: *Le Pain Dur*.<br>Jean Giraudoux: *Simon le Pathétique*.<br>Romain Rolland: *Colas Breugnon*.<br>Tristan Tzara: Manifesto Dada.<br>O pós-cubismo: Ozenfant, Le Corbusier.<br>Primeira exposição de Miró em Barcelona.<br>Picasso: *A Mulher em Camisa*.<br>Apollinaire, que morre nesse ano: *Calligrammes*. |

|  | VIDA E OBRA DE M. TEIXEIRA-GOMES | ACONTECIMENTOS | | LETRAS, ARTES, CULTURA | |
|---|---|---|---|---|---|
|  |  | EM PORTUGAL | NO ESTRANGEIRO | EM PORTUGAL | NO ESTRANGEIRO |
| 1919 | Teixeira-Gomes parte para Espanha, nomeado ministro em Madrid pelo Governo de José Relvas. Nesse mesmo ano retoma as funções de ministro em Londres. Participa na Conferência da Paz em Versalhes e é delegado à recém criada Sociedade das Nações. Segundo candidato mais votado na eleição do Presidente da República António José de Almeida. | Revolta republicana em Santarém e revolta monárquica no Porto (monarquia do Norte de Paiva Couceiro). António José de Almeida eleito Presidente da República. Criação da Confederação Geral do Trabalho. Decreto das oito horas de trabalho. | Conferência da Paz em Versalhes. Criação da Sociedade das Nações. Soviétes em Munique e em Budapeste. Assassínio de Zapata, no México. Assassínio de Karl Liebknecht e de Rosa Luxemburgo. | Raúl Brandão: *Memórias*. António Patrício: *Dinis e Isabel*. Aquilino Ribeiro: *Filhas de Babilónia*. Florbela Espanca: *Livro das Mágoas*. Almada Negreiros: *A Invenção do Dia Claro*. Eduardo Viana: *O Rapaz das Louças*. José Maria Rato (escultor): *Sem Casa e Sem Pão*. | Jung: *Psicologia do Inconsciente*. Fundação da revista *Littérature*, onde colaboram futuros surrealistas. Suicídio de Jacques Vaché e publicação das suas *Lettres de Guerre*. |
| 1922 | Teixeira-Gomes chefia a delegação portuguesa na Conferência Internacional de Génova. | Governo de António Maria da Silva. | Marcha fascista sobre Roma. Descoberta da insulina. | Camilo Pessanha: *Clepsidra*. Aquilino Ribeiro: *Estrada de Santiago, O Malhadinhas*. | James Joyce: *Ulisses*. François Mauriac: *Le Baiser au Lépreux*. Robert Desnos: época dos «sonhos». Germain Nouveau: *Valentines*. Prémio Nobel para Jacinto Benavente. Alexei Tolstoi: *A Infância de Nikita*. Descoberta do túmulo de Tut-Ank-Ammon. |

| | VIDA E OBRA DE M. TEIXEIRA-GOMES | ACONTECIMENTOS | | LETRAS, ARTES, CULTURA | |
|---|---|---|---|---|---|
| | | EM PORTUGAL | NO ESTRANGEIRO | EM PORTUGAL | NO ESTRANGEIRO |
| 1923 | Teixeira-Gomes é eleito Presidente da República. | A *Seara Nova* é representada por Mário de Azevedo Gomes no Governo de Álvaro de Castro. | Ditadura de Primo de Rivera em Espanha. Derrota da Revolução Socialista alemã. | | David Herbert Lawrence: *Kangaroo*. André Masson: *Os Quatro Elementos*. Marcel Duchamp termina a sua pintura em vidro *A Noiva Desnudada pelos seus Celibatários*. Louis de Broglie inicia a mecânica ondulatória. |
| 1925 | Teixeira-Gomes renuncia à Presidência da República e parte no cargueiro holandês «Zeus» para um exílio voluntário que o fascismo tornaria definitivo. | Revoltas militares, já de direita, de 18 de Abril e de 19 de Junho. | Guerra do Riff. | José Régio: *Poemas de Deus e do Diabo*. Edição póstuma de *A Capital* de Eça de Queirós. Eduardo Viana: *Ponte sobre o Douro, Mulher Deitada*. I Salão de Outono. | Virginia Woolf: *Mrs. Dalloway*. Suicídio de Essenine. Publicação de *Igitur* de Mallarmé. Eisenstein: *O Couraçado Potemkine*. Charles Chaplin: *A Marcha para o Ouro*. Ap: *A tábua com ovos*. Descoberta, por Milikan, dos raios cósmicos. Início das matemáticas intuicionistas. |

| | VIDA E OBRA DE M. TEIXEIRA-GOMES | ACONTECIMENTOS | | LETRAS, ARTES, CULTURA | |
|---|---|---|---|---|---|
| | | EM PORTUGAL | NO ESTRANGEIRO | EM PORTUGAL | NO ESTRANGEIRO |
| 1930 | 2.ª edição de *Agosto Azul*. | Salazar, ministro das Finanças, define o «Estado Novo». Discurso da «Sala do Risco». | Descoberta do planeta Plutão. | Ferreira de Castro: *A Selva*. Número único, da revista *Sinal* dirigida por Miguel Torga. Mário Eloy: *O Bailarino Francês*. | André Breton: *Second Manifeste du Surréalisme*. Fundação da revista *Le Surréalisme au service de la Révolution*. Luis Buñuel e Salvador Dali: *L'Age d'Or*. Giacometti: *Gaiola*. Magritte: *No Limiar da Liberdade*. |
| 1931 | Teixeira-Gomes fixa-se em Bougie. 2.ª edição de *Gente Singular*. | | Abolição da Monarquia em Espanha. | Branquinho da Fonseca: *Zonas*. Maximiano Alves: *Monumento aos Mortos da Grande Guerra*, em Lisboa. | William Faulkner: *Santuário*. Dorothy Richardson: *Dawn's Left Hand*. Sherwood Andersen: *Perhaps Women*. Saint-Exupéry: *Vol de Nuit*. Georges Bataille: *Histoire de l'Oeil*. Criação dos «Objectos Surrealistas de Funcionamento Simbólico». Cocteau: *Le Sang d'un Poète*. |

| | VIDA E OBRA DE M. TEIXEIRA-GOMES | ACONTECIMENTOS | | LETRAS, ARTES, CULTURA | |
|---|---|---|---|---|---|
| | | EM PORTUGAL | NO ESTRANGEIRO | EM PORTUGAL | NO ESTRANGEIRO |
| 1932 | Teixeira-Gomes publica *Cartas a Columbano*. | Salazar torna-se chefe do Governo. | Invasão da Manchúria pelo Japão. | Rodrigues Miguéis: *Páscoa Feliz*. Fernando Pessoa: *O Caso Mental Português*. | Ricardo Bacchelli: *La Congiura di don Giulio d'Esta*. Jules Romains inicia a série *Hommes de Bonne Volonté*. Louis Ferdinand Céline: *Voyage au Bout de la Nuit*. André Breton: *Les Vases Communicants*. Antonin Artaud: *Manifeste du Théâtre de la Cruauté*. Jean Piaget: *Le Jugement Moral Chez l'Enfant*. |
| 1933 | 3.ª edição de *Inventário de Junho*. | Constituição do «Estado Novo». Criação do Estatuto do Trabalho Nacional. | Hitler torna-se Chanceler do Reich. Descoberta da radioactividade artificial. | Ferreira de Castro: *Eternidade*. | John Steinbeck: *To a God Unknown*. Marian Cooper: *King Kong*. Fundação da revista *Minotaure*. Malraux: *La Condition Humaine* (Prémio Goncourt). |

| | VIDA E OBRA DE M. TEIXEIRA-GOMES | ACONTECIMENTOS | | LETRAS, ARTES, CULTURA | |
|---|---|---|---|---|---|
| | | EM PORTUGAL | NO ESTRANGEIRO | EM PORTUGAL | NO ESTRANGEIRO |
| 1934 | 3.ª edição de *Cartas Sem Moral Nenhuma*. Teixeira-Gomes publica *Novelas Eróticas* e *Regressos*. | A União Nacional, partido único, elege noventa deputados numa farsa eleitoral, estando proibidos os partidos políticos e as associações sindicais. | Purga nazi na Alemanha. Levantamento das Astúrias. Motins fascistas em França. A U.R.S.S. entra para a Sociedade das Nações. | Fernando Pessoa: *Mensagem*. José Régio: *Jogo da Cabra Cega*. Surge o jornal *Diabo*. Pardal Monteiro: Igreja de Nossa Senhora de Fátima. | Henry Miller: *Tropic of Cancer*. F. Scott Fitzgerald: *Tender Night*. H. Hathaway: *Peter Ibbetson*. Benjamin Péret: *Je ne Mange pas de ce Pain-là*. Aragon: *Les Cloches de Bâle*. Éluard: *La Rose Publique*. Pirandello recebe o Prémio Nobel. Max Ernst: *Jardins Gobe-Avions*. Jack Conway: *Viva Villa!* Descoberta do neutrão por Chadwick. Primeiro microscópio electrónico. Primeira experiência de radar. |
| 1935 | No mesmo ano sai a 2.ª edição de *Regressos*. | | Opção do Sarre pela Alemanha. | Ferreira de Castro: *Terra Fria*. António Pedro participa em Paris no Dimensionismo. Dordio Gomes: *O Barredo*. | F. Scott Fitzgerald: *Taps at Reveille*. John Steinbeck: *Tortilla Flat*. Exposição Internacional do Surrealismo em Copenhaga e em Tenerife. |

| | VIDA E OBRA DE M. TEIXEIRA-GOMES | ACONTECIMENTOS | | LETRAS, ARTES, CULTURA | |
|---|---|---|---|---|---|
| | | EM PORTUGAL | NO ESTRANGEIRO | EM PORTUGAL | NO ESTRANGEIRO |
| 1936 | 2.ª edição de *Sabina Freire*. | Criação da Legião Portuguesa. Começa a funcionar o campo de concentração do Tarrafal, em Cabo Verde. Salazar corta relações com o Governo republicano espanhol. | Início da Guerra de Espanha. Vitória eleitoral da Frente Popular em França. Insurreição operária em Viena de Áustria. A Alemanha recupera militarmente a Renânia. | Irene Lisboa: *Solidão*. Joaquim Paço d'Arcos: *Diário de um Emigrante*. José Régio: *Encruzilhadas de Deus*. João Gaspar Simões inicia no *Diário de Lisboa* a secção crítica «Os livros da Semana». Fausto Sampaio (pintor): *Macau*. | Fuzilamento de Garcia Lorca. John dos Passos: *The Big Money*. Ernest Hemingway: *Green Hills of Africa*. Georges Bernanos: *Journal d'un Curé de Campagne*. Eluard: *Les Yeux Fertiles*. Armand Salacrou: *Un Homme Comme les Autres*. |
| 1937 | Teixeira-Gomes publica *Miscelânea*. | Na Sociedade das Nações, Portugal secunda a Itália na questão da Etiópia. Portugal, por causa dos seus fornecimentos de armas à Espanha fascista, corta relações diplomáticas com a Checoslováquia. | | Vitorino Nemésio: *A Casa Fechada*. Aquilino Ribeiro: *São Banaboião Anacoreta e Mártir*. Irene Lisboa: *Outono, havias de vir*. Raquel Bastos: *Um Fio de Música*. Surge o jornal *Sol Nascente*. Carlos Botelho: *Lisboa*. | Erskine Caldwell: *You Have Seen Their Faces*. André Malraux: *L'Espoir*. Georges Bernanos: *Les Grands Cimetières sous la Lune*. André Breton: *L'Amour Fou*. Primeira representação de *Ubu Enchaîné*, de Jarry. Toyen: *A Adormecida*. Harold Muller: *It's a Bird*. Internamento de Antonin Artaud. |

| | VIDA E OBRA DE M. TEIXEIRA-GOMES | ACONTECIMENTOS | | LETRAS, ARTES, CULTURA | |
|---|---|---|---|---|---|
| | | EM PORTUGAL | NO ESTRANGEIRO | EM PORTUGAL | NO ESTRANGEIRO |
| 1938 | Teixeira-Gomes publica *Maria Adelaide*. O romance é proibido pela Censura em 1 de Março e 180 exemplares são apreendidos em 5 de Agosto. | Salazar reconhece oficialmente a Espanha de Franco. Endeusamento do ditador. | Anexação da Áustria por Hitler. Acordos de Munique após a crise internacional nascida da «Questão dos Sudetas». | Alves Redol: *Glória*. Vitorino Nemésio: *O Bicho Harmonioso*. Branquinho da Fonseca: *Caminhos Magnéticos*. Marmelo e Silva: *Sedução*. Aleixo Ribeiro: *Bússola Doida*. Almada Negreiros: *Nome de Guerra*. Joaquim Paço d'Arcos: *Ana Paula*. Mário Eloy: *O Enterro*. | Bertold Brecht: *Horror e Miséria do III Reich*. Jean-Paul Sartre: *La Nausée*. Natalie Sarraute: *Tropismes*. Julien Gracq: *Au Château d'Argol*. Georges Schéhadé: *Poésies*. Exposição Internacional do surrealismo em Paris. Victor Béauner: época dos «crepúsculos». |
| 1939 | Teixeira-Gomes publica *Carnaval Literário*. | Tratado de não-agressão e amizade assinado por Salazar e Franco. | Eclosão da II Grande Guerra Mundial. | Marmelo e Silva: *Depoimento*. João de Araújo Correia: *Contos Bárbaros*. Assis Esperança: *Gente de Bem*. | Robert Pen Warren: *Night Rider*. Jean-Paul Sartre: *Le Mur*. André Gide: Journal (1889--1931). Aimé Césaire: *Cahier d'un Retour*. Malraux filma *L'Espoir*. Leonora Carrington: *Na Estalagem do Cavalo de Aurora*. Exposição Internacional do Surrealismo no México. |

| | VIDA E OBRA DE M. TEIXEIRA-GOMES | ACONTECIMENTOS | | LETRAS, ARTES, CULTURA | |
|---|---|---|---|---|---|
| | | EM PORTUGAL | NO ESTRANGEIRO | EM PORTUGAL | NO ESTRANGEIRO |
| 1941 | Morte de Teixeira-Gomes em Bougie. | Invasão de Timor pelos Australianos. | Primeira aplicação da penicilina, descoberta por Fleming em 1927. | Soeiro Pereira Gomes: *Esteiros*. Miguel Torga: *O Canto da Nossa Agonia*. José Régio: *Jacob e o Anjo*, *O Fado*. Aparece a revista *Novo Cancioneiro*. | Thomas Wolfe: *The Hills Beyond*. Carlo Emilio Gadda termina a publicação, em *Letteratura*, de *La Cognizione del Dolore*. Matta: *A Terra é um Homem*. |
| 1942 | Edição Póstuma de *Londres Maravilhosa*. | | | | |

# BIBLIOGRAFIA

### 1) De M. Teixeira-Gomes

*Inventário de Junho* (1899), 4.ª ed., Portugália Editora, 1958.
*Cartas Sem Moral Nenhuma* (1903), 3.ª ed., Seara Nova, 1934.
*Agosto Azul* (1904), 3.ª ed., Portugália Editora, 1958.
*Sabina Freire* (1905), 3.ª ed., Portugália Editora, 1958.
*Gente Singular* (1909), 3.ª ed., Portugália Editora, 1959.
*Cartas a Columbano* (1932), 2.ª ed., Portugália Editora, 1957.
*Novelas Eróticas* (1935), 2.ª ed., Portugália Editora, 1961.
*Regressos* (1935), 3.ª ed., Portugália Editora, 1960.
*Miscelânea* (1937), 2.ª ed., vol. I, Portugália Editora, 1959.
*Maria Adelaide* (1938), 2.ª ed., Portugália Editora, 1959.
*Carnaval Literário* (2.ª parte de *Miscelânea*) (1939), 2.ª ed., Portugália Editora, 1960.
*Londres Maravilhosa* (1942), 2.ª ed., Portugália Editora, 1960.
*Correspondência — Cartas para Políticos e Diplomatas* (2 vols.), Portugália Editora, 1960.

### 2) Sobre M. Teixeira-Gomes

Anselmo, Manuel — *Antologia Moderna, Ensaios Críticos*, Ed. Sá da Costa, 1937; *Família Literária Luso-Brasileira (Ensaios de Literatura e Estética)*, Rio de Janeiro, Livraria José Olímpio Editora, 1943.
Barros, João de — *Teixeira-Gomes*, estudo incluído em *O Exilado de Bougie (Perfil de Teixeira-Gomes)*, de Norberto Lopes, Lisboa, 1942.
Câmara Reis, Luís da — «Teixeira-Gomes», in *Seara Nova*, Ano XXXVIII, Maio de 1960.
Castelo Branco Chaves — *M. Teixeira-Gomes* (Cadernos Seara Nova), Lisboa, 1934; «Notas Ensartadas a Modo de Posfácio» in *Londres Maravilhosa*, 1942; *Teixeira-Gomes Diplomata*, Separata de *Seara Nova*, 1943; Introdução à Colectânea *Correspondência — Cartas para Políticos e Diplomatas* (2 vols.,, Portugália Editora, 1960.
Coelho, António de Oliveira — «Teixeira-Gomes Memorialista e Escritor», in *Seara Nova*, Ano XXXVIII, Maio 1960.
Ferreira, David Mourão- — *Aspectos da Obra de M. Teixeira-Gomes*, Portugália Editora, 1961; «Dois Estudos sobre M. Teixeira-Gomes», in *Lâmpadas no Escuro — De Herculano a Torga* — Ensaios, Ed. Arcádia, 1979.

---

Nota: As datas entre parêntesis referem-se à primeira edição.

Figueiredo, Fidelino — *Estudos de Literatura (Artigos Vários)* — 2.ª série, Lisboa, 1918.
Gomes, Elviro Rocha — *Luz e Lume na Obra de Teixeira-Gomes*, separata do *Correio do Sul*, Faro, 1980.
Gonçalves, António da Silva — *Teixeira-Gomes, um Grande das Letras*, separata dos *Anais do Município de Faro*, 1972.
Guibert, Armand — *Teixeira-Gomes et la Tunisie*, in *La Tunisie Française Littéraire*, Tunis, 29 de Junho de 1942; «L'Exilé de Bougie» in *Les Dernières Nouvelles*, Argel, 29 de Agosto de 1942; «Des Carosses Officiels au Chameau des Caravanes: António Teixeira-Gomes» (António impresso por erro em vez de Manuel), in *Le Mercure de France*, Paris, 1 de Março de 1948; «Un Destin Hors Série: Manuel Teixeira-Gomes, le plus Méditerranéen des Portugais», in *Annales du Centre Universitaire Méditerranéen*, Nice, vol. XIV, 1960-1961 (texto de uma conferência proferida no .C U. M.); «Tropismes Méditerranéens dans l'Oeuvre de Manuel Teixeira-Gomes, in *Arquivos do Centro Cultural Português*, vol. XV, Fundação Calouste Gulbenkian, Paris, 1980.
Lopes, Norberto — *O Exilado de Bougie (Perfil de Teixeira-Gomes)*, com um estudo de João de Barros, Lisboa, 1942.
Medina, João — *Manuel Teixeira-Gomes e Sidónio Paes* — Separata do II vol. de *Clio — Revista do Centro de História da Universidade de Lisboa*, 1980.
Nunes, António Joaquim — *Da Vida e da Obra de Teixeira-Gomes*, ed. do autor, Lisboa, 1976.
Rodrigues, Urbano — *A Vida Romanesca de Teixeira-Gomes*, Ed. Marítimo-Colonial, Lisboa, 1946.
Rodrigues, Urbano Tavares — *Manuel Teixeira-Gomes — Introdução ao Estudo da sua Obra*, Portugália Editora, 1950; *Teixeira-Gomes e a Reacção Antinaturalista*, Ed. Casa do Algarve (Distribuição da Portugália Editora), 1960; «Uma Carta de Londres de Manuel Teixeira-Gomes» in *O Século* de 16-6-1973; «Relendo Teixeira-Gomes» («*Maria Adelaide* e a Condição da Mulher Portuguesa», «*Sabina Freire* ou a Ultrapassagem dos Limites» e o «Republicanismo de Teixeira-Gomes») in *Ensaios de Escreviver*, 2.ª ed., Centelha, 1978; «Teixeira-Gomes Moralista» in *Realismo, Arte de Vanguarda e Nova Cultura*, 2.ª ed., Nova Crítica, 1978; «Manuel Teixeira-Gomes» in *Dicionário das Literaturas Portuguesa, Galega e Brasileira*.
Simões, (João Gaspar) — *Crítica I (A Prosa e o Romance Contemporâneos)*, Ed. Livraria Latina, Porto, 1942.
Vladimiro (Vítor) — «Teixeira-Gomes e as Incursões», in *Diário de Notícias* de 12 de Maio de 1981.

### 3) Obras de Apoio Teórico

Auerbach, Erich — *Mimesis*, (1946), Editora Perspectiva, São Paulo, 1971.
Bachelard, Gaston — *L'Eau et les Rêves* (1942), Ed. José Corti, 1979; *L'Air et les Songes* (1943), Ed. José Corti, 1981; *La Terre et les Rêveries de la Volonté* (1948), Ed. José Corti, 1976; *La Psychanalyse du Feu* (1949), Ed. Idées/Gallimard, 1978; *La Poétique de l'Espace* (1957), Ed. P. U. F., 1978; *Le Droit de Rêver* (1970), P. U. F., 1973.
Bakhtine, Mikhail — *Esthétique et Théorie du Roman* (1975), Ed. Gallimard, 1978.
Bally, Charles — *Traité de Stylistique Française*, 3.ª ed., Klincksieck, 1951, I e II vols.
Barthes, Roland — *Le Degré Zéro de l'Ecriture suivi de Eléments de Sémiologie* (1953 e 1964), Ed. Gonthier, 1965; *Crítica e Verdade* (1966), Edições 70, 1978; *S/Z* (1970), Ed. du Seuil (Col. Points), 1976; *Sade, Fourier, Loiola* (1971), Edições 70 (Col. Signos), 1979; *Le Plaisir du Texte*, (1973), Ed. du Seuil (Col. Tel Quel), 1973; *Roland Barthes por Roland Barthes* (1975), Edições 70 (Col. Signos), 1976; *Fragments d'un Discours Amoureux*, Ed. du Seuil (Col. Tel Quel), 1977; *Lição*, Edições 70 (Col. Signos), 1979.
Bataille, Georges — *L'Erotisme* (1957), Les Éditions de Minuit (Arguments), 1979.
Bellemin-Noel, Jean — *Psychanalyse et Litterature*, P. U. F. (Que Sais-Je?), 1978; *Vers l'Inconscient du Texte*, Ed. P. U. F. (Ecritures), 1979.

Blanchot, Maurice — *Le Livre à Venir* (1959), Ed. Gallimard (Idées/NRF), 1971.
Bleguer, José — *Psicanálise e Dialéctica Materialista* (1969), Ed. Galeria Panorama, s/d.
Block-Michel, Jean — *Le Présent de l'Indicatif*, Ed. Gallimard, 1963.
Booth, Wayne C. — *A Retórica da Ficção*, Ed. Arcádia, 1980.
Bourneuf (R.) et R. Ouellet — *L'Univers du Roman*, Ed. P. U. F., Col. S. V. P., 1972.
Brunel, Pierre — *Le Mythe de la Metamorphose*, Ed. Armand Colin, 1974.
Bureau, Conrad — *Linguistique Fonctionnelle et Stylistique Objective*, P. U. F., 1976.
Charles, Michel — *Rhétorique de la Lecture*, Ed. Seuil (Col. Poétique), 1977.
Chasseguet-Smirguel, Janine — *Pour une Psychanalyse de l'Art et de la Créativité* (1971), Ed. Petite Bibliothèque Payot, 1977.
Chomsky, Noam — *Estruturas Sintácticas* (1957), Edições 70 (Col. Signos), 1980.
Clément, Catherine — *Miroirs du Sujet*, Union Générale d'Éditions (Série Esthétique), 1975.
Coelho, Eduardo Prado — *O Reino Flutuante*, Edições 70, Lisboa, 1972.
Cohen, Jean — *Structure du Langage Poétique*, Ed. Flammarion, 1966.
*Communications*, 8 *(Recherches Sémiologiques — L'Analyse Structurale de Récit)*, Ed. Seuil, 1966.
Cooper, David — *A Linguagem da Loucura* (1978), Ed. Presença (Clivagem), 1979.
*Corps Création — entre Lettres et Psychanalyse*, sob a direcção de Jean Guillaumin, Ed. Presses Universitaires de Lyon, 1980.
Courtés, Joseph — *Introdução à Semiótica Narrativa e Discursiva*, Ed. Livraria Almedina, Coimbra, 1979.
Cressot, Marcel — *O Estilo e as suas Técnicas* (1947), Edições 70 (Col. Signos), 1980.
Cunha, Celso — *Gramática de Português Contemporâneo*, 8.ª ed., Ed. Livraria Padrão, Rio de Janeiro, 1980.
David, Christian — *O Estado Amoroso — ensaios psicanalíticos* — Palas Editores, s/d.
Deleuze, Gilles — *Présentation de Sacher-Masoch*, Éditions de Minuit, 1967.
Derrida, Jacques — *Positions*, Les Éditions de Minuit, Col. Critique, 1972.
Durand, Gilbert — *Les Structures Anthropologiques de l'Imaginaire* (1960), Ed. Bordas, 1969; *L'Imagination Symbolique* (1964), P. U. F., 1976; *Figures Mythiques et Visages de l'Oeuvre*, Berg International Éditeurs, 1979; *L'Ame Tigrée — Les Pluriels de Psyché*, Éditions Denoel (Col. Médiations), 1980.
Duvignaud, Jean — *Fêtes et Civilisations*, Ed. Librairie Weber, 1974; *Lieux et Non Lieux*, Éditions Galilée, 1977.
Eagleton (Terry) — *Marxismo e Crítica Literária*, Edições Afrontamento, 1976.
Eliade, Mircea — *O Sagrado e o Profano*, Ed. Livros do Brasil, s/d; *Aspects du Mythe* (1963), Ed. Idées/Gallimard, 1978.
Escarpit (Robert) — *Le Littéraire et le Social*, Ed. Flammarion, 1970.
*Estruturalismo — Antologia de Textos Teóricos* — Selecção e Introdução de Eduardo Prado Coelho, Portugália Editora (Col. Problemas), s/d.
Felman, Shoshana — *Le Scandale du Corps Parlant*, Ed. du Seuil, 1980.
Figueiredo, Fidelino de — *Simbolos e Mitos*, Publicações Europa-América, 1964.
Fordham, Frieda — *Introdução à Psicologia de Jung* (1953), Ed. Ulisseia, 1972.
Foucault, Michel — *As Palavras e as Coisas* (com ensaios de Eduardo Lourenço e de Vergílio Ferreira) (1966), Portugália Editora, s/d; *Le Structuralisme en Psychanalyse*, Ed. du Seuil, 1974.
Freud, Sigmund — *Psicopatologia da Vida Quotidiana*, Ed. Estúdios Cor (Col. Ideias e Formas), 1974; *La Interpretación de los Sueños I, II e III*, Alianza Editorial, 1979; *Essais de Psychanalyse Appliquée*, Ed. Gallimard, Idées, 1978; *Délire et Rêves dans la Gradiva de Jensen*, Ed. Gallimard/Idées, 1973.
Fromm, Eric — *O Dogma de Cristo* (1955), Zahar Editores, Rio de Janeiro, 1965.
Genette, Gérard — *Figures I* (1966), Ed. du Seuil (Points), 1976; *Figures II* (1969), Ed. du Seuil (Points), 1979; *Figures III*, Ed. du Seuil (Col. Poétique), 1972; *Introduction à L'Architexte*, Ed. du Seuil (Col. Poétique), 1979.
Germain, Claude — *La Sémantique Fonctionelle*, P. U. F., 1981.
Girard, René — *Mensonge Romantique et Vérité Romanesque* (1961), Ed. Bernard Grasset (Pluriel), 1978; *La Violence et le Sacré* (1972), Ed. Bernard Grasset, 1978.

Goldmann (Lucien) — *Le Dieu Caché* (1959), Ed. Gallimard, 1959; *Pour une Sociologie du Roman*, Ed. Gallimard, 1964; *Marxisme et Sciences Humaines*, Ed. Gallimard, 1970; *Structures Mentales et Création Culturelle*, Ed. Anthropos, 1970.
Greimas, A. J. — *Sémantique Structurale*, Ed. Larousse, 1966; *Du Sens*, Ed. du Seuil, 1970; *Maupassant — La Sémiotique du texte: exercices pratiques*, Ed. du Seuil, 1976.
Guimarães, Fernando — *Linguagem e Ideologia*, Ed. Inova, 1972.
Guiraud, Pierre — *La Stylistique*, 6.ª ed., P. U. F., (Col. Que Sais-je?), 1979.
Haar, Michel — *Introdução à Psicanálise — Freud* (1979), Edições 70 (Biblioteca Básica de Filosofia), 1981.
Jakobson, Roman — *Seis Lições sobre o Som e o Sentido* (1976), Moraes Editores (Col. Temas e Problemas), 1977.
Jankélévitch, Vladimir — *L'Ironie ou la Bonne Conscience* (1950), Ed. P. U. F., 1950.
Jauss, Hans Robert — *Pour une Esthétique de la Réception* (1972), Ed. Gallimard/NRF, 1978.
Jean, Raymond — *La Poétique du Désir*, Ed. du Seuil, 1974.
Jesi, Furio — *O Mito* (1973), Ed. Presença, 1977.
Konder, Leandro — *Os Marxistas e a Arte*, Ed. Civilização Brasileira, 1967.
Kristeva, Julia — *Pouvoirs de l'Horreur*, Ed. du Seuil (Col. Tel Quel), 1980.
Lacan, Jacques — *De La Psychose Paranoïaque dans ses Rapports avec la Personnalité* (1932), Ed. du Seuil, 1975; *Ecrits I*, Ed. du Seuil, 1966; *Ecrits II*, Ed. du Seuil, 1971; *O Mito Individual do Neurótico*, Ed. Assírio e Alvim (Pelas Bandas da Psicanálise), 1980.
Lapa, M. Rodrigues — *Estilística da Língua Portuguesa*, Ed. Seara Nova (Col. Universidade Livre) 1973.
Lapouge, Gilles — *Utopie et Civilisation*, Ed. Librairie Weber, 1973.
Lausberg, Heinrich — *Elementos de Retórica Literária* (1967) — Ed. Fundação Calouste Gulbenkian, 1972.
Le Galliot, Jean — *Psychanalyse et Langages Littéraires*, Ed. Nathan, 1977.
Le Guern, Michel — *Semântica da Metáfora e da Metonímia* (1973), Telos Editora, 1974.
Leclaire, Serge — *Démasquer le Réel*, Ed. du Seuil, 1971.
Leenhardt, Jacques — *Lecture Politique du Roman*, Les Editions de Minuit, 1973.
Lefebve, Maurice-Jean — *Estrutura do Discurso da Poesia e da Narrativa*, Ed. Livraria Almedina, Coimbra, 1975.
Lepecki, Maria Lúcia — *Meridianos do Texto*, Ed. Assírio e Alvim (Cadernos Peninsulares/ensaio 23), 1979.
Lévesque, Claude — *L'Etrangeté du Texte*, Ed. V. L. B. Union Générale d'Editions (10/18), 1978.
Lotman, Iuri — *A Estrutura do Texto Artístico*, Vaap, Moscovo, 1976, Ed. Estampa, Lisboa, 1978.
Lukacs, Georg — *Histoire et Conscience de Classe*, Les Editions de Minuit (1960), 1965; *Existentialisme ou Marxisme*, Ed. Nagel, 1948; *La Signification Présente du Réalisme Critique*, Ed. Gallimard, 1960.
Lyons, John — *Semântica-I* (1977), Ed. Presença/Martins Fontes, 1980.
Lyra, Pedro — *Literatura e Ideologia*, Ed. Vozes Ltda., Petrópolis, 1979.
Mannoni, Octave — *Freud — Introdução à Psicanálise* (1969), Publicações Europa-América, 1981.
Marouzeau — *Précis de Syilistique Française*, Ed. Manon et Cie, 1969.
Marsais, Du — *Traité des Tropes* (1730) seguido de Jean Paulhan: *Traité des Figures*, Ed. Le Nouveau Commerce, 1977.
Marx-Engels — *Sobre Literatura e Arte*, Ed. Estampa, 1971.
Mathis, Paul — *Le Corps et l'Écrit*, Ed. Aubier Montaigne, 1981.
Maurron, Charles — *Des Métaphores Obsédantes au Mythe Personnel — introduction à la Psychocritique*, Ed. Librairie José Corti, 1980.
Maury, Paul — *Arts et Littérature Comparés*, Études Françaises, 33.º caderno, Ed. Les Belles Lettres, Paris, s/d.
Mendes, João — *Teoria Literária*, Ed.ª Verbo, 1980.

Meschonnic, Henri — *Poétique*, Éditions Gallimard; *Poétique II* (1973), Ed. Gallimard, 1980; *Poétique III*, Ed. Gallimard, 1973.
Mitterand, Henri — *Le Discours du Roman*, Ed. P. U. F. (Col. Écriture) 1980.
Molino, Jean, François Soublin e Joelle Tamine — *La Métaphore*, Langages, 10.º ano, Junho de 1979, n.º 54, Ed. Didier-Larousse.
Morin, Edgar — *O Paradigma Perdido*, Publicações Europa-América, 1975.
Mounin, Georges — *La Littérature et ses Technocraties*, Ed. Casterman, Tournai, 1978.
Normand, Claudine — *Métaphore et Concept*, Ed. Complexe (Col. Dialectiques), 1976.
Palmer, F. R. — *A Semântica* (1976), Edições 70 (Col. Signos), 1979.
Pécheux, Michel — *Les Vérités de la Palice*, Ed. François Maspéro (Col. «Théorie»), 1975.
Pouillon, Jean — *Temps et Roman*, Ed. Gallimard, 6.ª ed., 1946.
Prévost, Claude — *Literatura, Política e Ideologia* (1973), Moraes Editores, 1973.
Propp, Vladimir — *Morphologie du Conte* (1928) suivi de *Les Transformations du Conte Merveilleux* et de E. Mélétinski: *L'Étude Structurale et Typologique du Conte*, Ed. du Seuil (Col. Poétique), 1973.
*Psicanálise (A)* (textos de Jean-Claude Sempé, Jean-Luc Donnet, Jean Say, Gilbert Lascault, Catherine Backès), 1969, Edições 70 (Persona), 1975.
Reich, Wilhelm — *Materialismo Dialéctico e Psicanálise* (1929), Editorial Presença (Biblioteca de Ciências Humanas), 1977.
Reichler, Claude — *La Diabolie — la séduction, la renardie, l'écriture*, Les Éditions de Minuit, 1979.
Reis, Carlos — *Técnicas de Análise Textual*, Ed. Livraria Almedina, Coimbra, 1976; *Estatuto e Perspectivas do Narrador na Ficção de Eça de Queirós*, Ed. Livraria Almedina, Coimbra, 1980; *Introdução à Leitura d'Os Maias*, Ed. Livraria Almedina, Coimbra, 1981.
Ricciardi, Giovanni — *Sociologia da Literatura*, Publicações Europa-América, 1971.
Richard, Michel — *A Psicologia e os seus Domínios — de Freud a Lacan*, 1.º vol., Moraes Editores, 1977.
Riffaterre, Michael — *Essais de Stylistique Structurale*, Ed. Flammarion, 1971; *La Production du Texte*, Ed. du Seuil (Col. Poétique), 1979.
Roche, Jean — *Le Style des Candidats à la Présidence de la République — étude quantitative de Stylistique*, Ed. Édouard Privat, Toulouse, 1971.
Rougement, Denis de — *Comme Toi-Même*, Ed. Albin Michel, 1961.
Safouan, Moustapha — *Le Structuralisme en Psychanalyse*, Ed. du Seuil, 1966; *L'Échec du Principe de Plaisir* (Col. Le Champ Freudien), 1979.
Sarraute, Nathalie — *L'Ere du Soupçon — essais sur le roman*, Ed. Gallimard, 1956.
Saussure, Ferdinand de — *Curso de Linguística Geral* (Cursos de 1906-1911), Publicações Dom Quixote, 1971.
Schaff, Adam — *Introdução à Semântica* (1962), Ed. Civilização Brasileira, 1968.
Schneider, Monique — *Freud et le Plaisir*, Ed. Denoel, 1980.
Seixo, Maria Alzira — *Para um Estudo da Expressão do Tempo no Romance Português Contemporâneo*, Publicações do Centro de Estudos Filológicos, Lisboa, 1968; *Discursos do Texto*, Ed. Livraria Bertrand, 1977.
Sena, Jorge de — *Dialécticas da Literatura*, Edições 70, 1973.
Silva, Vítor Manuel de Aguiar e — *Teoria da Literatura*, Ed. Livraria Almedina, Coimbra, 1967; *A Estrutura do Romance*, Ed. Livraria Almedina, Coimbra, 1974.
Spitzer, Léo — *Études de Style* précédé de *Léo Sptizer et la Lecture Stylistique* de Jean Starobinski, Ed. Gallimard, Idées, 1970, Tel, 1980.
Starobinski, Jean — *La Relation Critique (L'Oeil Vivant II)*, Ed. Gallimard/NRF, 1970; *Les Mots Sous les Mots*, Ed. Gallimard/NRF (Col. Le Chemin), 1971.
*Teoria da Literatura (I e II) — Textos dos Formalistas Russos apresentados por Tzvetan Todorov* (1965), Edições 70, Col. Signos, 1978.
*Théorie d'Ensemble*, Ed. du Seuil (Tel-Quel), 1968.
Thibaudeau (Jean) — *Socialisme, Avant-Garde, Littérature*, Éditions Sociales, Paris, 1972.
Todorov, Tzvetan — *Literatura e Significação* (1967), Ed. Assírio e Alvim, 1973; *Introdução à Literatura Fantástica* (1970), Moraes Editores, 1977; *Poétique*

*de la Prose*, Ed. Seuil (Col. Poétique), 1971; *Poétique* (segunda parte de *Qu'est-ce que le Structuralisme?*), Ed. du Seuil, 1973; *Théories du Symbole*, Ed. du Seuil, 1977.

Torres, Alexandre Pinheiro — *Romance: O Mundo em Equação*, Portugália Editora, 1967.

Ullmann, Stephen — *Semântica — Uma Introdução à Ciência do Significado*, 1964, 4.ª ed., Fundação Calouste Gulbenkian, 1977.

Valéry, Paul — Variété (1924), Gallimard, 80.ª ed.

Vilela, Mário — *Estruturas Léxicas do Português*, Ed. Livraria Almedina, Coimbra, 1979.

Volpe, Galvano della — *Critica del Gusto*, Ed. Feltrinelli, 1966.

Wellek (René) e Austin Warren — *Teoria da Literatura*, Pub. Europa-América, 1962.

Yllera, Alicia — *Estilística, Poética e Semiótica Literária* (1974), Ed. Livraria Almedina, Coimbra, 1979.

Zéraffa, Michel — *Romance e Sociedade* (P. U. F., 1971), Estúdios Cor, 1974; *Personne et Personnage*, Ed. Klincksieck, Paris, 1971.

Zis, A. — *Fundamentos de la Estetica Marxista*, Editorial Progreso, Moscovo, 1976.

# ÍNDICE DE AUTORES

Agostinho, Santo — 136.
Almeida, Fialho de — 21, 34, 35, 52, 53, 127, 153, 235, 292, 412, 413.
Andersen, Sherwood — 422.
Annunzio, Gabriele d' — 32, 413.
Anouilh, Jean — 149.
Apollinaire, Guillaume — 416, 418, 419.
Aquino, São Tomás de — 31.
Aragon, Louis — 424.
Aristófanes — 93.
Aristóteles — 367, 368.
Arnaud, Alain — 164.
Arnim, Luís Achim d' — 93, 150.
Artaud, Antonin — 186, 423, 425.
Assis, S. Francisco de — 32.
Aucouturier, Michel — 254.
Aurélio, Marco — 31.
Aurevilly, Barbey d' — 120.
Ávila, Santa Teresa de — 299.
Azorin — 55.

Bachelard, Gaston — 72, 73, 74, 157, 274, 276, 281, 283, 284.
Bakhtine, Mikhaïl — 254, 257, 258.
Bana, Carlos — 366, 377.
Barbusse, Henri — 32.
Barrès, Maurice — 55.
Barros, Henrique de — 402.
Barros, João de (o historiador) — 220.
Barros, João de — 36, 101, 123, 310, 324, 385, 401, 402, 404, 412.
Barrow, George — 403.
Barthes, Roland — 52, 60, 108, 122, 163, 193, 286.
Bastos, Raquel — 425.
Bataille, Georges — 100, 164, 181, 182, 185, 194, 195.
Baudelaire, Charles — 33, 220, 411.
Beirão, Mário — 51.
Bellemin-Noël, Jean — 257, 282, 293.
Benavente, Jacinto — 420.
Bergson, Henri — 416.
Bernardes, P.e — Manuel — 11, 25, 31, 37, 49, 61, 211, 220, 241.
Berry, Nicole — 173.
Blake, William — 32.
Boccaccio — 34, 189.
Boétie (La) — 49.
Boileau — 31.
Bossuet — 31, 193, 194, 196.
Botelho, Abel — 21, 24, 34, 127, 133, 235, 265, 292, 413, 416.
Booth, Wayne C. — 190.
Bourget, Paul — 120.
Braga, Teófilo — 34, 412.
Bragança, Nuno — 150.
Brandão, Raúl — 52, 53, 55, 128, 133, 188, 400, 416, 418, 420.
Brasil, Jaime — 385.
Braudel, Fernand — 177.

Brecht, Bertold — 426.
Bremond, Claude — 85, 146.
Brentano, Clemente — 150.
Breton, André — 93, 326, 422, 423, 425.
Bretonne, Restif de la Bretonne — 189, 190.
Breuer — 185.
Brisson, Luc — 93.
Brito, Casimiro de — 107, 402.
Bruno, Sampaio — 34, 35, 95, 412.
Bruyère (La) — 25.
Byron (Lord) — 31.

Caldwell, Erskine — 425.
Camacho, Brito — 24, 35, 424.
Câmara, D. João da — 413.
Camus, Albert — 53, 404.
Caraça, Bento de Jesus — 385.
Carrard, Philippe — 61.
Casimiro, Augusto — 51.
Castelo Branco, Camilo — 24, 25, 31, 37, 220.
Castelo Branco Chaves — 27, 54, 119, 120, 217.
Castilho, António Feliciano de — 11, 25, 31, 37, 49, 61, 220.
Castro, Alberto Osório de — 52.
Castro, Eugénio de — 52, 413.
Castro, Ferreira de — 188, 385, 422, 423, 424.
Céline, Louis Ferdinand — 423.
Cendrars, Blaise — 418.
Césaire, Aimé — 426.
Chagas, Frei António das — 220.
Chagas, João — 174.
Chasseguet-Smirguel, Janine — 114.
Chateaubriand, Alphonse de — 31, 61.
Chevalier, Jean — 80.
Cirlot, Juan-Eduardo — 278.
Claudel, Paul — 73, 417, 418, 419.
Cocteau, Jean — 149, 422.
Cohen, Jean — 247, 265.

Colet, Louise — 99.
Colette — 415
Condillac, E. B. de — 105.
Correia, João de Araújo — 426.
Cortesão, Jaime — 51, 55, 140.
Costa, Maria Velho da — 150.
Coulanges, Fustel de — 31.
Crébillon Fils — 189.
Cressot, Marcel — 217, 221, 223, 226, 227, 262, 263.
Cunha, D. Luís da — 52.
Cunha, José Anastácio da — 34.
Czyba, Lucette — 99.

Dantas, Júlio — 418.
David, Christian — 206.
Defoe, Daniel — 31.
Delas, Daniel — 31.
Deledda, Grazia — 420.
Deleuze, Gilles — 142, 186.
Démoris, René — 210.
Derrida — 52.
Desnos, Robert — 326, 420.
Deus, João de — 33, 424.
Dias, Carlos Malheiro — 24, 424.
Dias, Gastão de Sousa — 324.
Diderot, Denis — 189.
Dinis, Júlio — 411.
Dorville, Armand — 354, 355.
Dostoievski — 53, 423.
Ducleaux — 33.
Dumas Filho, Alexandre — 32.
Durand, Gilbert — 197, 198, 242, 281.
Duvignaud, Jean — 70.

Éluard, Paul — 326, 424, 425.
Empson, W. — 247.
Engels, Friedrich — 412.
Erdmann, Johan Eduard — 119.
Espanca, Florbela — 420.
Esperança, Assis — 385, 426.
Ésquilo — 61, 149.
Essenine — 421.

Eurípides — 149.
Excoffon-Lafarge, Gisèle — 164.

Fargue, Léon-Paul — 74.
Faria, Almeida — 150.
Faria, Duarte — 176, 177.
Faulkner, William — 203, 422.
Ferreira, José Gomes — 385.
Fichte — 31, 156.
Figueiredo, Antero de — 418.
Figueiredo, Cândido de — 32.
Figueiredo, Fidelino de — 366, 375.
Fitche, Brian — 61.
Fitzgerald, F. Scott — 424.
Flaubert, Gustave — 24, 32, 99, 411.
Fonseca, Branquinho da — 422, 426.
Fontana, José — 22.
Foster, Edward Morgan — 417.
Foucault, Michel — 97.
Fouchet, Max-Pol — 182.
Fourier — 41, 52, 189, 190, 286, 326.
France, Anatole — 412.
Freud, Sigmund — 31, 98, 106, 175, 185, 206, 233, 416.

Gadda, Carlo Emilio — 427.
Galliot, Jean Le — 147, 181.
Gautier, Théophile — 32.
Genette, Gérard — 273.
Gheerbrant, Alain — 80.
Gide, André — 55, 122, 203, 416, 417, 426.
Girard, René — 76, 183, 185.
Giradoux, Jean — 149, 418.
Goethe, Wolfgang — 33, 150, 263, 274.
Góis, Damião de — 257.
Goldmann, Lucien — 43, 53, 61, 62.
Gomes, Soeiro Pereira — 427.
Goncourt, Irmãos — 24, 411.
Gourmont, Rémy de — 34.
Gracq, Julien — 426.
Granger, Michel — 91.

Greimas, Algirdas Julien — 291.
Grimal, Pierre — 165.
Guillaumin, Jean — 81, 91.
Gusmão, Adriano de — 401.

Hamsun, Knut — 32.
Hartman, G. — 247.
Hegel — 43, 52, 156.
Heine, Heinrich — 34, 126.
Hemingway, Ernest — 425.
Hénaff, Marcel — 113.
Herculano, Alexandre — 31.
Herder — 150.
Hesíodo — 139.
Hoffmann — 150.
Homero — 61, 252.
Horácio — 31.
Hugo, Victor — 31, 411, 412, 413.
Huysmans — 24, 32, 246.

Ibsen, Henrik — 32.

Jakobson, Roman — 129.
Jankélévitch, Vladimir — 177.
Jarry, Alfred — 414, 425.
Jaurès, Jean — 16, 37, 38, 358.
Jean, Raymond — 62, 65, 128.
Jensen — 98, 233, 416.
Jiménez, Juan Ramon — 412.
Jorge, Ricardo — 55.
Joyce, James — 149, 420.
Jung — 266, 420.
Junqueiro, Guerra — 51, 281.

Kafka, Franz — 417.
Kant, Emanuel — 11, 31, 37, 48, 53, 54, 156, 168, 215.
Kristeva, Julia — 187.

Lacan, Jacques — 122.
Laclos, Choderlos de — 41, 189, 190.
Lafayette, Madame de — 135.
Lalande, André — 266.
Lamartine, Alphonse de — 33.
Lapa, Manuel Rodrigues — 15, 216, 218.

Larbaud, Valéry — 55.
Lautréamont — 411.
Lawrence, David Herbert — 418, 421.
Leal, Gomes — 281, 412.
Lecercle, François — 81.
Leenhart, Jacques — 149, 243, 244.
Leibnitz — 31.
Lénine — 358.
Lepecki, Maria Lúcia — 107, 108.
Lessing — 150.
Lévesque, Claude — 241, 244.
Lévi-Strauss — 165, 206.
Lisboa, António Maria — 326.
Lisboa, Irene — 425.
Lopes, Norberto — 11, 174.
Lorca, Frederico Garcia — 425.
Louys, Pierre — 120, 189.

Mac Orlan, Pierre — 189.
Macedo, José Agostinho de — 37.
Maeterlinck, Maurice de — 32.
Mallarmé, Stéphane — 52, 421.
Malraux, André — 11, 61, 62, 149, 231, 423, 425, 426.
Mandiargues, André Pieyre de — 151, 160.
Mann, Thomas — 32, 37.
Mannoni, Octave — 83.
Mansfield, Katherine — 417.
Marinetti — 416.
Marivaux — 189.
Marmelo e Silva, José — 426.
Martins, Oliveira — 31, 412.
Mathis, Paul — 121.
Matoré, Georges — 273.
Maupassant, Guy de — 412, 413.
Mauriac, François — 420.
Medina, João — 174.
Melo, D. Francisco Manuel de — 90.
Melville, Herman — 91, 413.
Mendes, Manuel — 16, 17, 29, 303, 313, 324, 328, 354, 358, 359, 380, 384, 385, 390, 391, 396 397, 400.
Menéndez y Pelayo, Marcelino — 32.
Merleau-Ponty, Maurice — 155, 156.
Meschonnic, Henri — 148, 409.
Meslier, Jean — 49.
Miguéis, José Rodrigues — 385, 423.
Miller, Henry — 81, 424.
Mirbeau, Octave — 120.
Montaigne, Michel de — 11, 37, 47, 48, 49.
Montesquieu — 269.
Montherlant, Henri de — 167.
Morin, Edgar — 144, 174, 176, 177.
Mourão-Ferreira, David — 54, 55, 177, 179, 180, 215.
Mourier, Maurice — 101.

Navarre, Marguerite de — 135.
Negreiros, Almada — 128, 188, 419, 420, 426.
Nemésio, Vitorino — 425, 426.
Nerciat, Andrea de — 189.
Nerval, Gérard de — 62.
Nietzsche, Friedrich — 11, 31, 45, 47, 49, 52, 61, 155, 167.
Nobre, António — 21, 22, 25, 42, 299, 412.
Normand, Claudine — 265.
Nouveau, Germain — 415, 420.

Oom, Pedro — 326.
Ortigão, Ramalho — 34, 411.
Ovídio — 31.

Paço d'Arcos, Joaquim — 431, 432.
Paganino, Rodrigo — 411.
Pascal, Blaise — 25, 31.
Pascoaes, Teixeira de — 51, 422, 423.
Passos, John dos — 294, 417.
Patrício, António — 25, 36, 42, 52, 193, 240, 423, 426.

Pereira, Risques — 326.
Péret, Benjamin — 430.
Perse, Saint-John — 423.
Pessanha, Camilo — 52, 55, 426.
Pessoa, Fernando — 52, 429, 430.
Petrónio — 189.
Philippe, Charles Louis — 219.
Pinto, Lourenço — 21.
Pirandello — 430.
Platão — 31, 93.
Poe, Edgar — 32, 150.
Proença, Raul — 55, 140.
Propp, Vladimir — 146.
Proust, Marcel — 149, 424.

Queirós, Eça de — 21, 24, 34, 209, 420, 427.
Queirós, Carlos — 385.
Queirós, Teixeira de (Bento Moreno) — 21, 127, 265, 411, 413.
Quental, Antero de — 22, 411.

Rabelais, François — 34.
Racine, Jean — 149.
Redol, Alves — 417, 426.
Régio, José — 176, 178, 421, 424, 425, 427.
Reis, Câmara — 307, 310, 338, 401, 403, 404.
Retz (Cardeal de) — 25.
Ribeiro, Aleixo — 188, 426.
Ribeiro, Aquilino — 418, 419, 420, 425.
Ribeiro, Tomás — 294.
Richardson, Dorothy — 422.
Rifaterre, Michael — 177, 231.
Rigolot, F. — 247.
Rilke, Rainer Marie — 414.
Rimbaud, Arthur — 33.
Rolland, Romain — 37, 419.
Roche, Tiphaigne de la — 189.
Rossetti, Dante Gabriel — 411.
Roussel, Raymond — 101.
Rudel, Jaufré — 233.
Ruskin — 32.

Sá-Carneiro, Mário de — 52, 418.
Sacher-Masoch, Léopold de — 142.
Sade (Marquês de) — 41, 52, 113, 189, 286, 299, 414.
Salacrou, Armand — 425.
Salazar, Abel — 34.
Sand, George — 32.
Saint-Éxupéry, Antoine de — 422.
Saphouan, Moustapha — 129, 130.
Sarraute, Nathalie — 62, 426.
Sartre, Jean Paul — 128, 130, 149, 156, 426.
Scarron — 149, 293.
Schéadé, Georges — 426.
Schiller, Friedrich — 48.
Schlegel, Friedrich — 73.
Schopenhauer — 31.
Sérgio, António — 326, 385.
Serrão, Joel — 90.
Shakespeare, William — 33, 47, 48.
Simões, João Gaspar — 425.
Simões, Veiga — 51, 55.
Simon, Claude — 149.
Sócrates — 47.
Sófocles — 149.
Spinosa, Bento — 31, 37, 368.
Spitzer, Léo — 15, 219, 233.
Starobinski, Jean — 28, 65, 66, 219, 233.
Steinbeck, John — 429, 430.
Stendhal — 367, 402, 404.
Stétié, Salah — 160.
Swinburne — 73.

Tagore, Rabindranath — 355, 360.
Taine — 31.
Todorov, Tzvetan — 65, 192, 247.
Tolstoi, Alexei — 420.
Torga, Miguel — 422, 427.
Trancoso, Gonçalo Fernandes — 220.

Twain, Mark — 32.
Tzara, Tristan — 419.

Unamuno, Miguel de — 149.

Vaché, Jacques — 420.
Vailland, Roger — 41.
Valéry, Paul — 199.
Vasconcelos, Mário Cesariny de — 326.
Vauvenargues — 31.
Veloso, Queirós — 412.
Verlaine, Paul — 33, 411, 412.

Verga, Giovanni — 412.
Vieira, Afonso Lopes — 412.
Vieira, P.e António — 220.
Voltaire — 34, 49, 269.

Warren, Robert Pen — 426.
Weber — 31.
Wolf, Thomas — 427.
Woolf, Virginia — 421.

Zéraffa, Michel — 124.
Zola, Émile — 21, 411, 414.

# ÍNDICE

*Introdução* ............................................................ 9

### Primeira Parte
### O HOMEM E A ÉPOCA

O HOMEM E A ÉPOCA ........................................... 21
A FORMAÇÃO CULTURAL E A CONVIVÊNCIA INTELECTUAL ............................................................. 31
AS IDEIAS POLÍTICO-SOCIAIS ............................. 37
A ÉTICA, A ESTÉTICA E A TÉCNICA ..................... 51

### Segunda Parte
### O HOMEM E A ESCRITA

O HOMEM E A ESCRITA ....................................... 59
O DISCURSO DO DESEJO ..................................... 65
    Voyeurismo ........................................................ 72
A TRANSFIGURAÇÃO MÍTICA DO OBJECTO DO DESEJO 79
A TRIANGULAÇÃO DO DESEJO .......................... 81
O PODER DO MEDIADOR ..................................... 87
    Do corpo ao corpo ............................................. 91
A ESCRITA ORGASMO ......................................... 95
*MARIA ADELAIDE* — O ROMANCE DO PURO DESEJO 103

### Terceira Parte
### TEMAS E ESTRUTURAS DESCRITIVO-NARRATIVAS

OS TEMAS ............................................................. 111
    O paradoxo de *Maria Adelaide:* confissão e denúncia do egoísmo masculino na relação de concubinato 112
    O corpo e o duelo — o poder da sexualidade e a dificuldade da coabitação ............................................. 117
    A valorização do singular, do diferente — Corpo e escrita: lugar do prazer ..................................... 119
    A atracção pela marginalidade ........................... 122
    Desejo-prazer-morte . ......................................... 128

|  |  |
|---|---|
| O Onírico, o Fantástico, o Grotesco ............ | 130 |
| GÉNEROS E MODOS ............... | 133 |
|     Predomínio do mostrar sobre o narrar ......  | 135 |
|     Caricatura e Símbolo ............... | 143 |
|     O desrespeito da necessidade diegética ...... | 145 |
|     Intertextualidade e hipertextualidade ......... | 149 |
| A ARTE DE NARRAR (FÁBULAS, TEMPO, ESPAÇO E PERSONAGENS) .................. | 153 |
|     Representação e mimese em *Maria Adelaide* ...... | 154 |
|     O tempo no texto e o texto contra o tempo ...... | 162 |
|     As anacronias ao serviço da narrativa, os indícios do amor mágico e as marcas do destino em «O Sítio da Mulher Morta» ............... | 168 |
|     O tratamento da morte, do fantástico e do grotesco em «Gente Singular» ............... | 174 |
|     «Sede de Sangue» — o espaço do sacrifício ...... | 181 |
|     «A Cigana» e o espaço da paixão ............ | 192 |
|     «Deux Ex Machina» e a articulação das personagens com o espaço social ............... | 201 |
|     A simbólica dos nomes nas narrativas ......... | 208 |

Quarta Parte
FORMAS E ESTRUTURAS ESTILÍSTICAS

|  |  |
|---|---|
| DIRECTRIZES E TENDÊNCIAS ESTILÍSTICAS ...... | 215 |
| O RITMO ..................... | 223 |
| O VOCABULÁRIO ............... | 231 |
|     Discurso literário e discurso popular ......... | 231 |
| AS GRANDES ÁREAS SEMÂNTICAS DO DISCURSO LITERÁRIO ............... | 241 |
|     O corpo, a visão, a arte, a beleza ............ | 249 |
|     Idiolectos e Linguagem Social ............ | 253 |
| A FRASE ..................... | 261 |
|     A expressão da temporalidade ............ | 261 |
|     A metáfora em Teixeira-Gomes: a face diurna e nocturna ............... | 265 |
|     As Metáforas Espaciais e Cósmicas ......... | 272 |
|     O metaforismo dos Elementos e a Simbologia Sexual | 274 |
|     As Sinestesias ............... | 284 |
| OS PROCESSOS DA IRONIA ............ | 289 |

NOTÍCIAS DO CREPÚSCULO

|  |  |
|---|---|
| CARTAS E POSTAIS DOS ÚLTIMOS ANOS DE TEIXEIRA-GOMES ............... | 303 |
| *Bibliografia* ..................... | 429 |
| *Índice de Autores* ............... | 435 |

Execução gráfica
da
**TIPOGRAFIA LOUSANENSE**
Lousã — Junho/1983

Dep. legal n.º 1171/83